# LA DAME DU MANOIR
# DE WILDFELL HALL

# ANNE BRONTË

# LA DAME DU MANOIR DE WILDFELL HALL

*traduit de l'anglais par*
*Denise et Henry Fagne*

*préface d'Isabelle Viéville Degeorges*

ARCHIPOCHE

Collection dirigée par
Isabelle Viéville Degeorges

www.archipoche.com

Si vous souhaitez recevoir notre catalogue
et être tenu au courant de nos publications,
envoyez vos nom et adresse, en citant ce livre,
aux Éditions Archipoche,
34, rue des Bourdonnais 75001 Paris.
Et, pour le Canada, à Édipresse Inc.,
945, avenue Beaumont,
Montréal, Québec, H3N 1W3.

ISBN 978-2-35287-347-1

Traduction, droits réservés.
Copyright © Archipoche, 2012, pour cette édition.

## Préface

*Une vie entière semble séparer* La Dame du manoir de Wildfell Hall *du premier roman d'Anne Brontë,* Agnès Grey. *Pourtant, ces deux œuvres furent écrites à un an d'intervalle à peine. Un an pour passer du roman d'apprentissage d'une toute jeune fille de dix-neuf ans, confrontée pour la première fois au monde extérieur, à cette chronique intense et tourmentée de la déchéance d'un homme dans l'alcool et du naufrage de son couple. Comment expliquer la transformation de la jeune Anne, habituellement dépeinte comme la plus douce et la plus religieuse des sœurs Brontë, au point de la voir tracer un itinéraire si réaliste et soutenir, à travers son héroïne, des positions aussi scandaleuses? La réponse, comme toujours avec les sœurs Brontë, est à chercher au cœur de leur invraisemblable fratrie.*

*Fratrie bouillonnante, où le génie se décline à quatre et qui grandit, livrée à elle-même, dans l'austère presbytère de Haworth dont les fenêtres ouvrent sur le jardin cimetière et les tombes de leur mère et de leurs deux sœurs aînées. Entre les pierres grises de cette bâtisse, dans le creuset d'un Yorkshire en pleine mutation manufacturière, avec pour seules échappées les landes sauvages et désolées, la bibliothèque paternelle et les récits de drames populaires relayés par les deux servantes, les enfants vivent dans une semi-autarcie, au cœur de leur imaginaire.*

*Charlotte, la plus ambitieuse socialement, est romanesque. Emily, sauvage, solitaire et indépendante, ne répond qu'à l'absolu. Anne, la cadette, est la plus sage. Au milieu d'elles, Branwell, le fils. De tous, le plus prometteur et le plus remarquable. En lui s'incarnent tous les talents, toutes les facilités, jusqu'à celle de pouvoir écrire simultanément deux textes différents de la main droite et de la main gauche. Une mémoire extraordinaire, la curiosité, la vivacité, la sensibilité, l'intelligence, la malice, l'humour – et, pour son malheur, le goût effréné des plaisirs. Porteur de tous les espoirs de son père, Branwell est destiné à la carrière militaire. Son hypersensibilité, ainsi que l'épilepsie et l'attachement viscéral du pasteur à son endroit, le confinent cependant au presbytère, où il est avant tout le principal compagnon de jeu et d'écriture de ses sœurs. Ce sont ses petits soldats, auxquels il offre un sujet à chacun, jetant les enfants à cœur perdu dans la genèse d'un monde à eux. Supports de leurs fantasmes, ces figurines engendrent les mondes d'Angria et Gondal. Devenus démiurges, les enfants consignent fiévreusement d'une écriture microscopique sur de minuscules livres les journaux, revues, cartes et aventures de leurs héros, leurs guerres, trahisons, amours incestueuses ou illicites. Charlotte et Branwell régissent Angria, Anne et Emily sont les génies de Gondal. Le jeu perdure jusqu'à l'âge adulte où ils auront encore des discussions passionnées concernant leurs héros.*

*Mais Branwell est un garçon. Fasciné par les enfants du voisinage, qu'il épie longuement, il finit par les rejoindre. Soudain, les guerres d'Angria se teintent d'une nouvelle violence physique. Devenu ami du fils du fossoyeur, Branwell prend des chemins de traverse. Après son échec à l'Académie royale de peinture, quelque chose se brise en lui. Dissipé et noceur, il fréquente les cabarets, perd son emploi à la gare pour avoir détourné ou laissé détourner de l'argent et accepte de petits travaux mal rémunérés qu'il ne sait pas conserver. Pour finir, Anne, alors gouvernante depuis quatre ans chez les Robinson (expérience qu'elle relate dans* Agnès Grey*), le fait engager comme précepteur de leur fils Edmund. Mais quelques mois plus tard, elle donne mystérieusement sa démission. Branwell est renvoyé par le révérend avec une lettre cinglante faisant allusion à mots couverts à ses «agissements répréhensibles au-delà de toute expression». La nature réelle de l'affaire n'est pas connue avec certitude. Fut-il amoureux de Mrs Lydia Robinson mère, comme il le prétendit après coup et comme tout le monde fut trop heureux de le faire savoir, ou plutôt d'Edmund, enfant de quatorze ans ayant encore l'avenir devant lui, en qui il se plaisait à se reconnaître?*

*Petit à petit, Branwell sombre dans une spirale autodestructrice, entrecoupée de terribles éclairs de lucidité. L'alcool, mais aussi l'opium, sont devenus ses meilleurs compagnons. Ses disparitions et ses retours à toute heure du jour ou de la nuit, l'état effrayant de ses nerfs, ses propos déchaînés, ses crises de repentir, alternent avec celles de delirium tremens et secouent durement le presbytère, apportant quelque chose de l'enfer entre ces murs déjà si sévères. Branwell est l'éclair flamboyant, le remords sur le portrait célèbre qu'il peignit de ses trois sœurs et que son père effaça à la térébenthine à la suite d'une querelle, comme l'opium, l'alcool et les plaisirs finiront par l'effacer de leurs vies.*

*L'enfant chéri du pasteur, au centre de toutes les fictions de ses sœurs, deviendra celui des Brontë dont on ne parle pas. C'est pourtant sa trajectoire déjetée qui incendie les histoires de ses sœurs. Au cœur des* Hauts de Hurlevent *et de* Jane Eyre *sous les traits de Heathcliff et de la folle de Rochester qui met le feu à la maison, c'est bien lui que l'on retrouve dans* La Dame du manoir de Wildfell Hall, *mi-Huntington mi-Markham. Si Charlotte le juge et si Emily, que les lois morales indiffèrent, est sans doute la plus à même de comprendre, Anne, toujours plus lucide, se sent trahie et déroutée par son frère. Ulcérée par un tel gâchis, elle lui répond dans ce roman. À la puissance romanesque de Charlotte et à celle, romantique, d'Emily, elle oppose un esprit direct et une forme de révolte réaliste et réformatrice. À la recherche du sens avant toute chose, elle place les uns et les autres devant la logique de leurs choix. Si jeune et inexpérimentée qu'elle soit, elle s'élève avec force et logique contre les préjugés de son temps. C'est là toute la cohérence de son œuvre, étalée sur trois ans, qui la mène du charmant et incisif* Agnès Grey *à la scandaleuse et tourmentée* Dame du manoir de Wildfell Hall.

*Le roman, plus complexe, dense et ambitieux que le précédent, se compose de multiples intrigues. Il se divise en deux parties, dont l'une s'enchâsse dans l'autre sous la forme d'un journal féminin. Structure en insert d'autant plus intéressante qu'elle s'accompagne d'un changement de narrateur. Arthur Huntington, le personnage central, est drôle, charmant et intelligent. Son seul ennemi est un narcissisme enfantin qui dévore sa vie peu à peu, le transformant en mari abusif et alcoolique. Boisson, opium, cynisme, débauche, effacement des frontières morales sont les principaux ingrédients de l'intrigue.*

*Helen, la jeune épouse de Huntington, est au fond la véritable héroïne – et le véritable scandale – du roman.*

*Elle représente la réponse d'Anne à la société de son temps. Soumise et résignée, elle continue d'abord de servir son mari avec douceur, malgré ses mauvais traitements. Et c'est pour protéger leur jeune fils de son influence qu'elle finit par quitter le foyer conjugal, en violation de toutes les conventions sociales, mais aussi de la loi anglaise. À cette époque, une femme mariée séparée de son mari n'avait pas d'existence indépendante. Tous ses revenus appartenaient juridiquement à celui-ci. Elle ne pouvait ni posséder des biens, ni intenter une action en divorce, ni conserver la garde de ses enfants.*

*Helen Huntington, pourtant, refuse de plier. Elle s'enfuit et s'installe seule avec son fils, vivant du produit de ses tableaux. Il était alors proprement inconcevable de faire l'apologie d'une telle situation. Or, l'héroïne d'Anne Brontë ne s'en tient pas là. Dès le début du livre, sûre d'elle, elle tient tête à Mrs Graham, une des matrones les plus respectées de la paroisse, au sujet de l'éducation des enfants. Le pasteur arrive bientôt en renfort de tous les préjugés. L'entêtement «bien peu féminin» d'Helen présage mal le bonheur de son prochain époux et, aux recettes de cuisine et de discrétion qu'on lui expose patiemment, elle répond en mettant froidement en doute le bien-fondé de la différence d'éducation entre garçons et filles…*

*Publié en juin 1848 sous le pseudonyme d'Acton Bell,* La Dame du manoir de Wildfell Hall *connaît un immense succès. En six semaines, le livre se trouve épuisé. Son réalisme et son ton de vérité inhabituel lui valent d'être considéré comme un roman des plus choquants. Anne Brontë y dépeint des scènes de cruauté mentale et physique préfigurant le divorce légitime. Sa peinture précise de l'alcoolisme et de la débauche heurte profondément* une société qui ne sait, au fond, de l'homme débauché ou de sa femme entrée en rébellion, artiste indépendante violant les lois sociales du pays, qui est le plus scandaleux. «*Le claquement de la porte de chambre d'Helen Huntington au nez de son mari résonne à travers toute l'Angleterre victorienne*», dira en 1913 May Sinclair, auteur, critique et suffragette.

En juillet 1848, pour mettre fin aux rumeurs qui prétendent qu'Acton, Ellis et Curer Bell, pseudonymes sous lesquels les trois sœurs Brontë ont fait paraître leurs précédents ouvrages, ne seraient qu'une seule et même personne, Charlotte et Anne viennent à Londres rencontrer leur éditeur. Apprenant l'identité féminine de l'auteur de La Dame du manoir de Wildfell Hall, de nombreux critiques et piliers de la société se retournent contre Anne Brontë. Si certains louent la puissance et l'impact de son écriture, d'autres l'accusent d'obscénité et, du fait de la justesse de ses personnages, lui reprochent de faire l'apologie de la dissipation. La North American Review juge Gilbert Markham, le premier narrateur, «*jaloux, ombrageux, lunatique, vindicatif et même brutal*». Helen apparaît comme un esprit fort, manquant cruellement de vertus féminines aimables. Le lecteur d'Acton Bell, conclut l'auteur de l'article, n'élargira pas ses vues du genre humain, mais se trouvera confronté à son pire visage, «*littéralement et logiquement énoncé*». D'autres journaux déplorent son goût morbide pour la brutalité vulgaire. Un article du Sharpe's London Magazine met en garde ses lecteurs, et particulièrement les femmes, contre «*un langage inconcevablement cru et des scènes révoltantes*».

En réponse à ce tapage médiatique, Anne profite de l'immédiate réimpression de son livre pour stipuler clairement ses intentions. «*Lorsqu'il faut en venir au vice et *aux tempéraments vicieux, écrit-elle, je maintiens que le mieux est de les dépeindre tels qu'ils sont réellement, plutôt que de la façon dont ils voudraient apparaître. Représenter une mauvaise chose dans sa lumière la moins offensante est sans doute le cours le plus agréable à suivre pour un auteur de fiction, mais est-il le plus honnête ou le plus sûr? Vaut-il mieux révéler les pièges et embûches de la vie aux jeunes et aux étourdis, ou les couvrir de branches et de fleurs? Ô lecteur! S'il y avait moins de ces délicates dissimulations de faits, ce murmure de paix où il n'y en a pas, il y aurait bien moins de péché et de misère pour les jeunes des deux sexes qui en sont réduits à exprimer leurs plus amères leçons de l'expérience. Si je puis empêcher la chute d'un jeune homme trop léger ou d'une jeune fille trop étourdie, alors je n'aurais pas écrit en vain.*

*Je suis convaincue que lorsqu'un livre est bon, il l'est quel que soit le sexe de son auteur. Tous les romans sont ou devraient être écrits pour les hommes comme pour les femmes. J'ai de la peine à concevoir comment un homme pourrait se permettre d'écrire quoi que ce soit qui puisse être véritablement déshonorant pour une femme, ou pourquoi une femme devrait être censurée pour avoir écrit quoi que ce soit qui puisse être considéré comme approprié ou bienséant pour un homme.»*

*En septembre 1848, âgé de trente et un ans, Branwell meurt alcoolique et tuberculeux. Le 19 décembre de la même année, Emily le suit dans la tombe. En janvier 1849, Anne comprend qu'elle a, à son tour, contracté la terrible maladie. Ayant voulu revoir la mer, elle meurt le 25 mai 1849 à Scarborough où, contrairement à tous les membres de sa famille, elle sera inhumée. Un an après sa mort, Charlotte rejoint ses détracteurs et empêche la republication de l'ouvrage. «Il me semble difficilement souhaitable de conserver* La Dame du manoir de Wildfell Hall, *écrit-elle. Le choix du sujet de ce livre est une erreur. Il est trop peu en accord avec le tempérament, les goûts et les idées d'un doux écrivain retiré et inexpérimenté. » C'est oublier que rien de la déchéance de Branwell n'avait été épargné à Anne, parfois obligée, certaines nuits d'hiver, de ramasser son frère effondré dans le jardin et de le veiller des nuits entières auprès de ses sœurs...*

*Le réalisme, l'humour, la lucidité et le permanent engagement d'Anne Brontë ont fait d'elle un précurseur. Son style vif, simple et direct, exempt de mièvrerie, d'affectation comme de douceur, font de sa plume une redoutable caméra. Trop audacieux pour l'époque victorienne par sa justesse de ton, sa virtuosité, son écriture limpide et forte et sa subtile ironie, ce roman majeur fut mis sous le boisseau par Charlotte, trop timorée pour assumer l'héritage social de sa sœur. Au cours du XIX$^e$ siècle,* La Dame du manoir de Wildfell Hall *se verra peu à peu éclipsé par le succès retentissant de* Jane Eyre *et des* Hauts de Hurlevent. *Le talent d'Anne, différent de celui de ses sœurs, n'en porte pas moins la marque familiale de la puissance.*

Isabelle VIÉVILLE DEGEORGES

# 1

Remontons, si tu le veux bien, à l'automne de 1827.

Comme tu le sais, mon père était une sorte de gentleman-farmer dans le comté de \*\*\*, et, pour obéir à son dernier vœu, j'avais, bien malgré moi, repris cette vie calme qui ne satisfaisait nullement des désirs plus ambitieux. Je me croyais appelé à de grandes choses et j'étais assez fat pour m'imaginer qu'en ne suivant pas ma vocation j'étouffais dans l'œuf un futur génie. Ma mère m'avait toujours laissé croire que j'étais capable d'accomplir les plus beaux exploits, mais mon père, lui, était persuadé que l'ambition mène tout droit à la ruine, que changement est synonyme de destruction, et il ne voulut jamais admettre que son fils, ou quelque autre mortel, pût désirer sortir de sa classe. Il m'assura plus d'une fois que tout cela n'était que calembredaines et me supplia jusqu'à son dernier souffle de suivre calmement ses traces et celles de mon grand-père. Je devais faire taire toute ambition et aller tout droit de l'avant afin de transmettre à mes enfants les acres paternels en pleine prospérité, tels que je les avais reçus.

« Soit ! me dis-je, un bon et habile fermier est une des chevilles de la société ; si je me consacre corps et âme à l'amélioration de mes terres et au développement de l'agriculture en général, je puis être utile non seulement à mes proches et à mes gens mais aussi à l'humanité tout entière… Je n'aurai donc pas travaillé en vain. »

C'est avec ce genre de réflexions que je tentais de me consoler, un soir que je rentrais des champs, tout en avançant péniblement par l'humidité et le froid de cette fin d'octobre. Cependant, l'ardente lueur rouge du feu, que j'apercevais à travers les carreaux du salon, me réconforta bien mieux que tous ces sages raisonnements. J'étais jeune alors – vingt-quatre ans à peine – et fort enclin à me lamenter. J'ai heureusement, depuis lors, acquis une certaine maîtrise dans l'art d'étouffer ces sortes de divagations.

Cependant, il fallait d'abord que j'échange mon paletot de paysan contre un vêtement plus correct et que j'ôte mes bottes toutes crottées, car l'on n'entrait pas dans cette sorte de paradis dans n'importe quelle tenue ; ma mère, malgré toute sa bonté, ne plaisantait pas sur certains sujets.

En montant l'escalier qui menait à ma chambre, je croisai une charmante et jolie fille de dix-neuf ans ; ses yeux bruns pleins de gaieté pétillaient sous une masse brillante de boucles, ses joues rondes éclataient de santé, sa silhouette était plutôt rondelette. Tu as certainement reconnu ma sœur Rose ; je sais que, après tant d'années, elle te paraît toujours aussi adorable que lorsque tu la rencontras pour la première fois. Lorsque je la vis descendre les marches, ce jour-là, rien ne permettait de deviner que, quelques années plus tard, elle serait la femme d'un inconnu qui deviendrait mon meilleur ami ; un ami plus proche de mon cœur que ma propre sœur, plus proche même que ce jeune rustre de dix-sept ans qui m'attaqua dans le couloir comme je redescendais ; je répliquai par un bon coup sur la tête, laquelle tête, protégée par une masse de boucles rousses – que ma mère voulait auburn – était si dure qu'elle ne parut pas souffrir le moins du monde de ce traitement.

Nous retrouvâmes notre très honorable mère installée au salon, où, selon son habitude, lorsqu'elle n'avait rien de plus urgent à faire, elle tricotait agilement, assise au coin du feu. Elle avait nettoyé l'âtre, dans lequel flambait allègrement le feu qu'elle venait d'allumer pour nous; la servante apportait le thé; Rose ouvrit le vieux buffet de chêne noir, qui brillait comme de l'ébène poli dans la lumière du jour finissant, et posa sur la table le sucrier et le couvre-théière.

— Enfin, les voici! s'exclama ma mère, qui se tourna vers nous sans interrompre le mouvement de ses doigts agiles. Fermez la porte et approchez-vous du feu pendant que Rose sert le thé; vous devez être affamés. Racontez-moi ce que vous avez fait toute la journée; j'aime savoir en détail comment mes enfants occupent toutes ces heures.

— J'ai d'abord dressé la pouliche grise et je te prie de croire que ce n'est pas un jeu; j'ai dirigé le labourage des derniers champs de chaume, car le garçon de ferme n'est pas capable de mener seul l'attelage; j'ai aussi installé dans les prairies basses un système de drainage auquel je pensais depuis longtemps.

— Bravo, mon garçon!... Et toi, Fergus, qu'as-tu fait?
— J'ai débusqué un blaireau.

Et il nous raconta dans les moindres détails comment il pratiquait ce sport; les chiens avaient accompli des prouesses pour acculer le blaireau, extraordinairement agile; de tout cela ma mère ne perdait pas un mot et elle observait le visage animé du jeune chasseur avec une admiration maternelle que je trouvais nettement exagérée.

— Il serait temps que tu fasses quelque chose de plus utile, Fergus, dis-je dès que je pus placer un mot.

— Que puis-je faire? répondit-il. Ma mère ne veut pas que je parte en mer ou que je m'engage dans l'armée. Et je refuse absolument de faire autre chose... si ce n'est me rendre tellement insupportable que vous serez tous heureux de vous débarrasser de moi, sur mer ou sur terre.

Notre mère caressa ses courtes boucles pour le calmer, ce qui le fit grogner et s'enfuir bouder dans un coin. Finalement, pour obéir à l'appel trois fois répété de Rose, nous approchâmes nos sièges de la table.

— Prenez votre thé, dit Rose, et je vous raconterai ce que j'ai fait de mon côté... J'ai rendu visite aux Wilson; et il est vraiment dommage que tu ne m'aies pas accompagnée, Gilbert, car Eliza Millward y était!

— Que veux-tu que ça me fasse?

— Oh! rien... Je ne vais d'ailleurs pas te parler d'elle. Mais je la trouve gentille et spirituelle lorsqu'elle est de bonne humeur et ce serait avec plaisir que je l'appellerais...

— Voyons, voyons, chérie! ton frère ne pense nullement à se marier! murmura ma mère d'un air sérieux en levant l'index.

— Je voulais vous rapporter ce que j'ai appris chez elle, reprit Rose. J'en meurs d'envie depuis des heures! Vous savez tous qu'on raconte depuis des semaines que Wildfell Hall est sur le point de trouver un locataire, n'est-ce pas? Eh bien! figurez-vous que le manoir est habité depuis plus d'une semaine! Et nous ne le savions même pas!

— Pas possible! s'exclama ma mère.

— Absurde! cria Fergus.

— C'est pourtant vrai!... Et la nouvelle locataire est une dame seule.

— Seigneur!... mais la maison est en ruine!

— Elle a fait effectuer les réparations indispensables dans deux ou trois pièces; elle y habite toute seule avec une vieille femme qui lui sert de servante!

— Oh! mais cela gâte tout! Moi qui avais espéré qu'il s'agissait d'une sorcière, dit Fergus, en sculptant la tranche de pain épaisse de trois centimètres qu'il s'était coupée.

— Ne dis pas de bêtises, Fergus! Mais c'est étrange, n'est-ce pas, maman?

— Étrange? Je puis à peine y croire!

— Mais tu peux me croire... Jane Wilson l'a vue. Elle a accompagné sa mère qui, évidemment, dès qu'elle eut entendu qu'une étrangère s'installait dans le voisinage, s'est précipitée et l'a ensevelie sous une pluie de questions. Elle s'appelle Mrs Graham et porte le deuil, non pas les grands voiles de veuve, mais un deuil plus simple; elles disent qu'elle est très jeune, qu'elle n'a pas plus de vingt-cinq à vingt-six ans et est très réservée. Elles ont cherché par tous les moyens à savoir qui elle est et d'où elle vient, mais ni les questions directes et opiniâtres de Mrs Wilson ni les manœuvres habiles de miss Wilson n'ont amené une réponse précise, ni même une réponse vague, qui aurait pu satisfaire leur curiosité et jeter un peu de lumière sur le passé ou les relations de cette dame. Elle a été à peine polie et visiblement pressée de les voir à nouveau franchir le seuil. Mais Eliza Millward m'a dit que son père irait très prochainement au manoir, car il estime que Mrs Graham a grand besoin des conseils d'un pasteur; elle ne s'est pas montrée à l'église dimanche et elle – je veux dire Eliza – demandera à accompagner son père, car elle espère rapporter quelques nouvelles passionnantes de cette visite. Tu sais bien, Gilbert, qu'elle obtient toujours ce qu'elle veut. Nous devrions y aller aussi, maman, la plus simple politesse l'exige.

— Bien entendu, chérie. Pauvre dame! Elle doit se sentir si seule!

— Et, de grâce, dépêchez-vous! Je dois absolument savoir combien de morceaux de sucre elle met dans son thé et quelle sorte de bonnet et de tablier elle porte! Je ne puis continuer à vivre dans une telle ignorance! dit Fergus, le plus sérieusement du monde.

Mais ce trait d'esprit tomba à plat et personne ne rit. Il ne se déconcerta pas pour autant, il avala une énorme bouchée de pain beurré et porta sa tasse à ses lèvres; la seule vue de ce thé sucré sembla réveiller son sens de l'humour, car il dut poser sa tasse en toute hâte et s'enfuir en étouffant de rire; à travers la fenêtre du jardin, nous entendions ses énormes explosions de gaieté.

Personnellement, je mourais de faim; je me contentai donc d'attaquer vigoureusement le thé, le jambon et les toasts pendant que ma mère et ma sœur poursuivaient un dialogue animé et plein d'imagination sur la vie de la dame mystérieuse. Je dois t'avouer que le fou rire de mon frère menaçait de me gagner; lorsque je levai ma tasse, je dus la déposer sans oser boire le breuvage brûlant, de crainte de perdre toute dignité et d'être obligé de m'enfuir, moi aussi, pour cacher mon hilarité.

Dès le lendemain, ma mère et Rose se hâtèrent d'aller rendre visite à la noble recluse, mais elles ne parvinrent pas à glaner de plus amples renseignements. Ma mère affirma cependant qu'elle ne regrettait pas d'avoir fait ce long trajet car, si elle n'avait rien appris de neuf, elle avait pu donner quelques bons conseils. Mrs Graham avait à peine prononcé quelques mots, elle semblait très sûre d'elle, mais pourtant capable de réflexion. On pouvait se demander où la pauvre créature avait vécu jusque-là, car elle trahissait une grande ignorance de certains sujets et n'en paraissait pas honteuse.

— Quels sujets, maman ? demandai-je.

— Le ménage, par exemple, les petits secrets de la bonne cuisine, et tant d'autres choses que toute femme de bien se doit de connaître, même si elle n'est pas obligée d'en faire son propre profit. Je lui ai expliqué différentes choses, je lui ai donné quelques bonnes recettes, mais elle semblait incapable de les apprécier et me demanda de ne pas prendre tant de peine, car elle vivait très simplement et n'aurait jamais besoin de préparer des plats aussi compliqués. «Cela n'a pas d'importance, ma chère, lui dis-je, ceci n'est que la base de ce que toute femme qui se respecte devrait savoir ; vous êtes seule à présent, mais cela ne durera pas sans doute. Vous avez été mariée et ne resterez certainement pas veuve. »

— Vous vous trompez, madame, dit-elle avec hauteur, je ne me remarierai jamais.

Mais je lui répliquai que j'étais persuadée du contraire.

— Quelque jeune veuve romantique, sans doute, dis-je, venue ici pour finir ses jours dans la solitude et pleurer en secret le cher disparu… Mais cela ne durera guère.

— C'est mon avis, remarqua Rose, car elle ne semble pas désespérée et elle est extrêmement jolie – belle même. Il faut que tu la voies, Gilbert ; tu la trouveras très séduisante, dans un autre genre qu'Eliza Millward.

— Il n'est pas difficile d'être plus belle qu'Eliza, mais je ne connais personne d'aussi charmant. Elle a ses défauts, mais elle serait moins attirante si elle était parfaite.

— De sorte que tu préfères ses défauts aux qualités des autres ?

— Exactement… quoi qu'en pense notre mère !

— Mon Dieu ! Comme tu peux dire des sottises ! dit ma mère en se levant, tu sais bien que je ne veux pas t'entendre parler de la sorte. Et, sous prétexte de quelque besogne ménagère, elle quitta brusquement la salle, afin de ne pas entendre la réponse que j'avais sur le bout de la langue.

Rose en profita pour me donner quelques détails supplémentaires sur la personne de Mrs Graham. Je dus supporter mille explications sur son aspect, ses manières et ses vêtements, sur la façon dont était meublé le salon de cette dame. Comme je n'écoutais que d'une oreille, je serais bien incapable de répéter cette description.

Le lendemain était un samedi; le dimanche matin chacun se demandait si la belle inconnue suivrait les conseils de notre pasteur et se montrerait à l'église. J'admets que moi aussi je tournais souvent la tête vers le vieux banc familial des propriétaires de Wildfell Hall; les coussins pourpres n'avaient plus été remplacés depuis des années, les armoiries, bordées d'un lugubre feston de velours noir roussi par le temps, décoraient le mur.

C'est là que je vis enfin apparaître une grande et noble figure, vêtue de noir. Son visage, qui était tourné vers nous, avait une expression singulière qui attirait les regards. Ses cheveux étaient aussi noirs et brillants que l'aile d'un corbeau; elle portait des anglaises et cette coiffure assez démodée lui donnait un charme plein de grâce désuète; son teint était plutôt pâle; elle penchait la tête sur son livre de prières et de longs cils noirs voilaient complètement la couleur de ses yeux; les sourcils étaient bien dessinés, le front avait un aspect de noblesse et d'intelligence, le nez était parfaitement aquilin. Les traits, en général, étaient d'un dessin irréprochable; les joues, peut-être un peu maigres, se creusaient sous les yeux et les lèvres, très minces, dénotaient plus de fermeté que de gentillesse, et je pensai: «Je préfère vous admirer de loin, belle dame, plutôt que de vivre à vos côtés.»

Comme elle levait la tête, son regard rencontra le mien; il ne me plut pas de baisser les yeux et je pus voir qu'elle me jugeait avec un calme mépris avant de se plonger à nouveau dans son livre. «Du haut de sa grandeur, elle me considère comme un impudent godelureau, pensai-je. Hum! Si je veux m'en donner la peine, elle changera bien vite d'opinion.»

Je songeai tout à coup que mon attitude et mes réflexions étaient déplacées dans ce lieu de recueillement et de prières. Toutefois, avant de m'absorber à nouveau dans les rites du service, je jetai un regard circulaire dans l'église afin de m'assurer que personne n'avait remarqué mon étrange conduite; mais non, tous ceux qui n'étaient pas penchés avec recueillement sur leur livre de prières observaient comme moi la nouvelle venue – ma mère, ma sœur, Mrs Wilson et sa fille, même Eliza Millward jetaient des regards plus ou moins discrets vers celle qui servait d'appât à la curiosité des fidèles. Eliza rougit légèrement en me regardant, pouffa de rire et baissa ensuite modestement la tête pour rendre une expression plus sérieuse à ses traits.

Une fois de plus, j'oubliais l'endroit où je me trouvais, et mon frère, impertinent comme toujours, me rappela à l'ordre en m'enfonçant son coude dans les côtes. Je ne pus que lui écraser les orteils en guise de représailles et remettre à plus tard une plus sérieuse vengeance.

Mon cher Halford, avant de clore cette lettre, je veux encore te parler d'Eliza Millward. Elle est la plus jeune fille du pasteur; c'est une très charmante créature pour laquelle j'éprouve un peu plus que de la sympathie. Cette jeune personne s'en rend bien compte, sans que j'aie eu l'occasion de le lui dire clairement. Je n'ai nulle intention précise à ce sujet; ma mère, qui d'ailleurs affirme qu'aucune jeune fille du pays n'est assez bien pour moi, ne pourra jamais admettre que j'épouse cette petite personne insignifiante, dont le manque de fortune n'est pas le moindre défaut. Eliza est, comme ma sœur, petite et potelée ; son visage est presque aussi rond que celui de Rose, mais son teint est plus délicat, son nez est retroussé, ses traits plutôt irréguliers... Elle est, en somme, plus charmante que jolie. Sa seule vraie beauté est dans ses yeux en amande : ils sont bruns, presque noirs, leur expression est infiniment changeante – diaboliquement taquine ou irrésistiblement attirante – parfois les deux. Sa voix a une douceur enfantine, sa démarche est aussi souple que celle d'un chat, ou plutôt celle d'un jeune chaton joueur, tantôt impertinent et vagabond, tantôt timide et caressant, selon le caprice du moment.

Sa sœur Mary est plus âgée, un peu plus grande, un peu plus forte, plus solidement bâtie ; c'est une jeune fille calme et réfléchie, qui a patiemment soigné sa mère pendant sa longue et dernière maladie et est restée depuis la parfaite ménagère de la maison. Son père a une confiance absolue en elle ; les chiens, les chats, les enfants et les pauvres l'adorent et tout le reste de l'humanité ignore son existence.

Le révérend Michaël Millward, leur père, est un grand homme calme, d'un certain âge ; il plante fermement son chapeau d'ecclésiastique sur sa large tête carrée aux traits lourds, porte toujours une solide canne et enferme ses jambes vigoureuses dans des culottes que viennent serrer des guêtres hautes, ou des bas de soie noire pour les grandes occasions. Il a des principes bien établis, des idées fixes, des habitudes régulières, il ne tolère aucun écart et il est fermement convaincu d'avoir toujours raison. Tout mortel qui ose émettre un avis contraire au sien est ou bien complètement ignorant ou volontairement aveugle.

Lorsque j'étais enfant, il m'inspirait une sainte terreur, j'ai maintenant surmonté ce sentiment ; il a une gentillesse toute paternelle pour ceux qui se conduisent bien, mais la stricte discipline qu'il s'impose et qu'il veut imposer à ses paroissiens ne s'accommode guère de nos blagues et peccadilles. Jadis, lorsqu'il venait rendre visite à nos parents, nous devions réciter notre catéchisme, debout devant lui, ou lui chanter un hymne ou – ce qui était pire – nous rappeler son dernier sermon. Devant notre ignorance, il reprochait à ma mère d'être trop indulgente à notre égard, avec force références à Élie, David ou Absalon, ce qui ne manquait pas de froisser ma noble mère ; malgré tout le respect qu'elle avait pour lui et pour ses sermons, je l'entendis un jour murmurer : «Je voudrais bien qu'il ait lui-même un fils! Il ne serait pas si pressé de donner des conseils et saurait combien il est difficile de mener ces deux garnements.»

Il prend un soin extrême de sa santé ; se lève très tôt, fait une promenade journalière avant le petit déjeuner, insiste pour que tout le monde porte des vêtements secs et chauds, n'oublie jamais d'avaler un œuf cru avant de commencer un sermon… ce qui, paraît-il, lui donne ces excellents poumons et cette voix retentissante. Il suit un régime très précis, mais n'est nullement abstinent. Sa diététique lui est d'ailleurs toute personnelle ; il déteste le thé et d'autres breuvages insipides ; il est grand amateur de boissons fermentées, de lard, d'œufs, de jambon, de bœuf fumé et autres viandes. Doué d'un excellent appareil digestif, il prétend que ce genre de régime convient à tout le monde et il le recommande même aux convalescents et aux dyspeptiques. Comme ces derniers se plaignent parfois des résultats, il leur conseille de persévérer et assure que leurs malaises sont purement imaginaires.

Avant de terminer cette longue lettre, je veux encore te parler de deux personnes : Mrs Wilson et sa fille.

La première n'est qu'une vieille femme cancanière, veuve d'un fermier très à l'aise, et ne vaut pas la peine que je t'en parle longuement; elle a deux fils, Robert, un rude fermier, et Richard, un jeune homme fort studieux qui étudie les auteurs classiques avec l'aide du pasteur et se prépare à entrer au collège dans l'intention de devenir prêtre.

Leur sœur Jane est une jeune personne qui a quelque talent et beaucoup d'ambition. Pour satisfaire sa vanité, ses parents lui ont payé des études prolongées dans un pensionnat et elle est maintenant plus instruite que les autres membres de la famille. Elle a largement profité de ses études et a acquis un certain vernis, ainsi qu'une grande élégance dans les manières; elle a perdu son accent provincial et est très fière d'en savoir plus que les filles du pasteur. Je ne compte pas parmi ses admirateurs, bien qu'on la considère comme une véritable beauté. Elle a environ vingt-six ans, elle est plutôt grande et très élancée. Ses cheveux, qui ne sont ni bruns ni auburn, mais plutôt roux, encadrent un visage au teint clair, au menton un peu court mais joliment modelé, aux lèvres minces et rouges. Ses yeux sont d'une jolie couleur noisette, vifs et pénétrants mais manquent totalement de poésie et de chaleur. Elle pourrait avoir de nombreux prétendants dans le voisinage mais les repousse avec dédain, car seul un gentleman pourrait répondre à ses goûts raffinés, encore faudrait-il qu'il fût riche pour satisfaire ses ambitions toujours croissantes. Un prétendant possible semble s'intéresser à elle et l'on chuchote qu'elle ne laissera échapper ni son cœur, ni son nom, ni sa fortune; Mr Lawrence est le fils des propriétaires de Wildfell Hall; ils ont déserté le vieux manoir il y a une quinzaine d'années pour habiter une grosse maison plus moderne et plus confortable de la paroisse voisine.

Je dois maintenant te dire au revoir, mon cher Halford. Ceci est le premier versement de ma dette. Si ce genre de monnaie te convient, dis-le-moi et je t'enverrai la suite très prochainement ; si tu préfères rester mon créancier et ne pas te remplir les poches de paperasses aussi encombrantes, ne crains pas de le dire, je te pardonnerai ton manque de goût et garderai volontiers ce trésor.

Ton fidèle Gilbert MARKHAM.

## 2

Je suis ravi, mon ami très cher, que le nuage qui obscurcissait notre amitié se soit dissipé ; la chaleur de ton affection me réchauffe à nouveau le cœur et puisque tu désires entendre la suite de mon histoire, je continuerai mon récit sans autre commentaire.

Si je ne me trompe, j'ai interrompu ma dernière lettre un certain dimanche, le dernier d'octobre 1827. Le mardi suivant, je sortis, mon fusil sous le bras et mon chien sur les talons, pour chasser sur le territoire de Linden-Carr ; comme je revenais bredouille, je décidai de poursuivre les faucons et les corneilles noires qui sans doute me volaient mon gibier. Je m'éloignai des régions boisées, des champs de blé et des prairies pour gravir la pente raide de Wildfell, une des collines les plus élevées et les plus sauvages des environs. Très vite, les haies et les arbustes devinrent rares et rabougris ; plus haut, les clôtures sont faites de grosses pierres couvertes en partie de mousse et de lierre ; quelques mélèzes, des pins d'Écosse et quelques rares prunelliers sont disséminés dans le paysage. Les champs couverts d'un maigre tapis de terre dure et pierreuse ne se laissent pas labourer et sont abandonnés aux moutons et au bétail ; des blocs de roche grise hérissent les monticules herbeux : les rares prairies sont parsemées de plants d'airelle et de bruyère

– vestiges d'une ancienne végétation sauvage – ou tout à fait envahies par l'herbe de saint Jacques et les joncs fleuris ; mais ces terres ne font pas partie de notre propriété.

Presque au sommet de la colline, à deux *miles* environ de Linden-Carr, se dresse Wildfell Hall, un château de l'époque élisabéthaine, d'aspect plutôt délabré : les murs de pierre grise sont, sans doute, pittoresques et vénérables, mais il doit y faire glacial ; les lourds meneaux de pierre, les fenêtres à vitraux sertis de plomb et les soupiraux rongés par les intempéries sont à peine protégés par de maigres pins d'Écosse qui semblent aussi raides et lugubres que le manoir lui-même. Derrière le château, quelques champs incultes et désolés mènent au sommet de la colline, couvert de bruyère brunie ; en façade s'étend un jardin précédé d'une grille de fer flanquée à droite et à gauche de sphères de granit gris semblables à celles qui garnissent le toit et les pignons. Le jardin, clôturé de murs en pierre, était jadis orné de plantes et de fleurs spécialement choisies pour supporter un climat très rude ; les arbustes et les buissons avaient dû être taillés par la main d'un jardinier habile, mais, abandonnés depuis des années aux mauvaises herbes, au gel, au vent, à la pluie et à la sécheresse, ils avaient pris les formes les plus étranges. Les rangs serrés de troènes qui bordaient l'allée principale étaient aux deux tiers desséchés et le restant avait poussé tout en hauteur ; le vieux cygne de buis taillé qui trônait près du gratte-pieds avait perdu le cou et la moitié du corps ; les deux lauriers taillés en tourelles qui garnissaient la pelouse centrale et les arbustes en forme de guerrier géant et de lion qui défendaient l'entrée avaient lancé des pousses dans tous les sens et ne ressemblaient plus à rien d'humain ou de mythologique. Mais, pour moi, ils prenaient l'aspect de ces malins esprits des légendes fantastiques que me contait ma nourrice et qu'elle situait toujours dans le vieux manoir hanté, déserté par ses propriétaires.

Lorsque j'aperçus Wildfell Hall, j'avais déjà abattu un faucon et deux corneilles et, décidant d'arrêter là mes déprédations, je marchai vers le château afin de voir de mes yeux les changements qu'y avaient apportés les nouveaux habitants. Il ne me plut pas de m'approcher de la grille centrale et d'examiner le château en regardant entre les barreaux; je m'arrêtai donc le long du mur pour me livrer à mon inspection; je ne constatai aucun changement notable : dans une aile seulement les vitres brisées et le toit en ruine avaient été réparés et un mince ruban de fumée s'élevait en spirale au-dessus d'une des cheminées.

Je restais là, appuyé sur mon fusil, examinant les pignons noirs, plongé dans une profonde rêverie, bâtissant un vrai conte de fées dans lequel d'anciens souvenirs et la belle recluse cachée derrière ces murs avaient une part égale, lorsque je perçus un bruissement de feuilles de l'autre côté du mur; une toute petite main s'éleva au-dessus du mur pour aller s'agripper à la pierre la plus haute, puis une seconde petite main la rejoignit afin d'assurer une prise plus solide; ensuite apparut un front pâle surmonté d'une couronne de cheveux châtains, puis une paire d'yeux bleu foncé et un petit bout de nez blanc.

Le regard de ces beaux yeux se posa sur moi sans m'apercevoir, mais ils brillèrent de bonheur en découvrant Sancho, mon beau setter blanc et noir qui courait dans tous les sens à travers champs, le nez collé au sol. L'enfant leva encore la tête et appela le chien. La bonne bête s'arrêta aussitôt, leva le museau et agita la queue, mais sans se rapprocher du mur. L'enfant (un jeune garçon de cinq ans) s'éleva jusqu'au faîte du mur en répétant ses appels ; comme le chien ne bougeait pas, l'enfant, tout comme Mahomet, décida d'aller à la montagne puisque la montagne ne venait pas à lui, et essaya de sauter du mur, mais la branche tordue d'un vieux pommier qui poussait tout près accrocha sa robe. L'enfant fit quelques mouvements brusques pour se dégager, son pied glissa et il se trouva suspendu entre ciel et terre. Il lutta un moment en silence puis poussa un cri aigu juste à l'instant où je lâchais mon fusil pour voler à son secours ; je pus heureusement le saisir dans mes bras avant qu'il ne tombe.

Je pris un pan de sa robe pour lui sécher les yeux, tandis que je tentais de le rassurer et que j'appelais Sancho pour le distraire. Il posa sa petite main sur le cou du chien et ses yeux pleins de larmes commençaient à sourire lorsque j'entendis claquer la grille de fer ; dans un grand frou-frou de jupons, Mrs Graham se précipita sur moi, le cou découvert et les boucles défaites.

— Donnez-moi l'enfant, s'écria-t-elle à voix basse mais pleine d'une étrange véhémence ; elle m'arracha l'enfant comme si elle craignait quelque terrible contagion et se tint devant moi, raide, une main serrant celle du petit garçon, l'autre agrippée à son épaule ; ses grands yeux noirs pleins de lumière s'accrochaient aux miens ; elle haletait et tremblait d'émotion.

— Je ne faisais aucun mal à cet enfant, madame, dis-je, ne sachant pas si je devais être étonné ou vexé de son attitude, j'ai eu la chance d'arriver juste à temps pour lui éviter une belle dégringolade ; il était accroché à cette branche et suspendu la tête en bas à plus de trois pieds du sol.

— Je m'excuse, monsieur, balbutia-t-elle, soudain calmée, semblant revenir à des sentiments plus raisonnables, tandis qu'une légère rougeur lui montait aux joues. Je ne vous connais pas et je pensais…

Elle se baissa pour embrasser l'enfant et le serra tendrement contre elle.

— Vous pensiez que j'allais enlever votre fils, je suppose?

Elle eut un léger rire embarrassé et, tout en lui caressant la tête, elle répondit :

— Je ne savais pas qu'il essayait de grimper à ce mur. Je suppose que j'ai le plaisir de parler à Mr Markham? ajouta-t-elle plutôt brusquement.

Je m'inclinai et me permis de lui demander d'où elle me connaissait.

— Votre sœur m'a rendu visite, il y a quelques jours, accompagnée de Mrs Markham.

— Existe-t-il une telle ressemblance? demandai-je, assez surpris et pas tellement flatté.

— Vos yeux sont semblables et aussi votre teint, répondit-elle en examinant mon visage d'un air assez perplexe ; et je pense que je vous ai aperçu à l'église, dimanche.

Je souris, et quelque chose dans mon sourire où dans le souvenir qu'il évoquait sembla lui déplaire tout particulièrement, car elle retrouva cette attitude fière et distante qui m'avait fait oublier que je me trouvais à l'église ce dimanche – cet air de souverain mépris qu'elle affectait sans mouvoir un seul trait de son visage et qui semblait être son expression normale, d'autant plus provocante qu'elle lui était naturelle.

— Au revoir, Mr Markham, dit-elle. Puis elle s'éloigna, accompagnée de l'enfant, sans ajouter un seul mot, sans même me saluer des yeux. Je n'essayerai pas de te dire pourquoi j'étais à la fois furieux et mécontent lorsque je rentrai à la maison, c'est un sentiment que je me sens incapable de décrire.

Je ne restai qu'un instant, le temps de déposer mon fusil et ma poire à poudre ; je donnai ensuite quelques instructions à l'un des fermiers et me dirigeai vers le presbytère dans l'espoir de calmer ma mauvaise humeur en compagnie d'Eliza Millward.

Je la trouvai installée, selon son habitude, près du feu, un travail de broderie sur les genoux (la laine de Berlin ne faisait pas encore fureur), tandis que sa sœur reprisait une pile de chaussettes, un chat sur les genoux.

— Mary, Mary, cache-les donc! murmura Eliza comme j'entrais dans la pièce.

— Et pourquoi? répondit-elle avec flegme, tandis que mon arrivée rendait impossible toute discussion à ce sujet.

— Vous n'avez pas de chance, Mr Markham, remarqua la plus jeune en me regardant longuement du coin de l'œil. Papa vient de sortir et, comme il doit rendre visite à quelques paroissiens, il ne rentrera pas avant une heure.

— Cela n'a pas d'importance, je passerai volontiers quelques minutes avec ses filles; si toutefois elles me le permettent, dis-je tout en approchant une chaise et en m'asseyant sans autre cérémonie.

— Soit! Si vous promettez d'être sage et amusant, nous ne ferons pas d'objection.

— N'attendez rien de moi, car je suis venu, non pour vous amuser, mais pour me distraire, répondis-je.

Je me donnai cependant la peine de me rendre agréable à ces demoiselles; et si j'en juge par la bonne humeur que manifestait miss Eliza, mes efforts ne furent pas vains. Nous semblions fort satisfaits l'un de l'autre et si notre conversation n'avait rien de bien profond, elle était du moins joyeuse et animée. C'était presque un *tête-à-tête*[1], car miss Millward ne desserra pas les lèvres, si ce n'est pour corriger quelques exagérations de sa sœur ou

---

1. En français dans le texte.

pour lui demander de ramasser une boule de coton qui avait roulé sous la table ; ce que je fis moi-même avec empressement.

— Merci, Mr Markham, dit-elle comme je lui tendais la boule. Je l'aurais ramassée moi-même si je n'avais craint de déranger le chat.

— Ma chère Mary, cela n'est pas une raison, aux yeux de Mr Markham, il déteste les chats ; presque autant que les vieilles filles, comme tous les hommes d'ailleurs. N'est-ce pas, Mr Markham ?

— Je pense qu'il est tout naturel que nous détestions ces petites bêtes auxquelles vous prodiguez tant de caresses, répondis-je.

— Les pauvres petites amours ! cria-t-elle en se jetant sur le chat de sa sœur pour le couvrir de baisers.

— Voyons, Eliza ! dit miss Millward en repoussant plutôt brusquement la jeune fille.

Mais il était grand temps que je parte ; même en me hâtant, j'allais arriver trop tard pour le goûter et ma chère mère vénérait l'ordre et l'exactitude.

Ma belle amie n'avait nulle envie de me voir partir. Je pressai tendrement sa petite main en la quittant et elle me répondit par son plus doux sourire accompagné d'un regard enjôleur. Je me sentais fort heureux, le cœur débordant de vanité satisfaite et d'amour pour Eliza.

# 3

Deux jours plus tard, Mrs Graham nous rendit visite. Ma sœur Rose était persuadée que la mystérieuse locataire de Wildfell Hall, ignorant toutes les règles de la bienséance, ne viendrait pas de si tôt, et cette opinion était partagée par les Wilson et les Millward qui l'avaient attendue en vain. Les explications que donna Mrs Graham ne parurent pas la satisfaire. Comme ma mère s'étonnait que l'enfant, qui l'accompagnait, ait pu marcher si loin, elle répondit :

— La promenade est, en effet, fort longue pour lui ; mais je n'avais pas le choix ; l'enfant ne reste jamais seul au manoir et j'aurais dû renoncer à ma visite. Je vous demanderai donc, Mrs Markham, de m'excuser auprès de Mrs Wilson et auprès des Millward, lorsque vous les verrez ; je devrai attendre que mon petit Arthur soit assez fort pour m'accompagner et partager le plaisir de ces visites.

— Mais vous avez une servante, ne pouvez-vous le laisser avec elle ? dit Rose.

— Elle est fort occupée ; de plus, elle est trop âgée pour surveiller un enfant aussi espiègle.

— Mais il ne vous accompagnait pas à l'église.

— Il est vrai, mais je ne le quitte pour aucune autre raison ; et j'ai bien l'intention, à l'avenir, de l'emmener ou de rester au manoir avec lui.

— Est-il donc si capricieux? demanda ma mère, quelque peu choquée.

— Non, mais il est mon seul trésor, et je suis sa seule amie; nous n'aimons pas nous séparer, répondit-elle tristement en caressant les boucles blondes de son fils, qui était assis sur un tabouret à ses pieds.

— Mais, ma chère, vous le gâtez complètement, s'exclama ma mère, qui disait toujours ce qu'elle pensait. Vous devriez maîtriser un tel amour, qui est un peu ridicule et, de plus, nuisible à l'enfant.

— Nuisible, Mrs Markham?

— Oui, c'est amollissant d'entourer à ce point un garçon; même à son âge, il ne devrait pas être toujours pendu à vos jupes; il devrait en être honteux.

— Mrs Markham! Ne dites pas cela en sa présence! J'espère que mon fils ne sera jamais honteux de montrer son amour pour sa mère! dit Mrs Graham avec une énergie qui nous étonna.

Ma mère tenta de la calmer par quelques explications supplémentaires, mais elle semblait penser que l'on avait suffisamment discuté ce sujet et parla brusquement de toute autre chose.

«Comme je le pensais, son caractère n'est pas des plus doux malgré ce joli visage, ces joues pâles et ce front élevé marqué par la souffrance et les pensées profondes», me dis-je tout bas.

Durant toute cette conversation, je me trouvais assis à l'autre bout de la pièce; je paraissais plongé dans la lecture du *Farmer's Magazine* et, lorsque notre visiteuse était entrée, je m'étais simplement incliné vers elle, sans quitter mon journal, car il ne me plaisait pas de lui accorder trop d'importance.

Quelques minutes s'écoulèrent de la sorte, puis je sentis que quelqu'un s'approchait d'un pas hésitant.

Le jeune Arthur était irrésistiblement entraîné vers mon chien Sancho, couché à mes pieds. En levant les yeux, je l'aperçus qui observait la bête, mais qui restait comme enraciné là, non parce qu'il craignait le chien mais plutôt par peur de son maître. Il fallut peu de chose pour qu'il s'approche de moi; cet enfant était timide, mais non boudeur. Il commença par s'agenouiller sur le tapis pour serrer le cou de Sancho entre ses deux petits bras, mais bientôt il grimpa sur mes genoux, intéressé par les diverses espèces de chevaux, de cochons, de bêtes à cornes et aussi par les fermes modèles dessinées dans le volume qui était ouvert devant moi. Je jetai un regard vers sa mère afin de voir si elle appréciait cette toute neuve intimité qui semblait s'établir entre son fils et moi, et il me sembla que, pour l'une ou l'autre raison, elle se sentait mal à l'aise.

— Viens près de moi, Arthur, dit-elle finalement. Tu déranges Mr Markham, qui désire lire.

— Mais pas du tout, Mrs Graham. Je vous en prie, laissez-le. Je m'amuse autant que lui.

Mais elle l'appela silencieusement, de la main et des yeux.

— Oh! non, maman; laisse-moi d'abord regarder ces gravures, puis je viendrai tout te raconter, dit l'enfant.

— Nous donnons une petite soirée, le lundi 5 novembre, et j'espère que vous ne refuserez pas d'être des nôtres, Mrs Graham, dit ma mère. Votre petit garçon peut vous accompagner, nous pourrons certainement le distraire, et vous aurez ainsi l'occasion de présenter vous-même vos excuses aux Millward et aux Wilson, qui m'ont déjà promis de venir.

— Merci, mais je ne sors jamais le soir.

— Mais ce sera une très simple petite réunion; la soirée ne se prolongera pas, vous ne rencontrerez que ma famille, les Millward et les Wilson, que vous connaissez presque tous, et votre propriétaire, Mr Lawrence, que vous devriez connaître.

— J'ai déjà eu l'occasion de le rencontrer... mais vous devrez m'excuser pour cette fois. Les soirées sont humides et sombres et Arthur est trop délicat pour que je l'expose à cette fraîcheur. Nous devrons remettre à plus tard le plaisir de passer une soirée ensemble ; en été, les jours sont plus longs et les nuits plus chaudes.

Sur un signe de ma mère, Rose s'était levée pour prendre dans l'armoire en chêne un carafon de vin, des verres et un gâteau sec ; elle présenta le plateau à nos deux invités qui se servirent de gâteau, mais refusèrent obstinément le vin que ma mère voulait absolument leur faire apprécier. Arthur repoussa avec horreur le nectar aux tons de rubis et il était prêt à pleurer de dégoût lorsque Rose insista.

— Ne pleure pas, Arthur, dit sa maman. Mrs Markham pense que ce vin te réconfortera après la longue promenade qui t'a fatigué, mais elle ne t'obligera pas à le prendre. Et j'ose dire que tu as raison de refuser cette boisson. La seule vue d'un verre de vin lui fait horreur, ajouta-t-elle ; l'odeur suffit à le rendre malade. Je lui en donne parfois une gorgée lorsqu'il est malade mais, en réalité, c'est moi qui lui ai appris à le détester.

Tout le monde se mit à rire, sauf la jeune veuve et son fils.

— Mon Dieu ! Mrs Graham, vous m'étonnez vraiment ! dit ma mère dont les yeux bleus pétillaient de moquerie. Je vous croyais plus de bon sens. Votre fils sera certainement la plus mouillée de toutes les poules mouillées ! Quelle sorte d'homme va-t-il devenir si vous vous obstinez à...

— J'estime, au contraire, que cela est très raisonnable, interrompit Mrs Graham avec une gravité imperturbable. J'espère qu'il échappera ainsi à l'un des vices les plus dégradants. Je voudrais pouvoir l'immuniser contre tous les autres d'une façon aussi absolue.

— Mais, de cette façon, vous n'en ferez jamais un homme vertueux, dis-je à mon tour. Car qu'est-ce que la vertu, Mrs Graham? C'est une force qui permet de résister à la tentation. Et que fera-t-il quand plus rien ne sera tentation? Quel est l'homme fort? Celui qui accomplit des exploits surprenants au risque d'épuiser ses forces ou celui qui, assis dans son fauteuil tout au long du jour, ne fait rien de plus fatigant que d'attiser le feu ou de porter sa fourchette jusqu'à ses lèvres? Si vous désirez que votre fils fasse bonne figure dans le monde, n'écartez pas toutes les pierres de son chemin, mais apprenez-lui à sauter tous les obstacles, apprenez-lui à marcher seul sans l'aide de votre main secourable.

— Je lui tiendrai la main jusqu'à ce qu'il ait la force de marcher seul, Mr Markham. Quant aux pierres du sentier, je les écarterai chaque fois que je pourrai et je lui apprendrai à éviter les autres, ou à sauter par-dessus comme vous dites si bien… car, malgré tous mes efforts, il restera toujours assez d'obstacles sur son chemin; il aura suffisamment l'occasion d'exercer son agilité, sa force de caractère et sa prudence. Il est très facile de dire qu'il faut résister à la tentation… mais ne voit-on pas, pour un homme fort, cinquante autres… que dis-je, cinq cents autres qui cèdent, qui plient? Et comment puis-je espérer que mon fils sera cet homme unique parmi tant d'autres?… Et ne vaut-il pas mieux le préparer au pire?… Et supposons qu'il ressemble à son… au reste de l'humanité?

— Tout cela est très flatteur pour nous tous, fis-je remarquer.

— Je ne sais rien de vous personnellement... Je parle de ceux que je connais... et quand je vois l'humanité tout entière (à quelques rares exceptions près) trébucher tout au long du sentier de la vie, dégringoler dans tous les abîmes, se heurter à tous les obstacles, pourquoi ne ferais-je pas tout ce qui est en mon pouvoir pour assurer à mon fils un voyage plus aisé?

— Vous avez certes raison, mais le meilleur moyen reste de le fortifier contre la tentation et non d'écarter celle-ci de son chemin.

— Je ferai les deux, Mr Markham. Dieu m'est témoin qu'il rencontrera encore assez de tentations, intérieures et extérieures, lorsque j'aurai tout fait pour lui faire voir l'horreur du vice. Personnellement, j'ai été fort peu tentée par ce que le monde appelle vice, mais j'ai pourtant trouvé des tentations et des épreuves d'une autre sorte sur mon chemin et j'ai souvent souhaité être mieux armée pour résister. Et je crois que tous ceux d'entre nous qui ont l'habitude de réfléchir et le désir de fuir toute corruption seront de mon avis.

— Certes, dit ma mère, qui craignait un peu de la blesser, mais votre cas n'est pas celui d'un garçon; et permettez-moi, chère Mrs Graham, de vous dire que c'est une grave erreur de croire qu'une femme seule peut élever un garçon, une erreur qui peut même être fatale. Vous êtes intelligente et cultivée, vous pourriez vous croire capable de vous charger de son éducation, mais, croyez-moi, renoncez-y avant qu'il soit trop tard.

— Je suppose que je devrais l'envoyer à l'école pour qu'il y apprenne à faire fi de l'affection et de l'autorité maternelles! répliqua-t-elle avec un sourire amer.

— Oh, non! Mais si vous voulez qu'un garçon méprise sa mère, gardez-le à la maison et passez votre vie à le cajoler; soyez l'esclave de tous ses caprices.

— Nous sommes tout à fait d'accord, Mrs Markham ; une telle faiblesse serait contraire à mes principes, et criminelle de surcroît.

— Vous le traiterez comme une fille ; vous amollirez son esprit et en ferez une poupée de salon ; c'est ce qui arrivera, je puis vous le certifier. Mais je demanderai à Mr Millward de vous en parler ; il pourra mieux que moi vous ouvrir les yeux ; il vous expliquera de façon limpide tout ce que vous devriez faire pour l'éducation de votre garçon ; je suis persuadée qu'il vous convaincra en moins d'une minute.

— Il n'est pas nécessaire de déranger le pasteur pour si peu de chose, dit Mrs Graham, en jetant un coup d'œil vers moi (je pense qu'elle avait remarqué que la confiance illimitée que ma mère avait en l'éloquence de ce vénérable gentleman me faisait sourire). Mr Markham, ici présent, pense pouvoir me convaincre tout aussi facilement. Vous, qui prétendez qu'un garçon ne doit pas être protégé contre le mal, mais qu'il doit, au contraire, foncer tête baissée, seul et sans aide ; qu'on ne doit pas lui apprendre à éviter les pièges de la vie, mais à sauter par-dessus les obstacles, à rechercher le danger et à nourrir sa vertu de tentations, seriez-vous…

— Je vous demande pardon, Mrs Graham, mais vous allez un peu vite ; je n'ai jamais dit qu'il fallait qu'il marche droit vers tous les pièges, ou qu'il devait rechercher la tentation pour la seule gloire de la surmonter ; j'ai simplement dit qu'il fallait armer et fortifier votre héros, plutôt que de désarmer et d'affaiblir l'ennemi. Une simple pousse de chêne élevée en serre chaude, soignée jour et nuit, abritée du moindre souffle, ne deviendra jamais un bel arbre fier, semblable à celui qui aura poussé sur la pente de la montagne, exposé à toutes les intempéries, à peine abrité contre la furie des tempêtes.

— D'accord, mais utiliseriez-vous les mêmes arguments en ce qui concerne l'éducation d'une fille?

— Certainement non.

— Non, elle serait traitée comme une fragile fleur de serre, on lui apprendrait à s'accrocher aux autres, on la protégerait du vice de toutes les façons imaginables. Soyez assez gentil pour me dire pourquoi une telle différence? Serait-ce parce que vous croyez qu'une fille n'a pas de vertu?

— Loin de moi cette idée.

— Vous affirmez cependant que seule la tentation peut provoquer la vertu; que, d'autre part, elle doit être écartée de toute tentation, protégée contre le vice ou tout ce qui s'en rapproche. J'en déduis qu'elle est essentiellement si vicieuse ou si faible d'esprit qu'elle ne peut résister à la tentation; que si elle peut demeurer pure et innocente aussi longtemps qu'elle est tenue dans l'ignorance du péché, elle devient une pécheresse dès qu'on lui ouvre les yeux, que plus grande sera sa connaissance du mal, plus grande sera sa liberté, plus profonde sa corruption; tandis que le sexe fort, lui, a une tendance naturelle vers la bonté, car il est protégé par une force morale supérieure qui se développe chaque fois qu'elle se trouve en face du danger...

— Le ciel m'est témoin que je n'ai rien dit de semblable! dis-je dès que je pus placer un mot.

— C'est donc que vous pensez qu'ils sont tous les deux faibles et faillibles, mais que si la moindre erreur, l'ombre seule du vice sont néfastes à l'éducation d'une fille, le caractère d'un garçon s'en trouvera fortifié et purifié, et un contact fortuit avec le fruit défendu ne pourra que parachever son éducation. Si je puis me servir de votre comparaison, une telle expérience sera pour lui comme la tempête qui attaque le chêne; si elle arrache les feuilles et brise les jeunes rameaux, elle accroche plus solidement ses racines dans le sol et durcit les fibres de son écorce. Selon vous, nos fils devront tenter toutes les expériences tandis que nos filles ne pourront même pas profiter de l'expérience des autres. Je voudrais, moi, qu'elle profite de l'expérience des autres, qu'elle sache choisir entre le bien et le mal et que mon fils ne soit pas obligé de tenter toutes les expériences pour savoir qu'il est des lois qui ne peuvent être transgressées. Je n'enverrais pas une jeune fille innocente et désarmée dans le vaste monde, mais je ne voudrais pas, en l'enfermant à l'abri de ses ennemis, la désarmer, lui faire perdre la force de se défendre elle-même; mais je ne peux penser un seul instant que mon fils deviendra ce que vous appelez un «homme du monde», un homme qui a tout vu, et qui se vante de son expérience – même si cette expérience doit l'aider à devenir un citoyen respectable – je préférerais mourir demain! répéta-t-elle sérieusement, en serrant l'enfant contre elle et en lui baisant passionnément le front.

Il m'avait quitté pour revenir s'asseoir aux pieds de sa mère et levait les yeux vers elle en cherchant à comprendre son long discours.

— Vous autres femmes devez toujours avoir le dernier mot, dis-je comme elle se levait pour prendre congé de ma mère.

— Vous pouvez prononcer tous les mots qu'il vous plaira… mais je ne serai plus là pour les entendre.

— C'est toujours ainsi; vous écoutez un raisonnement aussi longtemps qu'il vous convient… et le reste est emporté par le vent.

— Si vous désirez vraiment en dire plus à ce sujet, répondit-elle en serrant la main de Rose, accompagnez votre sœur, un jour que le temps sera beau, et je vous écouterai avec toute la patience que vous pouvez souhaiter. Je préfère vos sermons à ceux du pasteur, car je n'aurai aucun remords à vous assurer que je tiens à rester logique et que je garde mon opinion inchangée.

— Oui, il est bien connu que lorsqu'une femme consent à écouter une opinion opposée à la sienne, c'est avec l'intention bien arrêtée de ne pas se laisser convaincre; elle écoute avec ses deux oreilles mais son esprit est résolument fermé au raisonnement le plus solide, ai-je répliqué, bien décidé à être aussi provocant qu'elle.

— Au revoir! Mr Markham, dit ma noble adversaire avec un sourire apitoyé; sans rien ajouter de plus, elle inclina légèrement la tête en se dirigeant vers la porte; mais son fils, impertinent comme tous les enfants, l'arrêta en s'écriant:

— Tu n'as pas donné la main à Mr Markham, maman!

Elle se retourna en riant et me tendit la main. Je la serrai, non sans rancune, car j'estimais que depuis notre première rencontre déjà, elle était toujours injuste envers moi. Elle était mal disposée à mon égard et cela sans rien connaître de mon caractère et de mes principes; elle voulait me faire sentir qu'elle ne partageait pas l'excellente opinion que j'avais de moi-même. J'étais de nature susceptible et très vite vexé. Ma mère, ma sœur et quelques autres jeunes personnes m'ont peut-être un peu gâté, mais je n'ai rien d'un petit-maître, que tu le croies ou non.

# 4

Quoique Mrs Graham nous eût refusé le plaisir de sa compagnie, notre soirée du 5 novembre se passa fort bien. Il est même probable que sa présence aurait, par moments, jeté un froid sur nos ébats joyeux et cordiaux.

Ma mère était comme toujours gaie et bavarde, elle débordait d'activité et de bonne volonté et poussait l'amabilité jusqu'à forcer certains de ses hôtes à boire et à manger plus qu'ils n'en avaient envie ou à discourir devant le feu flambant alors qu'ils eussent sans doute préféré se taire. Mais, comme ils se sentaient tous le cœur en vacances, ils supportèrent fort bien ce genre de traitement.

Mr Millward déversa un torrent de dogmes, de plaisanteries sentencieuses, d'anecdotes pompeuses et de discours farcis de prouesses oratoires pour l'édification de l'assemblée en général et d'un petit auditoire, en particulier, qui comprenait : l'admirative Mrs Markham, Mr Lawrence, toujours poli, la végétative Mary Millward et le calme Richard Wilson, auxquels s'ajoutait le prosaïque Robert.

Mrs Wilson était plus brillante que jamais ; elle possédait une provision inépuisable de nouvelles fraîches et d'anciens scandales, et elle entrecoupait ses discours de remarques triviales et personnelles et d'observations maintes fois répétées, bien décidée qu'elle était à ne laisser aucun repos à sa langue agile, qui luttait d'activité avec ses doigts tricotant d'un mouvement jamais interrompu.

Sa fille Jane était aussi gracieuse, spirituelle, élégante et séduisante que d'habitude; elle avait ici mainte damoiselle à surpasser et plusieurs gentlemen à séduire – en particulier Mr Lawrence, qu'elle tentait de maintenir sous son charme ensorceleur. Tous les sortilèges qu'elle utilisait étaient trop subtils pour attirer l'attention des autres convives, mais, pour ma part, je trouvais qu'une certaine affectation de supériorité gâtait quelque peu son manège. Lorsqu'elle nous eut quittés, Rose singea à mon intention ses mines et ses paroles avec une vivacité de pénétration non dénuée d'âpreté et je me demandais si elle n'était pas jalouse de l'attention que le *squire* accordait à Jane... Mais, rassure-toi, Halford, je me trompais.

Le jeune frère de Jane, Richard Wilson, restait assis dans un coin, de fort bonne humeur, mais silencieux et modeste, désireux de ne pas attirer l'attention et cependant tout disposé à écouter et à observer nos invités. Bien qu'arraché à son milieu habituel, il aurait pu être parfaitement heureux si ma mère, avec sa gentillesse abusive, ne l'avait pas persécuté pour l'arracher à son mutisme en l'obligeant à crier ses réponses monosyllabiques à toutes les questions qu'elle posait et le forçant à dévorer force victuailles sous prétexte qu'il était trop modeste pour se servir lui-même.

Rose m'avait expliqué qu'il n'avait nulle envie de venir à notre petite fête, mais que sa sœur, Jane, voulait absolument prouver à Mr Lawrence qu'un de ses frères, au moins, était un intellectuel, plus raffiné que Robert. Elle aurait fort aimé que ce dernier ne se montrât point, mais il lui avait répondu qu'il ne voyait aucune raison de se priver du plaisir d'échanger quelques bonnes plaisanteries avec Markham ou avec la vieille dame (ma mère n'était pas vieille, en réalité), avec la jolie miss Rose ou avec le pasteur et toute la meilleure compagnie qui se trouverait présente. Et il était, en fait, un des causeurs les plus animés : il bavardait des choses de tous les jours avec ma mère et avec Rose, discutait de questions paroissiales avec le pasteur, des problèmes de la ferme avec moi, et de politique avec tous les deux.

Mary Millward, elle aussi, restait à peu près muette et ma mère évitait de l'accabler d'amabilités parce qu'elle répondait d'une façon trop décidée et qu'on la savait plus maussade que timide. Quoi qu'il en soit, elle ne débordait certainement pas de joie et n'en distribuait pas autour d'elle. Eliza m'avait raconté que sa sœur n'était venue que pour obéir à son père, qui s'était mis en tête qu'elle consacrait beaucoup trop de temps aux occupations ménagères et que les délassements et les plaisirs innocents de la société étaient nécessaires à son âge et à son sexe. Elle me paraissait plutôt bien disposée, ce soir. Les joyeuses plaisanteries de l'un ou l'autre d'entre nous la forçaient parfois à rire et elle cherchait alors le regard de Richard Wilson, qui était assis en face d'elle. Elle avait eu l'occasion de le rencontrer lorsqu'il venait prendre quelques leçons chez le pasteur, et je suppose que leurs habitudes et l'amour de la solitude qu'ils avaient en commun les rapprochaient.

Ma charmante Eliza, coquette sans affectation, semblait briller uniquement pour moi. Malgré quelques paroles impertinentes à mon égard, elle ne pouvait pas dissimuler le plaisir qu'elle éprouvait lorsque je me trouvais à ses côtés, que je murmurais à son oreille ou que je pressais sa petite main en dansant ; ses joues qui brillaient et son sein palpitant trahissaient sa joie. Mais je ferais mieux de tenir ma langue, car si je me vante maintenant de cette conquête, j'aurai d'autant plus à rougir de ma conduite future.

Mais continuons à décrire nos invités; Rose, simple et naturelle selon son habitude, débordait de gaieté et de vivacité.

Fergus étalait une impertinence parfaitement absurde; mais si ses plaisanteries étaient parfois critiquables, elles avaient du moins le don de faire rire.

Sans parler de moi-même, il reste encore Mr Lawrence: toujours parfait gentleman, il était d'une exquise politesse avec le pasteur et les dames: spécialement avec son hôtesse et sa fille, et miss Wilson car il n'avait pas assez bon goût pour préférer Eliza Millward. Nous étions tous les deux plutôt bons amis. C'était un garçon fort réservé qui quittait rarement la demeure qui l'avait vu naître, où il vivait en solitaire depuis la mort de son père; il n'avait ni l'occasion, ni le désir d'entretenir de nombreuses relations, et je crois pouvoir affirmer que j'étais son compagnon préféré. Je le trouvais plutôt sympathique, mais froid, timide et peu expansif. Il admirait chez d'autres une certaine franchise dépourvue de toute vulgarité, mais gardait une réserve parfois excessive en ce qui concernait ses affaires personnelles, et cette froideur écartait toute idée de franche camaraderie. Je lui pardonnais ce manque d'abandon car on pouvait y déceler une délicatesse presque morbide et un manque de confiance en soi qu'il cherchait à dissimuler, plutôt que de l'orgueil ou de la défiance. Son cœur ressemblait à cette plante que l'on nomme «sensitive», qui se déploie pour un instant, à la chaleur du soleil, pour se rouler sur elle-même dès qu'un doigt l'effleure ou que la moindre brise l'agite. En somme, nos relations étaient faites d'estime mutuelle et non de solide amitié; de cette amitié inébranlable et profonde qui nous unit, mon cher Halford, et que, malgré ton humeur parfois bourrue, je peux comparer à un vieux manteau qui, sans avoir perdu sa forme, est cependant moulé sur les épaules de celui qui le porte ; un vêtement que l'on peut endosser par tous les temps sans craindre de l'abîmer ; Mr Lawrence, lui, est comme un vêtement tout neuf et très élégant, mais si serrant que l'on craint toujours de faire éclater les coutures en remuant les bras ; un vêtement dont le tissu est si fragile que l'on a quelque scrupule à l'exposer à la moindre goutte de pluie.

Dès que nos invités furent installés, ma mère parla de Mrs Graham pour l'excuser auprès des Millward et des Wilson, en leur expliquant que ce n'était pas par manque de politesse qu'elle ne rendait pas les visites et qu'elle serait toujours ravie de les recevoir…

— Mais elle est assez bizarre, Mr Lawrence, ajouta-t-elle, nous ne savons que penser… Peut-être pourriez-vous nous aider, car elle est votre locataire et prétend vous connaître.

Tous les yeux se tournèrent vers Mr Lawrence, qui sembla fort embarrassé.

— Moi ? dit-il. Vous vous trompez, Mrs Markham ! Je ne… enfin… c'est-à-dire que je l'ai vue, évidemment, mais je suis la dernière personne qui puisse vous renseigner.

Il se tourna brusquement vers Rose et lui demanda de nous chanter quelque chose ou de se mettre au piano.

— Non, répondit-elle, demandez à miss Wilson, elle est meilleure chanteuse, et meilleure musicienne.

Miss Wilson refusa d'un air modeste.

— Elle chantera très volontiers, si vous vous tenez derrière elle et tournez les pages, Mr Lawrence, dit Fergus.

— J'en serai ravi, miss Wilson, si vous le permettez ?

Elle inclina son long cou, sourit, et après lui avoir permis de la conduire jusqu'à l'instrument, elle joua plusieurs morceaux de façon très brillante; lui, se tenait patiemment à ses côtés, une main appuyée au dossier de sa chaise tandis que l'autre tournait les pages. Il semblait aussi ravi qu'elle-même par son interprétation qui, à mon avis, était œuvre de virtuose mais manquait d'émotion.

Mais nous n'avions pas fini de parler de Mrs Graham.

— Pas de vin pour moi, Mrs Markham, dit Millward, comme on lui présentait ce breuvage. Je prendrai un peu de cette bière que vous brassez vous-même; vous savez que je la préfère à toutes les autres boissons.

Flattée par ce compliment, ma mère sonna, fit apporter une cruche de notre meilleure « blonde » et la déposa devant cet honorable gentleman qui savait en apprécier la saveur.

— Voilà ce que j'attendais! s'écria-t-il en versant adroitement la bière de très haut, afin de former une belle mousse sans éclabousser la table.

Il leva son verre, en admira la couleur en le tenant devant une chandelle puis but d'un trait, claqua les lèvres, respira un bon coup et remplit à nouveau son verre tandis que ma mère l'observait avec une satisfaction non déguisée.

— Il n'est rien de meilleur au monde, Mrs Markham! dit-il. Je vante toujours les mérites incomparables de votre bière.

— Je suis heureuse que vous l'aimiez, sir. Je surveille le brassage moi-même, comme la fabrication du beurre et du fromage. Lorsque je fais quelque chose, j'aime que cela soit bien fait!

— Vous avez parfaitement raison, Mrs Markham!

— Mais dites-moi, Mr Millward, est-il mal de boire un peu de vin, de temps à autre?... ou un peu d'alcool? dit ma mère en tendant un grog fumant, mélange de gin et d'eau, à Mrs Wilson qui affirmait que le vin était indigeste. Son fils Robert se versa une large rasade du même breuvage.

— Pas le moins du monde, répondit cet oracle, avec un hochement de tête digne de Jupiter. Ces bonnes choses peuvent être des bénédictions si vous n'en abusez pas.

— Eh bien! Mrs Graham n'est pas de votre avis! Écoutez ce qu'elle nous raconta l'autre jour... Je lui ai dit que je vous en parlerais.

Et ma mère s'engagea dans une longue description des erreurs de cette dame au sujet des boissons alcoolisées et termina en disant:

— Ne pensez-vous pas qu'elle a tort?

— Tort! répéta le pasteur, encore plus solennel que d'habitude. J'ose dire que c'est un crime! Non seulement elle rend ce garçon ridicule, mais elle méprise les dons de la divine Providence.

Il se lança alors dans une longue diatribe qui démontrait la folie et l'impiété d'une telle conduite. Ma mère l'écoutait avec le plus profond respect; même Mrs Wilson interrompit son caquetage incessant et écouta en silence tout en sirotant son gin. Mr Lawrence, un mince sourire aux lèvres, assis devant la table, jouait négligemment avec son verre de vin à moitié vide.

— Mais ne croyez-vous pas, Mr Millward, que lorsqu'un enfant peut avoir hérité de ses ancêtres un goût marqué pour la boisson, il est bon de prendre certaines mesures? suggéra-t-il lorsque le pasteur interrompit enfin son discours.

(Il faut savoir que l'intempérance avait abrégé les jours du père de Mr Lawrence.)

— Quelques précautions peuvent être nécessaires, il est vrai. Mais la modération et l'abstinence sont deux choses différentes.

— Il paraît que certaines personnes ne peuvent se modérer et si, selon vous l'abstinence est un vrai mal, personne ne m'empêchera de croire que l'excès en est un autre. Certains parents interdisent les boissons alcoolisées à leurs enfants, mais l'autorité des parents n'est pas éternelle. Les enfants sont toujours attirés par ce qui leur est défendu; ils seront immanquablement tentés de goûter à ce breuvage que l'on a tant vanté devant eux tout en leur interdisant d'en boire la moindre goutte – à la première occasion, ils voudront satisfaire leur curiosité et il n'y a que le premier pas qui coûte… Je ne prétends pas être bon juge en la matière, mais il me semble que la méthode, peut-être un peu extraordinaire de Mrs Graham, telle que vous la décrivez, Mrs Markham, n'est pas sans raison d'être; de cette manière, elle écarte l'enfant de toute tentation, de tout désir malsain, de toute curiosité, il ne désire pas faire plus ample connaissance avec l'alcool, dont il est dégoûté d'avance, sans en avoir subi les effets néfastes.

— Et vous trouvez qu'il doit en être ainsi, monsieur? Ne vous ai-je pas assez démontré que cette méthode d'éducation est contraire à l'Écriture? Un enfant ne doit pas mépriser les bienfaits de la Providence, mais apprendre à en user avec modération.

— Vous estimez peut-être que le laudanum est un bienfait de la Providence, sir, mais vous devez admettre avec moi qu'il est préférable de ne pas en prendre, même avec modération, répliqua Mr Lawrence en souriant. Mais je ne désire pas pousser ma comparaison à l'extrême et pour vous le prouver, je m'empresse de vider mon verre.

— Et vous en prendrez un second, j'espère, Mr Lawrence, dit ma mère en lui tendant la bouteille.

Il refusa très poliment, et, écartant légèrement sa chaise de la table, il se tourna vers le divan sur lequel j'étais assis, en compagnie d'Eliza Millward, et me demanda d'un ton négligent si je connaissais Mrs Graham.

— Je l'ai rencontrée, à deux reprises, répondis-je.
— Que pensez-vous d'elle?
— Je ne peux pas dire qu'elle me soit très sympathique. Elle est belle, d'une beauté très distinguée, mais rien moins qu'aimable. J'imagine qu'elle doit avoir la tête farcie de préjugés, auxquels elle s'accroche envers et contre tous; elle doit même être disposée à déformer la vérité la plus évidente pour l'adapter à son opinion préconçue et inébranlable. Elle est trop dure, trop amère pour me plaire.

Il baissa les yeux et se mordit la lèvre, sans répondre. Après un instant de silence, il se leva pour se diriger vers miss Wilson; je suppose que sa conversation devait être plus agréable que la mienne. Plus tard, je devais me souvenir de ce manège qui, ajouté à d'autres petits incidents apparemment sans importance… Mais j'anticipe.

La soirée se termina par quelques pas de danse; notre respectable pasteur n'y voyait aucun inconvénient, malgré la présence d'un violoniste du village qui dirigeait nos évolutions. Mary Millward, elle, refusa obstinément de se joindre à nous, ainsi que Robert Wilson. Ma mère essaya vainement de l'entraîner et s'offrit même comme partenaire.

Nous nous passâmes facilement d'eux et étions assez nombreux pour un quadrille, auquel nous ajoutâmes quelques danses populaires. Ces plaisirs nous amenèrent jusqu'aux petites heures de la nuit et je demandai à notre violoniste de nous jouer une valse. Comme je me disposais à enlacer Eliza et que Lawrence et Jane Wilson, ainsi que Fergus et Rose, s'apprêtaient à tournoyer délicieusement, Mr Millward nous interrompit :

— Non, non, je n'autorise pas cette danse en ma présence! Viens, ma fille, il est grand temps de rentrer.

— Je t'en prie, papa, supplia Eliza.

— Il est grand temps, très grand temps. De la modération en toutes choses, ma fille! Que tous les hommes sachent que tu sais où t'arrêter!

Pour me venger, je suivis Eliza dans le corridor mal éclairé, sous prétexte de l'aider à mettre son châle, mais en réalité pour lui voler un baiser pendant que son père s'emmitouflait dans un énorme cache-nez. Mais hélas, ma mère me suivait de près! Dès que nos hôtes furent partis, elle se lança dans un long sermon qui refroidit quelque peu les rêves de mon imagination surexcitée et termina désagréablement la soirée si bien commencée.

— Mon cher Gilbert, dit-elle, pourquoi fais-tu cela? Tu sais comme je pense souvent à ton avenir, tu sais que je t'aime et t'admire plus que tout au monde et comme j'aimerais te voir bien marié, mais tu sais aussi que je veux pour toi mieux que cette fille – ou que n'importe quelle autre du voisinage. Je ne sais pas ce que tu peux voir en elle. Elle n'a aucune fortune; cela est sans grande importance pour moi, mais elle manque aussi de beauté, d'intelligence et de cœur. Tu n'y penserais même pas si tu savais, comme moi, ce que tu vaux. Prends patience et regarde autour de toi. Crois-moi, si tu t'attaches à cette fille, tu le regretteras plus tard, lorsque tu en rencontreras d'autres qui lui seront de loin supérieures. Crois-moi, mon garçon!

— De grâce, maman! Je déteste les sermons! Je ne vais pas me marier demain, je t'assure! Mais, seigneur! ne puis-je m'amuser un peu?

— Oui, mais pas de cette manière. Tu ne devrais vraiment pas agir de la sorte. Si elle était sérieuse, tu lui ferais grand tort, mais elle n'est qu'une adroite petite effrontée, comme chacun sait. Et elle te prendra dans ses filets sans que tu le saches. Si tu l'épouses, tu me briseras le cœur, Gilbert – il faut donc que cela finisse.

— Ne pleure pas, maman, je t'en prie, dis-je, car ses yeux étaient pleins de larmes ; voilà un baiser pour te faire oublier celui que j'ai donné à Eliza ; ne la critique pas tant et dors en paix. Je te promets que jamais, enfin… je te promets de réfléchir avant de prendre une décision qui pourrait te déplaire.

En disant cela, j'allumai ma chandelle et j'allai au lit, passablement refroidi.

## 5

Tout le mois s'écoula presque avant que, pour obéir aux prières répétées de Rose, je ne l'accompagne à Wildfell Hall. Nous fûmes assez surpris d'être introduits dans une pièce qui était visiblement un atelier ; un chevalet s'y dressait, près d'une table garnie de rouleaux de toile, de pinceaux, d'une palette, d'huiles, de vernis et de couleurs. Une série de dessins, plus ou moins avancés, s'alignait le long des murs ainsi que quelques tableaux achevés, surtout des paysages et des portraits.

— Je dois vous recevoir dans mon studio, dit Mrs Graham. Il n'y a pas de feu allumé dans le salon aujourd'hui, et il fait vraiment trop froid pour que je vous invite à vous asseoir devant une grille vide.

Elle débarrassa deux chaises encombrées et nous pria de nous asseoir tandis qu'elle se dirigeait vers son chevalet – elle ne se mit pas exactement devant lui mais jetait de temps à autre un regard vers le tableau, ou y ajoutait quelques touches de couleur comme s'il lui était impossible d'abandonner tout à fait l'œuvre commencée pour se consacrer à ses visiteurs. La toile représentait Wildfell Hall, à une heure matinale ; le manoir, vu des champs, se dressait, noir sur un ciel d'un bleu argenté, parfois griffé de rouge ; le paysage était fidèlement rendu, le dessin très artistique et élégant.

— Je vois que vous mettez toute votre âme dans votre travail, Mrs Graham, fis-je remarquer. Ne vous interrompez pas pour nous, je vous en prie. Nous nous sentirions trop gênés si notre intrusion devait vous empêcher de continuer ce tableau.

— Mais non, répondit-elle en jetant son pinceau sur la table comme si elle comprenait tout à coup son manque de politesse. Les visites sont si rares que je veux profiter de la vôtre pour me distraire de mon travail.

— Ce tableau est presque terminé, dis-je en m'approchant pour le regarder de plus près et en cherchant à dissimuler mon admiration. Quelques retouches au premier plan et il sera parfait. Mais pourquoi l'appeler Fernley Manor, Cumberland? demandai-je en remarquant les mots qu'elle avait tracés en petits caractères au bas de la toile.

Lorsque je la vis rougir et hésiter, je compris mon impertinence. Après un moment de silence, elle répondit avec une sorte de franchise désespérée:

— Parce que j'ai des amis... ou plutôt des relations... auxquels je désire cacher ma résidence actuelle. Ils pourraient voir ce tableau et reconnaître mon style bien que je le signe de fausses initiales; je préfère donc donner un faux nom à ce paysage pour les écarter tout à fait.

— Vous ne garderez donc pas ce tableau? dis-je, désireux de changer le sujet de la conversation.

— Je ne puis me permettre de peindre pour mon plaisir.

— Maman expédie tous ses tableaux à Londres, dit Arthur; quelqu'un les vend pour elle et nous envoie l'argent.

Comme je regardais les autres dessins, je remarquai une esquisse de Lindenhope, vu du haut de la colline; une autre représentait le vieux manoir baigné dans la brume ensoleillée d'un calme après-midi d'été; et un petit tableau représentait un enfant pensif qui se penchait avec une profonde tristesse sur les fleurs qui se fanaient dans ses mains; le tableau était frappant de vie avec son fond de collines et de champs d'automne surmontés d'un morne ciel chargé de nuages.

— Je manque vraiment de sujets, observa la belle artiste. J'ai déjà peint le vieux manoir baigné dans le clair de lune et je suppose que je devrai le peindre une fois encore sous la neige et peut-être une fois de plus au crépuscule sous un ciel chargé de nuages. Je ne vois vraiment rien d'autre dans les environs; on m'a raconté que je pourrais avoir un joli point de vue sur la mer. Est-ce vrai? Peut-on y arriver sans voiture?

— Oui, si vous pouvez faire une marche de quatre *miles* environ, un peu moins de huit *miles* aller et retour; la route est mauvaise et assez fatigante.

— Dans quelle direction?

J'essayai de lui indiquer la route à suivre, les allées et les sentiers, les champs qu'il faudrait traverser d'abord en ligne droite, puis en tournant à droite, puis à gauche, mais elle m'interrompit:

— Arrêtez! ne m'en dites pas plus maintenant, j'aurai tout oublié lorsqu'il fera assez bon pour cette excursion; il faudra attendre le printemps, je vous demanderai de m'expliquer tout cela plus tard. Nous avons encore tout l'hiver devant nous et...

Elle s'interrompit en étouffant une exclamation de surprise et se leva en disant: «Excusez-moi un instant.» Elle quitta vivement la pièce en fermant la porte derrière elle.

Curieux, je me penchai à la fenêtre pour voir ce qui avait pu l'inquiéter de la sorte car j'avais remarqué son regard fixé sur le jardin. J'aperçus le pan d'un manteau d'homme derrière un épais buisson de houx croissant entre la fenêtre et le porche d'entrée.

— C'est l'ami de maman, dit Arthur.

Je regardai Rose qui murmura :

— Je ne sais vraiment que penser d'elle.

L'enfant la fixa d'un air à la fois grave et surpris. Elle lui parla aussitôt d'autre chose pendant que je regardais les tableaux pour me distraire. J'en découvris un dans un coin obscur ; c'était le portrait d'un jeune enfant assis dans l'herbe, les genoux couverts de fleurs. Les immenses yeux bleus et les traits fins du modèle rappelaient assez le jeune gentleman qui se trouvait devant moi pour que je devine que j'admirais un portrait d'enfant d'Arthur Graham. Une masse de boucles châtain clair tombait sur le front qu'il penchait vers le trésor entassé sur ses genoux.

En levant ce tableau pour le porter vers la lumière, j'en découvris un autre, tourné contre le mur. Je me permis de le retourner. C'était le portrait d'un homme dans toute la force de la jeunesse ; il était très beau et assez bien exécuté ; mais il était visible que si l'artiste était la même, le tableau devait être assez ancien ; le dessin était beaucoup plus détaillé, et manquait de cette fraîcheur de coloris et de cette aisance qui m'avait si agréablement surpris lorsque j'avais admiré les autres toiles. Je l'examinai cependant avec un intérêt très vif ; les traits et l'expression étaient si personnels qu'il était évident que le portrait devait être ressemblant. Les yeux bleus qui regardaient le spectateur étaient pleins de drôlerie – l'on s'attendait presque à les voir se plisser en un clin d'œil impertinent ; les lèvres – peut-être un peu trop voluptueuses – semblaient prêtes à sourire ; une paire de moustaches rousses embellissaient ses joues colorées ; les cheveux châtains, brillants et bouclés, descendaient trop bas sur le front et permettaient de supposer que leur propriétaire était plus fier de sa beauté que de son intelligence, et pourtant il n'avait pas l'air d'être idiot.

Je tenais ce portrait depuis à peine deux minutes lorsque la jeune artiste revint dans la pièce.

— C'était quelqu'un qui venait voir les tableaux, dit-elle pour s'excuser de son brusque départ; je lui ai demandé d'attendre.

— Je crains que vous me trouviez bien impertinent car je me suis permis de retourner ce tableau qui était caché dans un coin, mais puis-je vous demander…

— C'est plus que de l'impertinence, sir. Il est inutile de poser des questions à ce sujet car je refuserai de répondre, répondit-elle en tentant d'adoucir la brusquerie de sa réponse par un sourire; ses joues rouges et ses yeux brûlants montraient assez combien elle était fâchée.

— Je voulais simplement savoir si vous l'aviez peint vous-même, dis-je d'un ton boudeur en lui rendant la toile. Elle me l'arracha presque des mains et la remit dans le coin obscur, face au mur, puis elle plaça encore quelques tableaux pour bien le dissimuler et se retourna vers moi en riant.

Mais je ne me sentais plus d'humeur à plaisanter et je me tournai vers la fenêtre pour regarder le jardin morne et désolé et laisser Mrs Graham en conversation avec Rose. Après quelques minutes, je prévins ma sœur qu'il était temps de partir, je serrai la main du petit garçon, m'inclinai froidement vers notre hôtesse et me dirigeai vers la porte. Mais, après avoir dit adieu à Rose, elle me tendit la main, me sourit plutôt gentiment en disant d'une voix douce:

— Ne laissez pas le soleil se coucher sur votre amertume, Mr Markham. Je m'excuse de vous avoir blessé par ma brusquerie.

Il est évidemment impossible de couver sa colère lorsqu'une dame vous fait des excuses; nous nous séparâmes donc bons amis et, cette fois, ma poignée de main fut vraiment cordiale.

# 6

Pendant les quatre mois qui suivirent, je ne rendis pas visite à Mrs Graham et elle n'eut pas le temps de venir chez nous, mais les langues allaient bon train à son sujet et nos relations progressaient lentement mais sûrement. Je n'écoutais que très distraitement les bavardages de ma mère; j'appris cependant que, par une claire journée de gel, la dame du manoir s'était rendue chez le pasteur, accompagnée de son fils, mais que seule miss Millward était à la maison ce jour-là. Elles avaient longuement bavardé et s'étaient quittées avec le désir très vif et réciproque de se revoir. Mary aimait les enfants et toutes les mamans affectueuses sont heureuses lorsqu'on admire leurs chers trésors.

Moi aussi je la rencontrais parfois quand elle venait à l'église et lorsque, tenant son fils par la main, elle se promenait dans les collines. Certains jours, ils faisaient une longue promenade dont le but était fixé d'avance ou bien ils se promenaient dans les *moors* ou les pâturages qui entourent le manoir. Elle avait toujours un livre à la main et son fils gambadait près d'elle. Lorsque, me promenant à pied ou à cheval, je l'apercevais de loin, je m'arrangeais pour que nos routes se croisent, car j'aimais la voir et lui parler et j'étais toujours heureux de bavarder avec son petit compagnon. Dès que j'eus brisé la carapace de timidité qui le protégeait des étrangers, l'enfant se révéla aimable, intelligent et amusant et nous devînmes très vite d'excellents amis. Je ne puis dire jusqu'à quel point sa mère appréciait cette intimité ; je pense qu'au début elle tenta de refroidir l'enthousiasme de son fils, d'étouffer la flamme de notre amitié naissante, mais comme elle finit par comprendre que, malgré ses préjugés à mon égard, j'étais parfaitement inoffensif et même fort bien disposé et que la compagnie de mon chien et même la mienne apportaient beaucoup de plaisir à son fils, elle abandonna la lutte et m'accueillit même avec un sourire de bienvenue.

Arthur, lui, me saluait de loin et courait vers moi dès qu'il m'apercevait. Lorsque j'étais à cheval, il faisait un petit galop avec moi et lorsqu'une des bêtes de la ferme était en vue, je l'aidais à l'enfourcher ; il pouvait se promener en toute sécurité sur ces chevaux plus calmes. Sa mère marchait toujours à nos côtés ; je pense qu'elle veillait surtout à ce que je n'aie aucune mauvaise influence sur l'esprit de l'enfant, car elle le surveillait toujours et l'obligeait à jouer sous ses yeux. Elle préférait le voir galoper et jouer avec Sancho ; tandis que nous cheminions côte à côte, elle semblait parfaitement contente et je ne pouvais m'imaginer que seul le plaisir de ma compagnie la rendait heureuse – parfois cependant je me faisais quelques illusions à ce sujet – elle se réjouissait surtout de voir son fils se livrer à des jeux violents ; privé de compagnons de son âge, il avait trop rarement l'occasion de pratiquer des sports qui eussent fortifié son tempérament délicat. Je pense aussi qu'elle aimait mieux que je ne sois pas seul avec son fils et, de ce fait, incapable de lui faire le moindre mal, volontairement ou non.

Je crois pourtant, que certains jours, elle trouvait quelque plaisir à bavarder avec moi ; par une claire matinée du mois de février, alors que nous nous promenions au cœur des *moors*, elle se dépouilla d'une partie de sa réserve pour discourir avec éloquence sur des sujets qui me tenaient à cœur; elle me parut très belle ce jour-là et je rentrai à la ferme enchanté et heureux; en chemin, je me surpris à penser qu'il serait sans doute plus agréable de passer ses jours aux côtés d'une femme comme elle plutôt qu'en compagnie d'Eliza Millward et ce faisant je rougis (en pensée) de mon infidélité.

En entrant dans le salon, j'y trouvai Eliza, seule avec Rose. Je n'en fus pas aussi heureux que j'aurais dû l'être. Nous bavardâmes pendant très longtemps mais je la trouvais un peu frivole, et même insipide, comparée à Mrs Graham, plus sérieuse et plus mûre. Tant pis pour la fidélité de l'homme!

« Puisque ma mère ne désire pas que j'épouse Eliza, pensai-je, il faut que cette jeune personne perde toute illusion à ce sujet. Si je reste dans cet état d'esprit, il me sera moins difficile de me soustraire à son doux mais persistant esclavage; mais comme ma mère verra sans doute autant d'inconvénients à un mariage avec Mrs Graham, je puis tenter, comme le font les médecins, de guérir le mal par le mal. »

J'étais presque sûr de ne pas devenir sérieusement amoureux de la jeune veuve, mais je pouvais rechercher une compagnie qui me procurait un plaisir incontestable. Elle ne risquait pas de m'aimer et si sa personnalité était assez brillante pour éteindre celle d'Eliza, je ne pouvais que m'en réjouir. Mais j'en doutais fort.

Dès lors, chaque fois que le temps était beau, je me dirigeais vers Wildfell dans l'espoir de la rencontrer. Je savais à peu près à quelle heure elle quittait son ermitage. Mais j'arrivais souvent trop tard, ou trop tôt, car elle changeait l'heure et le but de ses promenades, si souvent, que je pouvais m'imaginer qu'elle cherchait à éviter ma compagnie avec autant d'ardeur que j'en mettais à rechercher la sienne ; mais j'écartais vite cette impression par trop désagréable.

Un jour, au mois de mars, par un clair et calme après-midi, je surveillais l'ouvrier qui passait le rouleau sur les prairies, et celui qui réparait la haie, lorsque j'aperçus Mrs Graham, au bord du ruisseau ; un carnet de croquis à la main, elle était absorbée par son passe-temps favori ; Arthur construisait des barrages et des écluses dans le ruisseau parsemé de grosses pierres, pour s'amuser. Un tel hasard ne pouvait être négligé et je bénis cette occasion de me distraire. Je me dirigeai donc rapidement vers le ruisseau, abandonnant avec plaisir haie et prairie ; mais Sancho était encore plus rapide que moi ; dès qu'il aperçut son jeune camarade de jeux, il partit à fond de train et se jeta sur lui avec tant de joyeuse impétuosité qu'il jeta presque l'enfant dans l'eau ; les pierres le sauvèrent heureusement d'une baignade imprévue et il ne dut pas trop souffrir de sa chute car il se mit à rire aux éclats.

Mrs Graham faisait une étude approfondie des différentes variétés d'arbres et copiait d'un crayon délicat toutes leurs ramifications dénudées par l'hiver. Elle ne parla pas beaucoup mais je me tins debout derrière elle et j'observai les traits de son crayon ; c'était pour moi un véritable plaisir de suivre les mouvements experts de ses jolis doigts de femme. Mais son habileté sembla se ralentir, ses doigts hésitèrent, légèrement tremblants, tracèrent quelques lignes maladroites et finalement s'arrêtèrent tandis qu'elle levait les yeux vers moi en riant et en disant que ma présence semblait faire tort à la qualité de son dessin.

— Dans ce cas, j'irai parler à Arthur pendant que vous le terminez, dis-je.

— J'aimerais monter un cheval, Mr Markham, si maman le permet, dit l'enfant.

— Où vois-tu un cheval, mon garçon ?

— Là-bas, dans ce champ, répondit-il en désignant la solide jument noire qui tirait le rouleau.

— Non, non, Arthur, c'est trop loin, dit sa mère.

Mais je promis de le ramener sain et sauf après quelques tours de prairie ; elle regarda son visage brillant de plaisir, sourit et nous laissa partir. C'était la première fois qu'elle me permettait de l'emmener à quelque distance d'elle.

Fier comme un roi sur son immense monture, il parcourait d'un pas solennel le champ en pente raide et était l'incarnation de la joie la plus pure. Le dessin fut rapidement mené à bonne fin ; mais lorsque je ramenai le fier cavalier à sa mère, elle sembla trouver que je l'avais retenu trop longtemps. Elle avait fermé son carnet d'esquisses et nous attendait sans doute depuis quelques minutes.

Elle nous assura qu'il était grand temps de rentrer et se disposait à me dire bonsoir, mais je n'avais pas l'intention de la laisser partir si vite et je l'accompagnai vers la colline. Elle devint plus sociable et je commençais à me sentir très heureux ; mais comme nous arrivions en vue du vieux manoir, elle s'arrêta comme pour me faire comprendre que je devais les quitter et arrêter là notre conversation ; il était tard en effet, et la fraîche vesprée tirait à sa fin ; le soleil s'était couché ; la pleine lune brillait sur le gris pâle du ciel, mais c'était presque un sentiment de compassion qui me retenait à ses côtés. Il m'était dur de penser qu'elle allait vers ce *home* solitaire et sans confort qui se dressait, silencieux et lugubre devant nous. Seule une faible lueur rougeoyait à une fenêtre du rez-de-chaussée, toutes les autres étaient sombres, car elles étaient sans vitres.

— Ne trouvez-vous pas cet endroit trop isolé? dis-je après un moment de contemplation silencieuse.

— Parfois, dit-elle, les soirs d'hiver, lorsqu'Arthur est couché et que je suis assise seule, j'entends le vent gémir et hurler dans les vieilles chambres en ruine et même les livres ne peuvent chasser mes idées noires, et toutes sortes d'appréhensions se précipitent vers moi… mais c'est folie de se laisser aller à de telles faiblesses, n'est-ce pas? Si une telle vie peut satisfaire Rachel, pourquoi me plaindrai-je? Je ne puis que remercier le ciel d'avoir trouvé un tel refuge, et espérer qu'on ne me l'enlève pas.

La dernière phrase avait été prononcée un ton plus bas, comme si elle s'adressait à elle-même, plutôt qu'à moi. Elle me dit ensuite bonsoir et s'éloigna.

J'avais à peine parcouru quelques mètres lorsque j'aperçus Mr Lawrence, monté sur son fin poney gris, qui montait l'allée mal tracée qui franchit la colline. Je m'écartai légèrement du chemin qui me ramenait à la maison pour le saluer, car nous ne nous étions plus vus depuis quelque temps.

— Je crois vous avoir vu parler avec Mrs Graham, dit-il, après les premiers échanges de politesse.

— Oui.

— Hum! Je le pensais.

Il regardait fixement la crinière de son cheval comme s'il avait quelque chose à lui reprocher, à lui ou à quelqu'un d'autre.

— Cela vous gêne?

— Oh! non, répondit-il. Je croyais que vous ne l'aimiez pas, ajouta-t-il calmement, tandis que ses lèvres aristocratiques formaient un sourire presque sarcastique.

— Supposons que j'aie dit cela, un homme ne peut-il changer d'avis?

— Oui, bien certainement, répliqua-t-il en démêlant une boucle de la luxuriante crinière de sa monture.

Puis, il leva brusquement vers moi le regard de ses doux yeux bruns et ajouta :

— Vous avez donc changé d'avis ?

— Pas exactement. Non... mon opinion n'a pas changé, elle s'est légèrement améliorée.

— Oh !

Il regarda autour de lui comme pour trouver un autre sujet de conversation ; et, levant les yeux vers la lune, il fit quelques remarques parfaitement banales sur la beauté de la soirée.

— Lawrence, dis-je froidement en le regardant bien en face, êtes-vous amoureux de Mrs Graham ?

Il ne parut pas trop offensé par ma question plutôt indiscrète ; après un premier mouvement de surprise, il réprima un éclat de rire et parut hautement amusé par cette idée.

— Amoureux d'elle ! répéta-t-il. Qu'est-ce qui peut vous faire supposer cela ?

— Vous semblez prendre un intérêt exagéré à mes relations avec elle. Je pensais que vous étiez peut-être jaloux.

— Jaloux ? non. Mais je pensais que vous deviez épouser Eliza Millward ?

— Vous vous trompez ; je ne vais épouser ni l'une ni l'autre... pour autant que je sache.

— Alors je pense que vous feriez mieux de les laisser tranquilles.

— Allez-vous épouser Jane Wilson ?

— Non, je ne pense pas, dit-il en rougissant et en triturant la crinière de son poney.

— Alors vous feriez mieux de la laisser tranquille !

Il aurait pu répondre : « si *elle* voulait me laisser tranquille »... Il ne dit rien et eut l'air très sot pendant quelques secondes puis tenta à nouveau de détourner la conversation. Cette fois, je le laissai faire car il en avait supporté assez; un mot de plus aurait fait déborder le vase.

Je fus en retard pour le thé; ma mère avait gentiment gardé le thé et les muffins au chaud et, quoiqu'elle me grondât légèrement, elle admit mes excuses; lorsque je me plaignis que le thé était trop amer, elle versa le restant et demanda à Rose d'en mettre du frais dans la théière et de mettre l'eau à bouillir; ce qu'elle fit, non sans beaucoup de bruit et de commentaires malveillants.

— Si moi j'étais rentrée si tard, je n'aurais pas eu de thé du tout; Fergus, lui, aurait dû se contenter de ce qui restait et en être reconnaissant; mais pour monsieur, rien n'est assez bon. Il en a toujours été ainsi; qu'il y ait seulement quelque bon morceau à table et maman me fait signe de le laisser pour toi; si je n'obéis pas, elle murmure: «Ne mange pas tant, Rose; Gilbert aimera cela pour souper»... Je ne compte pour rien ici. Lorsque nous sommes au salon, l'après-midi, elle dira: «Mets ton ouvrage dans l'armoire, Rose, que tout soit en ordre lorsque tes frères rentreront, et ranime le feu, Gilbert aime qu'il flambe.» À la cuisine, c'est le même refrain: «Fais un gros pâté, Rose, les garçons seront sûrement affamés – et ne mets pas tant de poivre, ils n'aiment pas cela... ne mets pas tant d'épices dans le pudding, Gilbert le préfère au naturel... ne mets pas tant de raisins, Fergus n'aime pas cela...» Et si je réponds que je les aime moi, on me dit de ne pas être égoïste. Et on ajoute: «Tu dois savoir, Rose, qu'il faut penser à deux choses pour être une bonne ménagère: connaître les bonnes recettes et savoir ce que les hommes de la maison préfèrent... les femmes mangeront n'importe quoi.»

— Je suis certaine que Gilbert pense que ce sont là de très bons principes, dit ma mère.

— Très agréables pour nous, en tout cas, répondis-je, mais si tu veux vraiment me faire plaisir, maman, tu dois penser un peu plus à ton propre confort… quant à Rose, elle se défendra bien toute seule! Et lorsque, par hasard, elle se sacrifiera pour nous, elle aura soin de me le faire savoir. Mais je pourrais devenir un monstre d'égoïsme et d'insouciance à force d'être gâté et entouré de tant de prévenances. Si Rose ne se donnait pas la peine de m'ouvrir les yeux de temps à autre, je ne saurais jamais tout ce que je te dois et j'accepterais toutes tes gentillesses comme si elles m'étaient dues.

— Ah! Gilbert! tu le sauras lorsque tu seras marié! Lorsque tu auras épousé une petite sotte vaniteuse qui ne pense qu'à son propre plaisir comme Eliza Millward ou une femme obstinée et sans jugeotte comme Mrs Graham qui ne connaît même pas les principaux devoirs d'une femme et qui emploie son intelligence à tout autre chose… oui, alors seulement tu comprendras.

— Je l'aurai bien mérité, maman; on n'est pas sur la terre simplement pour mettre la bonne volonté d'autrui à l'épreuve, n'est-ce pas? Lorsque je serai marié, j'éprouverai plus de joie à rendre ma femme heureuse qu'à me laisser gâter; j'aimerai mieux donner que recevoir.

— Tu dis des bêtises, mon garçon! Ce sont des idées de jeune homme. Tu en auras vite assez de gâter et de cajoler ta femme et alors les difficultés commenceront!

— Alors, chacun prendra sur soi les soucis de l'autre.

— Mais non, vous trouverez chacun votre place. Tu feras ton travail, et, si elle est digne de toi, elle fera le sien. Mais tu devras savoir ce qui te plaît, et elle devra s'y plier. Ton père était le meilleur des hommes, et pourtant, après les six premiers mois de mariage, il aurait été aussi étrange de le voir s'envoler dans les airs que de le voir se déranger pour me faire plaisir. Il disait toujours que j'étais une bonne épouse et que je faisais mon devoir; et lui aussi faisait son devoir, Dieu le bénisse! Il était ponctuel et sérieux, ne se fâchait que rarement sans raison, appréciait ma bonne cuisine et n'était presque jamais en retard pour les repas... et je pense qu'une femme ne peut rien attendre de plus.

Est-ce vrai, Halford? Possèdes-tu toutes ces vertus domestiques? Et ta femme s'en contente-t-elle?

# 7

Quelques jours plus tard, la matinée était doucement ensoleillée, le sol s'affaissait sous les pieds, car la dernière neige venait de fondre et même, çà et là, une mince ligne de blancheur subsistait entre les brins d'herbe, derrière les haies, mais les premières primevères dressaient timidement la tête entre leurs sombres feuilles humides. L'alouette chantait, haut dans le ciel, chantait la gloire de l'été, de l'espoir et de l'amour… J'étais dehors, sur la colline, profitant de toutes ces merveilles et occupé à surveiller mes jeunes agneaux et leurs mères, lorsque j'aperçus trois personnes qui montaient la vallée. C'étaient Eliza Millward, Fergus et Rose, et je traversai aussitôt le champ pour aller à leur rencontre. Lorsque j'appris qu'ils se dirigeaient vers Wildfell Hall, je proposai de les accompagner et j'offris mon bras à Eliza, qui accepta volontiers d'abandonner mon frère, auquel j'annonçai qu'il pouvait rentrer puisque j'accompagnais ces dames.

— Je te demande pardon! s'exclama-t-il. Ce sont les dames qui me suivaient. Je suis le seul à n'avoir pas encore jeté un regard sur cette belle étrangère… quoi qu'il arrive, je satisferai ma curiosité aujourd'hui même, car je ne peux surmonter cette ignorance plus longtemps. C'est pourquoi j'ai prié Rose de m'accompagner et de me présenter à Mrs Graham. Elle ne voulut me faire ce plaisir que si miss Eliza nous accompagnait, c'est pourquoi j'ai couru jusqu'au presbytère pour la ramener, et nous sommes revenus accrochés l'un à l'autre, comme deux amoureux... et voilà que tu veux me l'arracher, et même me priver de ma promenade et de ma visite. Retourne à tes champs et à tes bœufs, grossier personnage, tu n'es pas digne de frayer avec des oisifs comme nous, qui n'avons rien d'autre à faire que fourrer notre nez dans la vie privée de nos voisins pour découvrir leurs secrets et les dénigrer lorsque nous ne les trouvons pas à notre goût... tu ne peux comprendre des plaisirs aussi raffinés.

— Ne pouvez-vous venir tous les deux? suggéra Eliza, qui n'avait même pas prêté l'oreille à la deuxième partie du discours de mon frère.

— Bien sûr, venez tous les deux! cria Rose, plus on est de fous, plus on rit... et il nous faudra pas mal de gaieté pour combattre la froideur de cette grande pièce sombre et lugubre avec ses étroites fenêtres à petits vitraux et son mobilier funèbre... à moins qu'elle ne nous reçoive dans son atelier une fois encore.

Nous nous y rendîmes donc en groupe; une servante âgée et maigre nous introduisit dans l'appartement que Rose nous avait déjà décrit après sa première visite au manoir; une pièce assez spacieuse était très mal éclairée par de vieilles fenêtres démodées; le plafond, les panneaux muraux et la cheminée ancienne aux sculptures compliquées et d'assez mauvais goût étaient en chêne sombre, des chaises et des tables du même bois n'égayaient guère la pièce; une bibliothèque garnie de rangées de livres divers se dressait près de la cheminée flanquée d'un vieux piano-buffet.

La maîtresse de maison était assise dans un fauteuil à haut dossier qui semblait peu confortable; près d'elle une table ronde supportait un panier à ouvrage et un pupitre; son petit garçon se tenait debout près d'elle, un coude appuyé sur ses genoux, et lisait tout haut, avec une aisance remarquable, dans un petit livre qu'elle tenait; elle avait une main posée sur son épaule et jouait distraitement avec les longues boucles qui retombaient sur son frêle cou blanc. Ils formaient un contraste frappant et agréable avec les meubles de la pièce, mais dès qu'ils nous virent, ils changèrent évidemment de position et je n'eus que quelques secondes pour les admirer, tandis que Rachel tenait la porte ouverte pour nous laisser entrer.

Mrs Graham ne semblait pas spécialement ravie de nous voir; son extrême politesse avait quelque chose de réfrigérant; mais je n'eus guère l'occasion de lui parler. Je m'assis près d'une fenêtre, un peu en dehors du cercle et je fis un signe à Arthur qui vint aussitôt me rejoindre; lui, moi et Sancho, nous nous amusâmes entre nous tandis que les deux jeunes filles bavardaient avec sa mère; Fergus était assis en face d'elles, les jambes croisées, les mains dans les poches de son pantalon, il s'appuyait au dossier de sa chaise et regardait tantôt le plafond, tantôt notre hôtesse et cela d'une façon si directe et si impertinente que j'avais envie de le jeter dehors à coups de pied. Il sifflotait *sotto voce* un air à la mode, s'arrêtait pour interrompre la conversation des dames ou pour meubler un silence par quelque question impertinente, comme celle-ci par exemple :

— Comment pouvez-vous choisir de vivre dans une demeure aussi délabrée et branlante, Mrs Graham ? Si vous ne pouvez vous permettre d'occuper et de faire réparer le manoir, pourquoi n'avez-vous pas loué un joli petit cottage ?

— Peut-être par fierté, Mr Fergus, répondit-elle en souriant; peut-être parce que cette vieille demeure romantique m'attire... mais je vous assure que ceci est beaucoup mieux qu'un cottage. Tout d'abord, les pièces sont plus grandes comme vous pouvez le voir, ensuite tous les appartements que je n'occupe pas peuvent me servir de débarras et d'ailleurs je n'en paie pas la location ; les jours de pluie, ils servent de salle de jeux pour mon petit garçon ; le jardin lui permet de s'ébattre quand le temps est beau et j'aime y travailler. Voyez, j'ai déjà effectué quelques petits changements, dit-elle en se tournant vers la fenêtre : là-bas, dans ce coin, j'ai planté de jeunes légumes, et près de la maison quelques primevères et quelques perce-neige sont en pleine floraison... et là, un jeune crocus jaune ouvre ses pétales au soleil.

— Mais comment pouvez-vous supporter un tel isolement... votre plus prochain voisin est à deux *miles* d'ici... et personne ne passe jamais par ce sentier... Rose deviendrait folle, je crois. Elle dépérit si elle ne voit pas au moins une demi-douzaine de jolies robes et de bonnets à la mode chaque jour, sans parler des têtes que ces bonnets abritent. Mais si vous restez assise toute une journée à cette fenêtre, vous ne verrez passer personne, pas même une brave vieille qui se rend au marché avec ses œufs.

— C'est peut-être justement cette solitude qui m'attire le plus ; cela ne m'amuse pas de voir des gens devant ma fenêtre, j'aime le calme.

— En d'autres mots, vous voudriez que nous nous occupions de nos propres affaires et que nous vous laissions seule !

— Mais non ! Je n'aime pas les relations encombrantes, mais si j'ai ici quelques amis, je suis toujours heureuse de les voir de temps à autre. Personne ne peut être heureux dans une solitude absolue. Donc, Mr Fergus, s'il vous plaît d'entrer chez moi en ami, vous êtes le bienvenu ; sinon, je préfère que vous ne poussiez plus ma porte, je l'avoue.

Elle se tourna alors vers Rose et lui adressa quelques mots.

— Mrs Graham, dit Fergus après cinq minutes de silence, en nous dirigeant vers le manoir nous discutions à votre sujet... en fait, nous parlons très souvent de vous ; quelques-uns d'entre nous n'ont rien de mieux à faire que de cancaner et comme nous, produits indigènes, nous connaissons depuis toujours et avons déjà tant parlé les uns des autres que le jeu ne nous amuse plus, nous bénissons la venue d'un étranger qui nous procure une nouvelle source de bavardages. Donc, voici les questions auxquelles vous devez répondre...

— Tiens ta langue, Fergus ! cria Rose sur un ton excité et plein d'appréhension.

— Je n'en ai pas la moindre envie. Les questions sont les suivantes : primo, où êtes-vous née, quels sont vos ancêtres, où habitiez-vous avant de venir à Wildfell Hall ? Certains prétendent que vous êtes étrangère, d'autres assurent que vous êtes anglaise ; mais les avis sont encore partagés : Anglaise du nord ou du sud...

— Je suis anglaise, Mr Fergus. Je ne vois pas comment on peut en douter ; je suis née à la campagne, ni tout à fait au nord, ni tout à fait au sud de notre île heureuse ; j'ai presque toujours vécu à la campagne. J'espère que vous voilà satisfait, car je ne suis pas disposée à subir d'autres questions pour l'instant.

— Une seule encore...

— Non, pas une de plus ! dit-elle en riant.

Quittant son siège, elle se réfugia près de la fenêtre devant laquelle je me trouvais et, en désespoir de cause, pour échapper aux persécutions de mon frère, tenta de me mêler à la conversation. Ses joues rouges et ses paroles précipitées trahissaient son énervement :

— Mr Markham, vous m'aviez parlé d'une vue sur la mer, il y a quelques mois déjà ? Je pense que je puis vous demander de m'indiquer le plus court chemin ; car, si ce beau temps persiste, je pourrai me promener jusque-là et prendre quelques croquis ; j'ai vraiment épuisé tous les autres sujets et je serais enchantée de voir la mer.

J'allais lui répondre lorsque Rose me coupa la parole :
— Ne le lui dis pas, Gilbert ! cria-t-elle, elle nous accompagnera. Vous pensez à la baie de N. je suppose, Mrs Graham ? La promenade est fort longue, trop longue pour vous et impossible pour Arthur. Mais nous projetions un pique-nique dans cette direction pour les premiers beaux jours et nous serions enchantés de vous avoir parmi nous.

La pauvre Mrs Graham semblait consternée et chercha vainement des excuses, mais Rose était bien décidée, un peu par compassion, un peu pour cultiver cette nouvelle connaissance, à l'entraîner et elle rejeta toutes les objections. Elle assura que nous serions peu nombreux et que la meilleure vue, celle des falaises, était à plus de cinq *miles* du manoir.

— Une belle promenade pour les messieurs, continua-t-elle, mais les dames auront une voiture dans laquelle elles pourront monter à tour de rôle ; la voiture tirée par le poney sera suffisamment grande pour porter Arthur et trois d'entre nous plus votre matériel de peinture et nos provisions.

Mrs Graham finit par accepter et après quelques discussions quant à l'heure de l'excursion et aux dispositions à prendre, nous nous levâmes pour prendre congé.

Mais nous étions à peine en mars : un mois d'avril glacial et humide, puis deux semaines de mai s'écoulèrent avant qu'il nous fût possible d'entreprendre cette longue excursion avec l'espoir de pouvoir jouir du grand air, de l'exercice, de la gaieté et de la présence d'une aimable compagnie sans craindre les routes défoncées, les vents du nord ou les nuages menaçants. Enfin nous nous mîmes en route par une glorieuse matinée de printemps. La compagnie se composait de Mrs Graham et son fils, Mary et Eliza Millward, Jane et Richard Wilson, Rose, Fergus et Gilbert Markham.

Nous avions invité Mr Lawrence, mais pour une raison connue de lui seul, il avait refusé de nous accompagner. Je lui avais demandé personnellement de nous faire ce plaisir. Il avait d'abord hésité, puis demandé qui serait de la partie. Lorsque je mentionnai miss Wilson, il eut l'air tenté, mais comme j'ajoutai le nom de Mrs Graham, pensant que sa présence serait un attrait supplémentaire, il refusa catégoriquement et pour être sincère, je dois admettre que je fus heureux de ce refus, sans bien savoir pourquoi d'ailleurs.

Nous arrivâmes à destination vers midi ; Mrs Graham marcha jusqu'aux falaises et le jeune Arthur la suivit presque tout au long du chemin car il avait pris des forces depuis son arrivée au manoir et il n'aimait pas se trouver dans la charrette avec des inconnus alors que ses quatre grands amis, sa maman, Sancho, Mr Markham et miss Millward, suivaient à pied loin en arrière, ou prenaient des raccourcis à travers champs.

Je garde un très agréable souvenir de cette promenade le long d'une route blanche et ensoleillée, ombragée çà et là de beaux arbres verts, bordée de talus fleuris et de haies parfumées en pleine floraison ; parfois nous empruntions des sentiers entre les champs, ornés de toutes les fleurs et de toutes les pousses d'un glorieux mois de mai. Eliza n'était pas à mes côtés, elle suivait avec ses amis, dans la charrette, et je supposais qu'elle était aussi heureuse que moi. Lorsque les marcheurs quittèrent la grand-route pour les champs, je vis disparaître presque sans regret le cher petit bonnet blanc derrière les arbres. Je ne pouvais en vouloir à toute la verdure qui se mettait entre mon bonheur et moi, car, pour ne rien te cacher, j'étais trop heureux aux côtés de Mrs Graham pour regretter l'absence d'Eliza Millward.

Au début de l'excursion, la dame de Wildfell s'était montrée franchement peu sociable ; Mary Millward et Arthur étaient les seuls à qui elle adressât la parole. Les deux jeunes femmes marchaient ensemble, avec l'enfant entre elles, mais lorsque la route le permettait je me plaçais de l'autre côté, tandis que Richard Wilson se mettait près de miss Millward et que Fergus vagabondait non loin de nous. Elle devint plus amicale et je parvins enfin à l'accaparer presque tout entière et à me sentir pleinement heureux, car lorsqu'elle condescendait à me parler, j'étais toujours ravi de l'écouter. Parfois nos opinions et nos sentiments s'accordaient et son bon sens et son goût exquis me ravissaient ; lorsqu'elle était d'un avis opposé au mien, j'admirais son inébranlable droiture et le sérieux avec lequel elle défendait ses opinions ; parfois ses paroles ou ses regards me blessaient et les sentiments peu charitables qu'elle exprimait à mon sujet m'incitaient à gagner son estime ; je cherchais alors de mon mieux à me défendre.

Notre longue marche se termina enfin ; la pente de plus en plus raide de la colline nous avait caché le paysage, mais lorsque nous arrivâmes au sommet, le bleu magnifique de la mer, un bleu profond, presque violet, éclata à nos yeux. L'océan n'était pas calme, mais strié de petites vagues qui étincelaient au soleil et s'ourlaient de minuscules taches blanches que seule une vue perçante pouvait distinguer des mouettes dont les ailes blanches brillaient au soleil ; on apercevait un ou deux vaisseaux, très loin, à l'horizon.

Je regardai ma compagne pour lire sur son visage ce qu'elle pensait de cette vue splendide. Elle ne disait rien, mais restait immobile, buvant le paysage des yeux. Elle a d'ailleurs de fort beaux yeux ; je ne sais si je te l'ai déjà dit, pleins d'âme, très grands, presque noirs, pas bruns, mais d'un gris très sombre. Une fraîche brise soufflait de la mer, douce, pure, vivifiante ; les boucles de Mrs Graham voletaient doucement autour de son visage, et ses lèvres et ses joues, toujours si pâles, se coloraient. Elle se sentait revivre ; moi aussi d'ailleurs, une sorte de chatouillement agréable me parcourait tout entier, mais je n'osais afficher mon plaisir alors qu'elle demeurait si calme. Mais elle ne pouvait dissimuler tout à fait son plaisir et je surpris son exaltation lorsque son regard intelligent croisa le mien. Elle n'avait jamais été plus jolie, et mon cœur s'attachait de plus en plus. Je ne sais ce que j'aurais dit si nous étions restés seuls deux minutes de plus. Mais, heureusement pour ma discrétion naturelle et peut-être aussi pour le plaisir de la journée qui commençait, on nous appela pour le repas, une collation impressionnante que Rose, assistée de miss Wilson et Eliza qui, ayant partagé le siège de la voiture, étaient arrivées depuis un moment, avait disposée sur une sorte de plate-forme rocheuse qui dominait la mer ; un roc assez élevé et quelques arbres nous protégeaient du soleil.

Mrs Graham s'assit, assez loin de moi. Eliza était ma plus proche voisine, elle cherchait visiblement à m'être agréable à sa façon gentille et discrète et elle m'eût parue sans aucun doute aussi charmante que d'habitude si seulement je n'avais pas été aveuglé par une autre présence.

Mais très vite ma sympathie pour elle fut la plus forte et nous fûmes fort joyeux tandis que le repas se prolongeait.

Lorsque nous eûmes fini de manger, Rose appela Fergus et lui demanda de l'aider à ranger les restes, les couteaux, les fourchettes et les plats dans les paniers ; Mrs Graham prit son tabouret et son matériel de dessin et pria miss Millward de surveiller son cher petit, auquel elle ordonna de ne pas s'éloigner. Elle nous quitta et se dirigea vers un point plus élevé de la colline rocheuse qui se trouvait à quelque distance ; elle voulait avoir une vue encore plus belle de la mer et s'installa au bord d'un rocher à pic, malgré les conseils des dames qui trouvaient l'endroit trop dangereux.

Lorsqu'elle nous eut quittés, ma gaieté s'éteignit brusquement. Pourtant elle ne prenait qu'une très faible part à nos plaisanteries, mais son sourire aiguisait mon plaisir, ses remarques intelligentes me rendaient plus spirituel et rendaient plus intéressant tout ce que disaient les autres convives. Sans que je m'en rende bien compte, même ma conversation avec Eliza était sous son influence et, dès qu'elle fut partie, les petites plaisanteries un peu niaises d'Eliza cessèrent de m'amuser, je peux même dire qu'elles m'ennuyèrent. Je me sentais irrésistiblement attiré vers le promontoire où l'artiste accomplissait son travail solitaire, et je ne résistai pas longtemps à cette attraction. Lorsque ma petite voisine échangea quelques mots avec miss Wilson, je m'esquivai subrepticement. En quelques enjambées rapides, je me trouvai sur l'étroite corniche où elle était assise, tout au bord de la falaise qui descendait en pente raide vers la plage rocailleuse.

Elle n'entendit pas le bruit de mes pas et mon ombre qui tomba sur sa feuille de dessin la fit sursauter ; elle se retourna vivement ; une autre aurait crié de frayeur.

— Oh! je ne savais pas que c'était vous. Pourquoi m'effrayer ainsi? dit-elle sur un ton légèrement acerbe, je déteste cela.

— Qui d'autre aurait pu vous surprendre? dis-je. Si je vous avais su si nerveuse, j'aurais été plus prudent.

— Cela n'a pas d'importance. Qu'y a-t-il? les autres vous suivent-ils?

— Non, ils ne pourraient tous se tenir sur cette corniche.

— J'en suis heureuse, car parler me fatigue.

— Dans ce cas, je ne parlerai pas. Je vais m'asseoir et vous regarder dessiner.

— Oh!... mais vous savez que j'ai cela en horreur.

— Alors je me contenterai d'admirer cette vue magnifique.

Elle ne fit pas d'autre objection; et, pendant quelque temps, elle continua à dessiner en silence. Mais je ne pouvais m'empêcher de détourner mes yeux du paysage pour jeter de temps à autre un regard discret sur la fine main blanche qui tenait le crayon, sur le gracieux cou blanc et sur les boucles noires et brillantes qui frôlaient le papier.

«Ah! pensais-je, si j'avais un crayon et un bout de papier, je pourrais faire un bien joli croquis, en supposant que j'eusse le pouvoir de dessiner fidèlement ce que je vois.»

Mais même si le plaisir de dessiner m'était refusé, je me sentais parfaitement heureux, assis à ses côtés, et sans rien dire.

— Êtes-vous toujours là, Mr Markham? dit-elle finalement en se tournant vers moi, car j'étais assis un peu en arrière sur une pierre couverte de mousse. Pourquoi n'allez-vous pas vous distraire avec vos amis?

— Parce que, comme vous, je suis fatigué de leur présence; je les verrai encore demain, et tous les autres jours si je le souhaite ; mais vous, combien de temps devrai-je attendre avant de vous revoir ?

— Que faisait Arthur lorsque vous êtes venu ici ?

— Il est resté près de miss Millward... mais il trouvait le temps long sans sa maman. À propos, pourquoi ne me l'avez-vous pas confié ? Nous sommes de vieux amis, lui et moi ; il est vrai que miss Millward a l'art d'attirer et d'amuser les enfants, grognai-je, même si elle n'est bonne à rien d'autre.

— Miss Millward possède les plus belles qualités, si belles que vous ne sauriez les apprécier. Voulez-vous dire à Arthur que je viendrai dans quelques minutes ?

— Dans ce cas, je vous attendrai ; avec votre permission, je pourrai vous aider à descendre ce sentier abrupt.

— Merci, mais je me débrouille toujours mieux toute seule.

— Mais je puis au moins porter votre siège et votre carnet.

Elle ne me refusa pas ce plaisir ; j'étais plutôt vexé de voir qu'elle désirait vivement se débarrasser de moi et je commençais à regretter mon obstination, mais elle me rassura en me demandant mon avis sur un problème que posait l'exécution de son dessin. Elle approuva mon conseil et adopta mon idée sans hésitation.

— J'ai souvent souhaité, mais en vain, de trouver quelqu'un capable de me donner un conseil car lorsqu'on a très longtemps tenu les yeux fixés sur un objet, on devient incapable de s'en faire une idée personnelle, on ne peut plus se fier à ce que l'on voit.

— C'est là un des inconvénients de la solitude, répondis-je.

— C'est vrai, dit-elle – et le silence retomba entre nous...

Quelques instants plus tard, elle déclara que son dessin était terminé et ferma son carnet.

Lorsque nous rejoignîmes le lieu de notre festin, nous y trouvâmes seulement Mary Millward, Richard Wilson et Arthur Graham. Le jeune garçon était profondément endormi, la tête sur les genoux de notre amie. Richard Wilson était assis près d'elle et tenait à la main une édition de poche d'un auteur classique. Il ne sortait jamais sans un compagnon littéraire pour occuper ses loisirs, il estimait que tout le temps qu'il ne passait pas à gagner maigrement sa vie devait être consacré à l'étude. Même ce jour-là, il ne pouvait pas se détendre et jouir simplement de l'air salin, du soleil tout neuf de ce printemps, de cette vue magnifique et de la musique si douce des vagues et du vent qui soufflait, léger, dans les arbres qui s'inclinaient au-dessus de lui; la présence d'une dame (je veux bien reconnaître que celle-ci n'était pas des plus charmantes), ne l'empêchait pas de tirer son livre de sa poche et de meubler ces instants de digestion, tout en reposant ses membres peu habitués à une si longue marche.

Peut-être avait-il trouvé le temps d'échanger quelques mots avec sa compagne car elle semblait parfaitement heureuse de sa présence; son visage plutôt quelconque montrait une gaieté et une sérénité peu habituelles et elle étudiait avec sympathie le visage pâle et studieux de son voisin.

Le voyage de retour fut la partie la moins agréable de la journée; car Mrs Graham était dans la voiture et c'est Eliza qui marchait à mes côtés. Elle avait dû remarquer ma préférence pour la jeune veuve et se sentait abandonnée. Elle ne manifesta pas son chagrin par des reproches amers, de durs sarcasmes ou un silence boudeur – j'aurais supporté plus facilement une telle attitude et m'en serais moqué; mais la douce mélancolie, la tristesse qu'elle affichait me brisait le cœur. Je tentai de lui rendre sa gaieté et j'y parvins avant la fin de la promenade. Mais ma conscience n'était pas sans me reprocher ma conduite, car je savais, que tôt ou tard, je devrais briser ce lien, que je ne faisais que nourrir de faux espoirs et reculer le jour fatal où je devrais lui dire la vérité.

Lorsque la voiture s'approcha de Wildfell Hall – c'est-à-dire gagna la route qui passait tout près, car Mrs Graham ne voulut pas que nous remontions l'allée du manoir – la jeune veuve et son fils descendirent; Rose prit les guides et je persuadai Eliza de monter à côté d'elle. Je l'installai confortablement, lui conseillai gentiment de se protéger contre la fraîcheur vespérale et lui souhaitai une bonne nuit; je me sentis alors fort soulagé et je me hâtai d'offrir mes services à Mrs Graham : je voulais l'aider à porter son tabouret et son matériel de dessin à travers le champ qu'il fallait encore traverser; mais elle avait déjà mis son tabouret sous son bras et tenait son carnet à la main. Elle insista pour que je la quitte là en même temps que le reste de la compagnie. Mais son refus fut prononcé avec tant de gentillesse et d'un ton si amical que je lui pardonnai presque.

# 8

Six semaines s'écoulèrent. Nous étions à la fin de juin et la matinée s'annonçait splendide ; nous avions presque fini la fenaison mais la dernière semaine avait été mauvaise ; maintenant que le temps s'était remis au beau, j'avais décidé d'en profiter au maximum ; j'avais réuni toute la main-d'œuvre disponible, valets de ferme et ouvriers agricoles loués au mois, et je travaillais avec eux dans les champs. En chemise, la tête protégée par un léger chapeau de paille à large bord, je ramassais d'énormes brassées de foin humide et odorant, que je secouais aux quatre vents, en essayant par mon exemple d'établir un rythme rapide et régulier... mais en un instant toutes mes résolutions furent oubliées, mon frère accourait vers moi pour me remettre un petit paquet expédié de Londres que j'attendais depuis longtemps. J'arrachai le papier qui cachait une fort élégante édition de poche de *Marmion*.

— Je parie que je sais à qui tu destines ce livre, dit Fergus, qui resta planté près de moi tandis que j'examinais le volume ; à miss Eliza, non ?

Il avait l'air tellement fier d'avoir deviné que je fus tout heureux de pouvoir le contredire.

— Tu te trompes, mon garçon, dis-je ; je ramassai ma veste, l'enfilai et mis le livre dans une poche. Et maintenant, jeune fainéant, rends-toi utile. Enlève ta veste et prends ma place au travail, jusqu'à mon retour.

— Jusqu'à ton retour?... et puis-je savoir où tu vas?

— Peu t'importe où je vais... sache seulement que je serai rentré pour le dîner, au plus tard.

— Oh! oh! je dois travailler comme un esclave jusque-là... et obliger tout le monde à en faire autant. Enfin, soit, je m'incline, une fois n'est pas coutume. En avant, vous autres, et mettez-en un coup! Et malheur à celui, ou à celle, qui s'arrête un instant... que ce soit pour contempler le paysage, pour se gratter le crâne, ou pour se moucher... pas d'excuse... rien que du travail, du travail, et encore du travail, à la sueur de votre front.

Je le laissai poursuivre son discours qui semblait amuser les travailleurs plutôt qu'il ne les impressionnait et je rentrai à la maison pour changer de vêtements; je me hâtai ensuite vers Wildfell Hall, avec dans ma poche le livre que je destinais à Mrs Graham.

«Et depuis quand êtes-vous si bons amis qu'elle accepte tes cadeaux?», me diras-tu. Je te répondrai que ceci n'était qu'un premier essai dans ce domaine et j'étais assez inquiet quant à l'issue de ma visite.

Nous nous étions revus quelquefois depuis l'excursion à la baie de N.; elle semblait supporter fort bien ma présence pourvu que je me cantonne dans des sujets de conversation fort généraux; dès que je me risquais à m'embarquer dans un discours sentimental ou à tourner un compliment, je la voyais changer d'attitude. La punition était immédiate et notre rencontre suivante s'en ressentait: je la trouvais alors froide, distante et tout à fait inaccessible. Cette attitude ne me désespérait pas trop, car je l'attribuais à une aversion pour le mariage, qu'elle avait dû concevoir bien avant de me connaître, soit par fidélité à la mémoire du défunt, soit que son premier mari l'en eût complètement dégoûtée, et non à une antipathie particulière envers ma personne. Je dois admettre qu'au début de nos relations, elle semblait prendre un malin plaisir à écraser ma vanité et me traitait en jeune fat présomptueux, coupant un à un mes effets de style ; cette attitude me blessait profondément et me poussait à chercher une revanche ; mais, ces derniers temps, elle avait compris qu'après tout, j'étais autre chose qu'un freluquet à la tête vide ; elle repoussait toujours mes timides avances, mais cela avec une sorte de mécontentement triste que je cherchais soigneusement à éviter.

« Il faut d'abord qu'elle soit convaincue que je suis son ami, pensais-je, l'aîné et le camarade de jeux de son fils, et pour elle, un ami solide, sans arrière-pensées, et lorsque je me serai rendu indispensable, nous verrons ce que je pourrai faire. »

Nous parlions donc de peinture, de poésie, de musique, de théologie, de géologie, de philosophie ; je lui prêtai un ou deux livres, elle m'en prêta un à son tour ; je m'arrangeais pour la rencontrer aussi souvent que possible lorsqu'elle se promenait ; je me risquais parfois à sonner à sa porte. Mon premier prétexte avait été un jeune chiot pataud, fils de Sancho, que je destinais à Arthur ; la joie inexprimable de l'enfant fut partagée par sa maman. Un livre que j'apportais à l'enfant fut le prétexte d'une autre visite ; je l'avais soigneusement choisi car je savais sa mère fort sévère sur ce chapitre et je lui demandai d'abord son avis. J'apportai ensuite, de la part de Rose, quelques plants pour le jardin. À chaque visite, je demandais des nouvelles des toiles qu'elle peignait d'après les croquis pris sur la falaise, et elle m'invitait dans son studio afin de me demander mon avis sur son œuvre.

Lors de ma dernière visite, je lui avais rapporté le livre qu'elle m'avait prêté ; au cours de notre dernière conversation, nous parlâmes de sir Walter Scott; elle m'avoua qu'elle aurait aimé lire *Marmion* et j'avais conçu le projet audacieux de lui offrir l'élégant petit volume que Fergus m'avait apporté ce matin, dans les champs. Mais il fallait une autre excuse pour violer sa retraite; je me munis donc d'un petit collier de cuir bleu destiné au chien d'Arthur; celui-ci le reçut avec plus de reconnaissance que ne méritait ce petit cadeau et je me sentais un peu honteux du motif égoïste qui m'avait poussé. Je demandai à Mrs Graham la permission de jeter un coup d'œil sur le tableau, s'il était toujours là.

— Entrez donc! dit-elle, car je les avais trouvés au jardin. Il est terminé et encadré, tout prêt à être expédié. Si vous pouvez suggérer quelque retouche, je vous promets tout au moins d'y songer.

Le tableau était d'une beauté frappante; c'était une reproduction fidèle du paysage transposée comme par miracle sur la toile; mais je refrénai mon enthousiasme de crainte de l'effaroucher. Cependant, elle observait attentivement mon visage et son orgueil d'artiste dût être agréablement chatouillé par l'admiration sans borne qu'elle pouvait lire dans mes yeux. Mais tout en admirant ce chef-d'œuvre, je me demandais sous quelle forme je lui offrirais le petit livre. J'étais horriblement intimidé, mais j'eusse trouvé fort ridicule de quitter le manoir sans en avoir parlé. Il était vain d'attendre le moment favorable et tout aussi vain de tenter de préparer un discours pour le lui offrir. Mieux valait être simple, pensais-je; je jetai un regard vers le jardin pour me donner du courage, sortis le livre de ma poche, me retournai et le lui mis entre les mains en disant brièvement:

— Vous aviez souhaité lire *Marmion*, Mrs Graham; le voici, soyez assez aimable de l'accepter.

Elle rougit légèrement – peut-être par sympathie devant la gauche timidité de mon offre ; elle examinait gravement le livre ; le tournait et le retournait, puis feuilleta quelques pages tout en fronçant les sourcils ; elle ferma ensuite le livre et m'en demanda calmement le prix… je sentis la rougeur me monter aux joues.

— Je regrette de vous blesser, Mr Markham ; mais si je ne puis vous payer ce livre, je ne puis l'accepter.

Elle le déposa sur la table.

— Et pourquoi pas ?

— Parce que… elle s'arrêta et contempla le tapis.

— Pourquoi pas ? répétai-je avec tant d'énervement qu'elle leva la tête et me regarda dans les yeux.

— Parce que je ne veux pas accepter un cadeau que je ne puis pas rendre… je suis déjà votre obligée pour les gentillesses que vous faites à mon fils, mais vous devez trouver une récompense dans la sincère affection qu'il a pour vous et dans vos sentiments envers lui.

— Quelle bêtise ! dis-je avec brusquerie.

Elle leva les yeux vers moi et me lança un regard grave et surpris, qui me calma mieux qu'une rebuffade.

— Vous refusez donc mon livre ? demandai-je d'un ton plus doux.

— Je l'accepterai volontiers, si vous me permettez de le payer.

Je lui dis le prix exact et j'ajoutai même les frais de port sur un ton assez calme, mais j'étais tellement vexé que j'aurais pleuré de désappointement.

Elle sortit sa bourse, compta froidement la monnaie, mais elle hésitait à me la mettre en main. Elle me contempla attentivement, puis ajouta avec une grande douceur, comme pour me calmer :

— Vous êtes froissé, Mr Markham… je voudrais pouvoir vous faire comprendre que… que je…

— Je vous comprends parfaitement, dis-je, vous craignez que ce petit cadeau, cette bagatelle me rende entreprenant; mais vous vous trompez. Vous me feriez un grand plaisir en l'acceptant et je n'en profiterai pas pour vous inonder d'autres cadeaux et vous demander quelque faveur. Vous n'aurez aucune obligation, tout le plaisir sera pour moi.

— Eh bien! je vous prends au mot, répondit-elle, avec un sourire angélique en remettant ce maudit argent dans sa bourse, mais n'oubliez pas votre promesse!

— Je m'en souviendrai... mais ne me punissez pas en me retirant votre amitié... et n'espérez pas que je serai plus distant que par le passé, dis-je en lui tendant la main pour prendre congé, car j'étais trop ému pour demeurer en sa présence.

— Ne changeons rien à nos relations, répondit-elle en mettant franchement sa main dans la mienne.

Il me fallut beaucoup de volonté pour ne pas la porter à mes lèvres; mais ç'aurait été une folie pure et simple; je n'avais été que trop audacieux et mon cadeau peut-être prématuré avait failli donner le coup mortel à notre amitié.

Je repris le chemin de la ferme, le cerveau et le cœur brûlants, je marchais à grands pas malgré le soleil ardent qui étincelait à cette heure, je ne pensais plus qu'à celle que je venais de quitter, regrettant sa réserve et mon manque de tact, craignant ses décisions hâtives et mon incapacité devant sa volonté de solitude; n'espérant rien... mais je t'ai assez ennuyé avec mes espoirs et mes craintes, mes réflexions et mes projets.

# 9

Je n'avais pas tout à fait cessé mes visites au presbytère, car si mes sentiments pour Eliza Millward avaient bien changé, je ne voulais pas l'abandonner trop brusquement et provoquer un grand désespoir ou un vif désir de vengeance qui aurait fait de moi la risée de la paroisse ; de plus, le pasteur considérait que mes visites lui étaient destinées et il se serait senti personnellement offensé si je les avais interrompues. Je me rendis donc chez lui le lendemain de mon entrevue avec Mrs Graham ; le pasteur était absent et ce fait qui m'aurait tant réjoui, jadis, m'ennuya plutôt ce jour-là. Miss Mary était dans la pièce, il est vrai, mais sa présence passait toujours inaperçue. Je résolus d'abréger ma visite et d'adopter une attitude presque fraternelle que nos longues relations autorisaient et qui ne pouvait ni offenser Eliza, ni lui permettre de nourrir de faux espoirs, du moins je le pensais.

Je n'avais pas l'habitude de parler de Mrs Graham en société ; mais j'étais à peine assis depuis deux minutes qu'Eliza mentionna son nom et cela d'une manière assez spéciale.

— Mr Markham, dit-elle avec une expression horrifiée et la voix réduite à un soupir, que pensez-vous de ces bavardages choquants qui courent au sujet de Mrs Graham ? Faut-il croire ce que l'on raconte ?

— Quels bavardages?
— Ne me dites pas que vous n'avez rien entendu!
Elle sourit hypocritement et hocha la tête.
— Je ne sais de quoi vous parlez. Au nom du ciel, Eliza, que voulez-vous dire?
— Ne me demandez rien. Je ne puis rien vous expliquer, moi.

Elle reprit le mouchoir de batiste qu'elle encadrait d'une large dentelle et s'affaira autour de ce petit ouvrage.

— Je vous en prie, miss Millward, que veut-elle dire? implorai-je en me tournant vers sa sœur qui ourlait avec ardeur un drap de toile rude.

— Je ne sais pas, répondit-elle, sans doute quelque commérage inventé de toutes pièces, je suppose. C'est Eliza qui m'en a parlé pour la première fois, il y a un jour ou deux... mais même si toute la paroisse devait me le corner aux oreilles, je n'en croirais pas un mot... je connais trop bien Mrs Graham.

— Et vous avez bien raison, miss Millward, quoi que l'on puisse dire.

— C'est très bien, dit Eliza en soupirant légèrement, d'avoir une telle confiance en ceux qu'on aime... Je souhaite que votre confiance ne soit pas mal placée...

Elle leva la tête et me lança un doux regard, chargé de tristesse, qui aurait fait fondre mon cœur si je n'y avais décelé un sentiment qui me déplut fort ; je me demandai comment j'avais pu tant admirer ses yeux ; la bonne figure honnête et les petits yeux gris de sa sœur me semblèrent bien plus agréables, ce jour-là ; mais Eliza m'exaspérait par ces insinuations au sujet de Mrs Graham qui, j'en étais persuadé, étaient dénuées de tout fondement.

Je ne dis rien de plus à ce sujet et je cessai même toute conversation car je sentais que j'allais perdre tout sens de la justice ; je me levai donc, pris congé et m'éloignai sous prétexte d'accomplir un travail urgent à la ferme ; en marchant, je pensais à ces mystérieux racontars auxquels je ne croyais pas, quels qu'ils pussent être, mais je me demandais qui avait pu les mettre en circulation, à quoi ils avaient trait et comment je pourrais les étouffer.

Quelques jours plus tard, nous reçûmes nos amis et Mrs Graham fut invitée. Elle ne pouvait plus prendre prétexte des soirées sombres ou du mauvais temps pour s'excuser et à mon grand soulagement, elle accepta de venir. Grâce à sa présence, cette soirée devenait moins ennuyeuse ; sa présence transforma l'atmosphère de la pièce et, bien que je dusse m'occuper des autres invités et n'espérais pas pouvoir monopoliser sa conversation, je me promettais beaucoup de joie de cette visite.

Mr Lawrence vint aussi ; mais nous étions déjà tous installés lorsqu'il entra. J'étais curieux d'observer son attitude envers Mrs Graham. Il la salua seulement d'une légère inclinaison de la tête, et, après avoir salué chacun, il s'installa entre ma mère et Rose, bien loin de Mrs Graham.

— Avez-vous jamais vu une telle duplicité ? murmura Eliza qui se trouvait tout près de moi, on dirait qu'ils ne se connaissent pas.

— C'est vrai, et puis ?

— Et puis ? Vous n'allez pas prétendre ne rien savoir !

— Savoir quoi ? demandai-je si brusquement qu'elle sursauta et répondit :

— Chut ! ne parlez pas si fort !

— Mais parlez alors ! répondis-je en baissant la voix, que voulez-vous dire ? Je déteste les devinettes.

— Écoutez, je ne puis certifier que cela soit vrai... j'en doute même... mais ne vous a-t-on pas dit...

— Personne ne m'a rien dit sauf vous.

— Vous devez être volontairement sourd, car tout le monde en parle ; mais vous allez vous fâcher si je le répète ; je vois que je ferais mieux de me taire.

Elle serra les lèvres, croisa les mains, et baissa la tête avec une douce humilité.

— Si vous ne vouliez pas risquer de me mettre en colère, il fallait vous taire tout à fait, ou parler franchement et honnêtement.

Elle détourna la tête, sortit son mouchoir, se leva et se dirigea vers la fenêtre pour cacher ses larmes. J'étais irrité, étonné, honteux... non seulement de ma rudesse mais aussi de sa faiblesse presque enfantine. Mais personne ne remarqua son manège, et l'on nous appela bientôt pour prendre une tasse de thé ; nous avions l'habitude de nous asseoir tous autour de la table pour prendre cette tasse de thé traditionnelle qui était en réalité tout un repas. Je pris une chaise à côté de Rose, une place vide restait à mon côté.

— Puis-je m'asseoir près de vous ? demanda une voix douce.

— Si vous voulez, fut ma seule réponse.

Eliza se glissa à mes côtés et murmura, mi-triste, mi-espiègle, en me regardant :

— Vous êtes si sérieux, Gilbert.

Je lui tendis sa tasse avec un sourire légèrement contraint et ne dis rien, car je n'avais rien à dire.

— Qu'ai-je fait pour vous offenser ? dit-elle sur un ton plus plaintif. J'aimerais le savoir.

— Prenez donc votre thé, Eliza, et ne soyez pas ridicule, répondis-je en lui tendant le sucre et la crème.

Nous fûmes distraits par une légère agitation qui se produisait à l'autre bout de la pièce, agitation provoquée par miss Wilson qui désirait changer de siège avec Rose.

— Soyez assez bonne pour me donner votre place, miss Markham, dit-elle, car je n'aime pas me trouver à côté de Mrs Graham. Si votre maman juge bon d'inviter de telles personnes, elle ne verra sans doute pas d'inconvénient à ce que sa fille se trouve assise près d'elle.

Cette dernière phrase fut prononcée sous forme de soliloque, mais je n'eus pas la politesse de garder le silence.

— Veuillez avoir l'amabilité de vous expliquer, miss Wilson, dis-je.

La question ne l'effraya pas outre mesure.

— Mr Markham, dit-elle, je ne puis que m'étonner que Mrs Markham invite une personne comme Mrs Graham; mais elle ignore peut-être les bruits qui courent à son sujet. Cette dame n'est rien moins que respectable.

— Ma mère n'est pas au courant, ni moi non plus; peut-être pourriez-vous vous expliquer plus clairement?

— Le moment et le lieu sont mal choisis; mais vous ne pouvez tout ignorer, vous la connaissez aussi bien que moi.

— En effet, peut-être mieux; et si vous vouliez me dire ce que vous avez entendu... ou imaginé, je pourrais sans doute vous éclairer.

— Pouvez-vous me dire qui est son mari... si toutefois il y a un mari?

L'indignation me rendit silencieux; sous le toit de ma mère, je n'osais pas répondre franchement à ces racontars.

— Avez-vous remarqué, dit Eliza, que l'enfant ressemble d'une façon frappante à...

— À qui? demanda miss Wilson, avec une froideur manifeste.

Eliza sursauta car sa suggestion timide n'était adressée qu'à moi.

— Oh! excusez-moi, supplia-t-elle, je puis me tromper, oui, je me trompe certainement.

Mais cette dénégation fut accompagnée d'un regard rien moins qu'ingénu qui m'était destiné.

— Ne vous excusez pas, répondit son amie, mais je ne vois ici personne qui lui ressemble, sinon sa mère; et lorsque vous entendrez des remarques aussi malveillantes, il serait bon que vous vous absteniez de les répéter. J'imagine que vous faites allusion à Mr Lawrence; mais je crois pouvoir affirmer que vous faites fausse route; si ce gentleman est en relation avec elle (ce que personne ne peut affirmer sans risquer de se tromper), il a du moins le bon goût de se contenter de la saluer de loin lorsqu'il se trouve dans la bonne société (ce que l'on ne peut pas dire de tout le monde); chacun a pu se rendre compte qu'il était à la fois surpris et ennuyé de la trouver ici.

— Allez-y, cria Fergus qui se trouvait de l'autre côté d'Eliza; démolissez-la complètement, que pas une pierre ne reste!

Miss Wilson refusa de répondre et se redressa avec un air de glacial mépris. Eliza se préparait à parler, mais je l'interrompis et je pense que le ton de ma voix trahissait mon émotion:

— Assez sur ce sujet; si nous ne parlons que pour salir ceux qui nous sont supérieurs, mieux vaut nous taire.

— Cela serait préférable, en effet, remarqua Fergus, et notre brave pasteur est certainement de mon avis; car il faisait un de ses plus brillants discours pendant que vous chuchotiez, et vous regarde avec le plus profond dégoût; au cœur de son histoire – ou peut-être était-ce un sermon, je ne vois guère la différence – il s'est interrompu et t'a regardé, Gilbert, comme pour te dire:

« Lorsque Mr Markham aura fini de flirter avec ces deux jeunes personnes, je pourrai continuer. »

Je ne saurais te dire de quoi nous parlâmes ensuite, réunis autour de la table, ni comment j'eus la patience de demeurer calmement sur ma chaise. J'avalai avec peine ce qui restait dans ma tasse et ne pus manger une bouchée ; je fixai longuement mon regard sur Arthur Graham, qui se trouvait assis auprès de sa mère, de l'autre côté de la table, puis sur Mr Lawrence, qui se trouvait un peu plus loin ; à première vue, il y avait une certaine ressemblance entre lui et l'enfant, mais, après un examen prolongé, je conclus que c'était un effet de mon imagination. Il est incontestable qu'ils avaient tous deux les traits fins, plus fins que la plupart des individus du sexe fort, et que le teint de Lawrence était aussi pâle et fragile que celui d'Arthur ; mais le petit nez retroussé de l'enfant ne deviendrait jamais aussi long ni aussi droit que celui de Mr Lawrence ; la forme du visage s'allongeait vers un délicat petit menton à fossette, qui ne s'étirerait jamais jusqu'à ressembler au long profil du gentleman ; les cheveux de ce dernier n'avaient jamais eu le ton chaud de ceux du garçonnet, dont les yeux sérieux et largement découpés étaient aussi bleus que les yeux modestes de Mr Lawrence étaient bruns. Le regard de celui-ci décelait une âme sensible, toujours prête à se replier sur elle-même lorsqu'elle entrait en contact avec le monde grossier et brutal... Il était tout simplement dégoûtant de s'arrêter à une telle pensée ! Je connaissais pourtant Mrs Graham ! Je l'avais vue, je lui avais parlé ! N'étais-je pas convaincu qu'elle était supérieure à tous ses détracteurs, en esprit, en pureté et en délicatesse de sentiments ?

N'était-elle pas pour moi la plus noble, la plus adorable ? Et j'affirmerai, avec Mary Millward (une fille vraiment intelligente) que même si la paroisse tout entière me claironnait ces horribles mensonges aux oreilles, je refuserais de les croire car je connaissais bien Mrs Graham.

Mon esprit brûlait d'indignation et dans mon cœur se mêlaient les passions les plus contradictoires. Je cherchais à peine à cacher la haine que j'éprouvais à cet instant pour mes deux jeunes voisines de table. Plusieurs personnes me firent remarquer que je négligeais ces dames et que mon air absorbé manquait de galanterie ; en fait, je ne désirais que deux choses, pouvoir penser calmement à tout ce que je venais d'entendre et voir les tasses de thé retourner définitivement vers le plateau qui portait la théière. Mr Millward tenait d'interminables discours, assurant qu'il n'était pas buveur de thé, que c'était une mixture infâme qui chargeait l'estomac au détriment de nourritures plus substantielles... cela en avalant sa quatrième tasse.

Le goûter s'acheva enfin ; je me levai et quittai la table et nos invités sans un mot d'excuse, car je ne pouvais supporter plus longtemps leur présence. Je me précipitai dans le jardin pour me rafraîchir les idées au vent frais du soir et pour me livrer dans la solitude à mes pensées passionnées.

Afin que personne ne puisse m'apercevoir des fenêtres du salon, j'empruntai une allée étroite qui longeait un côté du jardin et au bout de laquelle se trouvait un banc enfoui sous une charmille de roses et de chèvrefeuille. Et je m'assis pour penser à la dame de Wildfell Hall, à ses vertus et à ses erreurs ; après deux minutes de solitude, j'entendis des voix et des rires et je vis des silhouettes qui se mouvaient entre les arbres ; le reste de la compagnie avait décidé de respirer un peu l'air frais du crépuscule. Je me dissimulai derrière les branchages pour que nul ne me dérange. Mais en vain, un intrus s'approchait rapidement. Ne pouvaient-ils tous profiter des derniers rayons du soleil et me laisser ce misérable coin obscur, avec les moustiques et les moucherons pour voisins ?

Ma mauvaise humeur se transforma en des sentiments plus agités et plus chaleureux lorsque, en jetant un coup d'œil entre les branches entrelacées de mon écran parfumé, je vis qui étaient les intrus ; car c'était bien Mrs Graham, accompagnée de son fils, qui s'avançait lentement dans l'allée. Pourquoi se promenaient-ils seuls ? Le poison de la malveillance avait-il déjà atteint tous nos visiteurs ? Lui avaient-ils tous tourné le dos ? Je me souvenais avoir observé Mrs Wilson qui rapprochait sa chaise de celle de ma mère et qui, penchée en avant, lui murmurait visiblement quelque chose d'important et de confidentiel ; ses hochements de tête répétés, les grimaces expressives qui plissaient son visage ridé, les clignements malicieux de ses horribles petits yeux ne pouvaient que traduire quelque terrible scandale ; et comme elle prenait grand soin de n'être pas entendue des autres convives, je supposai que la personne ainsi maltraitée était présente dans le salon ; de plus, les exclamations d'horreur et d'incrédulité qui échappaient à ma mère me portaient à croire que la calomniée était Mrs Graham. Je demeurai caché jusqu'à ce qu'elle se trouvât au bout de l'allée, afin que ma présence ne la fît point fuir ; et lorsque je fis un pas en avant, elle sembla en effet disposée à faire demi-tour.

— Ne vous dérangez pas, Mr Markham, dit-elle. Nous venions par ici pour trouver un peu de solitude, non pour troubler la vôtre.

— Je n'ai rien d'un ermite, Mrs Graham, quoi que l'on puisse penser en me voyant abandonner mes invités de façon si peu courtoise.

— Je craignais que vous ne fussiez souffrant, dit-elle avec sympathie.

— Je n'étais pas bien, mais je me sens mieux maintenant. Asseyez-vous donc et reposez-vous. Cette tonnelle n'est-elle pas charmante? dis-je en soulevant Arthur et en l'asseyant au milieu du banc près de moi, dans l'espoir que sa maman se laisserait séduire par le calme de mon refuge.

Elle se laissa tomber dans un coin tandis que je reprenais possession de l'autre.

Étaient-ce les méchancetés des autres qui l'avaient poussée à chercher la paix et la solitude tout au fond du jardin?

— Pourquoi vous a-t-on laissée seule? demandais-je.

— C'est moi qui les ai abandonnés, répondit-elle en souriant. Leur bavardage était si mortellement ennuyeux – je ne connais rien de plus fatigant. Comment peuvent-ils parler pour ne rien dire pendant des heures?

Son étonnement vraiment sincère me fit sourire.

— Peut-être pensent-ils que c'est un devoir, qu'il leur faut continuer à parler, sans jamais s'interrompre pour réfléchir, à discourir sur des bagatelles lorsque rien d'intéressant ne se présente... ou prennent-ils vraiment plaisir à ces bavardages?

— C'est plus que probable, dis-je. Leur esprit est trop plat pour contenir des idées profondes et leurs têtes légères se laissent entraîner par des trivialités qui n'effleureraient même pas un crâne mieux meublé; la seule façon de continuer ce genre de discours est de plonger tête en avant dans la boue du scandale... et de s'y complaire.

— Ils ne sont pas tous aussi vains, je pense? s'écria-t-elle, étonnée par l'amertume de mes remarques.

— Non, certainement non, je pense que je puis absoudre ma sœur, et aussi ma mère, si toutefois elle se trouvait comprise dans vos critiques.

— Je n'ai critiqué personne, et ne veux faire aucune allusion irrespectueuse envers votre mère. Je connais des gens fort intelligents qui s'adonnent à ce genre de conversation lorsque l'occasion se présente; mais c'est un don que je ne possède pas. J'ai tâché de suivre leurs discours aussi longtemps que possible mais lorsque j'eus épuisé tout mon pouvoir d'attention, je suis sortie pour faire quelques pas dans le calme du jardin. Je déteste parler lorsque ni sentiments ni idées ne sont échangés, lorsque personne ne peut retirer le moindre profit d'un tel échange.

— Dans ce cas, si jamais ma loquacité vous importune, dites-le-moi aussitôt, et je promets de ne pas me vexer; car je puis jouir de la présence de ceux que j'estime, de la présence de mes amis aussi bien dans un silence que dans la conversation.

— Je ne vous crois pas tout à fait; mais s'il en était ainsi, vous seriez un parfait compagnon.

— À tous points de vue?

— Je ne veux pas dire cela. Comme ces petites grappes de feuillage sont jolies lorsque le soleil y joue! dit-elle pour changer de sujet.

Il est vrai que lorsque les rayons horizontaux du soleil couchant perçaient l'épaisseur des buissons et en réveillaient la verdure sombre en jetant des taches d'or pur sur quelques feuilles transparentes, la charmille prenait une étrange beauté.

— Je souhaite presque de ne pas être peintre, remarqua ma compagne.

— Pourquoi donc? Je crois plutôt que la pensée de pouvoir traduire les touches brillantes et délicieuses que la nature pose sur les choses doit vous remplir d'exaltation.

— C'est impossible, car là où vous pouvez simplement jouir de la beauté, je me creuse la cervelle pour découvrir comment je pourrais rendre cette lumière sur ma toile; et comme c'est toujours très difficile même pour le plus grand artiste, mes essais ne sont que pure vanité et vexation de l'esprit.

— Vous n'arrivez peut-être pas à vous satisfaire vous-même, mais d'autres prennent un réel plaisir à admirer le résultat de vos efforts.

— Je ne devrais pas me plaindre : peu de gens trouvent autant de joie dans l'exercice de leur métier. Mais voici quelqu'un qui s'approche.

L'interruption semblait la déranger.

— C'est miss Wilson en compagnie de Mr Lawrence, dis-je, ils semblent jouir de cette calme promenade et ne nous dérangeront pas.

Je ne pouvais déchiffrer l'expression de son visage ; mais elle était en tout cas exempte de jalousie. Pourquoi, d'ailleurs, chercher un tel sentiment dans ses yeux ?

— Quelle sorte de jeune fille est miss Wilson ? demanda-t-elle.

— Elle est élégante et ne manque pas de talents qui la distinguent de ses compagnes ; on la dit fort distinguée.

— Elle m'a paru très froide et assez superficielle.

— Elle vous a sans doute donné cette impression aujourd'hui car elle vous considère comme une rivale.

— Moi ! Mais c'est impossible, Mr Markham ! dit-elle, étonnée et ennuyée à la fois.

— Personnellement, je n'en sais rien, répondis-je d'un ton maussade, car je croyais être l'objet de son mouvement d'humeur.

Le couple était à quelques pas de nous. Notre refuge se trouvait tout au bout de l'allée, au fond du jardin. Comme ils s'approchaient, je vis que Jane Wilson attirait l'attention de son compagnon pour lui faire remarquer notre présence; les quelques mots qui me parvinrent et le sourire froid et sarcastique qui les accompagnait étaient assez clairs pour que je pusse comprendre qu'elle commentait notre intimité. Je remarquai qu'il rougissait jusqu'aux oreilles, nous lançait un regard furtif et continuait sa promenade sans répondre aux remarques de miss Wilson.

Il semblait évident qu'il s'intéressait fort à Mrs Graham; des sentiments que l'on cache avec tant de soin ne pouvaient être honorables. Elle était sans reproche; quant à lui, il me devenait antipathique au-delà de toute expression.

Pendant que je réfléchissais de la sorte, ma compagne de solitude s'était levée assez brusquement et, appelant son fils, elle m'annonça qu'elle désirait rejoindre les autres invités et remonta rapidement l'allée. Elle avait sans doute entendu ou deviné le sujet de conversation de miss Wilson et elle ne désirait plus prolonger notre *tête-à-tête*; d'autant plus que la rougeur qui me brûlait les joues pouvait être causée par l'embarras, alors qu'en réalité je bouillais d'indignation et détestais cordialement mon ancien ami. Quant à miss Wilson, je pouvais ajouter un nouveau reproche à tous les autres et je sentais grandir ma haine.

Il était fort tard lorsque je rejoignis nos amis. Mrs Graham se préparait à partir et prenait congé des invités qui avaient regagné la maison. Je lui offris de l'accompagner, ou plutôt je la suppliai de me permettre de faire quelques pas avec elle. Mr Lawrence, qui se trouvait à deux pas, en conversation avec une tierce personne, ne nous regardait pas; mais lorsqu'il entendit ma prière, il s'arrêta au milieu d'une phrase pour entendre la réponse de Mrs Graham, et marqua une certaine satisfaction lorsqu'elle repoussa mon offre.

Son refus catégorique ne manquait cependant pas de gentillesse. Elle ne voulait pas admettre que les avenues et les prairies solitaires qu'elle devait traverser pouvaient offrir le moindre danger, pour elle ou pour l'enfant. La nuit n'était pas encore tombée et elle ne rencontrerait sans doute personne ; si quelqu'un croisait sa route, ce ne pourrait être que quelque paysan inoffensif. Elle ne voulait déranger personne et refusa l'offre de Fergus qui demandait si ses services seraient plus acceptables que les miens, puis refusa la compagnie d'un valet de ferme que ma mère lui proposait comme escorte.

Après son départ, la maison me parut déserte ou, ce qui était pire, occupée par des étrangers. Lawrence tenta de m'attirer dans une conversation mais je le repoussai sans politesse et me dirigeai dans la direction opposée. Les invités nous quittaient un à un et lui aussi prit bientôt congé de ma mère. Lorsqu'il s'approcha de moi, je fus aveugle à sa main tendue et sourd à son bonsoir ; lorsqu'il le répéta, je grommelai une vague réponse et lui accordai un signe de tête bourru.

— Que se passe-t-il, Markham ? murmura-t-il.

Je répondis par un regard haineux et méprisant.

— Êtes-vous furieux parce que Mrs Graham a refusé votre compagnie ? demanda-t-il avec un léger sourire qui me rendit presque fou de rage.

Mais j'avalai les mots cinglants qui me venaient aux lèvres et demandai simplement :

— En quoi cela vous concerne-t-il ?

— En rien, répondit-il avec un calme provocant, puis, levant vers moi un regard sérieux, il ajouta : Permettez-moi seulement de vous dire, Markham, que vos espoirs, si vous en avez, seront déçus ; cela me fait mal de vous voir lancé avec tant d'ardeur dans cette affaire alors que...

— Hypocrite ! m'exclamai-je. Ma réplique lui coupa le souffle, il devint blême et tourna les talons sans ajouter un mot.

Je l'avais blessé au vif et j'en étais heureux.

## 10

Lorsque nos derniers invités furent partis, j'appris que les plus viles calomnies avaient circulé, en présence de la victime elle-même. Rose assura qu'elle n'en croyait pas un mot et ma mère fit la même déclaration, mais en y mettant moins de feu et moins de certitude. Ces commérages la préoccupaient, car elle ne cessait de s'exclamer de façon fort irritante : « Mon Dieu, mon Dieu, qui l'aurait cru !... J'ai toujours pensé qu'elle avait quelque chose de bizarre... Elle se croit différente du commun des mortels... Ce mystère qui l'entoure m'a toujours paru étrange... cela ne pouvait que mal finir... tout cela est bien triste ! »

— Mais, maman, tu prétendais ne rien croire de ces racontars, dit Fergus.

— Je le répète, mon cher garçon, mais il doit y avoir une raison...

— La seule raison est la méchanceté et la fausseté du monde, dis-je. Le seul fait est que Mr Lawrence a rendu quelques visites au manoir... et aussitôt les mauvaises langues du village ont assuré qu'il faisait la cour à la belle étrangère et les fauteurs de scandale ont trouvé de quoi exercer leur infernale méchanceté.

— Mais, Gilbert, quelque chose dans son attitude doit avoir provoqué cela.

— Avez-vous quelque chose à lui reprocher?
— Non, sans doute; mais elle a un air étrange, je l'ai toujours dit.

Une huitaine de jours plus tard, je risquai une nouvelle invasion de Wildfell Hall; depuis notre petite réception, je n'étais pas parvenu à rencontrer Mrs Graham en promenade; elle m'évitait sans doute, et chaque soir, rentré bredouille, je cherchais quelque prétexte pour lui rendre visite. Après que toute une semaine se fut écoulée, je décidai que je ne pouvais supporter un jour de plus la séparation (tu peux te rendre compte où j'en étais arrivé), je pris dans la bibliothèque un très vieux volume en assez piteux état mais dont le texte pouvait l'intéresser, et me dirigeai à grands pas vers le manoir; je dois t'avouer que je n'étais pas sans inquiétude quant à la façon dont je serais reçu, et il me fallut tout mon courage pour oser me présenter avec ce volume décrépit qui était vraiment une assez faible excuse. J'aurais peut-être la chance de la rencontrer dans les champs ou dans le parc; ce qui aurait été beaucoup plus simple que de devoir frapper à la porte, pour être cérémonieusement introduit par Rachel et conduit vers sa maîtresse, surprise et peut-être rien moins que cordiale.

Mon souhait ne fut pas exaucé. Mrs Graham demeurait invisible, mais Arthur jouait avec son amusant petit chien dans le jardin. Je regardai par-dessus la grille et appelai l'enfant, il me demanda d'entrer mais je lui répondis qu'il fallait la permission de sa mère.

— Je vais la lui demander, dit-il.
— Ne fais pas cela, Arthur, mais si elle n'est pas trop occupée, demande-lui de venir un instant jusqu'ici; dis-lui que je désire lui parler.

Il courut pour transmettre ma demande et revint rapidement, accompagné de sa maman. Comme elle était charmante! Ses belles boucles brunes dansaient dans la brise légère, ses joues étaient roses de plaisir et son sourire radieux! (Cher Arthur! combien d'heureuses rencontres je lui devais! Il me délivrait de toute formalité, de toute contrainte. Un enfant joyeux, au cœur simple est le meilleur ambassadeur de tous les amoureux, il est toujours prêt à rapprocher les cœurs séparés, à franchir les obstacles posés par les usages, à faire fondre la plus froide réserve, à sauter par-dessus les barrières de la formalité et de l'orgueil.)

— Bonjour, Mr Markham, que se passe-t-il? dit la jeune mère avec un sourire accueillant.

— Je voulais vous apporter ce livre; prenez-le et regardez-le tout à votre aise. Ce n'est rien d'important mais c'est une excuse suffisante pour vous appeler dehors par cette délicieuse soirée.

— Demande-lui d'entrer, maman, dit Arthur.

— Voulez-vous entrer? demanda-t-elle.

— J'aimerais voir ce que vous avez encore changé dans le jardin.

— Et comment j'ai soigné les plantes que m'a données votre sœur, ajouta-t-elle en ouvrant la grille.

Nous nous promenâmes dans le jardin en parlant de fleurs, d'arbres, du livre que je venais d'apporter... et de bien d'autres choses encore. La soirée était douce et ma compagne d'humeur plaisante. Mes paroles devenaient plus chaudes et plus tendres; mais comme je ne disais rien de bien précis, elle n'essaya pas de me repousser; comme nous passions tout contre un magnifique buisson de roses mousses, elle coupa un bouton prêt à s'ouvrir et me chargea de le donner à ma sœur car c'était elle qui, quelques semaines plus tôt, m'avait chargé de remettre le rosier à Mrs Graham.

— Puis-je le garder pour moi? demandai-je.

— Non, mais en voici un autre.

Au lieu de prendre tout simplement la fleur qu'elle me tendait, je serrai en même temps sa main et la regardai dans les yeux. Elle me la laissa, un moment, tandis qu'un éclair d'excitation heureuse brillait dans ses yeux. Je croyais remporter une victoire… mais de tristes souvenirs semblèrent assombrir soudain son regard, elle devint mortellement pâle; elle livrait un violent combat contre elle-même; elle fit brusquement un effort pour m'arracher sa main et recula de deux pas.

— Mr Markham, dit-elle d'une voix calme et désespérée, je dois vous faire comprendre que je ne puis admettre cela. J'aime votre compagnie parce que je suis fort seule ici, et votre conversation me plaît plus que n'importe quelle autre; mais s'il vous est impossible de me considérer comme une amie – une amie maternelle, ou fraternelle, si vous préférez – je dois vous demander de me quitter à l'instant et de ne plus revenir, nous devrons être des étrangers l'un pour l'autre.

— Je serai donc votre ami… ou votre frère… ou tout ce que vous voudrez pourvu que je puisse vous revoir; mais dites-moi pourquoi je ne puis être plus pour vous?

Il y eut un silence lourd de réflexions.

— Avez-vous fait quelque promesse trop hâtive?

— Je vous le dirai peut-être un jour, répondit-elle, mais j'aimerais que vous me laissiez maintenant; de grâce, Gilbert, promettez-moi de ne plus jamais m'obliger à vous répéter ce que je viens de vous dire! dit-elle sérieusement en me tendant la main – comme mon nom était doux et musical dans sa bouche!

— Je ne le ferai plus, répondis-je, mais vous me pardonnez pour cette fois?

— À condition que vous ne le répétiez plus jamais.

— Et puis-je venir vous voir de temps à autre?

— Peut-être... à l'occasion; si vous n'abusez pas de ce privilège.

— Je ne promets rien mais vous verrez.

— Si vous abusez de ma permission, vous m'obligerez à briser notre amitié, une fois pour toutes.

— M'appellerez-vous toujours Gilbert? Cela a un son plus fraternel et me rappellera ma promesse.

Elle sourit et me pria à nouveau de partir et je jugeai prudent de lui obéir; elle rentra dans le salon tandis que je descendais la colline. Le bruit des sabots d'un cheval sur la route brisa la douce quiétude de cette soirée et j'aperçus un cavalier solitaire qui remontait l'allée du manoir. Je le reconnus immédiatement malgré l'obscurité naissante: c'était Mr Lawrence sur son poney gris. Je courus à travers champs, sautai le petit mur de pierres et me dirigeai vers lui dans l'allée. En me reconnaissant il retint sa monture et semblait disposé à faire demi-tour, mais il réfléchit et jugea sans doute qu'il valait mieux continuer. Il me salua d'un léger signe de tête, puis dirigea son cheval assez près du mur pour tenter de me dépasser – mais j'avais bien l'intention de l'arrêter et je saisis la bride de son poney en m'écriant:

— Et maintenant, Lawrence, il est temps que vous vous expliquiez! Dites-moi, immédiatement et clairement, où vous allez et ce que vous allez y faire!

— Voulez-vous lâcher la bride? dit-il calmement. Vous blessez la bouche de mon poney.

— Vous et votre poney pouvez aller...

— Pourquoi être si vulgaire et si brutal, Markham? N'êtes-vous pas honteux?

— Vous ne quitterez pas cet endroit avant de m'avoir répondu! J'exige que vous m'expliquiez votre perfide duplicité!

— Je ne répondrai rien du tout tant que vous n'aurez pas lâché la bride de mon cheval... même si je dois rester ici jusqu'au matin.

— Soit, parlez, dis-je en ouvrant la main mais en restant planté devant lui.

— Reposez-moi la même question lorsque vous pourrez parler comme un gentleman, répliqua-t-il en essayant à nouveau de me dépasser, mais je retins à nouveau sa monture qui semblait encore plus étonnée que son maître de ma grossièreté.

— Vraiment, Mr Markham, ceci dépasse les bornes, dit-il. Ne puis-je me rendre chez ma locataire pour y discuter d'affaires sans être attaqué par un...

— L'heure est mal choisie pour des discussions de ce genre, monsieur! Et je vais vous dire ce que je pense de votre conduite!

— Vous feriez mieux de garder votre opinion pour un autre moment, car voici le pasteur, interrompit-il à voix basse.

Le pasteur se trouvait en effet derrière moi, il rentrait d'une visite dans un coin éloigné de la paroisse. Je lâchai immédiatement la monture de Lawrence, qui continua sa promenade en saluant Mr Millward au passage.

— Alors, on en vient aux mains à présent, Markham? me cria ce dernier, et à propos de cette jeune veuve, sans aucun doute, ajouta-t-il sur un ton plein de reproches et en hochant la tête. Mais laissez-moi vous dire jeune homme (et il approcha son visage du mien pour me faire cette confidence), laissez-moi vous dire qu'elle n'en vaut pas la peine!

Et il confirma cette opinion par un hochement de tête solennel.

— Mr Millward! m'exclamai-je sur un ton si plein de haine et de menace, que le révérend me regarda, stupéfait d'une telle insolence, son regard disait clairement : « Me parler ainsi, à moi ! »

Mais j'étais trop indigné pour m'excuser ou même pour ajouter un mot ; je fis demi-tour et je me dirigeai en toute hâte vers la maison sans me préoccuper de savoir s'il me suivait.

# 11

Trois semaines s'écoulèrent. Mrs Graham et moi étions maintenant les meilleurs amis du monde – ou plutôt, nous nous traitions en frère et sœur. Elle m'appelait Gilbert pour obéir à mes prières et je l'appelais Helen, car j'avais vu son prénom dans un des livres de sa bibliothèque. Je ne voulais pas l'importuner, et je ne la voyais que deux fois par semaine, je m'arrangeais même pour que ces rencontres parussent fortuites, car je jugeais nécessaire d'être extrêmement prudent pour ne pas lui déplaire. Pourtant, bien souvent, je la sentais malheureuse et préoccupée, et nous n'étions ni l'un ni l'autre satisfaits de nos relations; j'avais toutes les peines du monde à rester le frère nonchalant qu'elle souhaitait trouver en moi et je sentais par trop l'hypocrisie de ma conduite. Je pouvais voir, ou plutôt sentir que, comme disent les héros de roman, « je ne lui étais pas indifférent »; cette pensée me réjouissait fort pour l'instant présent, mais j'espérais plus et mieux pour l'avenir; je lui cachais pourtant très soigneusement ces beaux rêves.

— Où vas-tu, Gilbert ? me demanda Rose, alors que je quittais la table du thé, après une longue journée de travail à la ferme.

— Faire une promenade.

— Je ne savais pas que tu avais l'habitude de si bien brosser ton chapeau, de te coiffer avec tant de soin et de prendre tes gants les plus élégants pour faire une promenade!

— Pas toujours.

— Tu vas à Wildfell Hall, n'est-ce pas?

— Qu'est-ce qui te fait croire cela?

— Je l'ai deviné... mais je ne puis m'empêcher de souhaiter que tu t'y rendes moins souvent.

— Quelle bêtise, enfant que tu es! J'y vais à peine une fois toutes les six semaines... mais que veux-tu dire?

— Si j'étais à ta place, je ne verrais pas si souvent Mrs Graham.

— Toi aussi, tu partages l'opinion générale à son sujet?

— Non, dit-elle, avec quelque hésitation dans la voix, mais j'ai entendu raconter tant de choses, chez les Wilson, et chez le pasteur...; et puis, maman dit que si elle était quelqu'un de bien, elle ne vivrait pas toute seule dans ce manoir... Souviens-toi, Gilbert, de cette étrange histoire qu'elle nous raconta elle-même, l'hiver dernier, à propos du faux nom qu'elle avait signé sur une toile, elle avoua qu'elle désirait cacher sa résidence actuelle à des amis... Et ce même jour, comme elle quitta brusquement la pièce quand cette personne est venue, dans le jardin, comme elle chercha à nous empêcher de la reconnaître... et Arthur qui prenait un air si mystérieux pour nous dire que c'était l'ami de sa maman.

— Je me souviens très bien de tout cela, Rose, et je peux comprendre tes conclusions peu charitables; si je ne la connaissais pas si bien, je pourrais comme toi, ajouter tous ces mystères l'un à l'autre et me faire les mêmes réflexions; mais, Dieu merci, je la connais bien; et je ne mériterais pas le nom d'homme, si je croyais tout ce que l'on raconte, à moins de l'entendre de ses propres lèvres. Je pourrais aussi bien ne pas avoir confiance en toi, Rose.

— Oh, Gilbert!

— Crois-tu que je pourrais écouter de tels racontars, même de la bouche de nos amis?

— J'espère bien que non!

— Et pourquoi pas? Parce que je te connais? Je la connais tout aussi bien.

— Ce n'est pas vrai! Tu ne sais rien de son passé. Il y a un an tu ne savais même pas qu'elle existait.

— Cela n'a pas d'importance. On peut lire au fond du cœur d'un être humain, on peut découvrir la grandeur, la profondeur d'une âme en soixante minutes comme on peut mettre toute une vie à découvrir une âme si un être humain décide de cacher ses sentiments ou si l'on n'est pas assez compréhensif.

— Tu vas donc la voir, ce soir?

— Tu peux en être certaine!

— Mais, Gilbert, que dirait maman?

— Elle n'a pas besoin de le savoir.

— Mais elle l'apprendra bien, un jour, si tu continues ainsi.

— Si je continue?... il n'y a rien à continuer. Mrs Graham et moi sommes deux amis... et nous continuerons à l'être envers et contre tous; personne n'a le droit de nous en empêcher.

— Mais si tu savais comme on bavarde, tu serais plus prudent, pour son bien aussi bien que pour le tien. Jane Wilson estime que tes visites au vieux manoir sont une nouvelle preuve de sa perversité...

— Au diable Jane Wilson!

— Et Eliza Millward se désole...

— Je l'espère bien.

— Mais tu as tort.

— En quoi? Et comment le savent-ils?

— On ne peut rien leur cacher; ils déterrent le moindre scandale.

— Je n'avais jamais pensé à cela! Qu'ils osent déformer mon amitié pour elle et y trouver une autre raison de la calomnier? Cela suffirait à prouver que tout le reste n'est que mensonges. Il faut que tu les contredises, Rose, chaque fois que tu en auras l'occasion.

— Mais ils n'en parlent pas ouvertement en ma présence; ils se contentent d'insinuations. J'entends aussi bavarder les autres et, comme cela, je sais ce que nos amis pensent.

— Je n'irai pas aujourd'hui, il se fait tard. Mais que le diable emporte leurs langues venimeuses! grommelai-je, le cœur empli d'amertume.

Le pasteur entra dans la pièce au moment où je terminais ma conversation avec ma sœur; nous étions trop absorbés pour l'avoir entendu frapper. Il salua Rose sur un ton joyeux et paternel, selon son habitude, il avait beaucoup d'affection pour elle, puis il se tourna sérieusement vers moi:

— Eh bien! monsieur, dit-il, on ne vous voit plus.

Puis il s'installa lourdement dans le fauteuil que Rose lui avançait avec empressement et continua lentement:

— Il y a bien... voyons... il y a au moins six semaines que vous n'avez plus mis les pieds au presbytère. Il parlait avec emphase en frappant le sol de sa canne.

— Vraiment, monsieur?

— Vraiment! Et il souligna ses paroles d'un hochement de tête énergique tout en continuant à me fixer avec deux yeux sévères et irrités, en tenant entre ses genoux sa lourde canne, les mains appuyées sur le pommeau.

— J'ai été très occupé, dis-je puisqu'il attendait visiblement des excuses.

— Occupé! dit-il d'un ton de dérision.
— Nous avons rentré les foins et la moisson est commencée.
— Hum!

L'arrivée de ma mère créa une diversion, car elle accueillit notre révérend visiteur avec loquacité. Elle regrettait qu'il fût venu si tard, car nous avions fini de prendre notre thé mais offrit d'en faire préparer du nouveau immédiatement s'il voulait lui faire l'honneur d'en accepter une tasse.

— Pas pour moi, merci, répondit-il, je serai à la maison dans quelques minutes.

— Vous allez rester et en prendre un peu, je vous en prie! Il sera prêt dans un instant.

Il repoussa son offre d'un geste majestueux de la main.

— Mais je prendrais très volontiers un verre de votre excellente bière, Mrs Markham!

— Avec plaisir, s'écria ma mère, qui se dirigea rapidement vers la sonnette pour demander que l'on apporte le breuvage favori du pasteur.

— Je pensais à votre excellente bière en passant devant votre porte; je suis allé rendre visite à Mrs Graham.

— Vraiment?

Il approuva gravement et ajouta avec cette détestable emphase:

— Il était de mon devoir de le faire.

— Vous croyez? s'écria-t-elle.

— Et pourquoi, Mr Millward? demandai-je.

Il me regarda sévèrement et se tournant vers ma mère, il répéta:

— C'était mon devoir! et il frappa à nouveau le sol de sa canne.

Ma mère était assise en face de lui, stupéfaite mais admirative.

— « Mrs Graham, lui ai-je dit, continua-t-il en agitant la tête, j'ai entendu des choses terribles ! — Et quoi donc, monsieur ! dit-elle, affectant l'ignorance. — C'est mon devoir... en tant que votre pasteur, dis-je, de vous dire et tout ce que je trouve personnellement de répréhensible dans votre conduite, et tout ce que les autres pensent de vous !... » Voilà ce que je lui ai dit.

— Vous avez fait cela, monsieur ? m'écriai-je, en me levant brusquement de ma chaise et en frappant la table du poing. C'est à peine s'il me lança un regard, puis il continua, s'adressant à son hôtesse :

— C'était un devoir pénible, Mrs Markham, mais je le lui ai dit.

— Et comment a-t-elle pris cela ? demanda ma mère.

— Elle est endurcie, je le crains, répondit-il avec un hochement de tête découragé. Elle étala en même temps son âme passionnée. Elle devint très pâle, et soupira entre les dents d'une façon sauvage, mais elle ne tenta pas de se défendre ; et c'est avec un calme presque honteux chez une personne si jeune qu'elle me répondit que mes reproches n'étaient pas justifiés et que je gaspillais mes conseils de pasteur. Elle alla jusqu'à me faire comprendre que si je n'avais rien d'autre à lui dire, je n'étais pas le bienvenu chez elle. Je me retirai donc car je voyais clairement que je ne pouvais rien faire, que son cas était désespéré. Mais je suis tout à fait décidé à défendre à mes filles, par tous les moyens, de la fréquenter. Je vous conseille de faire la même chose pour les vôtres ! Quant à vos fils... quant à vous, jeune homme, continua-t-il gravement en se tournant vers moi...

— Quant à moi, monsieur, commençai-je..., mais je fus obligé de m'interrompre, car les mots m'étouffaient et tout mon corps tremblait de fureur.

Je pris donc le parti le plus sage, d'empoigner mon chapeau et de quitter la pièce en claquant la porte avec une violence qui fit trembler toute la maison et hurler ma mère. Ce bruit calma momentanément ma rage.

Deux minutes plus tard, je gravissais la colline en courant, dans la direction de Wildfell Hall... Je ne savais pas exactement ce que j'allais y faire, mais deux choses étaient certaines : il fallait que je bouge et il fallait que je la voie, que je lui parle. Je ne savais pas du tout ce que j'allais lui dire ou comment j'allais me conduire. Tant de pensées agitées, tant de résolutions opposées se heurtaient dans mon cerveau, que mon esprit sombrait dans un chaos de passions.

## 12

Je mis à peine une vingtaine de minutes à parcourir le chemin qui nous séparait. Je m'arrêtai devant la grille pour éponger mon front ruisselant de sueur, pour retrouver mon souffle et une attitude décente. Cette marche rapide avait quelque peu calmé mon agitation et c'est d'un pas ferme que je remontai l'allée du jardin. En passant devant l'aile habitée du manoir, j'aperçus, par la fenêtre ouverte, Mrs Graham qui arpentait lentement sa chambre solitaire.

Elle était agitée et mon arrivée sembla l'effrayer comme si elle craignait que, moi aussi, je fusse venu pour l'accuser. J'étais venu dans l'intention de me lamenter avec elle sur la méchanceté du monde et d'injurier le pasteur et tous ceux qui l'avaient si bien informé, mais en la voyant, je me sentis incapable d'effleurer ce sujet, à moins qu'elle ne m'y invitât elle-même.

— Je viens à une heure indue, dis-je en affectant une gaieté que j'étais loin de ressentir, afin de la rassurer, mais je ne resterai que quelques minutes.

Elle eut un faible sourire, faible, mais amical, presque reconnaissant, comme si elle me remerciait d'être venu sans intention méchante.

— Il fait lugubre ici, Helen ! Pourquoi n'avez-vous pas de feu ? dis-je en jetant un regard circulaire sur la pièce.

— L'été est là, répondit-elle.

— Nous avons toujours un feu, le soir, lorsque les nuits ne sont pas encore chaudes; c'est presque une nécessité dans cette vieille maison froide et dans cette chambre obscure.

— Si vous étiez venu un peu plus tôt, j'en aurais fait allumer un pour vous; mais cela ne vaut plus la peine maintenant, vous ne resterez que quelques instants et Arthur est déjà couché.

— J'ai néanmoins fort envie d'une flambée; en ferez-vous allumer si je sonne?

— Et pourtant, Gilbert, vous n'avez pas l'air d'avoir froid! dit-elle en souriant et en regardant mon visage qui devait être brûlant.

— Je n'ai pas froid, mais je veux vous voir confortablement installée avant de vous quitter.

— Confortablement installée! répéta-t-elle, avec un rire amer, comme si cette idée était absurde. Cela me convient parfaitement ainsi, ajouta-t-elle d'une voix sourde et résignée.

Mais j'étais bien décidé à n'en faire qu'à ma tête, et je tirai la sonnette.

— Et voilà, Helen! dis-je en entendant le pas de Rachel dans le hall.

Il ne lui restait plus qu'à demander à la servante d'allumer un feu.

Je n'oublierai jamais le regard que Rachel me lança avant de commencer sa tâche, un regard torve, soupçonneux, inquisiteur, qui disait clairement: «Que faites-vous ici, je me le demande?» Sa maîtresse le remarqua aussi et un nuage d'embarras obscurcit son front.

— Vous ne pouvez rester trop longtemps, Gilbert, dit-elle lorsque la porte se fut refermée.

— Je n'en ai pas l'intention, dis-je assez sèchement; mais ma colère ne s'adressait qu'à la vieille femme avide et curieuse. Helen, j'ai quelque chose à vous dire avant de partir.

— Quoi donc?

— Pas maintenant, pas encore... Je ne sais exactement quoi dire, ni comment le dire, répondis-je avec plus de sincérité que d'adresse; et, pour gagner du temps, je me mis à parler de choses et d'autres. Puis, Rachel revint avec un tisonnier incandescent qu'elle plaça sur la grille, entre les charbons qu'elle avait préparés. Elle m'honora d'un nouveau regard dur et inhospitalier, mais je continuai imperturbablement à bavarder; j'avançai une chaise à droite du foyer pour Mrs Graham et une autre pour moi, juste en face, puis je m'assis tout en comprenant parfaitement qu'elle n'avait qu'à moitié envie de me voir rester.

Un silence s'établit peu à peu entre nous et nous restâmes là à contempler le feu, elle plongée dans de tristes pensées et moi, rêvant au bonheur d'être seul avec elle, sans même la présence d'Arthur, notre ami, qui pour la première fois n'assistait pas à notre entretien. Oserais-je décharger mon cœur de tous les sentiments qui l'étouffaient? Il me semblait impossible de garder plus longtemps mon secret. Fallait-il lui dire maintenant ce que j'éprouvais, implorer son amour en retour, obtenir la permission de la proclamer mienne et le droit de la défendre contre toutes les méchantes langues? D'une part, j'avais une conscience toute neuve de ma puissance de persuasion, la certitude que mon amour fervent me donnerait l'éloquence nécessaire, que le besoin absolu que j'avais de réussir me rendrait vainqueur; d'autre part, je craignais qu'une trop grande précipitation me fît perdre tout le terrain que j'avais gagné à force de patience et d'adresse, et détruisît en un instant tout espoir pour l'avenir, alors qu'en montrant encore plus de patience, je pourrais sans doute réussir. J'avais l'impression de jouer toute ma vie sur un coup de dé; et pourtant, j'étais décidé à tout risquer. En tout cas, je voulais obtenir d'elle les explications qu'elle m'avait promises; j'allais exiger qu'elle me dise pourquoi une barrière infranchissable, un obstacle mystérieux se dressait devant mon bonheur, et aussi devant le sien.

Mais tandis que je cherchais comment exprimer mon désir, ma compagne s'arracha à sa rêverie en poussant un très léger soupir et se tourna vers la fenêtre; la lune rouge des moissons se levait au-dessus d'un des hallucinants arbustes taillés qui ornaient le jardin, et jetait ses rayons vers nous:

— Il est tard, Gilbert.

— Je sais, dis-je, vous désirez sans doute que je parte.

— Cela vaudrait mieux. Si mes aimables voisins apprennent que vous êtes venu si tard, et ils l'apprendront certainement, ils y trouveront une nouvelle raison de me critiquer.

Elle accompagna ses paroles d'un sourire que le pasteur aurait certainement qualifié de sauvage.

— Laissez-les dire, fis-je. Que nous importe ce qu'ils pensent si nous sommes contents de nous-mêmes... et contents l'un de l'autre. Qu'ils aillent au diable avec leurs viles élucubrations et leurs inventions mensongères.

Ces paroles violentes la touchèrent, car elle rougit.

— Vous avez donc entendu ce que l'on raconte à mon sujet?

— J'ai entendu d'horribles mensonges que seuls des imbéciles peuvent croire. Ne vous laissez pas impressionner par ces sottises, Helen.

— Je ne crois pas que Mr Millward soit un imbécile et pourtant il ajoute foi à toutes ces histoires; mais, même si l'opinion des autres a peu d'importance, même si vous estimez qu'ils n'ont aucune valeur humaine, il n'est pas agréable d'être considérée comme une menteuse et une hypocrite, d'être accusée d'actions abominables, de voir toutes vos bonnes intentions mal interprétées ; d'avoir les mains liées parce que l'on vous juge indigne, de voir que tout le monde se refuse à croire que vous respectez certains principes.

— Il est vrai ; si j'ai personnellement, par manque de réflexion où par égoïsme, fort peu respecté les apparences, et vous ai ainsi exposée aux calomnies, permettez-moi non seulement de vous demander pardon mais aussi d'effacer toute tache qui pourrait couvrir votre nom, donnez-moi le droit d'associer votre honneur au mien, de défendre votre réputation qui m'est plus précieuse que la vie !

— Êtes-vous vraiment assez héroïque pour vous unir à celle que chacun méprise ou suspecte ? Réfléchissez, c'est un acte très grave.

— J'en serais fier, Helen !... immensément heureux... ma joie serait ineffable... et si c'est là le seul obstacle à notre union, il n'existe plus et vous devez être... vous serez mienne !

Je bondis de ma chaise avec une ardeur frénétique et m'emparai de sa main que je portais à mes lèvres lorsqu'elle me l'arracha brusquement, en s'exclamant d'une voix débordante d'amertume :

— Non, non, ce n'est pas tout !

— Qu'y a-t-il donc qui nous sépare ? Vous m'aviez promis que je le saurais un jour et...

— Je vous le dirai un jour... mais pas maintenant... la tête me brûle... dit-elle en pressant la main sur son front, j'ai besoin de repos, j'ai assez souffert aujourd'hui ! ajouta-t-elle sauvagement.

— Parlez, cela soulagera votre cœur de tout me dire, insistais-je, et je saurais enfin comment vous consoler.

Elle secoua la tête avec découragement.

— Si vous saviez tout, vous aussi, vous me blâmeriez... peut-être plus que je ne le mérite... pourtant, je vous ai fait beaucoup de mal, ajouta-t-elle en un sourd murmure, comme si elle rêvait tout haut.

— Vous, Helen! C'est impossible!

— C'est vrai, mais je l'ai fait involontairement; j'ignorais la force et la profondeur de vos sentiments. Je pensais, ou je m'efforçais de penser que votre amitié pour moi était aussi froide et fraternelle que vous le prétendiez.

— Comme la vôtre?

— Comme la mienne... devrait être... si légère et superficielle que...

— Alors, vous m'avez vraiment fait tort.

— Hélas, je le sais; j'ai eu quelques soupçons, mais je pensais qu'il n'y avait pas grand mal à laisser courir votre imagination, je pensais que vos espoirs s'amenuiseraient d'eux-mêmes, se poseraient sur quelque autre objet, plus digne d'amour, que je garderais cependant votre amitié: mais si j'avais connu la profondeur de votre sentiment, l'affection généreuse et désintéressée que vous semblez éprouver...

— ... que je semble éprouver, Helen?

— ... que vous éprouvez..., j'aurais agi autrement.

— J'aimerais savoir comment. Vous ne pouviez me donner moins d'encouragement, ni me traiter avec une sévérité plus grande! Je ne veux pas vous laisser croire que vous m'avez fait tort en me donnant votre amitié, en me permettant parfois de jouir de votre compagnie et de votre conversation, alors que tout espoir d'une plus grande intimité était vain, comme vous me l'avez toujours laissé entendre; non, Helen, vous ne m'avez fait aucun tort... De telles faveurs non seulement me réjouissaient le cœur, mais purifiaient, exaltaient, ennoblissaient mon âme, et je préfère votre amitié à l'amour de toutes les autres femmes de la terre!

Mes paroles ne semblèrent pas lui apporter le moindre réconfort; les mains crispées sur ses genoux, elle levait les yeux comme pour implorer l'assistance divine; elle se tourna vers moi et dit:

— Si vous voulez me retrouver, demain, vers midi, dans les *moors*, je vous dirai tout ce que vous désirez savoir... Peut-être comprendrez-vous alors que nous devons faire cesser cette intimité... même si vous jugez que je suis encore digne de votre affection.

— Je puis vous l'assurer dès à présent; vous ne pouvez pas avoir tant de péchés à confesser... Vous voulez me mettre à l'épreuve, Helen!

— Non, je vous assure que non, répondit-elle sérieusement, j'aimerais qu'il en soit ainsi... Dieu merci, je n'ai pas de grands crimes à avouer... mais vous n'êtes certainement pas prêt à entendre tout ce que j'aurai à vous dire... et que peut-être vous ne pourrez pardonner... Mais je ne puis vous en dire plus maintenant, et je vous supplie de me laisser.

— Je pars à l'instant, mais répondez d'abord à une seule question... M'aimez-vous?

— Je ne veux pas répondre!

— Je puis donc en conclure que vous m'aimez et vous souhaiter une bonne nuit.

Elle se détourna pour me cacher les sentiments qu'elle ne pouvait plus maîtriser; je lui pris la main et la baisai avec ferveur.

— Gilbert! Partez, de grâce! cria-t-elle avec tant de douleur dans la voix qu'il aurait été cruel de lui désobéir.

Mais avant de refermer la porte, je jetai un dernier regard dans la pièce; Helen était penchée sur la table, les mains appuyées sur les yeux, et sanglotait convulsivement; je ne pus que me retirer en silence. Toutes les paroles de réconfort que j'eusse pu prononcer n'auraient fait qu'aggraver sa douleur.

Il me faudrait un volume, pour te décrire les craintes, les espoirs, les questions, les conjectures, les émotions violentes qui s'agitaient en moi tandis que je gravissais la colline. Avant que j'eusse parcouru la moitié du chemin, la profonde sympathie que j'éprouvais pour la dame du manoir dominait tous les autres sentiments et une force impérieuse m'attirait en arrière; je pensais: «Pourquoi tant me hâter de rentrer? Que trouverai-je à la maison?... réconfort et consolation?... paix et contentement?... Pouvais-je laisser derrière moi tant de tristesse et d'anxiété?»

Je me retournai pour regarder une fois encore le vieux manoir. Seules les cheminées étaient parfaitement visibles; je fis quelques pas en arrière pour avoir une meilleure vue et une sorte d'attraction surnaturelle m'attira vers la sombre demeure. Quelque chose m'appelait de plus en plus près; pourquoi résister? La contemplation de cette masse sombre éclairée par la pleine lune dans un ciel sans nuage, par une lueur chaude et dorée particulière aux nuits du mois d'août, et le fait que la maîtresse de mon cœur y reposait, m'apportaient plus de joie que le retour vers mon foyer, où tout était gai, débordant de vie et beaucoup trop joyeux pour mon état d'âme actuel. Comment pourrais-je supporter que l'on critiquât ouvertement mon amie ou, ce qui est pire, que l'on insinuât prudemment quelques mensonges à son sujet? L'idée seule me faisait bouillir d'indignation. N'avais-je pas eu assez de peine à faire taire en moi un esprit malin qui murmurait à mon oreille: «Cela pourrait être vrai»? Un esprit malin qui marmottait cela jusqu'à ce que j'eusse crié tout haut: «C'est un mensonge! je vous défie de m'y faire croire!»

Je pouvais maintenant apercevoir la lueur diffuse du feu allumé dans son salon. Je m'accoudai au mur du jardin, les yeux fixés sur sa fenêtre, cherchant à imaginer ses gestes, ses pensées, ses souffrances et je souhaitai ardemment pouvoir lui dire encore quelques mots, ou seulement l'entrevoir avant de rentrer.

Je ne résistai pas longtemps et sautai par-dessus la barrière pour jeter un dernier regard à sa fenêtre, pour voir si elle était plus calme ; si je la trouvais encore plongée dans sa douleur, je pourrais peut-être tenter de la consoler, lui dire ces choses que j'aurais dû clamer depuis longtemps, au lieu d'aggraver sa douleur par mon impétuosité. Je regardai donc ; son siège était vide, il n'y avait plus personne dans la pièce. Mais à cet instant précis quelqu'un ouvrit la porte-fenêtre et j'entendis une voix, la sienne, qui disait :

— Viens dans le jardin, je veux voir la lune et respirer l'air du soir ; cela me fera peut-être du bien.

Elle venait sans doute, en compagnie de Rachel, faire une dernière promenade dans le parc. J'aurais préféré être à l'abri des regards, de l'autre côté du mur. J'étais toutefois dans l'ombre du buisson de houx qui se trouvait entre la fenêtre et le porche d'entrée, et me cachait sans m'empêcher de voir deux silhouettes éclairées par le clair de lune, celle de Mrs Graham, suivie par une autre... qui n'était pas Rachel, mais un homme jeune, mince et assez grand. Oh Dieu ! comme le sang me battait aux tempes ! Une affreuse anxiété m'obscurcissait la vue. Ce ne pouvait être... si, la voix confirma mes soupçons, cet homme était Mr Lawrence.

— Tu ne devrais pas te laisser impressionner de cette façon, Helen, dit-il, je serai plus prudent, à l'avenir ; et un jour...

Je n'entendis pas la fin de la phrase, il marchait très près d'elle et parlait trop doucement pour que je pusse saisir ses paroles. La haine allait-elle me briser le cœur? J'attendais anxieusement sa réponse... elle fut très claire.

— Il faut que je parte, Frederick, dit-elle, je ne pourrai jamais être heureuse ici... ni nulle part, d'ailleurs, ajouta-t-elle avec un rire sans gaieté. Mais ici je ne trouve même pas la paix.

— Où pourrais-tu être mieux? répondit-il. Tu es loin de tout, mais tout près de moi, si du moins cela peut être un réconfort?

— Je ne pourrais rien désirer de plus, si seulement les autres voulaient me laisser en paix.

— Partout où tu iras, Helen, tu trouveras les mêmes inconvénients; je ne veux pas te perdre; je partirai avec toi ou je te rejoindrai; mais tu rencontreras les mêmes sots indiscrets partout où tu iras.

Bavardant de la sorte, ils passèrent lentement devant moi, le long de l'allée; je ne percevais plus leurs paroles mais je vis qu'il l'enlaçait tendrement et qu'elle appuyait la main à son épaule; un brouillard noir passa devant mes yeux; mon cœur me faisait mal et ma tête brûlait; je m'éloignai en titubant de la place où l'horreur m'avait figé pour un instant; je sautai ou je trébuchai par-dessus le mur – je ne sais plus exactement – mais je me souviens que je me jetai sur le sol comme un enfant passionné et je ne puis dire combien de temps je restai là, gisant, dans un paroxysme de colère et de désespoir; lorsqu'un torrent de larmes m'eut un peu soulagé, je contemplai la lune imperturbable mais sa lumière radieuse et paisible ne me fut d'aucun réconfort et j'appelai ardemment la mort et l'oubli éternel. Je m'étais levé et mes jambes me portèrent automatiquement vers la ferme; je trouvai le verrou tiré et tout le monde au lit à l'exception de ma mère qui se hâta de répondre lorsque je frappai impatiemment à la porte ; elle m'accabla immédiatement d'une pluie de questions et de remontrances.

— Comment peux-tu te conduire ainsi, Gilbert ? D'où viens-tu ? Viens manger ton souper, je l'ai tenu au chaud bien que tu ne le mérites pas après la scène que tu as faite en présence de Mr Millward, mais... Seigneur, mon garçon, tu as l'air malade ? Qu'est-il arrivé ?

— Rien, rien du tout... donne-moi la bougie.

— Mais ne vas-tu rien manger ?

— Non, je veux aller dormir, dis-je en prenant une bougie et en l'allumant à celle que ma mère tenait en main.

— Mais comme tu trembles, Gilbert ! s'exclama-t-elle avec inquiétude. Tu es horriblement pâle... Dis-moi ce que tu as !... Qu'est-il arrivé ?

— Ce n'est rien, dis-je.

J'étais si énervé que j'aurais pu trépigner comme un enfant parce que ma bougie refusait de s'allumer. Je maîtrisai quelque peu mon irritation et j'ajoutai :

— J'ai tout simplement marché trop vite. Bonne nuit !

Je me hâtai vers mon lit sans vouloir entendre ce que ma mère criait au rez-de-chaussée :

— Marché trop vite ! Où as-tu été ?

Ma mère me suivit jusqu'à la porte de ma chambre et m'accabla de questions et de bons conseils concernant ma santé et aussi ma conduite ; je la suppliai de me laisser seul jusqu'au lendemain matin ; elle se retira enfin et j'eus bientôt le plaisir d'entendre la porte de sa chambre qui se refermait. Je savais qu'il me serait impossible de dormir ; j'arpentai ma chambre à grands pas après avoir enlevé mes lourdes bottes pour ne pas réveiller maman. Mais les planches craquaient sous mes pieds et elle guettait le moindre bruit. Je marchais depuis à peine un quart d'heure lorsqu'elle vint frapper à ma porte.

— Pourquoi n'es-tu pas au lit, Gilbert, tu prétendais avoir sommeil?

— Qu'on me laisse en paix! J'y vais, dis-je.

— Mais pourquoi traînes-tu ainsi... tu dois avoir des ennuis...

— Pour l'amour du ciel! laisse-moi seul et vas te coucher.

— C'est sans doute cette Mrs Graham...

— Mais non, voyons, je t'ai déjà dit que je n'avais rien!

— J'espère que c'est vrai, soupira-t-elle en retournant vers sa chambre.

Je me jetai sur mon lit, plein de ressentiment contre celle qui m'enlevait la faible consolation de m'épuiser en marchant de long en large et me forçait à m'étendre sur cette couche qui me semblait faite d'épines.

Jamais nuit ne m'a paru si longue, si misérable. Je finis pourtant par trouver le sommeil; à l'aube, mes pensées devinrent de plus en plus incohérentes et ressemblèrent à des rêves fiévreux et je sombrai finalement dans un lourd sommeil. Mon réveil fut amer, j'ouvris les yeux pour retrouver une existence absolument vide, pire que vide, débordante de tourments et de douleur. Ce n'était pas un horrible désert, mais un sentier semé de buissons de ronces; l'insomnie aurait été préférable à ce réveil où je me retrouvais trompé, dupé, sans espoir, blessé dans mes sentiments; mon ange n'était pas un ange et mon ami était l'inimitié incarnée.

La matinée était morne, lugubre, le temps devenu aussi morne que mon humeur, la pluie battait les vitres. Je me levai pourtant et je sortis; je n'avais pas l'intention de m'occuper de la ferme, je voulais me rafraîchir les idées et regagner assez de calme pour que mon attitude ne provoque pas quantité de questions au déjeuner. Je voulais me faire mouiller et prendre prétexte de l'effort fourni avant le déjeuner pour excuser mon manque d'appétit ; si après cela j'avais un refroidissement, j'espérais qu'il serait assez violent pour expliquer ma mauvaise humeur et la mélancolie qui allait obscurcir mon visage pour tout un temps.

## 13

— Mon cher Gilbert, ne pourrais-tu essayer d'être un peu plus aimable, me dit un matin ma mère, alors que j'avais déployé un de mes accès de mauvaise humeur parfaitement injustifié. Tu m'assures que tout va bien, que rien ne te peine, et pourtant, je n'ai jamais vu personne changer aussi complètement en quelques jours ; tu n'as plus jamais une bonne parole pour personne, ni pour tes amis, ni pour des étrangers, ni pour tes égaux, ni pour tes inférieurs. Je voudrais que tu cesses cela.

— Que je cesse quoi ?

— Cette étrange mauvaise humeur. Tu ne sais pas à quel point tu es changé. Et pourtant tu as le meilleur caractère au monde lorsque tu le veux bien ; tu n'as donc pas d'excuse.

Tandis qu'elle continuait ses reproches, je pris un livre que j'ouvris sur la table et je prétendis m'absorber dans la lecture ; j'étais incapable de me justifier et pourtant je refusais de reconnaître mes erreurs ; je ne désirais que me taire sur cette question. Mais ma chère mère continua son discours, puis chercha à m'attendrir, elle me caressa doucement les cheveux et je sentais que j'allais redevenir un bon garçon, lorsque mon frère, qui se promenait dans la pièce, ranima ma mauvaise humeur par ses réflexions taquines :

— Ne le touche pas, maman, il mord! C'est un véritable tigre déguisé en homme. Pour ma part, je l'abandonne à son sort... je le répudie... je le rejette, racine et branche. Je ne l'approche plus à moins de six *yards*. Dernièrement, il m'a pratiquement fendu le crâne parce que je chantais une charmante chanson d'amour, parfaitement inoffensive, dans l'espoir de le distraire.

— Comment peux-tu être si brutal, Gilbert? s'exclama maman.

— Je t'ai d'abord demandé de te taire, Fergus, dis-je.

— D'accord, mais lorsque j'eus affirmé que tout le plaisir était pour moi et comme j'entonnais le second couplet, tu m'as empoigné et tu m'as jeté contre le mur avec une telle violence que je crus m'être coupé la langue en deux sous le choc et que je m'attendais à voir le mur tout éclaboussé par ma cervelle; lorsque j'eus porté la main vers mon crâne, je fus tout étonné de le trouver entier: c'était un vrai miracle! Mais pauvre diable! ajouta-t-il en poussant un long soupir sentimental, son cœur est brisé... voilà la vérité... et son cerveau ne vaut guère mieux...

— Te tairas-tu enfin? criai-je en me levant et lui lançant un regard si féroce que ma mère posa la main sur mon bras, craignant que je ne lui inflige quelque coup.

Elle me pria de le laisser tranquille et il sortit très calmement, les mains dans les poches, en chantonnant d'un air provocant: *Mon cœur soupire...*

— Je ne veux pas me salir les mains, dis-je pour rassurer ma mère, je ne voudrais pas le toucher, même avec des pincettes.

Je me souvins tout à coup que je devais voir Robert Wilson au sujet d'un champ contigu que je désirais acheter; j'avais remis cette question de jour en jour car plus rien ne m'intéressait. Je devenais misanthrope et je craignais par-dessus tout de rencontrer Jane Wilson ou sa mère car si j'avais maintenant de bonnes raisons d'ajouter foi à leurs commérages, je ne les en aimais pas plus pour cela... Eliza Millward non plus d'ailleurs... L'idée de les rencontrer m'était d'autant plus désagréable que je ne pouvais plus rejeter leurs calomnies et faire triompher mes convictions personnelles. Mais aujourd'hui j'étais décidé à reprendre mes travaux habituels. Je n'y trouvais aucun plaisir mais du moins le travail était-il moins ennuyeux que la paresse pure et simple et en tout cas d'un meilleur rapport. Si l'exercice de mon métier ne m'apportait aucune joie, la vie extérieure, elle, n'avait plus d'attrait pour moi. Je reprendrais le harnais et travaillerais d'arrache-pied comme n'importe quel cheval de trait ; j'avancerais lentement mais sûrement dans la vie, par nécessité plus que par plaisir, sans me réjouir mais sans me plaindre.

Tout en raisonnant de la sorte, avec une sorte de morne résignation, j'arrivai à Ryecote Farm ; j'étais presque certain que Robert serait absent à cette heure, mais du moins pourrait-on me dire de quel côté je pourrais le trouver.

Il n'était pas là mais on l'attendait d'un instant à l'autre, on m'invita à entrer dans le salon. Mrs Wilson était occupée à la cuisine, mais je faillis faire demi-tour en trouvant miss Wilson bavardant avec Eliza Millward dans la pièce. J'étais bien décidé à être poli mais distant. Eliza semblait avoir pris la même résolution de son côté. Nous ne nous étions plus vus depuis la soirée organisée par ma mère ; elle ne manifesta ni plaisir ni regret, ne fit pas étalage de son orgueil blessé ; elle était calme et polie. Elle était même plus à l'aise et plus gaie que moi, une certaine malice dans ses yeux trop expressifs me disait que je n'étais pas pardonné ; car si elle n'espérait plus gagner mon affection, elle détestait toujours sa rivale et était heureuse de déverser son mépris devant moi ; miss Wilson, de son côté, était aussi affable qu'on puisse souhaiter, et si je n'avais pas le cœur aux bavardages, les deux jeunes filles maintenaient entre elles un joyeux flux de conversation. Dès qu'une pause se produisit, Eliza en profita pour me demander, sur le ton normal de la conversation, si j'avais rencontré Mrs Graham ces derniers jours ; tout en parlant elle me lança un long regard en coin qui débordait de malice.

— Pas depuis quelque temps, répondis-je d'un ton insouciant ; mes yeux rejetaient impérieusement ses regards espiègles, car j'étais vexé de me sentir rougir en dépit de mes efforts pour paraître impassible.

— Comment, vous vous fatiguez déjà ? J'aurais pensé qu'une si noble créature vous tiendrait attaché pour au moins une année ?

— Je préférerais ne pas parler d'elle.

— Vous êtes enfin convaincu de votre erreur... Vous avez enfin découvert que votre divinité n'était pas aussi immaculée que vous ne le pensiez...

— Je vous ai prié de ne plus parler d'elle, miss Eliza.

— Je vous demande pardon ! Je vois que les flèches de Cupidon ont été trop acérées pour vous ; comme les blessures ne sont pas seulement superficielles, elles ne sont pas encore fermées et saignent chaque fois que quelqu'un mentionne le nom de la bien-aimée.

Miss Wilson intervint :

— Dis plutôt que Mr Markham estime que ce nom n'est pas digne d'être prononcé en présence de femmes honnêtes. Je me demande pourquoi tu éprouves le besoin de parler de cette personne, Eliza, tu dois savoir que cela n'est agréable pour personne ici présent.

Comment un homme pouvait-il supporter cela ? Je me levai et j'étais prêt à bondir vers la porte en enfonçant mon chapeau sur ma tête... mais je m'arrêtai juste à temps pour sauvegarder ma dignité. Une telle conduite n'aurait pu que susciter les rires moqueurs de mes deux bourreaux et je ne savais que trop combien la dame du manoir était indigne de telles souffrances ; mais l'ombre de mon amour planait encore sur moi et je ne pouvais supporter qu'on la critiquât devant moi. Je me dirigeai donc simplement vers la fenêtre, où je passai quelques secondes à me mordre furieusement les lèvres et à tenter de refréner l'agitation qui soulevait ma poitrine. Je fis remarquer à miss Wilson que je ne voyais son frère nulle part et que comme mon temps était précieux, il serait préférable que je revinsse le lendemain, à une heure à laquelle je serais certain de le trouver.

— Mais non ! dit-elle, attendez un instant, il va rentrer car il doit se rendre à L... (la ville où se tenait le marché), et il rentrera certainement pour se rafraîchir avant de partir.

Je me soumis donc, bon gré, mal gré, et je n'eus plus longtemps à attendre. Mr Wilson arriva bientôt ; j'étais très mal disposé pour traiter cette affaire, l'achat de ce champ me laissait fort indifférent, mais je fis un effort louable et le marché fut rapidement conclu ; peut-être pour la plus grande satisfaction de l'économe fermier, mais cela avait très peu d'importance pour moi. Je l'abandonnai devant un « rafraîchissement » des plus substantiels pour aller surveiller le travail de mes moissonneurs.

Ils travaillaient sur une des pentes de la vallée, et je gravis la colline pour voir si un des champs situés au sommet était suffisamment mûr pour être moissonné. Mais je dus m'arrêter, car j'apercevais non loin de là Mrs Graham et son fils qui descendaient le sentier. Arthur courut aussitôt à ma rencontre, mais je tournai brusquement les talons et accélérai le pas pour lui échapper; j'étais fermement décidé à ne plus jamais parler à sa mère et je fis semblant de ne pas entendre la voix enfantine et excitée qui me criait: «Attendez donc un instant»; je continuai mon chemin du même pas accéléré et il abandonna bientôt toute idée de me poursuivre; peut-être sa mère l'avait-elle rappelé. En tout cas, lorsque je me retournai, quelques minutes plus tard, personne n'était en vue.

Cet incident me laissa tout bouleversé; peut-être les flèches de Cupidon étaient-elles si profondément enfoncées et barbelées que je n'avais pas encore pu les arracher tout à fait de mon cœur. Quoi qu'il en soit, je fus terriblement malheureux tout le reste du jour.

# 14

Le lendemain matin, je me souvins que j'avais moi aussi des affaires qui m'appelaient à L... Dès que j'eus déjeuné, j'enfourchai mon cheval et me mis en route. Le jour était gris, une fine pluie tombait sans arrêt ; mais ce temps était parfaitement assorti à mon humeur chagrine. Ce n'était pas un jour de marché et j'aurais probablement une chevauchée solitaire ; cette route était peu fréquentée mais la solitude me convenait fort bien.

J'avançais au trot régulier de ma monture en ruminant d'amères pensées lorsque j'entendis le pas d'un autre cheval à peu de distance derrière moi ; je ne pouvais deviner qui était cet autre cavalier et je ne me donnai même pas la peine de me retourner ; comme nous amorcions une côte légère, je laissai ma monture ralentir le pas ; plongé dans mes réflexions, je permis au cheval de marcher aussi lentement qu'il le souhaitait ; je perdis donc du terrain et l'autre voyageur me rattrapa. Ce n'était pas un étranger pour moi, il m'appela et je reconnus... Mr Lawrence ! Mes doigts se crispèrent instinctivement sur le manche de mon fouet que j'étreignis avec une énergie convulsive ; je pus me maîtriser, je répondis à son salut par une légère inclinaison de la tête et tentai de le dépasser ; mais il pressa également son cheval pour marcher à mes côtés et parler de la pluie et du beau temps.

Mes réponses furent des plus brèves, je ralentis. Il retint aussi sa bête et me demanda si mon cheval était boiteux. Je répondis par un regard noir qu'il accueillit avec un sourire placide.

Son obstination et son assurance imperturbable m'étonnaient et m'exaspéraient à la fois. Je pensais que mon attitude lors de notre dernière rencontre l'aurait suffisamment impressionné pour le rendre froid et muet envers moi ; mais, au contraire, il semblait non seulement avoir oublié mes insultes précédentes, mais il demeurait indifférent à mon impolitesse actuelle. Jadis, il était sensible à la moindre allusion, à la moindre froideur de ton ou de regard ; aujourd'hui, rien, même une grossièreté aussi marquée ne pouvait le rebuter. Avait-il appris ma déception ? Voulait-il aujourd'hui jouir de mon désespoir ? Ma main se crispa sur mon fouet, mais je contins à nouveau la force qui poussait mon bras à se lever et je chevauchai en silence attendant quelque raison tangible pour frapper, pour laisser s'écouler les flots de fureur rentrée qui submergeaient mon âme.

— Markham, dit-il d'un ton très naturel, pourquoi vous quereller avec vos amis, uniquement parce que vous êtes déçu ? Vous avez perdu tout espoir, mais qu'y puis-je, moi ? Je vous avais prévenu, mais vous n'avez pas voulu…

Il n'en dit pas plus ; poussé par une force étrangère, je saisis mon fouet, et, aussi rapide que l'éclair, le manche s'était abattu sur son crâne. Un sentiment de sauvage satisfaction me saisit alors lorsque je le vis devenir mortellement pâle, tandis que quelques gouttes de sang vermeil descendaient de son front, sur ses joues ; il chancela puis glissa en arrière sur le sol. Le poney, surpris d'être débarrassé si brusquement de son fardeau, se cabra, puis profita de sa liberté pour trottiner vers le bord de la route et brouter à l'aise, tandis que son maître gisait aussi inanimé qu'un cadavre. L'avais-je tué? Une main de glace me serrait le cœur tandis que je me penchais vers lui, scrutant intensément son visage blême tourné vers le ciel. Je retins mon souffle... vivait-il?... Il bougea les paupières et grogna doucement. Je poussai un soupir de soulagement, il n'était qu'étourdi par sa chute. Il l'avait bien mérité... que cela lui serve de leçon. L'aiderais-je à remonter sur son cheval? Non, je l'aurais fait pour toute autre offense que celle-ci; mais il était vraiment impossible de lui pardonner. Il pouvait remonter seul, s'il en avait envie, dans quelques instants; il commençait déjà à remuer et tournait la tête pour regarder autour de lui... et il m'aperçut, debout, au bord de la route, comme un flâneur.

Avec un grognement plein de haine, je l'abandonnai à son sort, j'éperonnai mon cheval, qui partit au galop; j'étais sous le coup de divers sentiments difficiles à décrire: sentiments qui peut-être ne m'honoraient pas, car je crois que j'étais dominé par une sorte d'exultation en voyant mon rival à terre.

Je me calmai cependant et quelques minutes s'étaient à peine écoulées lorsque je fis demi-tour pour voir ce que devenait ma victime. Je n'obéissais pas simplement à une impulsion généreuse... ma haine ne diminuait pas... je ne craignais même pas ce que l'on pourrait me reprocher si j'abandonnais le sire à son sort, blessé et exposé au bord de la route... je ne faisais qu'écouter la voix de ma conscience; et je m'admirai moi-même d'obéir aussi vite à ses appels; le mérite était grand si j'en jugeais par le sacrifice qu'il me coûtait.

Mr Lawrence et son poney avaient tous deux légèrement bougé. Le poney avait avancé de quelques *yards* au bord de la route. Lawrence s'était traîné pour quitter le milieu de la route, il était assis, appuyé en arrière contre le talus, mortellement pâle, il tenait son mouchoir, déjà tout rougi, sur sa tête. J'avais dû frapper terriblement fort, mais la moitié du mérite – ou, si tu préfères, du blâme – en revenait à mon fouet dont le manche était garni d'une grosse tête de cheval en métal argenté. La pluie avait détrempé l'herbe qui devait être fort inconfortable ; ses vêtements étaient tachés de boue et de sang, son chapeau avait roulé dans la boue, de l'autre côté de la route. Il fixait anxieusement son poney, craignant désespérément de le voir s'éloigner tout à fait.

Je descendis de cheval et attachai la bête à un arbre tout proche ; je ramassai ensuite le chapeau de Mr Lawrence avec l'intention de le lui enfoncer sur la tête ; mais, soit qu'il estimât que son crâne ne pourrait supporter le poids du couvre-chef, soit qu'il trouvât celui-ci trop dégoûtant pour sa tête, il me l'arracha des mains pour le jeter loin de lui.

— Il est encore assez beau pour vous, grommelai-je.

Ma bonne action suivante fut de rattraper son poney et de le ramener rapidement près de lui ; la bête était plutôt calme et ne chercha pas longtemps à m'échapper ; il me restait maintenant à remettre son maître en selle.

— Venez ici, triste individu, chien, filou… donnez-moi la main pour que je vous aide.

Il refusa mon aide et se détourna d'un air dégoûté. Je tentai de lui saisir le bras mais il m'écarta comme si j'étais pestiféré.

— Vous ne voulez pas de mon aide ! Pour moi, vous pouvez rester là jusqu'au Jugement dernier ! Mais je suppose que vous ne désirez pas perdre jusqu'à la dernière goutte de votre sang ; je serai assez bon pour vous bander la tête.

— Laissez-moi, je vous prie.

— De grand cœur! Vous pouvez aller au diable, si cela vous amuse... et dites que c'est moi qui vous envoie!

Avant de l'abandonner à son sort, je jetai la bride de son poney sur un pieu de la haie et je lui lançai mon mouchoir car le sien était déjà saturé de sang. Il le saisit, et employa ce qui lui restait de force pour le relancer vers moi avec mépris. Il mit ainsi le comble à ses offenses. Je me sentais profondément insulté et j'étais bien décidé à le laisser vivre ou mourir comme il lui plairait; j'avais fait mon devoir en essayant de le sauver et j'oubliais que c'était moi qui l'avais mis dans cet état et de quelle manière insultante j'avais offert mes services. J'étais prêt à supporter les conséquences de mon acte, s'il lui plaisait de m'accuser de tentative de meurtre. Cela ne me semblait nullement impossible, je pensais même que cette intention le poussait à refuser mon assistance.

Dès que je fus en selle, je me retournai encore une fois pour voir ce qu'il devenait. Il s'était levé et, accroché à la crinière de son poney, il tentait de se remettre en selle; mais dès qu'il eut mis le pied à l'étrier, il fut pris d'un étourdissement; il bascula en avant, la tête sur le dos de sa monture puis, après un dernier effort, il se laissa tomber sur le talus, posa la tête sur la pente mouillée; et il resta là, aussi calme que s'il reposait sur son divan, à la maison.

J'aurais dû l'aider malgré lui, j'aurais dû panser la blessure qu'il n'avait plus la force d'éponger, j'aurais dû le mettre de force sur son cheval pour le ramener chez lui; mais mon indignation était encore trop vive, et de plus, qu'aurais-je raconté à ses domestiques et à ma propre famille? J'aurais été forcé d'admettre que j'étais coupable et, si je n'avais pas donné les raisons de mon acte – ce qui me semblait impossible – on m'aurait pris pour un fou, ou bien j'aurais dû échafauder de savants mensonges, ce qui était tout aussi impossible, car Mr Lawrence aurait sans aucun doute dévoilé la vérité et le mensonge ajouté au crime aurait encore aggravé mon cas. J'aurais pu être assez malhonnête pour m'en tenir à ma propre version des événements et noircir encore davantage mon ennemi. Mais il n'avait, après tout, qu'une blessure à la tête et quelques ecchymoses produites par sa chute ou par les sabots de son poney ; même s'il restait étendu là la moitié du jour, il n'en mourrait pas ; s'il lui était impossible de se remettre lui-même en selle, quelque passant lui viendrait sans doute en aide ; il était improbable que personne n'emprunte cette route avant la nuit. Quant à ce qu'il lui plairait de raconter, je devais prendre quelques risques et attendre ; s'il racontait des mensonges, je le contredirais ; s'il disait la vérité, je me comporterais le mieux possible. Personne ne pouvait m'obliger à donner de plus amples explications. Il jugerait peut-être préférable de garder lui-même le silence de crainte que des curieux ne lui demandent les raisons de notre querelle, ce qui l'obligerait à expliquer ses relations avec Mrs Graham, relations que, dans l'intérêt de l'un et de l'autre, il semblait vouloir tenir secrètes.

En réfléchissant de la sorte, je me dirigeai au trot vers la ville, où je conclus rapidement quelques affaires et fit divers achats pour ma mère et pour Rose, le tout avec une exactitude remarquable si l'on considère les circonstances. Sur la route du retour, j'éprouvai cependant quelques inquiétudes au sujet du malheureux Lawrence. Que ferais-je si je le retrouvais encore au bord de la route, couché sur le sol humide, à moitié gelé, à bout de forces ou peut-être déjà tout raide et froid ? Cette image s'imposait à moi tandis que le pas de mon cheval me rapprochait du lieu de l'accident. Mais, Dieu merci, l'homme et le cheval n'étaient plus là, il restait cependant encore des traces horribles de l'événement : tout d'abord le chapeau, trempé de pluie et couvert de boue qui portait sur le bord la marque de mon fouet meurtrier ; ensuite un mouchoir pourpre qui trempait dans une mare déjà toute rougie car la pluie était tombée en abondance.

Les nouvelles volent vite ; il était à peine quatre heures lorsque j'arrivai à la maison, où ma mère me reçut gravement avec ces mots :

— Quel terrible accident, Gilbert ! Rose est allée faire des achats au village et on lui a raconté que Mr Lawrence avait fait une chute de cheval et qu'on l'avait ramené mourant !

Tu peux penser que cette nouvelle eut sur moi un certain effet ; je me rassurai cependant quelque peu lorsque ma mère ajouta qu'il s'était fracturé le crâne et cassé une jambe ; sachant que tout cela était faux, je pouvais supposer que le reste de l'histoire était également exagéré ; lorsque j'entendis ma mère et ma sœur se lamenter sur son état, j'eus grande envie de leur raconter ce que je savais de ses blessures.

— Tu devrais aller le voir demain, dit ma mère.

— Ou aujourd'hui, suggéra Rose, tu en as encore le temps ; tu peux prendre le poney si ton cheval est fatigué. Tu iras, n'est-ce pas ? Dès que tu auras mangé quelque chose.

— Mais non, voyons. Comment pouvons-nous être certains que cette histoire n'est pas pure invention ? C'est tellement invr...

— Mais je suis certaine que c'est exact, tout le village en est bouleversé ; j'ai vu deux personnes qui en avaient vu d'autres qui, elles, avaient parlé à l'homme qui l'a trouvé. Cela peut paraître tiré par les cheveux, mais c'est la vérité.

— Mais enfin, Lawrence est bon cavalier ; il est invraisemblable qu'il soit tombé de cheval, et même s'il a fait une chute, il n'est pas possible qu'il se soit cassé tant d'os. Tout cela doit être terriblement exagéré.

— Mais non, le cheval lui a donné un coup de sabot... ou bien...

— Quoi ? ce calme petit poney ?

— Comment sais-tu que c'était son poney ?

— Il monte rarement un autre cheval.

— En tout cas, dit ma mère, tu iras lui rendre visite demain. Que cette histoire soit vraie ou fausse, exagérée ou non, il faut prendre de ses nouvelles.

— Fergus peut y aller.

— Pourquoi pas toi ?

— Il a plus de loisirs, je suis fort occupé pour le moment.

— Mon Dieu ! Gilbert, comment peux-tu être si indifférent ? Tu peux bien abandonner tes affaires pour une heure ou deux quand ton ami est à l'agonie !

— Il n'est pas encore mort !

— Qu'en sais-tu ? Tu ne peux en être sûr sans l'avoir vu. De toutes manières, il a dû avoir un accident assez grave et tu dois le voir ; il sera froissé si tu n'y vas pas.

— Mais bon Dieu ! je ne peux pas ! Nous ne sommes plus en si bons termes, ces derniers temps.

— Mon cher garçon, tu peux certainement lui pardonner quelques petits différends dans un cas pareil !

— Petits différends, petits différends ! murmurai-je.

— Mais pense à ce qui lui est arrivé...

— Bon, bon, ne m'ennuie plus maintenant... je verrai, répondis-je.

Tout ce que je fis fut d'envoyer Fergus, le lendemain matin, avec les compliments de ma mère, pour prendre des nouvelles du blessé. Il était évident que je ne pouvais y aller moi-même, ni envoyer un message. Il rapporta les nouvelles suivantes : le jeune *squire* était couché avec la tête assez mal en point et de nombreuses ecchymoses causées par une chute sur laquelle il se refusait à fournir de plus amples détails. Un refroidissement causé par une longue station sur le sol humide semblait assez sérieux, mais il n'avait rien de cassé et n'était pas encore à deux doigts de la tombe.

Il semblait évident que, pour ne pas mêler Mrs Graham à cette histoire, il ne prononcerait pas mon nom au sujet de l'accident.

## 15

Le lendemain, il continua de pleuvoir; mais le ciel éclairci dans la soirée promettait une belle journée pour le lendemain. Je me rendis sur la colline avec les moissonneurs. Une brise légère effleurait les épis, la nature tout entière riait au soleil. L'alouette chantait sa joie parmi les légers nuages argentés. La pluie avait si bien rafraîchi et éclairci l'atmosphère, elle avait si bien nettoyé le ciel, elle avait laissé sur chaque branche, sur chaque feuille, de si brillants joyaux que même les fermiers ne pouvaient lui en vouloir. Mais aucun rayon de soleil ne pouvait atteindre mon cœur, aucune brise ne pouvait rafraîchir mon âme, rien ne pouvait remplir l'horrible gouffre où avaient sombré mon espoir, ma confiance, ma joie, mon amour pour Helen Graham, il ne me restait que regrets et amertume et les restes persistants d'un amour blessé.

J'étais là, debout, les bras croisés, les yeux distraitement posés sur les ondulations des blés que les moissonneurs n'avaient pas encore touchés, lorsque je sentis que l'on me tirait par les basques de ma veste, et j'entendis une petite voix, que j'avais tant aimée, qui prononçait ces paroles étonnantes:

— Mr Markham, maman veut vous parler.

— Elle veut me parler, Arthur?

— Oui, pourquoi faites-vous cette étrange figure? dit-il moitié riant, moitié effrayé par l'aspect inattendu de mon visage. Pourquoi restez-vous si longtemps sans venir nous voir? Venez maintenant! Pourquoi ne venez-vous pas?

— Je suis occupé, dis-je sans bien savoir que répondre à l'enfant.

Il leva vers moi deux grands yeux étonnés; mais avant que j'eusse pu ajouter un mot, sa mère elle-même se trouvait à mes côtés.

— Il faut que je vous parle, Gilbert! dit-elle en cherchant à maîtriser son émotion.

Je fixai sans répondre ses joues pâlies et ses yeux brillants.

— Seulement pour un moment, supplia-t-elle. Mais venez un peu plus loin, ajouta-t-elle en voyant les moissonneurs qui nous observaient avec une impertinente curiosité, je ne vous retiendrai qu'une minute.

Je passai par un trou de la haie et je l'accompagnai.

— Arthur, mon chéri, va cueillir ces campanules, dit-elle en lui désignant les fleurettes qui poussaient à quelque distance, le long de la haie – l'enfant hésitait et semblait désireux de rester à mes côtés. Va, mon amour, répéta-t-elle sur un ton gentil mais ferme qui exigeait une obéissance immédiate.

— Je vous écoute, Mrs Graham, dis-je sur un ton froid et calme; je voyais qu'elle souffrait et j'avais pitié d'elle, mais d'autre part, je me réjouissais d'être la cause de sa souffrance.

Elle me lança un regard qui me transperça jusqu'au fond du cœur et qui pourtant amena un sourire sur mes lèvres.

— Je ne vous demanderai pas les raisons de ce changement d'attitude, Gilbert, dit-elle calmement mais avec amertume. Je ne les connais que trop bien; mais si je pouvais supporter d'être suspectée par tous les autres, je ne puis endurer cette condamnation venant de vous. Pourquoi n'êtes-vous pas venu lorsque je vous ai donné rendez-vous pour entendre mes explications?

— Parce que j'ai eu l'occasion entre-temps d'apprendre tout ce que vous vouliez me dire, et peut-être bien davantage.

— C'est impossible, car je vous aurais tout dit! s'écriat-elle avec passion. Je n'en ferai plus rien maintenant, car je vois que vous n'êtes pas digne de cette confiance.

Ses lèvres pâles tremblaient d'agitation.

— Puis-je vous demander pourquoi?

Elle répondit à mon sourire moqueur par un long regard d'indignation méprisante.

— Parce que vous ne m'avez jamais comprise, sinon vous n'auriez pas écouté mes détracteurs; ma confiance serait mal placée, car vous n'êtes pas l'homme que je croyais. Partez! Et pensez de moi ce que vous voudrez!

Elle se détourna et je m'éloignai rapidement; je sentais qu'elle était horriblement torturée; lorsque je me retournai pour la chercher des yeux une minute plus tard, je vis qu'elle ralentissait dans l'espoir de me trouver encore à ses côtés; puis elle s'arrêta et jeta un regard en arrière; j'affectai immédiatement un air indifférent et je feignis de ne pas voir son regard qui traduisait plus d'amère douleur et de désespoir que de colère. Je m'attardai encore un peu pour voir si elle reviendrait ou me ferait appeler, mais je l'aperçus qui s'éloignait, assez loin déjà, marchant rapidement tandis que le petit Arthur courait près d'elle en lui parlant avec animation; mais elle ne lui laissait pas voir son visage, sans doute pour lui cacher son émotion qu'elle ne parvenait pas à maîtriser. Je retournai donc à mes affaires.

Mais, bientôt, je me mis à regretter de l'avoir quittée si précipitamment. Il était visible qu'elle m'aimait; sans doute était-elle fatiguée de Mr Lawrence et lui cherchait-elle un remplaçant; si je l'avais moins aimée, une telle préférence m'aurait sans doute flatté et amusé; mais le contraste entre son attitude extérieure et ce que je supposais être ses sentiments intimes était trop déchirant, trop blessant pour mes propres sentiments pour laisser la place à des sensations plus légères.

Mais j'étais toujours curieux de savoir quel genre d'explications elle avait désiré me donner et me donnerait encore si j'insistais un peu; jusqu'où irait sa confession et comment pourrait-elle trouver des excuses à sa conduite? Je désirais ardemment savoir jusqu'à quel point je pouvais la mépriser ou l'admirer; ce qu'il y avait en elle de pitoyable ou de haïssable; et puis, je saurais enfin la vérité. Il fallait que je la voie une fois encore, il fallait que je sache quelle sorte de femme elle était vraiment, avant de la quitter à jamais. Pour moi elle était perdue, mais ne pouvions-nous nous séparer avec un peu plus de gentillesse, de part et d'autre? Son dernier regard m'était allé jusqu'au fond de l'âme, je ne pouvais l'oublier. Mais quel sot j'étais! Ne m'avait-elle pas trompé, blessé, n'avait-elle pas tué en moi tout espoir de bonheur? «Je la verrai cependant, me dis-je, mais pas aujourd'hui; je la laisserai s'appesantir sur ses péchés pendant toute la journée et toute la nuit, c'est bien son tour de souffrir; demain, je la verrai une fois encore et je saurai tout.» J'ignorais ce que cette rencontre pourrait lui apporter; en tout cas, elle mettrait un peu d'excitation dans une vie qu'elle avait vouée à la stagnation et calmerait peut-être le tumulte de ses pensées.

J'allai donc au manoir le lendemain; mais seulement dans la soirée, lorsque mon travail était terminé, entre six et sept heures ; le soleil couchant jetait sa lumière pourpre sur la vieille demeure et mettait des flammes rouges sur les fenêtres à petits carreaux ; cet éclairage donnait au manoir une gaieté qui ne lui était pas habituelle. Je n'ai pas besoin de m'appesantir sur les sentiments qui m'agitaient, tandis que je m'approchais de l'autel de mon ancienne divinité ; cette maison bourdonnait pour moi de mille souvenirs délicieux et de rêves glorieux... mais tout cela était obscurci par une seule et désastreuse vérité.

Rachel m'introduisit dans le salon et alla chercher sa maîtresse. Son écritoire était posée sur une petite table ronde, près d'une chaise à haut dossier, un livre était ouvert sur le couvercle. Je connaissais chaque volume de sa collection, assez réduite d'ailleurs, mais je n'avais jamais vu ce livre. Je le pris et je vis qu'il s'agissait du *Last Days of a Philosopher*, par sir Humphrey Davy ; je pus lire sur la première page : *Frederick Lawrence*. Je fermai le livre, mais je le gardai en main ; j'attendais calmement son arrivée, le dos tourné vers le feu, les yeux fixés sur la porte ; j'étais certain qu'elle viendrait. J'entendis bientôt son pas dans le hall. Mon cœur battait la chamade, mais je parvins à faire taire ses battements et à afficher une attitude indifférente. Elle entra, pâle, très calme et maîtresse d'elle-même.

— À quoi dois-je l'honneur, Mr Markham ? dit-elle avec une telle dignité que je me sentis presque déconcerté, mais je répondis avec un sourire presque impudent :

— Mais je suis venu entendre ces fameuses explications !

— Je vous ai dit que je ne vous les donnerais plus, que vous n'étiez plus digne de ma confiance.

— Parfait, dis-je en me dirigeant vers la porte.

— Restez un moment, dit-elle. C'est la dernière fois que je vous verrai; ne partez pas encore.

Je restai donc pour entendre ce qu'elle aurait encore à dire.

— Dites-moi sur quoi vous basez la triste opinion que vous avez de moi? Que vous a-t-on dit? Qui vous a parlé de moi?

Je ne dis pas un mot. Ses yeux me fixèrent sans sourciller, comme si elle était l'innocence même. Elle était prête à entendre le pire et me mettait au défi de lui fournir une explication. J'allais réduire à néant toute cette fierté. Je jouissais secrètement de ma puissance et je m'apprêtais à jouer avec elle comme le chat avec la souris. Sans quitter son visage des yeux, je lui montrai le nom inscrit sur la page de garde du livre que je tenais en main et lui demandai:

— Connaissez-vous ce gentleman?

— Évidemment, répondit-elle en rougissant brusquement; était-ce de honte ou de colère, je ne sais. Et ensuite, monsieur?

— Quand l'avez-vous vu pour la dernière fois?

— De quel droit me faites-vous subir cet interrogatoire?

— Oh! vous êtes parfaitement libre de ne pas me répondre. Mais permettez-moi de vous demander si vous savez ce qui est arrivé à votre ami… Il a…

— Je ne me laisserai pas insulter de la sorte, Mr Markham! cria-t-elle, exaspérée par mon attitude. Si vous n'avez rien d'autre à me dire, vous feriez mieux de quitter immédiatement ma maison.

— Je ne suis pas venu ici pour vous insulter, mais pour entendre vos explications.

— Je refuse de vous expliquer quoi que ce soit! répliqua-t-elle, en marchant de long en large dans la pièce, les mains serrées, la respiration courte, des éclairs d'indignation dans les yeux. Je ne m'abaisserai pas jusqu'à fournir des explications à un homme qui plaisante sur un sujet aussi grave et qui est prêt à croire tous ces bavardages.

— Je ne plaisante pas, Mrs Graham, dis-je sur un ton plus sérieux, sans le moindre sarcasme. J'aimerais pouvoir plaisanter, je vous assure ! Vous m'accusez de croire trop facilement les racontars… Dieu m'est témoin que j'ai été assez longtemps un pauvre fou aveugle, fermant les yeux et les oreilles avec persévérance à tous les bruits qui couraient sur votre compte jusqu'à ce que je me trouve devant une preuve irréfutable.

— Quelle preuve, puis-je savoir ?

— Je vais vous le dire. Vous souvenez-vous de ma dernière soirée ici ?

— Je m'en souviens.

— Déjà ce soir-là certaines de vos paroles auraient dû m'ouvrir les yeux si je n'avais été aveuglé par les sentiments que j'éprouvais pour vous, mais je voulais continuer à vous faire confiance, à espérer contre tout espoir, à adorer lorsque je ne pouvais comprendre. Après vous avoir quittée et avoir traversé le parc, je revins vers vous, poussé par l'ardeur de mon affection, mais je n'osai pas vous déranger, je voulais simplement jeter un regard dans la pièce pour voir comment vous vous sentiez ; je vous avais laissée en larmes et je me sentais en partie responsable de toute cette douleur. Si je vous avais fait souffrir, c'était par amour et je fus sévèrement puni ; comme j'atteignais cet arbre, vous sortiez au bras de votre ami. Je me dissimulai dans l'ombre jusqu'à ce que vous soyez tous les deux au fond du jardin.

— Et qu'avez-vous entendu de notre conversation ?

— J'en ai entendu bien assez, Helen. Et c'est heureux pour moi, car rien d'autre n'aurait pu me guérir. J'ai toujours dit, j'ai toujours cru que seules des paroles sortant de votre propre bouche pourraient vous salir à mes yeux. Je traitais toutes les insinuations des autres comme de viles calomnies dépourvues de toute vraisemblance; ce que vous m'aviez dit vous-même me paraissait exagéré; tout ce qui pouvait paraître bizarre dans votre conduite trouverait un jour une explication.

Mrs Graham interrompit son va-et-vient. Elle s'appuya à la cheminée, juste en face de moi, le menton posé sur son poing fermé; ses yeux ne brûlaient plus de colère, mais le regard que parfois elle levait vers moi brillait d'excitation. Elle tenait plus souvent les yeux fixés sur le mur d'en face ou sur le tapis.

— Vous auriez dû venir à notre rendez-vous et écouter ce que j'avais à vous dire. Vous avez été injuste et méchant de disparaître si brusquement, alors que vous veniez de me déclarer ardemment vos sentiments. Vous auriez pu au moins m'expliquer ce changement, vous auriez dû tout me dire, aussi amères qu'eussent pu être vos paroles. Tout aurait été préférable à ce silence.

— Qu'aurais-je pu dire? Tout était assez clair, vous ne pouviez nier l'évidence. Je voulais rompre complètement et immédiatement, vous aviez vous-même suggéré qu'il en serait ainsi si je connaissais toute la vérité. Je ne voulais pas vous faire de reproches... et pourtant vous m'avez fait beaucoup de mal. Rien ne pourra jamais me faire oublier; vous avez tué en moi la jeunesse et la confiance en la vie, vous avez fait de ma vie un désert! Je ne pourrai jamais oublier, dussé-je vivre cent ans! Donc... Vous souriez, Mrs Graham! dis-je en m'interrompant brusquement.

Mon monologue passionné était coupé net par la pensée que la vue de ma douleur pouvait la faire sourire.

— J'ai souri? répondit-elle en me regardant sérieusement. C'est sans le vouloir et ce n'est certainement pas parce que je me complais à vous voir souffrir. J'ai assez souffert à cette idée… Si j'ai souri, c'est de voir que tout sentiment n'est pas mort dans votre cœur et de pouvoir espérer que je vous avais quand même bien jugé. Chez moi, le rire est si proche des larmes ; je pleure souvent lorsque je suis heureuse, et je souris lorsque je suis triste.

Elle me regardait et semblait attendre une réponse, mais je demeurai silencieux.

— Seriez-vous très heureux, reprit-elle, si je vous prouvais que vos conclusions sont erronées ?

— Comment pouvez-vous me le demander, Helen !

— Je ne prétends pas vous prouver que je suis tout à fait innocente, dit-elle en parlant vite et bas, et son cœur battait visiblement sous sa robe, mais seriez-vous content d'apprendre que je vaux mieux que ce vous pensez ?

— La moindre parole qui pourrait me rendre un peu de la confiance que j'avais en vous, qui pourrait excuser la sympathie que j'éprouve malgré tout pour vous, qui pourrait atténuer légèrement l'état de désolation dans lequel je me trouve serait reçue comme une bénédiction !

Elle avait les joues brûlantes et tout son corps tremblait d'excitation. Elle ne dit rien mais courut à son pupitre, d'où elle retira un gros volume qui pouvait être un album ou un manuscrit ; elle arracha en hâte les dernières pages et me mit le livre dans les mains.

— Vous ne devez pas le lire en entier, mais emportez-le ! Elle sortit brusquement de la pièce, et tandis que je quittais la maison et marchais rapidement dans l'allée, elle ouvrit une fenêtre et m'appela pour me dire :

— Rapportez-le dès que vous l'aurez lu et ne racontez rien de ce qu'il contient à âme qui vive. Je me fie à votre honneur.

Elle avait fermé la croisée avant que j'eusse eu le temps de répondre. Je pus encore l'apercevoir, pelotonnée dans le vieux fauteuil en chêne, se couvrant le visage des deux mains. Ses sentiments l'avaient amenée au bord des larmes.

Je courus jusqu'à la maison, haletant de curiosité et cherchant en vain à étouffer l'espoir qui renaissait en moi ; le crépuscule commençait à tomber et je me munis d'une chandelle avant de gravir quatre à quatre les escaliers qui menaient à ma chambre. Je fermai ma porte et je poussai le verrou, bien décidé à ne laisser personne interrompre ma lecture. Je m'assis devant ma table, j'ouvris le livre, que je feuilletai d'abord rapidement, saisissant une phrase au passage ; puis je m'installai pour le lire d'un bout à l'autre.

Ce livre est devant moi pendant que je t'écris ; bien que tu n'aies pas les mêmes raisons que moi de le lire en détail, je sais que tu ne te contenteras pas d'un résumé ; tu l'auras donc en entier, sauf peut-être quelques passages qui ne pouvaient intéresser que celle qui l'écrivait et qui ne feraient que compliquer le récit. Le début peut te sembler assez abrupt, mais je réserve les premiers chapitres pour une autre fois.

# 16

*1er juin 1821.* – Nous venons de rentrer à Staningley… c'est-à-dire que nous sommes revenus depuis quelques jours déjà, mais je ne suis pas encore installée et j'ai l'impression que je ne le serai jamais. Nous avons quitté la ville plus tôt que les autres années, parce que mon oncle était indisposé ; je me demande ce qui serait arrivé si nous avions prolongé notre séjour. Je suis assez honteuse des raisons qui me font détester soudainement la campagne. Tout ce qui m'intéressait jadis me semble morne et monotone, mes anciennes distractions me paraissent insipides et sans intérêt. Je n'aime plus la musique, car je n'ai personne pour m'écouter. Les promenades ne m'amusent plus, car personne ne m'attend en chemin. Je ne puis me plonger dans la lecture d'un bon livre, je suis trop distraite par le souvenir de ces dernières semaines. Seul le dessin m'intéresse encore, car je puis diriger mon crayon et réfléchir en même temps ; et si mes œuvres ne peuvent être admirées que par moi-même ou par ceux que l'art n'intéresse pas, je puis espérer les montrer plus tard à quelque amateur. Mais il y a un visage que j'essaye encore et toujours de peindre ou de dessiner et les piètres résultats que j'obtiens me vexent. Mais je ne puis – et je ne veux – oublier celui qui porte ce visage. Je me demande s'il pense parfois à moi ; le verrai-je encore ?

Cette question était suivie de bien d'autres qui, si elles étaient résolues par l'affirmative, conduisaient toujours à la même pensée : que dirait ma tante de tout cela? Je me souviens si bien de notre dernière conversation, le soir qui précéda notre départ pour la campagne ; nous étions toutes les deux assises près du feu, mon oncle était au lit avec une légère attaque de goutte :

— Helen, penses-tu parfois au mariage? me demanda-t-elle en rompant le silence.

— Très souvent, tante.

— T'imagines-tu parfois que tu pourrais être mariée, ou fiancée, avant la fin de la saison?

— Parfois, mais cela me semble peu vraisemblable.

— Pourquoi donc?

— Parce qu'il y a de par le monde très peu d'hommes que j'aimerais épouser ; parmi ceux-ci, il y a une chance sur dix que j'en rencontre un et si je le rencontre, il reste une chance sur vingt pour qu'il soit célibataire et que je lui plaise.

— Ce raisonnement ne tient pas debout. J'espère qu'il est vrai qu'il existe très peu d'hommes que tu choisirais toi-même. Il est invraisemblable que tu puisses songer à faire les premiers pas. Mais si un homme te recherche – si la citadelle de ton cœur est loyalement prise d'assaut – tu te rendras plus tôt que tu ne penses ; tu oublieras vite toutes tes idées préconçues. Je tiens à te donner quelques conseils, Helen ; je t'adjure d'être prudente dès le début de ta carrière, ne permets pas au premier venu de voler ton cœur. Tu n'as que dix-huit ans, ma chérie ; tu as tout le temps et ni ton oncle ni moi ne sommes pressés de te voir mariée ; je puis m'aventurer jusqu'à te dire que les prétendants ne manqueront pas ; tu es d'une bonne famille, tu possèdes une fortune considérable, tu peux espérer quelques héritages et je puis te dire – puisque d'autres s'en chargeront sans doute – que tu es mieux que jolie... j'espère que tu ne le regretteras jamais!

— Je l'espère, ma tante, mais que puis-je craindre?

— Ma chérie, la beauté, après l'argent, est ce qui attire le plus les prétendants peu recommandables et peut donc apporter bien des ennuis.

— As-tu connu ce genre d'ennuis, tante?

— Non, Helen, répondit-elle, non sans reproche, mais j'en connais beaucoup qui en ont souffert; quelques-unes par insouciance ont été victimes de grandes déceptions; d'autres par faiblesse ont cédé à d'horribles tentations.

— Eh bien! je ne serai ni insouciante, ni faible.

— Souviens-toi de Peter, Helen! Ne te vante pas, mais sois prudente. Surveille tes yeux et tes oreilles, car ce sont les portes de ton cœur; surveille aussi tes lèvres qui peuvent te trahir, il suffit d'un instant d'inattention. Reçois froidement et sans passion tous les compliments, tant que tu ne connais pas ton prétendant. Étudie-le d'abord, admire-le ensuite et puis tu pourras l'aimer. Que tes yeux soient aveugles à tout charme physique, ferme tes oreilles à tous les discours flatteurs. Ils ne sont rien, moins que rien; ils ne sont que pièges tendus à la victime innocente pour l'entraîner sur le chemin de la perdition. Il faut avant tout que l'homme que tu aimeras ait des principes, du bon sens, qu'il soit respectable et de fortune aisée. Si tu épousais l'homme le plus séduisant de la terre, mais si tu découvrais plus tard qu'il n'est qu'un vaurien ou un sot, tu ne sais quelle vie de douleurs tu te préparerais.

— Mais, tante, que doivent devenir tous ces malheureux vauriens, tous ces pauvres sots? Si chacun suivait tes conseils, le monde périrait bientôt!

— Ne crains rien, ma chère petite, les vauriens ne manqueront pas de partenaires aussi bonnes à rien et aussi sottes qu'eux, mais toi, tâche de suivre mes conseils. Tu as tort de plaisanter sur ce sujet, Helen ; je suis désolée que tu traites cette question aussi légèrement. Crois-moi, le mariage est une affaire sérieuse.

Elle parlait si gravement que l'on aurait pu supposer qu'elle avait appris à ses dépens ce que c'est le mariage, mais je ne me permis plus de questions impertinentes et je répondis simplement :

— Je le sais ; je sais aussi que tout ce que tu dis est vrai et sensé ; mais tu ne dois rien craindre pour moi, je sais qu'il serait mal d'épouser un homme dépourvu de bon sens et de principes ; je ne me laisserai pas tenter ; car même s'il était le plus beau, le plus charmant, je ne pourrais l'aimer ; je le haïrais, je le mépriserais, j'en aurais peut-être pitié, mais je ne pourrais pas l'aimer. Je ne pourrais aimer sans admirer. Ne te tracasse plus à ce sujet, je ne pourrai jamais épouser un homme sans le respecter.

— J'espère qu'il en sera ainsi, répondit-elle.

— J'en suis certaine, dis-je avec insistance.

— Tu n'as pas encore été tentée, Helen, nous ne pouvons qu'espérer que tu seras assez forte, dit-elle sur un ton froid et prudent qui lui était habituel.

Son manque de confiance me vexa, je savais qu'elle ne manquait pas de sagesse, mais je crains que ces conseils ne soient plus que souvenirs et que je n'en aie guère profité ; il m'est même arrivé d'avoir quelques doutes quant à la valeur de tels conseils. Il y a pas mal de choses dont elle ne tient pas compte dans son raisonnement. Je me demande si elle a jamais aimé.

Je commençai ma carrière de débutante – ou ma campagne comme disait mon oncle – pleine d'espoirs et de confiance en mon propre jugement. Au début, je fus ravie par notre vie à Londres; mais je me fatiguai bientôt de tant d'agitation et je pensais avec mélancolie à la pureté et à la liberté de notre *home* campagnard. Mes nouvelles relations, aussi bien féminines que masculines, me déçurent souvent et me vexèrent parfois; je trouvai bientôt ennuyeux d'observer leur vie et de rire de leurs faiblesses, d'autant plus que ma tante n'admettait aucune critique et que je devais garder pour moi seule mes réflexions concernant ces dames et jeunes filles qui me paraissaient sans esprit, sans cœur, et terriblement artificielles. Les hommes me semblaient moins ridicules, peut-être parce que j'avais moins l'occasion de les observer ou, peut-être, parce qu'ils flattaient ma vanité; mais aucun n'éveilla mon cœur et si leurs compliments me plaisaient parfois, ils me faisaient bien souvent perdre toute confiance en moi, car je craignais de devenir aussi vaine que les autres demoiselles de la bonne société, ces demoiselles que je méprisais tant.

Un certain gentleman, plus très jeune, m'énervait tout particulièrement; c'était un vieil ami de mon oncle et je crois qu'il était convaincu que je ne pouvais rien faire de mieux que de l'épouser: il était non seulement vieux, mais laid, désagréable et méchant. C'était du moins mon opinion et les remontrances de ma tante ne pouvaient me faire changer d'avis; elle admettait cependant qu'il n'avait rien d'un saint. J'avais encore un autre prétendant, peut-être moins antipathique, mais bien plus encombrant, car ma tante s'ingéniait à le placer sur mon chemin et à me chanter ses louanges; il se nommait Mr Boarham, mais je l'avais baptisé Bore'em[1], car il était terriblement ennuyeux. Je frissonne encore au souvenir du ronron de sa voix dans mon oreille tandis qu'il était assis près

---

1. Bore'em ou Bore them, littéralement: «Ennuie-les.»

de moi et que tout au long d'une demi-heure il tenait des discours qu'il croyait instructifs. Il m'imposait ses idées, réformait mon jugement, parfois il s'abaissait jusqu'à mon faible niveau intellectuel et s'efforçait de me distraire. Pourtant, dans l'ensemble, c'était un homme très bien ; s'il était un peu moins occupé de moi, je l'aurais sans doute trouvé très supportable. Il m'était impossible de l'éviter, non seulement il m'imposait sa présence mais il m'empêchait de me joindre à d'autres dont la compagnie m'aurait été plus agréable.

Un soir, alors que nous assistions à un bal, il devint plus encombrant encore et je perdis patience. Toute la soirée s'annonçait mal ; je n'avais dansé qu'une seule fois avec un jeune freluquet sans cervelle, ensuite Mr Boarham s'était accroché à moi et il ne voulait plus me lâcher. Il ne dansait jamais, il se tenait tout près de moi, avançant son visage contre le mien et donnait à tout le monde l'impression d'être mon amoureux en titre ; ma tante nous considérait d'un air indulgent et lui souhaitait mentalement bonne chance. Je cherchai en vain à me débarrasser de lui en étant impertinente, presque impolie ; mais rien ne pouvait lui faire comprendre que sa présence était indésirable. Il prenait un silence maussade pour de l'attention soutenue et discourait de plus belle ; des réponses acerbes furent prises pour des espiègleries d'écolières qu'il rabrouait gentiment ; des contradictions systématiques ne faisaient qu'exciter sa verve et il cherchait de nouveaux arguments pour soutenir ses affirmations ; il espérait sans doute me noyer sous un flot ininterrompu de raisonnements.

Il y avait pourtant une personne dans la salle qui comprenait mon ennui. Un gentleman se trouvait debout près de nous et écoutait la conférence de Mr Boarham ; il semblait fort amusé par l'intarissable discours de mon compagnon et par l'ennui que je ne cherchais pas à dissimuler :

il riait sous cape à mes réponses brusques et impertinentes. Il finit par s'éloigner : il se dirigea sans doute vers la maîtresse de maison pour lui demander une introduction, car ils revinrent bientôt vers nous et elle me présenta Mr Huntington, le fils d'un ami de mon oncle qui était mort depuis quelque temps. Il me demanda une danse que je lui accordai bien volontiers ; nous passâmes le reste de la soirée ensemble, mais hélas ma tante insista, comme c'était son habitude, pour que nous rentrions très tôt.

Je n'avais nulle envie de partir, car mon nouveau compagnon était gai et distrayant. Sa façon aisée de s'exprimer et la liberté de ses gestes formaient un agréable contraste avec la rigidité et l'emphase dont j'avais tant souffert au commencement du bal. Il était peut-être un peu trop désinvolte, mais j'étais de si charmante humeur et si heureuse d'être débarrassée de Mr Boarham que je ne pus me fâcher.

— Dis-moi, Helen, que penses-tu de Mr Boarham ? me demanda ma tante tandis que nous roulions vers la maison.

— Plus je le connais, moins je l'aime, répondis-je.

Elle parut mécontente, mais parla d'autre chose.

— Quel était ce gentleman avec lequel tu dansais avant que nous partions et qui était si empressé à te tendre ton châle ! dit-elle après un court silence.

— Il n'était pas empressé du tout ; il ne m'aurait pas aidée s'il n'avait remarqué que Mr Boarham s'approchait dans cette intention ; il fit alors un pas en avant et dit en riant : « Je vais vous sauver une fois encore ! »

— Je t'ai demandé qui il était ? dit-elle très froidement.

— C'était Mr Huntington, le fils d'un vieil ami de mon oncle.

— Ton oncle m'a déjà parlé de lui ; il disait ceci : « Le jeune Huntington est un charmant garçon mais un peu dissipé, je le crains. » Tu ferais donc bien d'être prudente.

— Qu'entend-il par «dissipé»? demandais-je.

— Cela veut dire qu'il manque de principes, qu'il commet tous les péchés propres à la jeunesse.

— Mais mon oncle se plaît à raconter qu'il a mené une vie assez tapageuse dans sa jeunesse.

Elle secoua gravement la tête.

— Mr Huntington plaisantait simplement, je ne puis croire que ces yeux bleus rieurs cachent une vilaine âme.

— Tu raisonnes comme une enfant, Helen! me dit-elle en soupirant.

— Nous devons être charitables, ma tante; de plus, je crois que j'ai raison. Je suis physionomiste, tu le sais. Je devine le caractère des gens en observant leur visage, je ne les juge pas sur leur beauté ou leur laideur, mais sur leur attitude en général. Je devine, par exemple, que tu n'es pas de caractère enjoué, que Mr Wilmot n'est qu'un vieux libertin et Mr Boarham un compagnon rien moins qu'agréable. Mr Huntington, lui, n'est ni un sot, ni un chenapan, sans doute n'est-il pas non plus un sage ou un saint... mais cela a-t-il vraiment de l'importance?... Je ne le rencontrerai probablement plus jamais, sinon comme partenaire à quelque bal de la saison.

La vérité fut bien différente, car je le revis dès le lendemain matin. Il vint rendre visite à mon oncle, s'excusant de ne pas l'avoir fait plus tôt, mais il revenait d'un voyage sur le continent et avait seulement appris la nuit dernière que nous étions en ville. Je devais le rencontrer souvent par la suite: parfois dans le monde, parfois chez nous, car il rendait souvent visite à son vieil ami, qui pourtant ne lui en était pas reconnaissant.

— Pourquoi diable ce garçon vient-il si souvent? disait-il. Pourrais-tu me le dire, Helen? Une chose est certaine, il n'a pas besoin de ma compagnie, ni moi de la sienne.

— J'aimerais que tu le lui dises, dans ce cas, dit ma tante.

— Pour quelle raison? Peut-être quelqu'un ici aime-t-il le voir, dit-il en me faisant un clin d'œil. Il a une jolie fortune, Peggy: il n'est pas un aussi beau parti que Wilmot, mais Helen ne veut pas entendre parler de ce dernier: ces vieux garçons ne plaisent guère aux jeunes filles, c'est évident, malgré tout leur argent et toute leur expérience. Je veux bien parier qu'elle préférerait ce jeune gaillard sans un sou vaillant à Wilmot tout couvert d'or, n'est-ce pas, Nell?

— Oui, mon oncle, mais ce n'est pas un compliment pour Mr Huntington car je préférerais être vieille fille et mendiante de surcroît que Mrs Wilmot.

— Et Mrs Huntington? Y a-t-il un autre titre que tu préférerais?

— Je te répondrai lorsque j'y aurai réfléchi.

— Ah! Tu as donc besoin de réfléchir! Mais dis-moi un peu… préférerais-tu rester vieille fille, sans parler d'être mendiante?

— Je ne puis rien dire tant que l'on ne m'a rien demandé.

Je quittai aussitôt la pièce pour éviter d'autres questions. Cinq minutes plus tard, alors que j'étais penchée à ma fenêtre, j'aperçus Mr Boarham qui venait nous rendre visite. Je fus sur des charbons ardents pendant une demi-heure, craignant que l'on m'appelle et espérant en vain le voir quitter la maison. J'entendis des pas dans l'escalier et ma tante entra dans ma chambre d'un air solennel, puis ferma la porte derrière elle.

— Mr Boarham est là, Helen, il voudrait te voir.

— Oh! tante, ne peux-tu lui dire que je suis souffrante? Je me sens d'ailleurs malade… à l'idée de le voir.

— Bêtises, ma chère! Il n'y a pas là matière à plaisanterie! Il est venu pour une raison très importante... pour nous demander ta main.

— J'espère que vous lui avez répondu que vous ne pouviez pas répondre. De quel droit ne s'adresse-t-il pas d'abord à moi?

— Helen!

— Qu'a dit mon oncle?

— Il a dit qu'il s'en lavait les mains; s'il te plaisait d'accepter son offre aimable...

— A-t-il dit « aimable »?

— Non, il a dit que si tu voulais accepter, tu étais libre... et libre aussi de refuser.

— Mon oncle a raison, et toi, qu'as-tu dit?

— Cela est sans importance. Que répondras-tu, toi? voilà la question. Il attend pour te faire lui-même sa demande, mais réfléchis bien; si tu as l'intention de refuser, donne-moi tes raisons.

— Je vais évidemment refuser, mais il faut que tu me dises ce que je dois lui dire pour ne pas être impolie... Je suis bien décidée... Je te donnerai mes raisons dès que je me serai débarrassée de lui.

— Mais attends un instant, Helen; assieds-toi là et calme-toi. Mr Boarham n'est pas spécialement pressé, car il ne doute pas de ta réponse. Je veux te parler. Dis-moi, ma chère petite, que lui reproches-tu? Tu ne peux nier qu'il est honnête et honorable.

— Non.

— Prétendras-tu qu'il n'est pas intelligent, sobre, respectable?

— Il est peut-être tout cela, mais...

— Combien d'hommes de cette qualité espères-tu rencontrer dans le monde? Honnête, honorable, intelligent, sobre, respectable! Ces qualités sont-elles tellement courantes que tu puisses repousser sa demande sans un moment d'hésitation? Ce sont là de nobles vertus... je pourrais en ajouter d'autres... et tout cela est à tes pieds... Si tu le veux, tu peux en jouir pour le restant de tes jours, tu peux avoir un mari de valeur qui t'aime tendrement, mais pas assez passionnément pour être aveugle et ne pas apercevoir tes défauts; il sera ton guide tout au long de ce pèlerinage qu'est la vie; il sera à tes côtés dans la béatitude céleste! Réfléchis que...

— Mais, tante, je le déteste, dis-je en interrompant ce flot d'éloquence inusitée.

— Tu le hais! Cela n'est pas d'un esprit chrétien! Comment peux-tu haïr un si brave homme?

— Je ne le déteste pas comme homme, mais comme mari. En fait, je l'aime tellement que je lui souhaite de trouver une meilleure femme que moi, une femme qui soit aussi bonne, ou même meilleure que lui, une femme qui pourrait l'aimer... ce que je ne puis faire moi-même...

— Mais pourquoi? Quelle objection peux-tu trouver?

— D'abord, il a au moins quarante ans; probablement beaucoup plus, et je viens à peine d'avoir dix-huit ans; ensuite, il est étroit d'esprit et bigot en diable; troisièmement, ses goûts et ses sentiments sont aux antipodes des miens; quatrièmement, je déteste son aspect, sa voix, ses manières et, enfin, j'éprouve pour toute sa personne une aversion que je ne puis surmonter.

— Tu devrais essayer de la surmonter! Et fais-moi le plaisir de le comparer à Mr Huntington, par exemple; à part la beauté (et tu m'as dit toi-même que tu n'attachais aucune importance à l'aspect extérieur des gens), dis-moi ce qu'il a de plus?

— Je suis convaincue que Mr Huntington n'est pas si mauvais que tu le prétends, mais nous ne parlons pas de lui, mais de Mr Boarham et je t'assure que je préférerais grandir, vivre et mourir dans un bienheureux célibat que de devenir sa femme ; il n'est que juste que je le lui dise dès maintenant pour lui enlever toute illusion. Laisse-moi donc descendre au salon.

— Ne lui donne pas un trop brusque refus ; il ne s'en doute pas et sera fort offensé ; dis-lui seulement que tu ne penses pas encore au mariage.

— Mais j'y pense, au contraire !

— Dis-lui que tu désires mieux le connaître.

— Mais je n'ai pas envie de le voir souvent… bien au contraire !

Et sans attendre de nouvelles admonestations, je partis à la recherche de Mr Boarham. Il arpentait le salon, en fredonnant des fragments de diverses chansonnettes et en mordillant le bout de sa canne.

— Ma chère demoiselle, dit-il en s'inclinant devant moi et en se trémoussant d'un air suffisant, votre charmant tuteur m'a permis de…

— Je sais, monsieur, dis-je en essayant d'écourter la scène autant que possible, et je suis très fière de la préférence que vous me témoignez mais je me vois obligée de décliner cet honneur car je pense que nous ne sommes pas faits l'un pour l'autre… vous le découvririez bien vite si nous tentions l'expérience.

Ma tante avait raison ; il était évident qu'il était absolument convaincu que je ne pouvais refuser. Il était stupéfait, étonné au-delà de toute expression, mais trop incrédule pour être vexé ; il grommela un peu puis revint à l'attaque.

— Je n'ignore pas, ma chère, que nous sommes d'âge et de caractère très différents ; mais je vous assure que je comprends les fautes et les faiblesses de la jeunesse ; et si parfois, je prends le rôle d'un père pour vous reprocher quelques peccadilles, je vous assure que jamais jeune amoureux ne sera plus indulgent que moi : d'autre part, j'ose espérer que mon expérience et ma vie sérieuse ne sont pas des défauts à vos yeux, je les mettrai d'ailleurs au service de votre bonheur. Qu'avez-vous encore à dire maintenant ? Laissez là les caprices et les manières d'une jeune fille et répondez-moi à l'instant !

— Je veux bien, mais ce sera pour répéter que je suis toujours convaincue que nous ne sommes pas faits l'un pour l'autre.

— Vous en êtes bien certaine ?

— Je vous assure que oui.

— Mais vous ne me connaissez pas... vous souhaitez sans doute me voir plus souvent... avoir le temps de réfléchir...

— Je vous connais fort bien, c'est vous qui ne me connaissez pas puisque vous rêvez d'unir votre vie à la mienne, alors que nous ne nous accordons en aucune façon.

— Ma chère demoiselle, je ne cherche pas la perfection, je désire seulement...

— Merci, Mr Boarham, mais je ne puis profiter de votre bonté. Gardez votre indulgence et votre amabilité pour quelqu'un qui sera digne de vous.

— Mais promettez-moi d'en parler à votre tante, cette excellente personne sera...

— Nous en avons parlé ; et je sais que ses désirs et les vôtres coïncident ; mais pour des questions aussi importantes, je me permets de juger par moi-même ; rien ne pourra me faire changer d'avis, rien ne pourra me convaincre qu'une telle décision m'apportera le bonheur. Je me demande comment un homme d'expérience et de jugement peut songer à me demander en mariage.

— À vrai dire, je me le suis souvent demandé. Je me suis souvent dit à moi-même : « Boarham, que cherches-tu donc? Sois prudent, mon garçon, regarde avant de sauter! C'est une douce et charmante créature mais souviens-toi que ce qui attire souvent l'amoureux fait le malheur du mari!» Je vous assure que cette décision ne fut pas prise sans de longues réflexions. Ce projet de mariage m'a apporté des heures de raisonnement le jour, et des heures d'insomnie, la nuit, mais j'en suis arrivé à la conclusion que cette association n'était pas aussi imprudente que l'on pouvait le croire. Je voyais bien que ma douce jeune fille n'était pas sans défaut, mais sa jeunesse n'était pas un obstacle, ses vertus ne s'étaient pas encore épanouies : j'étais persuadé que ses petits défauts, ses erreurs de jugement, ses opinions, ses manières pourraient aisément être changées ou adoucies à force de patience et de conseils judicieux ; et si je n'arrivais pas chaque fois à réformer ses opinions, je pourrais pardonner ses erreurs de jeunesse... Donc, ma très chère, si je puis, moi, m'estimer satisfait, que pourriez-vous avoir à me reprocher?

— Pour vous dire la vérité, Mr Boarham, c'est surtout moi-même que je trouve indigne d'une telle union ; et maintenant, ne pourrions-nous parler d'autre chose?

J'aurais ajouté qu'il était inutile d'insister plus longtemps s'il ne m'avait interrompue avec obstination :

— Mais je ne comprends pas, je vous aurais aimée, adulée, protégée, etc.

Il est inutile que je continue à décrire la suite de notre entretien ; qu'il suffise de savoir que je le trouvais terriblement ennuyeux et très difficile à convaincre que j'étais sincère, que j'étais aveugle et sourde en ce qui touchait mes propres intérêts ; que jamais, ni lui, ni ma tante ne me feraient changer d'avis. Je ne sais pas si je parvins à le convaincre ; ses arguments toujours répétés étaient particulièrement monotones et m'obligeaient à répéter toujours la même réponse. Finalement, je l'interrompis brusquement et lui dis :

— Je vous dis franchement que cela ne sera jamais. Rien ne pourra m'obliger à me marier sans amour. Je vous respecte... ou du moins je vous respecterais si vous vous conduisiez comme un homme intelligent... mais je ne vous aime pas et je ne vous aimerai jamais... plus vous insistez, plus vous me déplaisez ; je vous en prie, n'ajoutez pas un mot de plus.

Il se décida à se retirer après m'avoir dit au revoir. Il partait, étonné et vexé sans doute mais ce n'était certes pas par ma faute.

## 17

Le lendemain, je me rendis, en compagnie de ma tante et de mon oncle, à un dîner que donnait Mr Wilmot. Deux jeunes femmes séjournaient chez lui; sa nièce Annabella, une jeune fille ou plutôt une jeune femme pleine d'allant qui devait avoir vingt-cinq ans; s'il fallait en croire ses propres affirmations, elle aimait trop le flirt pour se marier; mais tous les hommes l'admiraient et elle était considérée comme une femme splendide; la seconde jeune femme était sa cousine, Millicent Hargrave; elle s'était prise d'une grande sympathie pour moi et refusait de voir mes défauts. De mon côté, je l'aimais beaucoup; même actuellement je dois faire une exception pour elle lorsque j'affirme détester la gent féminine en général. Mais ce n'est pas pour parler de ces deux jeunes personnes que j'ai mentionné la soirée donnée par Mr Wilmot; un autre invité m'intéressait beaucoup plus, Mr Huntington. J'ai d'excellentes raisons pour me souvenir de cette réunion, car ce fut la dernière fois que je le vis.

Il n'était pas près de moi au dîner; la malchance l'avait désigné pour conduire à table une imposante douairière tandis que mon cavalier était un homme fort antipathique, un certain Mr Grimsby, ami de Mr Wilmot; il avait un aspect sinistre produit par un mélange de férocité rentrée et d'hypocrisie que je ne pouvais supporter. Que cette habitude de désigner un cavalier pour chaque dame est donc ennuyeuse ! C'est un des mauvais côtés de la vie civilisée. S'il faut absolument former des couples, pourquoi ne pourrions-nous choisir nos partenaires ?

Il n'est d'ailleurs pas certain que Mr Huntington m'aurait choisie s'il en avait eu la possibilité. Il aurait sans doute préféré miss Wilmot qui semblait bien décidée à le retenir à ses côtés, ce qui ne semblait pas déplaire à ce gentleman. J'eus du moins cette impression en les voyant bavarder, rire et échanger des regards au grand dépit de leurs voisins respectifs. Plus tard, alors que ces messieurs nous rejoignaient au salon, elle l'appela pour servir d'arbitre entre elle et une autre invitée ; il s'avança avec un visible plaisir et lui donna immédiatement raison alors que, à mon avis, elle avait manifestement tort ; il resta ensuite près d'elle dans un groupe de jeunes femmes, tandis que je me trouvais assise avec Millicent Hargrave à l'autre bout de la pièce, examinant des dessins qu'elle désirait vivement me montrer pour que je lui donne mon avis sur son talent. Mais, bien malgré moi, mon attention était distraite par le joyeux groupe qui entourait Annabella, que je ne pouvais m'empêcher de détester de plus en plus ; mon attitude devait me trahir, car Millicent me conseilla d'abandonner l'examen de ses croûtes et de ses griffonnages pour me joindre aux autres. Mais tandis que je lui affirmais que je n'avais aucun désir de les rejoindre et que je voulais encore voir ses dessins, Mr Huntington en personne s'approcha de la petite table ronde près de laquelle nous nous trouvions.

— Sont-ils de vous ? demanda-t-il en saisissant négligemment un des dessins.

— Non, miss Hargrave les a peints.

— Eh bien ! regardons-les ensemble.

Sans tenir compte des protestations de miss Hargrave, il porta une chaise près de la sienne et prit un à un les dessins que je lui tendais ; il y jetait un regard rapide, ne formulait aucune critique, mais parlait sans arrêt de choses et d'autres. Je ne sais ce que miss Hargrave pensait d'une telle conduite, mais, pour ma part, je trouvai sa conversation fort intéressante ; je devais découvrir plus tard qu'il se contentait simplement de ridiculiser les personnes présentes ; certaines de ces remarques ne manquaient pas d'intelligence et il était en tout cas fort spirituel ; toutefois, ces remarques manqueraient de sel si je les transcrivais ici car je ne pourrais traduire son charme, ces regards, ce ton, ces gestes qui mettaient comme un halo autour de la moindre banalité ; cela aurait été un plaisir d'entendre les pires sottises sortant de sa bouche et je me sentais prête à assassiner ma tante lorsque, s'approchant sous prétexte de regarder les dessins, elle mit fin à mon plaisir. Elle ne connaissait rien à la peinture ni au dessin, et tout en paraissant examiner les œuvres de Millicent Hargrave, elle s'adressait à Mr Huntington d'un ton froid et distant et lui posait des questions totalement dépourvues d'intérêt dans le seul but de détourner son attention ; je pense qu'elle cherchait à me vexer et je m'éloignai pour m'asseoir sur un divan, dans un coin assez solitaire, sans me soucier de ce qu'elle penserait de mon attitude. Je voulais réfléchir à mon aise au plaisir que j'avais pris à la présence de Mr Huntington.

Mais je ne restai pas longtemps seule, car Mr Wilmot, l'homme que j'avais le moins envie de voir, profita de ma solitude pour s'approcher et se planter devant moi. J'étais certaine de l'avoir si bien découragé que je n'avais plus rien à craindre de son étrange sympathie pour moi ; mais je me trompais ; il avait tellement confiance dans l'attrait exercé soit par sa fortune, soit par ce qu'il lui restait encore de charme masculin, soit parce qu'il était convaincu de la faiblesse féminine, qu'il reprit le siège avec une ardeur nouvelle, encore ranimée par la quantité de vin qu'il venait d'absorber... Circonstance qui le rendait encore plus antipathique et répugnant ; mais comme j'étais son invitée et que je profitais de son hospitalité, je n'osais le traiter trop impoliment et je n'étais pas experte dans l'art de décourager définitivement les hommes ; de toute façon, ç'aurait été en vain, car il était trop obtus pour comprendre un discours qui n'était pas aussi simple et aussi positif que sa propre effronterie. En conséquence, il devint tendre et ardent et j'étais au désespoir, ne sachant que faire, lorsque je sentis que quelqu'un pressait gentiment ma main, qui pendait sur le bras du sofa. Je devinai instinctivement qui était mon sauveur, et je fus plus ravie que surprise de lever les yeux sur Mr Huntington, qui me souriait doucement. Il me semblait passer des mains d'un horrible habitant du purgatoire à celles d'un ange du ciel, venu m'annoncer que la saison des tourments était finie.

— Helen, dit-il (il m'appelait souvent ainsi et je n'y voyais pas d'inconvénient), voulez-vous regarder ce tableau ? Mr Wilmot vous excusera certainement...

Je me levai avec joie. Il passa ma main sous son bras et me conduisit vers un magnifique Van Dyck que j'avais déjà remarqué. Après un instant de contemplation silencieuse, je m'embarquai dans quelques commentaires admiratifs, lorsque Mr Huntington me pressa la main avec espièglerie et m'interrompit.

— Laissez le tableau, ce n'est pas pour cela que je vous ai amenée jusqu'ici : c'était pour vous sauver de cette espèce de filou vieillissant qui me regarde comme s'il était prêt à me provoquer en duel pour se venger.

— Je vous en suis très reconnaissante, dis-je, c'est la seconde fois que vous me délivrez d'un partenaire déplaisant.

— Ne me remerciez pas trop, ce n'est pas pure gentillesse de ma part; c'est en partie pour jouer un mauvais tour à ces méprisables individus, mais je ne pense pas devoir les craindre comme rivaux, n'est-ce pas, Helen?

— Vous savez que je les déteste tous les deux.

— Et moi, me détestez-vous aussi?

— Je n'ai aucune raison pour cela.

— Mais que pensez-vous de moi? Parlez, Helen! M'aimez-vous un peu?

Il me pressa doucement la main; mais je crois qu'il cherchait plus à essayer sur moi son pouvoir de séduction qu'à me témoigner de la tendresse et je trouvais que puisqu'il ne m'avait encore fait aucune déclaration, il ne pouvait me demander de lui dévoiler mes sentiments à son égard. Embarrassée, je finis par répondre:

— Et vous, que pensez-vous de moi?

— Je vous adore, mon doux ange! Je...

— Helen, je voudrais te parler un instant, dit ma tante qui se trouvait derrière nous.

Quand je le quittai, il grommelait quelque malédiction contre son mauvais ange.

— Que voulez-vous, ma tante? Qu'y a-t-il? dis-je en l'accompagnant vers une embrasure de fenêtre.

— Je désire que tu te joignes aux autres invités, répondit-elle en me regardant avec sévérité. Mais reste d'abord ici quelques minutes jusqu'à ce que cette rougeur choquante disparaisse de tes joues et que tes yeux retrouvent leur expression naturelle. Je serais honteuse si quelqu'un te voyait dans cet état.

De telles remarques ne firent qu'aggraver cette «choquante rougeur»; bien au contraire, diverses émotions, dont la colère, me firent rougir de plus belle. Je refusai de répondre et, tirant le rideau, je fixai mon regard sur la nuit, ou plutôt sur le square éclairé par des lampadaires.

— Mr Huntington te demandait-il en mariage, Helen ? me dit ma trop observatrice parente.

— Non.

— Que disait-il donc ? Ce que j'ai entendu ressemblait fort à une déclaration.

— Je ne sais ce qu'il aurait pu dire si vous ne nous aviez pas interrompus.

— Aurais-tu accepté, Helen ?

— Certainement pas sans vous avoir consultés, mon oncle et vous.

— Je suis heureuse qu'il te reste encore quelque prudence, ma chère enfant, mais tu t'es assez fait remarquer pour ce soir, ajouta-t-elle. Je vois que ces dames nous jettent des regards curieux, je vais les rejoindre. Viens près de nous lorsque tu seras calmée.

— Je suis calme maintenant.

— Parle plus gentiment dans ce cas et ne prends pas cet air espiègle, dit posément ma tante. Nous rentrerons bientôt et j'aurai à te parler sérieusement.

J'étais donc préparée pour un interminable discours. Nous n'échangeâmes que quelques mots durant notre court trajet en voiture ; mais lorsque, montée dans ma chambre, je me jetai dans un fauteuil pour réfléchir en paix aux événements de la soirée, ma tante me suivit. Elle renvoya Rachel qui rangeait mes colifichets et, plaçant une chaise près de la mienne, elle s'assit. Par déférence, je lui offris mon fauteuil qu'elle refusa avant de commencer de la sorte :

— Te souviens-tu de notre conversation quelques jours avant que nous quittions Staningley ?

— Je m'en souviens, tante.

— Je t'ai avertie alors que tu aurais à défendre ton cœur contre ceux qui n'étaient pas dignes de le posséder ; que tu devrais estimer avant d'aimer, employer la raison plutôt que les sentiments.

— C'est vrai, mais ma raison…

— Attends un instant… te souviens-tu m'avoir assuré que je n'avais rien à craindre à ton sujet, que tu ne serais jamais tentée d'épouser un homme pour sa beauté ou son charme ; te rappelles-tu m'avoir dit que tu pourrais détester, mépriser, un homme sans principes… en avoir pitié peut-être, mais non l'aimer… ne sont-ce pas là tes propres paroles?

— Bien sûr, mais…

— N'as-tu pas ajouté que ton affection serait basée sur l'estime, que si tu ne pouvais approuver, honorer, respecter un homme, tu ne l'épouserais pas?

— C'est exact, mais j'honore et je respecte…

— Comment est-ce possible, ma chère? Mr Huntington est-il un homme d'honneur?

— Il est bien meilleur que vous ne pensez.

— Là n'est pas la question. Est-il un homme honorable?

— Par certains côtés. Il a un excellent caractère.

— A-t-il des principes?

— Peut-être pas exactement. Mais c'est seulement par manque de réflexion ; il n'a jamais eu personne pour le guider…

— Et tu penses qu'il suivrait de bons conseils? Et tu lui donnerais volontiers ces conseils? Mais, ma chère enfant, il a au moins dix ans de plus que toi et où as-tu acquis tant de beaux principes?

— Chez vous, ma tante, j'ai été bien élevée, j'ai toujours eu de bons exemples ; il n'a certainement pas eu cette chance. Il est de tempérament sanguin et a le caractère insouciant tandis que je suis plus réfléchie.

— Tu admets toi-même qu'il est dépourvu de bon sens et de principes...

— Dans ce cas, mon bon sens et mes principes sont à son service!

— Tout cela me semble bien présomptueux, Helen! Es-tu certaine d'en avoir assez pour deux? Comment peux-tu t'imaginer que ce libertin joyeux et insouciant se laissera guider par une enfant comme toi?

— Je ne désire nullement le guider; mais je pense que je pourrais l'aider à éviter certaines erreurs et ma vie ne sera pas gaspillée si je sauve un si noble caractère de la destruction totale. Il m'écoute toujours avec attention lorsque je lui parle sérieusement, même lorsque je critique sa façon de s'exprimer. Il me dit parfois que si j'étais toujours à ses côtés, il ne ferait et ne dirait jamais rien de répréhensible; qu'une petite conversation journalière avec moi le transformerait en saint. Je veux bien admettre qu'il y a là une part de plaisanterie et de flatterie, mais pourtant...

— Mais pourtant, tu penses qu'il est sincère?

— Ce n'est pas que j'aie tellement confiance en mon pouvoir mais c'est parce que je suis convaincue que chez lui le fond du caractère est bon. Tu n'as aucun droit de le traiter de libertin, tante; il n'est rien d'aussi horrible.

— Qu'en sais-tu? Quelle est cette histoire que l'on raconte à propos d'une femme mariée... Lady je ne sais plus comment... miss Wilmot elle-même t'en parlait dernièrement?

— C'est un mensonge! Je n'en crois pas un mot!

— Tu es convaincue que c'est un jeune homme vertueux de fort bonne conduite?

— Je ne sais rien de positif sur son caractère. Je sais seulement que je n'ai jamais rien entendu de précis à son sujet; rien que l'on puisse prouver en tout cas. Tant que les gens ne pourront prouver leurs viles calomnies, je n'en croirai pas un mot. Et même s'il a commis des erreurs, c'est le propre de la jeunesse de se tromper et personne n'y attache d'importance ; j'ai bien vu que tout le monde l'aime, toutes les mères de filles à marier lui adressent force sourires ; miss Wilmot elle-même n'est que trop heureuse d'attirer son attention.

— Ma chère Helen, le monde peut considérer ses fautes comme vénielles, quelques mères sans scrupules peuvent le rechercher pour sa fortune ; quelques écervelées peuvent être heureuses d'attirer les sourires d'un si bel homme sans chercher à savoir ce que cachent de tels sourires, mais j'espérais que toi, tu ne serais pas si pervertie. Je n'ai jamais pensé que tu pourrais traiter ses péchés de fautes vénielles !

— Mais je ne pense nullement ainsi, ma tante, mais si je hais les péchés, j'aime le pécheur et je ferais n'importe quoi pour le ramener sur le droit chemin en supposant que tout cela soit vrai... ce dont je doute fort.

— Eh bien ! ma chère, il ne te reste qu'à questionner ton oncle sur les relations de ce gentleman ; il est associé avec une bande de jeunes libertins dissipés qu'il appelle ses amis, ses joyeux camarades et dont le plus grand plaisir est de se vautrer dans le vice et de se défier l'un l'autre pour savoir qui arrivera le plus rapidement au bas de la route qui mène à l'enfer.

— Dans ce cas, je le sauverai de leur influence.

— Helen ! Helen ! tu ne sais pas quelle horrible existence tu te prépares !

— J'ai assez confiance en lui, malgré tout ce que vous pouvez dire, pour risquer mon bonheur en essayant de le rendre heureux. Je laisserai les hommes meilleurs à celles qui ne pensent qu'à leur intérêt personnel. S'il a commis quelques péchés, je me considérerai comme privilégiée si je peux l'aider à réparer ses erreurs passées et le ramener sur le chemin de la vertu. Que Dieu m'accorde de réussir !

Notre conversation s'arrêta là, car mon oncle appelait ma tante pour qu'elle vienne se coucher. Il était grognon ce soir-là, car il avait une attaque de goutte. Son état avait empiré depuis notre retour en ville et ma tante profita de l'occasion pour lui conseiller, dès le lendemain matin, de retourner à la campagne sans attendre la fin de la saison. Son médecin était du même avis, et, contrairement à son habitude, elle s'activa si bien que les préparatifs du déménagement furent terminés en quelques jours. Je ne revis plus Mr Huntington. Ma tante espérait que je l'oublierais très vite, peut-être s'imaginait-elle que je ne pensais déjà plus à lui car je ne prononçais jamais son nom. Elle peut continuer à penser ainsi aussi longtemps que je n'ai pas l'occasion de le revoir... je me demande si ce sera bientôt.

# 18

*25 août.* – Je suis maintenant installée dans le train-train journalier, mes occupations régulières et quelques distractions remplissent les heures. Je ne suis ni triste, ni malheureuse mais j'attends le prochain printemps qui, je l'espère, nous ramènera en ville ; je ne recherche pas la gaieté et les distractions, mais je désire vivement rencontrer à nouveau Mr Huntington car il hante toujours mes pensées et mes rêves. Quelles que soient mes occupations, quoi que je fasse, que j'entende, que je voie, je pense sans cesse à lui ; lorsque je m'instruis de l'une ou l'autre façon, c'est toujours avec l'espoir que je pourrai un jour mettre mes connaissances à son service ; chaque belle chose que je découvre est transcrite sur le papier ou conservée dans ma mémoire pour lui être montrée ou contée plus tard. C'est le seul espoir qui éclaire un peu mes journées solitaires. Tout cela ne sera sans doute qu'un beau rêve mais je ne fais de mal à personne en y pensant. Pourtant, j'ai beaucoup réfléchi aux conseils de ma tante et je suis fermement décidée à ne jamais m'écarter du droit chemin ; je vois clairement que ce serait folie que de me jeter au cou de quelqu'un qui n'est pas digne de mon amour et incapable de répondre aux sentiments profonds que je porte en moi ; donc, si je devais le revoir et découvrir qu'il pense encore à moi, que peut-être il m'aime (ce qui semble bien improbable, entouré comme il est de jolies femmes) et désire m'épouser, il faudrait d'abord qu'il me prouve que ma tante a tort et que c'est moi qui ai raison, car, si la bonne opinion que j'ai de lui se révèle tout à fait fausse, alors, ce n'est pas lui que j'aime mais un produit de mon imagination. Mais un instinct secret me dit que je ne puis être aveugle à ce point; il y a une réelle bonté en lui... et quelle joie ce serait de la découvrir! S'il a erré, quel ineffable plaisir ce serait de le ramener à la raison! Quelle gloire de le délivrer des cœurs corrompus et des compagnons indignes qui l'entraînent sur une pente fatale! Ah! si je pouvais seulement espérer que le ciel m'a choisie pour une telle mission!

C'est aujourd'hui le premier jour de septembre; mon oncle a ordonné au garde-chasse de ne pas abattre de perdrix jusqu'à l'arrivée de ses visiteurs. «Quels visiteurs?» ai-je demandé aussitôt. Quelques amis venus pour chasser. Son ami, Mr Wilmot et l'ami de ma tante, Mr Boarham. Cette nouvelle me parut terrible mais je changeai d'avis lorsque j'appris que le troisième chasseur serait Mr Huntington! Ma tante n'avait nulle envie de l'inviter mais mon oncle se moqua de ses objections, lui dit que les paroles ne serviraient à rien puisque le mal était fait: il avait invité Huntington et son ami lord Lowborough avant de quitter Londres, et il ne restait plus qu'à fixer le jour de leur arrivée. Je suis donc certaine de le revoir et je ne sais comment exprimer mon bonheur. Je trouve très difficile de cacher mon plaisir à ma tante car je ne veux pas l'ennuyer avec mes sentiments avant d'être certaine que Mr Huntington en est digne. Si je découvre qu'il me faut faire taire mon cœur, je veux que personne n'en souffre que moi-même. Si, d'autre part, je puis l'aimer librement, je suis prête à braver la colère de ma meilleure amie. Je le saurai bientôt, ils viendront vers la mi-septembre.

Nous avons également invité deux jeunes filles, Mr Wilmot amènera sa nièce et sa cousine Millicent. Ma tante espère sans doute que je me laisserai influencer par la douceur et l'esprit d'obéissance de cette dernière ; quant à Annabella, je soupçonne ma tante de l'avoir invitée pour accaparer Mr Huntington. Ce n'est pas gentil de sa part, mais la compagnie de Millicent me fera plaisir ; elle est douce et bonne et je regrette de ne pas lui ressembler.

*19 septembre*. – Ils sont arrivés depuis avant-hier. Les hommes sont allés chasser. Ma tante, Arabelle et Millicent travaillent à l'aiguille dans le salon. Je me suis retirée dans la bibliothèque car je suis très malheureuse et je veux être seule. Les livres ne me sont d'aucun secours ; j'ai donc ouvert mon pupitre et je vais tenter de soulager mon cœur en racontant les derniers événements qui m'ont causé tant de chagrin. Cette feuille de papier remplacera l'oreille attentive d'une amie ; le papier sera peut-être moins affectueux mais du moins ne se moquera-t-il pas de moi – et si je le tiens enfermé, il ne bavardera pas ; c'est donc le meilleur ami que je puisse avoir en l'occurrence.

Je veux tout d'abord décrire son arrivée ; je restai assise à ma fenêtre pendant près de deux heures, attendant sa voiture ; tous les autres invités arrivèrent avant lui et chaque voiture qui passait la grille du parc m'apportait une déception. Mr Wilmot arriva le premier, accompagné de sa nièce et de sa cousine ; je quittai quelques instants mon observatoire pour recevoir Millicent, nous avions échangé de longues lettres et nous étions devenues d'excellentes amies. En revenant dans ma chambre, j'aperçus une autre voiture dans la cour... serait-ce lui? Non, c'était la voiture sombre et très simple de Mr Boarham; il se tenait sur le perron pour surveiller le déchargement de ses diverses malles et de quelques paquets. Que de colis! On aurait pu penser qu'il venait s'installer chez nous pour six mois au moins! Lord Lowborough arriva longtemps après. Était-ce un de ces jeunes libertins dont parlait ma tante? Il n'avait pas l'air d'un joyeux drille mais plutôt d'un parfait gentleman. Grand, mince, de physionomie sombre, probablement âgé d'une trentaine d'années, il paraissait maladif et accablé de soucis.

Le léger phaéton de Mr Huntington arriva finalement et prit au galop le tournant de l'allée. Je ne l'aperçus qu'un instant car dès que la voiture fut arrêtée, il sauta par-dessus la portière encore fermée, gravit rapidement les quelques marches du portique et entra dans la maison.

J'acceptai finalement que Rachel, qui attendait depuis vingt minutes, commençât à m'habiller pour le dîner. Je me dirigeai vers le salon où je trouvai réunis Mr Wilmot et sa nièce et Millicent Hargrave. Lord Lowborough entra quelques instants plus tard, suivi de Mr Boarham qui semblait tout prêt à me pardonner ma conduite passée et espérait sans doute qu'à force de gentillesse il me ferait changer d'avis et me ramènerait à la raison. Je me trouvais assise auprès d'une fenêtre avec Millicent lorsqu'il s'approcha; il commençait ses discours habituels; lorsque Mr Huntington fit son entrée dans la pièce.

Mon cœur battait à tout rompre et je me demandai comment il allait me saluer; au lieu de m'avancer vers lui, je me retournai vers la fenêtre pour dissimuler mon émotion. Mais lorsqu'il eut salué le maître et la maîtresse de maison, puis les autres invités, il s'avança vers moi, me pressa ardemment la main et me murmura qu'il était infiniment heureux de me revoir. À cet instant précis, le dîner fut annoncé et ma tante lui demanda de conduire miss Hargrave à table, tandis que l'horrible Mr Wilmot m'offrit le bras avec force grimaces ; je fus condamnée à m'asseoir entre lui et Mr Boarham. Mais plus tard, lorsque nous nous trouvions tous réunis dans le salon, je fus dédommagée par quelques minutes de délicieuse conversation avec Mr Huntington.

Au cours de la soirée, on demanda à miss Wilmot de chanter pour distraire la compagnie, puis je dus montrer mes dessins et, quoiqu'il aime la musique et que miss Wilmot soit une musicienne accomplie, je crois pouvoir affirmer qu'il attacha plus d'importance à mes œuvres qu'à son chant.

Tout était pour le mieux dans le meilleur des mondes lorsque je l'entendis murmurer *sotto voce*, avec une emphase toute particulière : « Ce dessin est meilleur que tous les autres » ; je me penchai pour voir duquel il s'agissait et, à ma grande confusion, je vis qu'il admirait un portrait de lui que j'avais esquissé à l'envers d'un autre dessin. Pour rendre la situation encore plus déplaisante, je tentai de lui arracher le croquis ; mais il m'en empêcha en s'écriant : « Non, sapristi ! je le garde », il glissa le dessin dans son gilet et boutonna son habit avec un éclat de rire amusé.

Il s'installa alors à une petite table, réunit tous mes dessins, approcha une chandelle et murmura : « Je vais les examiner des deux côtés, maintenant » ; il commença alors un examen approfondi de chaque croquis, envers et endroit ; au début je l'observai avec calme, car je savais qu'il ne trouverait plus d'autre portrait ; cependant, je dois admettre que j'avais bien souvent chargé le dos de mes dessins en cherchant à reproduire la physionomie de Mr Huntington, mais j'avais pris grand soin d'effacer ces essais ; j'étais donc certaine d'avoir fait disparaître toute trace de mon infatuation. Mais hélas, mon crayon avait laissé sur le carton des marques que nulle gomme ne pouvait effacer; et je frémissais en le voyant approcher de la chandelle chacun des dessins, et scruter minutieusement ce qui paraissait une surface vierge, mais j'espérais pourtant qu'il ne reconnaîtrait pas son visage dans ces vagues tracés. Je me trompais cependant car, ayant terminé son examen, il remarqua calmement:

— Je me rends compte que le dos des croquis faits par des jeunes filles est aussi intéressant que les postscriptum de leurs lettres, qui sont souvent la partie la plus intéressante de toute une longue missive.

Il resta quelques instants plongé dans des réflexions qui amenèrent un sourire fat sur ses lèvres et tandis que je mûrissais quelque réplique cinglante pour rabaisser son orgueil, il se leva et alla rejoindre Annabella Wilmot qui flirtait outrageusement avec lord Lowborough; il s'assit sur le divan à côté d'elle et ne la quitta plus de toute la soirée.

— Voilà qu'il me méprise parce qu'il sait que je l'aime!

Cette réflexion me plongea dans une incommensurable tristesse. Millicent s'approcha pour admirer mes dessins, mais je me sentais incapable de bavarder; je ne voulais parler à personne et je profitai de la diversion causée par le domestique qui apportait des rafraîchissements pour m'échapper et me réfugier dans la bibliothèque. Ma tante me fit appeler par Thomas, mais je répondis que je ne voulais rien prendre pour l'instant; elle était heureusement trop occupée de ses invités pour s'inquiéter à mon sujet.

Comme tous nos invités avaient fait un long voyage, ils étaient fatigués et la soirée se termina assez tôt; j'étais persuadée qu'ils avaient tous gagné leur chambre et je descendis pour prendre mon bougeoir qui se trouvait sur la commode du salon. Mais Mr Huntington s'était attardé et se trouvait juste au pied de l'escalier lorsque j'ouvris la porte ; il surprit le bruit de mes pas, bien que je marchasse tout doucement, et s'avança vers moi.

— Est-ce vous, Helen ? dit-il. Pourquoi vous êtes-vous enfuie ?

— Bonne nuit, Mr Huntington, dis-je froidement, peu disposée à lui répondre. Je me dirigeai ensuite vers le salon.

— Mais vous n'allez pas refuser de me donner la main, n'est-ce pas ? dit-il en se plaçant devant la porte pour me barrer le passage.

Il saisit ma main que je tentais de lui arracher.

— Laissez-moi passer, Mr Huntington ! Je désire prendre une chandelle.

— La chandelle peut attendre, répondit-il.

Je fis un effort désespéré pour lui arracher ma main.

— Pourquoi êtes-vous si pressée de me quitter, Helen ! dit-il avec un sourire fat des plus provocants. Je sais bien que vous ne me détestez pas !

— Si, je vous déteste, pour le moment !

— Ce n'est pas vrai : c'est Annabella Wilmot que vous détestez !

— Je n'ai rien de commun avec Annabella Wilmot, dis-je, brûlant d'indignation.

— Mais c'est ce qui vous trompe ! dit-il, non sans emphase.

— Tout cela m'est indifférent, monsieur !

— Vraiment Helen ! Pourriez-vous le jurer ?

— Certainement pas, Mr Huntington, et je veux m'en aller ! criai-je, partagée entre le rire, les larmes et la colère.

— Partez donc, petite mégère ! dit-il. Mais au moment où il lâchait ma main, il eut l'audace de me passer le bras autour du cou et de m'embrasser.

J'attrapai ma chandelle et je m'enfuis, tremblante de colère et de nervosité et… de bien d'autres choses encore. Il n'aurait pas osé faire cela s'il n'avait pas trouvé cet horrible croquis ! Et il l'avait toujours en sa possession, monument dressé pour son orgueil et mon humiliation !

Je dormis très peu cette nuit-là et lorsque je me levai, j'étais assez inquiète à l'idée de le rencontrer au déjeuner. Je ne savais comment me conduire ; un air de froide indifférence lui paraîtrait invraisemblable. Et pourtant, il fallait que je mette un terme à ses prétentions, je refusais de me laisser tyranniser par ces deux yeux rieurs. Je reçus donc son joyeux bonjour avec un calme et une froideur qui auraient rassurés ma tante si elle avait été présente ; je répondis brièvement lorsqu'il chercha à me mêler à la conversation générale ; d'autre part, j'affectai une grande gaieté en parlant avec les autres invités et tout spécialement avec Annabella Wilmot, et même avec son oncle et avec Mr Boarham, qui fut traité avec une politesse extrême ; je ne voulais pas jouer les coquettes mais simplement lui prouver que ma froideur ne provenait pas d'une mauvaise humeur générale ou d'une crise de tristesse.

Mais il en fallait plus que cela pour le décourager. Il ne m'adressait pas souvent la parole, mais lorsqu'il le faisait, il y mettait tant de franchise et même de gentillesse qu'il semblait vouloir prouver à chacun que ses moindres paroles étaient une douce musique pour mes oreilles ; si son sourire ne manquait pas de vanité, ses yeux étaient si doux, si aimables que je ne pouvais continuer à marquer ma colère ; le dernier vestige de mécontentement de ma part disparut comme les nuages devant le soleil estival.

Aussitôt que le déjeuner fut terminé, les hommes, aussi avides que des enfants, partirent en expédition punitive contre les malheureuses perdrix ; mon oncle et Mr Wilmot montaient leurs poneys de chasse, Mr Huntington et lord Lowborough suivaient à pied ; seul Mr Boarham restait à la maison avec l'intention de les rejoindre un peu plus tard lorsque le soleil aurait séché l'herbe mouillée par les pluies de la nuit. Malgré les moqueries de Mr Huntington et de mon oncle, il gratifia les dames d'un long discours sur les dangers des pieds humides ; tous partirent donc, armés de leurs fusils, et nous laissèrent en proie aux conseils sanitaires de Mr Boarham ; ils se dirigèrent d'abord vers les écuries pour lâcher les chiens.

Peu désireuse de jouir de la compagnie de Mr Boarham pendant toute la matinée, je me retirai dans la bibliothèque et pris mon chevalet et mes peintures. Le désir de peindre n'était qu'un prétexte pour le cas où ma tante me reprocherait d'avoir abandonné notre invité au salon. Je désirais pourtant terminer un tableau commencé, où l'azur limpide du ciel, des taches d'or et des ombres allongées devaient rendre l'idée d'une matinée ensoleillée. J'y avais déjà beaucoup travaillé et je voulais, non sans présomption, en faire mon chef-d'œuvre. J'avais rendu l'herbe et les feuillages plus verts que nature, la scène représentait une clairière ; un groupe de noirs pins d'Écosse formait contraste avec la fraîcheur des autres arbres ; à l'avant-plan, j'avais peint le tronc noueux et les lourdes branches d'un vieil arbre dont le feuillage était d'un vert doré, non pas doré par l'automne, mais par le soleil et la jeunesse de ses feuilles nouvelles à peine déroulées. Un couple de tourterelles, posé sur la grosse branche, ressortait sur le fond sombre des pins ; leur plumage doucement coloré formait contraste avec le vert vif des feuilles ; sous cet arbre, une jeune fille était agenouillée sur l'herbe émaillée de pâquerettes, la tête rejetée en arrière ; ses longs cheveux blonds retombaient sur ses épaules, ses mains étaient jointes, ses lèvres entrouvertes, ses yeux levés contemplaient les deux amoureux à plumes, si absorbés qu'ils ne la voyaient même pas.

Je venais de m'installer devant ma toile à laquelle je voulais apporter quelques dernières touches, lorsque les chasseurs passèrent devant ma fenêtre en revenant des écuries. La croisée était entrouverte et Mr Huntington m'avait sans doute aperçue en passant, car, posant son fusil contre le mur, il sauta par-dessus l'appui de fenêtre et se planta devant mon tableau.

— Très joli, vraiment très joli, dit-il après quelques instants de contemplation silencieuse, et tout à fait de circonstance pour une jeune fille. Le printemps se changeant en été rutilant, une fin de matinée ; une enfant prête à devenir femme, l'espoir d'un grand amour. Elle est vraiment ravissante, mais pourquoi ne pas lui peindre des cheveux noirs ?

— Je pensais que des cheveux blonds lui conviendraient mieux ; elle a les joues roses, les yeux bleus et elle est plutôt rondelette.

— Hébé en personne ! J'en deviendrais amoureux si je n'avais pas l'artiste sous les yeux ! Douce innocence ! Elle rêve qu'un jour elle sera courtisée et aimée d'un amour fervent comme la tourterelle sur la branche ; comme la vie sera belle, et comme elle lui sera fidèle !

— Peut-être lui aussi sera-t-il fidèle, suggérai-je.

— Peut-être, les rêves extravagants que l'on peut faire à cet âge n'ont pas de mesure.

— La fidélité serait donc un rêve extravagant d'enfant.

— Non, mon cœur me dit le contraire. J'ai pu le croire naguère, mais maintenant si l'on me donne la jeune fille que j'aime, je suis prêt à lui jurer fidélité éternelle, au cours des étés et des hivers, de ma jeunesse à mon âge mûr, jusqu'à ce que la mort nous sépare! Si toutefois l'âge et la mort doivent absolument venir!

Il parlait avec tant de conviction que mon cœur battait d'allégresse; mais une seconde plus tard, il changea de ton et me demanda avec un sourire ironique si je possédais encore «d'autres portraits».

— Non, répondis-je, rouge de confusion et de rage. Mais mon portefeuille se trouvait sur la table; il s'en empara calmement et s'assit pour en examiner le contenu.

— Mr Huntington, criai-je, ces dessins ne sont que des projets; je ne permets jamais à personne de les voir!

Je posai la main sur le portefeuille dans l'espoir de le lui arracher, mais il refusa de le lâcher en assurant qu'il adorait les esquisses.

— Mais moi, je déteste les montrer, je ne veux pas que vous les regardiez, répondis-je.

— Je vous laisse le portefeuille, dit-il comme je parvenais à m'en emparer, et je garde les dessins!

Un instant plus tard, il s'exclamait:

— Quelle chance! en voici un autre! et il glissa dans la poche de son gilet un petit ovale de papier ivoire sur lequel j'avais esquissé une miniature avec tant de ressemblance que je m'étais donné la peine de la peindre avec soin. Mais je ne voulais à aucun prix qu'il la garde.

— Mr Huntington, j'insiste pour que vous me rendiez ce dessin! criai-je. Il est à moi et vous n'avez pas le droit de le garder! Si vous ne me le rendez pas immédiatement, je ne vous pardonnerai jamais!

Plus je mettais de véhémence dans mes paroles, plus joyeusement il se moquait de moi. Il me le rendit finalement en disant:

— Je ne veux pas vous en priver puisque vous y attachez tant de valeur!

Pour lui montrer combien j'y tenais, je le déchirai en deux et jetai les morceaux dans le feu. Il ne s'attendait pas à un tel geste de ma part et sa gaieté tomba brusquement. Il contemplait le dessin, qui se consumait lentement, avec une muette stupéfaction ; ensuite, il dit négligemment : «Bon! je vais chasser maintenant!» Il tourna les talons, repartit par la fenêtre, posa son chapeau sur sa tête avec désinvolture, reprit son fusil et s'éloigna en sifflotant. J'étais beaucoup trop agitée pour dessiner, mais je me réjouissais de l'avoir vexé.

Lorsque je me rendis au salon, je m'aperçus avec plaisir que Mr Boarham avait rejoint les chasseurs ; ils ne revinrent pas pour le lunch et je proposai à Annabella et à Millicent de leur montrer les beautés des environs. Nous fîmes une longue promenade et nous retrouvâmes les chasseurs qui rentraient de leur expédition à la grille du parc. La plupart d'entre eux, crottés et fatigués, nous évitèrent, mais Mr Huntington, tout couvert de boue et du sang de ses victimes, fit un détour pour nous recevoir avec force sourires et un mot gentil pour chacune, sauf pour moi. Il se plaça entre Annabella Wilmot et moi et gravit l'allée à nos côtés en nous racontant les divers exploits et les quelques catastrophes de la journée. Il racontait avec tant d'esprit que j'aurais pu rire aux éclats si je ne lui avais encore gardé rancune de l'incident de la matinée ; mais comme il s'adressait exclusivement à Annabella, je lui laissai le soin de rire et de badiner à son aise ; je marchai à quelques pas d'eux en affectant la plus grande indifférence, tandis que Millicent et ma tante avançaient en se donnant le bras et en discutant fort sérieusement. Mr Huntington s'adressa finalement à moi pour me dire sur un ton confidentiel :

— Pourquoi avez-vous brûlé mon portrait, Helen ?

— Parce que je voulais le détruire, répondis-je avec une amertume qu'il est bien inutile de regretter maintenant.

— Oh! parfait! Si vous n'appréciez pas ma personne, il faudra que je cherche quelqu'un pour le faire.

Je croyais qu'il plaisantait; je croyais surprendre un mélange de fausse résignation et d'indifférence affectée dans le ton de sa voix; mais il reprit aussitôt sa place au côté de miss Wilmot et ne m'adressa plus la parole, ni durant la soirée, ni le lendemain, ni le jour suivant, ni le suivant; aujourd'hui, matin du 22 septembre, il ne m'a pas encore adressé un mot aimable ou un regard amical, il ne me parle que pour la forme et ses yeux restent froids et indifférents.

Ma tante ne fut pas sans remarquer ce changement d'attitude; elle ne fit aucune remarque à ce sujet, ne me posa pas de questions, mais je compris qu'elle s'en réjouissait. Miss Wilmot, elle aussi, remarqua ce changement qu'elle attribua à la supériorité de ses charmes. Quant à moi, je suis horriblement malheureuse... beaucoup plus encore que je ne veux l'admettre. Mon orgueil ne m'est d'aucun secours car c'est lui qui a causé tout le mal.

Je suis certaine que Mr Huntington voulait simplement me taquiner et moi, j'avais mis tant d'acrimonie dans mes répliques, j'avais si profondément blessé ses sentiments je l'avais si profondément offensé que je craignais qu'il ne me pardonne jamais. Et tout cela pour une simple plaisanterie! Il pense que je le déteste et je ne puis rien dire pour le faire changer d'avis. Je vais le perdre à jamais et Annabella pourra triompher tout à loisir.

Mais je déplore par-dessus tout de ne pouvoir me consacrer à son bonheur comme je l'avais espéré; je sais qu'elle n'est pas digne de son affection et qu'il souffrira de lui confier son bonheur. Elle ne l'aime pas, elle ne pense qu'à elle-même. Elle est incapable d'apprécier ce qu'il y a de foncièrement bon en lui ; elle ne peut ni le comprendre, ni l'aimer. Ses fautes la laisseront indifférente et elle ne tentera jamais de redresser ses erreurs, mais y ajoutera encore les siennes. Peut-être même se moquera-t-elle de lui ; elle joue un double jeu ; pendant qu'elle s'amuse avec le brillant Huntington, elle cherche à attirer lord Lowborough, son ami, et lorsque tous deux se trouveront à ses pieds, le fascinant bourgeois aura peu de chances contre le pair du royaume. S'il remarque ses manèges, ils ne feront qu'exciter en lui le désir de conquête.

Mr Wilmot et Mr Boarham se réjouissent de me trouver souvent seule et en profitent pour faire leur cour, et si j'étais aussi femme qu'Annabella, je profiterais de leurs avances pour éveiller la jalousie de Mr Huntington. Mais, toute justice et honnêteté mises à part, je ne puis me résoudre à jouer ce jeu ; leurs attentions m'ennuient trop pour que je cherche à les encourager et je crois d'ailleurs qu'il resterait indifférent. Il me voit souffrir des amabilités condescendantes et des discours prosaïques de l'un et des avances brutales de l'autre sans l'ombre de considération pour moi ou de vindicte contre mes tortionnaires. Il ne m'aurait jamais abandonnée aussi facilement s'il m'avait aimée ; il ne pourrait pas continuer à rire et à plaisanter avec lord Lowborough et mon oncle, à taquiner Millicent, à flirter avec Annabella Wilmot comme si rien ne s'était passé. Oh ! pourquoi ne puis-je le haïr ? Je dois être aveuglément amoureuse ou je cesserais de le regretter comme je le fais. Mais je dois trouver assez de force pour l'arracher de mon cœur. Voici que sonne la cloche du dîner. Ma tante va évidemment me gronder pour être restée toute la journée à mon pupitre, occupée à écrire, au lieu de me joindre à nos invités. Comme je souhaite qu'ils s'en aillent tous!

# 19

*22 septembre, fin du jour.* – Qu'ai-je fait? Comment tout cela finira-t-il? Je me sens incapable de réfléchir calmement et il m'est impossible de dormir. Il faut une fois de plus que je me calme en écrivant dans mon journal; je raconterai tout ce soir et je le relirai demain matin.

Je suis descendue à l'heure du dîner, bien décidée à être gaie et à me conduire en jeune fille bien élevée. Malgré une terrible migraine et l'affreuse douleur qui me tordait le cœur, je parvins à faire bonne figure. Ces derniers jours, mon courage moral et physique avait été soumis à rude épreuve et je ne me sentais vraiment pas bien; j'avais très peu dormi et très peu mangé, de sombres pensées me rongeaient sans cesse. Mais, pour en revenir au début de la soirée, je fis un effort pour faire un peu de musique à la demande de ma tante et de Millicent, avant que ces messieurs ne viennent nous rejoindre au salon. Miss Wilmot ne se donnait jamais la peine de chanter lorsque l'auditoire était uniquement féminin. Je terminais une petite ballade écossaise que m'avait demandée Millicent lorsque Mr Huntington entra et se dirigea tout droit vers Annabella, sans paraître entendre ma chanson.

— J'espère que vous allez nous faire un peu de musique, ce soir, miss Wilmot, dit-il. Je vous en prie! Je sais que vous ne pourrez refuser lorsque je vous dirai que j'ai attendu ce moment tout au long du jour ! Venez ! le piano est libre.

Il était libre, en effet, car je m'étais levée dès que j'avais entendu le début de son discours. J'aurais dû avoir assez de maîtrise pour me tourner moi aussi vers la jeune fille et joindre mes prières à celles de Mr Huntington. Ce faisant, je l'aurais déçu s'il avait voulu me blesser volontairement, ou du moins je lui aurais fait comprendre qu'il me blessait en agissant avec aussi peu de considération. Mais je ne pus que quitter mon siège et me jeter sur le divan en retenant à grand-peine les paroles amères qui me venaient aux lèvres. Je savais que les dons d'Annabel étaient bien supérieurs aux miens, mais ce n'était pas une raison pour me traiter comme si je n'existais même pas. Le ton de sa demande et le fait qu'il interrompait ma chanson étaient une double insulte et j'aurais pleuré de dépit.

Pendant ce temps, Annabella s'installait fièrement à ma place et lui chantait deux de ses chansons préférées. Ma colère se transforma bientôt en admiration, car elle chantait à la perfection ; sa voix chaude et bien modulée était admirablement soutenue par la virtuosité de l'accompagnement ; tandis que cette musique divine me caressait les oreilles, mes yeux restaient fixés sur le visage de son principal auditeur qui exprimait un vif enthousiasme, ses yeux et son front étaient comme éclairés par ce doux sourire que je connaissais si bien et qui apparaissait comme un rayon de soleil, un jour d'avril. Il était visiblement sous le charme de cette voix merveilleuse ; je lui pardonnai sa méchanceté envers moi et je me sentis un peu honteuse d'avoir éprouvé tant d'amertume pour une si petite cause, honteuse aussi d'avoir senti l'envie qui me rongeait l'âme, en dépit de l'admiration et du ravissement que faisait naître en moi le chant d'Annabella.

— Et voilà! dit-elle en laissant courir ses doigts sur les touches après avoir terminé sa deuxième romance; que vais-je chanter maintenant?

En disant ces mots, elle tournait la tête vers lord Lowborough qui se trouvait debout, appuyé au dossier d'une chaise, à peu de distance derrière elle; lui aussi était un auditeur attentif et paraissait, tout comme moi, partagé entre le ravissement et la mélancolie. Le regard qu'elle lui lança disait clairement: «Choisissez pour moi, maintenant; j'en ai chanté assez pour lui et je serais heureuse de vous faire plaisir, à vous.» Comme s'il n'attendait que cet encouragement, il s'avança vers le piano, feuilleta le cahier de musique et posa sur le pupitre du piano une mélodie que je connaissais pour l'avoir plusieurs fois déchiffrée, ces derniers temps, car elle me rappelait le maître de mon cœur, le tyran de mes pensées. Ces paroles finement chantées par l'artiste achevèrent de briser mes nerfs trop tendus et je ne parvins plus à cacher mon émotion. Les larmes jaillirent et j'enfouis ma tête dans le coussin du divan pour les dissimuler tandis que j'écoutais. La mélodie était sans prétention, douce et mélancolique, et je l'entends encore tandis que j'écris.

Lorsque le chant s'arrêta, je ne désirais qu'une chose… m'enfuir sans être vue. Le divan se trouvait près de la porte, mais je n'osais lever la tête car Mr Huntington était debout, à quelque pas, et le son de sa voix, lorsqu'il répondait à quelque remarque de lord Lowborough, me disait qu'il gardait le visage tourné vers moi. Un sanglot que je n'avais pu complètement étouffer avait sans doute attiré son attention. Mais je fis un effort et je parvins à maîtriser mon émotion; je séchai mes larmes et, lorsque je crus qu'il s'était détourné, je me levai rapidement pour quitter la pièce et me réfugier dans ma retraite favorite, la bibliothèque.

La seule lumière était produite par la lueur des braises qui s'éteignaient dans le feu ouvert, mais je ne désirais pas de vive clarté; je voulais simplement me réfugier dans mes pensées sans que personne me remarque ou me dérange; je m'assis sur une chaise basse à côté du canapé, j'appuyai ma pauvre tête sur les coussins et je me remis à réfléchir, tant et si bien que les larmes jaillirent à nouveau et que je me mis à sangloter comme un enfant. La porte s'ouvrit doucement et j'entendis que quelqu'un entrait dans la pièce, mais je pensai qu'il s'agissait d'un domestique et je ne bougeai pas. J'entendis que la porte se refermait... mais je n'étais plus seule; une main légère se posa sur mon épaule et une voix tendre me dit:

— Helen, qu'y a-t-il?

Je ne pus prononcer une parole.

— Il faut que vous me racontiez tout, ajouta la voix, tandis que l'on s'agenouillait à mon côté et que l'on me prenait la main; je la retirai vivement et je répondis:

— Cela ne vous regarde pas, Mr Huntington.

— En êtes-vous sûre? répliqua-t-il. Pourriez-vous jurer que vous ne pensiez pas à moi, il y a un instant, tandis que vous pleuriez?

Je ne pouvais en supporter davantage; je tentai de me lever, mais il s'était agenouillé sur ma jupe.

— Dites-le-moi, continua-t-il, je veux le savoir... car, si vous pensiez à moi, j'ai quelque chose à vous dire... sinon, je m'en irai.

— Partez donc! criai-je, mais craignant qu'il n'obéisse trop vite et ne revienne plus jamais, j'ajoutai rapidement: Ou plutôt, dites ce que vous avez à dire et que l'on n'en parle plus!

— Lequel des deux? Dois-je parler, dois-je me taire? Car il me faut d'abord savoir si vous pensez vraiment à moi, Helen.

— Vous êtes par trop impertinent, Mr Huntington !

— Ce que je dis est au contraire des plus pertinents... vous ne voulez donc pas me le dire ? J'épargnerai donc votre fierté de femme, je conclurai que ce silence est affirmatif, que j'occupais vos pensées et que j'étais la cause de votre affliction...

— Vraiment, monsieur, vous...

— Si vous refusez de l'admettre, je ne vous dirai pas mon secret, dit-il sur un ton menaçant.

Je ne cherchai plus à l'interrompre et s'il me prit la main et m'enlaça de l'autre bras, j'étais si affolée que je ne m'en rendis pas compte au moment même.

— Voici donc mon secret : Annabella Wilmot comparée à vous n'est qu'un éclatant coquelicot ; vous êtes une douce rose sauvage perlée de rosée, et je vous aime à la folie !... Dites-moi maintenant si cela vous cause le moindre plaisir. Toujours le silence... silence affirmatif encore une fois ? Permettez-moi donc d'ajouter que je ne puis vivre sans vous et que si vous ne m'aimez pas, je vais devenir fou... Allez-vous me confier votre vie ?... Oui !... cria-t-il en me serrant à m'étouffer.

— Non, non ! m'exclamai-je en cherchant à m'échapper. Vous devez d'abord en parler à mon oncle et à ma tante.

— Ils ne diront pas non si vous m'acceptez comme fiancé.

— Je n'en suis pas si certaine... ma tante ne vous aime pas.

— Mais vous m'aimez, Helen... dites-moi que vous m'aimez et je quitterai la pièce.

— Je vous en prie, partez !

— Je partirai à l'instant... si vous me dites que vous m'aimez...

— Vous le savez bien, répondis-je.

Il me prit à nouveau dans ses bras et me couvrit de baisers. À cet instant précis, ma tante ouvrit la porte et se trouva à deux pas de nous, une chandelle à la main, stupéfaite et horrifiée ; elle nous regardait alternativement ; nous avions tous les deux sauté sur nos pieds et nous nous trouvions maintenant à deux pas l'un de l'autre. Mais Mr Huntington retrouva rapidement son calme et son assurance pour s'adresser à ma tante en ces termes :

— Je vous prie de m'excuser, Mrs Maxwell ! Ne soyez pas trop sévère à mon égard. J'ai demandé à votre nièce de me suivre, pour le meilleur et pour le pire ; et elle, comme une fille obéissante, me disait qu'il lui fallait d'abord en parler à sa tante. Laissez-moi donc vous implorer et ne me condamnez pas irrémédiablement. Si vous êtes de mon côté, je ne risque rien, car je suis certain que Mr Maxwell ne peut rien vous refuser.

— Nous en reparlerons demain, monsieur, dit ma tante très froidement, c'est une question qui demande mûre réflexion ; pour l'instant, vous feriez mieux de retourner au salon.

— Mais d'abord, laissez-moi plaider ma cause... soyez indulgente...

— Aucune indulgence à votre égard, Mr Huntington, ne pourra m'influencer lorsque le bonheur de ma nièce est en jeu.

— Comme vous avez raison ! Je sais qu'elle est un ange, que je ne suis qu'un pauvre diable présomptueux qui espère posséder un tel trésor. Mais, pourtant, je mourrais plutôt que de la voir s'unir au meilleur homme de la terre et du ciel... je sacrifierais mon corps et mon âme pour la rendre heureuse...

— Votre âme, Mr Huntington ?

— Eh bien ! je... disons que je mettrais ma vie à ses pieds...

— On ne vous demandera pas tant.

— Je veux donc la consacrer tout entière à la rendre heureuse…

— Plus tard, plus tard, monsieur, nous en reparlerons… j'aurais en tout cas pensé plus de bien de vous si vous aviez choisi un autre lieu et une autre heure… et, permettez-moi d'ajouter, une autre façon de déclarer vos sentiments.

— Mais laissez-moi vous expliquer, Mrs Maxwell…

— Pardonnez-moi, dit-elle avec dignité, mais les autres invités vous demandent à côté, puis elle se tourna vers moi.

— Il faudra donc que vous plaidiez ma cause, Helen, dit-il avant de se retirer.

— Tu ferais mieux de gagner ta chambre, Helen, dit gravement ma tante. À toi aussi j'aurai à parler, demain.

— Ne soyez pas fâchée, tante, dis-je.

— Je ne suis pas fâchée, ma chère, répondit-elle, mais surprise. S'il est exact que tu lui aies dit que tu ne pouvais accepter sans notre consentement…

— C'est vrai, l'interrompis-je.

— Alors comment as-tu pu permettre…

— C'était plus fort que moi, dis-je en éclatant en sanglots.

Ces larmes n'étaient pas des larmes de regret ou de crainte, mais plutôt le résultat de toutes les émotions tumultueuses qui m'avaient bouleversée, ce soir. Ma bonne tante fut touchée par mon agitation; c'est sur un ton plus doux qu'elle me conseilla à nouveau de me retirer, me baisa tendrement au front, me souhaita une bonne nuit et me tendit son bougeoir. Je partis donc, mais les pensées qui tournaient dans ma tête m'empêchèrent de dormir. Je suis plus calme maintenant que j'ai confié tout cela au papier; je vais me coucher et tâcher de me laisser bercer sur les ailes du sommeil.

## 20

*24 septembre.* – Je me levai, le lendemain matin, gaie et reposée, intensément heureuse. Le délicieux réconfort d'un amour partagé me faisait oublier que ma tante ne serait peut-être pas tout à fait de mon avis au sujet de Mr Huntington et chercherait à jeter un nuage sur mes espérances toutes neuves. La matinée était splendide et je sortis pour une longue promenade avec la seule compagnie de mes pensées heureuses. L'herbe brillait sous la rosée et les fils de la Vierge se balançaient sous la brise légère ; le rossignol joyeux épanchait sa petite âme en un chant d'allégresse et j'envoyai vers le ciel un hymne de reconnaissance.

J'avais à peine parcouru quelques mètres lorsque ma promenade fut interrompue par le seul être au monde qui pouvait briser ma solitude sans être mal reçu : Mr Huntington se trouva soudain devant moi. Cette apparition matinale était si inattendue que si je n'avais eu que mes yeux pour croire en sa présence, j'aurais cru à un effet de mon imagination surexcitée ; mais le bras solide qui m'enlaça et le baiser chaleureux que je reçus sur la joue, accompagnés d'un retentissant : «Ma douce Helen chérie !» étaient bien réels.

— Pas encore tout à fait vôtre, dis-je en m'écartant de ce trop ardent prétendant ; j'ai un tuteur et une tutrice, vous le savez. Vous n'obtiendrez pas facilement le consentement de ma tante; elle est fort mal disposée à votre égard.

— Je le sais, ma chérie, et il faut que vous me disiez ce qu'elle me reproche pour que je sache que lui répondre; elle me trouve sans doute gaspilleur, continua-t-il en remarquant que je ne voulais rien répondre, elle est persuadée que je ne possède plus grand-chose à partager avec ma future? La plus grande partie de mon patrimoine est majoratée et je ne puis en disposer; le reste est quelque peu hypothéqué et j'ai bien quelques dettes, mais il n'y a pas là de quoi fouetter un chat; je dois reconnaître que ma fortune personnelle a diminué ces dernières années, mais ce qui en reste est encore capable de nous assurer une belle aisance. Vous savez sans doute que mon père était avare, surtout durant les dernières années de sa vie, et qu'il ne pensait qu'à amasser de l'argent; c'est une juste revanche du sort qui pousse son fils à le dépenser avec tant de plaisir. Je n'ai jamais compté jusqu'à ce jour, mais depuis que je vous connais, j'ai bien réfléchi. La seule idée que vous pourriez vivre sous mon toit m'incite déjà à modérer mes dépenses et à vivre en chrétien; si vous ajoutez à ces bonnes dispositions tous les conseils que vous pourrez me donner et la bonne influence de votre exquise bonté…

— Mais vous vous trompez, dis-je, ma tante ne pense pas à votre argent. Elle est trop avisée pour accorder une telle importance à la richesse.

— Que me reproche-t-elle donc?

— Elle souhaite que j'épouse un homme qui serait… bon et honnête.

— Un saint homme, quoi! Eh bien! soit, que ne ferais-je pas pour vous! C'est dimanche aujourd'hui, n'est-ce pas? J'irai à l'église, ce matin, cet après-midi et ce soir! Elle ne manquera pas d'être impressionnée par mon attitude pieuse! Je reviendrai en poussant mille soupirs admiratifs après avoir écouté religieusement le sermon de ce cher Mr Braillard...

— Mr Leighton, dis-je sèchement.

— Mr Leighton est-il vraiment un envoyé de Dieu, Helen?

— C'est indubitablement un brave homme, Mr Huntington; j'aimerais pouvoir en dire autant à votre sujet!

— J'avais oublié que vous étiez une sainte, vous aussi! J'implore mon pardon, ma chérie... mais ne m'appelez plus Mr Huntington, dites Arthur.

— Je ne dirai rien du tout! Je ne vous parlerai même plus si vous continuez à vous exprimer de la sorte! Si vous jouez ainsi la comédie devant ma tante, vous êtes réellement méchant; si telle n'est pas votre intention, vous avez tort de plaisanter sur un sujet aussi grave.

— J'ai mérité ces dures paroles, dit-il et son rire se termina en un profond soupir, suivi d'un bref moment de silence. Mais parlons d'autre chose. Venez plus près de moi, Helen, et prenez mon bras. Alors seulement je cesserai de vous taquiner.

Je lui obéis, mais je lui dis que nous devions rentrer.

— Il se passera encore tout un temps avant qu'ils descendent pour déjeuner, répondit-il. Vous venez de parler de votre tuteur, Helen, je pensais que votre père vivait encore.

— C'est exact, mais j'ai toujours considéré mon oncle comme mon tuteur. Mon père m'avait confiée à ma tante il y a bien longtemps. Je ne l'ai jamais revu depuis la mort de ma chère maman; j'étais une toute petite fille à cette époque et ma tante offrit de m'emmener à Staningley et de s'occuper de mon éducation. Je ne l'ai jamais quittée depuis et mon père approuvera toutes les décisions qu'elle prendra concernant mon avenir.

— Il n'aura donc rien à dire pour ou contre notre mariage?

— Non, je ne pense pas que mon avenir le préoccupe le moins du monde.

— Il a grand tort... Il est vrai qu'il ignore que sa fille est un ange... Je dois sans doute m'en réjouir, car s'il savait quel trésor il possède, il serait sans doute peu disposé à s'en séparer.

— Je suppose que vous savez que je n'ai rien d'une héritière?

Il m'assura que cette question le préoccupait fort peu et me pria de ne pas gâcher son bonheur en soulevant de si peu intéressantes questions. Cette preuve de désintéressement me remplit de joie, car, en plus de l'héritage de son père, dont elle jouit déjà, Annabella Wilmot sera sans doute l'héritière d'un oncle fort riche.

J'insistai encore pour que nous regagnions la maison; mais nous marchâmes très lentement tout en continuant à deviser tendrement. Il n'est pas nécessaire que je répète ici toutes nos paroles, je vais plutôt raconter la conversation que j'eus avec ma tante après le déjeuner. Mr Huntington avait appelé mon oncle dans un coin de la pièce sans doute pour faire sa demande et ma tante me fit signe de la rejoindre dans une autre pièce. Elle commença aussitôt des reproches qui étaient peut-être justifiés par ma conduite mais qui ne me convainquirent nullement que son point de vue était meilleur que le mien.

— Vous n'êtes pas charitable à son égard, ma tante. Ses amis eux-mêmes ne sont pas si mauvais que vous le prétendez. Walter Hargrave, le frère de Millicent, est l'un d'eux; si ce qu'elle raconte est seulement à moitié vrai, il n'est qu'un peu moins parfait que les anges. Elle me parle sans cesse de lui et porte ses vertus aux nues.

— Tu ne peux juger quelqu'un en écoutant une sœur affectueuse, répondit-elle. Les pires garnements savent en général cacher leurs fredaines à leurs sœurs aussi bien qu'à leurs mères.

— Il y a aussi lord Lowborough, ajoutai-je, un homme tout à fait convenable.

— Qui te l'a dit? Lord Lowborough est un homme désespéré. Il a gaspillé toute sa fortune au jeu et à d'autres choses encore, et il cherche maintenant une riche héritière prête à redorer son blason. J'ai prévenu miss Wilmot; mais vous êtes toutes les mêmes: elle m'a répondu avec une certaine hauteur qu'elle pouvait voir elle-même quand un homme la courtisait pour sa fortune; elle se flatte d'avoir assez d'expérience en la matière pour se fier à son propre jugement; il lui est indifférent que Sa Grâce manque de fortune, car elle en a assez pour deux; elle est persuadée qu'il n'est pas plus dissipé qu'un autre et qu'en tout cas il est sage maintenant. Bien sûr, ils savent tous être hypocrites lorsqu'il s'agit de gagner le cœur d'une pauvre femme aveuglée par ses sentiments!

— À mon avis, il est aussi bon qu'elle, dis-je. En tout cas, lorsque Mr Huntington sera marié, il aura fort peu l'occasion de rejoindre ses amis célibataires… et s'ils sont aussi mauvais que vous le prétendez, je serai d'autant plus heureuse de l'arracher de leurs griffes.

— Bien sûr, ma chère, et plus il est mauvais, plus ton désir est grand de le réformer.

— Certainement; en supposant qu'il ne soit pas incorrigible, je serai fière de le délivrer de ses péchés, de lui donner l'occasion de secouer l'emprise maléfique de ses amis et de montrer sa vraie personnalité; je ferai l'impossible pour que ce qu'il y a de bon en lui prenne le dessus, je ferai revivre en lui l'homme qu'il serait devenu s'il n'avait pas si mal commencé la vie aux côtés d'un père égoïste, méchant et avare qui, pour satisfaire ses passions sordides, a privé son fils des plaisirs innocents de l'enfance et de la jeunesse, l'a dégoûté de toute autorité quelle qu'elle soit, et d'une mère assez sotte pour tout lui accorder, pour dissimuler ses fredaines à son père, pour encourager ce goût du vice et des folles équipées qu'elle aurait dû refréner... et après une telle jeunesse, les amis que vous venez de décrire...

— Le pauvre homme, dit-elle non sans pointe de sarcasme, ses semblables lui ont fait beaucoup de tort!

— C'est vrai! criai-je... mais ils n'en auront plus l'occasion! Sa femme compensera le mal fait par sa mère!

Après un court silence, elle ajouta:

— J'avoue, Helen, que je ne te croyais pas si aveugle, si dépourvue de bon goût. Je ne puis comprendre que tu puisses aimer un tel homme, ni trouver le moindre plaisir en sa compagnie, selon la parole biblique, *comment peut-on partager sa foi avec un infidèle?*

— Il n'est pas un infidèle, il n'est pas un démon, et je n'ai rien d'un ange, son seul vice est d'être étourdi.

— L'étourderie est la mère de tous les crimes, poursuivit ma tante, et elle n'est pas une excuse aux yeux de Dieu. Je suppose que Mr Huntington a autant d'intelligence que le commun des mortels; son étourderie n'est pas de l'irresponsabilité; son Créateur lui a donné comme à nous tous une certaine dose de raison et de conscience; il peut comme nous lire et comprendre les livres saints. Et souviens-toi, Helen que les méchants subiront les affres de l'enfer! En supposant même qu'il continue à t'aimer et que tu lui rendes cet amour; en supposant que vous viviez ensemble une existence passablement confortable, comment supporteras-tu la séparation dernière: toi, vouée à la béatitude éternelle et lui jeté dans les flammes de l'enfer pour l'éternité?

— Non, pas pour l'éternité! m'exclamai-je, seulement jusqu'à ce qu'il ait expié son dernier péché, car notre divin Sauveur le ramènera parmi les siens.

— Où as-tu appris tout cela, Helen?

— Dans la Bible, ma tante. Je l'ai lue et relue et au moins trente différents passages affirment ce que je viens de te dire : *Même les mauvais seront sauvés.*

— C'est donc là à quoi te sert la Bible? Et n'as-tu rien lu qui t'indique les dangers et la fausseté d'une telle attitude?

— Non, certains passages, pris séparément, pourraient sembler contradictoires, mais il s'agit plutôt d'une différence d'interprétation. Je ne connais pas le grec, mais je suppose que «éternel» et «pérenne» signifient tous deux «pour des siècles à venir». Je reconnais le danger d'une telle croyance et je n'aurai garde de la répandre et d'en faire profiter une faible créature qui courrait tout droit à sa perte, mais c'est une pensée merveilleuse que je chéris au plus profond de mon cœur et je ne voudrais pas y renoncer pour tout l'or du monde!

Notre conciliabule se termina là car il était grand temps de se rendre à l'église. Tout le monde assista au service matinal, sauf mon oncle qui ne va presque jamais à l'église et Mr Wilmot qui resta pour partager avec lui le plaisir d'une partie de *cribbage*. Miss Wilmot et lord Lowborough n'assistèrent pas au service de l'après-midi, mais Mr Huntington nous accompagna à nouveau. Je ne puis dire s'il voulait entrer ainsi dans les bonnes grâces de ma tante, mais dans ce cas, il aurait dû se conduire plus convenablement. Je dois admettre que je n'appréciai nullement son attitude pendant le service. Il tenait son livre de prières à l'envers, ouvert à n'importe quel passage, et ne faisait rien d'autre que d'examiner les fidèles; lorsque son regard rencontrait le mien ou celui de ma tante, il baissait les yeux sur son livre avec un faux air de sainteté qui aurait été risible en tout autre lieu. Pendant le sermon, après avoir observé attentivement Mr Leighton pendant quelques minutes, il saisit brusquement sa Bible; comme il vit que j'avais aperçu son geste, il me murmura qu'il voulait noter les paroles du prêtre; mais comme je me trouvais assise tout près de lui, je vis bien qu'il faisait une caricature du vieux gentleman et qu'il transformait le vieux prêtre respectable et pieux en un vieil hypocrite à la figure absurde. Et pourtant, sur le chemin du retour, il discuta le sermon avec tant de sens critique que l'on aurait pu croire qu'il avait été un auditeur des plus attentifs.

Quelques minutes ayant le dîner, mon oncle me fit appeler dans la bibliothèque pour une discussion sérieuse au sujet d'une question importante que nous liquidâmes en quelques instants.

— Voyons, Nell, dit-il, ce jeune Huntington m'a demandé ta main; que dois-je répondre? Ta tante dirait: «Non»... et toi, que dis-tu?

— Je dis «Oui», mon oncle, répondis-je sans la moindre hésitation; ma décision était prise depuis longtemps.

— Parfait! s'écria-t-il. Voilà au moins une réponse honnête et directe. Les jeunes filles ne sont pas si sincères d'habitude! J'écrirai à ton père demain. Il ne refusera pas son consentement; tu peux donc considérer cette question comme résolue. Je puis cependant t'assurer que tu aurais mieux fait de choisir Wilmot, mais, bien sûr, tu ne me croiras pas. À ton âge, l'amour est le seul maître en la matière; au mien, c'est plutôt l'argent et tout ce qu'il apporte. Je suppose que tu n'as pas pensé à fourrer ton nez dans les affaires de ton futur et que tu ne sais rien de ses finances?

— Cela ne me viendrait pas à l'idée.

— Tu peux remercier le ciel que d'autres s'en chargent à ta place. Je n'ai pas encore examiné en détail les finances de ce jeune bandit, mais j'ai pu me rendre compte qu'une grande partie de son patrimoine est déjà dilapidée; mais je crois que ce qui reste est encore appréciable, surtout si ces biens étaient convenablement administrés; il nous reste à persuader ton père de te donner une fortune décente puisqu'il n'a qu'un autre héritier, et si tu te conduis bien, je pourrais peut-être me souvenir de toi lorsque je dresserai mon testament, continua-t-il en se pinçant le nez et en clignant d'un œil.

— Merci mon oncle, pour toutes vos gentillesses présentes et futures, répondis-je.

— J'ai aussi questionné cette jeune lumière en ce qui concerne le contrat de mariage et il semble disposé à être généreux…

— Cela ne m'étonne pas! dis-je. Mais, de grâce, ne vous creusez pas la cervelle à ce sujet car tout ce que j'ai sera à lui et tout ce qu'il a sera à moi; et que pourrions-nous demander de plus?

Il me rappela tandis que je me dirigeais vers la porte.

— Attends un instant, dit-il, nous n'avons pas encore fixé la date. Quand veux-tu? Si nous laissons faire ta tante, elle reportera la cérémonie jusqu'à Dieu sait quand, mais lui semble pressé de se mettre la corde au cou : il refuse d'attendre plus d'un mois; et je suppose que tu seras de son avis…

— Mais pas du tout, mon oncle; bien au contraire, j'aimerais attendre au moins jusqu'à Noël.

— Taratata…! Ne raconte pas d'histoires! s'écria-t-il, refusant de me croire.

Et pourtant il est bien vrai que je ne désire pas me marier avant Noël. Je ne suis vraiment pas pressée.

Comment pourrais-je souhaiter qu'un si grand changement s'effectue avec tant de hâte? Savoir que nous serons unis un jour suffit à mon bonheur; il m'aime, et je le lui rends bien! Je puis penser à lui tout au long du jour. J'assurai donc à mon oncle que je désirais avant tout consulter ma tante à ce sujet et que je suivrais ses conseils. Aucune décision n'a encore été prise jusqu'à présent.

## 21

*1ᵉʳ octobre.* – Tout est décidé maintenant ; mon père a donné son consentement et le mariage aura lieu à Noël, cette date étant un compromis entre les partisans d'un mariage rapide et ceux d'un long délai. Millicent Hargrave sera ma première demoiselle d'honneur, et Annabella Wilmot sera la seconde ; ce n'est pas qu'elle soit une de mes amies intimes, mais la famille la reçoit et je ne connais personne d'autre pour la remplacer.

Millicent ne fut pas particulièrement enthousiaste lorsque je lui annonçai mes fiançailles ; elle me considéra silencieusement pendant quelques instants avant de dire :

— Je suppose que je devrais te féliciter, Helen ; je suis vraiment contente de te voir si visiblement heureuse, mais je n'ai jamais pensé que tu aurais accepté un tel prétendant ; et je me demande ce que tu lui trouves de si aimable.

— Que veux-tu dire ?

— Tu lui es tellement supérieure dans tous les domaines et il y a quelque chose de tellement casse-cou en lui ; je ne sais comme t'expliquer mes sentiments, mais j'ai toujours envie de m'enfuir lorsque je le vois.

— Ce n'est pas de sa faute si tu es timide, Millicent.

— On dit qu'il est beau, ajouta-t-elle, et c'est vrai, mais je n'aime guère ce genre de beauté ; et cela m'étonne que toi, tu puisses l'admirer.

— Explique-toi !

— Eh bien ! je ne trouve rien de noble ou de distingué dans son attitude.

— Au fond, tu te demandes comment je puis aimer un homme aussi différent des héros de roman ! Laisse-moi mon amoureux en chair et en os et je t'abandonne volontiers tous les sir Herberts et Valentin de la littérature, si tu peux les trouver dans notre milieu !

— Je n'ai pas besoin d'eux ! dit-elle. Moi aussi je préfère les héros bien vivants... encore faut-il que l'esprit soit plus fort que la chair et le sang dont tu parles. Mais ne trouves-tu pas que le visage de Mr Huntington est souvent si rouge ?

— Mais non ! m'écriai-je avec violence. Il n'est pas rouge du tout ! Il a simplement les couleurs que donne une bonne santé ; son teint rose s'harmonise parfaitement avec le rouge de ses pommettes. Je déteste les hommes pâles avec une rougeur aux joues qui leur donne l'aspect de poupées peintes ; et je n'aime pas plus les hommes tout pâles, ou noirauds, ou d'un jaune cadavérique !

— Les goûts et les couleurs... moi je les préfère pâles ou basanés, répondit-elle. Mais pour ne rien te cacher, Helen, j'avais espéré qu'un jour tu deviendrais ma sœur. J'espérais que Walter te serait présenté à la saison prochaine, je pensais que tu le trouverais sympathique et j'étais certaine qu'il t'aimerait ; je me flattais d'unir les deux êtres que j'aime le plus au monde, après ma mère. Il n'est peut-être pas ce que tu appelles «beau», mais il est beaucoup plus distingué, beaucoup plus gentil que Mr Huntington ; je suis persuadée que tu serais de mon avis si tu connaissais mon frère.

— C'est impossible, Millicent! Tu crois cela parce que tu es sa sœur; pour cela, je te pardonne car personne d'autre ne pourrait se permettre de critiquer Arthur Huntington de la sorte en ma présence, sans que je me fâche!

Miss Wilmot s'exprima tout aussi franchement; elle s'avança vers moi avec un sourire rien moins qu'aimable et dit:

— Il paraît que vous allez devenir Mrs Huntington, Helen?

— C'est exact, répondis-je, n'êtes-vous pas jalouse?

— Seigneur, non! s'exclama-t-elle. Je serai sans doute lady Lowborough un jour ou l'autre, et ce sera mon tour de vous demander: «N'êtes-vous pas jalouse, ma chère?»

— Dorénavant, je n'aurai plus personne à envier.

— Êtes-vous vraiment si heureuse? dit-elle d'un ton pensif, et une ombre qui pouvait être du désappointement obscurcit son visage. Et lui, vous aime-t-il, je veux dire vous idolâtre-t-il autant que vous l'adorez?

Elle attendait ma réponse avec une anxiété mal déguisée.

— Je n'ai nullement besoin que l'on m'adore, répondis-je, mais je sais qu'il m'aime plus que n'importe qui d'autre au monde... et que pour moi il est l'unique.

— Parfaitement, dit-elle en hochant la tête, je voudrais que...

Elle s'interrompit.

— Que voudriez-vous? répliquai-je, un tant soit peu énervée par sa véhémence.

— Je voudrais que toutes les qualités et les beautés des deux gentlemen se trouvent réunies dans un seul personnage... que lord Lowborough possède la beauté, le bon caractère, l'esprit et le charme de Huntington ou que celui-ci soit d'aussi bonne lignée et aussi bien titré que lord Lowborough, répondit-elle avec un rire bref. Dans ce cas, je prendrais Huntington et je vous laisserais volontiers l'autre !

— Grand merci, chère Annabella, je préfère laisser les choses telles qu'elles sont ; je vous souhaite d'être aussi heureuse que moi de ces projets de mariage, répondis-je.

Et c'était la vérité, car, si j'avais d'abord été vexée par son manque de gentillesse, sa franchise me touchait et nos situations réciproques étaient tellement différentes que je pouvais me permettre d'avoir pitié d'elle et de lui souhaiter bonne chance.

Les amis de Mr Huntington ne semblaient pas plus ravis que les miens. Le courrier du matin lui apporta quelques lettres qu'il parcourut à la table du déjeuner ; ses grimaces et ses froncements de sourcils excitèrent la curiosité des convives. Mais il enfonça les missives dans sa poche en ricanant doucement, et ne dit plus rien jusqu'à la fin du repas. Tandis que nos invités se réunissaient autour du foyer ou s'attardaient dans la pièce avant que chacun se dirige vers ses occupations matinales, il s'approcha de moi et, se penchant sur le dossier de ma chaise, le visage contre mes cheveux, il commença par me donner un léger baiser, puis déversa un flot de plaintes dans mon oreille :

— Helen, jeune sorcière, savez-vous que vous attirez sur moi les malédictions de tous mes amis ? Je leur ai écrit, il y a quelques jours, pour leur annoncer la bonne nouvelle et au lieu des félicitations que j'attendais, j'ai reçu ce matin une avalanche d'amers reproches. Pas un mot gentil pour moi, pas un souhait aimable pour vous. Ils disent que, par ma faute, nos joyeux festins et nos folles nuits vont se terminer, que je suis le premier de la bande à abandonner et que d'autres, par désespoir, suivront mon mauvais exemple. Ils me font l'honneur de me dire que j'étais le boute-en-train de toutes les réunions et que je les ai honteusement trahis...

— Vous pouvez aller les retrouver, si vous préférez, dis-je, vexée par ses lamentations. Je ne désire nullement me trouver entre vous et un autre homme, ou plutôt tout un groupe d'hommes qui vous apportaient tant de joie ; peut-être me passerai-je plus facilement de vous que vos pauvres amis abandonnés.

— Dieu m'en préserve ! murmura-t-il. Pour moi, c'est : Vive l'amour et que le monde périsse ! Qu'ils aillent au d... Qu'ils retournent d'où ils viennent, pour ne pas être impoli. Mais si vous saviez comme ils m'insultent, Helen, vous m'aimeriez davantage pour avoir risqué cela pour vous.

Il retira de sa poche les lettres chiffonnées. Je pensai qu'il voulait me les montrer et je lui dis que je ne désirais nullement les lire.

— Je n'ai pas l'intention de vous les montrer, chérie, dit-il. Elles n'ont pas été écrites pour tomber dans les mains d'une jeune fille ! Mais écoutez ceci : le gribouillage de Grimsby... rien que trois lignes, ce vieux grognon !... Il n'écrit pas grand-chose, mais ses trois lignes en disent plus long que toutes les autres lettres réunies ! Celle-ci est de Hargrave : il m'en veut tout particulièrement, car, sans vous avoir jamais vue, il était amoureux du portrait de vous que lui faisait sa sœur et avait l'intention de vous épouser lui-même dès qu'il aurait fini de jeter sa gourme !

— Je lui suis fort obligée, remarquai-je.

— Moi aussi, dit-il. Cette lettre-ci est signée Hatterley : chaque page est couverte d'accusations, d'amères injures, de lamentations et il termine en disant qu'il se mariera aussi par pur désir de vengeance ; il se jettera dans les bras de la première vieille fille qui lui mettra le grappin dessus... comme si cela pouvait m'intéresser !

— En tout cas, dis-je, si vous cessez toute relation régulière avec ces messieurs, je ne pense pas que ce sera une grande perte ; car j'ai toujours pensé que leur compagnie ne vous apportait rien de bon.

— Peut-être... mais nous avons passé des heures joyeuses ensemble, heures parfois de tristesse et de regrets... comme Lowborough l'a appris à ses dépens... ah, ah !...

Tandis qu'il se moquait des ennuis de Lowborough, mon oncle s'approcha de nous et lui frappa sur l'épaule :

— Venez, mon garçon ! Cessez de faire la cour à ma nièce et venez faire la guerre à mes faisans !... C'est aujourd'hui le premier octobre ! Le soleil brille... la pluie a cessé... même Boarham enfile ses bottes imperméables ; et Wilmot et moi sommes bien décidés à vous distancer tous. J'affirme que les vieux comme nous sont les meilleurs sportifs !

— Je vais vous montrer de quoi je suis capable, dit mon compagnon. Je vais en descendre treize à la douzaine rien que pour me venger sur eux de m'arracher à si charmante compagnie.

Il s'éloigna en disant ces mots et je ne le revis plus avant le dîner. Le temps me sembla long, je ne puis déjà plus me passer de lui. Il est exact que jusqu'à présent les vieux s'étaient montrés plus sportifs que les jeunes ; lord Lowborough et Arthur Huntington n'avaient pris aucune part dans les expéditions de chasse journalière et avaient préféré nous accompagner dans la campagne. Mais les joyeuses vacances s'écoulent trop vite ; après une quinzaine les invités commencèrent à nous quitter ; à mon grand regret, car je m'amusais fort maintenant que Mr Boarham et Mr Wilmot avaient cessé de me taquiner, que ma tante avait interrompu ses sermons, que je n'étais plus jalouse d'Annabella, que j'avais même cessé de la détester… et que surtout Arthur était bien à moi et que je pouvais le voir tant que je désirais. Que vais-je devenir lorsqu'il devra partir?

## 22

*5 octobre.* – Ma coupe de douceur n'est pas sans amertume; je ne puis me dissimuler plus longtemps que tout n'est pas parfait. Je tente de me persuader que la douceur est plus grande que l'amertume, que celle-ci n'est qu'un vague parfum, mais je ne puis m'empêcher de la sentir.

Il m'est impossible d'ignorer les défauts d'Arthur, et plus je l'aime plus ses défauts m'inquiètent. Ce cœur que je croyais si grand n'est pas aussi généreux qu'on pourrait le penser. Aujourd'hui même, il a montré un côté de son caractère que l'on pourrait difficilement appeler insouciance. Nous faisions à quatre, lui, Annabella, lord Lowborough et moi, une délicieuse promenade à cheval; il chevauchait à mon côté, tandis qu'Annabella et lord Lowborough nous précédaient selon leur habitude; ce dernier était penché vers sa compagne comme pour lui glisser quelques paroles tendres et confidentielles à l'oreille.

— Ces deux-là vont nous devancer si nous n'y prenons garde, Helen, remarqua Huntington. Il est évident qu'ils vont se marier. Lord Lowborough est littéralement subjugué, mais je me demande s'il sait ce qui l'attend.

— Elle non plus n'aura pas la vie facile, dis-je, si ce que l'on raconte est vrai.

— Tout cela n'est pas exact. Elle a d'ailleurs les yeux bien ouverts : mais lui, pauvre idiot, s'imagine qu'elle fera une bonne épouse et parce qu'elle a eu l'habileté de lui faire croire qu'elle n'attachait aucune importance au rang et à la fortune, il se flatte d'être aimé pour lui-même et la croit prête à partager sa pauvreté.

— Mais n'est-ce pas lui qui cherche un bon parti ?

— Certainement pas. Il a d'abord été attiré par sa fortune, je l'admets, mais il a oublié cela maintenant et il considère simplement qu'un peu d'argent est nécessaire pour que ce mariage soit possible. Non, je vous assure qu'il est vraiment amoureux d'elle. Il pensait que cela ne pourrait plus jamais lui arriver mais il se trompait. Il était fiancé, il y a deux ou trois ans, mais il perdit sa promise en même temps que sa fortune. Il suivait un mauvais chemin à Londres ; il aimait trop le jeu et semblait né sous une étoile maléfique car il perdait trois fois sur quatre. C'est un genre de mortification qui ne m'a jamais beaucoup attiré. Lorsque je dépense mon argent j'aime savoir à quoi ; je ne vois pas ce qu'il y a d'excitant à le jeter à des voleurs et à des escrocs ; je n'ai jamais non plus cherché à en gagner car j'en ai toujours eu suffisamment ; il est toujours temps de chercher à en avoir plus lorsque l'on voit venir la fin de sa fortune. Mais je suis parfois entré dans une de ces salles de jeux pour observer les folles variations de la chance ; c'est une étude fort intéressante, je vous assure, Helen, parfois même divertissante. J'ai ri plus d'une fois en observant ces nigauds et ces piliers d'asile d'aliénés. Lowborough était pris dans l'engrenage, bon gré, mal gré ; il était toujours bien décidé à ne plus y mettre les pieds mais il revenait, par nécessité. Chaque essai devait être le dernier ; mais gagnait-il quelques louis, il espérait en gagner un peu plus la fois suivante ; perdait-il, il voulait tenter de remonter la pente, de regagner tout au moins ce qu'il venait de perdre ; il se leurrait de l'espoir que la malchance ne peut durer toujours ; et chaque bon coup de dés était l'aube de temps meilleurs jusqu'à ce que l'expérience prouve le contraire. Son cas devint désespéré et nous nous attendions chaque jour à un suicide ; certains murmuraient que ce ne serait pas une grande perte, car notre club n'était plus fier de le compter parmi ses membres. Il finit pourtant par s'arrêter ; il misa une grosse somme qui devait être la dernière, qu'il perde ou qu'il gagne. Il avait pris cette décision plusieurs fois déjà et n'avait jamais tenu sa promesse. Il en fut de même une fois de plus : il perdit, et tandis que son adversaire ramassait les enjeux en souriant, il devint livide, se redressa silencieusement en essuyant son front tout moite de sueur. Je me trouvais près de lui, ce jour-là et tandis qu'il se trouvait là, les bras croisés et les yeux rivés au sol je pouvais deviner ce qu'il pensait.

— Est-ce vraiment la dernière fois, Lowborough ? dis-je en m'avançant vers lui.

— L'avant-dernière, dit-il avec un rictus amer, il se précipita vers la table qu'il frappa du poing ; puis il éleva la voix pour couvrir le bruit des jetons que l'on maniait avec frénésie et des jurons grommelés par les malchanceux, et fit serment de ne plus jamais jouer après ce dernier essai ; que les pires malédictions pleuvent sur sa tête, s'il touchait jamais à une autre carte et s'il secouait encore le cornet de dés. Il doubla alors sa dernière mise et défia tous les joueurs présents. Grimsby réagit instantanément et Lowborough le regarda avec fièvre, car il était connu comme un joueur aidé par la chance. Ils se mirent donc à jouer ; Grimsby possédait une grande adresse et un manque total de scrupules ; je ne sais s'il profita de l'avidité aveugle de son adversaire pour tricher, mais Lowborough perdit une fois de plus et s'écroula sur son siège.

— Vous feriez mieux d'essayer encore une fois, dit Grimsby en se penchant sur la table et en me faisant un clin d'œil.

— Avec quoi ? dit le pauvre diable en souriant lugubrement.

— Huntington vous prêtera ce que vous voudrez, dit l'autre.

— Non, vous avez tous entendu mon serment, répliqua Lowborough en se détournant, le désespoir inscrit sur son visage.

Je lui pris le bras et je le conduisis à l'extérieur.

— Est-ce la dernière fois, Lowborough ? demandai-je lorsque je l'eus entraîné dans la rue.

— La toute dernière, répondit-il, ce qui ne fut pas sans m'étonner.

Je le ramenai à notre club, docile comme un enfant, et je lui administrai du cognac jusqu'à ce qu'il retrouvât un semblant de gaieté.

— Huntington, je suis ruiné ! dit-il en m'arrachant le troisième verre des mains, il avait avalé les deux autres sans proférer une parole.

— Sans importance ! Vous découvrirez bien vite qu'un homme peut vivre sans argent comme une tortue peut vivre sans tête et une guêpe sans son corps.

— Mais j'ai des dettes... j'y suis plongé jusqu'au cou ! Je n'en sortirai jamais !

— Et après ? Vous ne serez pas le premier à vivre et à mourir criblé de dettes ; un pair ne peut aller en prison, vous le savez sans doute ? Et je lui tendis son quatrième gobelet.

— Mais j'ai les dettes en horreur ! cria-t-il. Je ne suis pas né pour cela et je ne puis le supporter.

— Ce qui ne peut être changé doit être supporté, dis-je en lui préparant son cinquième verre.

— Et j'ai même perdu ma Caroline.

Il commença à renifler, car le cognac lui donnait le cœur tendre.

— Sans importance, répondis-je, il y a encore d'autres Caroline sur la terre.

— Il n'y en a qu'une pour moi, répondit-il avec un soupir poignant. Et même s'il en existe cinquante autres… comment les conquérir sans un penny?

— Quelqu'un vous prendra pour votre titre, et vous avez encore la propriété familiale, qui est un bien inaliénable.

— Si seulement je pouvais la vendre pour payer mes dettes, grommela-t-il.

— Vous pouvez encore tenter votre chance, dit Grimsby qui entrait dans la pièce. Je ne m'arrêterais pas là à votre place.

— Je vous dis que je ne veux plus jouer! cria-t-il. Il se leva et quitta la pièce d'une démarche plutôt chancelante, car l'alcool lui montait à la tête. Il n'y était pas encore habitué, mais c'est à ce moment qu'il se mit à boire régulièrement pour oublier ses ennuis. Quoi que Grimsby fît pour l'entraîner, il tint son serment, ce qui ne fut pas sans nous étonner tous; il était maintenant l'esclave d'un autre vice, il découvrit très vite que le démon de la boisson était aussi malfaisant que celui du jeu et presque aussi difficile à abandonner; d'autant plus que quelques charmants amis l'encourageaient dans cette voie.

— C'étaient donc de véritables démons, m'écriai-je, incapable de maîtriser mon indignation. Et vous, Mr Huntington, il semble que vous fûtes le premier à le tenter?

— Que pouvions-nous faire? répondit-il avec mépris. Nous étions bourrés de bonnes intentions mais nous ne pouvions supporter de voir le pauvre diable aussi accablé; en outre, lorsqu'il restait assis dans un coin, morne et silencieux, portant sur ses épaules l'abandon de sa fiancée, la perte de sa fortune… et le contrecoup de sa dernière débauche, il jetait un tel froid sur nos petites réunions! Mais lorsqu'il avait vidé quelques verres, il devenait des plus divertissants. Il parvenait même à faire pouffer de rire Grimsby par des saillies plus amusantes que les blagues que je racontais ou que l'exubérante gaieté de Hattersley. Nous nous trouvions, un soir, réunis autour d'une bonne bouteille après un dîner au club, Lowborough portait les toasts les plus saugrenus et applaudissait nos chansons; brusquement, il devint silencieux, enfouit la tête dans ses mains et ne porta plus une seule fois son verre à ses lèvres; comme nous étions habitués à ses sautes d'humeur, nous continuâmes nos libations sans nous occuper de lui, quand il leva brusquement la tête pour interrompre un éclat de rire général par ces mots :

— Où tout ceci finira-t-il, gentlemen? Je vous le demande? Où tout cela finira-t-il?

Puis il se leva.

— Un discours! Un discours! criâmes-nous en chœur. Silence! Silence! Lowborough va faire un discours!

Il attendit que le bruit des applaudissements et des verres entrechoqués diminuât pour continuer :

— Je n'ai qu'un mot à dire, gentlemen… Je crois que nous devrions nous arrêter sur cette pente… tant que nous le pouvons encore.

— Tout simplement! dit Hattersley :

*Arrête, pauvre pécheur, arrête et réfléchis*
*Avant d'aller plus loin,*
*Ne gambade pas plus longtemps sur les bords*
*De la damnation éternelle.*

— C'est exactement cela, répondit gravement Sa Grâce. S'il vous plaît de visiter la fosse infernale, je ne vous accompagnerai pas... nous devons nous quitter, car je vous jure que je ne ferai pas un pas de plus vers la perdition ! Quelle est cette boisson ? demanda-t-il en prenant son verre.

— Goûte-la, suggérai-je.

— C'est un breuvage infernal ! s'exclama-t-il. J'y renonce pour toujours ! Et il jeta le contenu de son verre sur la table.

— Remplis-le une fois encore, dis-je en lui tendant la bouteille, et laisse-nous porter un toast à ton serment !

— C'est le plus horrible des poisons, dit-il en empoignant le col de la bouteille, et je le renie ! J'ai renoncé au jeu et je saurai renoncer à ceci !

Il se préparait à renverser le contenu de la bouteille sur la table, mais Hargrave la lui arracha de force. « Soyez donc damnés », dit-il. Il quitta la pièce à reculons en criant : « Adieu ! vils tentateurs ! » Il disparut parmi les cris, les rires et les applaudissements.

— Nous pensions le revoir dès le lendemain, mais sa place resta vide à notre grande surprise ; nous ne le vîmes pas de toute la semaine et nous commencions à croire qu'il tiendrait parole. Finalement, un soir que la plupart d'entre nous se trouvaient à nouveau réunis, il entra, aussi silencieux et aussi lugubre qu'un fantôme. Il se disposait à s'asseoir calmement à côté de moi, à sa place habituelle, mais nous nous levâmes tous pour l'accueillir et plusieurs mains lui tendirent un verre ; mais je savais ce qu'il lui fallait et je lui préparai un bol de punch brûlant, mais il repoussa cette boisson en disant :

— Laisse-moi tranquille, Huntington ! Taisez-vous donc tous ! Je ne suis pas venu pour me joindre à vous ;

je cherche simplement à fuir la solitude, car je ne puis plus supporter mes propres pensées.

Il croisa les bras et s'appuya au dossier de sa chaise, et nous jugeâmes bon de ne plus nous occuper de lui. Mais je laissai le verre plein devant lui; après quelques instants, Grimsby attira mon attention par un clin d'œil; je tournai la tête et je vis que le verre de Lowborough était vidé jusqu'à la dernière goutte. Grimsby me tendit la bouteille et me fit signe de le remplir, ce que je fis volontiers; mais Lowborough avait remarqué notre pantomime et, vexé par nos petits signes d'intelligence, il m'arracha le verre et en lança le contenu à la figure de Grimsby; il m'envoya ensuite le gobelet vide et s'enfuit de la pièce.

— J'espère qu'il vous a fendu le crâne, dis-je.

— Non, chérie! répondit-il en riant bruyamment au souvenir de cette scène. Il l'aurait fait volontiers et non seulement mon crâne, mais aussi ma figure si cette forêt de boucles n'avait amorti le choc et empêché le verre de se briser avant d'avoir atteint la table; en disant ces mots, Huntington avait enlevé son chapeau pour étaler sa luxuriante chevelure brune.

— Après cette petite comédie, continua-t-il, Lowborough fut invisible pendant une quinzaine de jours. Je le rencontrais parfois en ville et, comme j'étais trop bon garçon pour lui garder rancune, il bavardait volontiers avec moi; il s'accrochait même à moi et me suivait partout; partout sauf au club, aux maisons de jeux et à d'autres lieux de perdition, tant il était ennuyé par son propre personnage et sa mélancolie. Je parvins finalement à l'entraîner jusqu'au club après avoir formellement promis de ne pas le pousser à boire; pendant quelque temps, il continua à nous faire des visites régulières, s'abstenant avec une magnifique persévérance de toucher aux «vils poisons». Mais quelques membres du club protestèrent ; ils n'aimaient pas l'avoir devant eux, assis sur une chaise, aussi lugubre qu'un macchabée, au lieu de prendre part à la gaieté générale. Il était comme un nuage suspendu sur nos têtes ; ils prétendaient même qu'il suivait avidement des yeux chaque verre qu'ils portaient à leurs lèvres ; certains assuraient qu'il fallait le forcer à se conduire comme tout le monde ou l'expulser sans autres formes ; ils jurèrent que s'il se montrait encore, ils se chargeraient de le lui faire comprendre clairement. Je pris son parti et je leur demandai de le laisser en paix pour quelque temps, en leur assurant qu'avec un peu de patience nous retrouverions certainement l'ancien Lowborough. Mais j'admets que son attitude appelait les quolibets, car s'il refusait de boire comme un bon chrétien, je savais qu'il avait toujours une bouteille de laudanum en poche ; certains jours, il s'abstenait d'y toucher pour en abuser le lendemain tout comme il le faisait jadis pour l'alcool.

Une nuit cependant, alors que nous étions plongés dans une de nos orgies – je veux dire dans une de nos réjouissances habituelles –, il entra, ou plutôt se glissa dans la pièce comme le fantôme dans *Macbeth*, et il s'assit comme d'habitude, un peu en retrait, sur la chaise que nous placions toujours là pour celui que nous appelions «le spectre». Son visage portait les traces des excès de la semaine ; il avait certainement ingurgité une forte dose de son dangereux réconfortant. Personne ne lui adressa la parole et il ne dit pas un mot. À son entrée, il avait été reçu par quelques regards en coulisse et quelqu'un avait murmuré que «le fantôme était arrivé». Nous poursuivîmes nos réjouissances sans plus nous occuper de lui. Tout à coup, il nous surprit en rapprochant sa chaise de la table et, penché sur ses coudes, il s'exclama sur un ton des plus solennels :

— Je me demande ce qui peut bien vous réjouir de la sorte! Je ne vois pas ce qu'il y a de drôle dans la vie... je ne vois que l'obscurité la plus noire, je ne vois que des gens effrayés par ce que l'on pourrait penser d'eux et d'autres qui s'indignent de l'attitude de leurs semblables.

Tous ceux qui se trouvaient présents poussèrent immédiatement leur verre vers lui; je les alignai en demi-cercle et, lui frappant amicalement dans le dos, je lui conseillai de boire s'il voulait trouver la vie aussi belle que nous la trouvions, mais il les repoussa en grommelant:

— Enlève tout cela! Je n'en boirai plus une goutte!... je ne veux pas... je ne veux pas!

Je les tendis donc à chacun, mais je remarquai qu'il suivait mes mouvements avec un regard avide. Puis il appuya violemment ses deux mains sur ses yeux comme pour ne plus voir les verres pleins. Deux minutes plus tard, il leva brusquement la tête et murmura d'une voix rauque:

— Il m'en faut pourtant! Huntington, donne-moi un verre!

— Prends la bouteille, mon vieux! dis-je en lui mettant le flacon de brandy dans la main... mais j'en dis trop, s'interrompit le narrateur en remarquant le regard que je lui lançais. Mais tant pis, ajouta-t-il en continuant imperturbablement son récit. Il s'empara donc de la bouteille avec une avidité désespérée et but à même jusqu'à ce qu'il tombât brusquement de sa chaise et roulât sous la table au milieu d'un tonnerre d'applaudissements. Le résultat de cette imprudence fut assez désastreux; il souffrit d'une sorte d'attaque d'apoplexie suivie d'une fièvre cérébrale...

— Et étiez-vous content de vous, monsieur? dis-je brusquement.

— Je me sentais coupable, répondit-il. Je lui rendis visite une ou deux, non trois fois, mais non, certainement quatre fois, et lorsqu'il fut convalescent, je le ramenai tendrement dans le droit chemin.

— Qu'entendez-vous par là?

— Je veux dire que je le fis rentrer au sein de notre petite confrérie et je lui conseillai, vu l'extrême faiblesse de sa santé et la mélancolie qui l'habitait, de prendre un peu de vin pour se remettre l'estomac d'aplomb. Bientôt il fut assez bien pour adopter ma politique du juste milieu: il ne fallait pas qu'il se tuât à boire, mais il ne devait pas non plus se conduire comme un bébé; en bref, il devait profiter de la vie comme un être doué de bon sens et faire comme moi: car il ne faut pas croire, Helen, que je sois un ivrogne; je ne suis rien de la sorte, je ne l'ai jamais été et je ne le serai jamais. J'aime beaucoup trop mes aises pour cela. J'ai remarqué qu'un homme ne peut s'adonner à la boisson sans être malheureux la moitié du temps et fou l'autre moitié; de plus, j'aime jouir de tous les biens de la vie, ce que ne peut faire un homme qui est l'esclave d'une habitude... d'ailleurs la boisson abîme les jolis garçons, conclut-il avec un sourire des plus fats qui aurait dû provoquer de plus vives réactions de ma part.

— Et lord Lowborough profita-t-il de vos conseils? demandai-je.

— Eh bien! oui, d'une certaine façon. Pendant quelque temps, il se débrouilla fort bien; en fait, il était un modèle de modération et de prudence, presque trop prudent pour notre goût; mais il se trouva que Lowborough n'était pas doué pour la modération; au moindre faux pas, il était perdu; si, un soir, il dépassait la limite, les effets de ses abus le rendaient si mélancolique qu'il fallait qu'il recommence dès le lendemain; et ainsi, de jour en jour, jusqu'à ce que les clameurs de sa conscience freinent sa chute. Lorsqu'il était sobre, il devenait si ennuyeux et ne parlait que de ses remords, de ses terreurs et de ses péchés, de sorte que ses amis étaient forcés, pour se défendre, de l'aider à noyer ses remords dans le vin, ou dans tout autre breuvage plus puissant qu'ils avaient sous la main; lorsque ses premiers scrupules étaient surmontés, il était pire que nous tous et n'avait plus besoin qu'on lui chante les bienfaits de l'alcool... mais il ne s'en lamentait que plus amèrement et maudissait sa propre vilenie et sa propre dégradation lorsque la crise était passée.

Jusqu'à ce qu'un jour, se trouvant seul avec moi, il sortit brusquement d'un de ses accès d'humeur noire et, m'agrippant le bras avec violence, il me dit:

— Huntington, cela ne peut continuer ainsi, je suis décidé à en finir.

— En finir? Vas-tu te tirer une balle dans la tête?

— Non, je vais me réformer.

— Ce n'est pas la première fois! Cela fait douze mois que tu en parles.

— Vous ne m'avez jamais laissé faire; et j'étais un tel sot que je ne pouvais me passer de vous. Mais maintenant je vois ce qui me retient, ce qui me manque pour réussir et je battrai le ciel et la terre pour le trouver... mais j'ai bien peur de ne jamais y arriver.

Et il soupira à fendre l'âme.

— Qu'est-ce donc, Lowborough, demandai-je, convaincu qu'il n'était plus tout à fait sain d'esprit.

— Une épouse, répondit-il; car je ne puis vivre tout seul, mes propres pensées me rendent fou et je ne puis vivre avec toi car tu réveilles tout ce qu'il y a de mauvais en moi.

— Qui?... moi?...

— Oui, toi et les autres, et toi plus que tous les autres. Mais si je pouvais me marier avec une femme assez riche pour payer toutes mes dettes et me remettre sur pied…

— Bien sûr, dis-je.

— Et trouver en elle assez de bonté et de douceur pour me faire une maison acceptable et me réconcilier avec moi-même. Une chose est certaine, je ne serai plus jamais amoureux, mais peut-être cela n'a-t-il pas tant d'importance, cela me permettra de choisir les yeux bien ouverts et je ferai certainement un bon mari malgré tout. Mais une femme pourrait-elle m'aimer?… voilà la question. Si j'avais ta beauté et ton charme, je pourrais espérer, mais crois-tu, Huntington, qu'une femme voudrait de moi comme je suis. Ruiné et en assez piteux état.

— Sans aucun doute.

— Mais qui?

— N'importe quelle vieille fille proche du désespoir serait ravie de…

— Non et non, dit-il, je dois pouvoir l'aimer.

— Tu viens de dire que tu ne pourras plus jamais aimer!

— Aimer n'est peut-être pas le mot exact… mais je dois au moins éprouver de la sympathie pour ma future. En tout cas, je suis prêt à la chercher dans toute l'Angleterre, cria-t-il plein d'espoir ou de désespoir, et il était difficile de savoir lequel de ces sentiments l'emportait. Que je réussisse ou que j'échoue, cela vaudra mieux que ce lent suicide dans votre damné club : je lui dis adieu et à toi aussi par la même occasion. Je serai toujours heureux de te rencontrer sous le toit d'un honnête chrétien, mais tu ne m'entraîneras plus dans cette antichambre de l'enfer!

Ce langage était assez vulgaire, mais je lui tendis cependant la main et nous nous séparâmes. Il tint parole, pour autant que je puisse le savoir. Il s'est fort bien conduit depuis, mais je n'ai guère eu l'occasion de le rencontrer. Il lui arrivait de rechercher ma compagnie, mais la plupart du temps il me fuyait comme on fuit la tentation ; de mon côté, je le trouvais rien moins que divertissant car il cherchait à me ramener dans le droit chemin. Chaque fois que nous nous rencontrions par hasard, je lui demandais des nouvelles de sa chasse matrimoniale ; en général, il n'avait pas grand-chose à me conter. Les mères fuyaient ce prétendant aux coffres vides, ce joueur réputé, et les jeunes filles n'étaient guère attirées par son humeur mélancolique et son front soucieux ; de plus, il ne comprenait pas les femmes et manquait totalement d'assurance.

Il cherchait toujours lorsque je m'embarquai pour le continent et, à mon retour, à la fin de l'année, il était toujours célibataire et inconsolable, mais peut-être était-il un peu moins fantomatique. Les jeunes filles n'avaient plus peur de ce prétendant et commençaient à le trouver intéressant, mais les matrones étaient toujours irréductibles. C'est à peu près à cette époque que mon bon ange m'amena près de vous, Helen, et, depuis, je n'ai plus d'yeux ni d'oreilles pour personne d'autre. De son côté, Lowborough avait fait la connaissance de votre charmante amie, miss Wilmot. Lui aussi croit que son bon ange est intervenu, car il n'osait espérer attirer l'attention d'une jeune personne aussi courtisée. Lorsqu'ils se trouvèrent ensemble à Staningley et que miss Wilmot se trouva sans autre prétendant pour l'aider à passer le temps, elle lui prodigua tous les encouragements possibles. Il commença à espérer que des jours meilleurs pointaient à l'horizon ; pendant quelque temps, je me trouvai entre lui et son étoile et il faillit sombrer à nouveau dans le désespoir, mais lorsque j'abandonnai miss

Wilmot pour un plus pur trésor, il reprit sa cour avec ardeur. En un mot, comme je vous l'ai déjà dit, il est complètement enivré. Au début, il voyait clairement ses défauts, mais maintenant sa passion, ajoutée à l'habileté de la demoiselle, l'a rendu complètement aveugle. Hier soir, il est venu me parler, débordant d'une félicité toute neuve :

— Huntington, je ne suis pas un paria, s'écria-t-il en me saisissant la main et en la serrant à la briser. Je puis encore être heureux, même dans cette vie... Elle m'aime !

— Vraiment ! dis-je. Elle te l'a dit ?

— Non, mais je ne puis en douter plus longtemps. Ne vois-tu pas combien elle est aimable et affectueuse ? Elle n'ignore plus à quel point je suis pauvre et cela lui est indifférent ! Elle sait quelles folies j'ai commises et elle ne craint pas de me faire confiance pour l'avenir mon titre ne l'impressionne pas. Elle est la créature la plus généreuse qui existe. Elle me sauvera corps et âme de la destruction. Elle m'a rendu confiance en moi-même, elle m'a rendu meilleur, plus sage, plus grand ! Si je l'avais connue plus tôt, combien de dégradation et de misère je me serais épargnées ! Qu'ai-je fait pour mériter une telle créature ?...

— Et le plus drôle, continua Mr Huntington en riant, c'est que cette habile petite vipère n'aime en lui que son titre, son lignage et ce banc vermoulu à l'église.

— Qu'en savez-vous ? demandai-je.

— Elle me l'a dit elle-même. Elle disait : « Quand à l'homme lui-même, je le méprise, mais je trouve qu'il est temps que je choisisse un partenaire et s'il me fallait attendre de trouver l'homme idéal, je risquerais de finir ma vie dans un bienheureux célibat, car je vous déteste tous ! » Ha ! ha ! Je pense qu'elle a tort sur ce point, mais il est évident qu'elle n'aime pas le pauvre diable.

— Dans ce cas, vous devriez le lui dire.

— Comment? mais je déjouerais tous les plans de cette pauvre fille! Ce serait un abus de confiance, n'est-ce pas, Helen? Ah! ah! De plus, il aurait le cœur brisé.

Et il rit de plus belle.

— En tout cas, je ne vois pas ce que tout cela a de tellement amusant, Mr Huntington. Il n'y a vraiment pas de quoi rire.

— Je me moque de vous pour l'instant, ma chérie, dit-il en redoublant ses pitreries.

Je l'abandonnai à sa gaieté; je touchai Ruby du bout de mon fouet pour rejoindre les autres invités; nous avions ralenti l'allure tout en bavardant et les autres se trouvaient loin de nous, Arthur me rejoignit très rapidement, mais comme je ne me sentais pas disposée à bavarder avec lui, je partis au galop. Il poussa lui aussi son cheval et nous rejoignîmes bientôt miss Wilmot et lord Lowborough. J'évitai de lui parler jusqu'à notre retour; j'avais l'intention de descendre seule de cheval et de disparaître avant qu'il eût l'occasion de m'offrir son aide; mais tandis que je détachais ma jupe d'amazone de la selle, il me souleva, me déposa à terre et, me tenant les deux mains, il assura qu'il ne me lâcherait que lorsque je lui aurais pardonné.

— Je n'ai rien à vous pardonner, dis-je. Vous ne m'avez pas offensée.

— Non, ma chérie... Dieu m'en préserve!... mais vous êtes vexée que ce soit à moi qu'Annabella ait confessé son manque d'amour pour Lowborough.

— Ce n'est pas cela qui me déplaît; c'est votre conduite envers votre ami que je blâme d'une façon générale; si vous souhaitez que j'oublie notre conversation, allez dire à votre ami quelle sorte de femme il aime avec tant d'ardeur; racontez-lui combien peu elle est digne d'un tel sentiment.

— Mais, Helen, je vous ai dit qu'il aurait le cœur brisé... ce serait un coup mortel pour lui... et un mauvais tour à jouer à Annabella. On ne peut lui venir en aide maintenant, il est trop tard. Elle est capable de lui cacher ses sentiments jusqu'à la fin du chapitre; dans ce cas, il sera aussi heureux de cette illusion que si c'était la réalité; peut-être découvrira-t-il la vérité seulement après avoir cessé lui-même de l'aimer; de toute façon, il est préférable qu'il apprenne lentement la vérité. Et maintenant, mon cher ange, j'espère que j'ai exposé clairement le cas et que vous êtes convaincue que je ne suis pas tellement méchant et ne puis faire ce que vous me demandez. Quels sont vos ordres? Parlez, et je ne serai que trop heureux d'obéir.

— Je ne désire rien d'autre, dis-je sans rien perdre de ma gravité, que de vous voir, à l'avenir, cesser de tourner en dérision les souffrances d'autrui; je voudrais vous voir défendre vos amis contre leurs propres vices au lieu de les encourager dans la mauvaise voie.

— J'essayerai de me souvenir des remontrances de mon guide angélique, dit-il, puis il baisa mes deux mains gantées et me laissa aller.

Je fus très surprise en entrant dans ma chambre de trouver Annabella debout devant mon miroir; elle examinait chacun des traits de son visage tout en jouant avec son fouet d'une main et en retenant sa longue jupe de l'autre.

«C'est sans aucun doute une femme superbe!» pensai-je en admirant sa silhouette longue et bien formée, sa brillante chevelure noire légèrement décoiffée par la course, son teint brillant de santé et ses yeux noirs plus pétillants que jamais. En m'apercevant, elle se retourna et s'exclama avec un rire plus malicieux que joyeux:

— Où donc êtes-vous restée si longtemps, Helen?

Et, sans prendre garde à la présence de Rachel, elle poursuivit:

— Je suis venue pour vous conter ce qui m'arrive: lord Lowborough me demande en mariage et j'ai été charmée d'accepter. N'êtes-vous pas jalouse, ma chère?

— Pas le moins du monde, «et je ne l'envie pas lui non plus», pensai-je intérieurement. L'aimez-vous, Annabella?

— Si je l'aime? Mais bien sûr, j'en suis follement amoureuse!

— Eh bien! j'espère que vous serez une bonne épouse.

— Merci, chère. Et qu'espérez-vous encore?

— J'espère que vous vous aimerez très fort et que vous serez tous deux très heureux.

— Merci! Et moi, j'espère que vous serez la digne épouse de Mr Huntington! dit-elle avec une révérence royale, puis elle se retira.

— Oh! mademoiselle, comment avez-vous pu lui dire cela? s'écria Rachel.

— Lui dire quoi?

— Que vous espériez qu'elle ferait une bonne épouse.

— Mais je l'espère vraiment... ou plutôt je le souhaite, car je crains que ce ne soit un cas désespéré!

— Eh bien! dit-elle, moi j'espère qu'il sera un bon mari. On raconte des choses étranges à l'office. Ils disaient...

— Je sais ce que l'on raconte à son sujet, Rachel; mais il a changé maintenant. D'ailleurs, les gens de l'office n'ont pas à critiquer nos invités.

— Je sais, mademoiselle; ils racontent d'ailleurs certaines choses à propos de Mr Huntington...

— Je ne veux pas les entendre, Rachel; ce sont des mensonges.

— Bien, madame, répondit-elle tranquillement en continuant à me coiffer.

— Croyez-vous tout cela, Rachel? demandai-je après un bref silence.

— Non, mademoiselle, pas du tout. Voyez-vous, quand plusieurs domestiques se trouvent réunis, ils aiment parler de leurs maîtres; certains, par vantardise, aiment faire croire qu'ils sont bien renseignés et cherchent à étonner les autres. Mais si j'étais à votre place, miss Helen, j'y regarderais à deux fois. Une jeune fille ne peut être trop prudente.

— Je suis bien d'accord, mais dépêchez-vous, Rachel, je suis pressée d'être habillée.

J'étais vraiment désireuse de me débarrasser de la brave femme; j'étais d'humeur si mélancolique que j'avais peine à retenir mes larmes tandis qu'elle m'habillait. Je ne pensais pas à lord Lowborough... ni à Annabella... mais à moi-même... et à Arthur Huntington.

*13 octobre.* – Ils sont tous partis... il est parti. Nous serons séparés pendant plus de deux mois... plus de dix semaines! Tous ces jours sans lui! Mais il a promis d'écrire souvent et m'a fait promettre de le faire plus souvent encore, car il sera fort occupé par ses affaires, tandis que je n'aurai rien d'autre à faire que de lui envoyer de longues lettres. Je crois que j'aurai toujours beaucoup à lui dire. Mais quand donc viendra le temps où nous serons réunis pour toujours et où nous pourrons échanger nos pensées sans l'intervention de ces froids intermédiaires que sont une plume, de l'encre et du papier!

*22 octobre.* – J'ai déjà reçu plusieurs lettres d'Arthur. Elles ne sont jamais longues, mais, comme lui, délicieusement aimables, débordantes d'affection ardente et de réflexions humoristiques, mais – il y a toujours un *mais* dans ce monde imparfait – je souhaiterais qu'il fût plus sérieux. Je ne puis l'amener à écrire sérieusement. Cela m'est égal pour l'instant, mais s'il ne se montre jamais capable de prendre la vie au sérieux, que ferai-je de ce qu'il y a de grave en moi?

## 23

*18 février 1822.* – Très tôt, ce matin, Arthur a enfourché son cheval et est parti, débordant d'entrain, pour rejoindre la meute. Il sera absent toute la journée et j'aurai le temps de reprendre mon journal si, du moins, je puis donner ce nom à une composition aussi irrégulière. Il y a exactement quatre mois que je l'ai ouvert pour la dernière fois.

Me voilà donc mariée et maîtresse de Grassdale Manor. J'ai derrière moi huit semaines d'expérience matrimoniale. Ai-je des regrets ? Non ! Mais je dois confesser que, tout au fond de mon cœur, Arthur me déçoit un peu. Si je l'avais vraiment connu comme je le connais à présent, je ne l'aurais sans doute pas aimé. À vrai dire, j'aurais dû savoir tout cela ; n'a-t-on pas assez cherché à m'ouvrir les yeux ? S'est-il jamais conduit en hypocrite ? Mais non : j'étais volontairement aveugle et qu'irais-je à présent perdre mon temps en vains regrets ! Je me suis liée à lui de façon indissoluble et je veux être heureuse ; me voilà obligée de l'aimer et de m'attacher à lui pour le meilleur et pour le pire.

Il m'est, de son côté, très attaché, trop peut-être. Je supporterais bien de sa part un peu plus de raison et un peu moins de caresses. Si je pouvais choisir, j'aimerais être un peu plus son amie et un peu moins son jouet, mais je ne veux pas me plaindre de cela ; je crains simplement que ses sentiments ne perdent en profondeur ce qu'ils gagnent en ardeur. Son amour est pareil à un feu de branches sèches et craquantes, clair et ardent, mais que ferai-je lorsqu'il se consumera et ne laissera plus que des cendres ? C'est impossible... je ferai ce qu'il faudra pour qu'il continue à brûler. Je ne veux même plus y penser. Je dois pourtant reconnaître qu'Arthur est un égoïste ; cette constatation est moins pénible qu'on pourrait le croire, car je l'aime tellement que je puis aisément comprendre qu'il s'aime lui-même ; il aime qu'on le gâte et c'est pour moi un vrai plaisir que de le combler d'attentions ; si, parfois, je regrette ce côté de son caractère, c'est pour le tort qu'il se fait à lui-même.

Il me révéla pour la première fois cette tendance pendant notre voyage de noces. Comme il avait déjà visité le continent, il désirait écourter notre itinéraire ; la plupart des paysages avaient perdu tout intérêt pour lui et d'autres n'en avaient jamais eu. Après une véritable galopade à travers la France et l'Italie, je revins à peu près aussi ignorante que j'étais partie ; je n'avais pas eu l'occasion de me faire de nouvelles relations ou de me familiariser avec des coutumes étrangères ; les objets et les paysages dansaient une sarabande dans mon cerveau ; quelques-uns me laissaient quand même une impression plus profonde ou plus agréable que les autres ; mais chaque souvenir était assombri par le fait que je ne pouvais partager mon plaisir avec mon compagnon ; au contraire, lorsque je m'intéressais trop à quelque chose, il était vexé de voir que je pouvais cesser de penser à lui pendant un instant pour admirer un décor quelconque.

Nous ne fîmes que passer à Paris et il ne me laissa pas le temps d'admirer la dixième partie des beautés de Rome. Il prétendait vouloir me ramener chez nous pour m'avoir à lui seul; il voulait que je m'installe dans mon rôle de maîtresse de Grassdale Manor sans que rien ne me fasse perdre de mon charme naïf et piquant, de ma sincérité; il me traitait comme un fragile papillon et craignait que la société de Paris ou de Rome n'effrite la poussière d'argent de mes ailes; il ne me cacha pas, d'autre part, que dans ces deux villes habitaient quelques dames qui lui arracheraient les yeux si elles nous rencontraient ensemble.

Tout ceci ne fut pas sans me vexer; je ne savais quelles excuses inventer pour expliquer son attitude à mes amis, pour qu'ils ne me reprochent pas mon manque de discernement. Mais lorsque nous rentrâmes en Angleterre, lorsque je m'installai dans ma nouvelle et exquise demeure, j'étais si heureuse et il était lui si charmant que je lui pardonnai aussitôt. Je commençais à me trouver trop heureuse et à trouver mon époux trop bon pour moi, sinon trop bon pour ce monde, lorsque, une quinzaine de jours après notre retour, il me donna de ses exigences une preuve qui me choqua terriblement.

Nous revenions à pied de l'église après le service matinal; comme la journée était froide mais ensoleillée, j'avais demandé que nous ne prenions pas la voiture, car nous n'étions vraiment pas éloignés du temple.

— Helen, dit-il avec une gravité qui ne lui était pas habituelle, je ne suis pas tout à fait content de toi.

Je souhaitai savoir ce qui lui déplaisait dans mon attitude.

— Me promets-tu de changer si je te le dis?

— Certes, si c'est possible sans offenser une autorité supérieure.

— Voilà ce que je voulais dire! Tu ne m'aimes pas sans réserve!

— Je ne te comprends pas, Arthur, du moins je l'espère; je t'en prie, dis-moi ce que je fais de mal?

— Il ne s'agit pas d'une chose que tu as faite ou que tu as dite ; c'est une partie de toi-même... tu es trop tournée vers la religion. Entendons-nous bien, j'aime la piété chez une femme, mais il ne faut pas aller trop loin dans ce sens. À mon avis, la religion d'une femme ne peut en rien diminuer la dévotion qu'elle porte à son seigneur et maître. Elle devrait être assez croyante pour purifier et idéaliser son âme, mais pas assez pour s'élever au-dessus des amours terrestres.

— Suis-je donc au-dessus des amours terrestres ?

— Pas tout à fait, ma chérie, mais tu approches un peu trop de la sainteté pour mon goût ; pendant les deux heures du service, j'ai pensé sans cesse à toi et c'est en vain que j'ai essayé de croiser ton regard ; tu étais tellement absorbée par tes dévotions que tu n'avais même pas une pensée pour moi ; c'est assez pour rendre un homme jaloux de son Créateur, ce qui évidemment serait très mal ; n'excite donc plus de si viles passions en moi si tu tiens au salut de mon âme.

— Je donnerai tout mon cœur et toute mon âme à mon Créateur chaque fois que je le pourrai, répondis-je, et je ne te donnerai pas un gramme d'amour de plus qu'il ne le permet. Qui êtes-vous donc, monsieur, pour vous croire l'égal d'un dieu ? Tu es bien présomptueux de vouloir disputer mon cœur à Celui auquel je dois la vie, auquel je dois toutes les joies... y compris ta présence... si toutefois cela est une joie, car je commence à en douter.

— Ne sois pas si dure, Helen, et ne me serre pas le bras de la sorte : tu m'y enfonces les doigts jusqu'à l'os !

— Arthur, continuai-je en lâchant son bras, tu ne m'aimes pas à moitié autant que je t'aime, et pourtant, même si tu m'aimais encore moins, je ne me plaindrais pas si tu aimais ton Créateur un peu plus. Je me réjouirais si je pouvais te voir absorbé dans tes prières au point d'oublier ma présence. Car plus tu aimerais ton Seigneur, plus ton amour pour moi serait pur et profond.

Pour toute réponse, il éclata de rire, me baisa la main et m'appela sa charmante fanatique. Puis, soulevant son chapeau, il ajouta :

— Mais regarde, Helen, que peut faire un homme avec une tête comme la mienne ?

Sa tête me semblait tout à fait normale, mais lorsque j'appuyai ma main dans la masse de ses boucles brunes, je m'aperçus qu'il avait le front extraordinairement bas.

— Tu vois bien que je ne suis pas construit pour devenir un saint, dit-il en riant. Si Dieu voulait que je devienne dévot, pourquoi ne m'a-t-il pas donné la tête qu'il fallait ?

— Tu es comme le serviteur qui ne voulait pas employer son unique talent au service de son maître. Il sera peu demandé à ceux qui ont peu reçu. Mais nous devons tous donner le maximum. Tu es aussi capable qu'un autre de vénérer ton Dieu, tu as la foi, l'espérance, la conscience et la raison, et tout ce que l'on demande à un bon chrétien, si seulement tu voulais t'en servir. Chaque talent, chaque faculté s'accroît à l'usage ; si tu choisis de fortifier tes mauvais penchants, ils deviendront ton maître et tes qualités disparaîtront, mais tu ne pourras blâmer personne si tu cours à ta perte. Tu possèdes toutes ces qualités de cœur et d'esprit, Arthur ; si seulement tu voulais les consacrer au service de Dieu. Je ne m'attendrais pas à ce que tu deviennes dévot, mais on peut être un bon chrétien sans pour cela cesser d'être un homme heureux et content.

— Tu parles comme un oracle, Helen, et tout ce que tu dis est indiscutablement vrai ; mais supposons que j'aie faim et que l'on pose devant moi un repas plantureux; on me dit alors que si je jeûne aujourd'hui, j'aurai demain le plus beau des festins, les mets les plus exquis. D'abord, c'est bien à contrecœur que j'attendrais jusqu'au lendemain alors que j'ai devant moi de quoi apaiser mon appétit; ensuite le solide repas d'aujourd'hui m'attire bien plus que toutes les délicatesses de demain; de plus, ne pouvant voir le banquet que l'on me promet pour demain, comment puis-je être certain que tout cela n'est pas une fable échafaudée par l'homme à la face rubiconde que j'ai devant moi et qui pourrait vouloir garder pour lui toutes ces appétissantes victuailles? En somme, ce festin a dû être préparé pour quelqu'un et comme dit Salomon: «Qui mieux que moi est capable de manger?» Donc, avec ta permission, je me mettrai à table et je calmerai ma faim aujourd'hui en laissant au lendemain le soin de se débrouiller... Qui peut affirmer que j'aurai les deux?

— Mais personne ne te demande de te priver du bon dîner d'aujourd'hui; tu dois seulement éviter d'abuser des viandes que tu as devant toi, afin de ne pas gâter ton appétit pour les délicatesses du lendemain. Si, en dépit de ce bon conseil, tu préfères te bourrer de nourriture aujourd'hui, tant boire et tant manger que ces nourritures te deviendront poison, tu ne pourras te plaindre lorsque, torturé par la gloutonnerie et l'ivrognerie de la veille, tu verras tes semblables, plus tempérés, jouissant des délicatesses dont tu es incapable de profiter.

— C'est la pure vérité, ma chère petite sainte, mais j'en appellerai une fois de plus à notre ami Salomon: «Rien n'est meilleur pour l'homme que de boire et de manger et de se réjouir.»

— À mon tour je te répondrai: «Profite de ta jeunesse, ô homme! Suis le chemin de ton cœur et le regard de tes yeux; mais sache que, pour tout cela, Dieu te jugera.»

— Mais, Helen, n'ai-je pas été parfait, ces dernières semaines ? Qu'ai-je fait de mal, que voudrais-tu que je fasse ?
— Rien de plus, Arthur, tu te conduis fort bien jusqu'à présent ; mais ce sont tes pensées que je voudrais voir changer ; je voudrais que tu sois plus fort devant la tentation, et que tu ne confondes pas le bien et le mal ; je voudrais que tu réfléchisses un peu plus, que tu voies plus loin, que ton but soit plus élevé.

## 24

*5 mars*. – Arthur se lasse; non de moi, je pense, mais de la vie trop calme qu'il mène. Cela ne peut m'étonner, car il manque vraiment de distractions : il ne lit jamais que les quotidiens ou des journaux sportifs; lorsqu'il me surprend plongée dans un livre, il m'oblige chaque fois à le fermer. Lorsque le temps est beau, il parvient à se distraire, mais ces dernières semaines ont été grises et il est vraiment écrasé par l'ennui. Je cherche à l'amuser, mais il ne peut s'intéresser à ma conversation et, d'autre part, ce qui l'intéresse me laisse indifférente ou même m'ennuie; une de ses distractions favorites est de paresser sur le divan et de me parler de ses anciennes amours; il se vante d'avoir causé la perte d'une jeune fille trop confiante ou d'avoir berné un mari trop aveugle, et lorsque j'exprime mon indignation, il rit aux larmes en mettant ma colère sur le compte de la jalousie. Au début de notre mariage, je me mettais dans des rages folles ou je fondais en larmes, mais je me rendis vite compte que ces réactions l'amusaient et je m'efforce d'accueillir ses confidences avec un calme mépris; cela ne l'empêche pas de lire mes sentiments sur mon visage et il continue à prendre pour de la jalousie ce qui n'est que mépris de ma part. Lorsqu'il s'est suffisamment diverti à me voir souffrir ou lorsqu'il craint que ma colère ne devienne trop violente, il essaye de me faire sourire en me couvrant de baisers... Ses caresses ne m'apportent vraiment aucune joie. L'égoïsme qu'il affiche ainsi, envers moi et envers ses anciennes victimes, me fait horreur. Parfois, en un éclair de sauvage désespoir, je me demande si je n'ai pas commis une grave erreur. Mais je repousse ces pensées importunes car, fût-il dix fois plus sensuel et dix fois plus fermé à toute pensée élevée, je n'ai pas le droit de me plaindre. Je l'aime malgré tout et je continuerai à l'aimer, et je ne regrette pas d'avoir lié mon sort au sien.

*4 avril*. – Nous venons d'avoir une horrible querelle. En voici les détails : Arthur m'avait maintes fois parlé de sa liaison avec lady F... et jusqu'à présent je croyais qu'il inventait cette histoire de toutes pièces. Je me consolai ensuite en me disant que cette dame était plus coupable que lui ; il était très jeune à cette époque et, si ce qu'il racontait était vrai, elle avait fait les premiers pas. Pour cela, je la détestais, car elle l'avait entraîné sur la voie de la corruption ; aussi, lorsqu'il commença à parler d'elle, je le priai de se taire car je détestais jusqu'au son de son nom.

— Ce n'est pas parce que tu l'as aimée que je la déteste, Arthur, mais parce qu'elle t'a blessé, parce qu'elle a fait tort à son mari, parce que c'est une horrible femme dont tu devrais être honteux de parler.

Il la défendit en m'assurant que son mari était passablement gâteux et qu'il était impossible de l'aimer.

— Alors, pourquoi l'a-t-elle épousé ? dis-je.

— Pour son argent.

— C'est un crime de plus qu'elle a sur la conscience, et d'avoir juré de l'aimer et de le respecter en est un autre.

— Tu es trop sévère pour cette pauvre femme, répondit-il en riant. Mais peu importe, Helen, elle ne m'intéresse plus maintenant; je t'aime cent fois plus que toutes ces femmes et tu ne dois pas craindre que je te trompe.

— Si tu m'avais raconté tout cela plus tôt, je ne t'aurais jamais donné l'occasion de me trahir.

— Est-ce vrai, ma chérie?

— Tout ce qu'il y a de plus vrai!

Il eut un rire incrédule.

— J'aimerais pouvoir te convaincre! m'écriai-je en m'éloignant de lui – pour la première, et j'espère pour la dernière fois, je regrettai de l'avoir épousé.

— Helen, dit-il avec une certaine gravité, si je croyais ce que tu viens de dire, je serais très fâché, mais, Dieu merci, je ne te crois pas. Car je sais quel cœur cache ce visage blanc et ces yeux brûlants de tigresse; je te connais mieux que tu ne te connais toi-même.

Sans ajouter un mot, je quittai la pièce et je m'enfermai dans ma chambre. Une demi-heure plus tard, il tenta d'ouvrir la porte, puis frappa.

— Ne veux-tu pas me laisser entrer, Helen?

— Non, je suis fâchée et je ne veux pas voir ton visage ni entendre ta voix avant demain.

Il resta un moment derrière la porte, comme stupéfait, et, ne sachant comment répondre à un tel discours, il tourna les talons et s'en alla. Il n'y avait qu'une heure que nous avions fini de dîner et je savais qu'il trouverait le temps long, tout seul au salon. Ma colère diminuait déjà, mais je décidai de ne pas céder; je voulais lui montrer que mes sentiments ne faisaient pas de moi son esclave, que je pouvais vivre sans lui si j'en avais envie. Je m'assis et j'écrivis une longue lettre à ma tante, sans rien lui raconter de notre querelle, bien entendu. Peu après dix heures, je l'entendis qui montait les escaliers; il passa devant ma porte et se dirigea tout droit vers son cabinet de toilette personnel, où il s'enferma pour la nuit.

Ce n'est pas sans inquiétude que je descendis le lendemain matin et je fus quelque peu désappointée lorsqu'il entra avec un sourire insouciant.

— Es-tu encore fâchée, Helen? dit-il en s'approchant pour me saluer.

Je me détournai froidement et je commençai à verser le café en remarquant tout haut qu'il était en retard.

Il laissa échapper un léger sifflement et se dirigea vers la fenêtre où il contempla le charmant paysage formé par de sombres nuages gris, une pluie battante, une pelouse détrempée, des arbres dégoulinants; il grommela quelques malédictions adressées au temps et s'assit finalement pour déjeuner. Puis prenant sa tasse:

— Diablement froid! grogna-t-il.

— Tu aurais pu le boire plus vite, dis-je.

Il ne répondit pas et le repas s'acheva dans le silence. L'arrivée du courrier apporta une heureuse diversion. Il y avait un journal et une ou deux lettres pour lui et quelques lettres pour moi qu'il me jeta à travers la table sans commentaire. Une de mes lettres venait de mon frère, la seconde de Millicent Hargrave, qui était à Londres avec sa mère. Les lettres d'Arthur devaient être des papiers d'affaires sans grand intérêt, car il les enfonça dans sa poche en jurant, ce que je n'aurais pas manqué de lui reprocher à tout autre moment. Il dressa son journal devant lui et fit semblant de s'absorber dans sa lecture tout au long du repas et encore longtemps après.

J'occupai la matinée à lire mes lettres, à y répondre et à m'occuper de la maison; je dessinai un peu après le lunch et je me plongeai dans un livre depuis le souper jusqu'au moment de regagner ma chambre. Pendant tout ce temps, le pauvre Arthur ne savait comment se distraire; il voulait paraître aussi occupé et aussi indifférent que moi; si le temps l'avait permis, il aurait sans aucun doute fait seller son cheval et serait parti pour quelque destination lointaine tout de suite après le déjeuner, pour ne revenir qu'à la nuit tombante. S'il avait pu trouver dans le voisinage une femme quelconque, entre quinze et cinquante ans, il aurait certainement engagé un flirt poussé pour se venger ; mais comme il ne pouvait se livrer à aucun de ces plaisirs, il souffrait horriblement... ce qui n'était pas pour me déplaire. Lorsqu'il eut longuement bâillé sur son journal, il répondit brièvement à ses lettres, puis se mit à parcourir toutes les pièces de la maison ; il s'approchait sans cesse de la fenêtre pour observer les nuages et maudire la pluie. Il joua avec ses chiens, tour à tour caressant et méchant, puis se jeta sur le divan avec un livre qu'il n'avait pas le courage de lire ; il me lançait de longs regards inquisiteurs, espérant découvrir sur mon visage des traces de larmes ou de regret. Mais je parvins à garder une grave sérénité tout au long du jour ; je n'étais plus vraiment en colère, je me sentais pleine de sympathie pour lui et j'aurais voulu faire la paix ; mais j'avais décidé que les premières avances devaient venir de lui, ou tout au moins quelque signe d'humilité, car si le premier geste venait de ma part, je détruirais tout l'effet de la leçon que je voulais lui donner ; je ne ferais qu'encourager sa vanité, qu'accroître son arrogance.

Après le dîner, il resta longtemps dans la salle à manger et je crois qu'il but pas mal de vin, mais pas assez pour lui délier la langue ; lorsqu'il entra dans le salon, il me trouva absorbée par la lecture et trop occupée pour lever les yeux ; il murmura quelques mots de désapprobation, claqua la porte, s'étendit de tout son long sur le divan et se prépara à dormir. Mais Dash, son cocker favori, qui s'était d'abord étendu au pied du divan, prit la liberté de sauter sur sa poitrine et de lui lécher le visage. Il le frappa brutalement et la pauvre bête se réfugia vers moi en gémissant. Lorsqu'il se réveilla, il appela la bête, mais Dash prit un air peureux et agita seulement le bout de la queue. Arthur lui ordonna sèchement de venir près de lui, mais le chien se colla à moi et me lécha la main comme pour implorer ma protection. Furieux, son maître saisit un livre et le jeta à la tête du chien qui poussa un hurlement pitoyable et s'enfuit vers la porte. Je le laissai sortir, puis je ramassai calmement le livre.

— Donne-moi ce livre, dit Arthur sur un ton rien moins que courtois.

Je le lui tendis.

— Pourquoi as-tu fait sortir le chien, tu savais que je voulais qu'il vienne près de moi?

— Comment aurais-je pu le savoir?... Tu lui lançais un livre à la tête... ou bien le livre m'était-il destiné?

— Non, mais je vois qu'il t'a quand même touchée, dit-il en regardant ma main qui portait une large égratignure.

Je repris ma lecture et il fit un effort pour lire quelques lignes de son côté, mais après quelques bâillements de mauvais augure, il déclara que son livre n'était qu'un infect fatras et le jeta sur la table. Un long silence suivit et je sentais son regard peser sur moi. Finalement, à bout de patience, il s'exclama :

— Que lis-tu, Helen?

Je lui donnai le titre de mon livre.

— C'est intéressant?

— Oui, très intéressant.

Je continuai à lire, ou du moins j'essayai, mais il n'y avait plus de communication entre mes yeux et mon cerveau ; tandis que ceux-ci parcouraient les pages, je me demandais combien de temps Arthur garderait encore le silence, ce qu'il dirait et ce que je pourrais répondre. Mais il ne parla que lorsque je me levai pour faire du thé et ce fut pour dire qu'il n'en prendrait pas. Jusqu'à l'heure du coucher, il continua à somnoler sur le divan, ouvrant les yeux pour regarder sa montre ou pour jeter un regard vers moi. Lorsque je me levai et pris mon flambeau pour me retirer, il cria :

— Helen !

Je me retournai et attendis.

— Que veux-tu, Arthur ? dis-je finalement.

— Rien ! dit-il, pars !

Je sortis, mais je l'entendis murmurer quelques mots qui ressemblaient fort à «damnée catin», mais j'étais toute prête à croire qu'il disait toute autre chose.

— Tu disais quelque chose, Arthur ?

«Non» fut sa seule réponse et je fermai la porte derrière moi. Je ne le revis que le lendemain au déjeuner, lorsqu'il descendit avec une heure de retard.

— Tu descends fort tard, dis-je en guise de bonjour.

— Tu n'avais pas besoin de m'attendre, dit-il en se dirigeant vers la fenêtre pour contempler le même ciel gris, aussi sombre que la vieille. «Oh ! cette sacrée pluie ! grommela-t-il.» Mais, après avoir longuement scruté le paysage, il sembla frappé par une idée de génie et s'exclama : «Je sais ce que je vais faire !» Il s'assit et se mit à dépouiller le courrier qui attendait sur la table. Il s'absorba silencieusement dans son contenu.

— Y a-t-il quelque chose pour moi ? demandai-je.

— Non.

Il déplia le journal et se mit à le lire.

— Tu ferais mieux de boire ton café, dis-je, il va être froid.

— Ne reste pas si tu as fini : je n'ai pas besoin de toi.

Je me levai et me retirai dans l'autre pièce, me demandant avec anxiété si je pourrais supporter une autre journée comme celle de la veille et désirant voir finir cette petite guerre de tourments mutuellement infligés.

Je l'entendis bientôt sonner un domestique et ordonner que l'on prépare une valise pour ce qui me parut un assez long voyage. Il appela ensuite le cocher et j'entendis qu'il commandait la voiture et les chevaux pour sept heures, le lendemain matin. Je crus aussi entendre le mot «Londres», ce qui ne fut pas sans me surprendre et m'inquiéter un peu.

— Il ne faut pas qu'il aille à Londres, quoi qu'il arrive, me dis-je tout bas. Il fera mille folies et ce sera par ma faute. Mais comment puis-je le faire changer d'avis? Attendons un peu pour voir s'il m'en parle.

J'attendis et chaque heure qui passait augmentait mon inquiétude; il continuait à demeurer silencieux. Il sifflotait, parlait à ses chiens, errait de chambre en chambre tout comme la veille. J'étais presque décidée à soulever la question lorsque John vint à la rescousse en apportant le message suivant, de la part du cocher:

— Monsieur, s'il vous plaît, Richard dit qu'un des chevaux a pris froid et il pense, monsieur, que, si cela vous convient, il vaudrait mieux ne partir qu'après-demain; il pourrait le soigner aujourd'hui pour…

— Il ne manque pas d'une certaine audace, interrompit le maître.

— Excusez-moi, monsieur, il dit que cela vaudrait mieux, insista John, car il pense que le temps va changer et il dit qu'avec un cheval malade et bourré de drogues…

— Que ce cheval aille au diable! cria le seigneur du logis. Bon, dis-lui que je vais réfléchir, ajouta-t-il après un moment.

Il me jeta un regard inquisiteur tandis que le domestique se retirait; il pensait surprendre sur mon visage une lueur d'étonnement ou d'inquiétude, mais comme j'étais préparée à ces nouvelles, je restai stoïquement indifférente. Il sembla désarçonné lorsqu'il croisa mon regard direct et se détourna, visiblement déçappointé. Il marcha vers la cheminée et resta là, appuyé, la tête sur son bras replié, l'image même de la mélancolie.

— Où veux-tu aller, Arthur? dis-je.
— À Londres, répondit-il avec gravité.
— Pourquoi faire? demandai-je.
— Parce que je ne puis être heureux ici.
— Et pourquoi?
— Parce que ma femme ne m'aime pas.
— Elle t'aimerait de toutes ses forces, si tu le méritais.
— Que dois-je faire pour cela?

Son ton était humble et sérieux; j'étais si émue, partagée entre la tristesse et la joie, que je dus attendre un instant pour pouvoir répondre calmement.

— Si elle te donne tout son cœur, tu dois l'accepter avec reconnaissance et ne pas le mettre en pièces, ne pas lui rire au visage parce qu'elle est ta prisonnière.

Il se retourna et se trouva devant moi, le dos tourné au feu.

— Viens près de moi, Helen. Vas-tu être une bonne fille maintenant? dit-il.

Cette réponse me sembla trop arrogante et le sourire qui raccompagnait me déplaisait. J'hésitais à répondre; ma déclaration précédente était peut-être trop sincère, il avait dû voir que j'essuyais une larme et entendu trembler ma voix.

— Vas-tu me pardonner, Helen? dit-il plus humblement.

— Es-tu repentant? dis-je en m'avançant vers lui, un sourire aux lèvres.

— J'ai le cœur brisé, répondit-il, l'air penaud, bien qu'un sourire malicieux jouât dans le fond de ses yeux et au coin de ses lèvres; mais cela ne pouvait plus m'arrêter et je me jetai dans ses bras. Il m'enlaça avec ardeur, je versai un torrent de larmes, mais je crois que je n'ai jamais été aussi heureuse de ma vie.

— Alors, tu ne vas pas partir à Londres, Arthur? dis-je lorsque mes larmes furent séchées par ses baisers.

— Non, chérie, à moins que tu ne m'accompagnes.

— Avec plaisir, répondis-je, si tu crois que le changement te fera du bien et si tu veux attendre jusqu'à la semaine prochaine.

Il accepta facilement, mais il assura que je ne devais pas faire de grands préparatifs, car nous ne ferions pas un long séjour en ville; il ne voulait pas que je devienne trop citadine, car il aimait ma fraîcheur et mon originalité, qui auraient pu pâlir dans un contact prolongé avec les dames de la haute société londonienne. Je trouvais cette idée ridicule, mais je ne voulais pas le contredire; je répondis seulement que j'aimais notre vie actuelle et ne désirais nullement me frotter au grand monde.

Nous partirons donc lundi prochain, après-demain. Il y a maintenant quatre jours que notre querelle est terminée et je pense qu'elle nous a fait du bien à tous les deux; mon amour pour Arthur a encore grandi et, quant à lui, il se conduit beaucoup mieux à mon égard. Il n'a plus cherché à me taquiner en faisant allusion à lady F… ou à tout autre fantôme désagréable de son passé. J'aimerais les effacer tous de ma mémoire ou savoir s'il pense comme moi sur ce sujet. Je suis en tout cas contente qu'il ne les prenne plus comme sujet de plaisanterie conjugale. Peut-être verra-t-il clair un jour; je ne puis m'empêcher d'espérer que nous serons heureux malgré les craintes de ma tante et mes propres doutes.

## 25

Nous partîmes pour Londres le 8 avril ; le 8 mai je rentrai, seule, pour obéir au désir exprimé par Arthur ; je n'avais pourtant nulle envie de le laisser en ville. J'aurais été ravie de rentrer avec lui, car il m'avait entraînée dans un tel tourbillon de fêtes et de visites que j'étais à bout de forces. Il paraissait décidé à me présenter à tous ses amis, à toutes ses relations, au monde entier, et cela à toutes occasions et en grand apparat. Il m'était certes agréable de constater qu'il était fier de présenter sa femme, mais il m'obligea à abandonner les robes simples, discrètes et sombres que je portais d'habitude pour me couvrir de joyaux, porter des toilettes étincelantes et parader comme un brillant papillon. Ce n'était pas un petit sacrifice que d'abandonner mes habitudes modestes pour parader dans un monde où je craignais toujours de commettre quelque maladresse ; je fus obligée, à plusieurs reprises, de recevoir une brillante compagnie et je pus me rendre compte de ma gaucherie et de mon ignorance concernant certains usages ; cet éternel va-et-vient, cette agitation perpétuelle me fatiguait et m'ennuyait, je n'étais pas préparée à ce genre de vie. Il se rendit finalement compte que l'air de Londres ne me valait rien, que ma maison me manquait et il parla de me renvoyer à Grassdale.

Je lui affirmai en riant que ce n'était vraiment pas si urgent, mais que j'étais toute disposée à rentrer s'il le désirait. Il me répondit que diverses affaires le retenaient encore en ville, qu'il resterait, seul, une semaine ou deux.

— Dans ce cas, je resterai avec toi, dis-je.

— Mais je ne sais que faire de toi, Helen. Tant que tu seras là, je m'occuperai à te distraire et je ne pourrai m'occuper de mes affaires.

— Mais non, maintenant que tu as des affaires à régler, je ne te permettrai pas de perdre ton temps avec moi. À dire vrai, je serai heureuse de me reposer un peu, je ferai des promenades dans le parc, à cheval ou à pied. Tes affaires ne prendront pas toute la journée, nous nous retrouverons à l'heure des repas et le soir; cela sera plus gai que de rester séparés par des lieues et des lieues.

— Mais, chérie, je ne veux pas que tu restes dans ces conditions; comment pourrais-je travailler si je sais que tu es seule, abandonnée?...

— Tant que tu seras au travail, je ne me sentirai jamais négligée, Arthur. Si tu m'avais parlé plus tôt de tes affaires, tu aurais déjà pu t'en occuper depuis longtemps; maintenant, tu devras rattraper le temps perdu. Dis-moi de quoi il s'agit et je te servirai de secrétaire au lieu de te gêner.

— Non, non, insista cet homme têtu, il vaut mieux que tu rentres, Helen. Je préfère te savoir loin, mais en sécurité et au grand air. Tes yeux ne sont plus aussi clairs et les délicates couleurs que j'aimais tant ont quitté tes joues.

— Ce n'est que trop de fatigue mondaine et de distractions.

— Ce n'est pas seulement cela, c'est l'atmosphère de Londres; tu as besoin des brises vivifiantes de la campagne... et tu les auras avant que tu sois deux jours plus vieille. Pense à ton état, ma très chère ; la santé, sinon la vie, du petit être en qui nous mettons tant d'espoir dépend de ta propre santé.

— Tu veux donc vraiment te débarrasser de moi ?

— Réellement, et je te reconduirai moi-même à Grassdale pour revenir aussitôt à Londres. Je ne resterai pas plus d'une semaine, tout au plus quinze jours.

— S'il faut absolument que je parte, il est inutile que tu perdes ton temps à me reconduire, je partirai seule.

Mais cette idée lui déplaisait.

— Tu me prends donc pour un enfant ? répondis-je. Tu crois que je ne puis parcourir une centaine de *miles* sans toi, dans ta propre voiture, accompagnée par un valet et une servante ? Si tu m'accompagnes, je ferai tout pour te retenir là-bas. Mais dis-moi donc, Arthur, quelles sont ces affaires importantes ? Tu ne m'en as jamais parlé.

— Je dois seulement voir mon avocat ; il désire vendre une parcelle de terrain afin de dégrever sa propriété.

Je ne puis comprendre grand-chose à ses explications ; ou bien ses comptes étaient assez embrouillés, ou bien j'étais trop bête pour saisir ce qu'il me racontait ; je ne m'expliquais vraiment pas comment une si petite affaire pouvait le retenir quinze jours à Londres. Pour l'instant, je comprends de moins en moins, car voici un mois qu'il est reparti et il ne parle toujours pas de retour. Dans chacune de ses lettres, il me dit qu'il restera encore quelques jours et je ne sais s'il se leurre lui-même ou s'il cherche à me tromper. Ses excuses sont vagues et insuffisantes ; je ne puis douter plus longtemps… il a certainement retrouvé ses anciens compagnons… Oh ! pourquoi l'ai-je quitté ? Comme je souhaite, comme je souhaite qu'il revienne !

*29 juin.* – Toujours pas de trace d'Arthur. Depuis plusieurs jours, j'attends en vain une lettre. Ses lettres – lorsque j'en reçois – sont toujours aimables, si toutefois des mots gentils et tendres peuvent signifier quelque chose, mais toujours très brèves et pleines d'excuses et de promesses en l'air et pourtant comme je guette le facteur! Comme j'ouvre ces missives en tremblant, comme je dévore chaque mot hâtivement griffonné en réponse à mes longues lettres!

Comment peut-il être aussi cruel et me laisser seule si longtemps! Il sait pourtant que je ne puis avoir de longues conversations avec Rachel; nos plus proches voisins sont les Hargrave, je puis vaguement apercevoir les fenêtres de leur résidence, parmi les basses collines boisées, au-delà de la vallée. J'avais été heureuse d'apprendre que Millicent habitait si près de nous; sa compagnie serait une douce consolation en ce moment, mais elle est à Londres avec sa mère. Il n'y a au manoir de Grove que la petite Esther et sa gouvernante française, car Walter est toujours absent. J'ai eu l'occasion de rencontrer ce parangon de toutes les vertus masculines à Londres; il ne mérite sans doute pas tous les éloges que lui décernent une mère et une sœur aimantes, mais il est certainement plus aimable convive que Mr Grimsby et plus homme du monde que Mr Hattersley, les seuls amis qu'Arthur jugea bon de me présenter. Oh! Arthur, pourquoi ne reviens-tu pas? Pourquoi ne m'écris-tu pas? Tu as pris prétexte de ma santé pour me renvoyer ici, mais comment peux-tu espérer me voir reprendre des forces alors que je me languis dans la solitude et l'anxiété? Ce ne serait qu'une juste punition si tu me retrouvais enlaidie par le chagrin. Je pourrais prier mon oncle ou ma tante, ou mon frère, de venir me tenir compagnie, mais je ne veux pas me plaindre de ma solitude… et la solitude est certes la moindre de mes souffrances... Que peut-il faire en ville?... Qu'est-ce qui peut le retenir si longtemps loin de moi? Cette question résonne en moi comme un glas et s'accompagne de toutes sortes de sombres suppositions.

*3 juillet*. – Ma dernière lettre, débordante d'amertume, lui a finalement arraché une réponse un peu plus longue, mais je ne sais que penser. Il m'insulte gentiment en me reprochant mes dernières effusions, me dit que je ne peux avoir aucune idée des diverses besognes qui l'occupent et le retiennent, mais que, en dépit de cela, il sera près de moi avant la fin de la semaine prochaine; qu'il lui est impossible de me donner la date précise de son retour et que, entre-temps, il me conseille d'apprendre la patience, *cette grande vertu féminine*; il me demande de me rappeler que *l'absence rapproche les cœurs*, et me console en m'assurant que plus longtemps il restera loin de moi, plus fort il m'aimera à son retour. Il me supplie de lui écrire tous les jours, car même s'il est trop paresseux pour répondre, il aime lire mes longues lettres; il ajoute que si je cesse d'écrire pour me venger de ce que j'appelle sa négligence, il fera le nécessaire pour m'oublier tout à fait. Il ajoute quelques lignes concernant la pauvre Millicent Hargrave:

*Ta petite Millicent va suivre ton exemple bientôt et va se mettre sous le joug d'un mien ami. Hattersley, comme tu le sais, ne s'est pas encore jeté à la tête de la première vieille jeune fille venue, comme il en avait l'intention, mais il est bien décidé à être un homme marié avant que l'année ne finisse: «Mais, m'a-t-il confié, je dois trouver une femme qui me laisse vivre à ma guise... pas une femme comme la tienne, Huntington; elle est exquise mais donne l'impression d'avoir trop de personnalité et de pouvoir devenir une vraie petite mégère si l'occasion s'en présente. » (J'ai pensé: «Tu n'as pas tort, mon ami», mais je ne le lui ai pas dit.) Il me faut une brave petite fille bien calme qui me permette de faire exactement ce qu'il me plaît, d'aller où bon me semble, de rester à la maison ou de sortir quand bon me semble, sans encourir des plaintes ou des reproches; en un mot, je ne supporte pas la moindre contrainte. Eh bien! lui ai-je dit, je connais quelqu'un qui semble fait pour toi, si tu ne veux pas faire un mariage d'argent: c'est Millicent, la sœur de Hargrave. Il me demanda de la lui présenter immédiatement; l'argent ne l'intéressait pas, il en avait plus qu'assez et hériterait d'une jolie fortune lorsque son vieux père quitterait ce monde. Tu vois donc, Helen, que j'ai fort bien manœuvré, et pour mon ami et pour la sœur de Hargrave.*

Pauvre Millicent! Mais je ne puis croire qu'elle acceptera un tel prétendant; un être qu'une femme comme elle ne pourrait ni aimer ni respecter.

*5 juillet.* – Hélas, je me trompais. J'ai reçu une longue lettre, ce matin; elle me dit qu'elle est fiancée et qu'elle pense se marier avant la fin du mois prochain.

*Je ne sais comment te raconter cela, écrit-elle, je ne suis même plus capable de penser clairement. Pour ne rien te cacher, Helen, l'idée seule me fait peur. Si je dois épouser Mr Hattersley, il faudrait que j'apprenne à l'aimer; j'essaye de toutes mes forces, mais le résultat est assez décevant; plus il est loin de moi, plus je le trouve sympathique... n'est-ce pas un symptôme inquiétant? Ses manières brusques et son ton autoritaire me font peur. Tu me demanderas sans doute pourquoi j'ai accepté de l'épouser? En réalité, j'ai dû dire «oui» sans m'en rendre compte; maman me dit que j'ai accepté sa proposition et lui l'affirme également. Je ne voulais pas lui opposer un refus pur et simple, car je craignais de fâcher maman, qui désire que ce mariage se fasse; je lui donnai donc ce que je croyais être une réponse évasive: ni oui ni non. Mais maman assure que je ne puis reculer maintenant sans qu'il me prenne pour une écervelée; j'étais tellement affolée à ce moment que je ne sais vraiment plus ce que j'ai dit. Lorsque je le rencontrai à nouveau, il m'accueillit comme une fiancée et parla de la cérémonie du mariage avec ma mère. Je n'ai pas eu le courage de les contredire à ce moment-là, comment puis-je le faire maintenant? Maman est ravie, elle croit qu'elle m'a trouvé un excellent parti, je ne puis la désappointer. Je discute parfois cependant et j'essaye de lui faire comprendre mes sentiments, mais tu ne peux imaginer ce qu'elle raconte. Tu sais sans doute que Mr Hattersley est le fils d'un riche banquier; ni Esther ni moi n'avons de dot, Walter aura très peu d'argent et maman fait l'impossible pour nous trouver des prétendants riches... Ce n'est pas comme cela que je comprends le mariage, mais ses intentions sont bonnes et on ne peut lui en vouloir. Elle dit que ce sera un immense soulagement pour elle que de me savoir bien casée et que cette union sera un bienfait pour toute la famille. Walter lui-même semble ravi par ces projets et lorsque je lui confie mes inquiétudes, il m'assure que ce ne sont qu'enfantillages. Crois-tu aussi que je prends tout cela trop au sérieux, Helen? Tout me serait égal si je pouvais espérer que j'apprendrai à l'aimer, avec le temps, mais cela aussi est impossible. Rien en lui n'appelle l'estime ou l'affection; il est tout l'opposé de ce que j'avais rêvé. Écris-moi et donne-moi un peu de courage. N'essaye pas de me faire changer d'avis; le sort en est jeté, les préparatifs pour la cérémonie sont déjà commencés; ne me dis rien qui pourrait diminuer Mr Hattersley, car je désire avoir une bonne opinion de lui et si j'ai pu le critiquer moi-même dans cette lettre, c'est la dernière fois que cela m'arrivera, même s'il le mérite; celui ou celle qui le méprisera, qui osera critiquer l'homme que j'ai promis d'aimer, d'honorer et de servir doit s'attendre à perdre mon amitié. Je pense, personnellement, qu'il n'est ni meilleur ni pire que Mr Huntington que tu aimes, et qui, selon toutes apparences, te rend heureuse; peut-être pourrai-je aussi me débrouiller. Si tu vois en lui quelque chose d'honorable, de sympathique, d'attirant, dis-le moi; peut-être est-il comme un diamant brut et n'ai-je encore vu que le moins bon de son caractère.*

Elle terminait par ces mots: *Au revoir, Helen chérie, j'attends tes conseils avec anxiété... mais arrange-toi pour que tes paroles soient encourageantes.*

Hélas! pauvre Millicent! quel encouragement, quel conseil puis-je te donner? Je puis seulement affirmer qu'il serait préférable de faire un coup d'État, maintenant, de désappointer mère, frère et fiancé plutôt que de risquer de passer toute une vie dans la douleur et les vains regrets.

*Samedi 13.* – Une nouvelle semaine est passée et il n'est pas rentré. Toute la douceur de l'été se perd, sans aucun plaisir pour moi, sans aucun profit pour lui. J'avais attendu cette saison avec tant d'espoir, je nous imaginais jouissant ensemble de cette belle saison. J'avais espéré qu'avec l'aide de Dieu j'aurais pu lui apprendre à apprécier les joies pures de la nature, de la paix champêtre et de l'amour divin. Mais, hélas, chaque soir je contemple seule le soleil sombrant lentement derrière les collines boisées, qui restent encore tout un moment baignées dans une chaude lumière d'or rouge, et je pense qu'une autre de ces exquises journées est perdue pour lui et pour moi ; et chaque matin je suis éveillée par un bruissement d'ailes et par le joyeux gazouillis des hirondelles et le gai pépiement des moineaux – ils s'activent pour nourrir leurs oisillons ; leurs allées et venues expriment la joie de vivre dans un monde bien à eux – j'ouvre ma fenêtre pour respirer l'air vivifiant montant du paysage qui rit sous la rosée et le soleil. Bien souvent, je nie la beauté de ce paysage en versant des larmes de désespoir, parce qu'il ne peut lui aussi sentir cette bienfaisante fraîcheur. Lorsque je me promène dans nos bois centenaires, égayés par mille et mille petites fleurs sauvages, ou lorsque je m'assieds au bord de l'eau, à l'ombre de nos frênes si nobles, dont les branches fragiles se balancent, doucement poussées par la brise qui joue dans leur feuillage odorant, mes oreilles emplies de la douce symphonie produite par le bruissement des feuilles et le bourdonnement des insectes, mes yeux se posent sur le petit lac, sur les arbres qui se penchent gracieusement comme pour baiser la surface de l'eau ; d'autres dressent leurs têtes fières vers le ciel, mais allongent leurs bras puissants vers l'eau qui leur renvoie leur image du fond de ses profondeurs ; parfois les images sont légèrement brouillées par les ébats des insectes aquatiques ou par une brise plus violente qui rompt pour un moment l'image du miroir ; des petits fragments de paysage tremblent sur le lac, mais je vois toute cette beauté sans en éprouver la moindre joie ; plus le paysage est beau, plus je me lamente et déplore son absence. Pourquoi la nature m'offre-t-elle tout cela, alors qu'il n'est pas ici pour partager mon plaisir ; toute cette beauté me fait ressentir d'autant plus fort l'horreur de notre séparation, car lui aussi doit souffrir d'être loin de moi, même s'il ne s'en rend pas compte; plus mes sens sont grisés par le spectacle de la nature, plus mon cœur est oppressé par la douleur et par la pensée qu'il étouffe parmi la poussière et la fumée de Londres, peut-être même est-il confiné entre les quatre murs de ce club maudit.

Mais c'est le soir, lorsque je monte dans ma chambre, que ma douleur est la plus vive, lorsque je contemple la lune d'été «douce régente du ciel», voguant là-haut sous la voûte bleu sombre, versant sa merveilleuse lumière d'argent sur les bois, le lac, le parc, si pure, si paisible, si exquise que se posent pour moi mille questions: Où est-il? Que fait-il maintenant, inconscient de toute cette beauté céleste? Peut-être festoie-t-il en joyeuse compagnie? Que Dieu me vienne en aide! Je ne puis en supporter davantage!

*23 juillet*. – Le ciel soit loué! Le voici enfin de retour! Mais comme il a changé! Ses joues sont rouges et fiévreuses; il est impatient et languide tour à tour, sa beauté s'est perdue, sa vigueur l'a quitté. Je n'ai montré aucun ressentiment; je ne lui ai même pas demandé ce qu'il a fait si longtemps en ville. Je n'ai pas le courage de lui poser des questions, car je crois qu'il est honteux de sa conduite; il devrait l'être en tout cas et mes questions ne pourraient que nous faire souffrir tous les deux. Je me plais à penser que mon attitude lui fait plaisir, le touche peut-être. Il prétend être heureux de se trouver chez lui et Dieu seul sait combien je me réjouis de l'avoir à mes côtés, même dans cet état. Il reste étendu sur le divan presque toute la journée et m'écoute jouer et chanter pendant des heures. J'écris ses lettres et je lui apporte tout ce qu'il désire; parfois je lui fais la lecture, parfois je lui parle ou je reste simplement assise près de lui en caressant doucement son front. Je sais qu'il ne mérite pas tant de dévotion; je suis sans doute en train de le gâter complètement, mais cette fois je veux lui pardonner tout à fait, le rendre honteux à force de tendresse et ne plus jamais le laisser me quitter.

Il est heureux de se sentir entouré de cette façon, je pourrais presque dire: reconnaissant. Il aime que je reste toujours près de lui et s'il est grognon et querelleur avec les domestiques, il est doux et aimable avec moi. Personne ne peut dire comment il se conduirait si je cessais de prévenir ses moindres désirs, d'éviter tout ce qui pourrait le contrarier. Comme je souhaite avec ardeur qu'il soit digne de tant d'affection! Hier soir, je me trouvais assise tout près de lui, il appuyait la tête sur mes genoux et je caressais doucement ses belles boucles brunes, lorsqu'une larme de regret pour tout ce qui aurait pu être roula de mes joues sur son front. Il leva les yeux, sourit mais sans moquerie et dit:

— Chère Helen! pourquoi pleures-tu? (et il pressa ma main sur ses lèvres brûlantes). Tu sais que je t'aime, que peux-tu désirer de plus?

— Seulement que tu m'aimes toi-même autant et aussi fidèlement que je t'aime.

— Voilà qui sera difficile! répondit-il en me pressant tendrement la main.

*24 août.* – Arthur est à nouveau semblable à lui-même: sensuel et turbulent, léger de cœur et de tête, aussi capricieux et difficile à satisfaire qu'un enfant gâté, tout aussi malicieux lorsque le mauvais temps l'oblige à rester à l'intérieur. Il faudrait qu'il eût quelque chose à faire, un métier utile, une profession, une occupation régulière, n'importe quel travail qui lui occuperait la tête et les mains quelques heures par jour; il faudrait qu'il pensât à autre chose qu'à son plaisir personnel. Il pourrait prendre au sérieux son rôle de propriétaire et s'occuper de la ferme, mais il ne connaît rien à l'élevage et ne veut pas se donner la peine d'apprendre ; il pourrait entreprendre une étude quelconque, apprendre à dessiner ou à jouer d'un instrument de musique ; je cherche souvent à le persuader d'étudier le piano puisqu'il aime la musique, mais il est bien trop paresseux pour une telle entreprise. Il n'a pas plus tendance à vaincre les moindres difficultés qu'à maîtriser ses appétits : ces deux tendances le conduiront à sa perte. J'en rends responsable la dureté sans limites de son père et l'indulgence folle de sa mère. Si, un jour, je suis mère, je lutterai contre ce crime qu'est la trop grande faiblesse maternelle ; je puis appeler ce sentiment un crime quand je pense à toutes les catastrophes qu'il a provoquées.

La saison de la chasse va heureusement commencer bientôt ; si le temps est favorable, la poursuite des perdrix et des faisans l'occupera longtemps et souvent ; si nous avions des grouses, il serait déjà à la chasse au lieu de rester étendu sous l'acacia, occupé à tirer les oreilles de Dash. Mais il se plaint que la chasse solitaire est trop monotone et qu'il lui faudrait quelques amis pour l'accompagner.

— Tâche qu'ils soient plus ou moins décents, dis-je.

Le mot « ami » dans sa bouche me faisait frissonner. Je savais que ces fameux « amis » avaient tout fait pour le retenir à Londres si longtemps ; d'après ce qu'il m'avait raconté parfois sans le vouloir, j'avais pu deviner qu'il leur lisait parfois mes lettres pour leur faire voir combien sa femme avait à cœur ses intérêts et combien elle se languissait loin de lui ; j'avais compris qu'ils le retenaient à Londres, semaine après semaine, et l'entraînaient dans toutes sortes d'excès pour qu'il ne fasse pas figure ridicule de mari trop surveillé par sa femme, ou sans doute voulaient-ils savoir jusqu'où il pourrait aller avant que la pauvre créature amoureuse que j'étais ne secoue l'envoûtement qui la tenait prisonnière. Cette idée, si détestable qu'elle fût, me paraissait vraisemblable.

— Eh bien! répondit-il, j'avais pensé à lord Lowborough, mais il sera impossible de l'inviter sans sa douce moitié, notre amie commune: Annabella. Tu n'as pas peur d'elle, n'est-ce pas, Helen? demanda-t-il avec un éclair facétieux dans les yeux.

— Pourquoi aurais-je peur d'elle? Et qui d'autre penses-tu inviter?

— Hargrave, par exemple, il serait heureux de venir, car s'il habite à deux pas de chez nous, ses terres sont trop peu étendues pour qu'il puisse y chasser; il est tout ce qu'il y a de plus respectable, je t'assure, Helen, un ami des dames... Peut-être Grimsby, comme troisième; il est très convenable, très calme, tu ne peux rien reprocher à Grimsby, je pense?

— Je le déteste, mais je tâcherai de supporter sa présence si tu le désires.

— Ce n'est qu'un préjugé, Helen, une simple antipathie de femme.

— Je t'assure que j'ai de bonnes raisons de ne pas l'aimer; quelqu'un d'autre encore?

— Je crois que oui; Hattersley sera trop occupé à faire la cour à sa femme et n'aura que peu de temps à consacrer aux fusils et aux chiens.

Ceci me rappelle que j'ai reçu plusieurs lettres de Millicent, depuis son mariage; elle est ou prétend être tout à fait convertie aux joies du mariage. Elle dit avoir découvert que son mari avait toutes les qualités; je crois que des yeux moins partiaux ne seraient pas tout à fait du même avis; maintenant qu'elle s'est habituée à sa voix tonitruante, à ses manières brusques et peu courtoises, elle affirme n'avoir aucune difficulté à lui donner tout l'amour qu'une femme doit à son époux et elle me prie de brûler la lettre dans laquelle elle le critiquait en tant que fiancé. J'ose donc espérer qu'elle est heureuse maintenant, et ce n'est que la juste récompense d'une âme aussi bonne ; elle aurait pu se considérer comme une victime choisie par le destin ou par la sagesse maternelle ; si, par ailleurs, elle n'avait pas fait par devoir l'impossible pour aimer son mari, elle l'aurait sans doute détesté jusqu'à la fin de ses jours.

## 26

*23 septembre.* – Voici trois semaines que nos invités sont arrivés. Lord et lady Lowborough sont mariés depuis huit mois et je dois admettre qu'elle a transformé son mari ; son aspect extérieur, ses façons, son caractère se sont grandement améliorés. Mais il reste encore pas mal à corriger. Il n'est pas toujours joyeux, pas toujours content et elle se plaint de sa mauvaise humeur ; elle devrait être la dernière personne à lui reprocher ce trait, car il est toujours aimable avec elle sauf lorsque sa conduite devient intolérable même pour un véritable saint. Il l'adore et irait au bout du monde pour lui faire plaisir. Elle connaît son pouvoir et ne manque pas d'en user, mais comme elle sait bien que les chatteries sont préférables aux ordres, elle tempère judicieusement son despotisme de flatteries, juste assez pour qu'il se croie un homme favorisé des dieux.

Mais elle a une façon de le tourmenter que je puis apprécier, car je l'ai ressentie moi-même. Elle flirte ouvertement mais sans exagérer avec Mr Huntington, qui ne se plaint pas de ce petit jeu ; mais cela m'est égal, car je sais que cela flatte seulement sa vanité et qu'il s'amuse à exciter ma jalousie et peut-être aussi à torturer son ami. Pour elle, elle met dans ce petit jeu plus de méchanceté que d'espièglerie. Il est évidemment de mon intérêt de déjouer leurs manœuvres à tous deux en gardant une imperturbable sérénité; j'affiche donc la plus grande confiance en mon mari et la plus grande indifférence devant les avances de notre belle invitée. Je n'ai jamais adressé le moindre reproche à Arthur, sauf lorsqu'un soir il s'est moqué de l'air déprimé et inquiet de lord Lowborough devant l'attitude particulièrement provocante de sa femme; à cette occasion, j'ai dit tout ce que je pensais sur cette question et lui ai fait de sérieux reproches, mais il n'a fait qu'en rire en disant:

— Tu comprends les sentiments de ce pauvre garçon, n'est-ce pas, Helen?

— Je comprends tous ceux qui sont traités avec injustice, répondis-je; je comprends aussi les sentiments de ceux qui les blessent.

— Mais, ma chère Helen, tu es jalouse! s'écria-t-il en riant de plus belle, et il me fut impossible de le convaincre du contraire. Depuis lors, je m'abstiens de tout commentaire sur ce sujet et je laisse lord Lowborough se défendre lui-même. Il n'a ni le pouvoir ni la possibilité de suivre mon exemple; il cherche à cacher son inquiétude, mais elle est écrite sur son visage; sa mauvaise humeur apparaît de temps à autre, mais il ne peut se fâcher réellement, car les deux partenaires prennent soin de ne jamais aller trop loin. Cependant, je reconnais que je me sens parfois jalouse, farouchement, amèrement jalouse, lorsqu'elle chante ou joue pour lui et qu'il est penché sur le piano, visiblement sous le charme; je sais alors qu'il est réellement ravi et que je n'ai pas le pouvoir d'éveiller semblable ferveur. Je puis l'amuser avec mes modestes chansons, mais non le plonger dans de telles délices.

*28 septembre.* – Nous nous sommes tous rendus, hier, à l'antique maison délabrée de Mr Hargrave, le Grove.

Sa mère nous invite très souvent pour avoir le plaisir de revoir ce cher Walter ; cette fois, elle avait organisé un dîner qui réunissait toute la *gentry* du comté. Les distractions étaient savamment prévues et je ne pouvais m'empêcher de penser au prix que tout cela avait coûté. Je n'aime pas Mrs Hargrave ; elle est dure, prétentieuse et trop mondaine. Elle a assez d'argent pour vivre dans une certaine aisance, mais elle ne sait pas comment administrer ses revenus, pas plus que son fils d'ailleurs ; elle veut sauver les apparences et affiche cette sorte de détestable orgueil qui considère la pauvreté comme un vice. Elle opprime ses fermiers, affame ses domestiques, se prive elle-même et refuse d'assurer un vrai confort à ses filles pour pouvoir se sentir l'égale de ceux qui sont trois fois plus riches qu'elle. Son but principal est que son fils puisse se sentir l'égal des plus grands gentlemen du royaume. Le fils en question a pris des habitudes de luxe, sans être trop dépensier, sans s'abandonner aux plaisirs sensuels, mais simplement en vivant en homme qui «aime les belles choses» ; s'il se conduit souvent comme un enfant gâté, ce n'est pas tellement par goût, mais pour soutenir sa réputation d'homme du monde et pour tenir un certain rôle parmi ses jeunes compagnons dévoyés ; il est trop égoïste pour penser que tout l'argent qu'il dépense pourrait assurer un certain luxe à sa mère et à ses sœurs ; il se contente de remarquer qu'elles font une fois par an une apparition assez remarquée dans le monde et se préoccupe peu de toutes les luttes et des mille économies qui leur ont permis de se présenter décemment. Je porte peut-être un jugement trop sévère sur ce «cher, noble et généreux Walter», mais je crains d'avoir raison.

Le vif désir qu'a Mrs Hargrave de voir ses filles bien mariées est en partie la cause, en partie le résultat de toutes ces erreurs ; en les présentant dans le meilleur monde sous le jour le plus favorable, elle espère leur donner toutes les chances; mais en vivant au-dessus de ses moyens et en couvrant son fils d'argent, elle prive ses filles d'une dot et elle risque de les garder à charge. La pauvre Millicent est, je le crains, la première victime des sottes manœuvres de sa mère, qui se réjouit sans doute d'avoir si bien rempli ses devoirs maternels et espère avoir autant de succès avec Esther. Mais celle-ci n'est encore qu'une enfant, une joyeuse gamine de quatorze ans, aussi honnête et sans artifice que sa sœur, mais avec un caractère bien personnel qui donnera du fil à retordre à sa mère.

## 27

*9 octobre.* – Dans la soirée du 4 octobre, un peu après le thé, Annabella était au piano avec, comme d'habitude, Arthur à ses côtés ; elle venait de terminer sa chanson, mais restait assise devant le clavier ; lui s'appuyait au dossier de sa chaise et lui parlait tout bas, son visage tout près du sien. Je jetai un regard vers lord Lowborough. Il se trouvait à l'autre bout de la pièce en compagnie de Grimsby et Hargrave, mais je pouvais voir qu'il lançait des regards impatients vers le couple formé par sa femme et son hôte ; Grimsby souriait de voir l'expression d'intense mécontentement qui se lisait sur son visage. Je me levai, décidée à interrompre ce *tête-à-tête* ; je pris une partition sur l'étagère et me dirigeai vers le piano avec l'intention de demander à la musicienne de nous jouer cette pièce ; mais je demeurai comme pétrifiée en voyant le sourire exultant qui illuminait son visage rougissant, tandis qu'elle écoutait sans doute quelques mots doux, sa main serrée dans celle de Huntington. Mon cœur battait à se rompre, le sang me brûlait le visage. Mais ce n'était pas tout ; comme je me rapprochais encore, il lança un regard furtif vers les autres occupants de la pièce puis pressa contre ses lèvres la main qu'elle lui abandonnait. Levant les yeux, il me vit devant lui et baissa les paupières, honteux et confus. Elle me vit également mais rencontra mon regard avec défi. Je posai le cahier de musique sur le piano et je leur tournai le dos. Je me sentais mal, mais je ne voulais pas quitter la pièce. Il était heureusement fort tard et nos invités n'allaient pas tarder à se retirer. Je me dirigeai vers le feu et j'appuyai ma tête sur le manteau de la cheminée. Quelqu'un me demanda si j'étais indisposée. Je ne répondis pas, car je savais à peine ce qu'on me demandait, mais je levai machinalement les yeux et vis Mr Hargrave debout sur le tapis.

— Puis-je vous chercher un verre de vin? dit-il.

— Non, merci, répondis-je, et, me détournant de lui, je jetai un regard circulaire sur la pièce.

Lady Lowborough se trouvait à côté de son mari, penchée vers lui, la main appuyée sur son épaule, elle lui parlait doucement en souriant; Arthur était devant la table, feuilletant un livre de gravures sur bois. Je tombai sur le siège le plus proche; Mr Hargrave se retira, comprenant que je n'avais nul besoin de ses services. Un peu plus tard, les invités se dispersèrent et montèrent à leurs chambres; Arthur s'approcha de moi, un sourire plein d'assurance aux lèvres.

— Es-tu très fâchée, Helen? murmura-t-il.

— Il n'y a pas lieu de plaisanter, Arthur, dis-je sérieusement, mais aussi calmement que possible, à moins que tu ne considères que c'est une plaisanterie que de perdre mon affection pour toujours.

— C'est vraiment si grave que cela? s'exclama-t-il en riant, serrant ma main entre les siennes, mais je la lui arrachai avec indignation, presque avec dégoût, car il était visible qu'il avait bu.

— Il faut donc que je me mette à genoux, dit-il, et, s'agenouillant devant moi, les mains jointes, levées en un semblant d'humiliation, il poursuivit sur un ton implorant: «Pardonne-moi, Helen! Chère Helen, pardonne-moi et je ne le ferai plus jamais!», puis il enfouit son visage dans un mouchoir et simula de lourds sanglots.

Je le laissai poursuivre sa comédie, pris ma bougie, quittai discrètement la pièce et gravis les escaliers aussi rapidement que je pus. Mais il s'aperçut très vite que je l'avais quitté et s'élança à ma suite; il me prit dans ses bras à l'instant où j'entrais dans ma chambre et me préparais à lui claquer la porte au visage.

— Par le ciel! tu ne m'échapperas pas ainsi! cria-t-il.

Alarmé par mon agitation, il me supplia de ne pas me mettre dans de tels états, me dit que j'étais mortellement pâle et que j'allais me tuer de chagrin.

— Laisse-moi partir, murmurai-je; et il me lâcha aussitôt, car il avait enfin compris que j'étais en pleine crise passionnelle.

Je m'écroulai dans un fauteuil où j'essayai de me calmer, car je voulais lui parler froidement. Il resta près de moi, mais n'essaya plus de me toucher ou de me parler pendant quelques secondes; puis il se rapprocha, mit un genou à terre, sans moquerie cette fois, pour être plus près de moi; appuyant sa main sur le bras de mon fauteuil, il commença à voix basse:

— Il n'y a rien de sérieux, Helen, ce n'est qu'une plaisanterie, une futilité qui ne vaut même pas la peine qu'on y pense. Tu ne sauras donc jamais que tu n'as rien à craindre de ma part? Que je t'aime, corps et âme! Et il ajouta avec un vague sourire: Si parfois j'accorde une pensée à une autre, tu peux facilement me le permettre, car ces engouements n'ont que la durée d'un éclair, tandis que mon amour pour toi brûle aussi fort et pour autant d'années que la chaleur du soleil. Espèce de petit tyran exigeant, ne peux-tu...

— Tais-toi un instant, Arthur, je te prie, dis-je, et écoute-moi. Ne crois pas que je te parle dans un état de fureur jalouse, je suis parfaitement calme. Sens ma main.

J'étendis gravement la main vers lui, mais je la refermai sur la sienne avec une énergie qui semblait démentir ce que je venais de dire et qui le fit sourire.

— Vous n'avez pas à sourire, sir, dis-je en resserrant encore mon étreinte et en le regardant droit dans les yeux jusqu'à ce qu'il détourne son regard. Cela peut vous amuser, Mr Huntington, d'exciter ma jalousie, mais prenez garde, c'est ma haine que vous pourriez éveiller. Lorsque vous aurez étouffé mon amour, il ne vous sera pas facile de le ranimer.

— Helen, je te promets de ne plus te blesser, mais je t'assure que, pour moi, c'était sans importance aucune. J'avais pris trop de vin et je n'étais plus moi-même.

— Cela t'arrive bien souvent, c'est une autre habitude que je déteste.

Il leva les yeux, surpris par ma véhémence.

— C'est vrai, continuai-je, je ne t'en ai jamais parlé, car j'avais honte, mais maintenant je puis te dire que cela me désole et finira par me dégoûter, si tu continues sur cette voie ; cette habitude ne fera que croître si tu ne t'arrêtes pas à temps. Mais le vin n'est pas seul responsable de ton attitude envers lady Lowborough et, ce soir, tu savais parfaitement ce que tu faisais.

— En tout cas, je le regrette, répliqua-t-il avec plus de mauvaise humeur que de contrition ; que peux-tu souhaiter de plus ?

— Tu regrettes que je vous ai surpris, sans doute, répondis-je froidement.

— Il eût mieux valu que tu ne nous voies pas, murmura-t-il, les yeux fixés sur le tapis, personne n'en aurait souffert.

Mon cœur battait à se rompre, mais je fis un effort pour cacher mon émoi et répondre calmement :

— Tu crois cela ?

— Certainement, répondit-il avec audace. Après tout, qu'ai-je fait ? Rien de grave... c'est toi qui dramatises la situation.

— Que penserait ton ami, lord Lowborough, s'il savait tout ? Que penserais-tu toi-même, si l'un ou l'autre de tes amis me faisait les avances que tu fais à Annabella ?

— Je lui ferais sauter la cervelle.

— Comment peux-tu traiter ce sujet aussi légèrement alors que tu es prêt à tuer un homme qui se risquerait à me faire la cour ? Est-ce une bagatelle que de jouer avec les sentiments de ton ami et les miens... de chercher à voler les sentiments qu'une femme éprouve pour son mari... ces sentiments qui pour lui sont plus précieux que l'or... ne serait-ce pas un acte malhonnête de les voler ? Les serments du mariage sont-ils pour toi une plaisanterie ? Crois-tu pouvoir faire cela comme si c'était un sport ? Comment puis-je aimer un homme qui se conduit de la sorte ? Un homme qui ose prétendre que ce n'est rien de grave ?

— Toi aussi tu enfreins les lois du mariage, dit-il avec indignation en arpentant la pièce de long et large. Tu as juré de me respecter et de m'obéir, et voilà que tu me donnes des ordres, tu menaces, tu accuses, tu me traites comme un bandit de grand chemin. Ce n'est qu'à cause de ton état, Helen, que je m'incline. Je ne me laisserai pas diriger par une femme, fût-elle mon épouse.

— Qu'as-tu l'intention de faire dans ce cas ? Continuer jusqu'à ce que je te haïsse... pour m'accuser ensuite d'enfreindre les lois du mariage ?

Il garda un instant le silence, avant de répondre :

— Tu ne me haïras jamais.

Il fit demi-tour et, s'agenouillant à nouveau à mes pieds, il répéta avec véhémence :

— Tu ne peux me haïr alors que je continue à t'aimer.

— Comment puis-je encore croire que tu m'aimes alors que tu te conduis si mal? Mets-toi un instant à ma place : croirais-tu que je t'aime si je me conduisais de la sorte? Croirais-tu mes protestations d'amour, aurais-tu encore confiance en moi?

— Les cas sont différents, répondit-il. Il est dans le caractère de la femme d'être fidèle, d'aimer un seul homme, aveuglément, tendrement, et pour toujours. Que Dieu vous bénisse! et toi avant toutes les autres... mais il faut avoir pitié des pauvres hommes, Helen, il faut nous laisser un peu de liberté, car, comme dit Shakespeare :

*Quoique nous soyons très fiers de nous,*
*Nos affections sont plus tremblantes, moins solides,*
*Plus changeantes, plus vite perdues et plus vite retrouvées*
*Que celles des femmes.*

— Veux-tu dire que ton affection est perdue pour moi et retrouvée pour lady Lowborough?

— Le ciel m'est témoin que je la considère comme de la poussière, comparée à toi... et je continuerai à penser ainsi si tu ne m'écartes pas toi-même par trop de sévérité. Elle est fille de la terre, tu es un ange descendu du ciel; ne te drape pas trop sévèrement dans ta divinité, souviens-toi que je ne suis qu'un pauvre et faillible mortel. Voyons, Helen, me pardonnes-tu? dit-il en s'emparant doucement de ma main et me regardant avec un sourire innocent.

— Si je te pardonne, tu recommenceras.

— Je te jure sur...

— Ne jure pas, je n'ai pas plus de confiance en ta parole qu'en ton serment. Je voudrais que cette confiance soit possible.

— Mets-moi à l'épreuve, Helen; pardonne cette fois et tu verras! De grâce, je souffre les tourments de l'enfer... dis-le.

Je ne dis rien, mais je posai ma main sur son épaule et lui baisai le front pour finir par éclater en larmes. Il m'enlaça tendrement, et depuis lors nous sommes de bons amis. Il évite de trop boire à table et se conduit bien avec lady Lowborough. Le premier jour, il évita de la rencontrer aussi souvent que cela était possible sans frôler l'impolitesse; ensuite il fut aimable et poli, sans plus... du moins en ma présence... mais je pense qu'il a dû être assez distant, car elle fait des mines hautaines et déçues. Lord Lowborough est visiblement plus joyeux et plus cordial envers son hôte. Mais je serai heureuse de les voir partir; j'ai si peu de sympathie pour Annabella qu'il m'est difficile d'être polie; comme elle est la seule invitée féminine, nous sommes nécessairement très souvent ensemble. Je saluerai avec soulagement la prochaine visite de Mrs Hargrave. J'ai fort envie, avec la permission d'Arthur, d'inviter la vieille dame à séjourner chez nous jusqu'au départ de nos invités. Je crois que je vais le faire. Elle considérera cette invitation comme une gentillesse de ma part, et quoique je n'aime pas spécialement sa compagnie, elle sera la bienvenue comme troisième personnage féminin entre lady Lowborough et moi.

La dernière fois que je me trouvai seule avec cette dernière, après cette mémorable soirée, fut le lendemain, une heure ou deux après le petit déjeuner. Les messieurs étaient partis après leur habituelle conversation à bâtons rompus autour de la lecture des journaux et de l'expédition de quelques lettres. Nous restâmes assises en silence durant quelques minutes. Elle travaillait à l'aiguille, je parcourais distraitement les colonnes d'un quotidien dont j'avais extrait tout le suc vingt minutes plus tôt. Je me sentais horriblement embarrassée et je croyais qu'elle était encore plus gênée que moi; il paraît que je me trompais. Elle parla la première; souriant froidement et avec assurance, elle commença ainsi:

— Ton mari était très joyeux, hier soir, Helen; est-il souvent ainsi?

Mon sang me brûlait le visage; mais je préférais qu'elle attribue la conduite d'Arthur au vin qu'à toute autre chose.

— Non, répondis-je, et il ne le sera plus jamais de cette façon.

— Tu lui as fait un sermon, n'est-ce pas?

— Pas du tout, mais je lui ai dit que je méprisais une telle conduite et il m'a promis de ne plus recommencer.

— Il m'a paru assez déprimé, ce matin, continua-t-elle; et toi, Helen on voit que tu as pleuré... c'est la grande arme des femmes, n'est-ce pas?... tes yeux ne sont-ils pas douloureux?... et ces larmes, donnent-elles le résultat espéré?

— Je ne pleure jamais pour obtenir quelque chose, je ne puis comprendre cela.

— Je ne sais pas, je n'ai jamais eu l'occasion de m'en servir; mais j'ai l'impression que si Lowborough se conduisait aussi mal, c'est lui qui pleurerait. Je ne suis pas étonnée de te savoir fâchée, car tu peux être certaine que je donnerais une bonne leçon à mon mari pour bien moins que cela. Mais il n'agira jamais ainsi, je le tiens trop bien en mains.

— Pourquoi t'accorder tout le crédit? Lord Lowborough est bien connu pour son caractère sérieux.

— Tu veux sans doute parler de la boisson... oui, il est raisonnable sur ce point. Mais il est tout aussi sérieux vis-à-vis des autres femmes; du moins tant que je vivrai, car il vénère jusqu'au sol sur lequel je pose le pied.

— Vraiment! Et es-tu sûre de le mériter?

— Cela, je ne puis le dire; nous sommes toutes des créatures faillibles, Helen, aucune de nous ne mérite d'être adorée. Mais es-tu certaine que ton bien-aimé Huntington mérite tout l'amour que tu lui donnes?

Je ne savais que répondre. Je bouillais de colère; mais je parvins à maîtriser toute manifestation extérieure de mes sentiments, je me mordis la lèvre et prétendis réparer une erreur dans ma broderie.

— En tout cas, poursuivit-elle, poussant son avantage, tu peux toujours te consoler en te disant que toi, tu mérites tout l'amour qu'il te donne.

— Tu me flattes, dis-je, mais, du moins, je puis essayer d'en être digne.

Puis, j'amenai la conversation sur un autre terrain.

# 28

*5 décembre*. – L'année dernière, à Noël, j'étais une jeune mariée, le cœur débordant de félicité et d'espoirs merveilleux pour l'avenir… quoique non dépourvue de craintes. Je suis maintenant une épouse ; ma félicité s'est tempérée, mais elle n'est pas détruite. Mes espoirs ont diminué mais ne sont pas épuisés à jamais ; mes craintes ont augmenté mais ne sont pas encore tout à fait confirmées par les faits… et grâce à Dieu, je suis mère. Dieu m'a envoyé une petite âme que je dois préparer pour le ciel, il m'a donné une félicité nouvelle, plus calme, des espoirs plus solides.

*25 décembre 1823*. – Une autre année s'est enfuie. Mon petit Arthur grandit. Il est en bonne santé, mais pas très fort, débordant de vivacité et d'espièglerie, affectueux déjà, capable d'émotions et de passions qu'il est encore incapable d'exprimer. Il a enfin réussi à gagner le cœur de son père ; je vis maintenant dans la crainte que l'indulgence trop grande de son père ne gâte son caractère. Je dois me méfier de ma propre faiblesse, je ne comprends que maintenant quelle lutte les parents doivent soutenir pour ne pas gâter leurs enfants, surtout lorsqu'il s'agit d'un enfant unique.

J'ai vraiment besoin du réconfort que m'apporte la présence de mon fils car, je peux l'avouer à ce papier qui sera muet, mon mari ne m'en apporte guère. Je l'aime toujours, lui aussi m'aime, à sa manière; mais comme ces sentiments sont différents de l'amour dont j'avais rêvé! Comme il y a peu de vraie sympathie entre nous, je garde tristement au tréfonds de mon cœur mille pensées et mille sentiments; toute une part de ce qu'il y a de meilleur en moi est toujours vierge, destiné à se durcir ou à surir dans l'ombre froide de la solitude, à dégénérer faute de nourriture dans un sol ingrat. Mais, je le répète, je n'ai pas le droit de me plaindre, je veux simplement dire la vérité, ou tout au moins une partie de la vérité, je veux espérer que rien de plus sombre ne viendra ternir ces pages à l'avenir. Voici deux ans que nous sommes mariés, je suppose que le côté «romantique» de notre attachement s'est usé peu à peu. Je suis descendue au dernier degré dans l'affection d'Arthur et je pense connaître à fond les mauvais côtés de son caractère; si quelque chose devait encore changer en lui, ce serait pour améliorer son tempérament; nous sommes parfaitement habitués l'un à l'autre et ne pouvons descendre plus bas dans l'opinion que nous avons de notre partenaire, du moins je le suppose. Dans ce cas, la vie est supportable.

Arthur n'est pas réellement mauvais; il a d'excellentes qualités; mais c'est un homme dépourvu de mesure et d'aspirations élevées: il est l'amant du plaisir et se laisse aller à des jouissances animales: il n'est pas ce que l'on peut appeler un mauvais mari mais ses conceptions des devoirs matrimoniaux sont différentes des miennes. Si j'en juge par les apparences, pour lui, la femme doit aimer son mari et rester au foyer, elle doit le servir, l'amuser, le réconforter de toutes manières imaginables s'il lui plaît de rester au logis; lorsqu'il est absent, elle doit veiller à ses intérêts domestiques et autres, et attendre patiemment son retour, sans se soucier de savoir ce qu'il fait entre-temps.

Dès le début du printemps, il m'annonça qu'il avait l'intention de se rendre à Londres, où sa présence était nécessaire. Il regrettait vivement d'être obligé de me quitter, mais il espérait que je m'amuserais avec le bébé pendant son absence.

— Mais pourquoi ne puis-je t'accompagner, dis-je, je puis me préparer très rapidement.

— Tu ne songes pas à amener l'enfant en ville?

— Pourquoi pas?

Il prétendit que l'idée était absurde : l'air de la ville lui ferait le plus grand tort et je n'aurais pas le temps de m'occuper de lui ; dans de telles circonstances, les couchers tardifs et les habitudes londoniennes me gêneraient ; il m'assura que, d'une façon générale, ma visite serait très compliquée, nuisible et dangereuse pour l'enfant comme pour moi. Je relevai chacune de ses objections, car je craignais de le voir partir seul ; j'étais prête à sacrifier n'importe quoi pour l'empêcher de m'abandonner une fois encore ; de sorte qu'il me dit finalement, non sans une certaine mauvaise humeur, qu'il ne désirait pas ma présence ; les nuits sans sommeil passées dans la chambre voisine du bébé l'avaient épuisé, il avait besoin de repos. Je lui proposai de faire chambre à part, mais il refusa.

— Je vois, Arthur, que ma compagnie te fatigue et que tu veux te débarrasser de moi. Tu aurais pu le dire dès le début de notre conversation.

Il prétendit le contraire, mais je quittai la pièce et courus vers la nurserie ; là, au moins, je pourrais cacher mes sentiments, si même je n'arrivais pas à calmer ma détresse.

Le sujet était trop brûlant, j'évitais de parler encore de son départ, si ce n'est pour m'occuper de certaines dispositions à prendre et la conduite à suivre pendant son absence. Le jour de son départ, je le suppliai pourtant de prendre bien soin de lui-même et de s'écarter de la tentation. Il se moqua de ma détresse, m'assura que je n'avais nulle raison de m'inquiéter et promit de suivre mes conseils.

— Je suppose que je ne peux pas te demander quand tu comptes rentrer, dis-je.

— C'est assez difficile, mais sois assurée, chérie, que je ne resterai pas longtemps.

— Je n'ai pas l'intention de te retenir prisonnier, répondis-je, je ne me plaindrais pas même si tu restais des mois à Londres, puisque tu peux être heureux si longtemps loin de moi... si seulement j'étais certaine que tu n'es pas en danger ; l'idée que tu vas retrouver ces gens que tu nommes tes amis me déplaît.

— Ta, ta, ta... tu es une petite sotte ! Je suis assez grand pour savoir ce que j'ai à faire.

— Tu ne l'étais pas la dernière fois... Mais cette fois-ci, Arthur, montre-moi de quoi tu es capable, prouve que je n'ai pas tort d'avoir confiance en toi, ajoutai-je sérieusement.

Il promit aussitôt, mais sur le ton que l'on prend pour calmer un enfant. Croyez-vous qu'il tînt sa promesse ? Mais non, et depuis je n'ai plus confiance en lui. Quelle amère confession ! Les larmes m'aveuglent tandis que j'écris. Il est parti au début de mars et il n'est revenu qu'en juillet. Cette fois il ne se donna pas la peine de me fournir des excuses, ses lettres s'espacèrent de plus en plus, devinrent de plus en plus brèves, moins affectueuses après quelques semaines. Mais lorsque, de mon côté, j'omettais d'écrire, il se plaignait de ma négligence.

Lorsque je lui écrivais une lettre sérieuse et froide, et j'admets que je le faisais assez souvent, il blâmait ma dureté, me disant qu'il n'en fallait pas plus pour lui ôter toute envie de revenir. Si je le suppliais de rentrer, il m'écrivait une lettre un peu plus gentille et promettait de revenir bientôt; mais j'avais enfin compris ce que valaient ses promesses.

## 29

Ces quatre mois furent très durs pour moi, j'étais partagée entre une intense anxiété, le désespoir, l'indignation, la pitié, pour lui et pour moi. Pourtant, j'avais un puissant réconfort : mon petit enfant chéri, petit être inoffensif et sans péché, mais même cette consolation était mitigée, car je me demandais sans cesse : «Comment pourrais-je lui apprendre à respecter son père tout en lui apprenant à ne pas suivre son exemple ?»

Je me souvins que, d'une façon, j'avais attiré sur moi toutes ces afflictions, et je décidai de les supporter sans me plaindre. Je résolus de ne pas porter les péchés d'un autre et de me distraire autant que possible. À côté de la compagnie de mon enfant, j'avais celle de la fidèle Rachel, qui devinait sans doute ma tristesse et la partageait, mais était trop discrète pour en parler ; j'avais aussi mes livres et mon crayon, mes obligations domestiques, le bien-être et le confort des fermiers pauvres d'Arthur à assurer. Je trouvais parfois grand plaisir en la compagnie de ma jeune amie Esther Hargrave : je lui rendais visite de temps à autre, à cheval, ou bien elle venait passer la journée au manoir. Mrs Hargrave ne se rendit pas à Londres au cours de la saison mondaine ; comme elle n'avait pas de fille à marier, elle préféra rester chez elle à faire des économies et, par miracle, Walter rentra au début de juin et resta avec elle jusqu'aux derniers jours d'août.

Je le vis pour la première fois un soir d'été, je folâtrais dans le parc en compagnie du petit Arthur et de Rachel, qui cumule les charges de gouvernante et de femme de chambre. Comme je mène une vie assez retirée et que d'autre part je suis très active, elle ne doit guère s'occuper de moi ; comme elle m'a élevée et désire ardemment s'occuper de mon fils, je lui adjoignis une jeune fille pour l'aider ; cela m'épargna la grande dépense d'une gouvernante, car depuis que je m'occupais des affaires financières d'Arthur, je savais ce que ce mot veut dire ; j'avais, de mon propre chef, consacré la plus grande part de mes revenus à la liquidation de ses dettes ; la somme d'argent qu'il parvient à gaspiller lorsqu'il se rend à Londres est inconcevable. Mais revenons-en à Mr Hargrave : j'étais debout avec Rachel, au bord de l'eau ; elle portait le petit Arthur, que je faisais rire en le chatouillant avec une branchette de saule couverte de châtons dorés, lorsque, à ma grande surprise, il entra dans le parc et traversa la pelouse, monté sur son superbe *hunter*. Il m'adressa un compliment fort joliment tourné, qu'il avait sans doute composé tout en se promenant. Il me dit apporter un message de sa mère qui, sachant qu'il passerait près du manoir, l'avait chargé de m'inviter à un petit dîner amical pour le lendemain.

— Vous ne rencontrerez personne d'autre que nous, dit-il, Esther désire vivement vous voir ; ma mère craint que vous ne souffriez de la solitude, toute seule dans cette grande maison, et souhaite que vous lui donniez plus souvent le plaisir de votre compagnie, que vous vous sentiez comme chez vous dans notre humble demeure jusqu'à ce que le retour de Mr Huntington rende celle-ci plus habitable.

— Votre mère est très aimable, répondis-je, mais comme vous le voyez, je ne suis pas seule... ceux dont les journées sont bien remplies se plaignent rarement de la solitude.

— Ne viendrez-vous pas demain ? Elle sera fort désappointée si vous refusez son invitation.

Il ne me plaisait guère que l'on eût pitié de ma solitude, mais je promis cependant de venir.

— Quelle merveilleuse soirée ! dit-il, en regardant le parc encore ensoleillé, étalant ses pentes imposantes, son eau calme, et ses bouquets d'arbres majestueux. C'est un véritable paradis !

— La soirée est très belle, répondis-je ; je soupirai en songeant combien peu j'étais consciente de sa beauté, combien Grassdale était loin d'être un paradis pour moi... et comme je regrettais que l'exilé volontaire en profitât encore moins que moi. Je ne puis dire si Mr Hargrave devina mes pensées mais ce fut sur un ton légèrement hésitant, mais sympathisant et sérieux qu'il me demanda si j'avais des nouvelles fraîches de Mr Huntington.

— Pas depuis ces derniers jours, répondis-je.

— Je le pensais, murmura-t-il comme pour lui-même en fixant pensivement le sol.

— Ne venez-vous pas d'aller à Londres ?

— Je suis rentré depuis hier.

— L'avez-vous rencontré ?

— Oui... je l'ai vu.

— Était-il en bonne santé ?

— Oui, c'est-à-dire, il était aussi bien qu'il mérite de l'être étant donné les circonstances, répondit-il non sans une gêne croissante et une indignation qu'il cherchait à maîtriser.

J'aurais cru cela impossible d'un homme aussi favorisé, ajouta-t-il en levant les yeux et en soulignant sa phrase d'un salut très grave. Je suppose que je devais être écarlate.

— Veuillez m'excuser, Mrs Huntington, mais je ne puis cacher mon indignation plus longtemps lorsque j'assiste à un tel étalage de mauvais goût et d'aveugle infatuation... mais peut-être n'êtes-vous pas au courant...

Il s'arrêta.

— Je ne sais rien, monsieur... si ce n'est qu'il prolonge son séjour à Londres ; si, pour le moment, il préfère la société de ses amis à celle de sa femme, les dissipations de la ville à la vie calme de la campagne, je pense que c'est surtout à cause de ses amis que je dois subir cette longue séparation. Il partage leurs goûts et leurs occupations et je ne vois donc pas en quoi un de ces amis peut se scandaliser de sa conduite.

— Vous m'accusez à tort, répondit-il, je n'ai vu que très rarement Mr Huntington au cours de ces dernières semaines, je vous assure que les goûts et les occupations qui le retiennent à Londres m'attirent fort peu... je ne suis qu'un voyageur solitaire. Alors que je ne fais que tremper les lèvres à la coupe des plaisirs, lui la vide jusqu'au fond ; si j'ai parfois, pour un moment, cherché à étouffer la voix de la réflexion dans la folie et la dissipation, si j'ai perdu trop de temps parmi ces jeunes fous dissipés, Dieu m'est témoin que c'est par simple réaction contre la solitude. Si j'avais seulement la moitié des joies que possède cet homme, et qu'il rejette par-dessus son épaule, si je pouvais jouir des joies domestiques qu'il a à sa disposition, si je pouvais partager ce home magnifique avec une telle compagne, je renoncerais entièrement et pour toujours aux plaisirs de la ville. C'est une infamie ! siffla-t-il entre les dents, et il ajouta tout haut : Ne croyez donc pas, Mrs Huntington, que je sois coupable, que j'aie pu l'aider à poursuivre cette vie folle ; au contraire, j'ai discuté avec lui à diverses reprises, je lui ai montré mon étonnement devant une telle conduite, je lui ai rappelé ses devoirs et ses privilèges... mais tout cela en vain ; il persistait...

— En voilà assez, Mr Hargrave, vous devriez comprendre que quelles que soient les fautes de mon mari, elles ne peuvent que paraître plus graves encore lorsqu'elles me sont rapportées par la bouche d'un étranger.

— Ne suis-je donc qu'un étranger ? dit-il, d'un ton plein de tristesse. Je suis votre plus proche voisin, le parrain de votre fils, l'ami de votre mari, ne puis-je donc être le vôtre ?

— Je pense qu'une longue relation doit précéder l'amitié ; je vous connais à peine, Mr Hargrave, et ce que je sais, je l'ai appris par un tiers.

— Mais j'ai passé six ou sept semaines sous votre toit, l'automne dernier, l'avez-vous déjà oublié ? Moi, je m'en souviens. Je vous connais assez, pour penser que votre mari est l'homme le plus heureux du monde, et je serais presque aussi heureux que lui si vous vouliez m'accorder votre amitié.

— Si vous me connaissiez mieux, vous sauriez que c'est impossible ; vous sauriez, en tout cas, qu'il ne faut pas en parler et surtout pas espérer que je puisse être flattée par de tels sentiments.

En parlant de la sorte, je fis un pas en arrière ; il comprit que je désirais clore cette conversation ; il s'inclina gravement, me souhaita une bonne soirée et dirigea son cheval vers la route. Il paraissait triste, blessé par la façon dont j'avais accueilli ses avances. Je n'étais pas certaine d'avoir eu raison de lui répondre aussi durement, mais j'étais irritée et trouvais sa conduite presque insultante ; il semblait vouloir profiter de l'absence de mon mari et insinuer certaines choses encore plus laides que la vérité à son sujet.

Rachel s'était éloignée durant notre conversation. Il s'avança vers elle, à cheval, et demanda à voir l'enfant. Il le prit gentiment dans ses bras, le contempla avec un sourire presque paternel et, comme je m'approchais, je l'entendis murmurer :

— Cela aussi, il l'a trahi !

Il l'embrassa tendrement et le rendit à sa gouvernante ravie.

— Aimez-vous les enfants, Mr Hargrave ? dis-je, radoucie par sa conduite.

— Pas d'une façon générale, répondit-il, mais cet enfant est tellement charmant, et, ajouta-t-il plus bas, il ressemble terriblement à sa mère.

— Vous vous trompez, il ressemble plutôt à son père.

— N'êtes-vous pas de mon avis, nurse ? demanda-t-il à Rachel.

— Je pense qu'il a des traits de l'un et de l'autre, répondit-elle.

Il partit ; Rachel estima que c'était un charmant homme mais j'avais encore des doutes à ce sujet.

Je le rencontrai souvent au cours des six semaines qui suivirent cette conversation ; mais sauf une fois, il était toujours en compagnie de sa sœur ou de sa mère, ou des deux. Comme par hasard, il était toujours à la maison lorsque je leur rendais visite, et lorsqu'elles venaient chez moi, il les conduisait dans le phaéton. Il était visible que sa mère se réjouissait de le voir prendre des habitudes aussi domestiques et elle acceptait avec joie *ses* attentions toutes nouvelles.

C'est par une lumineuse matinée de juillet, chaude sans être étouffante, que je le rencontrai seul ; j'avais amené le petit Arthur dans les bois qui bordent le parc ; il était assis sur les racines couvertes de mousse d'un vieux chêne ; j'étais agenouillée devant lui et je lui tendais une à une des campanules et des roses sauvages que je venais de cueillir ; j'étais agenouillée devant lui et la beauté des fleurs se reflétaient dans ses yeux souriants ; j'oubliais pour un instant tous mes soucis pour faire écho à son rire joyeux et partager son ravissement ; mais une ombre ternit brusquement la tache de soleil qui s'étendait à nos pieds ; levant les yeux, je vis Walter Hargrave qui nous contemplait, debout à quelques pas de nous.

— Excusez-moi, Mrs Huntington, mais j'étais envoûté, je ne pouvais m'avancer pour vous interrompre, ni m'éloigner d'une telle scène. Comme mon petit filleul devient solide ! Comme il paraît joyeux, ce matin ! Il s'approcha de l'enfant, se baissa pour lui prendre la main ; mais il recula prudemment en voyant que ces caresses produiraient plus facilement des pleurs et des lamentations que des marques d'affection.

— Quel plaisir et quel réconfort doit vous apporter ce petit, Mrs Huntington ! remarqua-t-il avec une note de tristesse dans la voix en contemplant l'enfant avec admiration.

— C'est vrai, répondis-je. Je lui demandais ensuite des nouvelles de sa mère et de sa sœur.

Il répondit poliment à mes questions pour revenir ensuite au sujet que je cherchais à éviter ; mais il en parla timidement comme s'il craignait de m'offenser.

— Avez-vous eu des nouvelles de Huntington, ces derniers jours ? dit-il.

— Pas cette semaine, répondis-je.

J'aurais pu dire : pas depuis trois semaines.

— J'ai reçu une lettre de lui, ce matin. J'aimerais pouvoir vous la montrer.

Il retira à moitié de sa poche une enveloppe portant l'écriture toujours chère d'Arthur, fit une grimace et la remit en place, en ajoutant :

— Il annonce son retour pour la semaine prochaine.
— Il m'écrit cela dans chacune de ses lettres!
— Vraiment! Cela lui ressemble! Mais lorsqu'il m'écrivait, il disait toujours vouloir rester en ville jusqu'à maintenant.

Cette nouvelle me causa un choc, c'était une preuve de plus qu'il mentait systématiquement et de façon préméditée.

— Tout cela cadre assez bien avec le personnage, remarqua Mr Hargrave, qui me regardait pensivement et lisait sans doute mes sentiments sur mon visage.

— Vous pensez donc qu'il rentrera vraiment la semaine prochaine? dis-je après un instant de silence.

— Vous pouvez en être certaine... si une telle certitude peut vous apporter quelque plaisir. Est-il possible que vous vous réjouissiez de son retour? s'écria-t-il en fouillant mon visage du regard.

— Bien entendu, Mr Hargrave; n'est-il pas mon mari?
— Oh, Huntington, tu sais qui tu trompes! murmura-t-il avec passion.

Je soulevai mon bébé, souhaitai une bonne journée à Mr Hargrave et le quittai pour réfléchir à mon aise, à l'abri des regards inquisiteurs.

Étais-je vraiment contente de ce retour? J'étais ravie; la conduite d'Arthur me fâchait, je savais qu'il m'avait fait grand tort et j'étais bien décidée à le lui faire comprendre.

## 30

Le lendemain matin, je reçus quelques lignes qui confirmaient ce que Hargrave m'avait annoncé. Il revint la semaine suivante, encore plus mal en point, physiquement et moralement, que les autres fois. J'étais toujours décidée à avoir quelques explications avec lui ; mais le premier jour il était épuisé par le voyage et j'étais heureuse de l'avoir à nouveau près de moi ; j'attendis jusqu'au lendemain pour lui faire comprendre à quel point il m'avait blessée. Le lendemain, il était toujours aussi las, j'attendis encore un peu. Il avait déjeuné d'une bouteille de soda et d'une tasse de café noir additionnée de cognac et à midi, au dîner, il critiqua chaque plat et déclara que nous devions changer de cuisinière.

— C'est toujours la même cuisinière, Arthur. Tu étais très satisfait de ses menus avant ton départ.

— Tu l'as sans doute laissée trop libre pendant que j'étais absent. Je risque d'être empoisonné par cette infecte nourriture.

Il repoussa son assiette d'un air maussade et s'appuya au dossier de sa chaise d'un air désespéré.

— Je crois que c'est toi qui as changé, et non la cuisinière, dis-je mais sur un ton des plus gentils, car je ne voulais pas l'irriter.

— C'est possible, répondit-il avec insouciance en avalant rapidement un gobelet de vin allongé d'eau. Un feu d'enfer me dévore le corps, toute l'eau de l'océan ne pourrait l'éteindre !

— Qui est-ce donc qui l'a allumé ? étais-je sur le point de demander lorsque le maître d'hôtel entra et commença à débarrasser la table.

— Dépêchez-vous, Benson, cessez ce bruit infernal ! cria-t-il. Et emportez ce fromage si vous ne voulez pas me voir vomir !

Benson, assez étonné, reprit le fromage et fit de son mieux pour ramasser rapidement et silencieusement ce qui restait sur la table, mais, malheureusement il y avait un pli dans le tapis juste derrière la chaise que son maître avait brutalement reculée ; il trébucha et la vaisselle qui chargeait son plateau fit un fracas assez effrayant, mais il parvint à se redresser sans autre dommage qu'une saucière brisée ; à ma plus grande horreur, Arthur se retourna furieusement vers lui et l'insulta grossièrement. Le pauvre homme pâlit et se baissa pour ramasser les morceaux en tremblant visiblement.

— Ce n'est pas de sa faute, Arthur, il a accroché le tapis, ce n'est vraiment pas grave. Laissez les morceaux pour le moment, Benson, vous les ramasserez plus tard.

Heureux de pourvoir s'échapper, Benson servit rapidement le dessert et quitta la pièce.

— Pourquoi diable prends-tu le parti du domestique contre moi ? dit Arthur dès que la porte fut refermée. Tu savais que j'étais énervé.

— Je ne le savais pas, Arthur, et le pauvre homme était effrayé et blessé par ton explosion de rage.

— Pauvre homme vraiment ! Pourquoi devrais-je m'abaisser à ménager les sentiments de cette brute, alors que mes pauvres nerfs sont torturés par ses maladresses idiotes.

— Tu ne t'es jamais plaint de tes nerfs jusqu'à présent.

— Pourquoi n'aurais-je pas des nerfs, moi aussi, tout comme toi ?

— Je veux bien admettre que tu as des nerfs mais je te ferai remarquer que je ne me plains jamais des miens.

— Bien sûr, pourquoi te plaindrais-tu... rien ne peut jamais t'énerver.

— Mais toi, pourquoi t'énerves-tu ?

— J'ai autre chose à faire que de rester à la maison pour me dorloter comme une femme.

— Si tu es vraiment obligé de voyager, pourquoi ne te conduis-tu pas comme un honnête homme lorsque tu es à l'étranger ? Tu m'avais promis...

— De grâce, Helen, ne recommence pas avec cette histoire, je ne suis pas en état de le supporter.

— Tu ne peux supporter quoi ?... que je te rappelle tes promesses ?

— Helen, tu es cruelle. Si tu savais à quel point tes reproches me brisent les nerfs, tu aurais pitié de moi. Tu peux avoir pitié d'un imbécile de domestique qui casse un plat ; mais tu n'as aucune pitié pour ton mari, alors que ma tête est sur le point d'éclater et qu'une fièvre ardente me brûle.

Il soupira en appuyant sa tête sur sa main. Je m'approchai et posai ma main sur son front ; il brûlait, en effet.

— Accompagne-moi au salon, Arthur, et ne bois plus de vin ; tu en as bu plusieurs verres depuis le dîner sans rien manger. Comment espères-tu te guérir avec un tel régime ?

À force de caresses et de prières, je parvins à l'éloigner de la table. Lorsque la nurse nous amena le bébé, j'essayai de le distraire en lui apportant l'enfant, mais le pauvre petit «faisait des dents» et son père ne pouvait supporter ses gémissements; dès qu'il commença à s'agiter, son père ordonna qu'on lui fasse quitter la pièce à l'instant; lorsque, au cours de la soirée, je montai près du bébé pour égayer un peu sa solitude, mon époux me fit d'amères reproches en disant que je lui préférais l'enfant. À mon retour, Arthur était étendu sur le sofa, tel que je l'avais laissé.

— Eh bien! te voilà! s'exclama-t-il sur un ton d'homme frustré. Je n'ai pas voulu te faire appeler, je voulais voir combien de temps il te plairait de me laisser seul.

— Je ne suis pas restée longtemps, à peine une heure, je pense.

— Évidemment, une heure, ce n'est rien pour toi. Tu t'amusais, mais moi…

— Je ne m'amusais pas, l'interrompis-je, je soignais notre pauvre mignon qui n'est pas bien du tout; je ne pouvais le quitter avant qu'il soit endormi.

— Oui, je sais, tu débordes de gentillesse, tout le monde en profite, sauf moi.

— Pourquoi aurais-je pitié de toi, es-tu malade?

— C'est le comble! après tant de fatigues, tant d'ennuis, je rentre chez moi, malade et épuisé, espérant trouver le confort, un peu de gentillesse et d'attentions, tout au moins de la part de ma femme… et c'est elle qui me demande calmement ce qui ne va pas!

— Tu n'as rien de grave et si tu ne te sens pas bien, c'est uniquement de ta faute; tu n'as pas suivi mes conseils, ne te plains donc pas.

— Écoute, Helen, cria-t-il en se levant à moitié, si tu ajoutes encore un seul mot de reproche, je sonne et je me fais apporter six bouteilles de vin et je te jure que je les viderai avant de me lever de ce fauteuil!

Je n'ajoutai pas un mot. Je m'assis devant la table et attirai un livre vers moi.

— Donne-moi au moins le calme si tu ne veux rien m'offrir d'autre, continua-t-il en se laissant retomber sur les coussins, en poussant un soupir qui ressemblait à un grognement.

Il ferma languissamment les yeux comme s'il voulait dormir.

Je ne saurais dire quel était le sujet du livre qui était ouvert devant moi, car je ne parvins pas à en lire une seule ligne. J'appuyais les deux coudes de chaque côté du livre, je me cachais les yeux des deux mains pour pleurer en silence. Mais Arthur ne dormait pas; comme je laissais échapper un léger sanglot, il leva la tête et regarda autour de lui en criant avec impatience:

— Pourquoi diable pleures-tu, Helen?

— C'est sur toi que je pleure, Arthur, répondis-je en séchant rapidement mes yeux; je me levai et j'allai me jeter à ses pieds; serrant sa main molle entre les miennes, je lui dis:

— Ne sais-tu pas que tu es un morceau de moi-même? Tu ne peux te faire du mal à toi-même ou te dégrader sans que je le sente et que j'en souffre.

— Me dégrader, Helen?

— Oui, qu'as-tu fait pendant tout ce temps?

— Tu ferais mieux de ne pas me le demander, dit-il avec un faible sourire.

— Je crois qu'il est préférable que tu ne me le dises pas, en effet, mais tu ne peux nier que tout cela est assez avilissant. Tu t'es fait grand tort, au corps et à l'âme, et à moi-même. Je ne puis supporter cela sans rien dire... non, je ne le veux pas.

— Pour l'amour du ciel, ne presse pas ma main aussi frénétiquement et ne t'agite pas ainsi! Oh, Hattersley!

tu avais raison! Cette femme me conduira à la tombe avec ses sentiments et cette formidable force de caractère qu'elle possède. Pitié, de grâce!

— Arthur, tu dois te repentir! criai-je et dans mon désespoir, je l'enlaçai avec ardeur et j'enfouis ma tête sur sa poitrine. Dis-moi que tu regrettes ce que tu as fait!

— Mais oui, bien certainement.

— Ce n'est pas vrai! Tu recommenceras!

— Je ne vivrai pas assez longtemps pour recommencer si tu continues à me traiter aussi sauvagement, répondit-il en me repoussant. Tu m'as presque étouffé! Il pressait la main sur son cœur et paraissait vraiment agité et même malade.

— Apporte-moi un verre de vin, dit-il, pour que je reprenne des forces, espèce de tigresse! Je suis sur le point de m'évanouir.

Je me hâtai de quérir le remède demandé, qui sembla le ranimer.

— Quelle honte, dis-je, comme je lui prenais le verre vide des mains, quelle honte de voir un homme jeune et fort comme toi réduit à cet état de faiblesse.

— Si tu savais tout, ma chère, tu dirais plutôt: «Comment peux-tu supporter tout cela aussi bien!» J'ai vécu plus ardemment pendant ces quatre mois que toi pendant ta vie entière, passée, présente et à venir; je ne dois donc pas être étonné de me trouver un peu démoli physiquement.

— Si tu n'es pas plus prudent, tu t'apercevras que ta santé est tout à fait détruite par ta propre faute et tu m'enlèveras toute raison de t'aimer, si du moins cela te touche encore.

— Et voilà! Tu recommences encore ton petit jeu, tes menaces! Cet amour ne devait pas être bien sincère s'il faut si peu de chose pour le détruire. Si tu continues, mon charmant tyran, tu me feras sérieusement regretter mon choix, et envier mon jeune ami Hattersley qui a une petite femme insignifiante. Voilà vraiment une épouse modèle ! Elle est restée à Londres toute la saison sans jamais gêner son époux ; il s'amusait comme il voulait, menait une vie de célibataire sans que jamais elle se plaigne d'être abandonnée ; il rentrait à n'importe quelle heure du jour ou de la nuit, ou ne rentrait pas du tout ; il pouvait être maussade, sobre ou complètement ivre, il pouvait faire les pires folies sans jamais craindre les remontrances. Quoi qu'il fasse : jamais un mot de plainte ou de reproche ne sort de ses lèvres. Il crie sur tous les toits qu'elle est une perle et qu'il ne l'échangerait pas pour un royaume.

— Mais il lui rend la vie impossible.

— Mais pas du tout ! Elle est sans volonté et elle est heureuse aussi longtemps qu'il s'amuse.

— Dans ce cas, elle est aussi sotte que lui ; mais ce n'est pas vrai. J'ai reçu plusieurs lettres d'elle dans lesquelles elle s'inquiète des agissements de son mari et se plaint de toi qui l'entraînes dans cette voie ; elle parle surtout d'une certaine extravagance et me supplie d'user de tout mon pouvoir pour t'éloigner de Londres ; elle assure que son mari n'était jamais aussi fou avant ton arrivée et qu'il retrouverait certainement son bon sens si tu étais parti.

— L'ignoble petite traîtresse ! Donne-moi cette lettre, il la lira, aussi vrai que je suis un homme vivant !

— Il ne la lira pas sans son approbation ; niais si elle devait la lui donner, il ne pourrait rien y lire de méchant, ni dans cette lettre-là, ni dans aucune autre. Elle ne se plaint jamais de lui ; elle est seulement inquiète à son sujet. Elle ne fait que des allusions les plus délicates à sa conduite. Elle trouve toujours à l'excuser ; je sens sa douleur mais elle ne l'exprime jamais clairement dans ses lettres.

— Mais elle m'insulte, avec ta complicité, sans doute.

— Non; je lui ai dit que je n'avais que peu d'influence sur toi; que je ne serais que trop heureuse de t'arracher aux tentations de la ville si je le pouvais mais que je ne croyais pas que tu fusses coupable d'entraîner Mr Hattersley ou tout autre homme dans la voie de l'erreur. Je l'ai cru moi aussi pendant un certain temps, mais je sais maintenant que vous vous contaminez mutuellement; peut-être un peu d'énergie de sa part, à elle, nous rendrait-elle service à tous; son mari est d'essence moins fine que le mien, et peut-être, de ce fait, est-il moins impénétrable.

— Voilà donc le genre de lettres que vous échangez! Vous entretenez ensemble un esprit de rébellion, vous insultez chacune le mari de l'autre tout en défendant le vôtre pour votre grande satisfaction morale à toutes les deux!

— Si je dois en croire ton propre discours, mes mauvais conseils n'ont eu que peu d'effet sur elle, dis-je. Nous sommes toutes les deux si profondément honteuses des erreurs et des vices de nos époux que nous ne désirons nullement en faire le principal sujet de notre correspondance. Tout en étant les meilleures amies du monde, nous cacherions volontiers vos fautes, mais nous espérons pouvoir vous délivrer de vos péchés en les connaissant bien.

— Ne me parle pas toujours de mes péchés, c'est un mauvais moyen pour me convertir! Sois patiente, supporte ma langueur et ma mauvaise humeur jusqu'à ce que je me débarrasse de cette maudite fièvre et je serai joyeux et gentil comme toujours. Pourquoi n'es-tu pas aussi gentille et bonne que la dernière fois? J'étais débordant de reconnaissance.

— À quoi m'a servi ta reconnaissance? Je me faisais des illusions, je croyais que tu regrettais tes fautes, j'espérais que tu ne recommencerais jamais plus; mais maintenant je n'ai plus rien à espérer!

— Je suis un cas désespéré, n'est-ce pas? Si tu pouvais en être convaincue, peut-être serais-je délivré de tes efforts désespérés pour me convertir, tu serais délivrée de tous ces vains efforts, ton doux visage et ta voix d'or ne seraient plus ternis par les soucis. Un éclat de passion peut être excitant de temps à autre, Helen; un flot de larmes peut être merveilleusement émouvant lorsque l'on n'en abuse pas; répétées trop souvent, ces deux manifestations sentimentales abîment la beauté d'une femme et fatiguent ses amis.

Dès lors je retins mes larmes et cachai mes sentiments dans la mesure du possible. Je lui épargnai mes exhortations journalières, je renonçai à le convertir : Dieu seul pourrait réveiller ce cœur égaré, étouffé par l'égoïsme et écarter le voile de sensualité qui lui cachait la vérité, moi, j'étais impuissante. Je continuais cependant à lui reprocher son injustice envers ses inférieurs, qui ne pouvaient se défendre; mais je supportais calmement ses méchancetés lorsque, comme très souvent, elles étaient dirigées contre moi. Parfois, cependant, ma patience ne résistait pas à de trop fréquentes attaques; j'avais alors des accès de mauvaise humeur imprévisibles et je donnais libre cours à ma colère; je devais alors m'entendre taxée de cruauté et de manque de patience. Je cherchais à satisfaire tous ses désirs, mais j'avoue que je n'y mettais plus le même dévouement que jadis, je ne pouvais montrer une affection que je n'éprouvais plus. J'avais maintenant une autre âme à soigner et à entourer de tendresse, celle de mon petit enfant malade; je souffris bien souvent les reproches de son peu raisonnable père pour lui consacrer de longues heures.

Mais je savais qu'Arthur n'était pas naturellement un homme nerveux et irritable... bien au contraire, il y avait quelque chose d'incongru dans son attitude actuelle, dans cette nervosité perpétuelle ; cette attitude aurait pu être calculée pour exciter le rire plutôt que la colère si je n'avais pas été torturée par l'idée que c'étaient peut-être des symptômes d'un dérangement mental. Mais son humeur s'améliora avec sa santé grâce à mes soins vigilants ; car je n'abandonnais pas complètement la lutte pour sa santé. Comme je le craignais, il avait de plus en plus besoin de l'excitation donnée par le vin ; l'ivresse lui donnait diverses joies. Affaibli comme il l'était maintenant, il y avait quelque danger à ce qu'il cherchât dans le vin son soutien, son principal remède, sa distraction, son réconfort et son ami ; et il sombrerait de plus en plus bas. Mais j'étais bien décidée à l'en empêcher tant que j'aurais encore un peu d'influence sur lui ; je ne pouvais l'empêcher d'en boire plus qu'il ne fallait pour sa santé ; mais à force de persévérance, de gentillesse et de fermeté, de vigilance et de volonté, je parvins à le libérer de l'esclavage que devient cette passion insidieuse et inexorable.

Je dois m'arrêter un instant pour admettre que son ami, Mr Hargrave, m'a été d'un grand secours. À cette époque, il nous rendait fréquemment visite et dînait avec nous, et Arthur était tout disposé à profiter de ces occasions pour vider force bouteilles en sa compagnie ; si Mr Hargrave avait abondé dans son sens, il aurait pu, en une ou deux soirées, détruire tout mon travail de ces dernières semaines, il aurait pu détruire ainsi le frêle rempart que j'avais élevé avec tant de peine. J'avais de telles craintes à ce sujet que je m'étais abaissée jusqu'à discuter du goût d'Arthur pour la boisson lorsque je me trouvais seule avec Mr Hargrave et je l'avais prié de ne pas l'encourager dans cette voie. Cette marque de confiance lui fit plaisir et il ne m'a jamais trahie. Chaque fois qu'il passait la soirée à Grassdale, sa présence tempérait les excès de mon mari plutôt que de les encourager ; il parvenait chaque fois à le ramener à temps et en assez bonne condition de la salle à manger. Lorsque Arthur faisait mine de ne pas entendre des remarques comme celles-ci : « Je ne veux pas vous empêcher de rejoindre votre femme » ou « Nous ne devons pas laisser Mrs Huntington trop longtemps seule », il quittait la salle à manger et son hôte se voyait obligé de le suivre.

J'appris donc à considérer Mr Hargrave comme un véritable ami de la famille ; il aidait Arthur à passer le temps sans lui faire tort et était pour moi un allié utile. Je ne pouvais que lui être reconnaissante et je profitai de la première occasion pour le remercier ; mais en lui disant merci, je sentais que je rougissais sous son regard sérieux et la façon dont il reçut mes remerciements me gêna quelque peu. Il se disait ravi de pouvoir m'aider mais se désolait à la fois de mes malheurs et de sa propre tristesse. Je ne voulus pas en entendre davantage, mais ses soupirs et sa tristesse cachée semblaient sincères. Son cœur paraissait prêt à déborder mais il fallait pourtant qu'il garde pour lui les causes d'un tel chagrin ou qu'il les déverse dans d'autres oreilles ; nous avions déjà échangé assez de confidences. Qu'un secret puisse exister entre l'ami de mon mari et moi-même me semblait incorrect, mais en y réfléchissant bien, je me disais : « Si ce secret existe, c'est de la faute d'Arthur et non de la mienne. »

C'était d'ailleurs bien plus pour lui que pour moi que j'avais à rougir car comme nous ne faisons qu'un ; je ressens profondément son avilissement, je rougis pour lui, je suis inquiète pour lui, je pleure, je prie et je ressens profondément tout ce qui lui arrive, mais je ne puis agir à sa place et c'est pourquoi je me sens abaissée, avilie par notre union à la fois à mes propres yeux et aux yeux des autres. Je suis si décidée à continuer à l'aimer, si soucieuse de lui venir en aide que je pense sans cesse à ses péchés, que je cherche toujours à l'arracher à ses horribles habitudes ; tant et si bien que je me familiarise avec le vice et que je partage presque ses péchés. Des choses qui jadis me choquaient et me faisaient horreur me semblent naturelles. Ma raison et la parole de Dieu me disent que cela est mal, mais je perds peu à peu cette horreur instinctive pour le péché que m'avaient donnée ma nature et l'éducation de ma tante. Jadis, j'étais peut-être trop sévère, car je confondais le péché et le pécheur dans un même mépris ; je me flatte maintenant d'être plus charitable, mais ne vais-je pas devenir indifférente et folle moi aussi ? Que j'étais sotte de rêver que je pourrais être assez forte et assez pure pour le sauver ! Une telle présomption serait justement punie si je périssais avec lui dans le gouffre de l'abjection ! Que Dieu m'en préserve ! Que Dieu nous en préserve tous les deux ! Je veux encore prier et espérer car si je parle de lui comme s'il n'était plus qu'un être abject que plus rien ne peut sauver, ce n'est que parce que je l'aime, car si je l'aimais moins, je me sentirais moins désespérée.

Durant tous ces derniers jours, sa conduite a été ce que le monde appelle irréprochable ; mais je sais que son cœur n'a pas changé ; je sais aussi que le printemps approche et j'ai peur de ce que m'amènera la nouvelle saison.

Sa santé s'améliore, avec la vigueur revient l'impatience, le dégoût de cette vie retirée que nous menons. Je lui ai proposé un séjour à la mer qui achèverait de le rétablir et ferait le plus grand bien à notre petit garçon.

Mais il a horreur de ce genre de villégiature ; en outre, un de ses amis l'invite à passer un mois ou deux en Écosse, la chasse aux grouses et la chasse à courre l'intéressent et il a décidé d'accepter.

— Tu vas donc encore me quitter, Arthur ? dis-je.

— Je ne t'en aimerai que plus à mon retour, ma chérie, et je te ferai oublier toutes mes erreurs passées. Tu n'as rien à craindre cette fois, je ne pourrai succomber à aucune tentation en pleine montagne. Tu pourrais peut-être passer un mois à Staningley pendant mon absence ; ton oncle et ta tante nous demandent depuis longtemps de venir les voir, tu le sais. Mais il n'y a guère de sympathie entre cette brave dame et moi, tu ne l'ignores pas.

Arthur partit pour l'Écosse dès la troisième semaine du mois d'août et, à mon grand plaisir, son ami, Mr Hargrave, l'accompagnait. Je partis pour mon cher Staningley en compagnie du petit Arthur et de Rachel. Je revis la vieille maison et tous les amis qui y habitent avec une joie mêlée de peine, je ne savais pas si je devais attribuer les larmes qui m'obscurcissaient la vue à la joie ou à la peine qu'éveillaient en moi les scènes familières et les visages affectueux.

Arthur ne rentra que quelques semaines après mon retour à Grassdale ; mais je n'étais pas trop inquiète ; il était plus rassurant de savoir qu'il se livrait à des sports violents dans les sauvages collines écossaises, que de l'imaginer perdu parmi les tentations et la corruption de la ville. Ses lettres n'étaient ni très longues, ni très aimantes mais du moins venaient-elles assez régulièrement me donner des nouvelles ; lorsque je le vis enfin revenir, il était en meilleure condition physique et beaucoup plus joyeux qu'à son départ. Et depuis lors je n'ai pas de raison de me plaindre. Je dois encore l'arracher aux plaisirs de la table, mais il commence à s'intéresser à son fils, qui est pour lui une nouvelle source d'amusement lorsqu'il ne peut sortir et, lorsque le sol n'est pas durci par le gel, il chasse le renard et monte à cheval; il ne dépend donc plus de moi pour se distraire. Mais nous sommes en janvier et un nouveau printemps approche et, je le répète, je crains l'approche de cette saison. Saison exquise que j'aimais tant jadis, que je saluais comme la saison de l'espoir et du bonheur et qui n'évoque plus en moi que l'inquiétude d'un nouveau départ de mon époux.

# 31

*20 mars 1824.* – Ce que je craignais est arrivé, Arthur est une fois de plus reparti pour Londres. Il m'a annoncé qu'il ne ferait qu'un court séjour en ville, voulant passer quelque temps sur le continent ; je ne dois donc pas l'attendre avant plusieurs semaines, car je sais que pour lui les jours deviennent des semaines et les semaines des mois.

*30 juillet.* – Il est rentré depuis trois semaines ; sa santé semble meilleure mais son humeur est des plus noires. Je me trompe peut-être, mais est-ce moi qui suis devenue moins patiente, moins disposée à pardonner ? Je ne puis plus supporter sa nervosité, son injustice, son égoïsme et son incurable perversité. J'aimerais ne pas devoir employer d'aussi grands mots ; je ne suis pas un ange, mais mes propres défauts ne sont que peccadilles comparés aux siens. Mon pauvre père est mort la semaine passée ; Arthur est ennuyé, car il a remarqué mon chagrin et craint que mon humeur sombre ne nuise à son confort personnel. Lorsque je parlai de commander mes vêtements de deuil, il s'exclama :

— Je déteste le noir ! je suppose que tu es obligée de le porter pour sauver les apparences ; mais j'espère, Helen, que tu ne vas pas te croire forcée d'assortir ta figure à tes vêtements. Pourquoi te crois-tu obligée de gémir et de soupirer parce qu'un vieil homme est mort, un parfait étranger pour nous deux, un vieillard qui a jugé nécessaire de boire jusqu'à ce que mort s'ensuive? Voilà que tu pleures maintenant! Ce ne peut être que de l'affectation!

Il m'a défendu d'assister aux funérailles ou de passer un jour ou deux avec le pauvre Frederick, pour le distraire. Cela n'était vraiment pas nécessaire, disait-il, et je n'étais pas raisonnable. Mon père n'était rien pour moi; je ne l'avais vu qu'une seule fois depuis mon enfance et je devais savoir qu'il ne se préoccupait pas le moins du monde de moi… quant à mon frère, il n'était rien d'autre qu'un étranger pour moi. «En outre, ma chère Helen, disait-il en m'enlaçant tendrement, je ne puis me passer de toi pendant vingt-quatre heures.»

— Alors, comment as-tu vécu pendant toutes ces semaines? dis-je.

— Je parcourais le vaste monde, mais maintenant je suis chez moi, et sans toi, déesse du foyer, la maison est intolérable.

— C'est peut-être vrai aussi longtemps que tu as besoin de moi; mais tu parlais autrement quand tu me poussais à visiter Staningley, afin de pouvoir partir toi-même pour l'Écosse, répondis-je, mais je regrettai mes paroles avant que la dernière fût sortie de ma bouche.

Ce que je disais semblait tellement dur; si je me trompais, c'était une véritable insulte, si c'était la vérité, je n'aurais pas dû l'humilier en la lui jetant au visage. Mais j'avais tort de me faire un tel souci; l'accusation n'éveilla ni la honte, ni l'indignation d'Arthur; il ne tenta ni de me contredire, ni de s'excuser; mes paroles provoquèrent seulement un long rire ironique comme si tout cela lui paraissait une bonne plaisanterie. Il finira bien par m'obliger à le détester!

Mais je boirai le calice jusqu'à la lie et personne ne saura combien j'aurai trouvé le breuvage amer!

*20 août*. – Nous avons repris nos habitudes; Arthur est toujours le même et j'estime plus sage de fermer les yeux sur le passé et l'avenir et de vivre uniquement dans l'instant présent; je l'aime lorsque c'est possible, je souris lorsqu'il sourit, je suis joyeuse en même temps que lui, je suis charmée lorsqu'il est d'humeur plaisante, j'essaye de l'égayer lorsqu'il est maussade. Quand je ne parviens pas à le dérider, je supporte ses crises de colère, je lui pardonne et je maîtrise mes propres passions dans la crainte d'aggraver les siennes; je cède à ses caprices et je cherche à le sauver des pires excès.

Mais nous n'allons pas être longtemps seuls. Je vais être forcée de recevoir ses amis comme l'automne dernier; Mr Hattersley se joindra à eux et j'ai demandé tout spécialement que sa femme et sa fille l'accompagnent. J'ai grande envie de revoir Millicent et sa petite fille. Elle a maintenant un an et sera une gentille compagne de jeux pour mon petit Arthur.

*30 septembre*. – Nos invités sont là depuis une semaine, mais je n'ai guère eu le temps d'écrire dans mon journal depuis leur arrivée. Je ne puis surmonter mon antipathie vis-à-vis de lady Lowborough. Ce n'est pas une réaction de mon orgueil, mais je ne puis supporter cette femme et je désapprouve complètement sa manière de vivre. Je l'évite aussi souvent que mes devoirs d'hôtesse me le permettent, mais lorsque nous parlons ensemble, c'est avec une extrême politesse; elle affecte même une certaine cordialité, encore que je craigne cette sorte de gentillesse. Elle peut être aussi exquise qu'une rose sauvage mais Dieu me préserve de ses épines! Lorsque l'on s'y pique, on cherche à effacer la blessure en frictionnant la plaie, et l'on s'y blesse encore plus les doigts.

Je n'ai rien remarqué ces derniers jours, dans son attitude vis-à-vis d'Arthur, qui puisse me peiner ou me fâcher. Pendant les tout premiers jours, elle semblait fort désireuse d'éveiller son admiration. Il ne fut pas sans remarquer son manège, je le vis souvent sourire de ses manœuvres, mais je dois reconnaître à son honneur que ses flèches retombèrent impuissantes. Son sourire le plus ensorceleur, ses mines hautaines furent reçus avec un sourire amusé, jusqu'à ce qu'elle renonce à ébranler son impassibilité et devienne apparemment aussi indifférente que lui. Depuis lors, je n'ai pas remarqué qu'il fût vexé par son attitude ou qu'elle cherchât à le reconquérir.

Tout pourrait donc être pour le mieux, mais je ne suis jamais tout à fait heureuse avec Arthur, je n'ai jamais connu la douceur de vivre dans la certitude d'un sentiment partagé. Grimsby et Hattersley, ces deux êtres détestables, sont parvenus à détruire tout ce que j'avais fait pour écarter Arthur de la boisson. Chaque jour, ils l'encouragent à dépasser les bornes de la modération et parfois il s'abaisse jusqu'à de véritables excès. Je n'oublierai pas de si tôt la deuxième soirée qui suivit leur arrivée. Alors que je quittais la salle à manger avec les dames, j'entendis, avant que la porte se refermât sur nous, Arthur qui s'exclamait :

— Alors, camarades, que diriez-vous d'une petite fête?

Millicent me jeta un regard chargé de reproches sans savoir que je n'avais aucun pouvoir pour arrêter cela : mais son attitude changea lorsque l'on entendit, à travers la porte et les murs, la voix de Hattersley qui hurlait :

— J'en suis! Qu'on apporte du vin, il n'y en a pas assez sur la table!

Nous venions d'entrer dans le salon lorsque lord Lowborough nous rejoignit.

— Je me demande pourquoi tu nous rejoins si tôt, s'exclama son épouse avec un air maussade des moins gracieux.

— Tu sais que je ne bois jamais, Annabella, répondit-il sérieusement.

— Tu pourrais, au moins, leur tenir un peu compagnie, cela paraît si sot d'être toujours accroché aux jupes des dames ; je me demande comment tu ne sens pas cela !

Il lui jeta un regard mélangé de reproche et d'amertume, s'enfonça dans un fauteuil, réprima un profond soupir, mordit ses lèvres pâles et fixa les yeux au sol.

— Vous avez raison de les laisser boire seuls, lord Lowborough, dis-je, je serai heureuse que vous vous joignez toujours à nous. Si Annabella savait où est la vraie sagesse et quelles misères peut entraîner l'intempérance, elle ne dirait pas de telles sottises, même en plaisantant.

Tandis que je parlais ainsi, il leva les yeux, posa sur moi un regard grave, vaguement surpris, puis regarda sa femme.

— Je sais, en tout cas, la valeur d'un cœur chaud et d'un esprit fort et mâle, dit-elle.

— Si ma présence vous est désagréable, Annabella, je vais vous en débarrasser, dit-il d'une voix grave.

— Vas-tu te joindre à eux ? répondit-elle avec insouciance.

— Certes non, rétorqua-t-il avec emphase, je ne me joindrai pas à eux ! Je ne resterai pas un moment de plus à leur tenir compagnie quand j'estime qu'ils ont tort d'agir ainsi, même si tu me le demandes. Mais sois sans crainte, je ne vous gênerai plus de ma présence.

Il quitta la pièce, j'entendis la porte du hall s'ouvrir puis se fermer ; écartant le rideau, je le vis arpenter le jardin dans l'humidité froide du crépuscule.

— Tu n'aurais que ce que tu mérites, Annabella, si lord Lowborough sombrait à nouveau dans les tristes habitudes qui l'ont presque mené à sa ruine et qu'il a eu tant de peine à surmonter, dis-je après un long silence ; tu regretterais sans doute tes paroles, dans ce cas.

— Pas le moins du monde, ma chère ! Je ne verrais aucun inconvénient à ce que Sa Grâce se drogue journellement ; je n'en serais que plus vite débarrassée !

— Oh ! Annabella ! s'écria Millicent. Comment peux-tu dire de telles horreurs ? Ce ne serait qu'une juste punition si la Providence te prenait au mot et si tu pouvais souffrir ce que d'autres…

Elle s'interrompit comme un éclat de voix et des bruits de rires, où la voix de Hattersley dominait indiscutablement, provenaient de l'autre pièce.

— … Ce que tu souffres en ce moment, je suppose ? dit lady Lowborough avec un sourire malicieux, les yeux fixés sur le visage désolé de sa cousine.

Celle-ci ne répondit pas, mais détourna le visage en essuyant une larme. La porte s'ouvrit à ce moment pour laisser entrer Mr Hargrave ; il était légèrement rouge et ses yeux brillaient plus que d'habitude.

— Je suis heureuse que tu nous rejoignes, Walter, s'écria sa sœur, mais je souhaite que tu ramènes Ralph ici.

— Tout à fait impossible, ma chère Millicent, répondit-il gaiement, j'ai eu toutes les peines du monde à m'échapper. Ralph essayait de me retenir de force, Huntington me menaçait de m'enlever son amitié et Grimsby cherchait à me rendre honteux de ma vertu par des insinuations des plus blessantes. Vous voyez donc, mesdames, que vous devriez bien m'accueillir car j'ai bravé tout cela pour profiter de votre charmante compagnie. Il se tourna vers moi en souriant et s'inclina en terminant sa phrase.

— N'est-ce pas qu'il est beau, Helen! murmura Millicent, sa fierté fraternelle lui faisant momentanément oublier tout autre souci.

— Il serait bien plus beau si cet éclat lui était naturel, dis-je, mais tout cela aura changé dans quelques heures.

Le gentleman s'approcha de moi, prit un siège près de la table et demanda une tasse de café.

— J'estime que ceci est une assez juste image du ciel enlevé d'assaut, dit-il comme je lui tendais une tasse. Me voici au paradis; mais j'ai dû traverser les feux de l'enfer pour y atteindre. Au dernier instant, Ralph Hattersley s'était adossé à la porte et jurait que je devrais lui passer sur le corps pour vous rejoindre; il faut reconnaître que ce corps est assez volumineux; fort heureusement, il y avait une autre porte, je me suis enfui par une entrée de service, j'ai dû traverser l'office à la grande stupéfaction de Benson, qui nettoyait l'argenterie.

Mr Hargrave éclata de rire et sa cousine fit chorus, mais sa sœur et moi, nous restâmes graves et silencieuses.

— Excusez ma légèreté, Mrs Huntington, murmura-t-il plus sérieusement en me regardant. Vous n'êtes pas habituée à ce genre de plaisanterie et vous vous laissez trop facilement impressionner. J'ai pensé à vous alors que j'étais avec ces bruyants vauriens et j'ai essayé d'arrêter Mr Huntington en lui parlant de vous, mais c'était inutile; je crains qu'il ne soit bien décidé à festoyer toute la nuit. Il est inutile de garder du café pour lui ou pour ses compagnons, car je serais fort étonné qu'ils soient en état de se joindre à nous. Je souhaite pendant ce temps vous faire oublier tous les soucis qu'il vous donne; moi aussi, je déteste penser à mon ami Huntington et au pouvoir qu'il a de vous faire souffrir; quand je songe à la façon dont il blesse quelqu'un qui lui est tellement supérieur, je me sens prêt à le haïr!

— Dans ce cas, vous feriez mieux de ne pas me parler de lui sur ce ton, car si mauvais qu'il soit, il est une part de moi-même et vous ne pouvez l'insulter sans m'offenser.

— Pardonnez-moi, car j'aimerais mieux mourir que de risquer de vous offenser. Mais ne parlons plus de lui pour le moment, je vous en prie.

Ils nous rejoignirent enfin, bien après dix heures du soir, alors que le souper que nous avions retardé de plus d'une heure était presque terminé. Si j'avais vivement désiré les voir se joindre à nous, le cœur me manqua lorsque je vis dans quel état ils se trouvaient. Millicent pâlit lorsque Mr Hattersley fit irruption dans la pièce en lâchant un chapelet de jurons, que Hargrave tentait d'endiguer en lui rappelant la présence des dames.

— C'est toi, infâme déserteur, qui me rappelles la présence de ces dames ! cria-t-il en agitant son poing énorme sous le nez de son beau-frère. Si elles n'étaient pas dans cette pièce, je te réduirais en pièces en moins de temps qu'il ne faut pour le dire et je donnerais ton cadavre en pâture aux volailles du ciel et aux lis des champs.

Plantant une chaise tout près de lady Lowborough, il s'y installa et lui tint des discours absurdes et impudents qui semblèrent l'amuser plutôt que l'offenser ; elle faisait mine de lui reprocher son insolence et lui tenait tête par des saillies spirituelles et bien senties.

Pendant ce temps, Mr Grimsby s'était installé près de moi sur la chaise laissée libre par Hargrave ; il m'assura le plus gravement du monde qu'il aimerait une tasse de thé. Arthur, lui, s'installa près de la pauvre Millicent, approcha son visage tout près du sien et se rapprochait davantage chaque fois qu'elle faisait mine de lui échapper. Il n'était pas aussi bruyant que Hattersley, mais ses joues étaient écarlates ; il riait sans arrêt, et si je rougissais de tout ce qu'il disait à mon amie, je pouvais, du moins, espérer être la seule à l'entendre, car il parlait bas.

— Quelle bande de sots, grogna Mr Grimsby, qui, pendant ce temps, tenait de longs discours, assis contre mon coude; mais j'étais trop occupée à contempler les deux autres personnages, qui étaient dans un piteux état, pour écouter ses divagations.

— Avez-vous jamais entendu de telles sottises, Mrs Huntington? continua-t-il. Personnellement, je suis honteux pour eux; ils ne peuvent avaler plus d'une bouteille à eux deux sans qu'elle leur monte aussitôt à la tête...

— Vous versez la crème dans votre soucoupe, Mr Grimsby.

— Ah? c'est vrai, mais nous sommes presque dans l'obscurité ici. Hargrave, mouchez donc ces chandelles, je vous prie.

— Elles sont en cire, il n'est pas nécessaire de les moucher, dis-je.

— La lumière du corps vient de l'œil, remarqua Hargrave avec un sourire sarcastique. «Si tu n'es qu'un œil, tout ton corps sera plein de lumière.»

Grimsby l'arrêta d'un simple geste de la main, puis, se tournant vers moi, il continua sur le même ton traînant, en bégayant légèrement et sur un ton fort sentencieux:

— Comme je vous le disais, Mrs Huntington, ils n'ont pas la moindre cervelle; une simple demi-bouteille leur monte à la tête; tandis que moi, vous pouvez voir que je suis dans mon état normal, et pourtant, j'ai bu trois fois autant qu'eux. Cela pourrait vous étonner, mais je crois pouvoir vous donner une explication; leurs cerveaux – je ne veux parler de personne en particulier, mais vous comprendrez facilement de qui je parle –, leurs cerveaux sont trop légers, les vapeurs de l'alcool les rendent plus légers encore, et provoquent une sorte d'étourdissement qui conduit à l'ivresse; tandis que mon cerveau étant composé d'une matière plus solide absorbera une plus grande quantité de ces mêmes vapeurs sans dommage apparent...

— Je crois pourtant qu'un réel dommage vient de se produire dans votre tasse de thé, dit Mr Hargrave en lui coupant la parole; si j'en juge par la quantité de sucre que vous venez d'y ajouter, au moins six morceaux, alors que vous n'en prenez qu'un seul d'habitude.

— Est-ce vrai? répondit le philosophe en plongeant sa cuillère dans le breuvage et en ramenant à la surface plusieurs morceaux à moitié dissous. Hem! Je comprends. Vous voyez là, madame, les dommages causés par la distraction; un esprit plongé dans ses pensées ne peut prendre garde à tous les détails de la vie quotidienne. Si je pouvais, comme le commun des mortels, fixer mon attention sur les petites choses, je n'aurais pas gâté cette tasse de thé et je ne serais pas forcé de vous en demander une autre.

— Vous avez le sucrier en main, Mr Grimsby, et vous venez d'y verser le fond de la théière; veuillez donc sonner pour que l'on nous apporte du thé frais, car voici lord Lowborough; j'espère qu'il consentira à se joindre à nous pour en boire une tasse.

Sa Grâce s'inclina sans rien dire pour accepter mon offre. Entre-temps, Hargrave sonna le domestique, tandis que Grimsby se lamentait et essayait de nous prouver que tout cela s'était produit uniquement parce que l'ombre de la théière l'empêchait de voir clair.

J'avais été la seule à remarquer l'entrée de lord Lowborough, qui se tenait debout dans l'embrasure de la porte depuis quelques minutes et nous observait d'un air sombre. Il s'avança vers Annabella; elle lui tournait le dos, assise près de Hattersley, qui ne s'occupait plus d'elle mais injuriait bruyamment son hôte.

— Eh bien! Annabella, dit son mari, en se penchant sur le dossier de son siège, auquel de ces trois «fiers esprits» aimerais-tu que je ressemble?

— Par le ciel et l'enfer, tu vas nous ressembler à tous les trois, cria Hattersley en se levant et en le saisissant brutalement par le bras. Viens donc, Huntington, cria-t-il, je le tiens! Viens donc m'aider! Et que je sois maudit si je ne parviens pas à le saouler avant de le lâcher. Il devra se faire pardonner, aussi vrai que je vis.

Un brutal corps à corps suivit ces paroles; lord Lowborough, désespérément sérieux et pâle de colère, luttait silencieusement contre le fou furieux qui tentait de l'entraîner hors de la pièce. J'essayai de persuader Arthur de défendre son invité, que l'on insultait de la sorte, mais il riait tant qu'il était incapable d'intervenir.

— Huntington, espèce d'idiot, viens m'aider! cria Hattersley amolli par l'ivresse.

— Je te souhaite bonne chance, Hattersley, et te soutiens moralement de mes prières: je ne pourrais rien faire de plus, même si ma vie en dépendait! Je suis fini! Haha! hurla-t-il en se laissant aller en arrière et en se tapant les cuisses.

— Annabella, passe-moi une bougie, dit Lowborough, qui s'accrochait de toutes ses forces au chambranle de la porte, tandis que son adversaire le serrait à la taille.

— Comment peux-tu me demander d'intervenir dans vos ridicules bagarres! répliqua-t-elle en reculant froidement.

J'arrachai moi-même une bougie du candélabre pour la lui tendre. Il approcha la flamme de la main de Hattersley qui dut relâcher son étreinte et recula en hurlant comme une bête blessée. Lowborough se retira dans sa chambre et personne ne le revit de toute la soirée.

Hattersley se jeta sur un divan en jurant et en hurlant comme un fou. La porte était accessible et Millicent essaya de quitter la pièce afin de ne pas assister plus longtemps à cette horrible scène, mais son mari l'appela et insista pour qu'elle vienne près de lui :

— Que veux-tu, Ralph ? murmura-t-elle en approchant à contrecœur.

— Je veux savoir ce que tu as, dit-il, en l'attirant sur ses genoux comme une enfant ; pourquoi pleures-tu ? Dis-le-moi, Millicent.

— Je ne pleure pas.

— Mais si, comment oses-tu mentir de la sorte ? insista-t-il en écartant brutalement les mains dont elle voilait son visage.

— Je ne pleure plus, dit-elle doucement.

— Mais tu pleurais, il y a un instant, et je veux savoir pourquoi. Tu dois me le dire.

— Laisse-moi, Ralph, nous ne sommes pas chez nous ici.

— Cela n'a pas d'importance : tu me répondras ! s'exclama ce tortionnaire ; il tentait de la faire parler en la secouant violemment et en serrant méchamment ses pauvres petits bras maigres.

— Ne le laissez pas maltraiter votre sœur de cette façon, dis-je à Mr Hargrave.

— En voilà assez, Hattersley, je ne puis permettre cela, dit ce gentleman en s'approchant du couple si mal assorti. Laissez ma sœur, je vous prie.

Il fit un effort pour détacher les doigts de la brute mais reçut un tel coup dans la poitrine qu'il tituba en arrière et faillit tomber.

— Voilà pour ton insolence… et ne crois pas pouvoir intervenir entre moi et celle qui m'appartient, répliqua sauvagement Hattersley.

— Si tu n'étais pas ivre, tu me devrais réparation pour cela, dit Hargrave haletant de colère et du choc qu'il venait de recevoir.

— Va au diable, répondit son beau-frère. Allons, Millicent, dis-moi ce qui te fait pleurer.

— Je te le dirai plus tard, murmura-t-elle, quand nous serons seuls.

— Je veux le savoir maintenant, dit-il en serrant si fort son bras qu'elle pâlit et serra les lèvres pour réprimer un cri de douleur.

— Je vais vous le dire, Mr Hattersley, dis-je, elle pleure de honte et d'humiliation, elle ne peut supporter votre conduite.

— Comment osez-vous, madame, grogna-t-il, stupéfait de ce qu'il qualifiait sans doute d'impudence. Ce n'est pas vrai, n'est-ce pas, Millicent?

Elle demeura silencieuse.

— Allons, parle, enfant.

— Pas maintenant, dit-elle en sanglotant.

— Tu peux répondre par oui ou par non, je pense?

— Oui, murmura-t-elle en laissant pendre la tête et en rougissant.

— Va au diable, infecte petite peste! cria-t-il en la repoussant si brutalement qu'elle tomba; mais elle se releva avant que nous puissions l'aider et quitta rapidement la pièce pour monter à sa chambre.

L'énergumène s'attaqua ensuite à Arthur qui semblait trouver toute cette scène fort divertissante:

— Et toi, Huntington, je ne supporterai pas plus longtemps de te voir rire comme un imbécile.

— Oh, Hattersley, s'exclama-t-il en s'essuyant les yeux, tu me feras mourir!

— Oui, mais pas de rire; je t'arracherai le cœur si tu continues. Quoi? Tu ne cesses pas? Voilà pour te calmer!

cria Hattersley en saisissant un tabouret et en le jetant à la tête de son hôte, mais il manqua son but et Arthur resta là, à moitié écroulé, secoué par un faible rire, les larmes coulant le long de ses joues; ce spectacle était vraiment pitoyable.

Hattersley lança une série de jurons, puis saisit un paquet de livres et les jeta un à un à la tête de son ennemi, mais celui-ci riait de plus belle; finalement, fou de rage, Hattersley se jeta sur lui et le secoua frénétiquement par les épaules, mais Arthur ne pouvait maîtriser son rire hystérique. Je ne voulus pas en voir davantage, je savais jusqu'où mon mari pouvait s'abaisser. Je laissai Annabella sur le champ de bataille et je me retirai. Mais je ne pouvais trouver le sommeil. Je renvoyai Rachel et j'arpentai ma chambre dans l'agonie du désespoir; j'attendais, me demandant quand ce malheureux ivrogne viendrait se coucher.

Je l'entendis enfin qui montait, soutenu par Grimsby et Hattersley; ces derniers n'étaient pas très solides, mais riaient et se moquaient de lui en parlant si haut que tous les domestiques pouvaient entendre. Arthur ne riait plus, trop malade et abruti qu'il était par le vin. Je ne veux rien écrire de plus à ce sujet.

De telles scènes se sont répétées plus d'une fois. Je ne fais plus de reproches à Arthur, car je sais combien les paroles sont inutiles, mais il sait combien je déteste ce genre d'exhibitions; il me promet chaque fois de ne plus recommencer, mais je crains qu'il ne soit en train de perdre le peu de volonté qui lui restait encore. Jadis, il aurait été honteux de se donner ainsi en spectacle à d'autres qu'à ses habituels compagnons d'orgie. Son ami Hargrave a toujours la force et la prudence de s'arrêter à temps, de boire juste assez pour se sentir dans un état d'euphorie; il est toujours le premier à quitter la table juste après lord Lowborough qui, lui, est assez sage pour quitter la salle à manger en même temps que les dames ; mais il ne nous rejoint plus au salon avant les autres depuis la rebuffade d'Annabella ; il attend dans la bibliothèque que je fais éclairer spécialement pour lui ; lorsque la nuit est douce, que la lune éclaire le jardin, il se promène dans les allées. Je crois qu'elle regrette sa méchanceté, car elle ne lui parle plus jamais aussi durement ; elle le traite même fort gentiment depuis quelques jours ; j'ai remarqué qu'elle agit ainsi lorsque ses efforts pour conquérir Arthur se révèlent inutiles.

## 32

*5 octobre.* – Esther Hargrave devient une fort jolie fille. Elle est encore au lycée, mais elle accompagne souvent sa mère dans ses visites, lorsque les messieurs sont absents; parfois elle passe une heure ou deux avec sa sœur et moi, ce qui ravit les enfants. Lorsque, à notre tour, nous passons un après-midi au Grove, je m'arrange toujours pour la voir et lui parler plus qu'à n'importe qui, car j'aime beaucoup ma jeune amie et elle me rend bien mon affection. Je me demande quel plaisir elle peut encore trouver en ma compagnie, car je ne suis plus aussi joyeuse qu'autrefois; mais elle ne voit personne d'autre que sa mère, qui est fort peu aimable, sa gouvernante (une personne aussi peu naturelle que possible, choisie par Mrs Hargrave pour gâter complètement les qualités naturelles de sa fille), et, de loin en loin, sa sœur, toujours calme et étouffée par son mari. Je pense souvent à son avenir... elle aussi y pense souvent, elle est bourrée d'illusions et d'espérances... tout comme je l'étais, il y a longtemps. Je frissonne en pensant qu'elle pourrait, tout comme moi, se trouver en face de tristes réalités. Je crois que je souffrirai tout autant de voir ces beaux espoirs réduits à néant que de ma propre désillusion. J'ai parfois l'impression que j'étais née pour un tel destin mais pour ce qui est d'elle, elle semble si jeune, si fraîche, si légère et insouciante! Il serait trop cruel de la voir souffrir ce que j'ai moi-même souffert et ce que je souffre encore à présent.

Sa sœur s'inquiète autant que moi de son avenir. Hier matin, par une de ces magnifiques journées ensoleillées d'octobre, j'étais au jardin avec Millicent et les enfants; Annabella était étendue sur le divan du salon, plongée dans un des derniers romans parus. Nous avions couru et joué avec les deux bambins et, aussi essouflées qu'eux, nous nous étions assises à l'ombre du hêtre rouge pour rattacher nos cheveux dérangés par le vent et les jeux. Les deux enfants trottinaient dans l'allée, mon petit Arthur soutenait les pas encore chancelants de la petite Helen, et, dans un langage qu'ils étaient seuls à comprendre, il lui montrait du doigt et lui décrivait les beautés des parterres de fleurs. Nous étions ravies par ce spectacle charmant et nous parlions de l'avenir des enfants. Cette conversation nous rendit songeuses et nous marchions en silence pour remonter l'allée; par une association d'idées, Millicent commença à parler de sa sœur.

— Helen, dit-elle, tu vois souvent Esther, n'est-ce pas?

— Mais non, pas très souvent.

— Mais tu as plus souvent l'occasion de la rencontrer que moi; je sais qu'elle t'adore et te respecte en même temps; elle est disposée à suivre tes conseils; elle dit que tu as plus de bon sens que maman.

— C'est parce qu'elle a un caractère bien marqué et que nos opinions coïncident souvent. Mais que voulais-tu dire, Millicent?

— Je voudrais que tu uses de ton influence pour lui faire bien comprendre qu'elle ne doit pas se marier par intérêt, ou pour avoir un titre, ou un château, ou pour toute autre raison pratique, mais chercher une affection sincère et un homme qu'elle puisse admirer.

— Ce ne sera pas nécessaire, car nous en avons déjà parlé souvent et je t'assure que ses idées concernant le mariage sont des plus romanesques.

— Mais, justement, il ne faut pas qu'elle soit romanesque ; il faut qu'elle voie les hommes comme ils sont.

— Tu as raison, mais, à mon avis, ce que le monde appelle «idées romanesques» est souvent très proche de la réalité ; que les idées généreuses de la jeunesse soient souvent réduites à rien par la réalité sordide ne prouve pas encore que ces idées soient fausses.

— Si tu crois que ses idées sur la vie sont bonnes, renforce-les par quelques conseils, veux-tu ? Si tu le peux, donne-lui ta vie en exemple ; pour ma part, je ne veux pas dire que je sois déçue, mais...

— Je te comprends, dis-je, tu veux bien te contenter de ton sort, mais tu souhaites mieux pour ta sœur.

— Mais non... elle pourrait être encore plus malheureuse que moi, je t'assure, je ne peux pas me plaindre ; je te jure que je ne mens pas en te disant que je ne voudrais pour rien au monde changer de mari, même si je n'avais qu'à cueillir cette feuille pour cela.

— Je veux bien te croire ; puisque tu l'as, il vaut mieux ne pas désirer de changement ; mais peut-être aimerais-tu qu'il ait d'autres qualités.

— Oui, peut-être ; mais moi aussi je pourrais avoir d'autres qualités ; nous ne sommes parfaits ni l'un ni l'autre ; si je désire qu'il améliore son caractère, je voudrais aussi changer le mien. Il s'améliorera, n'est-ce pas, Helen... il n'a que vingt-six ans.

— C'est possible, répondis-je.

— C'est certain ! Il s'améliorera ! dit-elle avec insistance.

— Pardonne-moi de n'être pas plus affirmative, Millicent ; je ne voudrais pour rien au monde te décourager, mais mes espoirs ont été si souvent déçus que je deviens aussi dure qu'une octogénaire.

— Et, pourtant, tu espères encore, n'est-ce pas?... Même Mr Huntington...

— Je l'avoue... même lui peut devenir meilleur; si je devais cesser d'espérer, je ne pourrais plus vivre. Crois-tu qu'il soit pire que Mr Hattersley?

— Pour être franche, je dois dire qu'il n'y a aucune comparaison possible entre eux. Ne sois pas froissée, tu sais que je dis toujours ce que je pense; tu peux d'ailleurs en faire autant, cela m'est égal.

— Je ne t'en veux pas, chérie; je crois, pour ma part, que si nous les comparions, ce serait tout à l'avantage de Hattersley.

Millicent savait combien il m'était difficile d'admettre cela; avec une spontanéité d'enfant, elle me baisa la joue pour me marquer sa sympathie, puis, sans dire un mot, elle releva son enfant et enfouit son visage dans les plis de la robe du bébé. Nous nous attendrissons chacune plus facilement sur les malheurs de l'autre. Son cœur devait être gonflé de détresse, mais c'est sur mes propres malheurs qu'elle versait des larmes, et moi, qui n'avais plus pleuré depuis des semaines, je m'attendrissais sur son sort.

Par une matinée pluvieuse de la semaine dernière, nos invités cherchaient à se distraire dans la salle de billard, tandis que je me trouvais avec Millicent et les enfants dans la bibliothèque; nous espérions passer quelques heures agréables en lisant près de la petite Helen et de mon petit Arthur. Nous étions retirées là depuis à peine deux heures quand Mr Hattersley, attiré sans doute par la voix de son enfant, nous rejoignit; il aime beaucoup la petite Helen et elle l'adore.

Il revenait des écuries où il avait passé la matinée en compagnie des chevaux, ses fidèles compagnons.

Dès que la petite fille aperçut la haute silhouette de son père dans l'embrasure de la porte, elle poussa un cri aigu de plaisir et quitta sa mère pour courir vers lui de toute la force de ses petites jambes, les bras étendus pour ne pas perdre l'équilibre ; elle entoura sa jambe de ses deux bras et renversa la tête en riant. Il admirait en souriant les traits fins, éclairés d'un joyeux sourire, les yeux clairs et brillants, les cheveux de lin qui retombaient gracieusement sur les petites épaules rondes et sur son cou d'ivoire. Ne savait-il pas qu'il était loin de mériter un tel trésor ? Je crains qu'il ne pensait pas du tout à ses responsabilités lorsqu'il souleva l'enfant et se mit à jouer avec elle, non sans sauvagerie. Il était difficile de dire si c'était le père ou la fille qui riait le plus fort. Ces jeux bruyants cessèrent brusquement : l'enfant s'était blessée et pleurait ; son père la jeta sans gentillesse sur les genoux de sa mère et l'enfant se blottit contre elle. Heureuse de retrouver l'abri de ces bras qu'elle avait quittés pour jouer avec son père, elle se calma rapidement ; elle inclina son petit visage fatigué et s'endormit très vite.

Pendant ce temps, Mr Hattersley était allé se placer devant le feu ; il étira les deux bras et contempla la pièce comme si toute la maison lui appartenait.

— Fichu mauvais temps ! commença-t-il. Je suppose que personne ne chassera aujourd'hui.

Il éleva brusquement la voix pour nous régaler d'une joyeuse chanson qu'il termina en sifflant, puis se tourna vers moi :

— Quelle belle écurie possède votre mari, Mrs Huntington ! Les bêtes ne sont pas nombreuses, mais de bonne race ; Black Bess, Gray Tom, et le jeune Nimrod sont les plus belles bêtes que j'aie vues depuis longtemps.

Il s'engagea ensuite dans un long discours, décrivant les mérites de chaque bête, et nous raconta ce qu'il avait l'intention de faire sur les champs de courses lorsque le « vieux gouverneur aurait cassé sa pipe ».

— Ce n'est pas que je lui souhaite de quitter ce monde, le vieux dur à cuire peut vivre encore des années, si cela l'amuse.

— Je l'espère bien, Mr Hattersley.

— Bien certainement, c'est une façon de parler! Mais il mourra un jour et je préfère voir le bon côté des choses... Que faites-vous ici toutes les deux? Où est lady Lowborough?

— Dans la salle de billard.

— Quelle femme splendide! continua-t-il en regardant sa femme, qui pâlit et semblait de plus en plus mal à l'aise. Quelle noble silhouette! Quels magnifiques yeux noirs; et comme elle est joyeuse et spirituelle, lorsque cela lui plaît... je l'adore positivement! Mais ne crains rien, Millicent, je ne la voudrais pas pour épouse... Même si elle était héritière du plus beau royaume! Je préfère la femme que j'ai. Pourquoi fais-tu la moue? Ne me crois-tu pas?

— Mais si, je te crois, murmura-t-elle, d'un ton résigné et triste, en détournant la tête pour caresser les cheveux de l'enfant endormie, qu'elle avait étendue sur le canapé tout près d'elle.

— Pourquoi es-tu fâchée, alors? Viens près de moi et dis-moi pourquoi tu n'es pas contente?

Elle s'approcha de lui, glissa sa petite main sous son bras, leva les yeux vers lui et répondit gentiment :

— Qu'est-ce que tout cela signifie, Ralph? Tu admires Annabella, tu trouves en elle des qualités qui me manquent, mais tu me préfères comme épouse, ce qui prouve seulement que tu ne juges pas indispensable de m'aimer; tu es satisfait si ta femme s'occupe de ta maison et soigne ton enfant. Mais je ne suis pas fâchée, un peu triste seulement, car, ajouta-t-elle d'une voix brisée en retirant sa main et en fixant les dessins du tapis, si tu ne m'aimes pas, je ne peux rien y changer.

— Très juste, mais qui te dit que je ne t'aime pas? Ai-je dit que j'aime Annabella?

— Tu viens de dire que tu l'adores.

— C'est vrai, mais l'adoration n'est pas l'amour. J'adore Annabella, mais je ne l'aime pas, et toi, Millicent, je t'aime mais sans t'adorer.

Pour lui prouver son affection, il saisit une poignée de ses boucles brunes et les tira violemment.

— Vraiment, Ralph? murmura-t-elle, un léger sourire brillant parmi ses larmes, en retenant la main qui tirait trop fort les longs cheveux.

— Sans doute, mais tu m'ennuies parfois.

— Je t'ennuie! cria-t-elle d'un ton surpris.

— Oui, par ton excès de gentillesse... Lorsqu'un garçon a mangé des raisins et des prunes sucrées tout au long du jour, il éprouve le besoin de presser une orange amère pour changer. As-tu jamais observé le sable au bord de la mer, Milly? Il est doux et souple sous les pieds. Mais si tu marches pendant une heure sur ce doux tapis qui cède sous chaque pas, qui cède d'autant plus que l'on appuie plus fort, tu seras soulagée de toucher un sol plus ferme, un solide rocher qui ne bougera pas d'un pouce même si tu y trépignes, et tu finiras par découvrir qu'il est plus facile d'y marcher.

— Je sais ce que tu veux dire, Ralph, dit-elle en jouant nerveusement avec sa chaîne de montre, tandis que son petit pied suivait les dessins du tapis. Mais je croyais que tu aimais que l'on t'obéisse et je ne puis plus changer maintenant.

— Mais je t'aime comme tu es, répondit-il en lui tirant encore les cheveux pour la rapprocher de lui. Ne fais pas attention à ce que je dis, Milly, un homme doit pouvoir grogner de temps en temps ; s'il ne peut pas se plaindre que sa femme le harcèle par sa perversité et sa mauvaise humeur, il faut bien qu'il gémisse parce qu'il est fatigué de sa gentillesse perpétuelle.

— Mais pourquoi te plaindre si tu n'es pas fatigué et mécontent ?

— Pour excuser mes propres défauts, sans doute. Crois-tu que je vais porter tout le poids de mes propres péchés sur mes épaules alors que tu es toute disposée à les porter pour moi ?

— Je ne suis pas comme cela, dit-elle sérieusement.

Elle enleva la main qu'il avait laissée sur ses cheveux et la baisa gentiment avec dévotion, puis se dirigea vers la porte.

— Où vas-tu maintenant ? dit-il.

— Me recoiffer, répondit-elle en souriant sous ses boucles défaites, tu as défait mon chignon.

— Disparais alors ! Une excellente petite femme, remarqua-t-il dès qu'elle eut quitté la pièce, mais un peu trop douce, elle fond dans la main. Je crois que je la maltraite un peu lorsque j'ai bu un verre de trop, mais je ne puis m'en empêcher, elle ne se plaint jamais. Je suppose que cela ne lui fait rien.

— Je puis vous assurer du contraire ; bien d'autres choses la blessent même si elle ne se plaint jamais.

— Qu'en savez-vous ? S'est-elle plainte à vous ? demanda-t-il avec, dans les yeux, une étincelle de colère qui ne demandait qu'à flamboyer si j'avais répondu par l'affirmative.

— Jamais, mais je la connais depuis plus longtemps que vous. Je puis vous assurer, Mr Hattersley, que vous ne méritez pas tout l'amour que Millicent a pour vous ; vous pourriez lui apporter le bonheur au lieu de la torturer comme vous le faites ; je crois pouvoir assurer qu'il ne se passe pas un seul jour sans que vous lui infligiez une peine dure ou légère.

— Ce n'est pas de ma faute, dit-il en levant les yeux au plafond et en enfonçant les deux mains dans les poches de son pantalon. Si quelque chose lui déplaît, elle devrait me le dire.

— N'est-elle pas exactement la femme que vous vouliez? N'avez-vous pas dit à Mr Huntington qu'il vous fallait une épouse qui obéisse sans un murmure de révolté, une femme qui ne critique jamais vos actes, quels qu'ils soient?

— C'est exact; mais nous ne devrions pas avoir tout ce que nous demandons, cela gâte les meilleurs, n'est-ce pas? Pourquoi chercherais-je à changer, alors qu'elle est aussi gentille avec moi quand je me conduis comme le filou que je suis que quand j'agis comme un bon chrétien? Sa douceur me donne toujours envie de la taquiner... lorsque je l'ennuie elle se couche à mes pieds comme un bon épagneul et ne grogne même pas pour me dire quand je dépasse les bornes.

— Si vous êtes doué pour la tyrannie, la tentation est grande, je le reconnais. Mais un esprit généreux ne peut éprouver du plaisir à torturer les faibles, il devrait plutôt les aimer et les protéger.

— Je ne l'opprime pas; la tendresse devient monotone à la longue, comment puis-je savoir qu'elle souffre si elle ne dit rien? Je crois parfois qu'elle ne sent rien, alors je continue jusqu'à ce qu'elle crie, et je suis satisfait.

— Vous voyez bien que cela vous amuse de la torturer!

— Mais non, je vous assure! Seulement, quand je suis de mauvaise humeur... ou bien de très bonne humeur... alors je la fais souffrir pour le plaisir de la consoler!... ou parfois, lorsqu'elle a visiblement besoin d'être secouée! Parfois elle me provoque en pleurant pour rien, sans vouloir me dire ce qu'elle a… j'admets que cela me rend enragé… surtout lorsque je suis sous l'effet de l'alcool.

— Cela doit arriver bien souvent, dis-je. Mais, à l'avenir, Mr Hattersley, lorsqu'elle est abattue ou qu'elle pleure «pour rien» comme vous dites, dites-vous bien que c'est de votre faute, que vous l'avez blessée ou que votre conduite lui fait horreur.

— Je ne vous crois pas. Si c'était vrai, elle me le dirait, je déteste la voir bouder en silence… ce n'est pas honnête. Comment espère-t-elle me voir changer si elle se conduit ainsi?

— Peut-être vous croit-elle doué de plus de bon sens que vous n'en avez en réalité; sans doute espère-t-elle que vous verrez un jour vos erreurs et que vous changerez… je vous laisse juge à ce sujet.

— Ne vous moquez pas, Mrs Huntington. Je suis capable de voir que je ne me conduis pas toujours correctement, mais je crois que cela n'a pas grande importance, je ne fais tort qu'à moi-même…

— C'est très important, au contraire; vous découvrirez très vite le mal que vous vous faites à vous-même et à ceux qui vous entourent, tout particulièrement à votre femme. Il est ridicule de croire que vous serez seul à souffrir de vos erreurs; pensez à toutes les personnes que vous blessez ainsi, soit en leur faisant tort, soit en ne leur faisant aucun bien.

— Comme je voulais vous l'expliquer lorsque vous m'avez si brusquement coupé la parole, je crois que j'aurais dû épouser une femme capable de me faire voir mes torts, une femme qui m'encouragerait à faire le bien, qui montrerait franchement ses sentiments lorsque je me conduis mal.

— Vous devriez faire le bien pour le bien et non pour rencontrer l'approbation de vos semblables.

— Si ma compagne n'était pas toujours prête à céder, à s'incliner, si elle avait le courage de me tenir tête, de me dire franchement ce qu'elle pense, une femme comme vous, par exemple. Si vous étiez ma femme et que nous soyons ensemble à Londres, vous me feriez la vie impossible et je vous obéirais.

— Vous me prenez donc pour un véritable dragon ?

— Je crois qu'au fond tout est mieux ainsi, car je ne supporte pas la contradiction, en général, j'aime en faire à ma guise : mais Millicent est vraiment trop douce.

— Je ne vous contredirais pas par plaisir, mais je vous dirais certes ce que je pense de votre conduite ; je ne me laisserais pas opprimer, vous ne feriez pas de moi ce que vous voulez : ni de mon esprit, ni de mon corps, ni de ma fortune.

— Je le sais fort bien, belle dame ; et je crois que ma petite femme aurait intérêt à suivre votre exemple.

— Je le lui dirai.

— Non, non, n'en faites rien ; il y aurait beaucoup à dire sur ce sujet, pour ou contre la douceur ; je crois que ce mauvais sujet de Huntington regrette parfois que vous ne ressembliez pas davantage à Millicent et, en somme, vous n'êtes pas parvenue à le réformer : il est dix fois pire que moi. Il a peur de vous, c'est évident, il se conduit toujours parfaitement en votre présence... cependant...

— Si c'est ce que vous appelez « se bien conduire », je me demande ce qu'il peut faire lorsqu'il se conduit mal, dis-je sans pouvoir arrêter les mots sur mes lèvres.

— Pour ne rien vous cacher, il se conduit fort mal, n'est-ce pas, Hargrave ? dit-il en s'adressant à ce gentleman qui était entré dans la pièce à mon insu, car je tournais le dos à la porte. Huntington n'est-il pas le plus grand pécheur de la terre ?

— Sa femme ne permettra pas qu'on l'insulte en sa présence, répondit Mr Hargrave en s'avançant, mais je dois admettre que je remercie le ciel de ne pas avoir son caractère.

— Peut-être feriez-vous mieux de vous regarder en face et de dire : « Dieu, soyez indulgent pour un pauvre pécheur. »

— Vous êtes sévère, répliqua-t-il en s'inclinant légèrement, l'air à la fois fier et blessé. Hattersley se mit à rire en lui frappant l'épaule. Mr Hargrave se retira à l'autre bout du tapis en écartant là main de Hattersley avec un air de dignité blessée.

— N'est-ce pas une honte, Mrs Huntington ? s'écria son beau-frère. J'ai frappé Walter Hargrave alors que j'étais complètement ivre, le deuxième jour après notre arrivée chez vous, et depuis lors, il me bat froid ; et cela après que je lui eus demandé pardon dès le lendemain matin.

— La façon dont vous vous êtes excusé et le fait que vous vous rappelez très clairement vos gestes prouvent que vous n'étiez pas complètement inconscient mais bien responsable de vos actes.

— Vous vous mettez en tiers entre ma femme et moi, grommela Hattersley, c'est une raison suffisante pour provoquer n'importe quel homme.

— Vous estimez donc être dans votre droit ! s'écria son adversaire en s'avançant vers lui d'un air vindicatif.

— Mais non, je ne l'aurais pas fait si je n'avais été excité par le vin, mais s'il vous plaît de m'en vouloir après toutes les belles excuses que je vous ai faites, libre à vous... et vous pouvez aller au diable !

— Vous pourriez au moins vous abstenir de parler ainsi en la présence d'une dame, dit Mr Hargrave en dissimulant sa colère sous le mépris.

— Qu'ai-je encore dit? répliqua Hattersley. Rien que la pure vérité, il ira en enfer, n'est-ce pas, Mrs Huntington, s'il ne pardonne pas les offenses de son frère?

— Vous devriez lui pardonner, Mr Hargrave, puisqu'il vous le demande, dis-je.

— Vous croyez? Je le ferai donc!

Souriant presque sans réserve, il s'avança, la main tendue vers son parent qui la serra franchement, et la réconciliation semblait absolue des deux côtés.

— L'offense était d'autant plus grave qu'il m'avait frappé en votre présence, mais si vous me demandez de lui pardonner, je le fais très volontiers.

— Je crois que ce que je puis faire de mieux est de me retirer, dit Hattersley avec un large sourire.

Son compagnon sourit et il quitta la pièce. Cet échange de sourires me parut suspect; Mr Hargrave se tourna vers moi et commença un discours sur un ton très sérieux:

— Chère Mrs Huntington, comme j'ai attendu et crains ce moment! Ne craignez rien, ajouta-t-il, car mon visage était pourpre de colère, je ne dirai rien qui puisse vous offenser. Je ne me permettrai pas de vous parler de mes sentiments ou de toutes les perfections que je trouve en vous, mais je veux vous apprendre une chose que vous devez savoir et qui, quoiqu'elle me brise le cœur...

— Alors n'en dites rien!

— Mais c'est très important...

— Je l'apprendrai bien assez tôt, surtout si ce sont de mauvaises nouvelles comme vous semblez le croire. Pour l'instant, je vais emmener les enfants dans leur nurserie.

— Ne pouvez-vous sonner pour qu'on vienne les chercher?

— Non, j'ai besoin d'exercice; viens, Arthur.

— Mais vous reviendrez?

— Pas tout de suite, ne m'attendez pas.

— Quand donc pourrais-je vous revoir?

— À l'heure du lunch, dis-je en quittant la pièce avec la petite Helen sur un bras et Arthur accroché à mon autre main.

Il se détourna en grommelant une phrase de regret dans laquelle je crus comprendre les mots «sans cœur».

— Quelle sottise est-ce là, Mr Hargrave? dis-je en m'arrêtant dans l'embrasure de la porte. Que voulez-vous dire?

— Oh! rien... je ne pensais pas que vous entendriez mon soliloque. Mais, Mrs Huntington, j'ai vraiment quelque chose à vous dire, une chose qu'il m'est aussi dur de vous dire qu'elle vous sera pénible à entendre; je désire que vous me donniez quelques instants de votre temps, en tête à tête, où et quand cela vous conviendra. Je n'obéis pas à un motif égoïste pour vous demander cela et je ne dirai rien qui puisse blesser votre pureté angélique, vous ne devez donc pas me lancer de tels regards de souverain mépris. Je sais comment l'on reçoit les porteurs de mauvaises nouvelles et...

— Que voilà un beau discours! dis-je en l'interrompant avec impatience. Si ce que vous avez à dire est si important, dites-le en trois mots avant que je ne sorte.

— Cela ne peut se dire en trois mots. Renvoyez ces enfants et restez avec moi.

— Non, gardez vos mauvaises nouvelles. Je sais que je ne veux pas les entendre et vous me peineriez en les dévoilant.

— Je crains que vous n'ayez deviné, mais pourtant il faut que je vous révèle la vérité.

— Épargnez-nous à tous deux cette peine. Vous m'avez offert de parler; j'ai refusé de vous entendre; vous ne serez pas tenu pour responsable de mon ignorance.

— Qu'il en soit ainsi ; ce n'est pas moi qui vous le dirai. Mais si le coup est trop dur, souvenez-vous que je désirais vous avertir avec tous les ménagements possibles.

Je le quittai. Je refusais de me laisser inquiéter par ses paroles. Que pouvait-il, lui ou tout autre, m'apprendre de si important ? Il s'agissait sans doute de quelque triste histoire à laquelle mon pauvre mari était mêlé et il espérait que ses racontars le rapprocheraient de moi.

*6 octobre.* – Il n'a plus parlé de ce grand mystère et je ne regrette pas d'avoir refusé de l'écouter. Je n'ai pas encore reçu le choc dont il me menaçait et je n'ai aucune crainte pour l'avenir. Arthur est charmant pour le moment ; il ne s'est plus rendu tout à fait odieux depuis une quinzaine de jours ; il boit si peu ou si modérément que toute son attitude en est changée. Puis-je espérer que cela va continuer ?

## 33

*7 octobre.* – Je puis espérer! Ce soir j'ai entendu Hattersley et Grimsby qui se plaignaient du manque d'hospitalité de leur hôte. Ils ne savaient pas que je pouvais les entendre, car je me trouvais dissimulée par le rideau de la véranda; je regardais la lune qui se levait au-dessus de l'aulnaie, derrière la pelouse; j'observais Arthur, qui admirait de son côté l'astre pâle et je me demandais ce qui le rendait aussi sentimental.

— Je suppose que nous ne pouvons plus espérer de joyeuses beuveries dans cette maison, disait Mr Hattersley; je pensais bien que cela ne durerait pas longtemps. Mais, ajouta-t-il en riant, j'avais imaginé que notre charmante hôtesse se dresserait sur ses ergots et nous chasserait tous si nous ne nous conduisions pas bien!

— Tu n'avais pas prévu ce qui se passe alors? répondit Grimsby en ricanant. Mais il changera encore lorsqu'il sera fatigué d'elle. Si nous revenons ici dans un an ou deux, nous pourrons à nouveau festoyer à loisir, tu verras.

— Damnées bonnes femmes! grommela Grimsby. Elles sont un véritable fléau! Elles apportent partout les ennuis et les soucis avec leurs jolis visages et leurs mauvaises langues.

À cet instant, je sortis de ma cachette, je passai en souriant devant Mr Grimsby et partis à la recherche d'Arthur.

Je l'avais vu qui se dirigeait vers les buissons et je le surpris à l'instant où il s'engageait dans une allée obscure. Je me sentais le cœur si léger, si débordant d'affection que je lui sautai brusquement au cou. Ma conduite provoqua d'étranges réactions : tout d'abord, il murmura ; « Dieu te bénisse, chérie ! » et me rendit mon étreinte avec une ferveur qui me rappela les premiers mois de notre mariage, puis il sursauta et s'écria presque avec terreur :

— Helen ! qu'est-ce qui te passe par la tête !

Je pouvais voir, à la faible lueur qui perçait les branchages, qu'il était très pâle.

Qu'il était étrange de voir que sa première réaction de tendresse instinctive était suivie d'un tel choc ! Cela prouve au moins que son affection est sincère : il n'est pas encore fatigué de moi !

— Je t'ai fait peur, Arthur, dis-je en riant joyeusement. Comme tu es nerveux !

— Pourquoi diable as-tu fait cela ? cria-t-il nerveusement en s'arrachant à mon étreinte et s'essuyant le front avec un mouchoir. Rentre à la maison, Helen, rentre à l'instant ! Tu vas prendre froid.

— Je ne rentrerai pas avant de t'avoir dit pourquoi je suis venue. Tes amis te blâment pour ta sobriété, Arthur, et moi je veux t'en remercier. Ils disent que nous sommes de « damnées bonnes femmes » et « un véritable fléau », mais ne leur permets pas de t'arrêter dans cette bonne voie ou de diminuer ton affection pour moi.

Il rit. Je le serrai encore une fois dans mes bras et ajoutai en pleurant de joie :

— Continue !... Persévère ! Et je t'aimerai plus que jamais !

— Bien, bien ! je le ferai, dit-il en m'embrassant rapidement. Va maintenant. Petite folle, comment oses-tu sortir en robe de soirée par cette fraîche nuit d'automne ?

— C'est une nuit merveilleuse, dis-je.

— Disparais! ou tu attraperas un refroidissement mortel.

— Est-ce ma mort que tu cherches entre ces arbres, Arthur? dis-je, car il fixait les buissons d'une façon intense; je n'avais nulle envie de le quitter, j'étais toute baignée dans un bonheur nouveau; mais il se fâcha et je l'embrassai une fois encore avant de courir vers la maison.

J'étais d'excellente humeur, ce soir-là; Millicent me raconta que je n'avais jamais été aussi brillante. Je parlais pour vingt et souriais à tous. Grimsby, Hattersley, Hargrave, lady Lowborough... je me sentais pleine d'amitié pour tous. Grimsby ouvrait de grands yeux et se demandait quelle mouche m'avait piquée; Hattersley, malgré le peu de vin qu'il avait bu, riait et plaisantait, et se conduisait aussi bien que possible; Hargrave et Annabella, pour des motifs différents, me donnaient la réplique et tous deux me surpassaient sans doute en esprit; le premier par son éloquence brillante, la seconde par son animation et son impertinence. Millicent, ravie de voir son mari, son frère et sa chère amie de bonne humeur, était gaie et animée à sa façon. La contagion gagna même lord Lowborough; ses yeux sombres s'animaient sous les sourcils expressifs; son visage, si sombre d'habitude, s'éclairait d'un sourire; toute trace de réserve ou de froide indifférence avaient momentanément disparu; ses traits d'esprit nous étonnèrent tous. Arthur ne parlait pas beaucoup, mais il riait et partageait la gaieté générale sans avoir eu recours au vin pour s'animer. Nous formions une réunion très joyeuse et très innocente.

*9 octobre*. – Lorsque Rachel monta pour m'habiller, hier soir, je vis qu'elle avait pleuré. Je lui demandai la raison de ses larmes, mais elle ne voulut pas parler.

Était-elle indisposée? Non. Avait-elle reçu de mauvaises nouvelles? Non. Une des servantes l'avait-elle blessée?

— Oh! non, madame, répondit-elle, ce n'est pas sur moi que je pleure.

— Mais pourquoi, Rachel? As-tu lu des romans?

— Mon Dieu, non! dit-elle en hochant tristement la tête; elle soupira et poursuivit: Pour tout vous dire, madame, je n'aime pas la façon dont le maître se conduit.

— Que veux-tu dire, Rachel? Il se conduit très bien pour le moment.

— Si madame est de cet avis, tant mieux.

Elle continua à me coiffer en y mettant une hâte qui ne lui était pas habituelle; en se parlant à elle-même, elle murmurait: «Ce sont de beaux cheveux, pour sûr, je voudrais bien savoir si les leurs sont aussi souples.» Lorsqu'elle eut fini, elle me caressa affectueusement la tête.

— Toute cette affection est-elle pour moi ou pour mes cheveux, nurse? dis-je, me tournant vers elle en riant, mais une larme traînait encore au coin de son œil. Mais qu'y a-t-il, Rachel? m'exclamai-je.

— Je ne sais pas, madame, mais si...

— Si quoi?

— Si j'étais à votre place, je ne garderais pas une minute de plus cette lady Lowborough sous mon toit... pas une minute de plus!

J'étais effarée; mais Millicent entra dans ma chambre avant que j'aie eu le temps de retrouver mon calme: elle agit souvent ainsi lorsqu'elle est prête avant moi; elle resta à mes côtés jusqu'à l'heure du dîner. Elle a dû me trouver fort peu sociable cette fois, car les paroles de Rachel sonnaient comme un glas à mes oreilles. Mais je persistais à espérer... je voulais croire que les paroles de Rachel étaient basées sur quelques ragots d'office devant la conduite de lady Lowborough, le mois dernier ; peut-être avaient-ils vu quelque chose lors de la dernière visite d'Annabella. Je les observai tout au long du dîner et je ne pus rien remarquer d'extraordinaire dans leur conduite. Rien dans son attitude ou dans celle d'Arthur ne pouvait éveiller la méfiance, sauf peut-être dans des cerveaux inquiets… mais j'avais confiance et je refusais de les suspecter.

Dès que le repas fut terminé, Annabella sortit en compagnie de son mari pour faire une promenade au clair de lune, car les nuits étaient splendides. Mr Hargrave entra au salon un peu avant les autres et me lança un défi aux échecs. Il ne montrait pas cette humeur humble et triste qu'il affectait à mon égard. Je le regardai pour voir s'il était sous l'effet du vin. Son regard rencontra le mien et le soutint ; il y avait quelque chose que je ne comprenais pas dans son attitude, mais il semblait tout à fait sobre. Je n'avais pas envie de jouer avec lui et je lui proposai de faire une partie avec Millicent.

— Elle joue mal, dit-il, je veux mesurer mon adresse à la vôtre. Venez donc… vous n'allez pas prétendre que vous voulez continuer votre broderie, je sais que vous n'y travaillez que lorsque vous n'avez rien de mieux à faire.

— Mais les joueurs d'échecs sont si peu sociables, remarquai-je, ils ne tiennent compagnie qu'à eux-mêmes.

— Il n'y a ici personne d'autre que Millicent et elle…

— Je serai ravie de vous observer, s'écria notre amie. Ce sera une joie que de regarder deux excellents joueurs. Je me demande qui sortira vainqueur.

J'acceptai donc de jouer.

— Mrs Huntington, dit Hargrave tandis qu'il disposait les pièces sur l'échiquier, et il semblait mettre un double sens à chacune de ses paroles, vous êtes une excellente joueuse, mais je suis encore meilleur, nous aurons une longue partie et je ne gagnerai pas sans effort ; mais je puis être aussi patient que vous et je finirai par être vainqueur. Il me lança un long regard qui me déplut, chargé de ruse et presque d'impudence, déjà à moitié triomphant.

— J'espère que non, Mr Hargrave ! répondis-je avec une véhémence qui dut surprendre Millicent ; mais il sourit en murmurant :

— L'avenir nous le dira.

Nous commençâmes la partie ; lui était fort intéressé par le jeu mais restait calme et sûr de son habileté ; de mon côté, je m'absorbais totalement dans les mouvements des pièces, car je voulais absolument gagner ; j'avais une crainte presque superstitieuse de perdre comme si ce qui était en jeu dépassait de loin cette partie. Je ne voulais pas que cette victoire encourage son insolence et ses espoirs de future conquête. Il jouait prudemment, absorbé par le jeu ; je rendais coup pour coup. La lutte fut d'abord incertaine, puis, à mon grand plaisir, la victoire pencha de mon côté ; j'avais pris plusieurs de ses meilleures pièces et je gênais visiblement ses plans. Il porta la main à son front et réfléchit longuement. Je me réjouissais de mon avantage, mais je n'étais pas encore certaine de la victoire. Il leva finalement la tête, bougea une pièce, me regarda et dit calmement :

— Vous espérez gagner, n'est-ce pas ?

— Mais oui, dis-je en prenant le pion qu'il avait négligemment placé sur le chemin de mon fou ; je pensais qu'il ne l'avait pas vu mais je ne me sentais pas le courage de le lui faire remarquer ; j'étais trop impatiente pour prévoir les suites de ce mouvement.

— Ces fous me gênent toujours, dit-il, mais le fier cavalier peut sauter par-dessus, ajouta-t-il en m'enlevant mon dernier fou, et maintenant que ces gêneurs sont partis, je vais pouvoir avancer!

— Walter, comme tu bavardes! s'exclama Millicent. Elle a beaucoup plus de pièces que toi.

— Je n'ai pas l'intention de vous laisser dormir sur vos lauriers, sir, dis-je; vous serez échec et mat avant de le savoir. Surveillez votre reine.

La partie devint encore plus serrée. Le jeu se prolongeait, je lui posais des pièges, mais il était meilleur joueur.

— Quels joueurs acharnés! dit Mr Hattersley, qui venait d'entrer dans la pièce et nous observait. Ma parole, Mrs Huntington, vos mains tremblent! Vous jouez comme si votre vie dépendait de la victoire! Et toi, Walter, espèce de chien, tu sembles certain de gagner... tu prends des airs cruels de dogue à l'affût! Mais, à ta place, j'aurais peur de gagner, car elle te haïra si elle est battue! Je le vois dans ses yeux.

— Taisez-vous donc un instant! dis-je. Son bavardage me distrayait, car j'étais acculée. Il suffisait de deux ou trois mouvements pour que je me trouve prise dans les filets de mon adversaire.

— Échec! cria-t-il. Je cherchai désespérément à parer le coup... et mat! ajouta-t-il calmement, mais avec un plaisir évident.

Il avait retenu la parole finale pour jouir à loisir de mon désarroi. Je me sentais exagérément émue. Hattersley riait; Millicent était étonnée de me voir si bouleversée. Hargrave posa sa main sur la mienne, qui reposait sur la table, la pressa doucement en murmurant: «Battue... vous êtes battue!» Sur son visage, le triomphe se mêlait à une expression d'ardente tendresse que je trouvais des plus insultantes.

— Non, jamais, Mr Hargrave! m'écriai-je en retirant rapidement ma main.

— J'ai pourtant gagné, dit-il en montrant l'échiquier.

— Vous m'avez, en effet, battue à ce jeu, répondis-je, me rendant compte que ma conduite pouvait paraître étrange.

— Voulez-vous votre revanche ?

— Non, non.

— Vous reconnaissez ma supériorité ?

— Oui, comme joueur d'échecs.

Je me levai pour reprendre mon ouvrage.

— Où est Annabella? dit-il gravement, après avoir jeté un regard circulaire sur la pièce.

— Sortie en compagnie de lord Lowborough, répondis-je, car il attendait une réponse.

— Pas encore rentrée ? dit-il gravement.

— Je ne pense pas.

— Où est Huntington ? continua-t-il, en le cherchant du regard.

— Sorti avec Grimsby, comme tu le sais, dit Hattersley en retenant un rire qui éclata comme il achevait sa réponse.

Pourquoi riait-il ? Pourquoi Hargrave les rapprochait-il de cette façon ? Serait-ce donc vrai ? Était-ce là l'affreux secret qu'il voulait me révéler ? Il fallait que je sache… et à l'instant. Je me levai et quittai la pièce, à la recherche de Rachel, qui pouvait sans doute me donner quelques éclaircissements ; mais Mr Hargrave me suivit dans l'antichambre et posa doucement la main sur le loquet de la porte pour m'empêcher d'aller plus loin.

— Puis-je vous dire un mot, Mrs Huntington ? dit-il d'un ton soumis, les yeux baissés.

— Si cela vaut la peine que je l'entende, répondis-je cherchant à maîtriser le tremblement qui m'agitait tout entière.

Il m'avança calmement une chaise, je m'appuyai simplement au dossier en le priant de continuer.

— Ne craignez rien, dit-il, peut-être n'est-ce pas si grave en soi; je vous laisserai le soin de conclure. Vous avez dit qu'Annabella n'était pas encore rentrée?

— Mais oui!... continuez! dis-je avec impatience. Je craignais de perdre le contrôle de mes nerfs avant la fin de son discours, quel qu'il fût.

— Vous avez entendu que Huntington est sorti avec Grimsby?

— Eh bien?

— J'ai entendu ce dernier dire à votre mari, ou à l'homme qui se fait appeler ainsi...

— Continuez, je vous prie!

Il s'inclina et ajouta:

— Voici ce que j'ai entendu: «Je me débrouillerai, tu verras! Ils sont descendus au bord de la rivière; je les rencontrerai comme par hasard et je lui dirai que je veux lui parler de choses qui n'intéresseraient pas les dames; elle répondra qu'elle marchera volontiers seule pour rentrer; je ferai les excuses d'usage tout en lui faisant signe du coin de l'œil de passer par les buissons. Je retiendrai son mari aussi longtemps que je peux et je le ramènerai ensuite par l'autre bout du parc, en m'arrêtant pour admirer les arbres et les champs et tout ce qui pourra me permettre de discourir encore.»

Mr Hargrave s'arrêta et me regarda. Sans autre question ni commentaire, je me levai et me précipitai dans le parc. Je ne pouvais supporter plus longtemps les tourments de l'incertitude; je refusais de suspecter mon mari simplement parce que cet homme l'accusait, mais je ne pouvais plus avoir aveuglément confiance en lui... il me fallait connaître immédiatement la vérité. Je courus vers les buissons. Dès que j'y arrivai, j'entendis un bruit de voix qui arrêta ma course éperdue.

— Nous avons trop tardé, il va rentrer, dit la voix de lady Lowborough.

— Pas encore, chérie! répondit-on. Tu peux courir pour traverser la pelouse et entrer sans qu'on te voie, je te suivrai dans un instant.

Mes genoux se dérobaient sous moi; mes idées tourbillonnaient; j'allais m'évanouir. Mais elle ne devait pas me voir dans cet état. Je m'enfonçai dans les taillis et je me collai au tronc d'un arbre pour la laisser passer.

— Ah, Huntington! dit-elle avec reproche, en s'arrêtant à l'endroit précis où je me trouvais avec lui la nuit précédente, c'est ici que tu as embrassé cette femme!

Elle jeta un regard dans l'ombre. Tout en la suivant, il répondit avec un rire insouciant:

— Je ne pouvais faire autrement, ma chérie! Tu sais que je suis obligé de bien me conduire avec elle aussi longtemps que possible. Ne t'ai-je pas vue embrasser ton niais de mari des douzaines de fois, sans jamais me plaindre?

— Mais dis-moi, ne l'aimes-tu plus du tout? dit-elle en posant sa main sur son bras et en levant les yeux vers lui.

La lune brillait et je les voyais clairement entre les branches de l'arbre qui me dissimulait.

— Plus le moins du monde, je te le jure! répondit-il en baisant sa joue vermeille.

— Seigneur! il faut que je rentre! cria-t-elle en s'écartant de lui pour courir vers la maison.

Il resta là; à deux pas de moi; mais je n'avais plus la force de l'affronter immédiatement; la langue me collait au palais, je m'affaissai lentement contre le tronc de l'arbre et je me demande comment il n'entendait pas les battements de mon cœur qui devaient couvrir le murmure du vent et les bruissements des feuilles; à travers le bourdonnement qui m'emplissait les oreilles, je l'entendis qui disait, en levant les yeux vers l'autre bout de la pelouse :

— Le voilà, l'idiot ! Cours, Annabella, cours ! Voilà ! tu es à l'abri. Il ne t'a pas vue. Bravo, Grimsby, retiens-le encore !

Son ricanement m'atteignit encore, tandis qu'il s'éloignait.

— Que Dieu me vienne en aide ! murmurai-je en m'écroulant parmi les herbes humides qui entouraient le pied de l'arbre.

Je levai les yeux vers la lune qui brillait à travers le feuillage rare : tout le paysage semblait trembler devant mes yeux. Mon cœur brûlant voulait se confier à Dieu, mais je ne pouvais formuler une prière ; une rafale de vent fit tourbillonner les feuilles mortes à mes pieds tout en me rafraîchissant le front. Je me sentis revivre ; j'élevai mon âme vers Dieu, une influence céleste sembla me rendre des forces ; je respirai plus facilement, ma vue s'éclaircit, je vis clairement la lune qui continuait à briller, les nuages qui couraient dans le ciel clair, les étoiles éternelles qui clignotaient : je sentis que leur Dieu était aussi le mien, que sa force était incommensurable et qu'il m'entendait. De par-delà la voûte céleste, une voix semblait murmurer : « Je ne te quitterai jamais, je ne t'abandonnerai jamais. » Je sentis qu'il ne me laisserait pas sans secours ; je serais forte pour supporter les tourments de la terre et gagner un glorieux repos.

Je me levai et me dirigeai vers la maison ; si je n'étais pas tout à fait calmée, j'étais du moins réconfortée. Je dois pourtant reconnaître que presque tout ce beau courage m'abandonna lorsque je rentrai ; le vent frais du soir m'avait fait du bien et j'étouffais à l'intérieur de la pièce. Tout ce que je voyais me faisait mal : le corridor, la lampe, l'escalier, les portes des différentes chambres, le bruit des rires et des bavardages qui me parvenait du salon. Comment pourrais-je supporter la vie qui m'attendait! Cette maison, ces gens! Comment pourrais-je leur faire face! John entra à ce moment et me dit qu'on l'avait envoyé à ma recherche; on avait apporté le thé et le maître voulait savoir si je venais le servir.

— Demandez à Mrs Hattersley d'être assez aimable pour servir le thé, John, dis-je. Dites-lui que je me sens pas bien, ce soir, et qu'elle veuille bien m'excuser.

Je me retirai dans la grande salle à manger déserte, où tout était silence et obscurité; le vent soupirait doucement dehors et les pâles rayons de la lune passaient au travers des persiennes. Je marchais rapidement de long en large, ruminant d'amères pensées. Comme tout avait changé depuis hier soir! Cette soirée avait été le dernier éclair de bonheur dans mon existence. Pauvre folle aveugle, comme je me réjouissais! Je comprenais maintenant l'attitude d'Arthur lorsque je l'avais rejoint dans les buissons; l'étreinte affectueuse était destinée à sa maîtresse, le recul d'horreur à sa femme. Je comprenais mieux la conversation qu'avaient échangée Hattersley et Grimsby; ils parlaient de son amour pour elle, non pour moi.

J'entendis que l'on ouvrait la porte du salon; un pas rapide traversa l'antichambre et monta les escaliers. C'était Millicent, la pauvre Millicent qui venait voir comme j'allais; personne ne se souciait de moi sauf ma gentille amie. Cette pensée me fit du bien. Je l'entendis descendre, plus lentement, désappointée de ne pas m'avoir trouvée. Entrerait-elle dans la salle à manger? Non, elle me tourna le dos et retourna au salon. J'en fus heureuse, car je n'aurais su que lui dire. Je ne désirais pas de confidente. Je n'en méritais pas et je n'en avais pas besoin. Je voulais porter seule mon fardeau.

Lorsque l'heure à laquelle nos invités se couchaient approcha, je séchai mes larmes et je tentai de m'éclaircir la voix et de calmer mes pensées. Je voulais voir Arthur dès ce soir et lui parler; mais je voulais le faire calmement : sans scène, sans rien dont il puisse se plaindre ou se vanter auprès de ses camarades, sans aucune parole dont il puisse se moquer avec sa maîtresse. Lorsque je les entendis monter, j'entrouvris ma porte et j'appelai Arthur d'un geste.

— Que se passe-t-il, Helen? dit-il. Pourquoi n'es-tu pas venue nous servir le thé et que diable fais-tu ici dans l'obscurité? Qu'as-tu donc, jeune femme, tu es pâle comme un fantôme! continua-t-il en m'examinant à la lueur de sa bougie.

— Peu importe, répondis-je, tu ne te préoccupes nullement de ce qui m'arrive, je crois; de mon côté, je ne t'aime plus.

— Seigneur! qu'est-ce que tout cela veut dire? grommela-t-il.

— Si ce n'était pour mon enfant, je vous quitterais aujourd'hui et ne passerais pas une nuit de plus sous ce toit...

Je m'interrompis un instant pour raffermir ma voix.

— Me diras-tu enfin ce qui se passe, Helen! cria-t-il. Où veux-tu en venir?

— Vous le savez parfaitement. Ne perdons pas de temps en explications inutiles; dites-moi si...

Il jura avec véhémence qu'il ne comprenait rien et voulait savoir quelle vieille femme à la langue empoisonnée l'avait noirci auprès de moi, quels mensonges infamants j'avais été assez sotte de croire?

— Ne vous donnez pas la peine de mentir, ne vous torturez pas la cervelle pour étouffer la vérité sous la fausseté, répondis-je avec froideur. Je ne me fie à aucun commérage de tiers; j'étais dans le jardin ce soir et j'ai vu et entendu moi-même chacune de vos paroles.

Il avait compris. Il réprima une exclamation de dépit et, grommelant: «Me voilà coincé maintenant!», il posa sa bougie sur la chaise la plus proche, s'adossa au mur et me regarda en croisant les bras.

— Et maintenant? dit-il avec un mélange d'insolence, de honte et de désespoir.

— Seulement ceci, répondis-je: me laisserez-vous partir avec mon enfant et ce qui reste de ma fortune?

— Pour aller où?

— N'importe où: là où il ne pourra plus souffrir de votre déplorable influence, je serai délivrée de votre présence et vous de la mienne.

— Je ne le permettrai pas.

— Laissez-moi l'enfant alors, sans l'argent.

— Non. Crois-tu que je veuille devenir la risée de tout le voisinage pour satisfaire tes caprices?

— Je dois donc rester ici, me laisser détester et mépriser. Mais, à partir de ce soir, nous ne sommes plus mariés que de nom.

— Très bien.

— Je ne suis que la mère de votre enfant et je dirige votre maison. Il est donc inutile que vous jouiez la comédie de l'amour. Je ne supporterai plus la moindre caresse de votre part. Je ne veux plus me sentir ridicule lorsque vous employez les petits mots tendres qui sont d'usage entre mari et femme; je ne veux plus les mots d'amour alors que l'amour lui-même est pour une autre.

— Comme il vous plaira. Nous verrons lequel de nous deux se fatiguera le premier, ma chère.

— Ce qui me fatiguera ce sera de vivre à vos côtés; ce ne sera pas de me priver de vos mots d'amour, qui n'ont plus aucun sens. Lorsque vous en aurez assez de vivre dans le péché, je serai disposée à vous pardonner et peut-être essayerai-je encore de vous aimer, mais cela me semble bien dur pour l'instant.

— Hum! Et entre-temps, tu parleras de moi avec Mrs Hargrave et écriras de longues lettres à tante Maxwell pour te plaindre du misérable époux que le sort t'a donné?

— Je ne me plaindrai à personne. Jusqu'à présent, j'ai tenté de cacher vos vices à tous et de vous parer de vertus que vous n'avez jamais eues; je m'en garderai bien à l'avenir.

Je le laissai grognant et jurant, pour monter dans ma chambre.

— Vous n'êtes pas bien, madame, dit Rachel en m'examinant avec inquiétude.

— C'est vrai, Rachel, dis-je en lui rendant son regard triste.

— Je le savais, je n'aurais peut-être pas dû en parler?

— Ne t'inquiète pas à ce sujet, dis-je en embrassant sa maigre joue ridée; je suis plus forte que tu le penses.

— C'est vrai, vous avez toujours été forte; mais à votre place, je me laisserais aller et je pleurerais un bon coup! Et je lui dirais ce que je pense…

— J'ai parlé, j'ai dit tout ce qu'il y avait à dire.

— Alors, pleurez, insista-t-elle. Il n'est pas bon d'être si pâle et si calme, votre cœur va éclater.

— J'ai pleuré, dis-je en souriant malgré ma douleur; je suis calme maintenant, ne me démolis pas à nouveau, nurse. Ne disons plus rien à ce sujet, n'en parle pas aux domestiques. Va maintenant. Bonne nuit; ne pense pas trop à moi, je vais tâcher de dormir.

Malgré cette ferme résolution, je trouvai impossible de rester dans mon lit; je me levai à deux heures, j'allumai ma bougie à la veilleuse, je m'assis à mon bureau en robe de chambre et racontai les événements de la soirée. Il valait mieux passer les heures à écrire plutôt que de rester étendue dans mon lit à me torturer l'esprit et le cœur en pensant au passé et au sombre avenir qui m'attendait. Cela me soulage de décrire les événements qui ont réduit mon bonheur à néant, et tous les petits détails triviaux qui entourent de telles circonstances. Le sommeil ne m'aurait pas fait plus de bien et ne m'aurait pas mieux préparée à la journée du lendemain... je m'imagine cela en tout cas, mais lorsque je cessai d'écrire, je m'aperçus que ma tête était terriblement douloureuse, et lorsque je me regarde dans le miroir, je suis effrayée par mon aspect hagard et épuisé.

Rachel, qui est venue m'habiller, m'a dit que je ne pouvais prétendre avoir passé une bonne nuit. Millicent est venue me demander comment je me sentais. Je lui répondis que j'allais mieux, mais que j'avais passé une très mauvaise nuit. Comme je voudrais que cette journée soit passée! Je frémis à l'idée de descendre pour le petit déjeuner. Comment pourrai-je supporter la présence de nos invités? Mais je dois me souvenir que ce n'est pas moi qui suis coupable; je n'ai rien à craindre; s'ils se moquent de leur victime, je puis avoir pitié de leur folie et mépriser leur moquerie.

## 34

*Soirée.* – Le déjeuner se passa fort bien, je restai calme et composée. Je répondis à toutes les questions concernant ma santé et l'on mit ma mauvaise mine sur le compte de l'indisposition qui m'avait forcée à me retirer si tôt la nuit précédente. Mais comment supporterai-je la dizaine de jours qu'ils doivent encore passer chez nous? Pourtant, que m'apportera leur départ? Lorsqu'ils seront partis, comment pourrai-je supporter les mois, les années qu'il me reste à vivre au côté de mon pire ennemi, de celui qui m'a mortellement blessée? Comme il a cruellement piétiné mon amour, trahi ma foi, méprisé mes prières et mes larmes, détruit mes espérances, tué en moi les meilleurs sentiments, cet être que j'ai follement aimé, que j'ai cru sans réserve, cet homme pour lequel j'ai tant lutté, prié... Il a préparé pour moi un avenir fait de tristesse et d'amertume, je n'ai pas seulement cessé d'aimer mon mari, je le *hais*! Ces mots que je vois écrits devant moi semblent me considérer comme coupable d'horribles sentiments, mais ce n'est que la vérité: je le hais... je le hais! Mais que Dieu ait pitié de son âme et lui fasse comprendre ses fautes, l'en fasse souffrir... je ne souhaite pas d'autre vengeance! S'il pouvait comprendre mes souffrances et les partager, je lui pardonnerais sans peine; mais il est trop endurci, si perverti par la vie qu'il a menée, que je ne pense pas qu'il puisse éprouver de bons sentiments sur cette terre. Mais il est bien inutile de s'appesantir sur ce sujet : je vais tenter une fois de plus de chasser les pensées amères en relatant ici tous les petits événements de ces derniers jours.

Mr Hargrave m'a ennuyée toute la journée en me lançant de longs regards sérieux et pitoyables et, croit-il, discrets… S'il était moins discret, j'aurais au moins le plaisir de le remettre à sa place ; mais il parvient à prendre des attitudes si gentilles, si affables que je ne puis le rabrouer sans paraître impolie et ingrate. J'ai parfois l'impression que ses intentions sont réellement pures, mais lorsque je réfléchis, je sens qu'il est de mon devoir de me méfier de lui. Sa gentillesse peut être en partie sincère, mais je dois me souvenir de son attitude lors de notre partie d'échecs, de ses paroles à double sens, de ses longs regards qui éveillèrent mon indignation, et je crois que je serai prudente en me méfiant. J'ai bien fait de noter tout cela dans les moindres détails.

J'ai l'impression qu'il cherche une occasion pour me parler en tête à tête, il m'a observée toute la journée ! Mais j'ai pris garde de l'éviter ; je ne crains pas ce qu'il pourrait avoir à me dire, mais j'ai assez d'ennuis sans y ajouter l'horreur de ses paroles de consolation, qui sont autant d'insultes, de son sourire compatissant et de tout ce qu'il pourrait tenter ; je n'ai nulle envie de me brouiller avec lui à cause de Millicent. Ce matin, il n'a pas suivi les chasseurs, prétextant des lettres à écrire ; au lieu de s'installer dans la bibliothèque, il a fait apporter son écritoire dans le petit salon où je me tenais avec Millicent et lady Lowborough. Elles étaient plongées dans leurs travaux d'aiguille, j'avais ouvert un livre pour échapper à toute tentative de conversation. Millicent comprit que je voulais être tranquille et évitait de me parler. Il est certain qu'Annabella, elle aussi, comprit mon attitude, mais elle n'y vit aucune raison pour tenir sa langue et ses plaisanteries fusaient à tout propos, car elle était de joyeuse humeur; elle s'adressait presque exclusivement à moi; mes réponses de plus en plus brèves et de plus en plus froides semblaient accroître sa bonne humeur et son amitié. Mr Hargrave comprit que je ne pourrais en supporter davantage; levant les yeux, il répondit pour moi à ses questions et cherchait à faire dévier vers lui le flot de sa conversation; mais rien n'y fit. Elle croyait peut-être que je souffrais d'une migraine et ne voulais pas parler; elle prenait en tout cas un plaisir évident à m'ennuyer par sa loquacité. Mais je trouvai un moyen efficace pour l'arrêter; je lui mis entre les mains le livre que j'essayais de lire, sur la page de garde j'avais hâtivement griffonné ces mots:

*Je suis trop bien renseignée sur votre conduite pour éprouver encore la moindre sympathie à votre égard. Comme je ne possède pas votre talent de dissimulation, il m'est impossible de feindre des sentiments que je n'éprouve pas. Je dois donc vous prier de cesser tout geste familier à mon égard; je continuerai à vous traiter avec politesse, comme si vous étiez encore digne d'estime et de considération; qu'il soit pourtant bien entendu que je fais cela seulement par égard pour votre cousine Millicent et non pour vous.*

Après avoir lu ces lignes, elle devint très rouge et se mordit la lèvre. Elle arracha discrètement la page et en fit une boule qu'elle jeta dans le feu; elle se plongea ensuite dans la lecture du livre ou, du moins, elle fit semblant d'être absorbée par sa lecture. Millicent annonça bientôt qu'elle voulait se rendre à la nurserie et me demanda si je l'accompagnais.

— Annabella nous excusera, dit-elle, elle est occupée à lire.

— Non, je ne continuerai pas ce livre, s'écria-t-elle en le lançant sur la table, je voudrais dire quelques mots à Helen. Tu peux partir, Millicent, elle te rejoindra dans un instant.

Millicent sortit.

— Veux-tu venir, Helen? continua-t-elle.

Son impudence m'étonna; j'obéis cependant et je la suivis dans la bibliothèque. Elle ferma la porte et se rapprocha du foyer.

— Qui t'a dit cela? dit-elle.

— Personne, je suis capable de comprendre toute seule.

— Tu n'as que des soupçons! s'écria-t-elle avec une lueur d'espoir dans les yeux, qui effaça momentanément une sorte de désespoir qu'elle cherchait à dissimuler sous une apparente dureté.

— Si j'avais été soupçonneuse, répondis-je, j'aurais découvert votre infamie depuis longtemps. Non, lady Lowborough, mon accusation n'est pas basée sur des soupçons.

— Sur quoi, alors? dit-elle en se jetant dans un fauteuil et en étendant les pieds vers les chenets, dans un visible effort pour paraître calme.

— Moi aussi, j'aime les promenades au clair de lune, répondis-je en la fixant droit dans les yeux, et il se trouve que les buissons sont un de mes endroits favoris.

Son visage se couvrit d'une rougeur intense; elle resta silencieuse, un doigt nerveusement pressé sur ses dents, le regard fixé sur le feu. Je l'observai quelques instants avec une certaine satisfaction; je me dirigeai ensuite vers la porte et lui demandai si elle avait autre chose à me dire.

— Oui, oui! cria-t-elle nerveusement, en se redressant. Je veux savoir si vous le direz à lord Lowborough.

— Supposons que je le fasse?
— Si vous voulez rendre la chose publique, cela fera beaucoup de bruit; si, d'autre part, vous vous taisez, je croirai que vous êtes le cœur le plus généreux que la terre ait jamais porté… si, de mon côté, je puis faire quelque chose pour vous… n'importe quoi, sauf…
— Sauf renoncer à vos relations coupables avec mon mari, je suppose? dis-je.

Elle se tut un instant, visiblement déconcertée et perplexe, agitée par une colère qu'elle n'osait laisser éclater.

— Je ne puis renoncer à ce qui m'est plus cher que la vie, murmura-t-elle sur un ton bas et agité. Puis elle leva brusquement la tête et me fixa de ses yeux brillants en disant: Mais, Helen, ou Mrs Huntington, ou tout autre nom que vous pourriez désirer entendre, le lui direz-vous? Si vous êtes vraiment bonne, voici une excellente occasion de montrer votre générosité; si vous êtes orgueilleuse, je le suis aussi et je suis pourtant prête à me reconnaître votre éternelle débitrice si vous pardonnez.

— Je ne lui dirai rien.
— Vraiment! cria-t-elle, ravie. Acceptez mes sincères remerciements!

Elle se leva d'un bond et me tendit la main. Je reculai.

— Ne me remerciez pas, ce n'est pas pour vous que je le fais. Ce n'est pas non plus un acte de magnanimité; je n'ai aucun désir de vous faire honte publiquement. Je ne veux pas faire de peine à votre mari en lui disant la vérité.

— Et Millicent? Le lui direz-vous?
— Non, je ferai, au contraire, de mon mieux pour qu'elle ignore tout. Je ne veux pas qu'elle connaisse toute l'infamie de sa cousine.

— Vous usez de mots très durs, Mrs Huntington, mais je puis vous pardonner.

— Permettez-moi maintenant, lady Lowborough, de vous conseiller de quitter cette maison aussi rapidement que possible. Vous devez comprendre que votre présence chez moi m'est très désagréable... pas à cause de Mr Huntington, dis-je en remarquant un sourire de malicieux triomphe sur ses lèvres. Vous pouvez l'avoir si vous voulez, peu m'importe, mais parce qu'il m'est pénible de déguiser mes sentiments envers vous devant nos amis et de feindre la politesse et le respect pour une personne que je n'estime plus du tout ; d'autre part, si vous demeurez ici, il sera très vite impossible de dissimuler votre conduite aux deux personnes qui l'ignorent encore. Par sympathie pour votre mari, Annabella, je ne puis que vous prier, vous conseiller de cesser toutes relations coupables immédiatement et de reprendre vos devoirs d'épouse tant que c'est encore possible, avant que les plus horribles conséquences...

— Bien sûr, bien sûr, dit-elle en m'interrompant avec un geste d'impatience. Mais je ne puis partir avant la date fixée, Helen. Quel prétexte plausible pourrais-je imaginer ? Si je propose de rentrer seule chez moi, lord Lowborough refusera et si je lui demande de m'accompagner, j'éveillerai ses soupçons ; notre visite est presque terminée... il reste un peu plus d'une semaine à passer ici... vous pouvez certainement me supporter encore quelques jours ! Je ne vous ennuierai plus de mes avances amicales.

— Je n'ai rien de plus à vous dire.

— Avez-vous discuté cette affaire avec Huntington ? demanda-t-elle comme je quittais la pièce.

— Comment osez-vous encore prononcer son nom devant moi ! fut ma seule réponse.

Depuis cet instant, nous n'avons plus échangé que quelques paroles indispensables et polies.

## 35

*19 octobre.* – Maintenant que lady Lowborough sait qu'elle n'a plus rien à craindre de moi et que l'heure de son départ approche, son insolence croît chaque jour. Elle parle affectueusement à mon mari, en ma présence, lorsque nul autre de nos invités n'est présent; elle s'occupe de son bien-être et de sa santé et de tout ce qui le concerne, comme pour établir un contraste frappant entre son affectueuse sollicitude et ma froide indifférence. Il la récompense par de doux sourires, des murmures et des regards, des insinuations non voilées à sa bonté et à mon attitude; je rougis malgré moi, car je voudrais pouvoir rester totalement indifférente à tout ce qui se passe entre eux; en me montrant sensible à leurs vilenies, je permettrais à Annabella de triompher et Huntington pourrait se flatter de voir que mon indifférence n'est qu'artifice. J'ai parfois été tentée par quelque démon intérieur d'encourager les avances de Hargrave, pour prouver à mon mari que je ne l'aimais plus; mais j'écarte rapidement de telles idées, non sans honte d'ailleurs. Lorsque je me rends compte à quel point je pourrais m'abaisser, je le hais encore davantage. Que Dieu me pardonne cela et toutes mes pensées coupables! Cette douleur qui devrait me fortifier l'âme me rend au contraire terriblement amère. Mon caractère doit être aussi coupable que leur conduite. Une vraie chrétienne ne pourrait éprouver de tels sentiments! Peut-être pourrais-je pardonner les fautes d'Arthur; s'il montrait le moindre regret, je le ferais volontiers, avec joie; mais elle... je ne trouve pas de mots pour exprimer mon dégoût! La raison me dit que j'ai tort d'éprouver des sentiments aussi violents, mais la passion est la plus forte et je devrai prier et lutter longtemps pour étouffer ma haine.

Il est temps qu'elle parte, car je ne pourrais supporter sa présence un jour de plus. Ce matin, elle s'était levée plus tôt que d'habitude. Je la trouvai seule en bas, lorsque je descendis pour déjeuner.

— Oh! Helen, est-ce vous? dit-elle en se tournant vers moi comme j'entrais dans la salle à manger.

Je fis involontairement un pas en arrière lorsque je l'aperçus; elle rit en remarquant:

— Je pense que nous sommes toutes les deux déçues.

Je m'avançai pour m'occuper du déjeuner de mes hôtes.

— C'est la dernière journée que je vous encombrerai de ma présence, dit-elle en s'asseyant à table. Voici quelqu'un qui ne s'en réjouira pas! murmura-t-elle, à mi-voix, comme Arthur entrait dans la pièce.

Il lui serra la main et lui souhaita une bonne matinée, puis il la contempla tendrement en gardant sa main dans la sienne et en murmurant pathétiquement:

— Le dernier... le tout dernier jour!

— Oui, dit-elle non sans une certaine âpreté dans la voix, je me suis levée tôt pour en profiter le plus longtemps possible. Je suis restée seule ici pendant une demi-heure, alors que vous dormiez encore comme un paresseux que vous êtes!

— Je croyais être très matinal, dit-il, puis baissant la voix, il murmura: Mais vous voyez que nous ne sommes pas seuls.

— Nous ne sommes jamais seuls, répondit-elle.

Mais je ne les gênais guère, car je m'étais mise devant la fenêtre où j'observais les nuages en tentant de maîtriser ma haine. Je n'entendis pas les quelques paroles qu'ils échangèrent, mais Annabella eut l'audace de venir à mes côtés et de placer sa main sur mon épaule en murmurant doucement :

— Tu ne dois pas m'en vouloir, Helen, car tu ne seras jamais capable de l'aimer comme je l'aime.

Je perdis le contrôle de mes nerfs. J'arrachai violemment sa main de mon épaule en lui lançant un regard de haine et d'indignation non déguisées. Saisie, presque effrayée par cet éclat soudain, elle recula en silence. Un rire bref d'Arthur me rappela à la raison et m'empêcha de donner libre cours à ma fureur. J'avalai les paroles que j'avais sur les lèvres, regrettant de lui avoir donné cette occasion de s'amuser à mes dépens. Il riait encore lorsque Mr Hargrave fit son entrée. Je ne sais pas depuis quand il nous observait, car la porte était entrouverte. Il salua froidement son hôte et sa cousine et me lança un long regard chargé de sympathie, d'admiration et d'estime.

— Que devez-vous encore à cet homme ? Demanda-t-il entre les dents, debout près de moi devant la fenêtre, comme s'il parlait de la pluie et du beau temps.

— Plus rien, répondis-je.

Je me dirigeai aussitôt vers la table pour faire du thé. Il me suivit et aurait voulu me parler plus longuement, mais nos autres invités descendaient de leurs chambres et je ne m'occupai plus de lui que pour lui passer une tasse de café.

Après le déjeuner, je cherchai à éviter la présence de lady Lowborough et je me retirai dans la bibliothèque. Sous prétexte de prendre un livre, Mr Hargrave me suivit ; il commença par choisir un volume sur les rayons, puis il s'approcha de moi, calmement, mais sans timidité. Se tenant près de moi, une main appuyée au dossier de sa chaise, il dit doucement :

— Vous vous considérez donc enfin comme libre ?

— Oui, répondis-je sans même lever les yeux de mon livre. Libre de faire ce que je veux sans offenser Dieu ou ma conscience.

Il y eut un instant de silence.

— Vous avez tout à fait raison, dit-il, si toutefois votre conscience n'est pas exagérément scrupuleuse et votre conception de Dieu pas trop sévère ; pouvez-vous croire que ce Dieu bienveillant ne vous permettrait pas de faire le bonheur d'un homme qui donnerait sa vie pour vous, d'élever un cœur tourmenté par les affres du purgatoire jusqu'à la béatitude complète... alors que vous pourriez le faire sans risquer la moindre blessure pour vous ou pour quelque autre personne ?

Ces paroles furent prononcées à voix basse, d'une voix sérieuse et tendre, alors qu'il se penchait vers moi. Je levai enfin la tête pour rencontrer froidement son regard et je lui répondis :

— Mr Hargrave, êtes-vous venu ici pour m'insulter ?

Il ne s'attendait pas à une telle réponse et il lui fallut un moment pour recouvrer son calme ; il se redressa, retira sa main de mon siège et dit enfin :

— Telle n'était pas mon intention.

Je regardai seulement la porte en faisant un léger mouvement de la tête, puis je repris mon livre. Il se retira immédiatement. J'avais eu raison de ne pas prononcer les paroles violentes qui me venaient aux lèvres. Comme il est heureux que l'on puisse parfois maîtriser ses émotions ! Je dois tâcher d'augmenter cette maîtrise de mon caractère, j'en aurai plus d'une fois besoin sur la longue route aride qui m'attend.

Dans le courant de la matinée, je me rendis au Grove en voiture, avec Millicent, pour lui donner l'occasion de dire adieu à sa mère et à sa sœur. Ces dernières lui demandèrent de rester jusqu'au soir et Mrs Hargrave promit de la ramener et de passer la nuit avec nous jusqu'à ce que tous nos invités se dispersent, le lendemain matin. J'eus donc le plaisir de rentrer en tête à tête avec lady Lowborough, qui nous avait accompagnées. Nous restâmes d'abord silencieuses ; je regardais à la fenêtre, elle restait appuyée dans son coin. Mais je n'avais nullement l'intention de rester dans cette position peu commode ; lorsque je fus fatiguée de rester penchée en avant avec le vent glacé sur mon visage, pour regarder les haies rousses et l'herbe humide et flétrie des fossés, je m'appuyai moi aussi aux coussins. Avec son impudence habituelle, ma compagne de voyage chercha à nouer une conversation, mais tout ce qu'elle parvint à m'arracher furent quelques brefs «oui», «non» et «hem». Finalement, comme elle me demandait mon avis sur quelques trivialités, je lui répondis :

— Pourquoi voulez-vous bavarder avec moi, lady Lowborough ? Vous devez savoir ce que je pense de vous.

— Si vous choisissez d'être si amère, je ne puis rien y faire. Mais je déteste bouder, répondit-elle.

Notre courte promenade était presque terminée. Dès que la voiture s'arrêta dans le parc, elle sauta à terre et alla rejoindre ces messieurs qui revenaient justement des bois. Je ne la suivis pas.

Mais je n'étais pas encore débarrassée de cette impudente. Après le dîner, je me retirai au salon, comme d'habitude ; elle m'accompagna, mais les deux enfants étaient avec moi et je m'occupai exclusivement d'eux. J'étais bien décidée à les garder près de moi jusqu'à ce que les messieurs nous rejoignent et jusqu'au retour de Millicent et de sa mère. La petite Helen fut vite fatiguée de jouer et demanda à dormir ; je m'assis sur le canapé avec l'enfant sur les genoux ; Arthur s'assit gentiment près de nous et caressa les cheveux de lin de la fillette ; lady Lowborough vint s'asseoir de l'autre côté.

— Je suis certaine, Mrs Huntington, que vous vous réjouissez d'être débarrassée de moi demain, dit-elle. C'est assez normal... mais vous ignorez sans doute que je vous ai rendu un grand service ? Vous dirai-je lequel ?

— Je serais enchantée de savoir quel genre de service vous avez pu me rendre, répondis-je, bien décidée à demeurer calme, car le ton de sa question était des plus provocants.

— N'avez-vous pas remarqué comme la santé de Mr Huntington est meilleure ? reprit-elle. Quel homme sobre et tempéré il est devenu ? Je sais que vous regrettiez de lui voir prendre de si tristes habitudes ; je sais aussi que vous faisiez l'impossible pour le corriger... mais sans succès jusqu'à mon arrivée. Je lui ai clairement fait comprendre que je ne pouvais supporter de le voir tomber si bas, que s'il ne changeait pas, je cesserais de... peu importe ce que je lui ai dit..., mais vous pouvez voir combien il a changé... et vous devriez m'en remercier.

Je me levai et je sonnai pour appeler la nurse.

— Mais je ne demande aucun remerciement, continua-t-elle, je vous demande seulement de prendre soin de lui lorsque je serai partie. Ne le renvoyez pas aux plaisirs de la bouteille par de dures paroles et de l'indifférence.

J'étais presque folle de rage quand Rachel ouvrit la porte ; je désignai les enfants du doigt, car je n'osais parler ; elle les prit par la main et je la suivis.

— Le ferez-vous, Helen ? dit-elle encore.

Le regard que je lui lançai supprima, au moins pour un moment, le sourire malicieux qui plissait ses lèvres.

Je quittai la pièce et rencontrai Mr Hargrave dans l'antichambre. Il vit immédiatement que je ne rapporterais par la moindre parole et me laissa passer en silence. Mais lorsque, après quelques minutes de retraite dans la bibliothèque, j'eus recouvré mon calme, je me préparai à rejoindre Mrs Hargrave et Millicent qui venaient de descendre et d'entrer dans le salon. Je trouvai Mr Hargrave qui traînait dans l'antichambre dans l'intention évidente de me parler.

— Mrs Huntington, dit-il comme je passais, m'écouterez-vous un moment?

— Qu'y a-t-il? Soyez bref.

— Je vous ai offensée, ce matin; je ne puis vivre avec l'idée de vous avoir déplu.

— Dans ce cas, allez et ne péchez plus, répondis-je en lui tournant le dos.

— Un instant! une minute! dit-il en se plaçant devant moi. Excusez-moi, mais j'ai besoin de votre pardon. Je pars demain et je n'aurai sans doute plus l'occasion de vous parler. J'ai eu tort de me laisser aller comme je l'ai fait, mais je vous supplie de me pardonner ma présomption et de vous souvenir de moi comme si ces mots n'avaient jamais été prononcés. Croyez que je regrette sincèrement de les avoir prononcés… C'est une punition trop sévère que de perdre votre estime, je ne puis la supporter.

— Le pardon ne s'achète pas aussi facilement; je ne puis accorder mon estime qu'à ceux qui le méritent.

— Je passerai le reste de mes jours à chercher à mériter votre estime, si seulement vous vouliez me pardonner pour cette fois. Je vous en prie!

— Oui.

— Que ce «oui» est froid! Donnez-moi votre main et je vous croirai. Vous ne voulez pas? Alors, Mrs Huntington, c'est que vous ne voulez pas me pardonner!

— Soit, la voici, en même temps que mon pardon, mais de grâce... *ne péchez plus!*

Il pressa ma main, qui était froide, avec une ferveur sentimentale, mais ne dit mot et s'écarta pour me laisser entrer dans la pièce où tous nos invités se trouvaient réunis. Mr Grimsby était assis près de la porte; lorsqu'il me vit entrer, suivie immédiatement par Mr Hargrave, il me lança un long regard chargé des pires insinuations. Je le regardai droit dans les yeux jusqu'à ce qu'il fût forcé de détourner la tête, momentanément confondu, sinon honteux. Pendant ce temps, Hattersley avait pris Hargrave par le bras et lui contait sans doute quelque grosse plaisanterie, mais ce dernier se refusa à rire ou à lui répondre; il s'écarta avec un sourire méprisant et alla rejoindre sa mère qui parlait à lord Lowborough, lui disant toutes les raisons pour lesquelles elle était si fière de son fils.

Dieu merci, ils seront tous partis demain!

## 36

*20 décembre 1824.* – Voici le troisième anniversaire de notre union bénie. Il y a deux mois que nos hôtes nous ont laissés jouir de la compagnie l'un de l'autre; depuis neuf semaines, je fais une nouvelle expérience de vie conjugale : deux êtres vivent ensemble comme maître et maîtresse d'une maison, comme père et mère d'un joyeux et espiègle enfant, tous deux sont bien d'accord pour reconnaître qu'il n'y a plus entre eux ni amour, ni amitié, ni sympathie. Je fais l'impossible pour vivre en paix avec lui ; je le traite avec la politesse la plus grande, je fais passer ses désirs avant les miens chaque fois que cela est raisonnable ; je le consulte pour tout ce qui concerne la propriété, je m'en tiens à ses conseils même lorsque je sais que mon raisonnement est supérieur au sien.

Voici comment il se conduit pour sa part : pendant les deux premières semaines, il était grognon et maussade ; je suppose qu'il se désolait du départ de sa bien-aimée Annabella. Il était particulièrement agressif à mon égard ; rien de ce que je faisais n'avait l'heur de lui plaire : j'étais froide, dure et insensée ; mon visage triste et trop pâle lui faisait horreur ; ma voix lui donnait des frissons ; il se demandait comment il supporterait ma compagnie tout au long de l'hiver ; je le ferais mourir à petit feu. Lorsque je lui proposai à nouveau de nous séparer, il refusa. Il ne voulait pas que toutes les mauvaises langues du voisinage se mettent en branle ; personne ne pourrait dire qu'il était une telle brute que sa femme ne pouvait plus vivre sous le même toit que lui... non, il faudrait bien qu'il me supporte.

— Vous voulez dire que je dois vous supporter, dis-je. Je remplis auprès de vous les fonctions de gouvernante et de majordome, consciencieusement et avec succès ; vous ne pouvez vous passer de moi, car vous n'avez pas les moyens de payer tous les services que je vous fournis. Mais si vous me rendez la vie intolérable, je cesserai de m'occuper de tout à votre place.

Je pensais que cette menace le calmerait pour quelque temps, si toutefois quelque chose pouvait changer son caractère.

Je crois qu'il était déçu de voir que ses méchancetés ne me blessaient pas plus profondément, car chaque fois qu'il disait quelque chose de bien calculé pour me blesser, il m'observait longuement et grognait devant mon indifférence, en parlant de « mon cœur de pierre » et de ma « brutale insensibilité ». Peut-être aurait-il eu pitié de moi si j'avais amèrement pleuré la perte de son affection ; peut-être se serait-il rapproché momentanément de moi pour meubler sa solitude et se désoler de l'absence de sa chère Annabella jusqu'à ce qu'il puisse la retrouver... ou la remplacer. Grâce au ciel, je n'ai pas cette faiblesse ! Le sentiment stupide et aveugle qui m'attachait jadis à lui, malgré tous ses tristes défauts, est bien mort ; écrasé et réduit à néant pour toujours.

Au début (sans doute pour obéir aux recommandations de sa douce maîtresse), il s'abstint de chercher quelque réconfort dans la boisson, mais ces vertueux efforts se relâchèrent bien vite. Lorsqu'il est sous l'influence excitante du vin, il se conduit parfois en véritable brute et je ne lui cache pas mon mépris et mon dégoût; mais une période de dépression suit chacun de ces abus, il regrette alors toutes ses erreurs et me rend responsable de ses souffrances; il sait que ces libations font du tort à sa santé, mais il jure que c'est mon attitude peu féminine et peu naturelle qui le conduit où il est; il jure qu'il en mourra et que ce sera de ma faute... Parfois, je ne puis m'empêcher de me défendre et de me plaindre amèrement de mon côté. Je ne puis supporter patiemment une telle injustice. N'ai-je pas tenté longtemps et par tous les moyens de le débarrasser de son vice? Ne suis-je pas toujours prête à le faire si j'avais encore la moindre influence sur lui? Mais puis-je le flatter et le caresser alors qu'il me méprise? Est-ce par ma faute que j'ai perdu toute possibilité d'agir? Devrais-je chercher à me réconcilier, alors que je le déteste et qu'il me méprise? Alors que je sais qu'il continue à écrire à lady Lowborough? Jamais, au grand jamais! Il peut boire jusqu'à en mourir, ce ne sera *pas* ma faute!

Je fais pourtant encore un effort pour le sauver: je lui laisse entendre que la boisson obscurcit son regard, rend son visage rouge et tuméfié; qu'il a tendance à devenir idiot lorsqu'il abuse et que si Annabella le voyait aussi souvent que moi dans cet état, elle perdrait vite ses illusions et lui retirerait ses faveurs... Ce genre de reproches ne m'apporte que des injures nouvelles et je pense parfois que je les mérite, car je déteste user de tels procédés, mais ce sont les seuls qui pénètrent encore dans son esprit abruti par l'alcool et qui le font arrêter pour quelques temps ses libations.

Je jouis pour le moment de quelques jours de délivrance: il est parti en compagnie de Hargrave pour chasser et ne sera pas rentré avant demain soir. Comme je réagissais différemment à ces absences, il y a quelque temps!

Mr Hargrave est toujours au Grove. Arthur se joint souvent à lui pour quelque expédition sportive; il nous rend souvent visite et Arthur le rejoint parfois, en voiture. Je ne pense pas que l'amitié de ces *soi-disant*[1] amis soit très chaleureuse, mais de telles rencontres l'aident à passer la journée et me délivrent de sa présence pour plusieurs heures. C'est en tout cas meilleur pour sa santé que de se laisser aller à son goût pour les boissons fortes. La présence de Mr Hargrave dans le voisinage a pourtant un inconvénient: j'évite de me rendre au Grove, afin de ne pas le rencontrer trop souvent et je me prive ainsi de la compagnie de Millicent. Ces derniers temps, il se conduit pourtant avec la plus parfaite courtoisie et j'ai presque oublié ses anciennes fautes. Je suppose qu'il essaye de «gagner mon estime». S'il continue de se conduire aussi parfaitement, il pourrait réussir... mais à quoi bon? Dès l'instant où il deviendra à nouveau plus exigeant, il perdra à nouveau ma confiance.

*10 février.* – Comme il est dur de voir ses meilleures intentions incomprises! Je me sentais toute disposée à redevenir plus douce avec mon malheureux époux; j'avais pitié de son état inconfortable et désespéré, rien ne l'aidait à passer cette crise: ni les distractions intellectuelles, ni le sentiment d'avoir une bonne conscience devant Dieu; je commençais à penser qu'il était temps que je fasse taire mon orgueil et que je tente de rendre son foyer plus agréable afin de le ramener sur le chemin de la vertu. Je n'avais nullement l'intention de lui faire de grandes déclarations qui ne pouvaient

---

1. En français dans le texte.

être sincères, ni d'afficher le moindre remords ; je voulais simplement adoucir ma froideur habituelle et transformer ma politesse rigide en gentillesse chaque fois que l'occasion se présenterait. Je ne m'étais pas contentée de penser ainsi, j'avais agi en conséquence… et quel résultat avais-je obtenu ? Pas la moindre étincelle de gentillesse de sa part… pas le moindre signe de repentir, mais une mauvaise humeur que rien ne pouvait calmer, des exigences tyranniques, un regard sournois de vanité satisfaite lorsqu'il remarquait un peu de gentillesse de mon côté, un sourire qui me forçait à reprendre mon ancienne froideur, et, ce matin même, il m'a découragée pour toujours. Je pense que maintenant plus rien ne pourra m'attendrir. Il lisait son courrier, et tout particulièrement une lettre, en montrant des signes évidents de plaisir ; il me la lança à travers la table avec cet ordre :

— Lis et que cela te soit une leçon !

Je reconnus l'écriture énergique de lady Lowborough. Je jetai un regard sur la première page qui débordait de mots tendres les plus extravagants, d'un vif désir de le revoir bientôt, de malédictions contre Dieu et la Providence qui les avaient séparés et les avaient unis tous les deux à des êtres qu'ils ne pouvaient aimer. Il ricana légèrement en me voyant pâlir. Je pliai la lettre, me levai et la lui rendis avec ces mots :

— Merci, la leçon ne sera pas perdue !

Mon petit Arthur était debout entre les jambes de son père ; il jouait avec délices avec la bague ornée d'un clair rubis qu'il portait au majeur. Poussée par un désir violent d'écarter l'enfant de toute mauvaise influence, je le pris dans mes bras et l'emportai hors de la pièce. L'enfant, effrayé sans doute par ma brusquerie, se mit à pleurer. C'était une blessure de plus pour mon cœur torturé.

Je refusai de le lâcher; je l'emportai dans la bibliothèque, fermai la porte, puis je m'agenouillai près de lui pour le serrer dans mes bras, pour l'embrasser et pour pleurer d'amour passionné. Ceci l'effraya encore plus; il se débattit pour m'échapper et appela son papa. Je le lâchai et les larmes qui obscurcissaient mes yeux étaient les plus amères que j'eusse jamais versées. Son père s'approcha en entendant ses cris. Je me détournai pour qu'il ne s'imagine pas que c'était pour lui que je pleurais ainsi. Il me lança quelque injure et emmena l'enfant déjà calmé.

Il est dur de voir que mon petit enfant chéri préfère son père; la seule chose qui m'intéresse encore est le bien-être et l'éducation de mon fils, et l'affection égoïste de son père est plus pernicieuse que la plus froide indifférence ou la plus dure tyrannie. Lorsque je lui refuse quelque chose pour son bien, il court vers son père, qui secoue son indolence pour satisfaire les caprices de l'enfant; lorsque je m'oppose à sa volonté ou lorsque je le regarde gravement pour le punir de l'un ou l'autre enfantillage, il sourit, car il sait que son père prendra son parti. Il ne suffit donc pas que je doive chercher à arracher de l'esprit de l'enfant tous les vices qu'il pourrait hériter d'Arthur, mais je dois accepter que ce dernier s'oppose à tout ce que je fais pour le bien du petit; il cherche à supprimer mon influence sur ce tendre caractère et me vole jusqu'à son amour. L'enfant était mon seul espoir de bonheur sur cette terre et il semble éprouver un plaisir diabolique à me l'arracher.

Mais il est mal de désespérer; je me souviendrai de là parole divine: «Celui qui craint le Seigneur et obéit à la voix de Son serviteur, celui qui est assis dans l'obscurité et n'a pas de lumière, qu'il honore le nom de son Seigneur et Dieu.»

## 37

*20 décembre 1825.* – Une autre année se termine et je suis lasse de la vie. Et, pourtant, je ne puis souhaiter la quitter ; quelles que soient les douleurs qui m'attendent, je ne puis abandonner mon bien-aimé seul dans ce monde maudit sans un ami pour le guider à travers les mille pièges que tend la vie. Je sais que je ne devrais pas être son seul compagnon, mais personne ne peut me remplacer. Je suis trop sérieuse pour lui ; je ne puis partager ses jeux comme une nurse ou une mère devrait le faire ; bien souvent, ses éclats de gaieté me troublent et me font peur ; je crois retrouver le caractère de son père dans ces brusques sautes d'humeur, je tremble et bien souvent j'écrase son innocente bonne humeur sous de graves paroles. Son père, au contraire, n'a rien qui assombrisse son humeur, il n'est troublé par aucun souci quant à l'avenir de son fils. C'est le soir qu'ils se voient le plus souvent et Huntington s'arrange toujours pour être de bonne humeur, prêt à rire ou à plaisanter avec chacun – sauf avec moi –, tandis que je suis triste et silencieuse ; il est évident que l'enfant adore ce père toujours joyeux et indulgent, et est toujours prêt à m'abandonner pour le rejoindre. Je suis horriblement inquiète ; ce n'est pas seulement la crainte de perdre l'affection de mon fils qui me fait mal, Dieu sait pourtant si j'y ai droit, mais je sens que je perds toute influence sur lui; Huntington prend un malin plaisir à me l'enlever, simplement pour me faire souffrir et pour ruiner la personnalité de l'enfant. J'ai pourtant une consolation : il est souvent absent, pour des séjours à Londres ou ailleurs, et je puis alors reprendre en mains l'éducation du petit Arthur et défaire tout le mal qu'il a fait volontairement. Mais, à son retour, je dois souffrir qu'il transforme à nouveau mon fils innocent et affectueux en un enfant égoïste, désobéissant et capricieux; il prépare ainsi le terrain pour cultiver ces vices qu'il a développés avec tant de succès pour son propre compte.

Il est heureux que, l'année dernière, Arthur n'ait invité aucun de ses «amis» à Grassdale; il s'est rendu chez eux. Comme j'aimerais qu'il en soit toujours ainsi, qu'il eût de nombreux amis pleins d'affection qui le retiennent tout au long de l'année... À mon grand regret, Mr Hargrave ne l'a pas accompagné, mais je pense que j'en ai fini avec ce gentleman.

Il s'était conduit tellement bien pendant sept ou huit mois que je commençais à le considérer comme un ami véritable et à le traiter comme tel; c'est alors qu'il profita de ma gentillesse pour dépasser les bornes permises. Par une charmante soirée de la fin du mois de mai, je me promenais dans le parc lorsqu'il passa à cheval; il laissa sa monture à la grille et entra. C'était la première fois qu'il franchissait la grille depuis que j'étais seule à Grassdale; il venait parfois, mais toujours en compagnie de sa mère ou de sa sœur, ou porteur d'un message de l'une d'elles. Je fus légèrement surprise, mais il paraissait si calme, si respectueusement amical que je ne m'offensai nullement de cette liberté; il marcha à mes côtés sous les aulnes qui bordent l'étang; nous bavardâmes longtemps de divers sujets et comme il est brillant causeur, il se passa quelque temps avant que je songe à me débarrasser de lui. Nous étions arrêtés depuis quelques minutes et contemplions l'eau limpide sans parler ; je cherchais le meilleur moyen de le congédier et il réfléchissait sans doute de son côté à des choses qui n'avaient rien à voir avec la beauté de la nature, car il me fit sursauter en déversant un torrent de déclarations brûlantes d'une voix douce et basse ; il plaidait sa cause avec la plus vive éloquence. Je l'interrompis du ton le plus décidé où se mélangeaient l'indignation et la pitié que m'inspirait son état. Il se retira étonné, mortifié et déconfit. Je devais apprendre quelques jours plus tard qu'il était parti pour Londres. Il revint cependant huit à neuf semaines plus tard ; je le rencontrai occasionnellement et il se comporta de façon si étrange que sa sœur le remarqua.

— Qu'avez-vous fait à Walter, Mrs Huntington ? demanda-t-elle un jour que j'étais en visite au Grove et qu'il quitta la pièce après quelques mots froidement polis. Il est tellement cérémonieux et distant depuis quelque temps, je n'y comprends rien ; à moins que vous ne l'ayez mortellement offensé. Dites-moi de quoi il s'agit, je pourrais peut-être arranger les choses pour que vous soyez de nouveau amis.

— Je n'ai jamais voulu l'offenser, dis-je. Si je l'ai blessé, il devra t'expliquer lui-même ce qui s'est passé.

— Je vais le lui demander tout de suite, s'écria la petite folle et, se penchant à la fenêtre du jardin, elle appela : Walter !

— Non, non, Esther ! je serai vraiment fâchée si tu l'appelles ; je partirai immédiatement et je ne reviendrai avant des mois, peut-être des années.

— Tu m'as appelée, Esther ? demanda son frère en s'approchant de la fenêtre.

— Oui, je voulais te demander...

— Au revoir, Esther, dis-je en lui prenant la main et en la serrant sévèrement.

— ... te demander une rose pour Mrs Huntington.
Il s'éloigna.

— Mrs Huntington, dit-elle en se tournant vers moi et en tenant toujours ma main, je suis très étonnée; vous êtes aussi fâchée, aussi froide et aussi distante que lui : je suis pourtant bien décidée à vous réconcilier.

— Esther, comment peux-tu être aussi impolie! dit Mrs Hargrave qui tricotait gravement, assise dans un fauteuil. Tu ne te conduiras donc jamais comme une jeune fille bien élevée?

— Mais, maman, tu as dit toi-même...
Mais sa mère l'interrompit en levant l'index et en hochant sérieusement la tête.

— Elle est furieuse! murmura la jeune fille.

Avant que j'eusse le temps de la gronder, Mr Hargrave reparut à la fenêtre, une rose magnifique à la main.

— Voici la rose, Esther, dit-il en la lui tendant.

— Donne-la-lui toi-même, tête de mule! cria-t-elle en s'écartant d'un bond.

— Mrs Huntington préférera la recevoir de tes mains, répondit-il sérieusement en baissant la voix pour que Mrs Hargrave ne l'entende pas.

Sa sœur prit la rose et me l'offrit.

— Avec les compliments de mon frère, Mrs Huntington, et il espère que votre querelle prendra fin très bientôt. N'est-ce pas, Walter? demanda la jeune impertinente en se tournant vers lui et en lui passant un bras autour du cou, tandis qu'il se tenait penché sur l'appui de la fenêtre. Ou bien devrais-je dire que tu regrettes d'avoir été si susceptible... ou que tu espères qu'elle te pardonnera?

— Petite sotte! tu ne sais pas de quoi tu parles, répondit-il gravement.

— C'est bien vrai, j'y perds mon latin!

— Esther! Quitte immédiatement la pièce! intervint Mrs Hargrave, qui ignorait peut-être tout de notre querelle, mais qui comprenait pourtant que sa fille se conduisait fort mal.

— Mais non, Mrs Hargrave, dis-je. Je dois partir.

Je saluai immédiatement Mrs Hargrave et je partis.

Une semaine après cet incident, Mr Hargrave amena sa sœur chez moi. Au début, il se conduisit de façon très distante et très froide, prenant un air blessé et mélancolique; Esther, qui avait sans doute été grondée par sa mère, ne fit aucun commentaire. Elle bavarda avec moi et joua avec le petit Arthur qui l'adorait et qu'elle aimait beaucoup. Il entraîna sa grande amie dans le couloir puis dans le jardin, me laissant seule avec Mr Hargrave. Je me levai pour tisonner le feu. Il me demanda si j'avais froid et se leva pour fermer la porte, alors que j'avais vaguement l'intention de suivre les enfants, si ceux-ci ne revenaient pas immédiatement. Il prit la liberté de se rapprocher du feu et me demanda si je savais que Mr Huntington séjournait chez lord Lowborough et que, de plus, il semblait décidé à y rester longtemps.

— Je l'ignorais, mais cela n'a pas d'importance, répondis-je avec indifférence, et si mes joues étaient aussi rouges que le feu, c'était plutôt l'ennui d'être questionnée par Mr Hargrave que le fait d'apprendre où se trouvait mon mari.

— Vous n'y voyez pas d'inconvénient? dit-il.

— Pas le moindre, si lord Lowborough aime sa compagnie.

— Vous ne l'aimez donc plus?

— Plus le moins du monde.

— Je le savais... je savais qu'un être aussi pur, d'esprit aussi élevé, ne pouvait continuer à chérir un homme faux et pourri; vous ne pouvez que le détester.

— N'est-il pas votre ami? dis-je en détournant les yeux du feu pour le regarder non sans une certaine indignation.

— Il l'était, répondit-il, toujours grave et calme, mais ne me faites pas l'injure de croire que je puisse garder de l'amitié pour un homme qui trahit de façon aussi infamante un être aussi transcendant, aussi... Je ne veux pas en dire plus. Mais dites-moi, ne pensez-vous jamais à vous venger?

— Me venger! Non, à quoi bon. Il n'en deviendrait pas meilleur et je n'en serais pas plus heureuse.

— Je ne sais comment m'adresser à vous, Mrs Huntington, dit-il en souriant, vous n'êtes qu'à moitié humaine... vous êtes à moitié femme, à moitié ange. Une telle bonté me dépasse; je ne sais que penser.

— Si vous estimez qu'une simple mortelle comme moi vous est tellement supérieure, vous devez être vous-même fort loin de la perfection, sir. Et comme nous semblons ne pas nous comprendre, nous ferions mieux de chercher une autre compagnie.

Me rapprochant de la fenêtre, je me penchai pour voir si Arthur et sa gaie compagne jouaient près de la maison.

— Mais je soutiens que je ne suis qu'un simple mortel, ni meilleur ni pire que les autres, répondit Mr Hargrave. Mais vous, personne ne vous ressemble. Dites-moi, êtes-vous heureuse?

— Aussi heureuse que beaucoup d'autres.

— Ne désirez-vous pas autre chose?

— Personne n'a tout ce qu'il désire sur cette terre.

— Je sais une chose, répondit-il en poussant un profond soupir: vous êtes plus heureuse que moi.

— J'en suis désolée pour vous, ne puis-je m'empêcher de répondre.

— Vraiment? Si c'était vrai, vous seriez heureuse de me consoler.

— Je le ferais volontiers si je pouvais le faire sans me blesser ou blesser quelqu'un d'autre.

— Comment pouvez-vous croire que je désire vous blesser? Au contraire, votre bonheur m'est plus cher que le mien. Vous êtes malheureuse, Mrs Huntington, continua-t-il en me regardant franchement. Vous ne voulez pas vous plaindre, mais je vois, je sais et je sens que vous êtes malheureuse… et vous continuerez à souffrir tant que vous envelopperez votre cœur de ce mur de glace… et moi aussi, je suis malheureux. Accordez-moi un sourire et je serai heureux; faites-moi confiance et, si vous êtes une femme, je pourrai vous rendre heureuse… et je le ferai malgré vous, grommela-t-il entre les dents; vous ne devez pas vous préoccuper des autres, cela ne regarde que vous, vous ne pouvez plus blesser votre mari, vous le savez.

— J'ai un fils, Mr Hargrave, et vous avez votre mère, dis-je en quittant la fenêtre où il m'avait suivie.

— Ils ne sauront rien, commença-t-il, mais Esther et Arthur revinrent du jardin avant qu'il pût ajouter un mot.

La première regarda son frère, qui était rouge et excité, puis posa les yeux sur moi qui devait paraître énervée, pour des raisons bien différentes. Elle dut penser que nous venions encore de nous quereller et elle parut déçue et ennuyée; mais elle était trop polie ou craignait trop la colère de son frère pour oser en parler. Elle s'assit sur le divan, écarta de son visage les boucles folles de ses cheveux d'or et bavarda gaiement, parlant du jardin et de son petit compagnon de jeux jusqu'à ce que Mr Hargrave donnât le signal du départ.

— Si j'ai parlé trop ardemment, pardonnez-moi, murmura-t-il en partant; pardonnez-moi ou je ne me pardonnerai jamais moi-même.

Esther sourit et me regarda; sa figure s'allongea lorsqu'elle me vit incliner simplement la tête. Son amie la désappointait; elle estimait que j'aurais dû répondre plus gentiment aux concessions de son frère. Pauvre enfant, qui ne connaît rien du monde!

Mr Hargrave n'eut plus l'occasion de se trouver seul avec moi pendant plusieurs semaines; lorsque je le revis, il était moins orgueilleux et plus mélancolique que jamais. Comme il m'ennuyait! Il me forçait à espacer mes visites au Grove, risquant ainsi d'indisposer Mrs Hargrave ou de faire de la peine à ma petite Esther, qui apprécie ma compagnie à défaut d'une autre et qui ne devrait pas avoir à souffrir des fautes de son frère. Mais cet ennemi infatigable n'était pas encore vaincu: il était toujours aux aguets. Je le voyais fréquemment passer à cheval et ralentir devant la propriété pour observer ce qui s'y passait. Rachel, perspicace comme toujours, comprit vite ce manège; elle observait les mouvements de l'ennemi depuis la fenêtre de la nurserie; lorsque je me préparais à partir en promenade, elle me prévenait s'il était dans le voisinage et s'il risquait de traverser les sentiers que je désirais emprunter. Je retardais ma promenade ou je passais l'après-midi dans les jardins; lorsque le but de ma promenade était d'importance, comme une visite à des malades, par exemple, Rachel m'accompagnait et je n'étais jamais importunée.

Au début du mois de novembre, par une journée douce et ensoleillée, je revenais d'une visite à l'école du village et à quelques fermiers pauvres, lorsque j'entendis le trot d'un cheval derrière moi. J'étais inquiète, le cavalier approchait rapidement et je ne pouvais fuir à travers champs, car la haie n'offrait aucune ouverture ; je continuai donc d'avancer calmement en me disant : « Peut-être n'est-ce pas lui ; si c'est lui et qu'il m'ennuie, je jure que ce sera la dernière fois si des mots et des regards peuvent être assez puissants pour décourager l'impudence et les fades compliments de ce gentleman. »

Le cheval me dépassa et ralentit pour se trouver à mes côtés. C'était bien Mr Hargrave. Il me salua d'un sourire qui voulait être doux et mélancolique, mais sous lequel perçait un sentiment de triomphe : il était enfin parvenu à me rencontrer ! Je demandai rapidement des nouvelles de sa mère et de sa sœur, puis je me détournai pour continuer ma promenade ; mais il me suivit, il était évident qu'il comptait finir la promenade à mes côtés.

« Eh bien ! cela m'est égal ! Si vous cherchez une nouvelle rebuffade, vous l'aurez... », telles étaient mes pensées du moment.

Il ne mit pas longtemps à entreprendre ses discours habituels ; après quelques réflexions sur divers sujets, il s'adressa à moi sur un ton solennel en faisant appel à mon bon cœur :

— Il y aura quatre ans en avril prochain que je vous vis pour la première fois, Mrs Huntington, vous l'avez sans doute oublié, mais moi pas. Je vous admirais sincèrement, mais je n'osais encore vous aimer ; dès l'automne suivant, j'eus l'occasion d'apercevoir toutes vos perfections et je ne pus m'empêcher de vous aimer, mais je n'osai pas vous le montrer. Ces trois années ont été une véritable torture. Toutes ces émotions réprimées, ces désirs intenses qu'il fallait maîtriser, ces espoirs déçus, ces sentiments foulés aux pieds m'ont fait atrocement souffrir... tout cela par votre faute, volontaire ou non. Mes jeunes années se gaspillent ainsi, mon avenir en est assombri, ma vie est un vide affreux, je ne puis avoir aucun repos, ni le jour, ni la nuit : je suis un véritable fardeau pour moi-même et pour les autres... vous pouvez changer tout cela d'un mot, d'un regard et vous ne bougez pas... est-ce juste ?

— Tout d'abord, je refuse de vous croire, répondis-je, mais si vous voulez vous abandonner à votre folie, je ne puis vous en empêcher.

— Je ne puis croire que vous traitiez de folie le sentiment le meilleur, le plus fort, le plus divin qu'un homme puisse éprouver : c'est de l'affectation. Je sais que vous n'êtes pas la femme froide et sans cœur que vous voulez paraître... vous aviez pourtant un cœur que vous avez donné à votre mari. Vous avez vite compris qu'il n'était pas digne d'un tel don ; mais vous ne pouvez prétendre avoir tant aimé cet homme sensuel et dissipé que vous soyez maintenant incapable d'aimer à nouveau ? Je sais que vous avez en vous des sentiments qui n'ont pas encore été éveillés... je sais aussi que vous devez être malheureuse, souffrir de votre abandon. Vous avez le pouvoir de transporter deux êtres humains de la plus grande souffrance à la béatitude complète, cette béatitude que seule un amour noble et généreux peut apporter (car vous pouvez me permettre de vous aimer, si vous le voulez) ; vous pouvez me répondre que vous me méprisez, que vous me détestez... je vous répondrai que je ne vous crois pas ! Mais vous préférez nous laisser souffrir ; vous me répondez froidement que telle est la volonté de Dieu. Vous appelez cela de la religion ; pour moi, c'est du fanatisme !

— Nous aurons une autre vie, vous et moi, dis-je. La volonté de Dieu est que nous semions maintenant dans la douleur, mais nous récolterons dans la joie. Sa volonté est que nous ne fassions pas souffrir des innocents en cédant à la passion ; vous avez une mère, des sœurs, des amis qui souffriront de votre disgrâce ; j'ai, moi aussi, des amis, je ne sacrifierai pas leur paix à mon plaisir ou au vôtre. Même si j'étais seule au monde, je mourrais plutôt que de trahir mon Dieu et ma foi pour jouir de quelques années d'un bonheur factice et éphémère, d'un bonheur qui finirait dans la peine et la douleur... pour moi-même et pour les autres !

— Personne ne se sacrifiera, personne ne souffrira, insista-t-il. Je ne vous demande pas de quitter votre foyer ou de braver l'opinion publique.

Mais il est inutile que je répète ici tous les arguments qu'il employa pour me convaincre. Je les réfutai de mon mieux ; mais j'étais bouleversée par l'indignation et par la honte ; comment osait-il me parler ainsi ? Je compris bien vite que mes arguments n'étaient pas assez solides pour combattre ses sophismes ; la raison ne pouvait pas le faire taire et il semblait même prendre avantage de mon agitation ; j'essayai donc un autre moyen.

— M'aimez-vous vraiment ? dis-je sérieusement en m'arrêtant et en le fixant gravement dans les yeux.

— Si je vous aime ! s'écria-t-il.

— Sincèrement ? demandai-je.

Son visage s'éclaira : il se voyait déjà triompher. Je coupai court à de nouvelles déclarations ferventes par une autre question :

— Mais votre amour n'est-il pas égoïste ?... Êtes-vous assez désintéressé pour sacrifier votre bonheur au mien ?

— Je donnerais ma vie pour vous servir.

— Je n'ai que faire de votre vie... mais votre sentiment est-il assez pur pour que vous fassiez un effort pour soulager ma peine, au risque d'en souffrir vous-même ?

— Mettez-moi à l'épreuve !

— Si c'est vrai, ne me parlez plus jamais de cela. En me parlant de vos sentiments, vous ne faites qu'ajouter à ces souffrances que vous semblez si bien comprendre. Mon seul réconfort est une bonne conscience et l'espoir en un monde meilleur... et vous cherchez sans cesse à me l'enlever. Si vous continuez, vous me forcerez à vous considérer comme mon pire ennemi.

— Écoutez-moi un instant...

— Non, monsieur! Vous dites que vous donneriez votre vie pour moi : je ne vous demande que le silence sur un certain sujet. J'ai parlé franchement et je pense ce que je dis. Si vous continuez à m'accabler de la sorte, je devrai conclure que vos protestations sont fausses et que votre cœur me hait autant qu'il prétend m'aimer!

Il se mordit la lèvre et resta un instant silencieux, les yeux rivés au sol.

— Je dois donc vous quitter, dit-il enfin en me regardant longuement, comme pour lire un signe de douleur sur mon visage. Je dois partir, car si je reste ici, je ne puis garder éternellement le silence, taire à jamais mes sentiments.

— Jadis, vous passiez fort peu de temps chez vous, répondis-je ; vous pourriez à nouveau vous absenter, si c'est vraiment nécessaire.

— Si c'est possible, grommela-t-il. Comment pouvez-vous me dire adieu aussi froidement? Le souhaitez-vous vraiment?

— Bien certainement. Si vous ne pouvez me voir sans me tourmenter comme vous le faites chaque fois, je vous dirai volontiers adieu et pour toujours.

Il ne répondit pas, mais, se penchant sur son cheval, il me tendit la main. Je levai les yeux vers lui et je lus une réelle douleur sur son visage ; je ne sais si cette souffrance était provoquée par un amer désappointement, par l'orgueil blessé, par un amour persistant ou par une haine brûlante, mais je ne pus que mettre ma main dans la sienne comme dans celle d'un ami. Il la serra violemment, puis éperonna son cheval et partit au galop. J'appris qu'il avait gagné Paris, où il est encore, je ne puis que souhaiter qu'il y reste longtemps.

Merci à Dieu pour cette délivrance!

# 38

*20 décembre 1826.* – Voici le cinquième anniversaire de mon mariage et j'espère que c'est le dernier que je passerai sous ce toit. Je suis bien décidée à partir, mon plan est fait et déjà en partie exécuté. J'ai ma conscience pour moi, mais je veux encore décrire ici les derniers événements afin de raccourcir ces longues soirées d'hiver ; c'est un maigre amusement, mais je le considère comme une tâche qu'il me faut encore accomplir.

En septembre, le calme de Grassdale fut à nouveau brisé par un groupe de ladies et de gentlemen ou, du moins, par des personnes qui s'appellent ainsi. Les invités de l'année précédente, auxquels s'étaient ajoutées deux ou trois personnes, dont Mrs Hargrave et sa plus jeune fille. Ces messieurs et lady Lowborough étaient invités pour le plaisir du maître, les autres dames étaient sans doute chargées de m'occuper et leur présence m'obligerait à rester discrète. Mais les dames ne restèrent que trois semaines, tandis que ces messieurs prolongèrent leur séjour, car leur hôte hospitalier détestait se trouver seul avec sa brillante intelligence, sa pure conscience et sa femme aimante et aimée.

Lorsque lady Lowborough arriva, je la suivis dans sa chambre et je lui fis clairement comprendre que si elle continuait ses rapports criminels avec Mr Huntington sous mon toit, je me verrais forcée d'avertir son mari, quelles qu'en soient les conséquences. Cette déclaration, à laquelle elle ne s'attendait pas, l'étonna ; j'avais parlé calmement et clairement, mais elle retrouva bien vite son sang-froid et elle me répondit que si je trouvais la moindre chose à critiquer dans sa conduite, j'étais libre d'en avertir Sa Grâce. Faisant contre mauvaise fortune bon cœur, je quittai la chambre et je n'eus rien à redire à sa conduite envers son hôte ; mais je devais évidemment m'occuper des autres invités et je ne les observais pas trop soigneusement car, pour être sincère, je craignais un peu de trouver quelque relation répréhensible entre eux. Je considérais que cela ne me touchait plus personnellement et c'eût été un devoir pénible que de dévoiler la vérité à lord Lowborough.

Mais tout se termina d'une autre façon. Nos invités étaient déjà là depuis une quinzaine, lorsqu'un soir je me retirai dans la bibliothèque pour échapper pendant quelques minutes aux discours monotones de ces dames et cesser un instant d'affecter une gaieté que je ne ressentais pas ; après cette longue période de solitude, j'éprouvais quelque difficulté à parler, sourire, écouter et jouer mon rôle d'hôtesse et d'amie. Je m'étais blottie derrière le lourd rideau, je contemplais les collines qui se dressaient à l'est contre le bleu pur du ciel, où brillait une seule étoile dont le scintillement semblait dire : « Lorsque cette pâle lumière s'éteindra dans le ciel, ceux qui croient en Dieu, ceux dont l'esprit n'est pas obscurci par les brumes du doute et du péché ne seront pas laissés sans réconfort. » J'entendis soudain que quelqu'un s'approchait à pas pressés. Lord Lowborough entra dans cette pièce où il avait pris l'habitude de se retirer. Il avait ouvert brutalement la porte et avait lancé son chapeau n'importe où. Que pouvait-il avoir ? Il était affreusement pâle, il gardait les yeux fixés au sol, ses dents se serraient, son front était couvert de sueur. Il était clair qu'il avait enfin compris.

Il ne m'avait pas vue et arpentait la pièce en se tordant les mains et émettant d'affreux grognements mêlés à des paroles inintelligibles. Je bougeai légèrement pour qu'il comprenne qu'il n'était pas seul, mais il ne me vit même pas. J'allais tenter de sortir de la pièce pendant qu'il me tournait le dos, mais il m'aperçut comme je me levais et quittais la fenêtre. Il sursauta, puis s'arrêta un instant ; il s'essuya le front et s'avança vers moi comme un somnambule pour dire d'une voix grave, presque sépulcrale :

— Je dois vous quitter demain, Mrs Huntington.

— Demain ! répétai-je. Je ne vous demande pas pourquoi.

— Vous savez ?... Comment pouvez-vous rester si calme, dit-il en m'observant avec le plus grand étonnement ; étonnement qui se mitigeait d'une amertume pleine de reproche.

— Je connais... le caractère de mon mari depuis si longtemps que plus rien ne peut me choquer.

— Mais depuis combien de temps êtes-vous au courant de cette situation ? demanda-t-il en posant son poing crispé sur la table et en me regardant fixement.

Je me sentais coupable.

— Pas depuis longtemps, répondis-je.

— Vous le saviez ! cria-t-il avec véhémence. Vous le saviez et vous ne m'avez rien dit ! Vous étiez complice de cette tromperie !

— Monsieur, je n'étais pas complice !

— Alors pourquoi ne m'avez-vous rien dit ?

— Parce que je savais combien vous alliez souffrir... j'espérais qu'elle comprendrait ou était son devoir, il n'était pas nécessaire de vous blesser inutilement.

— Oh! Seigneur! Depuis combien de temps agit-elle ainsi, depuis combien de temps, Mrs Huntington? Dites-le-moi... je dois savoir! s'exclama-t-il avec un tel air de gravité qu'il en était effrayant.

— Depuis deux ans, je pense.

— Dieu du ciel! Elle m'a trompé pendant deux ans!

Il se détourna en réprimant un cri d'agonie et se remit à arpenter la pièce, dans une nouvelle crise d'agitation. Mon cœur saignait pour lui; je voulais lui apporter quelque réconfort mais je ne savais que dire.

— C'est une femme pervertie, dis-je. Elle vous a bassement trahi. Elle ne mérite ni regret, ni affection. Ne lui permettez pas de vous blesser plus longtemps; oubliez-la et vivez seul.

— Et vous, madame, vous aussi m'avez fait tort en me cachant si longtemps cette situation! dit-il sérieusement en s'arrêtant et en se tournant vers moi.

Je ne fus pas maîtresse de mes sentiments. Quelque chose me poussait à répondre méchamment puisqu'il refusait ma sympathie. Mais je résistai à cette impulsion en voyant combien il souffrait; il se frappa brusquement le front et s'appuya contre la fenêtre en murmurant avec passion:

— Ô Dieu! laissez-moi mourir!

Je ne pouvais ajouter encore à son amertume. Mais je crains que ma réponse ait été plus froide que gentille:

— Je pourrais trouver plusieurs excuses valables, mais je n'essayerai même pas de me disculper...

— Je connais ces excuses... vous pourriez dire que cela ne vous regardait pas... que j'aurais dû voir tout cela moi-même... que si mon propre aveuglement m'a entraîné en enfer, je n'ai pas le droit de blâmer ceux qui me croyaient assez intelligent pour voir clair...

— J'admets que j'ai eu tort, continuai-je sans paraître remarquer ses paroles amères, mais si j'ai agi ainsi par manque de courage ou par gentillesse, je pense que vous êtes trop sévère. Dès votre arrivée, il y a deux semaines, j'ai dit à lady Lowborough qu'il serait de mon devoir de vous avertir si elle continuait à agir de la sorte ; elle m'autorisa à vous prévenir si je voyais quelque chose de répréhensible dans sa conduite... Je n'ai rien vu et j'ai cru qu'elle avait changé.

Il resta devant la fenêtre pendant que je parlais et ne répondit pas, mais comme piqué au vif par mes paroles, il frappa du pied, grinça des dents et se pressa le front comme un homme en proie aux pires souffrances.

— Vous avez eu tort ! Vous avez eu tort ! murmura-t-il finalement. Rien ne peut excuser votre conduite ! Rien ne peut me faire oublier ces années d'aveuglement... rien ! rien ! répéta-t-il tout bas sur un ton si amer qu'il écartait toute idée de pardon.

— Je me rends compte maintenant que j'ai eu tort, mais je ne puis que regretter de ne pas l'avoir compris plus tôt, car, comme vous le dites, rien ne peut effacer le passé.

Quelque chose dans ma voix ou dans l'esprit de ma réponse sembla le faire changer d'avis. Se tournant vers moi, il scruta mon visage et répondit sur un ton plus doux :

— Vous aussi avez souffert, je suppose.
— J'ai terriblement souffert, au début.
— Quand cela ?
— Il y a deux ans ; et dans deux ans vous serez aussi calme que moi... et beaucoup plus heureux, je crois, car vous êtes un homme libre d'agir comme bon vous semble.

L'ombre d'un sourire, sourire amer pourtant, traversa son visage.

— Vous n'êtes pas heureuse maintenant? dit-il en cherchant à recouvrer son calme et à écarter la conversation de son propre malheur.

— Heureuse! répétai-je, blessée par cette question. Comment pourrais-je être heureuse avec un tel mari!

— J'avais remarqué combien vous aviez changé depuis le début de votre mariage, continua-t-il; j'en avais parlé à… à ce monstre infernal, murmura-t-il entre ses dents. Il prétendait que c'était votre mauvais caractère qui tuait votre fraîcheur: vous deveniez laide et vieille beaucoup trop tôt et son foyer devenait aussi agréable qu'une cellule conventuelle. Vous souriez, Mrs Huntington… plus rien ne peut vous mettre en colère. Je voudrais me sentir aussi calme que vous.

— Il n'était pas dans mon tempérament d'être si calme, dis-je. Je suis arrivée à rester impassible à force de dures leçons et de volonté.

À ce moment, Mr Hattersley entra en coup de vent dans la pièce.

— Hello, Lowborough! commença-t-il. Oh! excusez-moi! s'exclama-t-il en me voyant; je ne savais pas que j'interrompais un *tête-à-tête*. Allons, un sourire, mon vieux! continua-t-il en frappant lord Lowborough dans le dos; ce dernier se recula avec un air d'ineffable dégoût. Viens donc, j'ai à te parler.

— Parlez donc!

— Mais je ne crois pas que madame aimera entendre ce que j'ai à te dire.

— Dans ce cas, je ne désire pas l'entendre non plus, dit Sa Grâce en se dirigeant vers la porte.

— Écoute-moi donc! cria Hattersley en le suivant dans le couloir. Si tu es un homme, tu sauras quoi faire. Voici de quoi il s'agit, mon garçon, dit-il en baissant la voix, mais pas suffisamment pour que je ne puisse entendre chaque mot à travers la porte entrouverte. J'ai l'impression qu'on te trompe... allons, allons, ne te mets pas en colère... je ne voulais pas t'offenser, tu sais que je parle toujours brutalement... Il faut que je dise carrément les choses ou que je me taise... Attends donc! Laisse-moi t'expliquer... je suis venu t'offrir mes services, je sais bien que Huntington est mon ami, mais il se conduit vraiment comme un reître et je suis de ton côté dans cette affaire. Je sais que tu voudras régler franchement les choses; tu te sentiras beaucoup mieux après un échange de balles; si un accident arrivait... ma foi, ce serait parfait, n'est-ce pas? Pour un homme désespéré, c'est une excellente solution. Serrons-nous la main et ne me lance pas de tels regards. Fixons le temps et le lieu de la rencontre et je me charge du reste.

— C'est un remède auquel mon cœur avait pensé, ou plutôt que le démon qui m'habite m'avait suggéré, répondit lord Lowborough à voix plus basse encore: rencontrer cet homme et se battre jusqu'à effusion de sang. Que ce soit lui ou moi qui tombe, ou tous les deux, ce serait une belle fin, mais...

— Parfaitement. Donc...

— Non, s'exclama Sa Grâce d'un ton déterminé. Bien que je le haïsse du fond du cœur et que je puisse me réjouir de toutes les calamités qui lui tomberaient sur la tête... je l'abandonne à la justice divine; la vie me fait horreur, mais je laisse à celui qui me l'a donnée le soin de la reprendre.

— Dans ce cas, tu n'es qu'un poltron et je m'en lave les mains, grommela le tentateur, qui se détourna et partit.

— Comme vous avez raison, lord Lowborough! criai-je en me précipitant vers lui et en serrant ses mains brûlantes, tandis qu'il se dirigeait vers l'escalier. Je pense vraiment que vous êtes trop bien pour ce monde!

Tout d'abord il ne comprit pas la raison de cet éclat et me regarda avec une sombre stupéfaction, qui me rendit honteuse de mon impétuosité ; mais son visage prit bientôt une expression plus humaine, tandis qu'il me pressait gentiment la main et qu'un regard de réelle sympathie brillait dans ses yeux. Il murmura :

— Que Dieu nous aide tous les deux !
— Amen ! répondis-je, et nous nous séparâmes.

Je retournai dans le salon où ma présence était nécessaire, peut-être même désirée par une ou deux personnes. Je trouvai Mr Hattersley dans l'antichambre occupé à railler la poltronnerie de lord Lowborough devant une audience de choix : Huntington qui, appuyé contre la table, se réjouissait de sa trahison et se moquait de sa victime, tandis que Mr Grimsby se frottait les mains en ricanant de plaisir malsain.

Je vis que lady Lowborough était dans le salon ; elle paraissait bouleversée et cherchait à dissimuler son état d'esprit sous une gaieté exagérée et déplacée, car elle venait d'expliquer que lord Lowborough avait reçu de mauvaises nouvelles qui lui avaient donné la migraine et que, de plus, il avait des papiers à préparer avant son départ, de sorte que nous n'aurions pas le plaisir de sa compagnie ce soir. Elle affirma qu'il s'agissait seulement de questions financières et qu'elle ne s'inquiétait pas personnellement. Elle terminait sa phrase comme j'entrais dans la pièce et me lança un regard de défi orgueilleux qui m'étonna et me révolta.

— Mais tout cela m'ennuie pourtant, dit-elle, car je serai obligée d'accompagner Sa Grâce et je suis vraiment désolée de quitter d'aussi charmants amis, à l'improviste et après un aussi bref séjour.

— Et pourtant, Annabella, je ne vous ai jamais vue aussi joyeuse, dit Esther qui était assise près d'elle.

— C'est vrai, chérie ; je voudrais profiter de ces dernières heures que je puis passer en votre compagnie ; Dieu sait quand je reviendrai encore ici ; je voudrais vous laisser à tous un bon souvenir. (Elle jeta un regard circulaire dans la pièce et sursauta en rencontrant le regard par trop scrutateur de sa tante.) Voulez-vous que je chante pour vous distraire, tante ?... Mrs Huntington ?... tout le monde est d'accord ?

Elle occupait avec lord Lowborough un appartement voisin de ma chambre. Je sais comment elle passa la nuit, car je restai éveillée, écoutant le pas lourd de lord Lowborough, qui arpentait en tous sens le cabinet de toilette. J'entendis qu'il s'arrêtait et jetait quelque chose par la fenêtre en criant quelques mots passionnés ; un couteau à fine lame fut découvert le lendemain matin, enfoncé dans la pelouse sous leur fenêtre. On devait trouver également un rasoir brisé en deux, enfoncé sous les cendres du foyer et en partie détruit par les braises ardentes. Il avait été par deux fois tenté de mettre fin à sa misérable vie, mais sa volonté avait été la plus forte.

Je souffrais pour lui lorsque je l'entendais marcher tout au long de la nuit. Jusqu'à présent, je n'avais pensé qu'à moi-même, jamais à lui ; mais maintenant j'oubliais mon malheur pour penser à ses souffrances, à son ardente affection gaspillée, à sa foi si bassement trahie ; plus que jamais, je haïssais sa femme et mon époux, et cette fois ce n'était pas sur moi que je pleurais.

Ils partirent très tôt le lendemain ; personne n'était encore descendu. Je quittais ma chambre au moment où lord Lowborough descendait pour monter en voiture ; sa femme s'y était déjà installée. Arthur, ou plutôt Mr Huntington, comme je préfère l'appeler maintenant, car ce prénom est celui de mon fils, eut l'insolence de se montrer en robe de chambre pour saluer ses «amis».

— Comment, vous partez déjà, Lowborough! dit-il. Bonne journée, ajouta-t-il en tendant la main.

Je pense que lord Lowborough l'aurait étendu à terre, s'il n'avait pas reculé instinctivement devant le poing serré et tremblant de rage qui se dressait devant son nez. Livide de rage et de haine, Lowborough grommela quelques malédictions bien senties, qu'il n'aurait pas dites s'il avait été de sang-froid, et s'en alla.

— Voilà ce que j'appelle une attitude peu chrétienne, dit le monstre, mais je n'abandonne jamais un vieil ami, même pour une femme. Vous pouvez avoir la mienne, si vous voulez, c'est ce que j'appellerais être généreux... Je ne puis faire plus que remplacer ce que j'ai pris, n'est-ce pas?

Mais Lowborough était déjà au bas des escaliers et traversait le couloir. Mr Huntington se pencha sur la rampe de l'escalier et cria:

— Mes amitiés à Annabella et bon voyage à tous les deux! puis il se retira dans sa chambre en riant.

Il avoua ensuite être assez heureux de ce départ: «Elle était diablement impérieuse et exigeante, dit-il, maintenant je serai à nouveau mon propre maître, et je me sentirai plus à l'aise.»

# 39

Parmi toutes les épreuves que je rencontrai à cette époque, l'éducation de mon fils me donnait le plus de soucis; son père et les amis de son père prenaient grand plaisir à «en faire un homme». Ils encourageaient tous les petits vices qu'un enfant porte en lui à l'état d'embryon et lui apprenaient des tas de mauvaises habitudes; mon inquiétude était bien justifiée et j'avais le droit de chercher à l'arracher à ce milieu néfaste. J'avais d'abord tenté de le garder toujours à mes côtés ou de le garder à la nurserie; j'avais ordonné à Rachel de ne jamais le laisser descendre pour partager le dessert de ces messieurs; mais ces ordres étaient immédiatement contrecarrés par son père: il ne voulait pas que le petit bonhomme soit écrasé par la présence d'une vieille gouvernante et de sa folle de mère. De sorte que le petit bonhomme descendait chaque soir, trinquait avec son père, jurait comme Mr Hattersley et apprenait à n'en faire qu'à sa tête comme un homme et à envoyer sa mère au diable lorsqu'elle voulait l'empêcher de partager ces plaisirs. Cela leur paraissait particulièrement amusant de voir boire un enfant naïf et séduisant et d'entendre ces mots sur des lèvres enfantines tandis que pour moi c'était une véritable torture. L'enfant les faisait rire aux larmes, contemplait d'un air ravi les convives puis joignait son rire aigu aux leurs. Mais lorsque les clairs yeux bleus rencontraient les miens, ils se ternissaient pour un moment et Arthur disait avec regret : « Pourquoi ne ris-tu pas, maman ? Fais-la rire, papa… elle ne veut jamais rire. »

J'étais donc obligée de passer une partie de la soirée avec ces brutes en attendant l'occasion d'emmener l'enfant au lieu de me retirer dès que l'on desservait la table comme j'avais pris l'habitude de le faire. Il ne voulait jamais monter se coucher et je devais souvent l'emporter de force et m'entendre traiter de cruelle et d'injuste ; parfois son père insistait pour que je le laisse encore une heure et je l'abandonnais à ses charmants amis pour me retirer et jouir en paix de mon amertume en me torturant le cerveau pour trouver un moyen de leur arracher mon fils.

Je dois une fois de plus reconnaître que Mr Hargrave ne riait jamais des incartades de l'enfant et ne l'encourageait jamais à se conduire en homme. Mais parfois, lorsque l'enfant déchaîné avait dit quelque chose d'extraordinaire, je notais une expression particulière sur le visage de Mr Hargrave, un léger tremblement des muscles de la bouche que je ne pouvais définir, un éclair dans ses yeux tandis qu'il jetait un rapide regard sur l'enfant, puis sur moi ; je m'imaginais y lire une certaine satisfaction en réponse à la haine impuissante qui devait se voir sur mon visage. Mais un jour, alors qu'Arthur se conduisait particulièrement mal et que Mr Huntington et ses invités étaient spécialement grossiers envers moi en encourageant l'enfant, j'allais céder à la colère et laisser exploser ma haine, lorsque Mr Hargrave se leva brusquement et se dirigea vers Huntington d'un air décidé pour prendre l'enfant à moitié ivre, qui était sur les genoux de son père et me lançait des injures dont il ignorait la signification ; il l'emporta dans le couloir, ensuite, il tint la porte ouverte pour moi, s'inclina gravement comme je passais et ferma la porte. J'entendis des gros mots échangés entre lui et son hôte déjà sous l'effet de la boisson, tandis que je partais en tenant par la main mon petit garçon déconcerté.

Mais il fallait que cela cesse ; mon enfant ne pouvait pas être laissé en contact avec une telle corruption : il était préférable qu'il vive dans la pauvreté près d'une mère fugitive plutôt que de partager le luxe d'un tel père. Nos invités ne resteraient pas longtemps mais ils reviendraient et lui, le pire ennemi de mon enfant, serait toujours là. J'aurais pu le supporter si j'avais été la seule à en souffrir ; mais je ne pouvais laisser mon enfant sous son influence ; peu importait ce que dirait le monde, ce que penseraient mes amis, rien ne m'empêcherait de faire mon devoir. Mais où trouver un asile ?... comment nous nourrir tous les deux ?... Je pourrais quitter la maison à l'aube, emportant mon enfant, prendre le coche pour \*\*\*, fuir jusqu'au port de \*\*\* pour traverser l'Atlantique et trouver une humble demeure en Nouvelle-Angleterre, où je travaillerais pour vivre. La palette et le chevalet qui m'avaient si souvent aidé à me distraire deviendraient des outils de travail. Mais avais-je assez de talent pour gagner ma vie dans un pays étranger, sans amis et sans recommandation ? Non, je devais attendre encore ; je devais travailler à me perfectionner pour produire une œuvre valable ou pour trouver une place de professeur. Je n'escomptais aucun succès personnel, mais il fallait que je sois capable de nourrir mon fils. Il me fallait de l'argent pour le voyage, pour la traversée et un peu d'économies pour vivre au début si je ne réussissais pas tout de suite à vendre des toiles. Il faudrait que j'aie assez d'argent pour attendre que l'on apprécie mon travail et pour lutter contre l'indifférence des autres et ma propre inexpérience.

Que pouvais-je faire d'autre? Faire appel à mon frère, lui expliquer la situation et lui parler de mes projets? Mais si je surmontais les sentiments qui me faisaient cacher mes ennuis, si je lui racontais ce qu'était ma vie, il ne pourrait m'approuver; cela lui paraîtrait de la folie, tout comme à mon oncle, à ma tante, à Millicent. Il faudrait que j'aie la patience d'amasser un petit trésor. Rachel serait ma seule confidente, je pourrais la persuader de prendre part au complot; elle m'aiderait à trouver un marchand de tableaux dans une ville éloignée, puis, avec son aide, je vendrais quelques toiles que je possédais ou que je peindrais entre-temps. Je pourrais chercher aussi à vendre mes bijoux, non pas les bijoux des Huntington, mais ceux que je possédais jadis et ceux que mon oncle m'avait donnés à mon mariage. Je me sentirais forte pour travailler pendant quelques mois avec un but en vue et pendant ce temps Huntington ne pourrait pas beaucoup aggraver le mal qu'il avait déjà fait à mon fils.

Ayant formé de tels projets, je me mis aussitôt au travail. Mon ardeur aurait pu diminuer avec le temps, j'aurais pu peser indéfiniment le pour et le contre de mes plans si un événement n'était venu confirmer mon désir de fuite.

Je continuais donc à travailler pour pouvoir partir le plus vite possible. Depuis le départ de lord Lowborough, j'avais choisi la bibliothèque comme lieu de retraite et je m'y trouvais en sécurité à toute heure du jour. Aucun de ces messieurs n'avait de penchant littéraire, sauf peut-être Mr Hargrave, qui se contentait des journaux et des périodiques. Et, s'il lui prenait fantaisie d'entrer ici, il sortirait aussitôt car il était devenu très froid depuis le départ de sa mère et de ses sœurs, ce qui m'arrangeait fort bien. C'est donc là que j'avais installé mon chevalet et que je travaillais de l'aube au crépuscule, en m'interrompant seulement lorsque ma présence était indispensable ailleurs ou lorsque je m'occupais de l'éducation ou de l'amusement de mon petit Arthur. Mais, contrairement à ce que j'avais espéré, Mr Hargrave entra dans la bibliothèque dès le troisième jour et ne se retira pas en me voyant. Il s'excusa de me déranger en disant qu'il venait seulement prendre un livre ; mais lorsqu'il l'eut trouvé, il jeta un regard sur ma toile. C'est un homme de goût, averti en matière d'art ; il commenta modestement mon ouvrage, mais ne rencontra aucun encouragement de ma part et se lança ensuite dans un discours sur l'art en général. Ne recevant aucune réponse, il abandonna le sujet, mais ne se retira pas de la pièce.

— Nous n'avons pas souvent le plaisir de votre compagnie, Mrs Huntington, remarqua-t-il après un court silence pendant lequel j'avais froidement continué à mélanger mes couleurs, et cela ne m'étonne pas, car notre présence doit vous donner la nausée. Je suis moi-même honteux de mes compagnons ; depuis que vous n'êtes plus là pour modérer quelque peu leurs propos, leur conversation dépasse les bornes de la bienséance et je pense que je vais les abandonner à leur sort très prochainement, cette semaine encore sans doute… et je ne puis espérer que vous regretterez mon départ.

Il s'arrêta, mais je ne répondis rien.

— Vous n'aurez sans doute qu'un seul regret… que je n'entraîne pas mes compagnons à ma suite, ajouta-t-il en souriant. Je me flatte parfois de ne pas leur ressembler, mais il est naturel que vous soyez heureuse d'être débarrassée de moi. Je le regrette, mais je ne puis vous en blâmer.

— Je ne me réjouirai pas de votre départ, car vous vous conduisez en homme bien élevé, dis-je en pensant qu'il méritait que je reconnaisse sa bonne conduite ; mais j'avoue que je serai heureuse de dire adieu à tous les autres, même si cela vous paraît très peu hospitalier.

— Personne ne peut vous reprocher cet aveu, pas même ces messieurs, je pense, répondit-il gravement.

Puis, comme poussé par une soudaine résolution, il poursuivit :

— Je vais vous raconter notre conversation, hier soir, dans la salle à manger, après votre départ. Cela vous sera peut-être indifférent, puisque vous semblez devenue très philosophe sur certaines questions (ceci avec un léger ricanement dans la voix). Ils parlaient de lord Lowberough et de sa délicieuse femme ; aucun d'entre eux n'ignore la cause de leur brusque départ ; nous connaissons le caractère de cette dame et bien qu'elle soit quelque peu ma parente, je ne puis la défendre. Bon sang ! grogna-t-il en manière de parenthèse, cela crie vengeance au ciel ! Si ce malotru doit absolument trahir sa famille, il pourrait au moins s'abstenir de le crier sur tous les toits ! Excusez-moi, Mrs Huntington. Donc, ils parlaient de cette histoire et quelqu'un remarqua que puisqu'elle était séparée de son mari, Huntington pourrait la voir autant qu'il voulait. « Grand merci, dit-il, j'ai assez d'elle pour le moment, je ne me dérangerai pas pour la voir, à moins qu'elle ne vienne jusqu'ici. — Qu'as-tu l'intention de faire, Huntington, lorsque nous serons partis ? demanda Ralph Hattersley. Vas-tu regagner le droit chemin, devenir bon père et bon époux comme je le fais moi-même lorsque je ne suis pas près de toi et de ces diables à quatre que tu appelles tes amis ? Je pense qu'il est temps et que ta femme est cinquante fois trop bonne pour toi... » Et il ajouta quelques compliments que vous n'aimeriez pas entendre et qu'il ne désire sans doute pas que je vous répète ; il criait ses compliments à voix haute devant un auditoire qui n'est pas digne d'entendre prononcer votre nom... il est d'ailleurs bien incapable d'apprécier vos hautes qualités. Pendant ce temps, Huntington restait assis, buvant ou regardant son verre en souriant mais sans rien répondre et sans interrompre ce beau discours, jusqu'à ce que Hattersley s'écria : « M'entends-tu, camarade ? — Continue, dit-il. — Non, j'ai fini, répondit l'autre, je veux seulement savoir si tu as l'intention de suivre mon conseil. — Quel conseil ? — Tourne la page, triple filou, cria Ralph ; demande pardon à ta femme, et conduis-toi comme un bon garçon à l'avenir. — Ma femme ! Quelle femme ? Je n'ai pas de femme, répondit Huntington en contemplant son verre d'un air innocent ; et si j'en ai une, je la place si haut que celui d'entre vous, gentlemen, qui la veut peut l'avoir... et avec ma bénédiction... » Je... hum... quelqu'un demanda s'il parlait sérieusement. Il jura ses grands dieux qu'il n'avait jamais été aussi sérieux. Que pensez-vous de cela, Mrs Huntington ? demanda Mr Hargrave après un court moment de silence pendant lequel j'avais senti son regard posé avec curiosité sur mon visage à demi détourné.

— Je pense, répondis-je calmement, que ce qu'il traite avec tant de légèreté ne lui appartiendra plus longtemps.

— Vous ne voulez pas dire que la conduite infamante de ce vilain monsieur peut encore vous briser le cœur ?

— Certes non, mon cœur est bien trop dur pour se briser aussi facilement et j'ai bien l'intention de vivre encore très longtemps.

— Vous allez donc le quitter ?

— Oui.

— Quand... et comment, demanda-t-il avidement.

— Quand je serai prête et de la meilleure manière que je pourrais imaginer.

— Mais votre enfant ?

— Il part avec moi.

— Il ne le permettra jamais.

— Je ne demanderai pas sa permission.

— C'est donc une fugue que vous méditez... mais avec qui, Mrs Huntington?

— Avec mon fils... et peut-être sa nurse.

— Seule... et sans protecteur! Mais où pouvez-vous aller? Que pourrez-vous faire? Il vous suivra et vous ramènera ici.

— Mes plans sont bien faits. Que je puisse quitter Glassdale et je serai sauve.

Mr Hargrave fit un pas vers moi, me regarda dans les yeux et aspira convulsivement l'air avant de parler; mais son regard, son visage brusquement coloré, l'étincelle qui allumait ses yeux, tout cela souleva mon dégoût et ma haine: je me détournai brusquement et saisis mon pinceau pour travailler à ma toile avec une ardeur qui devait nuire à la beauté du tableau.

— Mrs Huntington, dit-il avec une solennité pleine d'amertume, vous êtes cruelle... cruelle envers moi et envers vous-même.

— Mr Hargrave, souvenez-vous de votre promesse.

— Il faut que je parle, mon cœur éclatera si je me tais plus longtemps. Je me suis tu assez longtemps, il faut que vous m'écoutiez!

Il se mit devant moi pour que je ne puisse m'échapper de la pièce et poursuivit:

— Vous me dites que vous ne devez plus rien à votre mari; de son côté, il se déclare fatigué de votre présence et vous donne froidement au premier venu; vous êtes décidée à le quitter, mais personne ne croira que vous êtes partie seule, on bavardera, on dira: «Elle l'a enfin quitté et qui pourrait s'en étonner? Personne ne peut la blâmer, ni avoir pitié de lui; mais quel est l'heureux compagnon de cette fugue?» De sorte que même vos meilleurs amis cesseront de croire en votre vertu, cette vertu qui a quelque chose de monstrueux et d'inconcevable dans votre situation. Seuls ceux que vous torturez par votre indifférence peuvent savoir à quel point elle est réelle. Mais que ferez-vous dans le monde, seule? Vous une jeune femme sans expérience, gâtée et...

— En un mot, vous me conseillez de rester où je suis, l'interrompis-je. Eh bien! je réfléchirai.

— Mais pas du tout! Quittez-le! Mais pas seule! Helen! permettez-moi de vous protéger.

— Jamais... tant que j'ai encore une once de raison, répondis-je en lui arrachant ma main qu'il avait pris la liberté de saisir dans les siennes.

Mais rien ne pouvait l'arrêter maintenant qu'il était décidé à tout faire pour obtenir ce qu'il voulait.

— Vous ne pouvez me repousser toujours! s'exclama-t-il avec véhémence en saisissant mes deux mains, qu'il serra étroitement; puis il mit un genou en terre et leva vers moi un visage implorant et impérieux à la fois.

Vous n'avez plus aucune raison de me repousser; vous marchez contre les lois de Dieu. Le ciel m'a désigné pour vous soutenir et vous défendre... Je le sais, je le sens... Je crois entendre une voix divine me souffler: «Vous deux ne ferez qu'un seul être»... et vous me repoussez avec mépris.

— Lâchez-moi, Mr Hargrave! dis-je sérieusement, mais il resserra son étreinte. Lâchez-moi! répétai-je, tremblante d'indignation.

Il se trouvait agenouillé face à la fenêtre. Je sursautai en le voyant diriger son regard vers le jardin et sourire malicieusement. Tournant la tête, je vis une ombre qui s'effaçait au coin de la maison.

— C'était Grimsby, dit-il intentionnellement. Il va répéter tout ce qu'il a vu à Huntington et aux autres, en y ajoutant quelques commentaires de sa composition. Il ne vous aime pas, Mrs Huntington... Il n'a aucun respect pour votre sexe... il ne croit pas que la vertu existe... il n'a pas la moindre admiration pour son incarnation. Ceux qui écouteront sa version de notre rencontre n'auront plus aucun doute à ce sujet. Votre réputation est à jamais ternie, ce que vous ou moi pourrions dire n'y changera rien. Mais permettez-moi de vous défendre et que celui qui osera vous insulter se tienne sur ses gardes!

— Personne ne m'a jamais insultée comme vous le faites en ce moment, dis-je en lui arrachant mes mains et en m'écartant avec répugnance.

— Je ne vous insulte pas! cria-t-il. Je vous adore! Vous êtes pour moi un ange, une divinité! Je me mets tout entier à vos pieds... il faut que vous acceptiez ce don! dit-il impétueusement en se redressant. Je serai votre défenseur et votre consolateur! Si votre conscience se révolte, dites-vous que je vous ai violentée et que vous avez été obligée de céder!

Je n'avais jamais vu un homme dans un tel état d'exaltation. Il se jeta sur moi; je saisis mon couteau à palette et le brandis vers lui. Il s'arrêta brusquement et me considéra avec stupéfaction, je devais paraître aussi excitée que lui. Je me dirigeai vers la sonnette et saisis la corde. Ceci acheva de le calmer. Il tenta de m'arrêter d'un geste mi-autoritaire, mi-désapprobateur.

— Reculez, si vous ne voulez pas que j'appelle! (Il recula.) Écoutez-moi. Je ne vous aime pas, continuai-je aussi délibérément que je pus, afin de donner une plus grande efficacité à mes paroles; si mon mari était mort, ou si j'étais divorcée, je ne songerais pas à vous épouser. Vous voilà convaincu, j'espère!

Son visage devint blême de colère.

— Je suis convaincu que vous êtes la créature la plus froide, la plus ingrate, la plus dépourvue de cœur, la moins naturelle que la terre ait jamais portée répondit-il avec une emphase lourde d'amertume.

— Ingrate, sir?

— Ingrate.

— Vous vous trompez, Mr Hargrave, je vous remercie bien sincèrement pour le bien que vous m'avez fait ou que avez souhaité me faire. Je demande à Dieu de vous accorder merci pour tout le mal que vous m'avez fait ou que vous auriez pu me faire.

À cet instant, la porte s'ouvrit en coup de vent, et Mr Huntington entra, accompagné de Mr Hattersley, qui demeura cependant dans le hall occupé à examiner son fusil. Mr Huntington se campa, le dos au feu et toisa Mr Hargrave, avec un air plein de sous-entendus, un froncement de sourcils impudent et un sourire sournois.

— Eh bien, sir? demanda Hargrave, tout prêt à se défendre.

— Eh bien, sir? répondit son hôte.

— Nous venions te demander de te joindre à nous pour une chasse aux faisans, Walter, intervint Hattersley qui se trouvait toujours dans le hall. Viens donc! nous ne tuerons rien, si ce n'est un chat ou deux!

Walter ne répondit pas mais se dirigea vers la fenêtre pour retrouver ses esprits. Arthur émit un long sifflement en le suivant des yeux. Une légère rougeur de colère monta aux joues de Hargrave, mais au bout d'un instant, il fit demi-tour et dit avec une certaine insouciance:

— J'étais venu dire adieu à Mrs Huntington, car je pars demain.

— Hum! Cette résolution est bien soudaine. Que t'arrive-t-il, puis-je le savoir?

— Des affaires à régler, répondit-il en répondant au rictus incrédule de Huntington par un regard de défi méprisant.

Et Hargrave sortit. Après quoi, Mr Huntington se croisa les bras sous les pans de son habit, s'appuya de l'épaule au coin de la cheminée, se tourna vers moi et déversa une bordée des pires insultes que j'eusse jamais entendues. Je ne cherchai même pas à l'interrompre ; mais je bouillais intérieurement et dès qu'il s'arrêta, je répondis :

— Même si vos accusations étaient vraies, Mr Huntington, vous êtes mal placé pour me blâmer.

— En plein dans le mille, parbleu ! cria Hattersley en appuyant son fusil contre le mur ; il entra dans la pièce, prit son cher ami par le bras et tenta de l'entraîner. Viens, mon vieux, murmura-t-il, vrai ou faux, tu n'as pas le droit de la critiquer... ni lui non plus, au fond, après ce que tu as dit la nuit dernière. Suis-moi.

Ses paroles étaient chargées d'un tel sous-entendu que je ne pouvais les laisser passer sans réagir.

— Vous me suspectez donc, Mr Hattersley dis-je presque hors de moi.

— Mais non, mais non, je ne suspecte personne. C'est parfait... c'est parfait. Viens donc, Huntington, vieux chenapan.

— Elle ne peut le nier ! cria ce gentleman en grimaçant de rage et en même temps de triomphe. Même sur sa vie, elle ne peut le nier ! et il sortit en grommelant quelques jurons supplémentaires, puis prit son chapeau et son fusil sur la table du hall.

— Je vous méprise trop pour tenter de me justifier à vos yeux, dis-je. Mais vous, Mr Hattersley, si vous avez le moindre doute, interrogez Mr Hargrave.

Ils éclatèrent tous les deux d'un rire grossier qui me fit frémir de la tête aux pieds.

— Où est-il? Je le lui demanderai moi-même, dis-je en m'avançant vers eux.

Réprimant un nouvel accès de gaieté, Hattersley désigna la porte du jardin. Elle était entrouverte, son beau-frère se tenait à l'extérieur.

— Mr Hargrave, voulez-vous rentrer un instant? dis-je.

Il se retourna et me regarda, grave mais étonné.

— Venez ici! dis-je d'un ton si autoritaire qu'il ne put ou ne voulut pas me désobéir. Avec une certaine hésitation, il gravit les quelques marches et traversa le hall.

— Voulez-vous dire à ces messieurs, à ces hommes, si oui ou non j'ai cédé à vos sollicitations?

— Je ne vous comprends pas, Mrs Huntington.

— Vous me comprenez fort bien, sir; je m'adresse à votre sens de l'honneur, si toutefois vous en avez: répondez franchement. Ai-je ou n'ai-je pas cédé?

— Non, murmura-t-il en se détournant.

— Parlez clairement, sir, ils ne peuvent vous entendre. Ai-je cédé à vos prières?

— Vous n'avez pas cédé.

— J'en jurerais, dit Hattersley, ou il ne serait pas si sombre.

— Je suis prêt à vous accorder satisfaction, Huntington, dit Mr Hargrave en s'adressant calmement à son hôte, mais avec un rictus amer.

— Va au diable! répondit ce dernier avec un geste impatient de la tête.

Hargrave se retira, le dédain inscrit sur son visage, en disant:

— Vous savez où me trouver si vous voulez m'envoyer vos amis.

Quelques jurons et malédictions furent la seule réponse qu'obtint cette provocation.

— Alors, Huntington, te voilà convaincu ! C'est clair comme le jour !

— Peu m'importe ce qu'il voit, ou ce qu'il imagine, dis-je. Mais vous, Mr Hattersley, défendrez-vous mon nom lorsqu'on le salira devant vous ?

— Je le défendrai.

Je me retirai aussitôt dans la bibliothèque. Quel démon m'avait poussée à demander cela à un tel homme ? Je ne sais. Mais l'homme qui se noie s'accroche à la moindre brindille ; ils m'avaient tous fait perdre la tête, je savais à peine ce que je disais. Personne d'autre ne pourrait préserver mon nom des noires calomnies de ces hommes perdus ; comparé à l'épave qu'était devenu mon mari, à ce vil et méchant Grimsby, à ce vilain de Hargrave, ce rustre, si frustre et brutal qu'il pût être, brillait comme un ver luisant parmi tous ces vers de terre.

Quelle scène affreuse ! Aurais-je pu imaginer que je devrais supporter de telles insultes sous mon propre toit, entendre de telles horreurs débitées en ma présence, que dis-je, des horreurs qui s'adressaient directement à moi, par des hommes qui déshonoraient le nom de gentleman ? J'avais supporté cela avec un calme et une fermeté qui me surprenaient. Une telle rigidité ne peut s'acquérir que par expérience et ne peut être soutenue que par le désespoir.

De noires pensées tourbillonnaient dans ma tête tandis que j'arpentais la bibliothèque ; ô combien je souhaitais pouvoir emporter mon enfant et les quitter à l'instant, sans passer une heure de plus dans cette maison ! Mais c'était impossible : une lourde tâche m'attendait encore.

« Ne perdons pas de temps en vains regrets, me dis-je, au travail ! »

Je surmontai mon agitation par un effort surhumain, et repris immédiatement ma tâche ; je travaillai toute la journée à ma toile.

Mr Hargrave nous quitta dès le lendemain et je ne l'ai plus revu depuis lors. Les autres restèrent encore pendant deux ou trois semaines ; mais je les voyais le moins possible et continuais mes essais de peinture avec ardeur et persévérance. Je mis bientôt Rachel au courant de mes projets en lui apprenant les raisons qui me poussaient à agir et je fus ravie de voir qu'elle me comprenait parfaitement et qu'elle était toute disposée à m'aider. C'est une femme calme et prudente, mais elle déteste son maître et adore sa maîtresse et son petit Arthur. Elle émit quelques faibles objections, versa maintes larmes, se lamenta sur mon triste sort, mais consentit à me suivre et à partager mon exil. Elle était irréductible sur ce point, car elle estimait que ce serait pure folie que de partir seule avec l'enfant. Elle m'offrit généreusement ses petites économies, ajoutant avec une modestie touchante : « Excusez mon audace, mais je serais très heureuse si ce prêt pouvait vous aider. » Je n'avais évidemment pas l'intention d'accepter ; j'ai réuni quelque argent qui m'appartient personnellement et mes préparatifs avancent si rapidement que je pense pouvoir bientôt m'enfuir. Que les tempêtes de ce rude hiver se calment un peu et un matin, Mr Huntington descendra déjeuner et sera tout étonné de se trouver seul à table ; il parcourra peut-être la maison en réclamant sa femme et son enfant mais nous serons déjà loin en direction de l'ouest, à plus de cinquante *miles*, sans doute, car nous partirons avant l'aube et il ne s'apercevra pas de notre départ avant que la journée soit bien entamée.

Je suis pleinement consciente de toutes les difficultés qui se présenteront au cours de ce voyage ; mais je n'ai pas la moindre hésitation, car j'agis pour le bien de mon fils. Ce matin même, alors que je me trouvais comme d'habitude devant mon chevalet, l'enfant jouait à mes pieds avec les petits morceaux de toile que j'avais jetés, mais son esprit était ailleurs, car il leva les yeux, me considéra d'un air réfléchi et demanda gravement :

— Pourquoi es-tu méchante, maman ?
— Qui t'a dit que je suis méchante, chéri ?
— Rachel.
— Non, Arthur, je suis certaine que Rachel n'a jamais dit cela.
— Alors, c'est papa, répondit-il après un instant de réflexion.

Puis il ajouta, après un court silence :

— Je vais t'expliquer comment je l'ai appris : lorsque je joue avec papa et que je lui dis que maman m'appelle ou que maman ne veut pas que je fasse cela, il répond toujours : « Que maman aille au diable ! » et Rachel dit que ce sont les méchants qui vont en enfer. C'est pour cela que je crois que tu es méchante... et j'aimerais bien que tu ne le sois pas.

— Je ne suis pas méchante, mon cher enfant. Ce ne sont que méchantes paroles et les gens mauvais critiquent souvent ceux qui sont meilleurs qu'eux. Des paroles ne peuvent pas damner les gens, ni prouver qu'ils méritent d'aller en enfer. Dieu nous jugera d'après nos pensées et nos actes et non d'après ce que disent les autres. Souviens-toi, Arthur, que tu ne dois jamais répéter de telles paroles ; c'est cela qui est méchant.

— Alors c'est papa qui est méchant, dit-il d'un ton lugubre.

— Papa a tort de dire cela et tu ne peux plus l'imiter maintenant que tu sais que c'est mal.

— Qu'est-ce que c'est : imiter ?

— Faire comme lui.
— Il en sait peut-être plus que toi?
— Peut-être; mais cela ne te regarde pas.
— Tu devrais le lui dire, maman.
— Je le lui ai dit.

Le jeune moraliste réfléchit un instant. Je cherchai vainement à détourner son esprit de ce sujet.

— Je regrette que papa soit méchant, dit-il tristement, car je ne veux pas qu'il aille en enfer.

L'enfant éclata en sanglots.

Je le consolai en lui disant que son papa deviendrait peut-être meilleur en vieillissant... mais il est grand temps que je le délivre d'un tel père.

## 40

*10 janvier 1827.* – J'étais assise au salon, hier soir, occupée à écrire ces lignes. Mr Huntington était présent, mais je le croyais endormi sur le sofa. Il s'était levé sans que je m'en aperçoive et, poussé par quelque basse curiosité, il lisait par-dessus mon épaule, je ne sais depuis combien de temps; lorsque je déposai ma plume et voulus fermer mon journal, il y posa la main en disant: «Avec votre permission, ma chère, je vais jeter un coup d'œil sur cela.» Il me l'arracha des mains et s'assit à la table pour le lire, il retourna de plusieurs pages en arrière pour comprendre plus facilement. Malheureusement pour moi, il était, ce jour-là, beaucoup plus sobre que d'habitude à une heure aussi avancée.

Je ne le laissai pas poursuivre sa lecture en paix; je cherchai à plusieurs reprises à lui reprendre le journal mais il le tenait fermement; je lui dis à quel point je trouvais sa conduite méprisable, mais sans effet; j'éteignis les deux chandelles mais il se retourna vers le feu et secoua les bûches jusqu'à ce que la lueur fût assez vive pour lui permettre de continuer son investigation. Je pensai sérieusement à éteindre cette lumière avec un broc d'eau mais il était évident que sa curiosité était trop excitée pour se laisser arrêter par quoi que ce soit; plus je manifestais mon désir de l'arrêter, plus il voulait poursuivre sa lecture ; de plus il était trop tard.

— Très, très intéressant, ma chère, dit-il en levant la tête et en se tournant vers l'endroit où je restais, debout, me tordant les mains, mais trop long pour ce soir, je continuerai une autre fois. Entre-temps je vous demanderai de me donner vos clés, très chère.

— Quelles clés ?

— Les clés de votre secrétaire, de vos tiroirs, de tout ce que vous possédez, dit-il en se levant et en tendant la main vers moi.

— Je ne les ai pas, répondis-je.

La clé de mon secrétaire se trouvait attachée aux autres et pendait à la serrure.

— Dans ce cas, faites-les porter ici, dit-il, et si cette sacrée Rachel ne me les donne pas immédiatement, elle sera renvoyée dès demain, avec armes et bagages.

— Elle ne sait pas où les trouver, répondis-je en plaçant calmement la main sur le trousseau et en les prenant sans me douter qu'il m'avait vue agir ainsi. Moi, je le sais, mais je ne les donnerai pas sans une bonne raison pour le faire.

— Moi aussi, je le sais, dit-il en s'emparant de ma main fermée et en m'arrachant brutalement les clés.

Il prit une des chandelles et la ralluma aux flammes du foyer.

— Et maintenant, ricana-t-il, il me faut confisquer les biens de Milady. Mais jetons d'abord un regard dans le studio.

Il se dirigea vers la bibliothèque après avoir enfoncé les clés dans sa poche. Je le suivis sans bien savoir si c'était dans l'intention d'arrêter d'autres catastrophes ou seulement pour connaître immédiatement le pire. Mes pinceaux et mes toiles se trouvaient sur la table de coin, couverts d'un simple drap. Il les découvrit très vite, déposa son bougeoir, et entreprit de jeter le tout dans le feu : la palette, les crayons, les pinceaux, les cartons, les couleurs. Je vis la palette éclater sous l'effet de la chaleur, l'huile et la térébenthine s'échappèrent en sifflant par la cheminée, les papiers se consumèrent. Ensuite, il sonna.

— Benson, emportez tout cela, dit-il en montrant du doigt le chevalet et la toile ; dites à la femme de chambre qu'elle peut s'en servir pour allumer le feu : votre maîtresse n'en a plus besoin.

Benson s'arrêta stupéfait et me regarda.

— Emportez-les, Benson, dis-je et son maître jura à voix basse.

— Le tout, sir ? demanda le domestique étonné en tenant le tableau à moitié achevé.

— Le tout, répondit son maître.

Mr Huntington monta ensuite dans sa chambre. Je demeurai assise dans un fauteuil, sans pouvoir émettre un son, sans verser une larme et presque sans bouger ; il redescendit une demi-heure plus tard, se dirigea vers moi, leva la chandelle devant mon visage et me fixa dans les yeux en riant de façon presque insupportable. D'un geste brusque de la main, je fis tomber la chandelle.

— Holà ! grommela-t-il en reculant. Mais c'est le diable en personne ! Aucun mortel n'a jamais lancé de tels regards ! Ses yeux brillent dans l'obscurité comme ceux d'un chat. Une douce créature, en vérité !

En parlant ainsi, il ramassa le bougeoir et la chandelle ; celle-ci était cassée et il dut sonner pour en demander une autre.

— Benson, votre maîtresse a cassé la chandelle, apportez-en une autre.

— Vous vous rendez ridicule devant les domestiques, remarquai-je comme Benson sortait.

— Je n'ai pas dit que c'est moi qui l'avais cassée, n'est-ce pas? répondit-il.

Il jeta mes clés sur mes genoux en disant:

— Les voilà! Rien n'a disparu sauf votre argent et vos bijoux... et quelques petites bagatelles que je préfère mettre à l'abri avant que vous soyez tentée de les transformer en or. Je compte que les quelques souverains que j'ai laissés dans votre bourse vous suffiront jusqu'à la fin de ce mois... en tout cas, s'il vous en faut plus, vous serez assez bonne pour me fournir des comptes justifiant vos dépenses. À l'avenir, je ne vous donnerai que très peu d'argent pour vos dépenses personnelles; vous n'aurez plus à vous occuper de mes affaires, je compte prendre un intendant, ma chère; je ne veux pas vous exposer à la tentation. Il faudra également que Mrs Greaves me donne des comptes détaillés pour les dépenses du ménage...

— Quelle découverte avez-vous faite, Mr Huntington? Vous ai-je volé jusqu'à présent?

— Pas en argent, pour autant que je sache, mais il vaut mieux vous éviter toute tentation.

Nous restâmes un moment silencieux pendant que Benson apportait la nouvelle chandelle; je restais assise tandis qu'il s'appuyait à la cheminée, le dos tourné au feu, se réjouissant visiblement de mon désespoir.

— Donc, dit-il finalement, vous pensiez à me déshonorer en fuyant et en vivant de votre travail d'artiste? Vous vouliez également me voler mon fils pour en faire un vulgaire commerçant yankee ou un pauvre peintre dans la misère.

— Oui, cela vaut mieux que de le voir devenir un gentleman dans le genre de son père.

— Il est heureux que vous soyez incapable de garder un secret... ha, ha! Il faut toujours que les femmes bavardent... si elles ne trouvent pas une oreille amie, elles susurrent leur secret aux poissons ou les écrivent sur le sable... ou dans un journal... Heureusement que j'étais moins saoul que d'habitude et que je ne me suis pas endormi sur le sofa sans même penser à regarder ce qu'écrivait ma douce épouse, car j'aurais été incapable de me conduire en homme jusqu'au bout.

Je le laissai à sa propre admiration et me levai pour reprendre mon manuscrit qui était resté sur la table du salon ; je ne voulais pas subir une deuxième humiliation en le retrouvant une nouvelle fois entre ses mains. Je ne pouvais supporter l'idée qu'il s'amusait de mes petits secrets et de mes souvenirs ; il ne trouverait rien de bien flatteur à son sujet... si ce n'est dans la première partie que j'avais écrite lorsque j'étais assez sotte pour l'aimer. J'aimerais mieux brûler mon cher journal que de savoir qu'il lirait ces premières pages.

— À propos ! cria-t-il comme je quittais la pièce, vous devriez dire à cette vieille folle de nurse de se tenir loin de moi pour un jour ou deux... Je lui réglerais ses gages demain, si je le pouvais, mais je sais qu'elle ferait encore plus de mal hors de la maison.

Je ne salirai pas ce papier en écrivant les injures et les épithètes malsonnantes qu'il murmurait tandis que je sortais. Je me rendis près de ma fidèle servante, dès que j'eus rangé mon journal, pour lui raconter ce qui venait de se passer et lui dire que nous devions abandonner nos projets. Elle fut aussi bouleversée que moi, peut-être plus, car j'étais encore sous l'effet du choc que je venais de subir et en partie protégée par la haine qui me secouait. Mais ce n'est que le lendemain matin que je compris toute l'ampleur de cette catastrophe ; je me réveillai sans l'espoir d'un départ proche pour me consoler et tout le long du jour j'errai de chambre en chambre sans savoir que faire, fuyant mon mari, évitant même mon fils, me trouvant indigne d'être «son maître et son compagnon», je n'espérais plus rien pour lui et je souhaitais ardemment qu'il ne fût jamais né. Je sais que, jour après jour, je me sentirai prisonnière et esclave... tout cela ne serait rien si je pouvais sauver mon fils de la ruine physique et morale. Lui qui était ma seule consolation est maintenant une autre source de désespoir.

N'ai-je plus confiance en Dieu? J'essaye de lever les yeux vers lui et de porter mon cœur vers le ciel, mais il reste accroché dans la poussière. Je ne puis que répéter: «Il m'a tant bousculée que je ne puis m'échapper, il a rendu ma chaîne bien lourde. Il m'a remplie d'amertume, il m'a abreuvée de fiel.» J'oubliais d'ajouter: «Mais s'il m'apporte la douleur, il aura pitié, car sa bonté est infinie. Ce n'est jamais sans raison qu'il apporte la souffrance aux enfants des hommes.» Je devrais penser à cela plus souvent; même si je n'attends plus que souffrance, qu'est-ce qu'une longue vie de misère comparée à la paix éternelle? Qui donc a dit: «N'est-ce pas la volonté de votre Père qui est au ciel qu'aucun de ces petits ne périsse?»

## 41

*20 mars.* – Depuis que je sais que je serai débarrassée de Mr Huntington pendant toute la saison, je reprends courage. Il est parti au début de février ; dès qu'il eut quitté la maison, je respirai plus librement. Sans doute je ne pouvais plus espérer m'échapper, il avait pris soin de rendre toute fuite impossible, mais j'étais décidée à tirer le meilleur parti des circonstances. Arthur était enfin seul avec moi ; je secouai l'apathie qui m'écrasait pour arracher la mauvaise graine de l'esprit de l'enfant et y semer à nouveau les bons principes ; grâce au ciel, le sol n'est pas aride ou rocailleux, si les mauvaises herbes y ont poussé si rapidement, il en sera de même des plantes saines. Sa compréhension est vive, son cœur déborde d'affection ; je veux lui apprendre l'obéissance, gagner son amour et lui faire comprendre où sont ses vrais amis ; la tâche sera facile si personne n'exerce de mauvaise influence sur lui.

Au début, j'eus grand-peine à lui faire perdre les mauvaises habitudes prises en compagnie de son père, mais je vois déjà un progrès ; il est rare qu'il prononce des vilains mots ; je lui ai appris à détester toute liqueur et j'espère que ni son père, ni les amis de celui-ci ne parviendront à surmonter ce dégoût. Il aimait exagérément les boissons fortes et je craignais qu'il ne suive les traces de son propre père et du mien. Si j'avais refusé de lui laisser boire son verre de vin à chaque repas, je n'aurais fait qu'augmenter son désir de boire. Je lui donnai donc la quantité qu'il avait pris l'habitude de boire, mais j'ajoutai dans chaque verre quelques gouttes de tartare émétique, juste assez pour lui donner la nausée. Il découvrit vite que chaque verre de vin s'accompagnait de malaises et s'en fatigua, j'insistai pour qu'il continue à boire jusqu'au moment où il prit toute boisson alcoolisée en aversion. Lorsque je l'eus dégoûté du vin, j'agis de la même façon avec le gin et le whisky à l'eau, car ce petit ivrogne était habitué aux boissons fortes. J'ai enfin obtenu le résultat que je souhaitais ; il déteste toutes les boissons fortes ; il déclare que la vue seule d'un verre de vin le rend malade et j'ai cessé de le taquiner à ce sujet sauf comme punition ; il m'arrive de lui dire : « Arthur, si tu n'es pas sage, tu auras un verre de vin », ou : « Si tu répètes encore cela, tu auras un gin à l'eau » ; c'est la meilleure menace. À plusieurs reprises, lorsqu'il était malade, j'ai obligé le pauvre enfant à boire un verre de vin, sans émétique cette fois, comme médicament ; j'ai l'intention de continuer encore cette médication, non que j'aie la moindre confiance en son pouvoir de guérison, mais parce que je veux associer dans son esprit le vin à l'idée de maladie. Je veux que cette aversion soit si bien ancrée en lui que rien ne puisse la déraciner dans l'avenir.

J'ose espérer le débarrasser ainsi de ce vice-là ; si le retour de son père détruisait tous mes efforts, s'il cherchait à nouveau à éloigner l'enfant de sa mère et à lui apprendre d'horribles manières, je suis bien décidée à lui arracher mon fils. J'ai formé un autre plan si cela devenait nécessaire et avec le consentement et l'assistance de mon frère, je réussirai. Le vieux manoir où nous sommes nés tous les deux et où notre mère est morte est toujours inhabité et pas encore tout à fait en ruine, je crois. Je veux le persuader de faire restaurer une ou deux pièces et de me les louer ; je vivrais là sous un faux nom avec mon fils et je peindrais pour vivre. Il devrait me prêter un peu d'argent pour commencer, mais je parviendrais vite à le lui rendre ; je vivrais petitement et dans le plus grand isolement, car la maison est très écartée du village et mon frère s'occuperait de la vente de mes toiles. Tout cela est bien organisé dans mon esprit et il ne me reste plus qu'à convaincre Frederick. Il viendra me rendre visite très prochainement ; je lui raconterai d'abord tout ce qui se passe ici pour justifier ma fuite et je lui demanderai de m'aider.

Je crois qu'il sait déjà pas mal de choses concernant mon mariage. Je devine de la tristesse sous la tendresse de ses lettres ; il ne parle jamais de mon mari ou, s'il mentionne son nom, c'est avec amertume ; de plus il vient toujours me voir lorsque Mr Huntington est en voyage. Mais il n'a jamais ouvertement critiqué mon époux ou exprimé de la compassion pour moi ; il ne pose pas de questions et ne m'encourage pas aux confidences. S'il l'avait désiré, je lui aurais sans doute tout confié. Peut-être est-il froissé par ma réserve ; il est étrange, j'aimerais le connaître mieux. Avant mon mariage, il passait un mois chaque année à Staningley, mais je ne l'ai vu qu'une seule fois depuis la mort de notre père, lorsqu'il est venu passer quelques jours ici pendant une absence de Mr Huntington. Il vient pour un plus long séjour cette fois, et j'espère que nous retrouverons la candide confiance de notre tendre enfance ; je me sens plus que jamais attirée vers lui et mon âme souffre de ma solitude.

*16 avril.* – Il est venu et reparti. Il ne pouvait rester plus d'une quinzaine de jours. Le temps a passé trop vite et sa présence m'a fait du bien. Je dois avoir un mauvais caractère, car mes malheurs m'ont rendue excessivement amère; je commence insensiblement à détester tout le genre humain sans distinction... particulièrement la gent masculine; il est réconfortant de voir qu'il existe encore au moins un homme digne de confiance et d'estime; je suppose qu'il en existe encore d'autres de son espèce... le pauvre lord Lowborough est un être respectable, même si, dans sa jeunesse, il s'est mal conduit. Mais que serait devenu Frederick s'il avait passé sa jeunesse dans un tel milieu? Et que deviendra Arthur, cet enfant si doux, si je ne le sauve pas? J'exprimai mes craintes devant Frederick et lui fis part de mes projets, dès le lendemain de son arrivée, lorsque je lui eus présenté son neveu.

— Il te ressemble, Frederick, par certains côtés; je crois parfois qu'il te ressemble plus qu'à son père et j'en suis heureuse.

— Tu me flattes, Helen, répondit-il en caressant les boucles soyeuses de l'enfant.

— Le compliment ne sera plus si joli lorsque je t'aurai dit que j'aimerais mieux qu'il ressemblât à Benson qu'à son père.

Il haussa légèrement les sourcils mais ne dit rien.

— Sais-tu quel genre d'homme est Mr Huntington? dis-je.

— Je crois que je m'en doute.

— Le connais-tu si bien que tu puisses admettre que je désire m'enfuir et me cacher dans un lieu secret pour lui échapper, que je pense à emmener mon enfant, que je désire ne plus jamais le revoir?

— Est-ce si grave?

— Si tu ne le connais pas vraiment, je vais te donner une idée de son caractère...

Je lui racontai brièvement ma vie de ces dernières années, en insistant sur la façon dont il se conduisait envers son fils et en lui disant ce que je craignais pour l'avenir de l'enfant. Je terminai en lui expliquant que j'étais bien décidée à arracher Arthur à cette atmosphère néfaste.

Frederick était indigné et désolé pour moi; mais il estimait pourtant mes projets un peu fous et irréalisables. Il m'assura que mes craintes pour l'avenir d'Arthur devaient être exagérées, émit une foule d'objections, me donna tant de bons conseils pour supporter ma vie ici que je fus forcée de lui donner d'autres détails qui prouvaient suffisamment combien mon mari était incorrigible, que pour rien au monde il n'abandonnerait son fils. Il se préoccupait peu de mon sort, mais ne voulait pas lâcher son fils et était persuadé que là où était l'enfant devait être la mère. Frederick reconnut qu'il serait utile qu'une aile du vieux manoir soit restaurée pour m'accueillir si la situation devenait insupportable; mais il me fit promettre que je ne m'enfuirais que si c'était absolument nécessaire; je le lui promis sans résister car si, pour moi, une telle retraite semble un paradis, je resterai ici aussi longtemps que possible pour mes amis… pour Millicent et Esther, mes sœurs par le cœur et l'esprit; pour les pauvres de Grassdale et surtout pour ma tante.

*29 juillet*. – Mrs Hargrave et sa fille sont revenues de Londres. Esther déborde de vie et d'histoires sur sa première saison, mais son cœur lui appartient toujours, elle n'est pas fiancée. Sa mère lui avait trouvé un excellent parti et le gentleman avait déposé son cœur et sa fortune aux pieds de la jeune fille; mais Esther a eu l'audace de refuser l'un et l'autre. C'était un homme riche et de bonne famille, mais la vilaine enfant a prétendu qu'il était aussi vieux que Mathusalem, aussi laid que le péché et aussi détestable que… quelqu'un qu'elle refusait de nommer.

— Mais j'ai eu vraiment beaucoup de peine à m'en débarrasser, dit-elle ; maman se désolait de voir échouer son projet, et était furieuse de me voir résister à son autorité ; elle est toujours aussi fâchée, mais je n'y peux rien. Walter lui aussi est fâché de ce qu'il appelle ma perversité et je crois qu'il ne me pardonnera jamais ; je ne savais pas qu'il pouvait être aussi méchant qu'il se montre ces derniers temps. Mais Millicent me conseillait de ne pas céder et je suis certaine, Mrs Huntington, que si vous aviez vu le genre d'homme dont ils voulaient m'affliger, vous m'auriez conseillé de refuser.

— Je te l'aurais conseillé même sans le voir, dis-je, puisque tu le trouves peu sympathique.

— Je savais que vous diriez cela ; mais maman m'assurait que vous seriez choquée par mon ingratitude, vous ne pouvez savoir combien de discours elle m'a tenu ; il paraît que je suis désobéissante et ingrate, je l'empêche de réaliser son plus cher désir, je fais tort à mon frère, je suis une charge pour elle… j'ai parfois peur de céder pour avoir la paix. Je suis volontaire, mais elle aussi et lorsqu'elle me dit des choses aussi blessantes, j'ai envie d'obéir et d'avoir le cœur brisé pour pouvoir lui dire : «C'est de ta faute, maman !»

— Ne fais pas cela ! dis-je. Obéir de cette façon serait pure méchanceté et tu finirais par être punie. Tiens bon, et ta maman cessera vite de te persécuter. Ce gentleman ne t'ennuiera plus de ses compliments si tu persistes à le repousser.

— Vous vous trompez, maman est toujours la plus forte ; elle a raconté à Mr Oldfield que j'ai refusé son offre parce que je suis jeune et sotte et n'ai pas encore envie de me marier ; elle l'a assuré que je le trouvais charmant et que j'aurais certes plus de bon sens l'année prochaine. Dès notre retour de Londres, elle m'a bien fait comprendre que je devrais changer pour la prochaine saison et faire mon devoir; je crois vraiment qu'elle ne fera plus de telles dépenses à moins que je ne m'engage à être raisonnable. Elle ajoute qu'elle ne peut faire de telles dépenses pour mon seul plaisir et que je ne rencontrerai pas souvent un gentleman disposé à m'épouser sans fortune, même si j'ai une très haute opinion de mes charmes personnels.

— Je te plains, Esther, mais je ne puis te répéter qu'une chose : ne cède pas. Épouser un homme que tu n'aimes pas est pire que de te vendre comme esclave. Si ta mère ou ton frère sont peu aimables, tu peux les quitter, mais souviens-toi que lorsqu'on se marie, c'est pour la vie.

— Mais je ne puis les quitter sans me marier, et je ne me marierai jamais si je ne me montre à personne. J'ai rencontré un ou deux charmants garçons à Londres, mais c'étaient des cadets et maman ne voulait même pas me laisser l'occasion de les rencontrer; n'est-ce pas énervant?

— Peut-être ne sont-ils pas non plus les prétendants rêvés, peut-être aurais-tu plus de regrets d'avoir épousé l'un d'eux, que d'être la femme de Mr Oldfield. Lorsque je te conseille de ne pas te marier sans amour, cela ne veut pas dire que l'amour seul suffit... il y a bien d'autres questions à envisager. Garde ton cœur et ta main le plus longtemps possible, ne les donne pas sans réfléchir. Si tu ne trouves jamais le mari idéal, console-toi en te disant que si les joies du célibat ne sont pas nombreuses, les douleurs du moins n'en sont jamais insupportables. Il est possible que ta vie de femme mariée soit plus heureuse que ta vie de jeune fille, mais bien souvent c'est le contraire qui se produit.

— Millicent aussi est de cet avis; mais permettez-moi de dire que je ne suis pas d'accord. Si je me croyais vouée au célibat, la vie ne vaudrait plus la peine d'être vécue. L'idée de vivre des années et des années au Grove, à la charge de maman et de Walter (maintenant que je sais combien ils me le reprocheraient) est tout simplement intolérable... je préférerais me faire enlever par le valet de chambre.

— J'admets que tout cela n'est pas agréable, mais sois patiente, chérie, n'agis pas précipitamment. Tu n'as pas encore dix-neuf ans, et bien des années s'écouleront avant que l'on te traite comme une vieille fille : nul ne peut savoir ce que la Providence te réserve. En attendant, dis-toi que tu as le droit d'attendre aide et protection de ta mère et de ton frère, même s'ils te l'accordent de mauvaise grâce.

— Vous êtes si grave, Mrs Huntington, dit Esther après un moment de silence. Lorsque Millicent m'a fait part des mêmes principes décourageants sur le mariage, je lui ai demandé si elle était heureuse : elle répondit affirmativement, mais je ne l'ai crue qu'à moitié ; et maintenant je veux vous poser la même question.

— C'est une question fort impertinente venant d'une jeune fille à une femme mariée beaucoup plus âgée qu'elle, et je n'y répondrai pas, dis-je en riant.

— Pardonnez-moi, chère madame, dit-elle en se jetant dans mes bras et en m'embrassant comme une enfant.

Mais je sentis une larme qui glissait dans mon cou comme elle laissait tomber la tête sur ma poitrine en me disant, avec un mélange de tristesse, de raison, de timidité et d'audace dans la voix :

— Je sais que vous n'êtes pas aussi heureuse que je voudrais l'être ; vous passez la moitié de votre vie seule à Grassdale pendant que Mr Huntington court le monde pour se distraire... je veux que mon mari n'ait pas d'autres plaisirs que ceux qu'il partage avec moi... et si je vois que sa plus grande joie n'est pas d'être auprès de moi... tant pis pour lui.

— Si c'est là ce que tu attends du mariage, Esther, choisis bien ton mari... peut-être même vaudrait-il mieux que tu restes célibataire.

## 42

*1er septembre.* – Toujours pas de Mr Huntington. Peut-être restera-t-il parmi ses amis jusqu'à Noël… pour repartir au printemps prochain. S'il continue ce genre de vie, peut-être pourrais-je supporter de rester à Grassdale. Je pourrais même supporter la venue de quelques amis à la saison de chasse et si je suis certaine qu'Arthur est si bien attaché à moi, que mes bons conseils sont fermement implantés dans son petit cerveau; je ne craindrai plus pour lui les mauvaises influences. Je me berce sans doute d'illusions! Mais en attendant cette nouvelle épreuve, je resterai ici, et je ne penserai plus à ma retraite dans le cher vieux manoir.

Mr et Mrs Hattersley ont passé une quinzaine de jours au Grove; comme Mr Hargrave est encore absent, je me suis rendue très souvent chez eux afin de rencontrer mes deux amies: Millicent et Esther. Un jour que Mr Hattersley les avait amenées en phaéton à Grassdale en même temps que la petite Helen et Ralph, j'eus l'occasion de bavarder avec celui-ci, dans le jardin, pendant que les dames jouaient avec les enfants.

— Voulez-vous des nouvelles de votre mari, Mrs Huntington? dit-il.

— Non, à moins que vous puissiez me dire quand il reviendra.

— Je n'en sais rien. Il ne vous manque pas, n'est-ce pas? dit-il avec un large sourire.

— Pas le moins du monde.

— Parfait. À mon avis, vous êtes beaucoup mieux sans lui. Pour ma part, je l'ai assez vu. Je l'ai prévenu que je l'abandonnerais s'il ne changeait pas ses manières; il n'a rien changé du tout et je l'ai quitté, vous voyez que je ne suis pas si mauvais que vous le pensez. J'ai même l'intention de ne plus le fréquenter, ni lui, ni ses amis; je veux mener une vie décente, me conduire en bon chrétien et en bon père de famille. Que pensez-vous de cela?

— Vous auriez dû prendre cette bonne résolution depuis longtemps.

— Je n'ai pas encore trente ans, il n'est pas trop tard, n'est-ce pas?

— Il n'est jamais trop tard pour se repentir, mais il faut le vouloir fermement et avoir le courage de persévérer.

— Pour ne rien vous cacher, j'y ai déjà pensé très souvent, mais Huntington est un si charmant compagnon, vous ne pouvez savoir comme il est gai lorsqu'il n'est pas complètement ivre... nous avons tous une certaine amitié pour lui dans un coin de notre cœur, mais personne ne le respecte.

— Mais souhaiteriez-vous lui ressembler?

— Non, je préfère ne ressembler qu'à moi-même, si mauvais que je sois.

— Vous ne pouvez continuer sans devenir encore plus mauvais, chaque jour plus brutal et donc plus près de Huntington.

Je ne pus dissimuler un sourire devant sa mine mi-déconfite, mi-furieuse.

— Ne m'en veuillez pas de parler si franchement, dis-je, c'est dans la meilleure intention du monde. Mais dites-moi, aimeriez-vous que vos fils soient semblables à Mr Huntington ou même à vous-même ?

— Dieu m'en préserve !

— Aimeriez-vous que vos filles vous méprisent ou du moins n'éprouvent pas le moindre respect pour leur père et que leur affection soit ternie par d'amers regrets ?

— Je ne pourrais le supporter !

— Aimeriez-vous que votre femme rougisse de honte chaque fois que votre nom est mentionné en société, qu'elle haïsse jusqu'au son de votre voix et frissonne de dégoût lorsque vous approchez ?

— Elle ne ferait jamais cela ; elle m'aime, quoi que je fasse.

— C'est impossible, Mr Hattersley ! Vous confondez soumission et affection.

— Que vous êtes donc brutale !

— Ne vous mettez pas en colère, je ne veux pas dire qu'elle ne vous aime pas ; je sais, au contraire, que son amour est beaucoup trop fort pour un homme qui ne le mérite pas ; mais je suis persuadée que si vous vous amendez, elle ne vous en aimera que davantage ; tandis que si vous continuez à vous méconduire, son amour s'amenuisera jusqu'à ce que ses sentiments se perdent dans la crainte, l'aversion et l'amertume, peut-être dans la haine dissimulée et le mépris. Mais sans parler d'affection, aimeriez-vous être pour elle un tyran, enlever toute lumière de son existence, la rendre horriblement malheureuse ?

— Certes non ; mais je n'agis pas comme lui et je n'ai pas l'intention de le faire à l'avenir.

— Vous commenciez pourtant à lui ressembler.

— Ta, ta ! ma femme n'est pas la créature susceptible et anxieuse que vous imaginez ; elle est douce, paisible, affectueuse ; parfois encline à bouder, mais toujours calme et prête à accepter les choses comme elles sont.

— Souvenez-vous de ce qu'elle était il y a cinq ans, lorsque vous l'avez épousée.

— C'est vrai ; c'était une charmante jeune fille potelée, avec un joli visage blanc et rose ; maintenant c'est une pauvre petite chose amaigrie et pâlie... mais que diable ! ce n'est pas de ma faute !

— Pour quelle raison aurait-elle tant changé ? Ce n'est pas une question d'âge, n'ayant que vingt-cinq ans.

— Elle a une santé délicate... mais, madame, vous voulez faire de moi un monstre ! Les enfants la rendent folle parfois.

— Non, Mr Hattersley, les enfants lui apportent plus de joies que de peines, ils sont charmants et ont bon caractère...

— Je le sais... que Dieu les bénisse !

— Alors pourquoi les rendre responsables de l'état de Millicent ? Je vais vous dire la vérité : elle se rend malade d'anxiété à votre sujet, et, d'autre part, elle a peur de vous. Lorsque vous vous conduisez bien, elle se réjouit en tremblant ; elle ne se sent jamais en sécurité, elle n'a plus aucune confiance en vous ; lorsque vous êtes gentil, elle attend la fin d'un bonheur qu'elle sait ne pouvoir durer ; lorsque vous vous conduisez mal, elle a assez de raisons d'avoir peur et de souffrir. Elle souffre en silence, oubliant qu'il est de notre devoir de redresser la conduite de ceux qui s'égarent. Puisque vous prenez son silence pour de l'indifférence, accompagnez-moi, je vous montrerai une ou deux de ses lettres... ce n'est pas une trahison de confiance de ma part puisque l'homme et la femme doivent tout partager lorsqu'ils sont mariés.

Il me suivit dans la bibliothèque. Je cherchai deux lettres de Millicent et les lui mis entre les mains ; l'une était datée de Londres à une période pendant laquelle il s'était fort mal conduit ; l'autre de la campagne pendant une période d'accalmie. La première débordait de souffrance : elle insultait Mr Grimsby et d'autres, insinuait d'amers reproches contre Mr Huntington ; la charmante créature faisait peser toute la responsabilité sur les épaules des autres gentlemen qui entraînaient son mari ; l'autre lettre respirait la joie et l'espérance, mais Millicent sentait bien que ce bonheur ne pouvait durer ; elle louait la bonté de son mari mais souhaitait que ces périodes de gentillesse soient plus qu'un caprice ; ce bonheur devait être de courte durée ; Hattersley qui lisait la lettre s'en souvenait bien.

Je fus agréablement surprise en le voyant rougir dès le début de sa lecture ; mais il me tourna immédiatement le dos et continua à lire devant la fenêtre. Tandis qu'il lisait la seconde lettre, je le vis passer rapidement la main sur son visage. Essuyait-il une larme? Lorsqu'il eut fini, il resta un instant silencieux, me tournant le dos ; puis il s'éclaircit la gorge, siffla quelques notes d'un air à la mode, se retourna, me rendit les lettres en me serrant silencieusement la main.

— Je me suis conduit comme un ignoble individu, dit-il, mais je vais réparer, je vous le jure !

— Ne jurez pas, Mr Hattersley ; si Dieu vous avait entendu chaque fois, vous rôtiriez en enfer. Vous ne pouvez réparer le passé en vous conduisant bien à l'avenir ; ce n'est que votre devoir de bien agir devant votre Créateur. Si vous avez l'intention de vous repentir, invoquez la bénédiction de Dieu, sa pitié, ne jurez pas par son nom.

— Que Dieu me vienne donc en aide, car j'en ai bien besoin... Où est Millicent?

— La voici qui rentre, en compagnie de sa sœur.

Il sortit par la porte vitrée et marcha vers elles. À la grande surprise de sa femme, il la souleva du sol pour l'embrasser affectueusement sur les deux joues ; il plaça ensuite les deux mains sur ses épaules et je suppose qu'il lui parla de ses bonnes intentions, car elle lui jeta brusquement les deux bras autour du cou et éclata en sanglots en s'écriant :

— Je t'en supplie, Ralph, fais cela ! Nous serions si heureux. Comme tu es bon !

— Je ne suis pas bon, dit-il en la poussant vers moi, c'est elle que tu dois remercier.

Millicent courut vers moi, débordante de gratitude. Je lui dis que je n'y étais pour rien ; que j'avais seulement profité des bonnes dispositions de son mari pour lui donner quelques conseils, ce qu'elle aurait dû faire elle-même depuis longtemps.

— Oh ! non, s'écria-t-elle, je n'ai aucune influence sur lui, je le crains. Je n'aurais fait que l'ennuyer, si j'avais essayé.

— Tu n'as jamais essayé, Milly, dit-il.

Ils nous quittèrent quelques jours plus tard pour rendre visite au père d'Hattersley. Ils retourneront ensuite à la campagne. J'espère que Hattersley tiendra parole et que la pauvre Millicent ne sera pas à nouveau déçue. Dans sa dernière lettre, elle me décrivait son bonheur et faisait des projets pour l'avenir, mais rien ni personne n'avait encore tenté d'entraîner Ralph sur la mauvaise pente. De toute façon, elle sera sans doute moins timide et lui plus prévenant et plus aimable. Je puis en tout cas me réjouir pour elle de ce bonheur possible.

## 43

*10 octobre.* – Mr Huntington est revenu depuis trois semaines environ. Je trouve inutile de parler encore ici de sa santé, de sa conduite, de sa conversation et de mes sentiments pour lui. Le lendemain de son retour, il m'étonna cependant en m'annonçant qu'il avait décidé de prendre une gouvernante pour le petit Arthur; je lui répondis que c'était superflu, sinon ridicule pour le moment; je me croyais capable de l'instruire au moins pendant quelques années : l'éducation de l'enfant était ma seule occupation et mon seul plaisir; puisqu'il m'avait enlevé tout le reste, il pouvait au moins me laisser cette joie.

Il répondit que je n'étais pas digne de m'occuper de l'éducation d'un enfant; j'avais déjà réduit l'enfant à l'état d'automate; ma sévérité avait brisé ses bonnes dispositions; si je continuais à m'en occuper, je le transformerais en poupée de son et je le rendrais aussi sombre et ascétique que je l'étais moi-même. La pauvre Rachel eut elle aussi sa part d'insultes comme d'habitude; il ne peut la supporter car il sait très bien qu'elle n'a aucune illusion à son sujet.

Je défendis nos positions de nurse et de gouvernante sans perdre mon sang-froid et m'opposai à cet accroissement de la famille; mais il m'interrompit en disant qu'il était inutile de discuter, car il avait déjà engagé une institutrice qui arriverait la semaine suivante ; je n'avais donc plus qu'à tout préparer pour la recevoir. Cette nouvelle était pour le moins surprenante. Je me permis de demander son nom, son adresse, par qui elle était recommandée et pourquoi il l'avait choisie plutôt qu'une autre.

— C'est une jeune personne très estimable et très pieuse, ne crains rien, répondit-il. Elle se nomme Myers, je crois ; elle m'a été recommandée par une respectable douairière, une dame estimée dans le monde croyant. Je n'ai pas eu l'occasion de la rencontrer personnellement et je ne peux donc pas te donner d'autres détails ; mais si les louanges de la vieille dame s'avèrent exactes, elle est parfaitement qualifiée pour s'occuper d'Arthur... il paraît du reste qu'elle adore les enfants.

Il avait débité tout cela fort sérieusement, mais son regard à demi détourné était malicieux et n'annonçait rien de bon. Mais je me consolais en me disant que je pourrais toujours me réfugier à \*\*\*.

Je n'étais pourtant pas disposée à accueillir cordialement miss Myers. Son aspect physique, ses manières et sa conduite dès son arrivée n'eurent rien qui pût me faire changer d'avis. Ses possibilités étaient des plus limitées et son intelligence en dessous de la moyenne. Elle avait une jolie voix, chantait comme un rossignol en s'accompagnant au piano : c'était là sa seule qualité. Elle avait un regard assez rusé et sa voix trahissait parfois une certaine fourberie. Elle semblait avoir peur de moi et sursautait à mon approche. Elle était pourtant respectueuse et complaisante parfois jusqu'à la servilité ; au début, elle chercha à me flatter, mais j'y mis bon ordre. Son affection pour son petit élève était exagérée, et je dus lui faire remarquer qu'elle était trop indulgente et trop disposée à louer tout ce que l'enfant faisait : mais malgré tout cela, elle ne parvenait pas à le conquérir. Sa piété consistait à pousser de profonds soupirs en levant les yeux au ciel et en prononçant quelques phrases religieuses. Elle me raconta qu'elle était fille de clergyman, mais orpheline depuis sa tendre enfance et éduquée par une famille très pieuse; elle parlait avec tant de gentillesse et de reconnaissance de ces personnes que je me sentis devenir moins sévère... mais pas pour longtemps. Je m'aperçus très vite que mon antipathie était justifiée et mes doutes bien fondés; il était de mon devoir de la surveiller étroitement jusqu'à ce que mes soupçons se confirment ou se révèlent complètement faux.

Je demandai donc le nom et l'adresse de cette pieuse famille. Elle mentionna un nom fort porté en Angleterre, un lieu de résidence fort éloigné, mais elle ajouta qu'ils étaient pour le moment sur le continent et qu'elle ignorait leur adresse. Je la vis rarement parler à Mr Huntington, mais je savais qu'il se rendait souvent à la nurserie pour s'enquérir des progrès de son fils, lorsque j'étais absente. Elle passait la soirée près de nous au salon, chantant ou jouant du piano et très attentive aux goûts du maître; elle ne s'adressait qu'à moi cependant; il était d'ailleurs très rarement en état de soutenir une conversation. Sa présence aurait pu m'être d'un grand secours si elle avait été différente, en m'évitant le tête-à-tête avec mon mari, mais j'aurais été honteuse qu'une personne convenable pût voir Mr Huntington dans l'état où il se trouvait presque chaque soir.

Je ne confiai pas mes doutes à Rachel; mais elle n'avait pas vécu un demi-siècle sur cette terre de péchés et de tristesse sans devenir méfiante. Elle m'avait prévenue dès le début que «cette nouvelle gouvernante ne lui disait rien qui vaille» et qu'elle la surveillait de près; j'en étais heureuse car je voulais savoir la vérité; l'atmosphère devenait étouffante à Grassdale et ma seule consolation était de penser à Wildfell Hall.

Finalement, un matin, Rachel entra dans ma chambre avec d'étranges nouvelles : bien avant qu'elle m'eût tout expliqué, ma résolution était prise. Je lui expliquai ce que je voulais qu'elle fît pendant qu'elle m'aidait à m'habiller ; je lui dis ce qu'elle devait emballer et ce qu'elle pouvait garder pour elle en récompense de ses bons et loyaux services, car je ne pouvais pas la récompenser autrement ; je regrettais très sincèrement de me séparer d'elle après tant d'années, mais je ne pouvais agir autrement.

— Qu'allez-vous faire, Rachel ? dis-je. Allez-vous rentrer chez vous ou chercher une autre place ?

— Je n'ai pas d'autre foyer, madame, répondit-elle et si je vous quitte maintenant, je ne pourrai jamais travailler pour une autre maîtresse.

— Mais je n'ai plus les moyens de vivre comme une grande dame, maintenant, répliquai-je ; je serai ma propre femme de chambre et la nurse de mon fils.

— Que voulez-vous dire ! s'exclama-t-elle, très excitée. Vous aurez besoin de quelqu'un pour nettoyer, laver et cuisiner, n'est-ce pas ? Je puis faire tout cela... ne vous préoccupez pas de mes gages... j'ai quelques économies... si vous ne me gardez pas près de vous, il faudra bien que je trouve à me loger quelque part ou alors je devrai travailler pour des étrangers... et je ne pourrai jamais m'y habituer... je vous supplie donc, madame, de...

Sa voix tremblait et ses yeux étaient pleins de larmes.

— Je serais ravie de vous emmener, Rachel, et je vous paierais ce que je pourrais, ce que j'aurais donné à une bonne à tout faire ; mais ne comprenez-vous pas que je ne puis vous entraîner dans cette aventure.

— Quelle bêtise ! s'écria-t-elle.

— Mon existence sera très différente... si éloignée de notre vie actuelle, à laquelle vous êtes habituée.

— Me croyez-vous incapable de supporter ce que ma maîtresse supportera, madame ! Je ne suis pas si délicate... et mon petit maître le supportera aussi, Dieu le bénisse !

— Mais je suis encore jeune, Rachel ; cela m'est égal ; Arthur est très jeune, lui, cela ne lui fera rien.

— À moi non plus ; je ne suis pas encore si vieille, je puis supporter de travailler dur, si c'est pour soutenir et aider ceux que j'aime comme mes propres enfants... mais je suis trop vieille pour les abandonner et partir vivre de mon côté, chez des étrangers.

— Tu ne le feras donc pas, Rachel ! dis-je en embrassant ma fidèle amie. Nous partirons tous ensemble et tu verras si notre nouvelle vie te plaît.

— Que Dieu vous bénisse, ma chérie, dit-elle en me rendant affectueusement mon baiser. Quittons seulement cette maison maudite et tout ira bien, vous verrez.

— Je le pense aussi.

Et cette question fut réglée.

J'envoyai quelques lignes à Frederick par le courrier du matin, lui demandant de préparer ma retraite immédiatement, car j'arriverais sans doute dès le lendemain. Je lui racontais en quelques mots les raisons de mon départ. J'écrivis ensuite trois lettres d'adieu ; dans la première, adressée à Esther Hargrave, j'expliquais pourquoi la vie devenait intenable à Grassdale et pourquoi j'étais obligée d'arracher mon fils à ce père indigne. Je lui expliquais qu'il était très important que ma résidence restât secrète pour mon mari et ses amis et que seul mon frère Frederick, dont je lui donnais l'adresse, saurait où j'étais. Je l'adjurai de m'envoyer régulièrement des nouvelles et lui répétai mes conseils concernant son avenir ; je terminais en lui disant adieu pour longtemps.

La seconde lettre était pour Millicent et racontait les mêmes faits mais avec un peu de détails, car nous étions plus intimes et son expérience l'aiderait à comprendre les raisons de mon départ.

J'avais laissé la troisième pour la fin : elle était destinée à ma tante et beaucoup plus difficile à rédiger ; mais il fallait que je lui donne une explication de mon extraordinaire conduite, car il était probable qu'elle et mon oncle apprendraient très vite mon départ par Mr Huntington, qui s'adresserait à eux pour savoir où j'étais. Je lui expliquai que j'avais enfin compris mon erreur ; je ne me plaignais pas du résultat et j'étais désolée d'ennuyer mes amis avec mes malheurs. Mais mon devoir envers mon fils m'obligeait à agir de la sorte, il fallait qu'il soit éloigné de l'influence corruptrice de son père. Je ne lui donnerais pas ma nouvelle adresse pour ne pas l'obliger à mentir lorsque mon mari la questionnerait ; mais toutes les lettres adressées à mon frère me parviendraient. J'espérais qu'ils me pardonneraient tous les deux, car j'étais forcée de me conduire ainsi et ils ne me blâmeraient pas s'ils savaient toute la vérité. J'ajoutais qu'ils ne devaient pas s'inquiéter à mon sujet, car si je pouvais atteindre sans encombre la retraite que j'avais choisie, je serais parfaitement heureuse ; seul le fait de ne plus les voir m'apporterait quelque tristesse. Je serais satisfaite de passer ma vie dans la solitude et de me consacrer à l'éducation de mon enfant ; je lui apprendrais à ne pas commettre les mêmes erreurs que ses parents.

C'est hier que j'ai écrit ces lettres ; j'ai consacré deux journées à d'autres préparatifs afin de donner à Frederick un peu plus de temps pour préparer nos chambres. Rachel avait tous les bagages à faire, les nôtres et les siens; elle devait faire tout cela dans le plus grand secret; je tâchais de l'aider, mais je n'étais pas fort utile, car j'ignore l'art de placer le maximum d'objets dans l'espace le plus restreint. Je suis obligée d'emporter beaucoup de choses, car je n'ai que peu d'argent liquide, quelques guinées; d'ailleurs, comme Rachel me le fit remarquer, tout ce que je laisserais deviendrait probablement propriété de miss Myers et cette idée ne me plaisait guère.

Combien il me fut difficile de rester calme pendant ces deux jours, alors que je devais le rencontrer en sa compagnie et lui abandonner mon petit Arthur pendant des heures! Mais je puis espérer que ce genre d'épreuves est terminé maintenant; j'ai couché mon enfant et plus jamais ses lèvres innocentes ne seront salies par leurs baisers; ses jeunes oreilles ne seront plus blessées par leurs rudes paroles. Mais serons-nous en sécurité? Oh! que le matin arrive et que nous soyons en route vers la liberté! Pendant cette dernière soirée, j'avais aidé Rachel et il ne me restait plus qu'à attendre, à trembler et à faire des vœux pour que rien ne vienne empêcher notre fuite. J'étais si agitée que je ne savais que faire. Je redescendis pour le dîner mais je ne pus avaler une bouchée. Mr Huntington ne fut pas sans le remarquer.

— Qu'as-tu encore? dit-il tandis que l'on desservait le second plat.

— Je ne me sens pas bien, répondis-je, je pense que je vais m'étendre un peu... je ne vous manquerai sans doute pas.

— Certes non; tu peux quitter la table sans me déranger... bien au contraire, murmura-t-il comme je quittais la pièce, quelqu'un d'autre prendra volontiers ta place.

«Quelqu'un pourra la prendre dès demain, me dis-je tout bas. Et voilà! j'espère ne plus jamais vous revoir!», murmurai-je en refermant la porte.

Rachel me conseilla de me reposer un peu afin de prendre des forces avant notre long voyage ; nous devions nous lever à l'aube mais, dans l'état d'esprit dans lequel je me trouvais, il était inutile de chercher le repos. Je ne pouvais pas non plus rester assise à ne rien faire ou arpenter la chambre de long en large en comptant les heures et en tendant l'oreille pour guetter le moindre son indiquant que quelqu'un avait découvert nos projets. Je pris un livre et essayai de lire ; mes yeux parcouraient les lignes mais je ne pouvais concentrer mes pensées sur le sujet de ma lecture. Pourquoi ne pas ajouter les derniers détails à mon journal ? J'ouvris donc mon cahier pour y relater ce qui précède ; au début ma plume avançait lentement mais je me calmai graduellement. Quelques heures s'écoulèrent ainsi : le temps approche... mes paupières s'alourdissent et je me sens fatiguée... je vais recommander ma cause à Dieu et m'étendre une heure ou deux.

Le petit Arthur dort profondément ; la maison est calme, personne ne nous guette. Les malles ont été fermées par Benson, descendues par l'escalier de service au crépuscule et envoyées à M... pour être expédiées. L'adresse était au nom de Mrs Graham que je porterai à partir de demain. C'était le nom de jeune fille de ma mère, il m'appartient donc un peu et je le préfère à n'importe quel autre... si ce n'est le mien que je n'ose plus porter.

## 44

*24 octobre.* – Que le ciel soit loué ! je suis enfin libre ! Nous nous levâmes très tôt, nous fûmes très rapidement habillées et nous descendîmes les escaliers sur la pointe des pieds ; Benson se trouvait à la porte d'entrée, il nous éclaira puis referma derrière nous. Nous avions été obligées de le mettre dans le secret, car il fallait envoyer les malles, etc. Tous les domestiques étaient au courant de la conduite de leur maître envers moi et j'aurais pu demander ce service à Benson ou à John, mais comme le premier était un ancien amoureux de Rachel, je lui permis de lui raconter ce qui était nécessaire à la réalisation de notre projet. J'espère qu'il n'aura aucun ennui à cause de nous et je voudrais pouvoir le récompenser de ce grand service qu'il était tout disposé à nous rendre. Je glissai deux guinées dans sa main tandis qu'il nous éclairait ; je pouvais voir les larmes briller dans ses yeux et par toute son attitude il nous souhaitait bonne chance. Hélas ! je ne pouvais rien lui donner de plus : j'avais à peine de quoi payer les dépenses du voyage.

Je tremblais de joie lorsque la petite porte du parc se referma derrière nous. Je m'arrêtai un instant afin de respirer une bouffée d'air frais et de jeter un regard en arrière sur la maison. Tout était calme ; la maison était plongée dans l'obscurité ; aucune lumière ne brillait aux fenêtres, aucune fumée ne venait ternir l'éclat des étoiles qui clignotaient dans l'air glacial. Comme je disais adieu à cette demeure où j'avais tant souffert, j'étais heureuse de ne pas avoir fui plus tôt, d'avoir attendu que cette décision soit justifiée par les événements ; je n'avais pas le moindre remords d'abandonner Huntington ; seule la crainte d'être découverte me faisait trembler et chaque pas que nous faisions nous éloignait de ce danger.

Grassdale était déjà loin derrière nous lorsque le soleil se leva rouge à l'horizon, pour saluer notre délivrance ; si quelqu'un nous avait aperçus, perchés sur le toit de la diligence, personne ne nous aurait reconnus. Comme je voulais passer pour une veuve, je m'étais habillée de noir, je portais une simple robe de soie et un manteau assorti, un voile noir, que je tenais devant mon visage, tout au moins pendant les vingt premiers *miles*, et un bonnet de soie noire que j'avais emprunté à Rachel, car je n'en avais pas dans ma garde-robe ; il n'était pas à la dernière mode, mais d'autant plus discret. Arthur portait ses vêtements les plus simples et était enveloppé dans un épais châle de laine ; Rachel se dissimulait dans un manteau gris et un capuchon qui avaient connu des jours meilleurs ; elle ressemblait à une quelconque vieille femme plutôt qu'à la femme de chambre d'une lady.

C'était une joie sans pareille que d'être perchée là-haut, sur la diligence qui cahotait le long de la route ensoleillée dans la brise du matin qui me caressait le visage. Le paysage tout entier semblait sourire sous les rayons matinaux du soleil ; j'avais mon enfant chéri dans les bras, il était presque aussi heureux que moi. Je laissais derrière moi une prison et le désespoir ; chaque claquement de sabots me rapprochait de la liberté et de l'espérance. J'avais envie de louer Dieu tout haut ou d'éclater de rire, ce qui aurait sans doute étonné mes compagnons de voyage.

Le voyage était très long et nous étions tous très fatigués. Nous arrivâmes à L... au milieu de la nuit et nous avions encore sept *miles* à parcourir. La diligence n'allait pas plus loin et il serait très difficile de trouver même une voiture de paysan à cette heure de la nuit. Nous en trouvâmes une, dans laquelle nous terminâmes notre voyage, glacés et épuisés ; nous étions assis sur nos malles, nous n'avions rien pour nous accrocher, rien pour nous appuyer et nous étions horriblement secoués sur de mauvais chemins pleins de fondrières. Arthur dormait sur les genoux de Rachel et nous parvenions à le protéger contre l'air glacé de la nuit.

Nous nous mîmes finalement à gravir un chemin empierré et très raide, que Rachel prétendit reconnaître malgré l'obscurité ; elle l'avait souvent parcouru avec moi dans les bras lorsque j'étais enfant ; à cette époque, elle ne pensait pas qu'elle y reviendrait, une nuit, dans de telles circonstances. Arthur avait été éveillé par les secousses et les nombreux arrêts, nous descendîmes tous de voiture. Nous ne devions plus aller très loin, mais que ferions-nous si Frederick n'avait pas reçu ma lettre ? Peut-être n'avait-il pas eu le temps de préparer nos chambres, nous trouverions alors des pièces humides, sombres et sans confort ; sans provisions, ni feu, ni mobilier.

La silhouette sombre et lugubre du manoir se découpa enfin devant nous ; l'avenue nous conduisit à la porte de derrière. Nous pénétrâmes dans une cour désolée et examinâmes avec anxiété les bâtiments en ruine. Ne trouverions-nous rien que l'obscurité et la désolation ? Non ; une faible lueur rouge clignotait à l'une des fenêtres dont les volets avaient été remplacés. La porte était fermée, mais après avoir longuement frappé puis parlementé avec une personne qui se pencha à une fenêtre de l'étage, une vieille femme nous fit entrer; elle avait été chargée d'aérer la maison et de tenir notre appartement en ordre jusqu'à notre arrivée; nous fûmes introduits dans une petite cuisine assez confortable, c'était l'ancien office du manoir, que Frederick avait fait transformer. Elle nous donna de la lumière, raviva le feu, et nous prépara rapidement un repas léger, pendant que nous nous débarrassions de nos manteaux et examinions rapidement notre nouveau logis. Il comprenait deux chambres, un salon et une pièce plus petite qui deviendrait mon atelier, ainsi que la cuisine où nous nous trouvions. Toutes les pièces avaient été restaurées, mais n'étaient que partiellement meublées; la plupart des meubles étaient en chêne sombre; c'étaient les anciens meubles du manoir, que mon frère avaient conservés comme antiquités et qu'il avait fait remettre en place pour mon retour.

La vieille femme apporta mon souper et celui d'Arthur dans le salon avec tout le cérémonial voulu en m'informant que : « Le maître présente ses compliments à Mrs Graham et me charge de lui dire qu'il a fait de son mieux pour que tout soit en ordre dans un si court délai; il viendra lui rendre visite dès le lendemain pour lui offrir ses services. »

Je fus contente de gravir le vieil escalier de pierre pour monter à ma chambre et m'étendre sur le vieux lit démodé à côté de mon petit Arthur. Il ne mit pas plus d'une minute pour s'endormir; pour moi, je restai éveillée malgré mon extrême fatigue; mes réflexions me tinrent éveillée jusqu'à l'aube; mais lorsque le sommeil vint, il fut doux et sans agitation et le réveil fut exquis au-delà de toute expression. Mon petit Arthur me réveilla par de doux baisers : il était donc près de moi, serré dans mes bras et des lieues s'étendaient entre son père et lui!

Le jour illuminait la pièce, car le soleil était déjà haut quoique légèrement brouillé par des nuages d'automne.

À vrai dire, le décor n'était pas très gai, ni dans la pièce, ni dans le jardin. La chambre était nue avec de rares meubles très sombres, les fenêtres à croisillons révélaient le ciel gris et un jardin sauvage entouré de murs de pierre et fermé par une grille en fer. L'herbe et les mauvaises herbes envahissaient tout, les conifères jadis si bien taillés avaient pris des formes étranges et surnaturelles ; les champs eux-mêmes étaient désolés, mais rien ne pouvait abattre mon enthousiasme du moment ; je me sentais libre et débordante d'espérance ; je rêvais vaguement du passé lointain et je formais mille projets d'avenir. Je me serais sentie encore mieux en sécurité si les vagues de l'océan m'avaient séparée de Grassdale ; mais je serais sans doute suffisamment à l'abri dans ce lieu solitaire et les visites de mon frère me seraient agréables.

Il vint le matin même et je l'ai vu plusieurs fois depuis ; mais il est obligé d'être très prudent, même ses domestiques et ses meilleurs amis doivent ignorer ses visites à Wildfell Hall. Il n'avait comme prétexte que les visites qu'un propriétaire peut faire à son locataire. Il ne devait pas attirer l'attention sur ma présence ici, ni donner lieu à des commérages injurieux.

Voici déjà une semaine que nous sommes arrivés et seule la crainte d'être découverte m'empêche d'être parfaitement heureuse dans ma nouvelle maison ; Frederick m'a apporté ce qui me manquait comme meubles et tout ce qu'il me fallait pour reprendre ma peinture ; Rachel a vendu une partie de mes vêtements dans une ville voisine et m'a procuré le genre de robes qui convient à ma nouvelle situation ; j'ai maintenant un piano d'occasion et une bibliothèque assez bien garnie dans mon salon ; l'autre pièce commence à ressembler vraiment à un studio d'artiste. Je travaille sans cesse afin de rembourser mon frère ; il ne me demande rien à ce sujet mais je désire le faire le plus tôt possible ; j'aurai tellement plus de plaisir à travailler lorsque je saurai que je paie moi-même tous les frais d'entretien, les dépenses du ménage et que personne ne pâtit de ma folie... tout au moins au point de vue matériel. Je l'obligerai à accepter que je rembourse jusqu'au dernier penny si je puis le faire sans trop l'offenser. J'ai déjà quelques toiles terminées que Rachel avaient emballées avec le reste, y compris un portrait de Mr Huntington, peint la première année de mon mariage. Je me sentis accablée de tristesse dès l'instant où j'eus déballé ce tableau : ses yeux me fixaient de leur regard moqueur comme s'il se réjouissait de pouvoir encore me faire souffrir et se moquait de mes efforts d'évasion.

Comme mes sentiments étaient différents lorsque je peignais ce portrait ! Comme j'avais travaillé pour faire une œuvre digne de l'original ! Comme j'avais des doutes sur le résultat de mes efforts ! J'avais été ravie de la ressemblance, mais je trouvais qu'il n'était pas assez beau ! Aujourd'hui je ne vois plus aucune beauté dans cette physionomie ; rien d'agréable dans l'expression et pourtant l'homme du portrait est beaucoup plus beau, beaucoup plus charmant que celui que je viens de quitter, car pendant ces six années les traits de son visage ont changé presque autant que mes sentiments pour lui. Le cadre est très beau et pourra servir pour un autre tableau. Je n'ai pas détruit le tableau comme j'en avais l'intention ; ce n'est pas un reste de tendresse pour mes amours passées qui me fait agir ainsi, ce n'est pas non plus pour que ce visage me rappelle mes erreurs, mais parce que veux pouvoir comparer ces traits à ceux de mon fils lorsqu'il grandira ; peut-être pourrai-je le garder toujours auprès de moi et ne reverra-t-il jamais son père, mais j'ose à peine espérer ce grand bonheur.

Mr Huntington accomplit de nombreuses démarches pour me retrouver. Il s'est rendu lui-même à Staningley afin de chercher réparations pour les torts que j'ai eus à son égard. Il espérait peut-être trouver là ses victimes, ou tout au moins entendre parler d'elles. Il a raconté les pires mensonges avec un tel aplomb que mon oncle le croit à moitié et m'adjure de revenir auprès de mon époux ; ma tante, elle, comprend mieux ; elle a la tête trop froide, elle me connaît très bien, elle a trop bien compris le caractère de Huntington pour se laisser abuser par ses mensonges... Mais il se trouve qu'il ne désire pas mon retour ; il veut seulement mon enfant ; il a laissé entendre qu'il ne me causerait aucun ennui et qu'il était même disposé à me verser une pension si je lui rendais son fils immédiatement. Jamais ! Je ne vendrai jamais mon enfant pour de l'or même si nous devions tous les deux mourir de faim ; mieux vaut pour lui mourir avec moi que vivre avec son père.

Frederick m'a montré une lettre pleine d'impudence qui étonnerait tous ceux qui ne le connaissent pas ; je suis certaine que nul mieux que mon frère ne saura lui répondre. Il ne m'a pas montré sa réponse, mais il m'a dit qu'il prétendait ignorer mon adresse, car j'étais tellement affolée que j'étais partie sans avertir personne, même mes meilleurs amis ; il ajoutait que même s'il eût connu le lieu de ma retraite, Mr Huntington eût été le dernier homme au monde à qui il eût pensé le communiquer. Il lui écrivait également de ne pas offrir de grosse somme pour l'enfant car lui, Frederick, me connaissait assez pour savoir que rien ne m'obligerait à le rendre.

*30 octobre.* – Hélas ! mes charmants voisins ne veulent pas me laisser en paix. Je ne sais comment ils ont découvert ma retraite, mais j'ai eu à supporter la visite de trois familles différentes, toutes trois plus ou moins décidées à découvrir qui je suis, d'où je viens et pourquoi j'ai choisi de vivre dans une telle solitude. Leur compagnie ne m'est pas nécessaire, et c'est le moins qu'on puisse dire, de plus leur curiosité m'ennuie et m'inquiète. Si je me tais, je ne ferai qu'exciter leur curiosité et si je parle, je compromets la sécurité de mon fils. Ils finiront par répandre des bruits qui, de paroisse en paroisse, atteindront Grassdale.

Je serai forcée de leur rendre leurs visites, mais si l'une de ces familles habite trop loin du manoir pour que le petit Arthur puisse m'accompagner, je me verrai obligée de décliner l'invitation, car je ne veux pas me séparer de lui si ce n'est pour me rendre à l'église… et je n'ai même pas encore osé faire cela. C'est pure folie sans doute, mais je vis dans la crainte perpétuelle qu'on m'arrache mon enfant en mon absence et lorsque je suis loin de lui, je suis si anxieuse qu'il m'est impossible de m'absorber dans mes dévotions. Je veux pourtant tenter l'expérience dimanche prochain et laisser l'enfant à la garde de Rachel pour quelques heures. Cela sera dur, mais je ne pense pas être trop imprudente ; le pasteur est venu me faire des remontrances à ce sujet. Je n'avais pas de véritable excuse à lui offrir et j'ai promis d'être présente à mon banc dès le dimanche suivant, car je ne veux pas que l'on me prenne pour une incroyante ! Je sais que ces prières en commun me feront du bien si je parviens à m'absorber pour cette occasion solennelle, à ne pas penser sans cesse à l'enfant que j'ai laissé au manoir et à l'horrible éventualité qu'il pourrait être parti à mon retour ; mais Dieu dans sa miséricorde m'épargnera sans doute cette nouvelle catastrophe; pour l'enfant surtout, cet innocent, il ne permettra pas que l'on nous sépare.

*3 novembre.* – J'ai fait plus ample connaissance avec mes voisins. L'homme distingué, le Don Juan de la paroisse et du voisinage (c'est du moins l'idée qu'il se fait de lui-même), est un jeune homme…

..................................................................................

Le journal s'arrêtait là. La fin avait été arrachée. Quelle déception!… elle allait justement parler de moi! Il est évident que «l'homme distingué», est ton humble serviteur et que, si j'en juge par la façon dont elle me traitait au début de nos relations, ce qu'elle disait de moi ne pouvait être très flatteur. Je peux facilement lui pardonner la mauvaise opinion qu'elle avait de moi et de notre sexe en général, si je pense au genre d'individus qu'elle a eu l'occasion de fréquenter.

Elle avait eu l'occasion de s'apercevoir de son erreur en me connaissant mieux, mais je crois qu'elle était passée d'un extrême à l'autre; je suis convaincu que si son opinion des premiers jours était trop sévère, elle était depuis devenue trop indulgente. J'aurais en tout cas aimé lire ce journal jusqu'à la fin pour pouvoir observer les progrès de notre amitié dans son esprit, pour voir si cette amitié s'était comme chez moi transformée en un sentiment plus chaleureux et si elle avait cessé de résister à ce penchant… mais non, je n'ai aucun droit à lire cela. Les secrets du cœur doivent rester cachés; elle avait bien fait d'arracher ces pages révélatrices.

## 45

Eh bien! Halford, que penses-tu de tout ceci? En lisant ces pages, as-tu pu t'imaginer quels devaient être mes sentiments en parcourant le journal? Je ne pense pas que tu puisses comprendre, mais je n'ai pas l'intention de m'étendre sur ce sujet; je veux simplement reconnaître devant toi une petite chose qui n'est peut-être pas très honorable: la première partie de ce récit fut plus pénible à lire que la seconde. Je n'étais pas insensible aux souffrances et aux malheurs de Mrs Huntington, mais je dois admettre que je trouvais une certaine satisfaction dans la décadence de son mari et dans le fait qu'il éteignait volontairement tout l'amour qu'elle avait eu pour lui. Malgré toute ma sympathie pour elle et toute la rage impuissante que soulevait la conduite de son époux, je me sentais soulagé d'un poids terrible et la joie me gonflait le cœur; j'avais l'impression qu'un ami m'avait arraché au plus horrible cauchemar.

Il était presque huit heures du matin; ma chandelle s'était éteinte au milieu de la nuit et j'aurais pu soit descendre pour en chercher une nouvelle, au risque de réveiller ma mère, soit me mettre au lit et attendre le matin. Pour ne pas déranger la maisonnée, j'avais choisi de me jeter sur mon oreiller, mais tu peux imaginer combien peu j'avais dormi.

Je me levai dès la première lueur de l'aube et je m'approchai de la fenêtre pour poursuivre ma lecture. Mais la lumière était encore trop pâle ; je passai une demi-heure à m'habiller avant de reprendre le journal. Ce n'est pas sans difficulté que je parvins à déchiffrer les lignes suivantes mais je m'obstinai et je dévorai les dernières pages avec un intérêt intense. Lorsque j'eus terminé la dernière page, je me désolai un moment de ne pouvoir lire la suite, puis j'ouvris la fenêtre pour respirer de larges bouffées d'air frais. La matinée était splendide ; une épaisse couche de rosée blanche argentait les prés ; les hirondelles gazouillaient, les corneilles croassaient et l'on percevait le lointain meuglement des vaches ; l'air était à la fois piquant et doux. Mais je contemplais la nature sans la voir, trop absorbé que j'étais dans mes pensées. Le chaos d'idées et de sentiments qui se mélangeaient dans mon esprit se réduisit à ceci : Helen, mon adorable Helen, était digne de tout l'amour que j'avais pour elle, elle était demeurée pure et sans tâche, aussi claire que ce soleil que je ne pouvais regarder en face, à travers toutes les vicissitudes de sa triste vie, mais je me sentais honteux et bourrelé de remords en pensant à ma propre conduite.

Je me précipitai à Wildfell Hall dès que j'eus déjeuné ; je voyais Rachel sous un jour beaucoup plus favorable depuis ma lecture et j'étais prêt à la saluer comme une vieille amie. Mes bonnes dispositions se heurtèrent au regard méfiant qu'elle me lança en ouvrant la porte. La vieille fille s'était constituée la gardienne de la vertu de sa maîtresse et elle voyait sans doute en moi un nouveau Hargrave, un Hargrave rendu plus dangereux du fait que sa maîtresse semblait lui faire confiance.

— Madame ne peut recevoir personne aujourd'hui, sir... elle n'est pas bien, répondit-elle lorsque je demandai à voir Mrs Graham.

— Mais il faut que je la voie, Rachel, dis-je en poussant la porte qu'elle essayait de fermer.

— C'est vraiment impossible, sir, répondit-elle, plus rigide que jamais.

— Soyez assez gentille pour m'annoncer.

— C'est inutile, Mr Markham, je vous dis qu'elle est malade.

Comme j'allais me décider à prendre la citadelle d'assaut et pousser Rachel hors de mon chemin, une porte intérieure s'ouvrit et le petit Arthur entra, suivi de son jeune chien. Il me prit la main et m'entraîna en souriant.

— Maman vous demande, Mr Markham, dit-il, moi, je dois aller jouer dehors avec Rover.

Rachel se retira en soupirant, j'entrai dans le salon et refermai la porte derrière moi. Elle se trouvait debout devant le foyer, comme affaissée sous le poids de tant de malheurs; je jetai le manuscrit sur la table et je la regardai en face. Elle me fixait anxieuse et pâle; le regard si sérieux de ses brillants yeux noirs me clouait au sol.

— L'avez-vous parcouru? murmura-t-elle.

— Je l'ai lu d'un bout à l'autre, dis-je en m'avançant vers elle, et je veux savoir si vous pouvez me pardonner... le pouvez-vous, Helen?

Elle ne répondit pas, mais une légère rougeur rosit ses joues. Comme je m'avançais encore, elle se détourna brusquement et se dirigea vers la fenêtre. Elle n'était pas fâchée, mais elle cherchait à dissimuler son émotion. Je me risquai à la suivre et je me tins à ses côtés sans mot dire. Elle me tendit la main sans se retourner et murmura d'une voix dont elle cherchait à cacher le tremblement:

— Pouvez-vous me pardonner?

Je ne voulais pas faillir à ma parole et porter à mes lèvres sa blanche main; je me contentai donc de la presser doucement et de répondre en souriant:

— Vous auriez dû me dire tout cela plus tôt, vous avez manqué de confiance...

— Oh! non, s'écria-t-elle en m'interrompant, ce n'est pas cela! Je n'ai jamais manqué de confiance en vous, mais si j'avais commencé à vous raconter mon histoire, j'aurais dû tout vous dire; et je reculais devant cette obligation. Me pardonnez-vous? J'ai eu tort, grand tort, je le sais; mais comme d'habitude, je paie cher mes erreurs... et je devrai continuer à payer jusqu'à la fin.

Son ton était ferme, mais amer; je me permis de lever sa main jusqu'à mes lèvres pour la baiser avec ferveur, car les larmes m'empêchaient de parler. Elle accepta ces caresses passionnées sans résistance, puis elle s'écarta brusquement pour marcher de long en large dans la pièce. Je pouvais voir qu'un violent conflit entre la raison et les sentiments l'agitait: son front se contractait, ses lèvres se serraient, elle se tordait les mains. Elle s'arrêta enfin devant le foyer vide, se tourna vers moi et dit calmement – ce calme était tout relatif d'ailleurs, et le résultat d'un effort violent:

— Vous devez partir, Gilbert, pas à l'instant même, mais très bientôt et pour ne jamais revenir.

— Jamais, Helen! Je vous aime plus que jamais!

— Si c'est vrai, c'est une raison de plus pour ne jamais plus nous revoir. J'ai pensé que cette entrevue était nécessaire, ou du moins j'ai voulu m'en convaincre, afin que nous puissions nous demander mutuellement pardon: mais rien ne pourrait excuser une autre rencontre. Je quitterai le manoir dès que je le pourrai et que j'aurai trouvé un autre asile; mais nos relations doivent se terminer ici.

— Se terminer! dis-je en écho.

Je m'approchai de la cheminée sculptée, posai mon front sur le manteau et demeurai silencieux.

— Vous ne pouvez pas revenir, continua-t-elle.

Sa voix tremblait légèrement, mais je trouvais qu'elle restait trop calme en prononçant cette terrible sentence.

— Vous devez savoir que j'ai raison et comprendre pourquoi j'agis ainsi, reprit-elle, il m'est dur de vous dire adieu, vous devez m'aider.

Elle s'interrompit. Je ne dis rien.

— Me promettez-vous de ne plus revenir? Si vous ne voulez pas le faire, vous m'obligerez à partir plus tôt, avant que j'aie eu le temps de trouver un autre refuge.

— Helen, dis-je en me tournant vers elle avec une certaine impatience, je ne puis vous parler de séparation éternelle en restant calme et froid. Ce n'est pas une simple question de convenance pour moi, c'est une question de vie ou de mort!

Elle ne dit mot. Ses lèvres tremblaient et elle tournait autour de ses doigts nerveux le seul objet de valeur qu'elle eût conservé, une petite montre en or attachée à une tresse de cheveux. Je venais de prononcer des mots cruels et injustes; mais ce que j'avais encore à dire serait pire.

— Helen! dis-je d'une voix douce sans oser lever les yeux vers son visage, cet homme n'est pas votre mari: à la face du ciel, il a manqué à tous ses devoirs...

Elle saisit mon bras avec une énergie qui m'effraya.

— Gilbert, ne dites pas cela! s'écria-t-elle sur un ton qui aurait brisé le cœur de l'être le plus endurci. Par pitié, n'usez pas de tels arguments! Mon pire ennemi ne me torturerait pas ainsi!

— Je ne dirai plus rien! dis-je en posant tendrement ma main sur les siennes, alarmé par sa véhémence et honteux de ma conduite.

— Vous devriez vous conduire en ami, continua-t-elle en m'arrachant sa main et en se jetant sur le sofa, m'aider de toutes vos forces, prendre votre part du fardeau, m'aider à me défendre contre la passion... mais vous me laissez toute la peine; non content de cela, vous m'attaquez alors que vous savez très bien que je... elle s'arrêta et enfouit son visage dans un mouchoir.

— Pardon, Helen, suppliai-je. Je ne dirai plus un mot sur ce sujet. Mais ne pouvons-nous rester amis et nous voir de temps en temps?

— C'est impossible, répondit-elle en hochant tristement la tête; elle leva ensuite les yeux vers moi avec un regard de doux reproche qui semblait dire: «Vous savez cela aussi bien que moi.»

— Alors que pouvons-nous faire? m'écriai-je avec passion. Mais j'ajoutai aussitôt, d'un ton plus calme: Je ferai ce que vous voudrez... mais ne me dites pas que nous nous voyons pour la dernière fois!

— Pourquoi pas? Ne sentez-vous pas que plus nous prolongeons cette situation, plus la séparation sera cruelle? Chaque rencontre nous rapproche un peu plus.

Ces derniers mots furent dits d'un ton bas et précipité, les yeux baissés, les joues rougissantes. Il était assez imprudent d'admettre ces sentiments et d'ajouter, comme elle le fit: «J'ai la force de vous prier de partir maintenant, je ne l'aurai peut-être plus la prochaine fois», mais je n'étais pas assez vil pour profiter de sa candeur.

— Nous pourrions nous écrire, suggérai-je timidement. Vous ne me refuserez pas cette consolation?

— Mon frère vous donnera des nouvelles.

— Votre frère! Je me sentis transpercé par la souffrance et le remords.

Elle ne savait pas que je l'avais blessé et je n'eus pas le courage de le lui dire.

— Votre frère ne nous aidera pas, dis-je; il voudrait nous voir séparés à jamais.

— Et je pense qu'il aurait raison. Comme ami, il ne nous veut que du bien, à tous les deux ; un vrai ami ne pourrait nous conseiller de ne plus nous voir, de nous oublier l'un l'autre. Mais ne craignez rien, Gilbert, il y a peu de chance que je vous oublie jamais, ajouta-t-elle tristement en me voyant pâlir. Je ne voulais pas dire que Frederick se chargerait de transmettre nos lettres, mais que nous aurions par lui des nouvelles l'un de l'autre... et nous devrions nous contenter de cela ; vous êtes jeune, Gilbert, et vous devriez vous marier... Cela vous semble impossible maintenant, mais vous le ferez un jour... Je ne puis dire que je souhaite que vous m'oubliiez, mais ce serait mieux ainsi, pour votre bonheur et pour votre future épouse... Il faut donc que je le souhaite, ajouta-t-elle résolument.

— Vous aussi vous êtes jeune, Helen, dis-je non sans audace, et lorsque ce monstre se sera complètement détruit, vous me donnerez votre main... J'attendrai jusque-là.

Mais elle ne voulut pas m'accorder ce réconfort. Elle maintint que c'était pure folie, qu'il était mal de souhaiter la mort d'un homme qui, si nous le trouvions indigne de ce monde, n'était pas prêt à entrer dans l'autre. De plus, beaucoup d'hommes encore plus dissipés que Mr Huntington vivent jusqu'à un âge avancé.

— Si je suis jeune en années, les chagrins m'ont vieillie ; mais même si l'ennui me détruisait avant que le vice ne le tue, ce serait trop tard. Pensez que s'il ne vivait que jusqu'à cinquante ans, vous devriez attendre quinze ou vingt ans... dans l'incertitude... pendant votre jeunesse et la meilleure partie de votre vie d'homme... pour épouser enfin une femme usée et vieillie... que vous n'auriez plus vue pendant toutes ces années. Vous ne seriez pas disposé à faire cela, et si même vous

vous sentez assez fort maintenant, je dois vous en empêcher. Faites-moi confiance, Gilbert, je suis plus sage que vous. Vous croyez peut-être que je suis froide, que j'ai le cœur dur, mais…

— Je ne pense pas cela, Helen.

— Peu importe, vous auriez le droit de le penser, mais j'ai eu le temps de réfléchir dans ma solitude ; je ne me laisse pas guider par une impulsion comme vous le faites ; je me suis mille fois posé ces questions, j'ai mille fois pensé à notre passé, à notre avenir et je crois être arrivée à la bonne conclusion. Croyez mes paroles plutôt que vos sentiments… et dans quelques années vous comprendrez que j'avais raison… et pourtant, je n'en suis pas si certaine, moi-même, pour l'instant, murmura-t-elle en appuyant sa tête sur sa main. Ne discutez plus avec moi ; tout ce que vous pouvez dire, mon cœur l'a déjà dit et ma raison l'a réfuté. Ces idées étaient dures à combattre lorsque mon cœur me les suggérait ; elles sont dix fois plus cruelles dans votre bouche et vous cesseriez immédiatement si vous saviez combien je souffre. Si vous compreniez combien j'ai mal, vous partiriez à l'instant !

— Je vais partir… dans une seconde, si cela peut vous soulager, et ne jamais revenir ! dis-je avec amertume. Mais si nous ne pouvons plus nous rencontrer, ne plus même espérer une rencontre, quel mal ferons-nous en échangeant quelques pensées par lettre ? Nos esprits ne peuvent-ils communier quel que soit le sort de nos corps ?

— C'est vrai ! c'est vrai ! s'écria-t-elle avec enthousiasme et d'un ton heureux. J'y avais pensé, Gilbert, mais je craignais que vous ne compreniez pas ma pensée… je le crains encore… je crains ce qu'un ami pourrait en penser ; il nous dirait sans doute que nous nous berçons d'illusions, que nous ne pourrons maintenir ces relations spirituelles sans éprouver des regrets pour ce qui aurait pu être, sans nous bercer d'illusions qu'il faudrait laisser périr d'inanition…

— Laissons penser nos amis : il est assez dur de séparer nos corps ; au nom de Dieu, ne permettez pas que l'on sépare nos âmes ! m'écriai-je, craignant qu'elle ne nous refuse cette dernière consolation.

— Mais nous ne pourrons échanger une seule lettre sans que les mauvaises langues n'y trouvent une nouvelle pâture ; et lorsque je partirai, je veux que ma nouvelle résidence vous demeure inconnue, à vous comme au reste du monde ; je ne crains pas que vous manquiez à votre parole, mais il serait mieux pour vous que vous soyez dans l'impossibilité matérielle de me voir ; vous pourriez m'oublier plus vite si vous étiez incapable d'imaginer où je me trouve. Mais écoutez, ajouta-t-elle, levant le doigt en souriant pour arrêter ma réponse, dans six mois, Frederick vous dira où je me trouve ; si après tout ce temps de séparation, vous désirez encore m'écrire et que vous êtes convaincu de pouvoir soutenir une correspondance purement spirituelle… écrivez-moi et je vous répondrai.

— Six mois !

— Oui, pour donner à votre ardeur le temps de se calmer et pour mettre votre fidélité à l'épreuve. Et maintenant nous en avons dit assez. Pourquoi ne pas nous séparer à l'instant ? dit-elle presque sauvagement après un instant de silence et en se levant brusquement tout en joignant les mains.

Je sentis qu'il était de mon devoir de partir immédiatement ; je m'approchai et je tendis à moitié la main vers elle… elle l'étreignit en silence. Mais la pensée d'une séparation éternelle était intolérable : mon cœur semblait prêt à se briser ; mes pieds restaient cloués au sol.

— Nous ne nous verrons donc plus? murmurai-je avec douleur.

— Nous nous verrons au paradis. Que cela nous réconforte, dit-elle d'un ton à la fois calme et désespéré ; mais ses yeux brillaient étrangement et elle était mortellement pâle.

— Mais nous ne serons plus les mêmes, ne pus-je m'empêcher de répondre. C'est une maigre consolation que d'espérer se rencontrer dans un corps désincarné, si parfait soit-il... et votre cœur ne me connaîtra peut-être plus!

— Non, Gilbert, il n'existe d'amour parfait que dans le ciel.

— Si parfait sans doute, qu'il n'aura plus rien de personnel, et vous ne m'aimerez pas plus que les milliers et les milliers d'esprits bienheureux qui nous entoureront.

— Si je suis changée, vous serez le même que moi et vous ne pourrez donc avoir aucun regret ; quel que soit ce changement, nous ne pourrons être que meilleurs.

— Mais si je dois changer au point de ne plus vous adorer avec tout mon cœur et toute mon âme, si je dois cesser de vous préférer à toute autre créature, je ne serai plus moi-même ; si jamais j'arrive au paradis, je sais que je serai meilleur et plus heureux mais je ne puis me réjouir d'une telle béatitude.

— Votre amour est-il donc si terre à terre?

— Non, mais je suppose que nous n'aurons pas plus de relations l'un avec l'autre qu'avec tous les autres habitants du paradis.

— C'est donc que nous les aimerons plus, cela ne signifie nullement que nous nous aimerons moins. Un plus grand amour doit apporter plus de bonheur lorsqu'il est mutuel et pur.

— Pouvez-vous penser avec une joie sans mélange à la possibilité de me perdre dans la gloire éternelle, Helen?

— Je dois reconnaître que je ne le puis; mais nous ne savons rien de ce qui sera; regretter la perte des joies de ce monde pour jouir des plaisirs célestes est comme si la chenille se lamentait parce qu'un jour elle devra quitter son cocon pour s'élancer dans les airs, voleter de fleur en fleur, sucer le nectar des fleurs, se baigner de soleil. Si ces infimes créatures savaient ce qui les attend, quels changements elles devront subir, elles auraient sans doute quelques regrets, mais ne croyez-vous pas qu'une telle tristesse serait déplacée? Si cette démonstration ne vous suffit pas, écoutez-en une autre: nous sommes des enfants, maintenant; nos sensations sont enfantines, nos sentiments sont enfantins, notre compréhension des choses est enfantine, et, lorsqu'on nous dit que nous ne pourrons plus avoir nos jouets lorsque nous serons des hommes et des femmes, que tout ce qui nous intéresse nous semblera trivial, nous sommes attristés, car nous ne comprenons pas que nos esprits seront métamorphosés au point que nous ne voudrons plus nous occuper de telles bagatelles; nos anciens compagnons de jeu boiront comme nous à d'autres sources de délices et communieront avec nous dans de nobles occupations qui nous dépassent maintenant, mais qui n'en seront pas moins agréables. Et pourtant eux comme nous, nous serons essentiellement les mêmes. Gilbert, ne trouvez-vous aucune consolation dans l'espérance que nous nous retrouverons où il n'existe plus ni peine, ni douleur, ni lutte contre le péché, ni lutte entre la chair et l'esprit; nous comprendrons tous deux où est la vérité et nous nous abreuverons de la même félicité, nous serons en présence de cet être que nous adorerons avec la même ardeur, nous nous aimerons d'un amour pur et divin? Si vous ne comprenez pas cela, ne m'écrivez jamais!

— Helen, je le puis! Mais la foi me manquera peut-être un jour!

— Ne recommençons pas, contentons-nous de cet espoir, s'exclama-t-elle.

— Nous nous séparerons donc, m'écriai-je, je n'ajouterai plus à vos souffrances; mais avant que je parte...

Je n'eus pas à exprimer mon désir; elle comprit d'instinct et céda... ou plutôt, il n'y eut rien d'aussi délibéré qu'un désir ou une faiblesse entre nous; nous fûmes jetés l'un vers l'autre par une impulsion soudaine et irrésistible. Je la tenais serrée contre mon cœur et il me semblait que nous grandissions ensemble dans une ineffable étreinte. Elle murmura: «Que Dieu te bénisse!» et ensuite: «Pars, pars!», mais, en disant ces mots, elle me serrait si étroitement que je n'aurais pu lui obéir sans devenir brutal. Finalement, par un effort héroïque, nous nous arrachâmes l'un à l'autre et je m'enfuis.

Je me rappelle vaguement avoir aperçu le petit Arthur qui courait vers moi; je sautai par-dessus le mur pour l'éviter et je courus ensuite à travers les champs en pente raide en sautant par-dessus les pierres et les haies jusqu'à ce que je ne pusse plus apercevoir le vieux manoir. J'arrivai au bas de la colline et je passai de longues heures dans la vallée solitaire à verser des larmes amères, à me plaindre, à m'engloutir dans de tristes rêveries, avec, dans mes oreilles, la musique ininterrompue du vent d'ouest à travers les arbres et le babillage du ruisseau sautant sur les grosses pierres. Mes yeux ne voyaient que vaguement l'échiquier sombre dessiné par les feuilles sur l'herbe claire; de temps à autre une feuille descendait en se balançant pour prendre part à ce jeu... mais mon cœur était loin, là-bas, en haut de la colline, dans une chambre sombre où elle pleurait, seule et désolée, elle que je ne pourrais plus réconforter, que je ne reverrais plus avant que des années de souffrances ne nous réduisent en poussière et arrachent nos âmes à leur enveloppe d'argile.

Il est clair, que je ne fis rien de bon ce jour-là. La ferme fut laissée aux mains des laboureurs. Mais j'avais encore un devoir à remplir : je ne pouvais oublier mon attaque contre Frederick Lawrence ; il fallait que je lui présente mes excuses. J'aurais aimé remettre cette démarche au lendemain, mais je craignais que d'ici là il ne raconte toute cette malheureuse histoire à sa sœur. Il fallait que je lui demande pardon aujourd'hui même et que j'obtienne qu'il ne soit pas trop dur pour moi s'il se voyait forcé d'en parler. Je reculai pourtant cette visite jusqu'à la soirée ; je me sentais plus calme et – ô merveille de la nature humaine ! – de vagues espérances commençaient à poindre à mon horizon. Je savais pourtant que tout était fini entre nous mais je voulais encore conserver un peu d'espoir jusqu'au moment où je me sentirais assez fort pour me passer d'illusions.

Lorsque j'arrivai à Woodford, la demeure de Lawrence, j'eus toutes les peines du monde à me faire admettre en sa présence. Le domestique qui m'ouvrit la porte me dit que son maître était très malade et ne pourrait pas me recevoir. Je n'avais pas l'intention de reculer et j'attendis calmement dans le hall d'être annoncé ; j'étais fermement décidé à le voir. La réponse fut celle que j'attendais : le jeune maître faisait dire poliment qu'il avait la fièvre et ne pouvait recevoir personne.

— Je ne le dérangerai pas longtemps, dis-je, mais il faut que je le voie un instant ; il s'agit d'une affaire très importante.

— Je vais le lui dire, sir, dit l'homme. Je m'avançai dans le couloir et je le suivis presque jusqu'à la porte de la chambre, car Lawrence devait être alité. Le domestique revint et me dit de bien vouloir laisser un message, car son maître ne pouvait s'occuper d'affaires pour le moment.

— Il peut aussi bien me recevoir que vous, dis-je, et je passai devant le valet de chambre fort étonné, je frappai franchement à la porte, j'entrai et la refermai derrière moi. La pièce était spacieuse et bien meublée, très confortable pour un célibataire. Un feu brillait gaiement dans la cheminée, un lévrier très vieux se laissait aller à la paresse et se chauffait sur un épais tapis. Un autre chien, un élégant et jeune épagneul, était assis un peu plus loin, les yeux levés vers son maître, sans doute pour lui demander la permission de partager le divan avec lui ou pour quêter une caresse ou un mot gentil. Le malade lui-même s'appuyait sur des coussins, habillé d'une élégante robe de chambre, un mouchoir de soie noué autour de son front. Son visage, qui d'habitude était pâle, semblait rouge et fiévreux ; ses yeux mi-clos s'ouvrirent dès qu'il sentit ma présence dans la pièce. Il tenait un petit volume fermé d'une main, il avait sans doute cherché dans la lecture un refuge contre l'ennui. Lorsque je m'avançai sur le tapis et me tins debout devant lui, il laissa tomber le livre, étonné. Il se redressa et me contempla avec un mélange de nervosité horrifiée, de colère et de stupéfaction.

— Mr Markham ! je ne m'attendais certes pas à votre visite ! dit-il et il blêmit tout en parlant.

— Je le sais, répondis-je, mais restez calme un instant et je vous raconterai ce qui m'amène chez vous.

J'avançai encore d'un pas ou deux ; il tressaillit avec une expression d'aversion et de peur physique qui n'augurait rien de bon. Je reculai cependant.

— Que votre histoire soit courte, dit-il en prenant la petite cloche d'argent qui se trouvait près de lui sur la table, ou je me verrai forcé d'appeler. Je ne suis pas en état de supporter ni vos brutalités, ni même votre présence.

Je pouvais voir que la sueur perlait à son front comme une rosée.

Une telle réception ne diminuait nullement les difficultés de ma tâche. Mais il fallait que je lui dise ce que j'avais à dire et je commençai sans plus attendre.

— Je reconnais, Lawrence, que je ne me suis pas bien conduit envers vous, ces derniers temps... et tout particulièrement lors de notre dernière rencontre; je suis donc venu pour vous dire... bref, pour m'excuser et vous demander de me pardonner. Si vous ne voulez pas me l'accorder, ajoutai-je vivement en voyant l'expression de son visage, cela n'a pas d'importance, j'aurai fait mon devoir.

— Ce serait trop facile, répondit-il avec un pâle sourire qui était plutôt un rictus, vous insultez votre ami, vous le frappez sans aucune raison valable, puis vous venez lui dire que tout cela n'est pas très correct, mais que s'il ne veut pas vous pardonnez, cela n'a pas d'importance.

— J'oubliais de vous dire que tout cela vient d'une erreur de ma part, grommelai-je. Je devrais m'excuser proprement, je le sais, mais votre attitude est trop provocante. Enfin, je suppose que c'est moi le coupable. Le fait est que j'ignorais que vous fussiez le frère de Mrs Graham; j'ai vu et entendu certaines choses qui étaient bien faites pour exciter mes soupçons et permettez-moi de vous dire qu'un peu de sincérité de votre part m'aurait évité tout cela; j'ai finalement entendu de mes propres oreilles une conversation entre vous et elle qui m'a fait croire que j'avais une bonne raison de vous détester.

— Et comment pouvez-vous savoir que je suis son frère? demanda-t-il avec une certaine anxiété.

— Elle me l'a dit elle-même. Elle m'a tout raconté. Elle sait qu'elle peut me faire confiance. Mais ne vous inquiétez pas, Mr Lawrence, je ne la verrai plus jamais!

— Jamais! Est-elle partie?

— Non, mais nous nous sommes dit adieu et j'ai promis de ne plus approcher de Wildfell Hall jusqu'à son départ.

J'aurais pu gémir en prononçant ces terribles paroles. Je me contentai de serrer les poings et de frapper le tapis du pied. Mon interlocuteur, lui, semblait soulagé.

— Vous avez bien fait! dit-il d'un ton approbateur, tandis qu'une expression presque bienveillante se répandait sur son visage. Je regrette pour vous et pour moi ce qui s'est passé. Vous excuserez peut-être mon manque de confiance, en vous souvenant combien votre attitude était peu amicale, ces derniers temps.

— D'accord, je m'en souviens; personne ne peut me blâmer plus durement que je le fais moi-même au fond du cœur… personne ne peut regretter plus sincèrement les résultats de ce que vous appelez à juste titre ma brutalité.

— Oublions cela, dit-il en souriant légèrement; oublions tous deux les méchantes paroles et les actes violents et tout ce qui peut nous causer du remords. Voyez-vous quelque objection à me serrer la main?

Sa main tremblait de faiblesse et retomba avant que je pusse la saisir pour la presser chaleureusement, il n'eut pas la force de répondre à ce geste.

— Comme votre main est sèche et brûlante, Lawrence, dis-je. Vous êtes vraiment malade et j'ai encore aggravé votre cas en venant vous raconter tout cela.

— Ce n'est rien; un simple froid attrapé sous la pluie.

— Cela aussi par ma faute.

— N'en parlons plus… mais, dites-moi, avez-vous parlé de cette affaire à ma sœur?

— Pour être sincère, je n'en ai pas eu le courage : mais lorsque vous lui direz vous-même, voulez-vous ajouter que je regrette profondément...

— N'ayez aucune crainte! Je ne dirai rien aussi longtemps que vous tiendrez votre promesse de demeurer loin d'elle. Elle ne sait donc pas que je suis malade, croyez-vous ?

— Je ne pense pas.

— J'en suis heureux, car je craignais qu'elle apprenne que je suis mourant ou très malade et qu'elle se ronge en regrettant de ne pouvoir voler à mon chevet, ou bien qu'elle vienne jusqu'ici, ce qui serait désastreux. Il faut que je lui envoie des nouvelles, si je le puis, continua-t-il en réfléchissant, ou elle entendra quelque raconter à ce sujet. Certaines personnes seraient ravies de lui apporter de mauvaises nouvelles pour voir ses réactions; elle pourrait s'exposer à de nouvelles critiques.

— Je regrette de ne pas le lui avoir dit, répondis-je. Si je n'avais rien promis, j'irais le lui dire à l'instant.

— N'en faites rien! il n'en est pas question; mais je pourrais écrire quelques lignes à l'instant, sans parler de vous, Markham, simplement pour lui donner des nouvelles de ma santé et justifier mon absence, pour lui dire de ne pas écouter les nouvelles exagérées que l'on pourrait lui transmettre; je déguiserais mon écriture et vous pourriez la poster en passant. Je n'ose pas la confier à un domestique.

J'y consentis bien volontiers et je lui apportai aussitôt son écritoire. Il n'eut pas à déguiser son écriture, car le pauvre garçon avait toutes les peines du monde à écrire quelques mots lisibles. Lorsque la note fut prête, je pensai qu'il était temps que je le laisse se reposer et je lui demandai si je pouvais faire quelque chose pour lui. J'aurais voulu lui rendre quelque service, petit ou grand, pour diminuer ses souffrances et aider à oublier le mal que je lui avais fait.

— Non, dit-il, vous avez déjà fait beaucoup dans ce sens ; vous m'avez fait plus de bien que le plus habile médecin, car vous m'avez enlevé deux grands soucis : l'inquiétude que j'éprouvais au sujet de ma sœur et l'immense regret que j'avais de vous avoir perdu comme ami. Je pense que ces deux tourments étaient en grande partie responsable de ma fièvre et suis persuadé que je vais me remettre très rapidement maintenant. Vous pouvez encore faire une chose pour moi, venez me voir de temps en temps, car je suis très seul ici et je vous promets que cette fois personne ne vous interdira d'entrer !

Je lui promis volontiers de revenir et nous nous séparâmes après une cordiale poignée de mains. Je postai sa lettre en résistant héroïquement au désir d'y ajouter un mot de ma propre main.

## 46

Je fus fort tenté de raconter tout cela à ma mère et à ma sœur afin d'éclaircir leurs idées au sujet de la pauvre femme persécutée qui habitait Wildfell Hall et, au début, je regrettai souvent de ne pas lui avoir demandé la permission de le faire. Mais après avoir réfléchi plus longuement, je compris que si je leur dévoilais ce secret, elles s'empresseraient de le répéter aux Millward et aux Wilson ; j'avais si piètre opinion du caractère d'Eliza Millward que je craignais qu'elle ne trouve un moyen de faire savoir à Mr Huntington où se trouvait sa femme. J'attendrais donc patiemment que ces six longs mois se fussent écoulés, que la fugitive eût trouvé un autre refuge et me permît de lui écrire ; je lui demanderais alors la permission d'effacer toutes les calomnies qui entachaient son nom ; pour l'instant, je devais me contenter d'assurer que toutes ces histoires étaient fausses et que je le prouverais un jour à la grande honte de ceux qui l'auraient calomniée. Je pense que personne ne me crut mais les gens cessèrent bientôt leurs bavardages en ma présence. Chacun pensait que j'étais tellement amoureux de cette femme que j'étais prêt à nier l'évidence. Je devenais morose et misanthrope, j'évitais les gens de crainte qu'ils expriment devant moi leur opinion sur la prétendue Mrs Graham. Ma pauvre mère s'inquiétait à mon sujet, mais je ne pouvais rien y changer; j'avais, du moins, cette impression et parfois, plein de honte devant mon ingratitude envers elle, je faisais un effort et je parvenais à être à moitié aimable. J'étais en général moins mufle avec elle qu'avec les autres, Mr Lawrence excepté. Rose et Fergus prenaient l'habitude de me fuir et ils avaient bien raison, car ma compagnie n'était agréable pour personne.

Mrs Huntington ne quitta Wildfell Hall que deux mois après notre dernière entrevue. Pendant ce temps, elle ne vint jamais à l'église et j'évitai de m'approcher de la maison; je savais qu'elle était encore là, car j'avais forcé son frère à répondre à mes nombreuses questions. Je fus un visiteur très attentif pendant toute la maladie et la convalescence de Mr Lawrence. Ce n'était pas seulement pour me faire pardonner mon ancienne brutalité que je le voyais si régulièrement, mais parce que je prenais grand plaisir à sa compagnie, en partie parce qu'il était très cordial envers moi, mais surtout, parce qu'il était si proche de mon Helen adorée. Je ne saurais dire combien je l'aimais, quel plaisir je prenais à presser ses longues mains blanches si semblables aux siennes, combien j'observais sur son visage des expressions fugitives, des ressemblances qui ne m'avaient jamais frappé auparavant. Il me fâchait parfois par la mauvaise volonté qu'il mettait à répondre à mes questions, mais je comprenais qu'il faisait cela uniquement dans l'espoir que j'oublie Helen.

Sa convalescence fut plus longue qu'il ne l'avait pensé: il ne put remonter à cheval qu'une quinzaine de jours après notre réconciliation, et sa première chevauchée l'amena, la nuit, chez sa sœur. L'affaire était assez risquée, pour lui comme pour elle, mais il voulait connaître ses projets concernant son prochain départ et la rassurer sur sa santé. Il eut une légère rechute après cette équipée nocturne; personne ne sut rien de cette visite et je pense qu'il voulait me la cacher, lorsque je lui rendis visite le lendemain et que je remarquai qu'il était à nouveau moins bien; il me répondit simplement qu'il avait pris froid au cours d'une promenade de nuit.

— Vous ne reverrez plus jamais votre sœur si vous êtes aussi peu prudent, dis-je, plus inquiet pour elle que pour lui.

— Je l'ai déjà vue, répondit-il calmement.

— Vous l'avez vue? criai-je, stupéfait.

— Mais oui.

Il me raconta alors pourquoi il avait absolument voulu la voir et quelles précautions il avait prises pour que nul ne l'aperçoive.

— Comment était-elle? demandai-je anxieusement.

— Comme d'habitude, répondit-il brièvement avec tristesse.

— Comme d'habitude... c'est-à-dire malheureuse et affaiblie.

— On ne peut dire qu'elle soit malade, répliqua-t-il, et je suis persuadé qu'elle reprendra courage, mais elle a tant souffert, ces derniers temps. Ces nuages me paraissent menaçants, dit-il en se tournant vers la fenêtre. Nous aurons de l'orage avant la nuit et les hommes mettent justement la récolte en meules. Avez-vous déjà rentré les vôtres?

— Pas encore. Lawrence, est-ce qu'elle... a-t-elle parlé de moi?

— Elle m'a demandé si je vous avais vu, ces derniers temps.

— Et quoi encore?

— Je ne puis vous répéter tout ce qu'elle m'a dit, répondit-il avec un léger sourire, car nous avons longuement bavardé, mais nous avons surtout parlé de son départ, que je lui ai conseillé de retarder jusqu'à ce que je sois en état de l'aider à chercher une nouvelle maison.

— Mais n'a-t-elle rien dit d'autre à mon sujet?

— Elle n'a pas beaucoup parlé de vous, Markham. Si elle l'avait fait, je ne l'aurais certes pas encouragée, mais elle m'a seulement posé quelques questions et a semblé satisfaite de mes brèves réponses, en quoi elle s'est montrée plus sage que vous. Je puis vous assurer qu'elle désire surtout que vous pensiez à elle le moins possible.

— Elle a raison.

— Mais agissez-vous comme elle, ou craignez-vous qu'elle vous oublie?

— Vous vous trompez, Lawrence, je souhaite qu'elle soit heureuse, mais je ne désire pas qu'elle m'oublie tout à fait. Elle sait que moi je ne l'oublierai jamais. Je ne désire pas qu'elle me regrette trop ardemment, mais je ne crois pas avoir le pouvoir de la rendre malheureuse pour toujours, je ne suis pas digne de cela, sinon par mon amour pour elle.

— Aucun de vous deux ne vaut un cœur brisé, ni tous les regrets et toutes les larmes que je vous vois verser tous les deux; mais pour l'instant vous vous faites une très haute idée l'un de l'autre; les sentiments de ma sœur sont aussi vifs que les vôtres et je la crois plus fidèle; mais elle a le courage de lutter, de se défendre, je crois qu'elle n'aura de repos que lorsqu'elle...

Il hésita.

— M'aura complètement oublié, dis-je.

— J'aimerais que vous fassiez les mêmes efforts, poursuivit-il.

— Vous a-t-elle dit qu'elle le désirait?

— Non, nous n'en avons pas parlé; ce n'était pas nécessaire, car je savais que tel était son désir.

— M'oublier !

— Oui, Markham, pourquoi pas ?

— Parce que..., fut ma seule réponse, mais je me répondais à moi-même : « Vous vous trompez, Lawrence, elle ne veut pas m'oublier. Ce serait mal que d'oublier quelqu'un d'aussi fidèle, d'aussi dévoué que moi, quelqu'un qui apprécie si bien ses perfections, qui comprend chacune de ses pensées, et il serait mal que moi, j'oublie cette divine créature, alors que je l'ai tant aimée. »

Mais je ne lui dis rien de tout cela. Nous trouvâmes un autre sujet de conversation et, lorsque je le quittai ce jour-là, je me sentis moins cordial envers lui que d'habitude. Je n'avais peut-être pas de raison d'éprouver de la mauvaise humeur, mais je ne pouvais m'en défendre.

Une semaine plus tard, je le rencontrai comme il revenait d'une visite chez les Wilson ; je me décidai à lui rendre service au risque de blesser ses sentiments et de lui déplaire, comme c'est souvent le cas lorsque l'on se charge de donner des nouvelles désagréables ou des conseils qui ne sont pas souhaités. Crois bien que je ne me sentais nullement poussé par un désir de revanche, mais je ne pouvais supporter l'idée qu'une telle personne pourrait devenir la sœur de Mrs Huntington. Pour Lawrence comme pour elle, je ne pouvais permettre qu'il soit trompé par une fille qui n'était pas digne de tenir sa maison et d'être la compagne de sa vie. Je pense qu'il avait jadis quelques doutes à ce sujet, mais il manquait d'expérience et la jeune personne était si séduisante et si habile qu'il avait oublié sa première impression. Je pense que seul le fait qu'il ne pouvait supporter sa famille et tout particulièrement sa mère l'empêchait de déclarer son amour. Si cette famille avait habité dans un village éloigné, peut-être se serait-il décidé, mais ils habitaient à deux ou trois *miles* de Woodford et cela donnait à réfléchir.

— Vous venez de rendre visite aux Wilson, Lawrence, dis-je en marchant à côté de son poney.

— Oui, répondit-il en détournant légèrement la tête, j'ai pensé qu'il serait poli de les remercier pour leurs gentillesses pendant que j'étais malade, ils ont été si attentifs à demander de mes nouvelles.

— C'est l'œuvre de miss Wilson.

— Si c'est vrai, répondit-il en rougissant, est-ce une raison pour ne pas être poli?

— Elle comptait bien sur votre visite.

— Ne parlons plus de cela, je vous en prie, dit-il avec une visible mauvaise humeur.

— Avec votre permission, nous en parlerons, au contraire, Lawrence. J'ai quelque chose à vous dire que vous serez libre de croire ou de ne pas croire... souvenez-vous pourtant que je n'ai pas l'habitude de mentir et que je n'ai aucune raison de déformer la vérité...

— Que diable, Markham, parlez!

— Miss Wilson déteste votre sœur. Comme elle ignore votre lien de famille, il est possible que la jalousie la pousse à parler ainsi, mais aucune femme de cœur ne pourrait en aucun cas raconter de telles méchancetés, même s'il s'agit d'une rivale.

— Markham!

— C'est la vérité! Et j'ai bien l'impression que si elle et Eliza Millward ne sont pas à l'origine des calomnies qui ont été répandues dans le pays, elles ont du moins pris grand plaisir à les répandre. Elle n'a jamais mêlé votre nom à ses racontars, mais son plus grand plaisir était de noircir votre sœur sans risquer de paraître trop malveillante.

— Je ne puis le croire, interrompit mon compagnon, le visage rouge d'indignation.

— Comme je ne puis prouver ce que je dis, je ne puis qu'ajouter que c'est mon opinion; comme je suis certain que vous n'épouserez pas miss Wilson si elle agit de cette façon, je vous conseille de chercher à démontrer que je me trompe.

— Je ne vous ai jamais dit que j'avais l'intention d'épouser miss Wilson, dit-il fièrement.

— Non, mais de toute façon, *elle* a bien l'intention de vous épouser.

— Elle vous l'a dit?

— Non, mais...

— Dans ce cas, vous n'avez pas le droit de l'affirmer.

Il pressa son poney, mais je posai la main sur la crinière de la bête, bien décidé à continuer mon discours.

— Un instant, Lawrence, permettez-moi de m'expliquer; ne soyez pas si... comment dirais-je... si distant. Je sais ce que vous pensez de Jane Wilson, et je crois savoir aussi jusqu'à quel point vous vous leurrez; vous pensez qu'elle est particulièrement charmante, élégante, distinguée et intelligente, mais vous ne voyez pas qu'elle est égoïste, sans cœur, ambitieuse, superficielle...

— Assez, Markham, assez!

— Laissez-moi terminer... vous ne savez pas que si vous l'épousez, votre foyer sera sans confort et sans chaleur; vous aurez le cœur brisé lorsque vous découvrirez enfin qu'elle est incapable de partager vos goûts, vos sentiments, vos idées, qu'elle manque totalement de sensibilité et de noblesse d'âme.

— Avez-vous fini? demanda calmement Lawrence.

— Oui, je sais que vous me maudissez pour mon impertinence, mais cela m'est égal si je vous empêche ainsi de commettre une erreur fatale.

— Eh bien! dit-il avec un sourire glacial, je me réjouis de voir que vous avez assez oublié vos propres ennuis pour vous mêlez, bien inutilement d'ailleurs, de la vie des autres et vous préoccuper des calamités possibles de leur vie future.

Une fois de plus, nous nous séparâmes plutôt froidement ; mais nous sommes toujours amis, mes conseils auraient peut-être pu être donnés avec plus de tact, et reçus avec plus de reconnaissance, mais ils avaient eu un certain effet ; il ne retourna plus chez les Wilson et si nous ne reparlâmes plus jamais d'eux au cours de nos rencontres suivantes, j'ai mille raisons de croire que mes paroles l'ont fait réfléchir. Il a dû chercher ailleurs des renseignements sur la demoiselle, faire des comparaisons entre mon opinion et celle des autres, y ajouter ce qu'il avait pu remarquer lui-même et en arriver à la conclusion qu'il valait mieux que miss Wilson de Ryecote ne devienne jamais Mrs Lawrence de Woodford Hall. Je crois même qu'après quelque temps il se demandait comment il avait pu éprouver une telle prédilection pour cette personne et se félicitait d'avoir échappé au mariage avec elle. Il n'admit jamais cela devant moi mais cela ne pouvait me surprendre, car je le connaissais bien.

Jane Wilson fut évidemment déçue et vexée par la soudaine froideur de son admirateur. Ai-je eu tort d'étouffer de si belles espérances ? Je ne le pense pas ; en tout cas je n'ai jamais eu de remords à ce sujet.

# 47

Un matin du début de novembre, peu de temps après le petit déjeuner, je rédigeais quelques lettres d'affaires, lorsque Eliza Millward vint rendre visite à ma sœur. Rose n'avait pas assez de discernement pour découvrir le vrai caractère de ce petit diable et elles étaient toujours d'excellentes amies. Lorsqu'elle arriva, j'étais seul dans la pièce avec Fergus ; ma mère et ma sœur étaient toutes deux occupées à des besognes ménagères ; je n'avais pas l'intention de laisser mon travail pour m'occuper d'elle : je lui fis l'honneur d'un bref salut et de quelques mots de bienvenue pour reprendre aussitôt ma plume et laisser à Fergus le soin d'être plus poli s'il en avait envie. Mais elle avait envie de me taquiner.

— Quelle joie de vous trouver à la maison, Mr Markham ! dit-elle avec un sourire faussement malicieux. Je vous vois trop rarement maintenant que vous ne venez plus jamais au presbytère. Papa est très fâché, ajouta-t-elle en me riant au visage et en s'asseyant sur le coin de mon bureau.

— J'ai eu beaucoup à faire ces derniers temps, dis-je sans lever les yeux de ma lettre.

— Vraiment ! Quelqu'un disait que vous aviez fort négligé vos affaires, ces derniers mois.

— Quelqu'un s'est trompé, car depuis deux mois je me consacre tout spécialement à mon travail.

— Je crois d'ailleurs que seul un travail absorbant peut faire oublier les chagrins... Mais, Mr Markham, vous semblez malade et vous avez été si capricieux et si lointain depuis quelque temps... on pourrait croire que vous avez quelque peine secrète. Jadis, dit-elle timidement, j'aurais osé vous demander de tout me raconter, j'aurais essayé de vous consoler, mais je n'ose plus maintenant.

— Vous êtes très gentille, miss Eliza. Lorsque je croirai que vous pouvez me réconforter, je me permettrai de vous le faire savoir.

— Faites-le !... Je suppose que je ne puis deviner ce qui vous chagrine ?

— Ce n'est pas nécessaire, car je vais vous le dire moi-même. Ce qui me dérange le plus pour le moment, c'est une jeune personne assise tout près de moi qui m'empêche de terminer ma lettre et de m'occuper d'affaires urgentes.

Rose entra dans la pièce avant qu'Eliza eût pu répondre à ce peu galant discours ; celle-ci se leva et elles s'assirent toutes deux près du feu, où ce paresseux de Fergus restait appuyé avec nonchalance, les jambes croisées et les mains dans les poches de son pantalon.

— Écoute, Rose, j'ai une nouvelle à te raconter... J'espère que tu n'as encore rien entendu car, bonne ou mauvaise, on aime toujours être la première à conter une histoire. Il s'agit de cette triste Mrs Graham...

— Chut ! souffla Fergus sur un ton solennel. Nous ne parlons jamais d'elle ; son nom n'est jamais prononcé ici.

Levant les yeux, je l'aperçus qui louchait de mon côté en portant un doigt à son front ; puis clignant de l'œil vers la jeune fille, il ajouta d'un air funèbre :

— C'est une monomanie... mais n'en parlez à personne. Il est normal à part cela.

— Je ne voudrais blesser personne, répondit-elle à mi-voix, je vous le raconterai une autre fois.

— Parlez, miss Eliza, dis-je sans vouloir remarquer les bouffonneries des deux autres, vous ne devez pas avoir peur de parler en ma présence.

— Soit, répondit-elle, vous savez sans doute que le mari de Mrs Graham n'est pas mort et qu'elle s'est enfuie?

Je sursautai et sentis le rouge me monter aux joues; mais je baissai la tête sur ma lettre, que je continuai à plier tandis qu'elle poursuivait:

— Mais vous ignorez peut-être qu'elle est maintenant retournée chez lui et qu'ils se sont réconciliés? Imaginez à quel point un homme peut être bête! ajouta-t-elle en se tournant vers Rose, qui était abasourdie.

— Et qui vous a appris cette grande nouvelle, miss Eliza? dis-je en interrompant les exclamations de ma sœur.

— Je la tiens de fort bonne source, sir.

— Puis-je vous demander de qui vous vient ce renseignement?

— D'un des domestiques de Woodford.

— Oh! je ne savais pas que vous étiez en si bons termes avec les valets de Mr Lawrence.

— Ce n'est pas l'homme lui-même qui me l'a dit; il l'a dit en confidence à notre bonne, Sarah, et Sarah me l'a répété.

— En confidence, je présume; et vous nous l'avez répété en confidence; mais je puis vous assurer que cette histoire est boiteuse; et à peine à moitié exacte.

Tout en parlant, j'avais fini de sceller ma lettre et d'écrire l'adresse d'une main tremblante malgré tous mes efforts pour rester calme, bien que je fusse convaincu de la fausseté de ces racontars; il était impossible que

Mrs Graham eût rejoint son mari et qu'ils se fussent réconciliés. Elle était probablement partie et le domestique en avait déduit qu'elle était retournée chez elle ; notre aimable visiteuse en avait fait une certitude, ravie de l'occasion qui se présentait de me tourmenter. Mais il était possible, quoique improbable, que quelqu'un l'eût trahie et qu'elle eût été entraînée de force. M'attendant au pire, mais bien décidé à en avoir le cœur net, je fourrai mes lettres dans ma poche et, murmurant une excuse, je quittai la pièce, traversai la cour en courant et réclamai mon cheval à grands cris. Comme personne ne me répondit, je tirai moi-même la bête hors de l'écurie, jetai la selle sur son dos et les brides autour de son cou et m'élançai à fond de train vers Woodford. Je trouvai le propriétaire se promenant pensivement sur ses terres.

— Votre sœur est-elle partie ? furent mes premières paroles tandis que je lui serrais convulsivement la main, sans même m'enquérir de sa santé, comme je le faisais d'habitude.

— Elle est partie, répondit-il si calmement que mes terreurs s'en trouvèrent immédiatement calmées.

— Je suppose que je ne puis savoir où elle est ? dis-je en descendant de ma monture et en tendant les rênes au jardinier, qui avait été appelé par son maître et avait interrompu le ratissage des feuilles mortes pour conduire la bête à l'écurie.

Mon compagnon me prit le bras pour me conduire dans le jardin et répondit à ma question :

— Elle est au manoir de Grassdale.
— Où ? criais-je en sursautant convulsivement.
— À Grassdale.
— Mais comment ? Qui l'a trahie ?
— Elle est partie de son propre gré.

— C'est impossible, Lawrence! Elle ne peut être folle à ce point! m'exclamais-je en lui serrant frénétiquement le bras, comme pour l'obliger à retirer ce qu'il venait de dire.

— C'est pourtant vrai, insista-t-il sur le même ton grave et calme; et ce n'est pas sans raison qu'elle a agi de la sorte, continua-t-il en libérant doucement son bras: Mr Huntington est malade.

— Et elle est partie pour le soigner?

— Exactement.

— La sotte!

Je ne pus retenir cette exclamation et Lawrence me lança un regard de reproche.

— Est-il donc mourant?

— Je ne pense pas, Markham.

— Et combien d'autres nurses a-t-il près de lui... comme de jolies femmes pour le soigner?

— Aucune, il était seul, sinon elle ne serait pas partie.

— Ah! pitié! Ceci est intolérable!

— Quoi donc? Qu'il soit tout seul?

Je ne répondis même pas, car je sentais vaguement que cette circonstance ne faisait qu'ajouter à mon inquiétude. Je continuai à arpenter l'allée, plongé dans une douleur silencieuse, la main au front; je m'arrêtai brusquement et me tournant vers Lawrence, je m'exclamai avec impatience:

— Pourquoi a-t-elle agi de cette façon? Quel être malintentionné l'a convaincue de faire cela?

— Personne; elle a agi par devoir.

— Bêtises!

— J'ai eu cette impression, moi aussi, Markham, au début. Je peux vous assurer que je ne l'ai pas poussée à partir, car je déteste cet homme aussi cordialement que vous pouvez le faire... Pourtant son repentir me causerait plus de joie que sa mort. Mais je n'ai fait que lui apprendre qu'il était malade (il a fait une chute de cheval), et que cette malheureuse personne, miss Myers, l'avait quitté depuis quelque temps déjà.

— Vous avez eu tort ! Dès qu'il aura compris tout le confort que peut lui apporter sa présence, il la retiendra auprès de lui par des discours mensongers et des fausses promesses ; elle le croira et son malheur sera encore décuplé.

— Il ne semble pas que nous puissions craindre cela pour le moment, dit-il en tirant une lettre de sa poche ; d'après ce qu'elle me raconte dans une lettre reçue ce matin, je dirais...

C'était son écriture ! Poussé par une impulsion irrésistible, je tendis la main en disant : « Laissez-moi la lire ! » Les mots passèrent mes lèvres sans que je pusse les retenir. Il n'était pas disposé à m'obéir et je lui arrachai la lettre tandis qu'il hésitait. Retrouvant mes esprits, j'offris de la lui rendre une minute plus tard.

— La voici ! dis-je, si vous ne voulez pas que je la lise.
— Vous pouvez la lire si vous en avez envie, répondit-il.

Je la lus donc et tu peux en faire autant.

*Grassdale, 4 novembre.*

*Cher Frederick,*
*Je sais que tu attends anxieusement de mes nouvelles et je te raconterai tout ce que je peux. Mr Huntington est très malade, mais pas en danger de mort ; il est un peu mieux maintenant que lorsque je suis arrivée. J'ai trouvé la maison dans un piteux désordre. Tous les domestiques convenables, Mrs Greaves, Benson sont partis et ils ont été remplacés par un triste trio,*

*pour ne pas dire pire... je devrai les remplacer si je reste. Une infirmière a été engagée pour s'occuper de ce misérable malade. Il souffre beaucoup et n'a rien pour le soutenir. Les blessures reçues pendant l'accident n'étaient pas très graves en elles-mêmes et auraient été sans importance pour un homme sain, selon les dires du médecin; mais ce n'est pas le cas pour lui. La nuit de mon arrivée, il gisait dans une sorte de délire lorsque je suis entrée dans sa chambre. Il ne remarqua pas ma présence jusqu'au moment où je parlai et alors il me confondit avec une autre.*

*— Est-ce toi, Alice? Es-tu revenue? murmura-t-il. Pourquoi m'as-tu quitté?*

*— C'est moi, Arthur, moi, votre femme, répondis-je.*

*— Ma femme! dit-il en tressaillant. Pour l'amour du ciel, ne me parlez pas d'elle! Je n'ai plus de femme. Que le diable l'emporte! Et vous aussi, cria-t-il après un instant. Pourquoi avez-vous dit cela?*

*Je n'ajoutai rien; je remarquai qu'il fixait toujours le pied du lit et j'allai m'y asseoir, de façon à ce que la lumière m'éclaire en plein car je craignais qu'il ne fût mourant et je voulais qu'il me voie auprès de lui. Longtemps, il me contempla silencieusement, son regard vide devint intense. Finalement, il m'effraya en se dressant sur un coude et en murmurant sur un ton horrifié, les yeux toujours fixés sur moi:*

*— Qui êtes-vous?*

*— Helen Huntington, dis-je en me levant calmement pour aller m'asseoir un peu plus loin.*

*— Je dois devenir fou, cria-t-il, ou peut-être suis-je en train de délirer: mais laissez-moi, qui que vous soyez... je ne puis supporter votre pâle visage et vos yeux; pour l'amour de Dieu, partez et envoyez-moi quelqu'un qui ne vous ressemble pas!*

*Je partis immédiatement et je lui envoyai l'infirmière ; mais dès le lendemain matin, j'entrai à nouveau dans sa chambre ; je pris la place de l'infirmière, à son chevet, et je l'observai pendant plusieurs heures ; je me montrais le moins possible et ne parlais que lorsque c'était nécessaire, tout bas. Au début, il s'adressait à moi comme si j'étais une infirmière, mais comme je traversais la chambre pour ouvrir les volets comme il le désirait, il dit :*

*— Vous n'êtes pas l'infirmière, vous êtes Alice ! Reste près de moi... cette vieille folle me tuera.*

*— Je resterai près de vous, dis-je.*

*Il continua à m'appeler Alice ou parfois par un autre prénom tout aussi répugnant pour moi. Je le supportai pourtant tout un temps, car je craignais de l'agiter inutilement en lui révélant mon identité. Pourtant, comme je tenais à ses lèvres un verre d'eau qu'il venait de demander et que je l'entendis me dire : « Merci, chérie ! », je pus m'empêcher de dire clairement : « Vous ne parleriez pas ainsi si vous saviez qui je suis » ; j'avais l'intention de tout lui dire, mais il murmura simplement quelques paroles incohérentes et je remis les explications à plus tard. Dans la soirée, comme je baignais son front avec du vinaigre coupé d'eau pour le soulager un peu, il dit, après m'avoir contemplée silencieusement pendant quelques minutes :*

*— Je fais des rêves étranges ; je ne puis m'en débarrasser, ils ne me laissent pas un instant de répit ; ce qui revient le plus souvent est votre visage et votre voix... ils lui ressemblent tellement... Je pourrais jurer qu'elle est à mon chevet.*

*— Elle y est, dis-je.*

*— C'est plutôt réconfortant, continua-t-il sans paraître entendre mes paroles. Pendant que vous vous occupez de moi, les autres rêves s'effacent. Continuez*

*à me baigner le front jusqu'à ce que l'autre rêve disparaisse aussi. Je ne puis le supporter... j'en mourrai!*

— *Il ne peut pas s'effacer, car ce n'est pas un rêve, dis-je clairement.*

— *Pas un rêve! cria-t-il en sursautant comme si une guêpe l'eût piqué, vous ne voulez pas dire qu'elle est vraiment là?*

— *Je suis là; mais ne vous écartez pas comme si j'étais votre pire ennemi: je suis venue pour vous soigner, ce que personne d'autre ne veut faire.*

— *Ou sont-ils? Sont-ils tous partis... les domestiques et... les autres?*

— *Les domestiques sont là si vous en avez besoin; mais vous devriez rester calmement étendu; personne ne vous soignera mieux que moi.*

— *Je ne comprends pas, dit-il, perplexe et affolé. Ai-je rêvé que... il se couvrit les yeux de la main comme pour réfléchir à ce mystère.*

— *Non, Arthur, ce n'était pas un rêve; votre conduite m'a réellement forcée à fuir; mais l'on m'a dit que vous étiez malade et abandonné et je suis venue vous soigner. Ayez confiance en moi, dites-moi ce que vous souhaitez et j'essayerai de vous satisfaire. Il n'y a personne d'autre pour s'occuper de vous, je ne vous ferai aucun reproche maintenant.*

— *Je vois, dit-il avec un sourire amer, vous vous conduisez en bonne chrétienne dans l'espoir de gagner une place au paradis pour vous et de creuser une fosse plus profonde aux enfers pour moi.*

— *Pas du tout, je suis venue pour vous apporter l'aide dont vous avez besoin; tant mieux si je puis soigner votre âme en même temps que votre corps...*

— *Bien sûr, le moment est bien choisi pour me plonger dans le remords et éveiller le repentir en mon cœur... Qu'avez-vous fait de mon fils?*

— *Il se porte bien, vous pourrez le voir si vous promettez de bien vous conduire, mais le moment n'est pas encore venu.*

— *Où est-il?*

— *Il est à l'abri.*

— *Est-il ici?*

— *Peu importe où il est, vous ne le verrez pas avant d'avoir juré de le laisser entièrement sous ma garde, de me permettre de l'emmener où et quand je le désire. Mais nous parlerons de cela demain, vous devez rester calme maintenant.*

— *Laissez-moi le voir tout de suite. Je promettrai tout ce que vous voulez.*

— *Non...*

— *Je le jure, aussi vrai que Dieu est au ciel! Permettez-moi de le voir.*

— *Mais je ne crois plus en vos serments et vos promesses; il me faut un papier signé en présence d'un témoin... mais pas aujourd'hui, attendons demain.*

— *Non, aujourd'hui... maintenant,* insista-t-il et il était dans un tel état d'agitation fébrile que je jugeai préférable de ne pas l'exciter davantage.

Mais je n'oubliais pas pour autant de protéger mon fils; j'écrivis clairement sur une feuille de papier la promesse que je voulais obtenir, je la lus à Mr Huntington, qui la signa en présence de Rachel. Il m'avait d'abord demandé de ne pas agir ainsi, car j'avouais devant la domestique que je n'avais pas confiance en sa parole. Je lui répondis qu'il avait trop souvent manqué à ses promesses et devait en supporter les conséquences. Il prétendit être incapable de tenir une plume. «Nous devrons donc attendre que vous ayez assez de force» dis-je. Il dit alors qu'il allait essayer mais qu'il voyait mal. Je lui indiquai du doigt la place où il devait signer et lui dis qu'il *pouvait écrire son nom même dans l'obscurité. Il assura alors qu'il n'aurait plus la force de former les lettres :*

*— Dans ce cas, vous êtes trop malade pour voir l'enfant, dis-je.*

*Me voyant inexorable, il parvint à signer notre accord et je priai Rachel d'envoyer le petit.*

*Toute cette scène peut te paraître très dure, mais je devais profiter de mon avantage et ne pas risquer par faiblesse la sécurité de mon fils. Le petit Arthur n'avait pas oublié son père, mais ces treize mois de séparation pendant lesquels je n'avais presque jamais prononcé son nom, avaient rendu l'enfant timide ; lorsque Rachel l'introduisit dans la pièce obscure ou reposait cet homme malade aux joues rouges et aux yeux trop brillants, si différent de l'homme que nous avions quitté, l'enfant s'accrocha à moi et contempla son père avec plus d'étonnement que de plaisir.*

*— Viens ici, Arthur, dit-il en étendant la main vers lui.*

*L'enfant s'avança et toucha timidement cette main brûlante, mais sursauta lorsque son père lui saisit brusquement le bras et l'attira vers lui.*

*— Me reconnais-tu ? demanda Mr Huntington, qui le regardait avidement.*

*— Oui.*

*— Ce n'est pas vrai ! répliqua son père déçu et relâchant son étreinte et en me lançant un regard vindicatif.*

*Arthur se glissa vers moi et mit sa main dans la mienne. Son père assura que j'apprenais à l'enfant à le détester et m'insulta méchamment. Je renvoyais immédiatement le petit garçon et lorsque Huntington interrompit ses injures, je l'assurai calmement qu'il n'en était rien ; je n'avais jamais cherché à dresser son fils contre lui.*

— J'avoue que je désire qu'il vous oublie, vous et les leçons que vous lui avez enseignées ; pour cette raison et aussi pour éviter qu'il bavarde à votre sujet, je ne l'ai pas laissé souvent parler de vous ; et je pense que personne ne peut me blâmer.

Le malade ne répondit que par des grognements, il roulait la tête sur son oreiller dans un paroxysme de rage.

— Je suis déjà en enfer, cria-t-il. Cette soif maudite me brûle le cœur ! Personne ne...

Je lui versai un verre d'une boisson acidulée et rafraîchissante préparée pour lui et le lui apportai avant qu'il finisse sa phrase. Il but avidement, mais il grommela comme je reprenais le verre :

— Je suppose que ça vous amuse de me voir souffrir.

Je feignis de ne pas entendre et lui demandai ce que je pouvais encore faire pour lui.

— Je vais vous donner une nouvelle occasion de prouver votre grandeur d'âme, grogna-t-il : redressez mon oreiller... et ces sacrés draps de lit. (Je m'exécutai.) Là, donnez-moi un autre verre de cette infâme mixture... (J'obéis.) Quel plaisir, n'est-ce pas ? Vous n'avez certes jamais espéré avoir une telle occasion de vous conduire en bonne chrétienne, je suppose.

— Et maintenant, vais-je rester à votre chevet, ou serez-vous plus calme si je vous envoie la garde-malade ?

— Vous êtes extrêmement gentille et généreuse... mais vous me rendez fou ! répondit-il en secouant impatiemment la tête.

— Je vais vous laisser, dis-je et je me retirai.

Je ne le dérangeai plus de toute la journée, si ce n'est pour jeter de temps en temps un coup d'œil dans la pièce pour m'assurer qu'il ne manquait de rien.

Le lendemain matin, le médecin lui fit une saignée. Il se montra plus calme et accepta que je passe de temps *à autre quelques instants dans sa chambre. Ma présence ne semblait plus l'agiter ou l'irriter; il acceptait mes services sans faire de remarques désobligeantes; en réalité, il parlait à peine, juste assez pour demander ce qu'il désirait. Mais le lendemain, c'est-à-dire aujourd'hui, il sortit de cet état d'hébétude et son naturel méchant reprit le dessus.*

*— Ô douce revanche! s'écria-t-il lorsque j'eus tout fait pour l'installer confortablement et accompli les petites tâches que la garde-malade oubliait régulièrement. En somme, me dit-il, vous ne faites que votre devoir.*

*— C'est mon seul réconfort, dis-je sans pouvoir réfréner mon amertume, il semble que je doive trouver ma récompense dans ma propre conscience.*

*Il sembla surpris par le ton de ma voix.*

*— Quelle récompense espériez-vous donc? demanda-t-il.*

*— Vous me traiterez de menteuse si je vous le dis... j'espérais sincèrement vous faire du bien: améliorer votre état d'esprit et soulager vos souffrances physiques... Mais il semble que mes efforts soient vains. Votre méchanceté est la plus forte. J'ai sacrifié pour vous mes sentiments et le peu de confort matériel que j'étais parvenue à me créer... tout cela pour rien. Chaque fois que je fais quelque chose pour vous, vous m'accusez de méchanceté, vous prétendez que je cherche une vengeance raffinée.*

*— Comme c'est charmant! dit-il en me considérant avec stupéfaction. Vous vous attendez sans doute à me voir fondre de reconnaissance devant tant de générosité et de bonté surhumaine... mais je suis incapable d'éprouver de tels sentiments. De grâce, continuez à être aussi bonne si cela peut vous procurer le moindre plaisir; vous vous êtes sans doute aperçue que je suis fort*

*malheureux, aussi malheureux que vous pouvez le souhaiter. Je reconnais que vous me soignez mieux que tous ces maudits domestiques qui m'abandonnaient à mon triste sort, et tous mes anciens amis semblent m'avoir oublié. J'ai passé de mauvais moments, je vous assure; j'ai parfois cru que j'allais mourir... pensez-vous que je sois encore en danger?*

*— Nous risquons toujours de mourir, à tout instant; il est toujours bon de vivre en pensant que la mort est très proche.*

*— Oui, oui... mais croyez-vous que cette maladie pourrait avoir une issue fatale?*

*— Je ne saurais le dire; mais si cela était, êtes-vous prêt à mourir?*

*— Mais le médecin m'a assuré que je ne courrais aucun risque si je suivais son régime et prenais régulièrement mes médicaments.*

*— J'espère que vous irez mieux, Arthur; mais ni moi ni le docteur ne pouvons rien affirmer dans un tel cas; vous souffrez d'une blessure interne et il est difficile de poser un diagnostic.*

*— Vous cherchez à me faire peur!*

*— Pas le moins du monde, mais je ne veux pas vous bercer d'illusions. Si vous êtes convaincu de la fragilité de votre existence, vous penserez peut-être plus à votre salut. Je ne voudrais pas vous enlever le bénéfice de telles réflexions, même si vous espérez une complète guérison. Êtes-vous très effrayé par l'idée de la mort?*

*— C'est la seule chose à laquelle je ne puis penser, si vous croyez...*

*— Mais nous devons tous mourir un jour, l'interrompis-je; dans plusieurs années, cette idée sera aussi effrayante que maintenant si vous n'êtes pas préparé et si...*

*— Au diable! vos prêcheries sont une véritable torture, ne continuez pas, j'en mourrai. Je vous dis que je ne puis le supporter, je souffre assez comme cela. Si vous croyez que je suis en danger, sauvez-moi, j'écouterai ensuite, par reconnaissance, ce que vous avez à dire.*

*Je laissai donc tomber ce sujet de conversation. Je crois, Frederick, qu'il est temps que je termine ma lettre. Tu en sais assez pour juger de l'état du patient et de ma position ici. Écris-moi bientôt et je t'enverrai d'autres nouvelles. Maintenant que le malade tolère ma présence dans sa chambre, je serai fort occupée, car je ne veux pas pour autant négliger mon fils. Je ne puis le laisser tout le temps avec Rachel et je n'ose pas l'abandonner aux mains des autres domestiques. Si son père allait plus mal, je demanderais à Esther Hargrave de s'occuper de l'enfant au moins jusqu'à ce que j'aie réorganisé la maison, mais je préfère évidemment le garder sous mes propres yeux.*

*Je suis ici dans une situation assez singulière: je fais l'impossible pour soigner mon mari… et s'il guérit, que ferai-je? Mon devoir, évidemment. Mais comment? Peu importe, je puis accomplir mon devoir du moment et Dieu me donnera des forces pour l'avenir. Au revoir, cher Frederick.*

*Helen Huntington*

— Que pensez-vous de tout cela? dit Lawrence comme je repliais la lettre sans mot dire.

— Il me semble, rétorquai-je, qu'elle jette des perles aux pourceaux. Puissent-ils se contenter de les piétiner sans se retourner contre elle! Mais je ne veux rien dire de plus qui semble une critique. Je comprends qu'elle a les motifs les plus nobles pour agir ainsi; si elle manque de sagesse, que Dieu la protège! Puis-je garder cette lettre, Lawrence?... elle n'y parle pas une seule fois de moi... pas la moindre allusion... il n'y a donc aucun mal à ce que vous me la donniez.

— Pourquoi souhaiteriez-vous la garder?

— N'est-ce pas sa main qui a tracé ces lignes? Ces mots furent formés dans son esprit et peut-être prononcés par ses lèvres.

— Soit, dit-il.

Je la gardai donc et c'est pourquoi, Halford, tu as pu la lire mot pour mot.

— Lorsque vous écrirez à votre sœur, dis-je, soyez assez aimable pour lui demander de me permettre de mettre ma sœur et ma mère au courant de son histoire; je voudrais leur en dire assez pour la réhabiliter aux yeux des voisins. Je ne demande aucun message tendre, simplement cette permission; dites-lui qu'elle ne pourrait me faire un plus grand honneur... rien de plus. Je connais son adresse et je pourrais écrire moi-même mais, je veux tenir ma promesse.

— Je le ferai volontiers pour vous, Markham.

— Vous m'avertirez dès que vous aurez une réponse?

— Si tout va bien, je viendrai vous le dire moi-même.

## 48

Cinq à six jours plus tard, Mr Lawrence nous fit l'honneur de nous rendre visite ; je m'arrangeai pour me trouver seul avec lui en l'entraînant dehors sous prétexte de lui montrer mes meules et il me montra aussitôt une nouvelle lettre de sa sœur. Il me la donna volontiers, car il pensait sans doute que son contenu me ferait du bien. La seule réponse qu'elle donnait à mon message est celui-ci :

*Mr Markham est autorisé à faire toutes les révélations qu'il jugera nécessaires à mon sujet. Il doit savoir que je désire qu'on en parle le moins possible. J'espère qu'il va bien, mais dis-lui de m'oublier.*

Je puis te donner quelques extraits de cette lettre car je fus autorisé à la conserver… sans doute comme antidote contre de vaines espérances !

*Il va décidément mieux, mais il est très abattu par sa maladie et par le régime sévère auquel il n'est pas habitué. Il est désespérant de voir combien la vie qu'il a menée, ces dernières années, a ruiné sa santé physique et morale. Le docteur affirme que l'on peut le considérer comme hors de danger s'il suit strictement le régime établi. Il a besoin de stimulants mais à petites doses, et il est très difficile de lui faire admettre ces restrictions. Au début, il obéissait par crainte de mourir, mais il devient de plus en plus difficile, sa révolte croît avec le retour de ses forces et la diminution de ses souffrances. Il a retrouvé quelque appétit et, là aussi, je dois lutter contre de mauvaises habitudes. Je l'observe et je le modère dans toute la mesure du possible ; je me fais souvent injurier pour ma trop grande sévérité ; parfois il échappe à ma vigilance, parfois il agit contre ma volonté. Mais il a si bien accepté que je le soigne qu'il n'est content que lorsque je me trouve à son chevet. Si je le laissais faire, il ferait de moi une véritable esclave ; je crois pourtant que je serais impardonnable si j'abandonnais tout autre intérêt pour le soigner. Je dois surveiller la domesticité et m'occuper de mon petit Arthur... si je satisfaisais à tous ses caprices, je serais bientôt malade moi-même. Je ne le veille pas la nuit, car je pense que l'infirmière est plus qualifiée pour cela ; mais je ne passe jamais une nuit tout à fait calme ; mon malade me fait appeler à n'importe quelle heure, par pur caprice. Pourtant, il craint visiblement de me fâcher ; il commence par pousser ma patience jusqu'aux extrêmes limites pour s'abaisser aux plus basses prières lorsqu'il craint de m'avoir poussée à bout ; mais je puis facilement lui pardonner tout cela : je sais combien il est affaibli et combien son système nerveux est déséquilibré. Je trouve ses brusques marques de tendresse beaucoup plus difficile à supporter, car je ne puis y croire, ni les lui rendre. Je ne le déteste plus, ses souffrances et les soins que je lui ai donnés ont quelque peu adouci mes sentiments ; je pourrais même lui témoigner de l'affection si je le sentais sincère et disposé à laisser les choses comme elles sont ; mais plus il essaye de se rapprocher de moi, plus je m'écarte et plus je crains l'avenir.*

— *Helen, qu'avez-vous l'intention de faire lorsque je serai guéri? me demanda-t-il ce matin même. Allez-vous fuir une fois encore?*

— *Cela dépend entièrement de vous.*

— *Oh, mais je me conduirai très bien.*

— *Si j'estime qu'il est nécessaire que je vous quitte, Arthur, je ne «fuirai» pas; souvenez-vous que j'ai votre promesse de me laisser partir librement et d'emmener mon fils.*

— *Je ne vous donnerai aucune raison de partir.*

*Il ajouta une série de promesses que j'interrompis froidement.*

— *M'avez-vous pardonné? dit-il.*

— *Oui, je vous ai pardonné; mais je sais que vous ne m'aimerez plus jamais comme vous le faisiez jadis... je ne le désire pas d'ailleurs car je ne pourrais vous rendre ce sentiment: laissons donc tomber ce sujet brûlant et n'en parlons plus jamais. Vous savez maintenant tout ce que je peux faire pour vous et je continuerai si ma charge n'est pas incompatible avec mes devoirs envers mon fils; lui n'a jamais manqué à ses devoirs et je sais que je puis faire plus pour son bien que pour le vôtre; si vous souhaitez rencontrer de la gentillesse de ma part, vous devez le prouver par des actes et non par des paroles.*

*Il ne répondit que par une légère grimace et un vague haussement d'épaules. Pauvre homme! les mots pour lui sont tellement plus faciles que les actes! C'est comme si je lui avais dit: «Ce que vous désirez est horriblement rare et cher.» Il soupira sur son propre sort; lui qui avait été adulé par tant d'admiratrices était maintenant à la merci d'une femme dure, exigeante et froide; il devait même se montrer heureux de la moindre gentillesse!*

— *Quelle pitié, n'est-ce pas? dis-je.*

*Que j'eusse ou non deviné ses pensées, il répondit :*

*— On ne peut plus rien changer ! en souriant à moitié de ma pénétration.*

*J'ai vu deux fois Esther Hargrave. C'est une charmante enfant, mais sa mère est presque parvenue à éteindre sa gaieté et son charmant caractère en lui reprochant sans cesse de ne pas avoir accepté le prétendant choisi pour elle... Ce n'est pas une persécution violente, mais une guerre d'usure aussi rongeante que la chute perpétuelle d'une goutte d'eau toujours à la même place. Cette mère dénaturée semble bien décidée à rendre la vie impossible à sa fille si elle refuse d'obéir.*

*— Maman fait tout ce qu'elle peut pour que je me sente de trop chez nous, je dois être la fille la plus ingrate et la plus égoïste du monde ; Walter lui-même est si froid et si distant que j'ai parfois l'impression qu'il me hait. Je crois que j'aurais cédé tout de suite si j'avais su ce que m'apporterait ma résistance, mais maintenant je tiens bon, par pure obstination.*

*— Une mauvaise raison, mais une bonne résolution, répondis-je. Cependant je sais que tu as de meilleures raisons de refuser et je te conseille de persévérer.*

*— Faites-moi confiance. Je menace parfois de fuir et de gagner ma vie au risque de couvrir toute la famille de honte, si elle persiste à me tourmenter ; cela lui fait un peu peur. Mais je le ferai vraiment si cela ne change pas.*

*— Sois calme et patiente, dis-je, de meilleurs temps viendront.*

*Pauvre enfant ! Je souhaite qu'elle rencontre quelqu'un qui soit digne d'elle... pas toi, Frederick ?*

Cette lettre m'enleva toute illusion quant à l'avenir d'Helen et du mien : mais je trouvai une grande source de consolation dans la permission qu'elle me donnait de laver son nom de toute flétrissure. Les Millward et les Wilson verraient le soleil briller à travers les nuages ; ils seraient aveuglés par ses rayons ; mes amis aussi verraient la vérité, eux dont le doute m'avait rongé l'âme. Je n'avais qu'à semer un petit grain de vérité et il grandirait de lui-même ; quelques mots à ma mère et à ma sœur suffiraient pour répandre la nouvelle dans tout le voisinage, sans que je m'en occupe personnellement.

Rose fut enchantée ; dès que je lui eus raconté ce que je jugeais nécessaire de divulguer – et je prétendis ne rien savoir de plus – elle mit son bonnet et son châle pour se rendre chez les Millward et les Wilson afin de répandre la bonne nouvelle. Je crois que cette nouvelle n'était bonne que pour elle et pour Mary Millward, cette fille sensible et intelligente, que l'ex-Mrs Graham avait tout de suite appréciée sous ses dehors modestes et qui avait mieux apprécié la dame de Wildfell que les plus grands esprits de la paroisse.

Comme je n'aurai plus jamais l'occasion de te parler d'elle, je puis t'annoncer qu'elle est secrètement fiancée à Richard Wilson. Cet étudiant de valeur est encore à Cambridge, où son obstination à vouloir s'instruire et son excellente réputation font merveille. Il est premier et seul vicaire de Mr Millward, car celui-ci devait admettre que sa paroisse étendue était trop difficile à administrer pour un homme de son âge, mais il ne manquait jamais de vanter son énergie devant ses jeunes confrères. Ces deux amoureux patients et fidèles ont attendu patiemment pendant des années ; ils sont maintenant réunis à la grande stupéfaction du petit monde qui nous entoure et qui les croyait tous deux voués à un éternel célibat ; ils affirmaient que ce pâle rat de bibliothèque n'aurait jamais l'énergie de chercher une compagne et de se faire accepter ; on chuchotait aussi que miss Millward était trop quelconque et dépourvue de tout charme pour trouver un mari.

Ils se sont mariés et vivent à la cure; la jeune femme partage son temps entre son père, son mari, les paroissiens pauvres… et sa famille, qui s'agrandit chaque année. Maintenant que le révérend Michael Millward a rendu sa belle âme à Dieu, le révérend Richard Wilson lui a succédé à la grande satisfaction des paroissiens, qui apprécient pleinement ses qualités et celles de son excellente femme.

Si le sort de la sœur de Mary t'intéresse, je puis t'apprendre – si tu ne le sais pas d'une autre source – qu'elle a épousé un riche commerçant de \*\*\* dont je n'envie pas le sort. Je crois qu'elle lui rend la vie assez difficile, mais comme il est horriblement obtus, il ne comprend sans doute pas l'étendue de son malheur. Je ne la vois plus jamais; mais je suis convaincu qu'elle n'a pas oublié son ancien amoureux ni la dame aux qualités supérieures qui lui a ouvert les yeux sur cet attachement de jouvenceau, et qu'elle ne leur a pas encore pardonné.

La sœur de Richard Wilson ayant été incapable de capturer Mr Lawrence dans ses rets ou de découvrir un partenaire assez riche et élégant pour satisfaire à l'idée qu'elle se faisait d'elle-même, vit toujours dans un bienheureux célibat. Peu de temps après la mort de sa mère, elle priva Ryecote Farm de son exquise personne, car il lui était impossible de supporter plus longtemps les manières rudes et peu sophistiquées de son brave frère, Robert, et de sa digne femme; elle ne voulait pas être confondue avec des personnes aussi peu distinguées et loua deux chambres à \*\*\*, chef-lieu du comté. Je suppose qu'elle y vit toujours dans une atmosphère de distinction peu confortable, ne faisant aucun bien, ni aux autres, ni à elle-même, passant ses journées à des travaux d'aiguille ou à répandre des scandales ; elle parle très souvent de son frère le pasteur ou de sa sœur la femme du pasteur, mais jamais de son frère et de sa belle-sœur, les fermiers ; elle voit le plus de gens possible sans faire de grandes dépenses, n'aime personne et ne rencontre pas d'amour : une vieille fille froide et superficielle toujours prête à critiquer.

## 49

La santé de Mr Lawrence était maintenant excellente, mais je continuais mes visites régulières à Woodford ; nous parlions rarement de Mrs Huntington, mais j'espérais entendre parler d'elle à chacune de mes visites. Je commençais toujours par parler de toutes sortes d'autres questions et j'attendais qu'il en parle le premier. Lorsqu'il n'en faisait rien, je demandais négligemment : « Avez-vous reçu des nouvelles de votre sœur, ces derniers jours ? » S'il répondait par la négative, nous laissions tomber le sujet ; s'il disait : « Oui, j'en ai eu des nouvelles », j'osais demander : « Comment va-t-elle ? » Mais je n'allais jamais jusqu'à ajouter : « Comment est son mari ? » et pourtant j'en mourais d'envie, mais je n'étais pas assez hypocrite pour paraître m'inquiéter de sa guérison et pas assez franc pour souhaiter qu'il ne se rétablisse jamais. Désirai-je vraiment sa mort ?... je crains de devoir plaider coupable, mais puisque tu as lu ma confession, tu dois entendre mes raisons, quelques-unes des excuses que je me trouvais pour me défendre contre ma propre conscience.

Tout d'abord, sa vie ne faisait de bien à personne, pas même à lui-même ; si je souhaitais la voir finir, je n'aurais pas levé le petit doigt pour hâter sa fin ; si un esprit m'avait soufflé qu'il suffirait que je le désire fermement, je ne l'aurais pas même souhaité, à moins que sa mort n'eût pu racheter une autre vie plus utile à ses semblables. Quel mal y a-t-il à souhaiter que cette âme maudite nous quitte parmi les milliers d'autres âmes qui seront appelées avant que l'année soit finie ? Je n'y voyais, pour ma part, aucun mal et je souhaitais du fond du cœur qu'il plût au ciel de l'appeler dans un monde meilleur ou tout au moins de le retirer de celui-ci ; s'il n'était pas prêt maintenant, après cette longue maladie et la présence d'un ange à ses côtés, il ne le serait jamais ; bien au contraire, le retour à la santé ramènerait de nouvelles aspirations vers la luxure et la méchanceté, lorsqu'il serait certain de guérir, plus habitué à ses bontés, il redeviendrait plus rude, plus fermé à ses bons conseils... Dieu savait ce qu'il avait à faire. Mais entre-temps, j'étais fort inquiet des décisions que le Tout-Puissant pourrait prendre ; sans penser à mon bonheur personnel, je savais qu'Helen ne pourrait être heureuse, même si elle se préoccupait de son bien-être et plaignait son misérable sort.

Une quinzaine de jours s'écoulèrent et mes questions reçurent toujours les mêmes réponses ; Lawrence était sans nouvelles. Enfin, il répondit affirmativement à la première question : il avait reçu une lettre. Lawrence devinait mon anxiété et il appréciait ma discrétion. Je craignis d'abord qu'il ne me torturât en me donnant de vagues réponses et je me voyais déjà forcé de lui arracher la vérité bribe par bribe ; tu me diras que je l'avais bien mérité, mais il fut plus charitable et me remit bientôt la lettre de sa sœur. Je la lus silencieusement et je la lui rendis sans commentaire. À partir de ce jour-là, il trouva plus simple de me montrer les lettres et j'acceptai ce procédé avec tant de discrétion qu'il ne vit aucune raison pour changer de méthode.

Je dévorais des yeux ces précieuses missives et je les relisais jusqu'à ce que chaque mot fût gravé dans mon cœur ; lorsque je rentrais chez moi, je transcrivais les passages saillants dans mon journal parmi les événements les plus importants de la journée.

La première lettre parlait d'une rechute de Mr Huntington ; il avait abusé des boissons fortes, malgré les remontrances de sa femme ; c'est en vain qu'elle allongeait son vin avec de l'eau ; il se fâchait lorsqu'elle lui faisait remarquer qu'il se rendrait malade et un jour qu'il s'aperçut que son porto contenait de l'eau, il jeta la bouteille par la fenêtre ouverte et jura qu'il ne se laisserait pas tromper comme un enfant ; il ordonna au maître d'hôtel de lui apporter une bouteille du vin le plus alcoolisé qu'il trouverait dans la cave et de se dépêcher s'il ne voulait pas être renvoyé à l'instant. Il affirmait qu'elle le rationnait afin de l'empêcher de reprendre des forces mais qu'il ne se laisserait pas mener par le bout du nez ; après ce beau discours, il avait saisi un verre d'une main et la bouteille de l'autre et ne s'était arrêté qu'après avoir bu la dernière goutte. Cette «imprudence», comme elle appelait cette action d'éclat, eut des résultats immédiats ; des symptômes alarmants se montrèrent immédiatement et les choses n'avaient fait qu'empirer depuis lors ; c'est pourquoi elle était restée si longtemps sans écrire à son frère. Les malaises caractéristiques de cette maladie se faisaient virulents ; la blessure externe, presque guérie s'était rouverte ; l'inflammation interne qui s'était déclarée pouvait être mortelle. Le caractère du malheureux malade n'en était pas devenu meilleur ; son infirmière ne s'en plaignait pas dans sa lettre, mais je crois que la situation devait être à peu près insupportable ; elle avait été forcée de confier Arthur à Esther Hargrave, car sa présence était nécessaire au chevet du malade, de jour et de nuit. L'enfant l'avait suppliée de le garder auprès d'elle et de lui permettre de soigner son papa, mais elle le trouvait trop jeune pour assister à de telles souffrances; elle n'aimait pas qu'il voie la façon dont Huntington la traitait, ni qu'il entende le genre de langage qu'il employait dans un paroxysme de douleur et d'énervement.

*Huntington regrette d'avoir repris du vin, continuait-elle, mais il me rend responsable de cette rechute. Il dit que si je l'avais traité en être humain, que si j'avais discuté avec lui au lieu de le soigner comme un bébé, tout cela ne serait jamais arrivé; je l'avais forcé à affirmer son indépendance même au risque de sa santé. Il semble se rendre compte de son état; mais il refuse de se préparer à mourir. La nuit dernière, je le veillais et comme je lui apportais une boisson rafraîchissante pour calmer l'horrible soif qui le brûlait, il remarqua avec son amertume habituelle:*

*— Comme vous voilà attentive!... Je suppose que vous feriez n'importe quoi pour moi maintenant?*

*— Vous savez bien, dis-je, surprise de ses façons, que je suis prête à vous aider lorsque je le peux.*

*— Oui, pour l'instant, mon ange immaculé; mais lorsque vous aurez trouvé au ciel la juste récompense de vos bienfaits et que vous me verrez hurlant aux enfers, vous ne lèverez plus le petit doigt pour moi!... Bien au contraire, vous me regarderez du haut de votre grandeur et ne tremperez pas même le bout du doigt dans l'eau pour apaiser ma soif!*

*— Ce sera uniquement parce que je ne saurai franchir le gouffre sans fond qui nous séparera; je pourrais peut-être me réjouir en pensant que vous vous purifiez par la souffrance et que vous serez un jour prêt à partager les mêmes joies que moi. Mais ne ferez-vous rien, Arthur, pour que nous nous retrouvions au ciel?*

*— Hum! J'aimerais savoir ce que j'irais y faire?*

*— Ce n'est pas à moi de vous le dire ; il est évident que vos goûts et vos sentiments devront changer complètement avant que vous puissiez trouver quelque plaisir au paradis. Mais préférez-vous sombrer sans lutter vers les tourments qui vous attendent en bas ?*

*— Tout cela n'est qu'un conte, dit-il avec mépris.*

*— En êtes-vous bien sûr, Arthur ? Car, s'il existe le moindre doute, si vous vous trompiez malgré tout, lorsqu'il sera trop tard pour...*

*— Ce sera plutôt gênant, je le reconnais, dit-il, mais ne vous occupez pas de moi maintenant... je n'ai pas encore l'intention de mourir. Je ne le peux pas, ajouta-t-il avec véhémence, comme soudainement frappé d'horreur. Helen, vous devez me sauver !*

*Il me saisit la main et chercha à lire dans mes yeux avec tant d'angoisse que mon cœur saignait pour lui et que les larmes m'empêchaient de parler.*

La lettre suivante nous apprit que le malade déclinait rapidement ; le pauvre homme était plus affolé par la crainte de la mort que par les douleurs physiques. Tous ses amis ne l'avaient pas abandonné ; Mr Hattersley, ayant appris qu'il était très mal, vint lui rendre visite depuis sa propriété qui était très éloignée, dans le nord du pays. Sa femme l'avait accompagné en partie pour revoir une amie si chère dont elle avait été longtemps séparée, en partie pour rendre visite à sa mère et à sa sœur.

Mrs Huntington écrivait qu'elle avait été heureuse de revoir Millicent et de constater son parfait bonheur.

*Elle est au Grove pour le moment, disait la lettre, mais elle vient souvent me voir. Mr Hattersley passe des heures au chevet d'Arthur. Je ne le croyais pas capable de tant de bonté envers son ami malade, il fait de son mieux pour le réconforter mais ne réussit pas toujours.*

*Il essaye de plaisanter et de rire avec lui, en pure perte; parfois il tente de l'égayer en lui rappelant le passé, et les souvenirs du bon vieux temps parviennent à dérider le malade; parfois aussi il sombre encore plus profondément dans une noire mélancolie; Hattersley ne sait plus que dire quand il est dans cet état; il suggère que l'on devrait faire appeler un prêtre, mais Arthur repousse toujours cette idée; il se souvient qu'il a repoussé les conseils du clergyman par de brusques rebuffades et ne veut pas faire appel à lui maintenant.*

*Mrs Hattersley offre souvent de me remplacer, mais Arthur ne veut pas que je le quitte; depuis que son état empire encore, cet étrange caprice devient tyrannique: il me veut sans cesse à ses côtés. Je parviens parfois à prendre une heure ou deux de repos dans la chambre voisine lorsqu'il est plus calme, mais je laisse toujours la porte entrouverte pour qu'il sache que je suis là. J'écris près de lui; je crains que cela l'énerve de me voir occupée, je m'interromps souvent pour le servir, et Mr Hattersley est près de lui. Ce gentleman était venu pour me procurer une heure de répit, pour me permettre de me promener dans le parc, par cette belle matinée de gel, en compagnie de Millicent, d'Esther et du petit Arthur qu'ils avaient emmenés en voiture pour me voir. Notre pauvre malade estimait que c'était une proposition cruelle et que je serais plus cruelle encore de l'accepter. Je lui dis donc que je ne leur parlerais qu'une minute et que je reviendrais aussitôt. Je n'échangeai que quelques mots avec eux, sous le portique; je respirai avidement l'air vivifiant; je résistai à leurs prières et refusai de les accompagner dans le jardin; je m'arrachai à leur charmante compagnie et rejoignis mon malade. Je n'avais pas été absente cinq minutes mais il m'accueillit par de violents reproches. Son ami défendit ma cause:*

— *Voyons, Huntington, dit-il, tu es trop dur pour elle... elle doit se nourrir et dormir un peu, respirer l'air pur de temps en temps ou bien elle ne pourra continuer à te soigner. Regarde-la, mon vieux, elle n'est plus que l'ombre d'elle-même.*

— *Que sont ses souffrances, comparées aux miennes ? Vous m'accordez volontiers ces attentions, n'est-ce pas, Helen ?*

— *Oui, Arthur, si je puis vraiment vous aider. Je donnerais ma vie pour vous sauver, si je le pouvais.*

— *Le feriez-vous vraiment ?... Je ne vous crois pas !*

— *Je le ferais très volontiers.*

— *Parce que vous estimez être mieux préparée que moi !*

*Il y eut un lourd silence. Il était évidemment plongé dans de sombres réflexions, mais tandis que je cherchais quelque chose à dire pour le réconforter, Hattersley, dont les pensées suivaient le même cours, proposa :*

— *À ta place, je ferais appeler un prêtre, Huntington ; si tu n'aimes pas le pasteur, tu peux avoir son vicaire et n'importe qui d'autre.*

— *Non, personne ne peut me faire du bien si elle ne peut pas ! répondit-il tandis que les larmes roulaient sur ses joues. Oh ! Helen, si je t'avais écoutée, rien de tout ceci ne serait arrivé ! Ô Dieu, comme la vie aurait pu être différente !*

— *Écoute-moi maintenant, Arthur, dis-je en pressant doucement sa main.*

— *Il est trop tard ; dit-il d'un ton découragé.*

*Une vague de douleur le saisit, son esprit se mit à errer et nous craignîmes que le dernier moment ne soit venu ; mais je lui donnai un calmant qui diminua la souffrance, il reprit un peu de forces et sombra dans une sorte de sommeil. Il est plus calme maintenant et*

*Hattersley nous a quittés. Il est parti en disant qu'il espérait le trouver mieux le lendemain.*

*— Je vais peut-être me remettre, répondit-il, qui sait ?... c'est peut-être la dernière crise. Qu'en penses-tu, Helen ?*

*Je ne voulais pas le déprimer et je lui donnai une réponse réconfortante tout en lui conseillant de se préparer à toute possibilité, car je craignais le pire. Mais il avait repris courage. Un peu plus tard, il se remit à sommeiller... mais il vient à nouveau de gémir.*

*Il a changé. Il m'a appelé près de lui, sur un ton si exalté que je craignais de le trouver délirant... mais il n'en était rien.*

*— C'était vraiment la dernière crise, Helen ! Je viens de ressentir une horrible douleur ici, mais c'est fini maintenant. Je ne me suis jamais senti aussi bien depuis ma chute. Je ne souffre plus ! Il me saisit la main et la baisa d'enthousiasme, mais quand il vit que je ne partageais pas sa joie, il repoussa ma main et maudit amèrement ma froideur et mon manque de sensibilité. Que pouvais-je répondre ? Je m'agenouillai près de lui, je lui pris la main et la baisai affectueusement pour la première fois depuis notre séparation... Je lui dis à travers mes larmes que ce n'était pas par manque de tendresse pour lui que je ne me réjouissais pas, mais parce que je craignais que cet arrêt brusque de la douleur ne soit un mauvais signe. Je fis aussitôt appeler le médecin. Nous l'attendons avec impatience ; je te dirai ce qu'il diagnostiquera. Il ne souffre plus... il ne sent plus rien à l'endroit de la blessure.*

*Mes craintes étaient fondées... la plaie se gangrène. Le docteur lui a dit qu'il n'y avait plus d'espoir... les mots ne peuvent décrire son angoisse. Je ne puis t'en écrire davantage.*

La lettre suivante fut encore plus triste. Les souffrances du malheureux Huntington allaient bientôt prendre fin; il arrivait au bord de ce gouffre qu'il n'osait contempler; ni les prières, ni les larmes ne pouvaient le sauver. Plus rien ne pouvait le réconforter, c'est en vain qu'Hattersley essayait de le distraire. Ce qui se passait en ce monde ne l'intéressait plus; la vie avec tous ses petits ennuis et ses plaisirs fugaces ne lui était plus rien. Lui parler du passé était le torturer de remords inutiles; l'avenir l'effrayait, et pourtant on ne pouvait rester silencieux et le laisser en présence de ses propres regrets, de ses terribles craintes. Il s'appesantissait longuement sur le sort de son corps périssable; parlait de la lente destruction qui s'opérait pour l'amener vers le linceul, le cercueil, la tombe solitaire et l'horrible corruption.

*Lorsque je tente,* écrivait sa femme affligée, *de le distraire, d'élever plus haut ses pensées, il ne fait que gémir: «C'est affreux! c'est affreux! Comment puis-je me présenter au jugement dernier, si vraiment il existe?» Je ne puis l'aider; rien de ce que je dis ne le réconforte; cependant il s'accroche à moi avec une sorte de désespoir enfantin, comme si je pouvais l'arracher au sort qu'il redoute. Il me veut nuit et jour à son chevet. Il tient ma main gauche pendant que je t'écris; il la tient depuis des heures, parfois il est calme, son pâle visage tourné vers moi, parfois il serre mon bras avec violence; de grosses gouttes de sueur perlent sur son front, il est affolé par ce qu'il voit ou croit voir. Si je retire ma main pour un instant, il s'affole:*

*— Ne m'abandonne pas, Helen, dit-il, laisse-moi tenir ta main; j'ai l'impression que rien ne peut m'arriver tant que tu es là. Mais la mort viendra... elle arrive...*

*vite, très vite! Oh! si je pouvais être certain que tout est fini après cela!*

— *Ne crois pas cela, Arthur; tu trouveras la joie et la paix de l'âme si tu essayes de l'atteindre.*

— *Pour moi? dit-il avec une sorte de rire. Ne serons-nous pas jugés selon nos actes? À quoi servirait l'existence sur cette terre si un homme peut y faire ce qu'il lui plaît sans se soucier des lois de Dieu et rejoindre ensuite les élus... si le plus grand pécheur peut glaner les mêmes récompenses que le plus grand saint en disant seulement : «Je me repens?»*

— *Mais si tu te repens sincèrement...*

— *Je ne puis me repentir; je ne puis qu'avoir peur.*

— *Tu ne regrettes le passé que pour le mal qu'il pourrait te faire dans l'autre monde?*

— *C'est cela... mais je regrette de t'avoir fait du tort à toi, Nell, parce que tu es si bonne pour moi.*

— *Pense à la bonté de Dieu et tu ne pourras que te repentir de L'avoir offensé.*

— *Qu'est-ce que Dieu? Je ne puis Le voir, ni L'entendre. Dieu n'est qu'une idée.*

— *Dieu est Infinie Sagesse, Puissance, Bonté et Amour; si cette idée te dépasse, pense à Celui qui a vécu parmi nous, qui est monté au ciel et en qui brille toute la gloire de Dieu.*

*Mais il ne pouvait que secouer la tête et soupirer. Puis, saisi par un nouveau paroxysme de terreur, il resserrait son étreinte sur mon bras et ma main, gémissait, se lamentait; son désespoir me faisait mal, car je ne pouvais l'aider. Je tentais d'adoucir sa frayeur, de lui apporter quelque réconfort, mais il criait:*

— *La mort est horrible, je ne puis la supporter! Tu ne peux pas savoir, Helen... tu ne te trouves pas devant elle; lorsque je serai enfoui sous terre, tu retrouveras tes anciennes habitudes, tu seras heureuse, le monde continuera, actif et joyeux, tout comme si je n'avais jamais existé; mais moi...*

Il éclata en sanglots.

— *Cela ne doit pas t'attrister; nous te suivrons tous bientôt.*

— *Si seulement je pouvais t'emmener maintenant!* s'exclama-t-il. *Tu plaiderais en ma faveur.*

— *Aucun homme ne peut délivrer son frère, ni plaider sa cause devant Dieu, répondis-je; il faut plus que cela pour sauver une âme. Il a fallu le sang d'un Dieu incarné, parfait et sans péché pour nous sauver... permets à Celui-là de plaider pour toi.*

*Mais je parle en vain, il ne ridiculise pas mes paroles, comme il le faisait jadis; mais il ne me croit pas. Il ne peut plus vivre longtemps maintenant. Il souffre atrocement et ceux qui le veillent partagent ses souffrances... mais je ne vais pas t'ennuyer avec plus de détails, j'en ai dis assez, je crois pour te convaincre que j'ai bien fait de venir près de lui.*

Pauvre et chère Helen! quelle épreuve pour elle!

Je ne puis rien faire pour l'aider... Au contraire, il me semble parfois que ce sont mes désirs secrets qui lui portent malheur; lorsque je pense aux souffrances de son mari et aux siennes, je me demande si je ne suis pas puni pour avoir espéré qu'elle serait bientôt libre.

Une autre lettre arriva le lendemain que Lawrence me remit comme les autres, sans faire le moindre commentaire, voici ce qu'elle disait:

*Tout est fini. Je suis restée assise tout près de lui pendant toute la nuit, ma main liée à la sienne, j'observais l'altération de ses traits et j'écoutais son souffle toujours plus faible. Il était resté longtemps silencieux et je pensais qu'il ne parlerait plus lorsqu'il murmura d'une voix faible mais claire:*

*— Prie pour moi, Helen!*

*— Je prie pour toi, chaque jour, chaque minute, Arthur; mais tu dois prier toi-même.*

*Ses lèvres bougèrent, mais aucun son ne sortit; son visage était agité par des tics nerveux; comme il prononçait des paroles incohérentes, je crus qu'il délirait, je libérai ma main tout doucement avec l'intention d'aller respirer un peu d'air pur, car je me sentais mal; mais ses doigts s'agitèrent convulsivement et il murmura très bas: «Ne me quitte pas!»; je revins aussitôt près de lui, je repris sa main que je tins serrée jusqu'au dernier moment, puis j'eus une syncope. Ce n'est pas de chagrin que je faiblis mais d'épuisement. Oh, Frederick! personne ne peut imaginer les souffrances mentales et physiques de ce mourant! Je ne puis supporter l'idée que cette pauvre âme tremblante sera emportée vers les tourments éternels, j'en deviendrai folle! Mais grâce au ciel, je puis espérer. Je n'espère pas seulement que le remords et le pardon aient touché cet esprit au dernier moment, mais je crois fermement que, après avoir passé par les tourments du purgatoire, les âmes égarées ne seront pas perdues; Dieu qui ne peut rien haïr de ce qu'il a fait, le bénira finalement!*

*Son corps sera enfoui mardi prochain dans cette tombe obscure qu'il craignait tant; le cercueil devra être fermé aussitôt que possible. Si tu veux assister à l'enterrement, vient rapidement, car j'ai besoin d'aide.*

*Helen Huntington*

## 50

À la lecture de cette lettre, je ne pus dissimuler ma joie à Frederick Lawrence; ce n'était d'ailleurs pas un sentiment dont j'eusse à être honteux. Je me réjouissais uniquement de savoir que sa sœur était enfin délivrée de cette garde épuisante et qu'elle pourrait peut-être jouir en paix du reste de sa vie. Je ressentais une douloureuse pitié pour son malheureux époux tout en sachant qu'il avait tout fait pour attirer ce malheur sur sa propre tête et qu'il méritait sans doute ces affreuses souffrances; et je partageais sincèrement le chagrin d'Helen; je m'inquiétais aussi, car je craignais que ces longues veilles et ces soins harassants, cette présence perpétuelle auprès d'un moribond et toutes les douleurs qu'elle nous avait volontairement cachées, n'eussent fait tort à sa santé.

— Vous allez partir, Lawrence? dis-je en lui rendant la lettre.

— Oui, à l'instant.

— J'en suis heureux! Je vais vous laisser vous préparer.

Tout est déjà prêt, j'ai terminé mes bagages pendant que vous lisiez sa lettre et la voiture s'avance devant la porte.

J'appréciai intérieurement la promptitude avec laquelle il volait au secours de sa sœur, je lui dis adieu et partis. Il me lança un regard scrutateur tandis que nous

nous serrions la main ; je ne sais ce qu'il espérait lire sur mon visage, mais il me trouva grave et peut-être un peu fâché des pensées que je devinais chez lui.

Avais-je oublié mes projets, mon amour ardent, mes espoirs persistants ? Il semblait sacrilège d'y penser maintenant, mais je ne pouvais les oublier. Pourtant, tout en me dirigeant vers la ferme en poussant lentement mon cheval, je ne remuais pas des pensées joyeuses ; mes espoirs semblaient précaires, pouvais-je espérer voir mon affection partagée ? Mrs Huntington était libre maintenant ; ce n'était plus un crime que de penser à elle... mais pensait-elle parfois à moi... Peut-être pas pour l'instant... sa douleur était trop vive... mais se souviendrait-elle de moi lorsque le premier choc serait passé ? Tout au long de sa correspondance avec son frère, notre ami commun, comme elle l'appelait, elle n'avait parlé qu'une seule fois de moi, et cela pour répondre à une question précise. Cela aurait suffi à me faire supposer que j'étais déjà oublié ; mais il y avait pire : je pouvais espérer que seul son sens du devoir l'avait obligée à garder le silence, qu'elle essayait seulement de m'oublier, mais j'avais l'intime conviction que les horreurs dont elle avait été témoin, sa réconciliation avec l'homme qu'elle avait tant aimé, les souffrances et la mort de celui-ci avaient effacé de son esprit jusqu'au souvenir de ses sentiments pour moi. Elle pourrait sans doute oublier ces heures horribles, retrouver la santé, la tranquillité d'esprit, la gaieté même, mais les sentiments fugitifs qui nous avaient un instant rapprochés devaient lui paraître vains et illusoires ; personne n'avait pu lui parler de moi pendant tout ce temps, je n'avais jamais eu la possibilité de lui faire savoir que je l'aimais toujours ; par délicatesse, je ne pourrais la voir ou lui écrire avant de longs mois. Comment pourrais-je amener son frère à me servir d'ambassadeur, comment briser cette cuirasse de réserve? Peut-être serait-il aussi opposé à notre union que jadis, j'étais sans doute trop pauvre et de trop basse naissance pour sa sœur. Une autre barrière s'élevait maintenant entre nous, car il y avait une grande différence entre Mrs Huntington, châtelaine de Grassdale Manor, et Mrs Graham, artiste et simple locataire de Wildfell Hall. Je braverais certes cet obstacle et l'opinion de ses amis et de sa famille si je pouvais être certain qu'elle m'aimât; mais si elle m'avait oublié, que pouvais-je faire? Son mari, avec tout l'égoïsme qui le caractérisait, pouvait avoir inclus une clause spéciale dans son testament concernant le remariage de sa femme. Tu vois que j'avais assez de raisons de désespérer.

J'attendais cependant avec une impatience fébrile le retour de Mr Lawrence, impatience qui ne faisait que croître avec les jours qui passaient. Il resta une dizaine de jours à Grassdale. Je comprenais fort bien qu'il restait le plus longtemps possible pour consoler sa sœur, mais il aurait pu m'écrire pour me donner des nouvelles d'Helen; il me connaissait assez pour savoir que l'inquiétude me torturait. Son retour ne m'apporta rien de précis; il se contenta de me dire que sa sœur était épuisée par les soins qu'elle avait donnés à cet homme qui avait été sa croix sur terre et qui l'avait presque entraînée à sa suite jusqu'aux portes de la tombe; elle avait été sérieusement ébranlée par sa triste fin, mais Lawrence ne parla pas de ses sentiments pour moi; il ne me dit même pas si elle avait une seule fois prononcé mon nom. Je ne pouvais poser aucune question à ce sujet, je ne pourrais rien demander à Lawrence, que je croyais opposé à un mariage entre sa sœur et moi.

Je compris qu'il attendait des questions de ma part au sujet de sa visite là-bas; mes sens, aiguisés sans doute par une jalousie naissante ou par trop de modestie, me firent sentir qu'il craignait un peu ma curiosité. Je bouillais de colère mais ma fierté m'obligeait à dissimuler ce sentiment et à demeurer stoïquement calme durant notre première rencontre. Maintenant que j'y réfléchis la tête froide, je me rends compte qu'il aurait été absurde et déplacé d'entamer une querelle avec Lawrence à ce sujet ; je dois tout de suite te dire que je me trompais sur ses sentiments ; il avait beaucoup de sympathie pour moi, mais pour lui une union entre Mrs Huntington et moi serait ce que le monde appelle une mésalliance et il n'était pas dans son caractère de s'opposer à l'opinion de ses pairs ; surtout que pour ce cas particulier le ridicule toucherait une sœur qu'il aimait plus que lui-même. S'il avait sincèrement cru que cette union puisse être nécessaire à notre bonheur à tous deux ou même au bonheur de l'un d'entre nous, s'il avait su combien sincère était mon amour, il aurait sans doute agi différemment. Mais il me voyait calme et maître de moi et ne voulait pour rien au monde m'arracher à cette saine philosophie ; il ne s'opposait pas directement à notre rapprochement mais ne cherchait pas non plus à nous aider et s'employait à nous faire surmonter notre attirance mutuelle. Et tu me diras qu'il avait parfaitement raison. C'est possible... je n'avais en tout cas pas le droit de lui en vouloir à ce point, mais je ne pouvais modérer mes réactions et après avoir brièvement parlé de choses et d'autres, je le quittai, blessé dans mon orgueil et dans mon amitié pour lui. À ces sentiments douloureux s'ajoutait encore la crainte que ma bien-aimée m'eût complètement oublié. Je souffrais aussi de la savoir seule et malheureuse, souffrante et mélancolique, loin de celui qui aurait tout donné pour pouvoir la consoler et l'aider ; je ne pouvais même plus demander à Mr Lawrence de lui transmettre le moindre message, de l'assurer de ma profonde sympathie.

Mais que pourrais-je faire? Attendre... attendre qu'elle parle de moi... Son frère me transmettrait-il un message? Je risquais de tout perdre parce qu'à son tour elle me croirait indifférent. J'attendrais cependant jusqu'à ce que six mois se soient écoulés depuis notre séparation, ce qui m'amènerait aux derniers jours de février; je lui écrirais alors pour lui rappeler qu'elle m'avait permis de le faire après ce long silence; je lui dirais enfin que j'avais partagé sa peine, que j'avais pleinement apprécié la générosité de sa conduite envers Huntington, que j'espérais qu'elle était complètement remise après cette dure épreuve et qu'elle pourrait, un jour, jouir d'un bonheur que nulle ne méritait plus qu'elle, j'ajouterais quelques mots pour mon petit ami Arthur avec l'espoir qu'il ne m'aurait pas complètement oublié, je me permettrais peut-être de faire allusion aux heures délicieuses que j'avais passées près d'elle et qui étaient ma seule consolation; j'oserais alors lui demander si, après ses malheurs récents, elle m'avait totalement banni de ses pensées. Si cette lettre restait sans réponse, je n'écrirais plus jamais; si elle m'écrivait (et j'étais persuadé qu'elle le ferait, d'une façon ou d'une autre) je réglerais ma conduite sur ses désirs.

Je devais encore demeurer dix longues semaines dans cet affreux état d'incertitude! Entre-temps, je verrais Lawrence, mais pas aussi souvent que jadis, et je lui poserais mes questions habituelles au sujet de sa sœur, mais rien de plus.

Je me conduisis donc de cette sage façon et je reçus des réponses aussi brèves que mes questions : elle était toujours dans le même état, elle ne se plaignait jamais, mais le ton de sa lettre dénotait une grave dépression; un peu plus tard, elle annonça qu'elle se sentait mieux et s'occupait de l'éducation de son fils, de l'organisation de la propriété de son mari et du règlement de ses affaires. Ce bandit de Lawrence ne m'avait jamais parlé des dernières volontés de Huntington et j'aurais mieux aimé mourir que de l'en entretenir, de crainte qu'il ne me soupçonne d'être intéressé. Il ne m'offrait plus de lire les lettres de sa sœur et je ne manifestais jamais le désir de les lire. Février approchait : décembre était loin, janvier presque terminé... quelques semaines encore et un désespoir absolu ou de nouvelles espérances mettraient fin à cette terrible attente.

Mais hélas! à peu près à cette époque, son oncle mourut ; c'était un nouveau coup pour elle, car si l'homme n'avait aucune valeur, il avait toujours marqué une grande préférence pour elle et elle le considérait presque comme un père. Elle était près de lui lorsqu'il mourut et elle avait aidé sa tante à le soigner pendant les dernières semaines de son agonie. Son frère se rendit à Staningley pour les funérailles. Il me raconta, à son retour, qu'Helen était restée près de sa tante pour la réconforter et qu'elle y resterait vraisemblablement pour quelque temps encore. La nouvelle était mauvaise car je ne pourrais lui écrire, puisque je ne connaissais pas l'adresse exacte et ne voulais pas la demander à Lawrence. Les semaines succédaient aux semaines et chaque fois que je demandais des nouvelles, il me répondit qu'elle était toujours à Staningley.

— Où se trouve Staningley ? demandai-je à bout de patience.

— Dans le comté de ***, répondit-il brièvement ; son ton avait quelque chose de froid et de sec qui m'empêcha d'en demander davantage.

— Quand reviendra-t-elle à Grassdale ? demandai-je ensuite.

— Je n'en sais rien.

— Au diable! grommelai-je.

— Pourquoi donc, Markham ? demanda-t-il d'un air innocent.

Mais je refusai de lui répondre autrement que par un long regard vindicatif ; il se détourna alors et contempla le tapis avec un sourire mi-pensif, mi-amusé ; mais il releva bientôt les yeux et se mit à parler de toute autre chose, cherchant à m'attirer dans une conversation amicale, mais j'étais trop irrité pour bavarder avec lui et je pris rapidement congé.

Lawrence et moi ne parvenions pas à nous entendre parfaitement, je pense que nous étions tous les deux un peu trop susceptibles. Je t'assure, Halford, que c'est une situation assez ennuyeuse ; nous nous vexions sans le vouloir ; tu sais très bien que depuis ce temps-là j'ai fait des progrès, que j'ai appris à être joyeux et sage, plus souple avec moi-même et envers mes voisins et que je puis maintenant plaisanter avec toi et avec Lawrence.

Le hasard et une certaine indifférence volontaire de ma part (je commençais à le trouver presque antipathique) firent que je restai plusieurs semaines sans lui rendre visite. C'est lui qui provoqua notre rencontre suivante. Par un clair matin du début de juin, il traversa le champ où je dirigeais la récolte.

— Je ne t'ai plus vu depuis longtemps, Markham, dit-il après que nous eûmes échangé quelques paroles indifférentes. As-tu l'intention de ne plus jamais revenir à Woodford ?

— Je suis venu, mais tu étais sorti.

— Je l'ai regretté, mais il y a longtemps de cela et j'espérais que tu reviendrais ; je suis passé plusieurs fois chez toi, mais tu es toujours absent ; comme je voulais absolument te voir aujourd'hui, j'ai laissé mon poney dans l'allée et j'ai sauté haies et ruisseaux pour te rejoindre ;

j'ai l'intention de quitter Woodford pour quelque temps et je n'aurai pas l'occasion de te voir pendant un mois ou deux.

— Où vas-tu?

— D'abord à Grassdale, dit-il avec un demi-sourire qu'il cherchait à réprimer.

— À Grassdale? Est-elle revenue?

— Oui, mais seulement pour un jour ou deux. Elle doit accompagner Mrs Maxwell à *** où elles profiteront de l'air de la mer; je les rejoindrai probablement.

(À cette époque *** était une petite ville d'eau assez calme, elle est actuellement devenue beaucoup plus fréquentée.)

Lawrence semblait attendre que je profite de cette occasion pour lui confier un message pour sa sœur; je crois sincèrement qu'il aurait transmis ma lettre, mais je n'eus pas le bon sens de le comprendre et il ne me le proposa pas. Lorsqu'il fut parti, je compris que j'avais laissé passer une bonne occasion; je regrettai amèrement ma stupidité et mon vain orgueil, mais il était trop tard.

Il ne revint qu'à la fin du mois d'août. Il m'avait écrit une ou deux lettres de ***, mais on aurait pu croire qu'il cherchait à me mettre en colère; il parlait de généralités ou de petits faits qui ne pouvaient m'intéresser ou faisaient des réflexions profondes et ne disait rien ou presque rien de sa sœur et de lui-même. J'avais décidé d'attendre son retour pour en savoir plus long. Je ne pouvais lui écrire alors qu'elle était en sa compagnie et avec sa tante, qui ne devrait pas être mieux disposée que lui en ma faveur. Mes lettres seraient sans doute mieux reçues lorsqu'elle serait seule à Grassdale.

Mais lorsque Lawrence revint de voyage, il resta tout aussi discret au sujet de sa sœur et refusa d'apaiser ma curiosité. Il me dit que le séjour au bord de la mer lui avait fait le plus grand bien, que son fils se portait à merveille… mais hélas ! elle était retournée à Staningley avec Mrs Maxwell et elle y demeurerait encore trois mois. Mais je ne veux pas continuer plus longtemps à t'ennuyer avec le récit détaillé de mes espérances et de mes désappointements, mes crises de pessimisme suivies de moments d'espoir, ma décision de chercher à oublier, suivie aussitôt d'un désir très vif de la revoir ; d'agir, puis de laisser couler les mois sans rien faire… je vais plutôt te parler d'un ou deux personnages que je t'ai présentés au cours de mon récit et dont je n'aurai sans doute plus l'occasion de parler.

Quelque temps avant la mort de Mr Huntington, lady Lowborough fit une fugue sur le continent en compagnie d'un nouvel amoureux ; après avoir mené grande vie, ils se querellèrent et se quittèrent. On la vit partout pendant une saison, mais les années s'accumulaient et l'argent diminuait ; elle sombra finalement, couverte de dettes, dans la misère ; on m'a dit qu'elle était morte dans les plus tristes conditions. Ce n'est peut-être qu'un bruit qui a couru et pour autant que je sache elle peut être toujours en vie ; sa famille et ses relations l'ont en tout cas perdue de vue depuis de longues années et ne demandent qu'à l'oublier. Dès que son mari eut appris qu'elle le trompait une fois encore, il a demandé et obtenu le divorce. Il s'est très vite remarié, car malgré son caractère morose, il n'est pas fait pour vivre seul. Rien pour lui ne pouvait remplacer le confort du foyer et l'affection d'une épouse, ni les intérêts politiques, ni des projets ambitieux, et des recherches intéressantes, ni les liens d'amitié, si toutefois il en avait. Il avait un fils et une fille, mais ils lui rappelaient trop leur mère et la pauvre petite Annabella était une source perpétuelle d'amertume pour lui. Il s'efforçait de lui montrer une tendresse paternelle, il essayait de ne pas la haïr pour répondre à l'attachement sans réserve qu'elle semblait éprouver pour lui; mais cette lutte constante contre ses sentiments intimes envers ce petit être innocent devait être dissimulée à ceux qui l'entouraient; il devait aussi lutter pour ne pas retourner à ces anciens vices et chercher l'oubli des anciennes catastrophes et d'un cœur brisé, d'une vie sans joie et sans amis, dans l'abus de ces drogues qui avaient fait tant de tort à sa santé, à son intelligence et à sa vertu.

Le choix de sa seconde femme fut très différent du premier. Certains s'en étonnèrent, d'autres se moquèrent même, mais ils prouvèrent simplement par là qu'ils étaient encore plus sots que lui. La dame avait à peu près le même âge que lui, entre trente et quarante ans; elle ne se distinguait ni par la beauté, ni par la richesse, ni par aucune brillante réussite dans le monde, mais elle avait un solide bon sens, une intégrité absolue, une piété active, le cœur chaud et l'esprit joyeux. Comme tu peux le deviner, ces qualités en faisaient une mère parfaite pour les deux enfants et une excellente épouse. Il estimait quant à lui comme toujours qu'elle était beaucoup trop bonne pour lui, il s'émerveillait de la bonté de la Providence qui lui avait fait un tel don, s'étonnait qu'elle puisse le préférer aux autres hommes et faisait l'impossible pour la rendre heureuse; il y réussit si bien que je crois qu'elle est toujours une des épouses les plus aimantes et les plus heureuses de toute l'Angleterre; tous ceux qui peuvent s'étonner d'une telle union pourront s'estimer heureux s'ils trouvent dans leur propre choix la moitié du bonheur dont ces deux êtres jouissent.

Si tu es le moins du monde intéressé par le sort de ce vil filou nommé Grimsby, je puis simplement te dire qu'il tomba de plus en plus bas, fréquentant la lie de la société et les plus mauvais sujets de son club, se livrant à tous les vices ; il finit par se faire tuer dans un infect cabaret par un autre filou avec lequel il avait triché en jouant aux cartes, c'est du moins ce qu'on raconte.

Mr Hattersley, lui, s'était souvenu de ses bonnes résolutions ; il avait abandonné ses anciens compagnons de débauche et se conduisait comme un bon chrétien ; la maladie et la mort de Huntington, son joyeux compagnon, l'avaient fortement impressionné, il n'avait pas eu besoin d'une autre leçon pour comprendre. Il passait le plus clair de l'année à la campagne pour éviter les tentations de la ville ; il s'occupait des travaux de la ferme, élevait des chevaux et du bétail, se distrayait en chassant à pied et à cheval en compagnie de ses amis (des hommes de meilleure réputation que ses camarades de jeunesse) ; il jouissait de la compagnie de sa joyeuse petite femme, qui était maintenant la plus heureuse et la plus confiante des épouses, de ses solides garçons et de ses filles resplendissantes. Son père, le banquier, est mort depuis plusieurs années, il lui a laissé toute sa fortune et le jeune propriétaire peut maintenant se livrer sans contrainte à sa passion pour les chevaux ; je puis t'assurer que les écuries de Ralph Hattersley Esq. sont célèbres dans le pays.

## 51

Nous allons maintenant en arriver à un calme, froid et sombre après-midi de décembre ; la première couche de neige couvrait les champs désolés et les routes gelées ou s'entassait dans les crevasses profondes laissées par les voitures ou dans les empreintes que les hommes et les chevaux avaient laissées dans la boue produite par les pluies torrentielles du mois précédent. Je me souviens fort bien de cette journée, car je revenais du presbytère avec un important personnage : miss Eliza Millward. J'étais allé rendre visite à son père, uniquement pour faire plaisir à ma mère qui estimait que c'était un devoir ; personnellement, je détestais m'approcher de cette maison, en partie parce que je me souvenais de la triste opinion que le pasteur avait de Mrs Huntington ; depuis lors, il avait été forcé de revenir sur son jugement, mais il continuait à affirmer qu'elle n'aurait pas dû quitter son mari, qu'elle avait manqué aux devoirs sacrés de l'épouse et avait bravé la Providence en se mettant sur le chemin de la tentation ; rien ne pouvait justifier sa fuite (seuls les mauvais traitements physiques auraient pu être une excuse) et même en cas de violence, elle aurait dû faire appel à la loi pour la protéger. Mais ce n'est pas de lui que je voulais te parler ; c'est sa fille Eliza qui m'occupe pour le moment. Comme je disais adieu au pasteur, elle entra, tout habillée pour faire une promenade.

— Je voulais justement voir votre sœur, Mr Markham, dit-elle, je vous accompagnerai si vous n'y voyez pas d'inconvénient. J'aime avoir un compagnon de promenade... et vous?

— Moi aussi, lorsqu'il est charmant.

— Bien entendu, répondit la jeune personne en souriant d'un air hautain.

Nous sortîmes donc ensemble.

— Rose est-elle à la maison? dit-elle comme nous fermions la grille du jardin et dirigions nos pas vers Linden-Car.

— Je le crois.

— Je l'espère, car j'ai une fameuse nouvelle à lui annoncer... si toutefois vous ne m'avez pas devancée.

— Moi?

— Savez-vous pourquoi Mr Lawrence est parti? Elle me regarda, attendant anxieusement ma réponse.

— Est-il parti? dis-je, et son visage s'éclaira.

— Il ne vous a donc rien dit au sujet de sa sœur?

— Que lui est-il arrivé? demandai-je, craignant un malheur.

— Oh! Mr Markham! comme vous rougissez! criat-elle avec un rire énervant. Ha! Ha! vous ne l'avez pas encore oubliée! Mais vous devriez vous hâter car, trois fois hélas! elle se marie jeudi prochain!

— Non, miss Eliza, ce ne peut être vrai.

— M'accusez-vous de mensonge, sir?

— Vous êtes mal renseignée.

— Vraiment? Vous en savez donc plus que moi?

— Je le crois.

— Pourquoi êtes-vous si pâle alors? dit-elle en souriant, ravie de ma détresse. Est-ce de colère contre moi, parce que j'ai inventé cette histoire? Je ne fais que vous répéter ce qu'on raconte; je ne jurerais pas que tout est exact; mais je ne vois pas pourquoi Sarah m'aurait menti, ni pourquoi on lui aurait raconté des histoires fausses; elle m'a répété ce que lui a dit le valet de Mr Lawrence : Mrs Huntington se marie jeudi, et Mr Lawrence est parti pour assister à ce mariage. Elle m'a dit le nom du fiancé, mais je l'ai oublié; peut-être pouvez-vous m'aider? N'y a-t-il pas un voisin qui se nomme Mr… Mr…

— Hargrave? suggérai-je avec un sourire amer.

— C'est cela! cria-t-elle, c'est bien son nom.

— C'est impossible, miss Eliza! m'écriai-je sur un ton qui la fit sursauter.

— C'est ce que l'on m'a dit, dit-elle froidement en observant mon visage.

Elle éclata d'un long rire aigu qui me rendit fou furieux.

— Vous devez me pardonner, cria-t-elle, je sais que je suis impolie mais, ha! ha! Seigneur, Mr Markham, vous n'allez pas vous évanouir? Par pitié, voulez-vous que j'appelle cet homme? Jacob…

J'arrêtai les mots sur ses lèvres en lui serrant le bras avec une certaine violence, elle se tut après avoir poussé un faible cri de douleur et d'effroi; mais il en fallait plus pour la faire taire; retrouvant instantanément son sang-froid, elle continua en affectant d'être inquiète à mon sujet :

— Que puis-je faire pour vous? Voulez-vous un peu d'eau, un peu de cognac? Je crois qu'ils en ont dans ce cabaret au bas de l'allée, voulez-vous que j'y coure?

— Cessez ces sottises! criai-je fermement. Elle sembla abasourdie, presque effrayée pendant un instant. Vous savez que je déteste ce genre de plaisanterie.

— Plaisanterie? Mais je ne plaisantais pas!

— Vous riiez en tout cas ; et je n'aime pas que l'on me rie au visage, répondis-je en faisant un effort violent pour conserver une certaine dignité et ne dire que des choses cohérentes et ayant un sens. Comme vous êtes de si joyeuse humeur, miss Eliza, vous n'avez pas besoin de ma compagnie pour vous distraire et je vous laisse finir seule votre promenade... car je me souviens que j'ai une affaire urgente à régler. Bonne soirée !

Je la quittai sur ces mots tandis qu'elle étouffait un rire malicieux ; je sautai le fossé, passai par un trou de la haie et me jetai à travers champs. Bien décidé à prouver que son histoire était pure invention, je me dirigeai vers Woodford aussi vite que mes jambes pouvaient me porter ; j'avais d'abord pris un autre chemin, mais dès que miss Eliza ne put plus me voir, je coupai à travers les champs et piquai tout droit, comme un oiseau, à travers les prairies, les champs, la boue et les allées, sautant les haies et les fossés jusqu'à ce que j'arrive devant les grilles du jeune *squire*. Je n'avais jamais senti aussi violemment l'ardeur de mon amour, la force de mes espérances qui n'avaient jamais été tout à fait étouffées même aux pires moments de découragement ; je m'étais encore et toujours accroché à l'idée qu'un jour elle serait mienne ou tout au moins qu'elle gardait au fond du cœur le souvenir de notre amitié et de notre amour. Je me dirigeai droit vers la maison, bien décidé à poser des questions précises à Lawrence, je n'hésiterais pas plus longtemps, je jetterais aux orties la fausse délicatesse et l'orgueil stupide qui m'avaient empêché de connaître mon sort.

— Mr Lawrence est-il là ? demandai-je avec anxiété au domestique qui ouvrit la porte.

— Non, sir, le maître est parti hier, répondit-il avec vivacité.

— Parti où ?

— À Grassdale, sir… ne le saviez-vous pas? Notre maître est très discret, sir, mais je suppose…

Je me détournai et le laissai sur le pas de la porte sans attendre de savoir ce qu'il supposait. Je ne voulais pas rester là et montrer à ce personnage mon visage torturé ni exposer mes sentiments à son rire insolent et à son impertinente curiosité.

Mais que faire maintenant? M'aurait-elle vraiment quitté pour un tel homme? Je ne pouvais le croire. Elle pouvait certes me trahir, mais pas se donner à un tel personnage! Cependant, je voulais connaître la vérité, je ne pourrais rien faire tant qu'une telle tempête s'agitait dans mon cœur; le doute, la crainte, la jalousie et la rage me rendaient fou. Je prendrais la diligence du matin pour L…, celle du soir était déjà partie, et je me rendrais à Grassdale… il fallait que je sois là avant le mariage. Mais à quoi bon? Peut-être pourrais-je encore empêcher qu'il se fasse, ou tout au moins pourrions-nous nous voir et nous lamenter ensemble un instant… Je songeais que quelqu'un l'avait peut-être mal renseignée à mon sujet… son frère peut-être… il l'avait convaincue que j'étais mauvais et infidèle; ensuite, profitant de son indignation et de son désarroi, il l'avait amenée à épouser le premier venu afin qu'elle ne soit plus libre pour moi. Si cette supposition était vraie et si elle découvrait trop tard le piège qu'on lui avait tendu, quelle misérable existence elle se préparait! Quelle vie chargée de regrets, pour elle et pour moi! De quels remords je serais torturé en pensant que mes scrupules ridicules ne lui avaient laissé que cette issue! Il fallait que je la voie! Elle connaîtrait la vérité, même si je devais la lui dire à la porte de l'église! Je passerais pour un fou ou un impertinent; elle pourrait s'offenser d'une telle interruption ou me dire qu'il était trop tard… mais peut-être pourrais-je la sauver, peut-être pourra-t-elle encore être mienne! Cette pensée me rendait fou de bonheur.

Porté par cet espoir, poussé par ces craintes, je me hâtai vers la maison pour préparer mon départ. Je dis à ma mère que des affaires urgentes que je ne pouvais expliquer pour le moment m'appelaient au loin.

Mon anxiété profonde et mes soucis ne pouvaient échapper à son regard maternel et j'eus quelque peine à calmer son inquiétude devant tant de mystère.

Il neigea toute la nuit et les voitures avançaient si lentement le lendemain matin que je devins presque fou d'impatience. Je voyageai toute la nuit du mercredi, car il était certain que le mariage aurait lieu le lendemain matin. La nuit était longue et sombre : la neige s'accrochait aux roues et alourdissait les pieds des chevaux, qui étaient naturellement paresseux ; les cochers étaient ridiculement prudents, et les passagers parfaitement indifférents aux progrès de leur voyage. Au lieu de m'aider à houspiller les différents cochers pour qu'ils poussent leurs chevaux, ils se moquaient simplement de mon impatience ; un homme essaya même de me ridiculiser mais je le fis taire d'un regard ; lorsque, à bout de patience, je voulus prendre les rênes, ils s'y opposèrent d'une seule voix.

Il faisait tout à fait clair lorsque nous arrivâmes à M... et nous arrêtâmes à l'auberge La Rose et la Couronne. Je descendis et demandai une chaise de poste pour Grassdale. Il n'y en avait aucune, la seule qui existait était en réparation. «Trouvez-moi un cabriolet, une charrette, une voiture, n'importe quoi... mais de grâce faites vite!» On trouva un cabriolet, mais pas de cheval. J'envoyai quelqu'un en ville pour en trouver un; mais il traîna si longtemps que je n'eus pas la patience d'attendre davantage; j'estimais que j'irais plus vite sur mes propres pieds; je les priai d'envoyer la voiture par le même chemin s'ils trouvaient un cheval avant une heure, et je partis d'un pas accéléré. J'avais un peu plus de six *miles* à parcourir, mais je ne connaissais pas la route à suivre et je fus plus d'une fois forcé de demander des renseignements aux rouliers et aux manants, mais comme il y avait peu de monde sur la route par ce mauvais temps, je perdais des minutes précieuses à frapper aux portes des cottages pour que l'on m'indiquât le chemin; comme il était fort tôt et que les fermiers avaient fort peu à faire à cette saison, je devais parfois tirer les paresseux de leur lit pour obtenir un renseignement. Je me hâtais, épuisé de fatigue et d'inquiétude. Le cabriolet ne me rejoignit pas; j'avais eu raison de ne pas attendre plus longtemps un éventuel moyen de transport.

J'arrivai enfin à Grassdale, je me rapprochai de la petite église pour constater qu'une longue file de voitures était arrêtée devant le porche; les flots de rubans blancs que portaient les cochers et les chevaux disaient assez qu'il s'agissait d'un mariage; un groupe joyeux de paysans attendait sur le parvis; je me précipitai vers eux pour leur demander, hors d'haleine, si la cérémonie était commencée depuis longtemps. Ils me regardèrent la bouche ouverte et sans répondre. Désespéré, je les bousculai et j'allais franchir la grille de l'église lorsque la bande de garnements en haillons qui s'accrochaient comme des guêpes aux fenêtres dégringolèrent en criant dans le rude dialecte de la région, quelque chose qui voulait dire: «C'est fini... les voilà qui sortent!»

Si Eliza Millward avait été présente, elle aurait pu se réjouir de ma détresse. Je m'accrochai au pilier de la grille pour ne pas tomber, je fixai intensément la porte de l'église pour pouvoir jeter un dernier regard sur celle qui occupait toutes mes pensées, pour voir cet être exécrable qui me l'avait enlevée et qui allait l'entraîner dans une vie de misère et de chagrin... comment pourrait-elle être heureuse avec lui? Je ne désirais plus l'effrayer par ma présence mais je n'avais pas la force de bouger. La mariée s'avança au bras de son époux. Je ne vis pas celui-ci; je n'avais d'yeux que pour elle. Un long voile enveloppait sa silhouette sans la dissimuler tout à fait; elle portait la tête droite, les yeux baissés; son visage et son cou rosissaient de timidité; mais son visage était radieux, sous le voile blanc brillait une masse de boucles blondes! Oh! Dieu du ciel! ce n'était pas mon Helen! Au premier regard que je jetai sur elle, je sursautai, mais mes yeux étaient obscurcis par la fatigue et le désespoir et je n'osais croire ce que je voyais. Mais oui, ce n'est pas elle! La mariée était plus jeune, plus petite, plus rose; elle était adorable, mais n'avait pas cette grâce indéfinissable, ce charme spirituel, cet extraordinaire pouvoir d'attraction qui retenait les cœurs... en tout cas le mien! Je regardai enfin le marié... c'était Frederick Lawrence! J'essuyai les gouttes glacées qui descendaient de mon front et je reculai d'un pas comme il approchait, mais ses yeux tombèrent sur moi et il me reconnut malgré l'état dans lequel je me trouvais.

— Est-ce toi, Markham? dit-il étonné de mon apparition et peut-être aussi par mon allure échevelée.

— Oui, Lawrence... est-ce toi? eus-je la force de répondre.

Il sourit en rougissant, mi-fier, mi-honteux de se trouver là; il avait certes mille raisons d'être fier de la charmante jeune femme qui tenait son bras, mais il devait être honteux de m'avoir caché si longtemps son bonheur.

— Permets-moi de te présenter à ma femme; dit-il en cherchant à dissimuler sa confusion sous une gaieté un peu nerveuse. Esther, je te présente Mr Markham; mon ami Markham, Mrs Lawrence, ex-miss Hargrave.

Je m'inclinai devant la mariée et serrai avec véhémence la main de Lawrence.

— Pourquoi ne m'as-tu rien dit de tout cela? dis-je en affichant une colère que je n'éprouvais nullement, car en vérité j'étais presque fou de bonheur et je débordais d'affection pour lui; je regrettais d'avoir été aussi bassement injuste envers lui; je l'avais haï pendant ces dernières quarante-huit heures tant et si bien que par réaction je me sentais disposé à lui pardonner tout le mal qu'il avait pu me faire.

— Mais je te l'ai dit, dit-il avec un regard confus et coupable. Tu n'as pas reçu ma lettre?

— Quelle lettre?

— Celle dans laquelle je t'annonçais mon mariage.

— Je n'ai jamais reçu de lettre dans laquelle tu faisais la moindre allusion à un tel événement.

— Elle a dû arriver pendant que tu venais ici, tu aurais dû la recevoir hier matin... je reconnais que c'était assez tard. Mais dis-moi donc ce qui t'a amené ici, dans ce cas?

C'était à mon tour d'être confus; mais la jeune mariée qui s'était amusée à tasser la neige du bout de son petit soulier amena une bienheureuse diversion en pinçant le bras de son mari pour lui suggérer tout bas d'inviter le gentleman à monter dans la voiture avec eux; il n'était pas agréable de rester plantés dans la neige sous les regards curieux et de faire attendre leurs amis.

— C'est vrai qu'il fait glacial! dit Lawrence en considérant la robe légère d'Esther et en l'aidant à monter en voiture. Viens-tu, Markham? Nous allons à Paris, mais nous pouvons te déposer n'importe où avant d'arriver à Douvres.

— Non, je vous remercie. Au revoir... je n'ai pas à vous souhaiter un voyage agréable; mais je compte sur des excuses sérieuses et sur toute une série de lettres avant que nous nous retrouvions.

Il me serra la main et se hâta de rejoindre sa jeune épouse. Le lieu et le moment se prêtaient mal à de longues explications; nous avions déjà suffisamment excité la curiosité des villageois et la malédiction des invités quoique tout cela eût pris beaucoup moins de temps qu'il ne m'a fallu pour l'écrire et à toi pour le lire. Je restai un instant près de la voiture; la glace était baissée et je pus voir mon heureux camarade entourer tendrement la taille de sa femme tandis qu'elle posait sa joue rougissante sur son épaule: elle était l'image vivante de la parfaite félicité. Tandis que le valet fermait la portière et montait sur le siège arrière, elle leva en souriant son joyeux visage et remarqua avec espièglerie:

— Tu vas me trouver fort insensible, Frederick; je sais qu'il est d'usage de pleurer dans de telles occasions, mais je ne pourrais verser une larme pour tout l'or du monde!

Il lui répondit par un baiser et la serra encore plus étroitement.

— Mais que vois-je Esther! Tu pleures quand même!

— Ce n'est rien... je suis trop heureuse, sanglota-t-elle et je voudrais tellement que notre chère Helen soit aussi heureuse que nous.

— Que Dieu vous bénisse pour ce souhait! dis-je intérieurement tandis que la voiture s'ébranlait... et que le ciel m'aide à le réaliser!

J'avais eu l'impression que le visage de son mari s'était assombri quand elle disait ces mots. Que pensait-il? Pouvait-il encore refuser le bonheur à sa sœur et à son ami alors qu'il était lui-même parfaitement heureux? Ce ne pouvait être possible. Le contraste entre son sort et celui d'Helen avait dû assombrir pour un moment sa félicité. Il pensait peut-être un peu à moi; peut-être regrettait-il d'être intervenu entre nous, de ne pas nous avoir aidés; peut-être regrettait-il le jeu qu'il avait joué pour empêcher notre union; peut-être n'avait-il rien fait de positif mais il n'avait rien fait non plus pour nous aider; je savais maintenant qu'il ne s'était jamais conduit en ennemi et je regrettais vivement mes suspicions sur ce point; il n'empêche qu'il nous avait causé du tort, du moins je voulais l'espérer. Il n'avait pas cherché à arrêter le cours de notre amour en y mettant obstacle, mais il avait passivement observé les deux fleuves de nos vies qui se perdaient dans les solitudes arides, il n'avait pas cherché à écarter les obstacles qui les divisaient et il avait secrètement espéré que tous deux se perdraient dans le sable avant de former un seul flot. Pendant ce temps, il s'occupait calmement de ses propres affaires; sa tête et son cœur étaient si pleins de pensées pour sa belle qu'il n'avait guère eu le temps de s'occuper du bonheur des autres. Il avait dû la rencontrer pour la première fois lors de son séjour à F…; je me souviens qu'il m'avait dit que sa tante et sa sœur étaient accompagnées d'une jeune amie. Je commençais à comprendre de petites choses qui m'avaient intrigué à l'époque : ces départs soudains de Woodford et ces absences prolongées pour lesquelles il ne donnait aucune explication et dont il détestait parler à son retour. Pourquoi cette étrange réserve à mon égard? C'était chez lui un trait de caractère dont j'ai déjà parlé; il voulait sans doute ménager mes sentiments, m'épargner une comparaison entre son sort et le mien et craignait d'ébranler ma philosophie en parlant d'amour.

## 52

Le fameux cabriolet m'avait enfin rejoint. J'y montai et priai qu'on me conduisît à Grassdale Manor. J'étais trop absorbé dans mes pensées pour conduire moi-même. Je devais voir Mrs Huntington, il n'y avait plus aucune raison de reculer cette visite puisque son mari était mort depuis plus d'un an ; selon qu'elle montrerait de l'indifférence ou de la joie en me voyant, je saurais vite si son cœur battait toujours pour moi. Mais mon compagnon de voyage était trop bavard pour me laisser réfléchir en paix.

— Les voilà partis ! dit-il comme les équipages filaient devant nous. Une belle cérémonie aujourd'hui, nous verrons ce qu'apportera l'avenir... Vous connaissez la famille, sir ? Ou êtes-vous un étranger dans le voisinage ?

— J'ai entendu parler d'eux.

— Hum ! Ce qu'il y avait de mieux vient de partir ! Et je suppose que la vieille dame quittera le pays lorsque toute cette agitation se sera calmée, elle ira sans doute vivre sur un petit coin tranquille du douaire, et la jeune dame, qui n'est d'ailleurs pas si jeune, viendra vivre au Grove.

— Mr Hargrave est donc marié ?

— Oui, sir, depuis quelques mois. Il aurait dû en épouser une autre avant ça, une veuve, mais ils n'ont pu se mettre d'accord sur la question d'argent ; elle apportait un gros sac et Mr Hargrave voulait mettre la main dessus ; elle n'était pas d'accord et ils se séparèrent. La nouvelle n'est pas aussi riche, ni aussi jolie, mais elle n'a jamais été mariée auparavant. On dit qu'elle est laide et qu'elle frise la quarantaine et que si elle ne profite pas de l'occasion, elle n'en trouvera jamais d'autre. Je suppose qu'elle estime qu'un aussi jeune et aussi beau mari vaut bien quelques livres, mais je crois qu'elle s'en repentira avant longtemps. Je parie qu'elle a déjà compris qu'il n'est pas ce parfait gentleman qu'elle a connu avant son mariage... il commence déjà à vouloir se conduire en seigneur et maître. Et elle le trouvera encore plus dur et exigeant dans quelque temps.

— Vous semblez bien le connaître, fis-je remarquer.

— C'est un fait, sir, je le connais depuis qu'il est petit, il était déjà fier et volontaire alors. J'ai été valet chez eux pendant plusieurs années ; mais je ne pouvais supporter leur avarice... la patronne devenait toujours plus pingre et ne nous laissait pas un instant sans nous surveiller ; j'ai préféré chercher une autre place.

— Sommes-nous près de la maison ? dis-je en l'interrompant.

— Oui, sir, voilà le parc.

Je me sentis écrasé par la grandeur du parc et la beauté de la maison ; les jardins devaient être encore plus beaux dans la gloire de leur parure estivale ; les arbres se balançaient de façon majestueuse dans leur pureté hivernale ; rien ne venait en tacher l'immense surface blanche ; seules les traces d'un troupeau de cerfs ondulaient sur les pelouses couvertes de neige ; les hêtres immenses dessinaient leurs branchages lourdement chargés de poussière blanche sur le gris du ciel ; des bois ; profonds encerclaient le parc, la surface du lac dormait sous la glace ; les saules pleureurs laissaient pendre : leurs branches sur ce miroir... une image frappante de beauté pour un simple passant mais plutôt décourageante pour moi. Une pensée pouvait me consoler... toute cette richesse appartiendrait au petit Arthur et non à sa mère. Mais quelle était sa situation exacte ? Je surmontai pour un moment ma répugnance à parler d'elle avec mon bavard compagnon de voyage pour lui demander si son défunt mari avait laissé un testament et comment était divisée la propriété ? Il était très bien renseigné ; il m'apprit aussitôt qu'elle avait le contrôle de toute la fortune durant la minorité de son fils, la disposition de sa propre fortune (mais je savais que son père avait laissé peu de chose) et la petite dot qu'elle avait reçue au moment de son mariage.

Nous arrivâmes devant les grilles du parc avant la fin de ces explications. L'heure du jugement était arrivée... si toutefois elle était à la maison... car elle pouvait être restée à Staningley, son frère ne m'avait donné aucune précision à ce sujet ; je demandai à la loge du concierge si Mrs Huntington était là. Elle se trouvait à \*\*\* avec sa tante, mais on l'attendait pour Noël. Elle passait la plus grande partie de l'année à Staningley et ne venait à Grassdale que lorsque l'intérêt de ses fermiers et la direction de ses affaires exigeait sa présence.

— Quelle est la ville la plus proche de Staningley ? demandai-je. Dès que j'eus obtenu une réponse précise, je rejoignis ma voiture et dis à mon compagnon de voyage : Donnez-moi les rênes et retournons à M... Je veux déjeuner à La Rose et la Couronne pour prendre la première diligence pour Staningley.

J'eus le temps de reprendre des forces à M... en avalant un copieux déjeuner, de me rafraîchir en me lavant à grande eau, de refaire un peu ma toilette et d'envoyer un mot à ma mère en bon fils que je suis pour lui assurer que j'étais toujours en vie et excuser mon retard. Le voyage pour Staningley était fort long à cette époque, car les moyens de transport étaient très lents ; je ne me refusai pas quelques haltes pour me désaltérer et une nuit de repos dans une auberge au bord de la route ; il valait mieux venir un peu plus tard, que d'arriver épuisé et de me montrer échevelé et sale devant ma bien-aimée et sa tante, qui serait de toutes façons assez surprises de me voir. Le lendemain matin, je pris un petit déjeuner substantiel, aussi copieux que je me sentais capable de le manger, car mes nerfs surexcités me coupaient l'appétit ; je passai plus de temps que d'habitude à faire ma toilette : je mis du linge frais, je brossai soigneusement mon costume, je fis cirer mes bottes, enfilai des gants propres et remontai sur la diligence qui portait le nom de *L'Éclair*, pour poursuivre mon voyage. J'avais encore deux longues étapes devant moi, mais comme j'avais appris que cette voiture passerait très près de Staningley, je n'avais plus qu'à me croiser les bras en essayant de calculer le temps probable de mon arrivée.

La matinée était fraîche et claire. Le simple fait d'être assis sur le toit de la diligence, de pouvoir admirer le paysage couvert de neige, le ciel bleu et pur, de respirer un air particulièrement vivifiant, d'entendre la neige craquer sous le poids des roues, était excitant ; mais j'ajoutais aux joies que me donnait la nature, l'idée que je me hâtais vers celle que je voulais revoir depuis si longtemps, je me sentais déborder de bonheur, presque fou de joie, et c'est en vain que la prudence me conseillait de penser à la différence qui existait entre le rang d'Helen et le mien, à tout ce qu'elle avait souffert depuis notre séparation, à son long silence et surtout aux conseils prudents de sa tante qu'elle ne voudrait pas risquer de mécontenter une deuxième fois. Mon cœur battait d'impatience, j'avais hâte de connaître enfin les sentiments d'Helen à mon égard ; je ne pouvais oublier son image, tout ce que nous avions dit et senti lors de notre dernière rencontre... mais, pour l'instant, je refusais de craindre pour notre avenir. Notre voyage allait bientôt se terminer lorsque deux autres passagers se chargèrent de refroidir mon enthousiasme.

— Une belle propriété ! dit l'un d'eux en désignant de la pointe de son parapluie les champs qui s'étendaient à notre droite : les haies étaient parfaitement taillées, les fossés bien entretenus, les arbres superbes. Une belle propriété, si vous pouviez la voir au printemps ou en été.

— Ouais, répondit l'autre, un vieillard bougon qui portait un quelconque manteau gris boutonné jusqu'au menton et serrait un parapluie de coton entre ses genoux. Elle appartient au vieux Maxwell, je suppose.

— Elle était à lui, sir, mais vous savez sans doute qu'il est mort et a tout laissé à sa nièce.

— Tout ?

— Jusqu'au dernier arpent, ainsi que la maison, jusqu'au dernier de ses biens sauf une bagatelle à un neveu et une rente à sa femme.

— N'est-ce pas un peu étrange ?

— Si, plutôt étrange. D'autant plus qu'elle n'était pas vraiment sa nièce ; mais il n'avait plus de proche parent de son côté, seulement un neveu avec lequel il s'était querellé et il a toujours eu une nette préférence pour elle. On raconte aussi que sa femme lui a conseillé d'agir ainsi ; elle avait apporté la plus grande partie de la propriété en dot et elle souhaitait que sa nièce en héritât.

— Hum ! La voilà un beau parti maintenant !

— C'est vrai. Elle est veuve, mais encore très jeune et incontestablement très belle... elle a une certaine fortune personnelle et n'a qu'un enfant dont elle gère les biens dans le comté de \*\*\*. Elle a beaucoup pour elle, vraiment! Malheureusement, nous n'avons aucune chance! dit-il en me poussant du coude. Ah! ah! ah! J'espère que je ne vous ai pas offensé, sir? Regardez, sir, dit-il en brandissant son parapluie devant moi, voici le manoir... un très beau parc; comme vous voyez... une superbe forêt avec des bois de construction et du gibier... hello! que se passe-t-il?

Cette exclamation était provoquée par un arrêt brusque de la voiture devant les grilles du parc.

— Le voyageur pour Staningley Hall? cria le cocher; je me levai, jetai mon sac sur le sol avant de sauter à mon tour.

— Vous ne vous sentez pas bien, sir? demanda mon bavard voisin en me regardant avec inquiétude, car je devais être mortellement pâle.

— Non. Voici pour vous, cocher.

— Merci, sir. En avant!

Le cocher empocha son argent et continua sa route. Je n'entrai pas immédiatement dans le parc, mais j'arpentai la route devant les grilles, les bras croisés, les yeux rivés au sol; une foule de pensées se pressaient sous mon front; elles se réduisaient à ceci: j'avais aimé en vain; tout espoir était perdu, je devais fuir immédiatement et considérer tout ceci comme un rêve insensé. J'aurais aimé errer pendant des heures autour de la propriété dans l'espoir de l'apercevoir une dernière fois; mais je ne pouvais pas risquer qu'elle m'aperçoive; j'étais venu ici pour raviver son attachement pour moi et demander sa main. Mais je ne pourrais supporter qu'elle me crût capable de profiter de nos anciennes relations, de notre amour passé, si tu préfères, que je l'avais presque forcée d'accepter alors qu'elle était une fugitive selon toute apparence sans fortune et sans relations pour venir la trouver maintenant qu'elle était à nouveau entourée des biens de ce monde et réclamer une part de ces richesses. Alors que je ne l'aurais sans doute jamais rencontrée si elle n'avait été momentanément privée de sa fortune, et cela après seize mois d'absence et après qu'elle m'eût défendu tout espoir de retrouvailles dans ce monde, alors qu'elle ne m'avait pas écrit une ligne pendant tous ces longs mois. Non ! cette idée était intolérable.

Si elle avait gardé un reste d'affection pour moi, pouvais-je troubler cette paix qu'elle avait si péniblement gagnée, en réveillant ses sentiments ? Pouvais-je à nouveau la jeter dans la lutte entre le devoir et les sentiments ? Elle pouvait, certes, souhaiter braver la censure et le mépris du monde, la tristesse et le mécontentement de ceux qui l'aimaient pour satisfaire à l'idée romantique d'une éternelle fidélité ; mais elle pouvait aussi sacrifier ses aspirations personnelles aux sentiments de ses amis et à son sens de la prudence et de la bienséance. Non ! je ne pouvais agir comme j'avais compté le faire ! Je partirais à l'instant et elle ne saurait jamais que j'étais venu si près d'elle, car même si je renonçais à toute idée de mariage ou même d'amitié, je ne voulais pas troubler sa paix par ma présence, affliger son cœur en lui témoignant ma fidélité.

— Adieu donc, très chère Helen ! Adieu à jamais !

Je prononçai ces mots… mais je ne pouvais m'arracher à ce lieu. J'avançai de quelques pas et je me retournai pour jeter un dernier regard sur cette belle demeure afin d'imprimer cette vue dans mon cœur pour pouvoir m'en souvenir chaque fois que je penserais à celle que j'avais décidé de ne plus jamais revoir. J'avançai encore un peu, puis, plongé dans une rêverie mélancolique, je m'appuyai du dos au tronc d'un vieil arbre qui poussait au bord de la route.

## 53

Une voiture apparut au tournant de la route tandis que je restais là, plongé dans mes pensées. Je ne regardai pas les occupants et la voiture me dépassa lentement ; une petite voix aiguë me fit sursauter :

— Maman, maman, voilà Mr Markham !

Je n'entendis pas la réponse, mais la même petite voix répondit :

— Je t'assure, maman... regarde toi-même.

Je ne levai pas les yeux, mais je suppose que « maman » se pencha au dehors, car une voix claire et mélodieuse me caressa le cœur en s'exclamant :

— Oh ! tante, c'est Mr Markham... l'ami d'Arthur ! Arrêtez, Richard !

Le ton de sa voix était si joyeux, dissimulait une telle excitation que je ne pouvais demeurer calme. La voiture s'arrêta aussitôt, je levai la tête et rencontrai les yeux d'une vieille dame au visage pâle et grave qui m'examinait par la fenêtre ouverte. Elle salua de la tête, je lui rendis son salut, elle se retira tandis qu'Arthur poussait des cris pour que le valet lui ouvre la portière ? mais avant que celui-ci pût descendre de son siège, une main se tendit vers moi. Je reconnus cette main dont la délicate blancheur se cachait sous un gant noir qui en dissimulait en partie les délicates proportions ; je la saisis et la pressai ardemment pendant un instant, mais je maîtrisai rapidement mes sentiments et je lâchai cette main tant aimée, qui disparut aussitôt.

— Veniez-vous nous rendre visite ou êtes-vous de passage? demanda-t-elle à voix basse; je sentais qu'elle m'observait attentivement à travers l'épaisse voilette noire qui dissimulait son visage entièrement caché par les panneaux de la voiture.

— Je... je suis venu visiter les environs, balbutiai-je.

— Les environs? répéta-t-elle d'une voix qui trahissait plus de mécontentement et de désappointement que de surprise. Ne voulez-vous pas entrer dans ce cas?

— Si vous le désirez.

— Pouvez-vous en douter?

— Oui! oui! il faut qu'il vienne, cria Arthur, qui courut autour de la voiture, me saisit la main et la pressa affectueusement.

— Vous souvenez-vous de moi, sir? dit-il.

— Mais oui, très bien, jeune homme, quoique tu sois fort changé, répondis-je en examinant le jeune gentleman, grand et mince, qui se trouvait devant moi; son visage intelligent rappelait celui de sa mère en dépit des yeux clairs qui brillaient de joie et des boucles blondes dissimulées sous sa casquette.

— N'est-ce pas que j'ai grandi? dit-il en se redressant tant qu'il pouvait.

— D'au moins trois pouces, ma parole!

— J'ai fêté mes sept ans, répondit-il fièrement. Encore sept ans et je serai aussi grand que vous... ou presque.

— Arthur, dis-lui d'entrer, dit sa mère. Continuez, Richard.

Sa voix était triste et vaguement froide, mais je ne savais à quoi attribuer ce changement de ton. La voiture continua et nous passâmes les grilles du parc; mon petit compagnon me conduisait par la main en bavardant joyeusement. Comme nous arrivions devant la porte d'entrée, je m'arrêtai sur les marches afin de recouvrer un peu de calme ou tout au moins me souvenir de mes récentes résolutions ; Arthur me tirait gentiment par les basques de mon manteau et me répétait d'entrer ; je consentis enfin à l'accompagner dans l'appartement où ces dames nous attendaient.

Helen me regarda entrer avec une gentille et sérieuse curiosité et me demanda poliment des nouvelles de Mrs Markham et de Rose. Je répondis respectueusement à ses questions, Mrs Maxwell m'offrit un siège en faisant remarquer que le temps était assez froid, mais elle supposait que je n'avais pas fait un long voyage ce matin.

— Pas tout à fait vingt *miles*, répondis-je.
— Pas à pied !
— Non, madame, en diligence.
— Voici Rachel, sir, dit Arthur, qui était le seul parmi nous à se sentir vraiment heureux et qui attira mon attention sur cette respectable vieille femme, qui venait d'entrer pour prendre les vêtements de sa maîtresse. Elle m'accorda un sourire presque amical, faveur à laquelle je répondis par un salut poli qu'elle me rendit... elle avait compris qu'elle s'était trompée jadis à mon sujet.

Lorsque Helen se fut débarrassée de son lugubre bonnet, de son voile et de son lourd manteau d'hiver, elle apparut si peu changée que je ne sus comment dissimuler mon émotion. Je fus particulièrement heureux de voir que sa magnifique chevelure ne montrait aucune trace de gris.

— Maman a enlevé son bonnet de veuve en l'honneur de mon oncle, remarqua Arthur, qui m'observait comme seuls les enfants savent le faire.

«Maman» restait grave et Mrs Maxwell hocha la tête.

— Et tante Maxwell n'enlèvera jamais le sien, insista, ce mauvais garnement; mais lorsqu'il vit que sa remarque faisait de la peine à sa tante, il alla vers elle, lui mit silencieusement les deux bras autour du cou, lui embrassa la joue et alla se cacher dans l'embrasure de la fenêtre, où il s'amusa calmement avec son chien, tandis que Mrs Maxwell entamait avec moi une grave conversation sur le temps, la saison et l'état des routes. J'estimais que sa présence m'aidait à maîtriser mes sentiments et mes impulsions; elle était un antidote parfait aux émotions tumultueuses qui m'auraient entraîné loin, contre ma raison et ma volonté, mais cette situation était presque intolérable et j'avais toutes les peines du monde à répondre poliment; je sentais la présence d'Helen tout près de moi, devant le feu. Je n'osais la regarder, mais je sentais son regard posé sur moi et un seul coup d'œil furtif m'avait permis de remarquer que ses joues étaient roses et que ses doigts qui jouaient avec sa chaîne de montre tremblaient d'émotion.

— Dites-moi, dit-elle dès qu'elle put profiter d'une courte pause dans la conversation et parlant vite et bas, les yeux baissés sur sa chaîne d'or, dites-moi si tout le monde va bien à Lindenhope... Qu'est-il arrivé depuis notre dernière rencontre?

— Rien de bien spécial.

— Pas de décès... pas de mariage?

— Non.

— Pas de mariage en perspective? Pas de vieux liens dissous et remplacés par d'autres? Pas de vieux amis oubliés pour de nouvelles connaissances?

Elle prononça ces derniers mots si bas que je fus le seul à les entendre; elle tourna les yeux vers moi avec l'ombre d'un sourire doucement mélancolique et un regard timide mais curieux, qui me fit monter le rouge aux joues, tandis qu'une étrange émotion m'agitait.

— Rien de nouveau, répondis-je, si les autres ont aussi peu changé que moi.

Sa figure s'illumina comme la mienne.

— Et vous n'aviez vraiment pas l'intention de venir nous voir? s'exclama-t-elle.

— Je craignais de vous déranger.

— Nous déranger! s'écria-t-elle avec un geste d'impatience. Comment…

Mais elle s'arrêta, comme se souvenant brusquement que sa tante était présente et se tourna vers elle en poursuivant :

— Cet homme est le meilleur ami de mon frère, et, pendant quelques mois, je l'ai vu très souvent et il prétendait éprouver une véritable affection pour mon fils… mais lorsqu'il passe devant la maison, si loin de chez lui, il n'ose entrer de crainte d'être importun!

— Mr Markham est trop modeste, remarqua Mrs Maxwell.

— Trop cérémonieux, je pense, dit sa nièce, trop… cela n'a pas d'importance.

Elle me tourna le dos, s'assit devant la table et attira un livre qu'elle se mit à feuilleter énergiquement pour chercher à s'isoler de nous.

— Si j'avais su, dis-je, que vous vous souveniez de moi comme d'une relation intime, je ne me serais pas refusé le plaisir de venir vous voir mais je pensais que vous m'aviez oublié depuis longtemps.

— Vous pensez que les autres vous ressemblent, murmura-t-elle sans lever les yeux de son livre, mais en rougissant visiblement et en tournant une douzaine de pages à la fois.

Il y eut un court silence ; Arthur en profita pour me présenter son jeune setter, pour me montrer comme il avait grandi et pour me demander des nouvelles de son père Sancho. Mrs Maxwell se retira pour se débarrasser de ses vêtements de sortie. Helen repoussa immédiatement son livre, considéra silencieusement son fils qui jouait avec son ami et son chien, renvoya l'enfant sous prétexte de l'envoyer chercher son nouvel album pour me le montrer. L'enfant obéit immédiatement ; mais je continuai à caresser le chien. Si cela n'avait dépendu que de moi, ce silence aurait duré jusqu'au retour d'Arthur, mais après moins d'une minute, mon hôtesse se leva avec impatience et alla se mettre debout entre la cheminée et moi ; elle s'exclama d'une voix sérieuse :

— Gilbert, que vous est-il arrivé ?... pourquoi avez-vous tant changé ?... C'est une question indiscrète, je le sais, ajouta-t-elle hâtivement, peut-être même impolie... ne répondez pas si vous pensez que je n'ai pas le droit de vous le demander... mais je hais les mystères et les cachotteries.

— Je n'ai pas changé, Helen... je suis hélas aussi aimant et passionné que jadis... ce n'est pas moi qui ai changé, mais les circonstances.

— Quelles circonstances ? Dites-le-moi, de grâce !

Ses joues étaient blêmes d'anxiété... pouvait-elle craindre que j'en aime une autre ?

— Je vais tout vous dire, dis-je. Je vous dirai que j'étais venu jusqu'à Staningley dans l'espoir de vous voir (non sans craindre d'être mal reçu d'ailleurs), mais je ne savais pas que cette propriété vous appartenait maintenant jusqu'à ce que deux autres passagers se missent à parler de votre héritage ; je compris immédiatement la folie de mes espérances, je descendis devant votre grille, mais j'étais bien décidé à ne pas entrer ; je m'attardai quelques instants pour regarder le manoir mais j'étais bien décidé à m'en retourner sans en avoir vu la maîtresse.

— De sorte que si nous n'étions pas passés en voiture, revenant d'une promenade matinale, je n'aurais plus jamais entendu parler de vous ?

— Je jugeais préférable pour nous deux que nous ne nous revoyions plus, répondis-je aussi calmement que possible.

Je n'osais parler haut car je me sentais incapable de raffermir ma voix tremblante, je n'osais lever les yeux vers elle de crainte de perdre ce qui me restait encore de volonté :

— Je pensais, qu'une rencontre ne pourrait que troubler la paix de votre retraite et me replonger dans l'affolement. Mais je suis heureux que le hasard nous réunisse, je suis heureux de vous avoir revue, de savoir que vous ne m'avez pas oublié, de pouvoir vous assurer que moi, je ne vous oublierai jamais.

Il y eut un moment de silence. Mrs Huntington s'écarta et se tint dans l'embrasure de la fenêtre. Avait-elle pu comprendre que seule la modestie m'empêchait de demander sa main ? Se demandait-elle comment elle pourrait me décourager sans me blesser ? Avant que j'eusse le temps de la convaincre que telle n'était pas mon intention, elle brisa le silence en se tournant brusquement vers moi pour remarquer :

— Vous auriez déjà pu trouver l'occasion de m'assurer plus tôt de votre fidélité en m'écrivant.

— Je l'aurais fait si j'avais connu votre adresse ; je n'osais la demander à votre frère, car je pensais que l'idée que nous puissions correspondre lui déplaisait… Je l'aurais fait cependant si j'avais osé espérer que vous attendiez de mes nouvelles, que vous pensiez parfois à votre malheureux ami; mais votre silence me forçait à croire en votre indifférence.

— Vous espériez donc que je vous écrirais?

— Non, Helen... je veux dire Mrs Huntington, dis-je en rougissant de ce que cachaient ces mots, certes non; mais si vous aviez envoyé un message pour moi à votre frère, ou simplement demandé de mes nouvelles de temps à autre...

— Je lui ai souvent posé des questions à votre sujet. Je ne pouvais faire davantage, continua-t-elle en souriant, alors que vous vous contentiez de quelques questions polies concernant ma santé.

— Votre frère ne m'a jamais dit que vous parliez de moi.

— Le lui avez-vous demandé?

— Non, j'avais compris qu'il n'aimait pas les questions que je posais à votre sujet; jamais il ne montrait la moindre sympathie concernant ma fidélité...

Helen ne souffla mot. Il avait parfaitement raison, ajoutai-je. Mais elle demeurait silencieuse, contemplant la pelouse toute blanche de neige. « Je vais la débarrasser de ma présence », pensais-je; je me levai et m'avançai vers elle pour prendre congé en prenant cette décision héroïque; je ne pouvais le faire que poussé par l'orgueil.

— Vous partez déjà? dit-elle en prenant la main que je lui tendais et la retenant un instant.

— Pourquoi resterais-je plus longtemps?

— Attendez au moins le retour d'Arthur.

Je n'étais que trop heureux de ce sursis et je m'appuyai de l'autre côté de la fenêtre.

— Vous prétendez ne pas avoir changé, et pourtant, vous n'êtes plus le même, dit mon interlocutrice.

— Non, Mrs Huntington, vous vous trompez... et pourtant cela vaudrait mieux pour moi.

— Vous prétendez donc que vos sentiments envers moi n'ont pas changé?

— Je le prétends, mais il serait malséant d'en parler.

— C'est dans le temps qu'il ne fallait pas en parler, Gilbert... vous le pouvez maintenant, à moins que vous ne soyez plus sincère.

J'étais trop ému pour parler; sans attendre ma réponse, elle détourna ses yeux étincelants et ses joues rosies par l'émotion, ouvrit la fenêtre et se pencha pour cueillir une rose de Noël à demi éclose, sur le petit arbuste à moitié enfoui sous la neige; cette neige avait protégé le bouton contre le gel et fondait lentement sur les pétales. Elle la cueillit, secoua gentiment la poudre blanche qui la couvrait, approcha la fleur de ses lèvres et dit:

— Elle n'est pas aussi parfumée qu'une rose d'été, mais elle a vaincu des frimas qu'aucune fleur du soleil ne pourrait supporter; la pluie froide a été sa seule nourriture, un soleil pâle l'a réchauffée, le vent perçant n'a pas brisé sa tige, la gelée ne l'a pas vaincue. Regardez, Gilbert, elle est aussi fraîche et florissante qu'une fleur de la belle saison, malgré la neige qui glace ses pétales. La voulez-vous?

Je tendis la main, je ne pouvais proférer un son. Elle posa la rose sur ma paume mais je bougeai à peine les doigts tant j'étais absorbé dans mes pensées... que pouvait signifier ses paroles?... quelle réponse attendait-elle?... pouvais-je donner libre cours à mes sentiments? Prenant mon hésitation pour de l'indifférence, croyant que je refusais son offre, Helen m'arracha brusquement la rose et la rejeta dans la neige, ferma brusquement la fenêtre et s'approcha du feu.

— Helen! que signifie ceci? m'écriai-je galvanisé par ce changement d'attitude.

— Vous n'avez pas compris, dit-elle, vous méprisez mon cadeau ; mais puisque j'avais commis l'erreur de vous l'offrir, je ne pouvais que la reprendre.

— Vous vous méprenez cruellement, répondis-je ; en une seconde, je rouvris la fenêtre, sautai dans le jardin, ramassai la fleur, rentrai dans la pièce, je lui tendis la rose en la suppliant de me la rendre et en jurant de la garder éternellement comme mon plus précieux trésor.

— Vous vous contenterez de cela ? dit-elle en prenant la fleur.

— Il le faudra, répondis-je.

— La voici donc, prenez-la.

Je la portai à mes lèvres et la mis dans ma poche tandis que Mrs Huntington me contemplait avec un sourire légèrement sarcastique.

— Je suppose que vous partez maintenant ? dit-elle.

— Je partirai si vous me l'ordonnez.

— Vous avez vraiment changé, ajouta-t-elle, vous êtes devenu ou bien très fier ou bien indifférent.

— Ni l'un, ni l'autre, Helen... Mrs Huntington ; si vous pouviez lire dans mon cœur...

— Vous devez être l'un ou l'autre, si pas les deux... Et pourquoi m'appeler Mrs Huntington !... Pourquoi pas Helen, comme jadis ?

— Helen... chère Helen ! murmurai-je. Je nageais dans un paroxysme de sentiments divers : passion, espoir ; ravissement, incertitude et anxiété.

— La rose que je vous ai donnée était à l'image de mon cœur, dit-elle ; allez-vous l'emporter et me laisser seule ici ?

— Me donneriez-vous votre main, si je vous la demandais ?

— N'en ai-je pas dit assez ? répondit-elle avec un sourire ensorcelant.

Je saisis brusquement sa main mais je maîtrisai l'impulsion qui me portait pour demander : Avez-vous pesé les conséquences de vos actes ?

— Nullement, sinon je ne me serais pas offerte à un homme trop orgueilleux pour me prendre ou trop indifférent pour que ses sentiments lui fassent oublier que je suis riche.

Comme j'avais été stupide ! Je frémissais du désir de la saisir dans mes bras, mais je n'osais croire en mon bonheur ; je me maîtrisai encore pour dire :

— Mais si vous le regrettiez plus tard ?

— Ce serait de votre faute, répondit-elle ; jamais je ne regretterai si vous répondez toujours à mes sentiments. Si vous ne me croyez pas, laissez-moi.

— Mon ange adoré... mon Helen bien-aimée, m'écriai-je en baisant passionnément sa main, que je tenais toujours et en l'enlaçant du bras gauche, vous n'aurez aucun regret si cela dépend de moi seul. Mais avez-vous pensé à votre tante ?

Je tremblais en attendant sa réponse et la serrais plus étroitement comme si je craignais instinctivement que quelqu'un m'arrachât mon trésor enfin retrouvé.

— Il ne faut pas encore qu'elle le sache, dit-elle. Elle penserait que j'agis inconsidérément et avec trop de précipitation, car elle ne peut savoir à quel point je vous connais ; il faut qu'elle apprenne à vous connaître. Vous nous quitterez après le lunch et vous reviendrez au printemps pour un plus long séjour ; je sais que vous finirez par vous aimer, ma tante et vous.

— Et vous serez enfin à moi, dis-je en couvrant ses lèvres de baisers ardents ; je me sentais aussi audacieux et aussi impétueux que j'avais été nigaud et contraint quelques instants plus tôt.

— Non, non, dans un an, nous pourrons... répondit-elle, en se dégageant doucement, mais en tenant tendrement ma main.

— Un an! Helen! je ne puis attendre si longtemps!

— Qu'est-il advenu de votre fidélité?

— Je veux dire que je ne pourrais supporter une si longue séparation.

— Ce ne sera pas une séparation: nous nous écrirons chaque jour; mon esprit sera toujours près de vous, et parfois vous pourrez me voir. Je ne serai pas assez hypocrite pour prétendre que je désire cette séparation, mais si mon mariage ne doit apporter de bonheur qu'à moi seule, je puis au moins consulter mes amis, quant à la date.

— Vos amis ne vous approuveront pas.

— Ils ne pourront plus me blâmer, cher Gilbert, lorsqu'ils vous connaîtront, dit-elle en posant gravement un baiser sur ma main. S'ils sont mes amis, ils ne pourront que vous apprécier et s'ils ne le peuvent, je me séparerai d'eux. Êtes-vous satisfait maintenant?

Elle leva les yeux vers moi avec un exquis sourire de tendresse.

— Pourrait-il en être autrement, puisque vous m'aimez? Vous m'aimez vraiment, Helen? dis-je; je n'en doutais plus, mais je voulais le lui entendre dire.

— Si vous m'aviez aimé comme je vous aime, répondit-elle ardemment, vous n'auriez pas risqué de me perdre, vous n'auriez jamais été troublé par de faux scrupules, vous auriez compris que les plus grandes différences de rang et de situation ne sont qu'une plume comparées au poids d'un véritable amour et de pensées partagées.

— Je suis trop heureux, dis-je en l'enlaçant; je n'ai pas mérité cela, Helen; je n'ose croire en une telle félicité; plus longue sera l'attente, plus je craindrai que quelque chose ou quelqu'un vous arrache à moi... Pensez aux mille incidents qui peuvent se produire en une année ! Je vivrai dans la fièvre et l'inquiétude. En outre, l'hiver est une si triste saison.

— Je croyais cela jadis, répondit-elle gravement. Je n'aimerais pas me marier en hiver... pas en décembre, en tout cas, ajouta-t-elle en frissonnant, car c'est au cours d'un mois de décembre qu'elle s'était mariée et que la mort l'avait délivré de son triste mari ; c'est pourquoi je veux attendre un an, jusqu'au printemps.

— Le prochain !

— Non, non... en automne, peut-être.

— En été !

— Disons la fin de l'été. Êtes-vous content maintenant ?

Arthur était entré pendant qu'elle parlait... l'aimable enfant qui avait pris tant de temps pour trouver son livre !

— Maman, je n'ai pu trouver le livre là où tu m'as dit de chercher (le sourire de sa mère semblait dire : «Je le savais, mon chéri»), mais Rachel l'a enfin découvert. Regardez, Mr Markham, c'est une histoire naturelle, pleine d'oiseaux et de bêtes, et le texte est aussi beau que les images !

De fort belle humeur, j'attirai le petit garçon entre mes genoux pour examiner le livre avec lui. Je ne l'aurais pas si bien reçu une heure plus tôt, mais maintenant je caressai ses boucles blondes et embrassai affectueusement son front pâle : il était le fils de mon Helen et donc un peu le mien. Ce bel enfant est maintenant un charmant jeune homme qui a répondu à tous les espoirs que sa mère mettait en lui, il réside pour l'instant à Grassdale Manor avec sa jeune épouse, la petite Helen Hattersley.

J'avais à peine regardé la moitié du livre lorsque Mrs Maxwell nous appela pour le lunch. Les manières froides et distantes de cette dame me glacèrent quelque peu, mais je fis des efforts pour l'amadouer et j'y réussis en partie ; comme je lui parlais gaiement, elle devint graduellement plus cordiale et lorsque je partis, elle me dit gentiment adieu en assurant qu'elle espérait me revoir avant longtemps.

— Mais vous ne pouvez partir avant d'avoir visité la serre, le jardin d'hiver de ma tante, dit Helen comme je voulais prendre congé d'elle avec tout le calme que je pouvais encore trouver en moi.

J'accueillis ce sursis avec joie et je la suivis dans une superbe serre débordante de fleurs... mais je m'intéressai fort peu à ce déploiement végétal. Ce n'est pourtant pas pour nous ménager un tendre tête-à-tête qu'Helen m'avait entraîné là :

— Ma tante adore les fleurs, remarqua-t-elle et elle aime Staningley ; je vous ai entraîné ici pour vous demander de lui laisser le manoir tant qu'elle vivra... si nous ne pouvons le partager avec elle ; j'aimerais venir très souvent lui rendre visite, car je crois qu'elle sera désolée de me perdre ; elle vit une existence très retirée, mais je craindrais de la voir sombrer dans la mélancolie si je la laissais trop longtemps seule.

— Mais, bien entendu, ma bien-aimée ! faites comme vous l'entendez. Je n'ai jamais pensé que votre tante puisse quitter cette demeure ; nous vivrons ici ou ailleurs selon votre désir et le sien et vous la verrez aussi souvent que vous le désirerez. Je sais que votre départ lui fera de la peine et je suis prêt à lui offrir toutes les compensations possibles. Je l'aime parce qu'elle est votre tante et son bonheur me sera aussi cher que celui de ma propre mère.

— Merci, mon amour ! cela mérite un baiser !... Au revoir. Assez maintenant, Gilbert... laissez-moi... voilà Arthur qui vient, n'étonnez pas cet enfant par vos folies !

Et voici venu le moment de mettre un point final à mon récit ; tout autre que toi m'eût déjà fait entendre que je ne l'ai déjà que trop tiré en longueur ; j'ajouterai cependant encore quelques mots, car je sais que tu n'as pas manqué de concevoir de la sympathie pour la vieille dame et que tu voudrais connaître la fin de son histoire. Je revins au printemps et, pour répondre au vœu de ma chère Helen, je fis de mon mieux pour conquérir l'amitié de sa tante. Elle me reçut dès l'abord avec une extrême gentillesse ; elle avait certainement été amenée à me montrer tant de bienveillance par la trop haute opinion que Helen lui avait donnée de mon caractère. Il va de soi que je ne cessai de me montrer sous mes plus beaux côtés et nous finîmes par nous entendre à merveille. Lorsqu'elle en vint à apprendre mes projets ambitieux, elle prit la chose avec plus de bon sens que je n'eusse osé imaginer. Tout ce qu'elle se permit de dire fut :

— Eh bien ! Mr Markham, vous allez donc m'enlever ma nièce ! J'espère que Dieu bénira votre union et donnera enfin à ma chère enfant le bonheur qu'elle mérite. J'avoue que, pour ma part, j'aurais été plus heureuse qu'elle consentît à rester seule ; mais s'il faut absolument qu'elle se remarie, je ne connais pas d'homme de son âge à qui je la céderais aussi volontiers qu'à vous-même et qui soit plus à même que vous de l'apprécier à sa juste valeur et de la rendre, à mon avis, parfaitement heureuse.

Tu peux penser à quel point ce compliment me faisait plaisir et j'espérais bien lui montrer qu'elle ne s'était pas trompée dans son jugement flatteur.

— J'ai toutefois une prière à vous faire, poursuivit-elle. Je considère toujours Staningley comme ma maison ; je souhaite que vous fassiez de même et que vous en fassiez votre résidence habituelle, car Helen y est très attachée, ainsi qu'à moi. Des souvenirs trop pénibles s'attachent à Grassdale et elle ne peut s'en défaire ; d'ailleurs, je ne vous fatiguerai pas de ma compagnie et je n'accaparerai pas ma nièce : je suis une personne très tranquille ; je garderai mes propres appartements et m'occuperai de mes propres affaires ; je viendrai vous rendre visite de temps en temps.

Comme tu penses, je ne demandais pas mieux que de lui donner satisfaction et nous vécûmes dans la plus grande harmonie avec notre chère tante jusqu'à l'heure de sa mort, qui survint peu d'années après. Ce fut un triste événement, non pour elle, qui s'éteignit bien doucement et qui était heureuse d'atteindre le terme de son voyage sur la terre, mais pour les quelques amis très aimants et les sujets reconnaissants qu'elle laissait après elle.

Mais, pour en revenir à mes propres affaires : je me mariai en été, par un glorieux matin du mois d'août. Il fallut tous ces huit mois et toute la gentillesse et toute la bonté d'Helen pour effacer les préjugés que ma mère nourrissait à l'égard de celle que j'avais élue et pour la réconcilier avec l'idée que j'allais quitter Linden Grange et vivrais si loin d'elle. Elle était, du reste, très heureuse de la bonne fortune qui me tombait en partage et l'attribuait fièrement à la supériorité des mérites et des dons de son fils. Je cédai la ferme à Fergus avec de bien meilleurs espoirs en sa réussite que je n'aurais pu les avoir une année auparavant, si de semblables circonstances s'étaient présentées. Il venait, en effet, de tomber amoureux de la fille aînée du pasteur de L…, une jeune personne dont la supériorité éveilla ses facultés latentes et l'incita aux actions les plus méritoires, non seulement dans le but de conquérir l'affection et l'estime de sa bien-aimée et pour acquérir une fortune suffisante pour lui permettre d'aspirer à sa main, mais pour se rendre digne d'elle à ses propres yeux et à ceux de ses parents ; et il fit, comme tu le sais, une brillante réussite. Pour ce qui est de moi, je n'ai pas besoin de te dire combien mon Helen et moi avons vécu heureux ensemble et quel plaisir nous trouvons toujours en notre compagnie mutuelle et en celle des rejetons pleins de promesses qui nous entourent. Nous nous réjouissons de recevoir, comme chaque année, ta visite et celle de Rose : vous allez pouvoir bientôt abandonner votre ville pleine de poussières, de fumées, de vacarme et de durs travaux pour venir reprendre des forces dans notre aimable thébaïde.

Au revoir !

Gilbert MARKHAM,
*Staningley, le 10 juin 1847.*

**DANS LA MÊME COLLECTION**

Anne Brontë

## AGNÈS GREY

*Traduit de l'anglais par Charles Romey et A. Rolet*
*Préface d'Isabelle Viéville Degeorges*

Élevée au sein d'une famille aimante, la jeune Agnès Grey, fille d'un pasteur ruiné du nord de l'Angleterre, décide de tenter sa chance dans le monde en se faisant gouvernante.

Pleine de bonnes intentions, mais inexpérimentée, elle se heurte bien vite à l'hostilité des Bloomfield, une famille de commerçants enrichis, égoïstes et snobs. Désarmée face à l'indiscipline des enfants gâtés dont elle a la garde, elle est renvoyée au bout de quelques mois. Sans désemparer, et dans l'obligation de subvenir à ses besoins, elle trouve alors un emploi chez les Murray. Jusqu'à l'arrivée du jeune vicaire Edward Weston…

Paru la même année que *Les Hauts de Hurlevent* et *Jane Eyre* de ses sœurs Emily et Charlotte, *Agnès Grey* est une chronique réaliste non dénuée d'humour. C'est aussi un plaidoyer pour la condition des gouvernantes, largement inspiré de l'expérience vécue d'Anne Brontë.

ISBN 978-2-35287-314-3 / H 50-9258-0 / 288 pages / 7,65 €

Charles Dickens
## LE MYSTÈRE D'EDWIN DROOD

*Traduit de l'anglais et résolu par Paul Kinnet*
*Préface de Jean-Pierre Croquet*

Qu'est devenu Edwin Drood, disparu la veille de Noël? Le jeune homme devait épouser Rosa Bud, pensionnaire dans un orphelinat de Cloisterham. L'enquête est menée par son oncle, le débonnaire John Jasper, chef des chœurs de la cathédrale. Mais celui-ci n'est pas au-dessus de tout soupçon : non seulement il est un habitué des fumeries d'opium… mais il était secrètement épris de Rosa ! Il parvient cependant à détourner la curiosité de la police en direction d'un certain Neville Landless et de sa sœur jumelle…

*Le Mystère d'Edwin Drood* est le premier « roman à sensation » de Charles Dickens. C'est aussi son quinzième et dernier : l'écrivain meurt le 9 juin 1870, emportant dans sa tombe le secret du dénouement.

Depuis plus d'un siècle, lecteurs et écrivains tentent d'élucider la plus fascinante énigme littéraire de tous les temps. Edwin a-t-il été enlevé? A-t-il simulé sa propre disparition? S'il est mort, qui l'a tué? En 1956, Paul Kinnet, auteur de romans policiers, a apporté au mystère une solution convaincante, que reprend la présente édition.

ISBN 978-2-35287-304-4 / H 50-9252-3 / 512 pages / 8,50 €

Ann Radcliffe

## LES MYSTÈRES D'UDOLPHO

*Traduit de l'anglais par Victorine de Chastenay*
*Préface de Marcel Schneider*

Après la mort de son père, la jeune et innocente Émilie Saint-Aubert, désormais orpheline, tombe sous la coupe de sa tante. Le mari de celle-ci, le suspect et brutal Montoni, les envoie toutes deux à Udolpho, une citadelle à demi délabrée, perchée sur un piton des Appenins. Loin de son cher Valancourt, Émilie s'y retrouve emprisonnée... et témoin de phénomènes terrifiants. Dédale de couloirs et d'oubliettes, pièges et salles de torture, apparitions et tableaux maudits : ce château est un théâtre d'horreurs, plein de fantômes et de rumeurs...

Peuplé d'aventuriers louches, de moines fourbes et de seigneurs sans scrupules, *Les Mystères d'Udolpho* est l'archétype du roman gothique. Paru en Angleterre en 1794, il a fait la renommée universelle d'Ann Radcliffe (1764-1823), « Shakespeare des romanciers », auteur d'une dizaine de romans très en vogue en leur temps, que Jane Austen a plaisamment parodiés dans *Northanger Abbey* et dont s'est souvenu Walter Scott.

ISBN 978-2-35287-298-6 / H 50-9246-5 / 630 pages / 9,65 €

Jane Austen
## NORTHANGER ABBEY
*Traduit de l'anglais par Félix Fénéon*
*Préface d'Emmanuel Dazin*

La jeune et crédule Catherine Morland, férue de romans gothiques, découvre la ville de Bath, dans le Somerset. Elle y rencontre Henry Tilney, qui l'invite à séjourner à Northanger Abbey, propriété de son père. Lieu au nom évocateur, que son imagination présage étrange et inquiétant… Las : cette abbaye fort peu sinistre est en réalité pourvue de tout le confort moderne ! Une nuit passée dans une chambre isolée apportera-t-elle à l'impressionnable héroïne son lot de délicieuses terreurs, comme promis par Henry ?

Entrepris en 1798, *Northanger Abbey* est une parodie pleine d'esprit, publiée quelques mois après la mort de Jane Austen, en 1817. L'auteur d'*Orgueil et Préjugés* n'y ménage pas son ironie, visant ici les hommes, leurs chevaux et leurs rodomontades, là les femmes et leur passion des toilettes et des romans. Tous les ridicules, toutes les frivolités sont la cible de la romancière, qui bâtit l'une de ses subtiles comédies amoureuses, pleine d'humour et de bon sens.

ISBN 978-2-35287-225-2 / H 50-8435-5 / 336 pages / 6,90 €

Wilkie Collins
## **LE SECRET**

*Traduit de l'anglais par Émile Daurant-Forgues*
*Révision et préface d'Isabelle Viéville Degeorges*

Cette nuit d'août 1829, le temps semble arrêté au domaine de Porthgenna Tower, un manoir isolé sur la côte sauvage des Cornouailles. La châtelaine, l'ancienne actrice Rosamond Treverton, est sur le point de passer de vie à trépas. Mais avant de mourir, cette femme de tempérament veut remplir un ultime devoir : confesser à son mari, par écrit, le crime dont elle s'accuse.

Or c'est à Sarah Leeson, sa femme de chambre, qu'elle confie le soin de rédiger l'aveu. Quel effroyable secret contient cette mystérieuse lettre scellée ? Et pourquoi Sarah préfère-t-elle la cacher et s'enfuir, au lieu d'accomplir les dernières exigences de sa maîtresse ? Aurait-elle, elle aussi, quelque chose à se reprocher ?

On a souvent comparé à celui d'Alfred Hitchcock l'art du suspense de Wilkie Collins, dont *Le Secret* (1857) offre une spectaculaire illustration. Armé d'un humour incisif, cet ami et rival de Dickens y joue avec les nerfs du lecteur et jette un regard décapant sur les mœurs de son temps.

*Considéré avec Edgar Poe comme le précurseur du roman policier, Wilkie Collins (1824-1889) a connu une immense popularité à l'époque victorienne. On lui doit des essais, des nouvelles, des pièces et près de trente romans, dont* La Dame en blanc *(1859),* La Pierre de lune *(1868),* Seul contre la loi *(1875) et* L'Hôtel hanté *(1878). P. D. James et Ruth Rendell n'ont pas caché leur dette à son égard.*

ISBN 978-2-35287-319-8 / H 50-9583-1 / 552 pages / 8,65 €

*Cet ouvrage a été composé
par Atlant'Communication
au Bernard (Vendée)*

*Impression réalisée par*

*La Flèche
en août 2012
pour le compte des Éditions Archipoche*

*Imprimé en France*
N° d'édition : 223
N° d'impression : 68983
Dépôt légal : septembre 2012